Harper
Collins

Der Preis dieses Bandes versteht sich einschließlich
der gesetzlichen Mehrwertsteuer.

Umwelthinweis:
Dieses Buch wurde auf chlor- und säurefreiem Papier gedruckt.

Linda Goodnight

Das Flüstern der Magnolien

Roman

Aus dem Amerikanischen von
Christel Kröning

Harper
Collins

HarperCollins®
Band 100021
1. Auflage: Juni 2016

HarperCollins® Bücher
erscheinen in der HarperCollins Germany GmbH,
Valentinskamp 24, 20354 Hamburg
Geschäftsführer: Thomas Beckmann

Titel der amerikanischen Originalausgabe:
The Memory House

erschienen bei: HQN Books, Toronto

Published by arrangement with
Harlequin Enterprises II B.V./S.ár.l

Konzeption/Reihengestaltung: fredebold & partner GmbH, Köln
Umschlaggestaltung: büro pecher, Köln
Redaktion: Daniela Peter
Titelabbildung: Getty Images, München/VisionsofAmerica/
Joe Sohm/photo division
Autorenfoto: Harlequin Enterprises, S.A., Schweiz
Satz: GGP Media GmbH, Pößneck
Druck und Bindearbeiten: GGP Media GmbH, Pößneck
Printed in Germany
Dieses Buch wurde auf FSC®-zertifiziertem Papier gedruckt.
ISBN 978-3-95967-031-9
www.harpercollins.de

Als ich die Idee zu diesem Roman hatte, konnte ich bei Weitem noch nicht absehen, wie schmerzlich ich selbst im Verlauf seiner Entstehung mit dem Thema Verlust und Tod konfrontiert sein würde. In tiefer Trauer und von ganzem Herzen widme ich dieses Buch meinem geliebten Sohn Travis Goodnight.

1. KAPITEL

„Des Mannes Vater ist das Kind."
William Wordsworth

Nashville, Tennessee
Heute

Freiheit war auf ihre eigene Art ein Gefängnis.

So dachte Eli Donovan, während er sich eingetrockneten Mörtel vom Ellbogen kratzte und zusah, wie der nur allzu vertraute bronzefarbene Buick auf die Baustelle zufuhr. Mit einem Ziehen in der Magengegend ließ er die Maurerkelle zu Boden fallen und straffte die Schultern. Was hatte er jetzt wieder falsch gemacht?

Ein Mann stieg aus dem Buick, rückte sich die blaue Krawatte zurecht und guckte mit zusammengekniffenen Augen zum Rohbau hinüber. Als er Eli entdeckt hatte, erwiderte dieser den Blick nur kurz und sah schnell nach unten. Früher hatte er es mit jedem im Wettstarren aufgenommen, doch harte Zeiten und sein zunehmendes Alter hatten ihn verändert. Er wollte nicht mehr kämpfen. Schon gar nicht mit seinem Bewährungshelfer.

Vorbei an kreuz und quer liegenden Holzlatten und Bauschutt überquerte Eli wortlos den frühlingsgrünen Rasen. Die Arroganz und den Stolz von früher hatte er hinter sich gelassen, doch das nervöse Flattern im Magen plagte ihn dafür umso mehr.

Mr. Clifford sprach als Erster und durchbrach damit das Schweigen. „Eli! Wie läuft's?"

„Gut." Er blieb einen halben Meter vor dem Bewährungshelfer stehen und bemerkte den leichten Schweißfilm auf der Halbglatze des Mittvierzigers. Ängstlich darauf bedacht, sich nicht selbst ein Bein zu stellen, wartete er auf Cliffords Anliegen.

„Ich habe heute Morgen einen Anruf bekommen."

Eli schwieg weiterhin, da er nicht wusste, was er darauf antworten oder fragen sollte. Wenn ihm etwas Falsches herausrutschte, bekam Clifford womöglich einen schlechten Eindruck oder stellte Fragen, auf die Eli keine Antworten hatte. Immer diese Fragen.

Der Bewährungshelfer zog einen Zettel aus der Tasche und hielt ihn Eli vor die Nase. „Eine Frau namens Opal Kimble hat Sie über die Gefängnisdirektion ausfindig gemacht. Sie will mit Ihnen sprechen. Es wär was Dringendes. Hat den Namen Mindy erwähnt."

Eli starrte auf das gelbe Post-it, Panik erfasste ihn. Nervös fuhr er sich mit der Zunge über die trockenen Lippen und schmeckte Mörtel. „Mindy?"

„Gibt es etwas, das ich wissen müsste? Wenn Sie da in irgendwas verwickelt sind ..."

Eli unterbrach ihn. „Nein, bin ich nicht. Mindy ist eine alte Freundin. Hat Opal noch etwas gesagt?"

„Nein, sie hat nur diese Nummer hinterlassen und darauf bestanden, dass ich Ihnen sofort Bescheid gebe. Da geht es doch bestimmt um was Wichtiges."

„Glaub nicht." Mindy war eine gute Seele. Sie machte sich wahrscheinlich einfach Sorgen und wollte wissen, ob es ihm gut ging. Er weigerte sich, das Naheliegendste zu vermuten. Ganz sicher war es besser für sie, dass er sich nicht mehr gemeldet hatte.

„Einen Freund könnten Sie gerade gut brauchen."

Der Kommentar brachte Eli aus dem Konzept. In den ganzen sechs Monaten, die er Pete Clifford nun kannte, hatte dieser ihm nichts als Misstrauen entgegengebracht, so als könne er es gar nicht abwarten, dass der Exknacki endlich wieder aus der Reihe tanzte und in das stinkende Rattenloch zurückmusste.

„Ich komme klar."

„Haben Sie mittlerweile ein Handy?"

„Nein."

Clifford nahm seines aus der Gürteltasche und hielt es ihm hin. „Rufen Sie sie an."

Eli überlegte nur kurz, bevor er es nahm. Brachte ja nichts, den Mann zu verärgern. Rief er halt kurz diese alte Frau an und fand heraus, was sie wollte. Umso eher konnte er wieder an die Arbeit gehen. Er brauchte den Lohn.

Einen Moment lang wog er das schicke Handy in der Handfläche. Viel hatte sich seit früher verändert. Die Technik schreitet voran, so sagte man doch. Und die Eingesperrten kamen nicht hinterher.

Eli wählte die Nummer und war froh, als Clifford sich umwandte und zurück zu seinem Auto ging. „Telefonieren Sie in Ruhe."

„Danke." Das Wort schabte wie Kies auf Elis Zunge, doch er war wirklich dankbar. Freundlichkeit nahm er nicht als selbstverständlich hin.

Am anderen Ende der Leitung ertönte eine weibliche Stimme, die weitaus kräftiger war, als er es von der laut Mindy uralten Tante erwartet hatte.

„Miss Kimble? Hier ist Eli Donovan."

„Wird auch langsam Zeit, dass Sie anrufen, Jungchen."

Ihr strenger Tonfall ließ ihn automatisch Haltung annehmen, doch er sagte erst einmal gar nichts. Im Knast hatte er sich angewöhnt, sich in schwierigen Situationen auf etwas anderes zu konzentrieren, also ließ er sie reden und hörte nur mit halbem Ohr zu. Sein Blick fiel auf zwei Hüttensänger, die ganz in der Nähe turtelnd auf und ab flogen. Obwohl es sich steif und ungewohnt anfühlte, musste er ein wenig lächeln. Seit seiner Entlassung war er ganz fasziniert von der Natur. Ein Sonnenaufgang, ein vorbeiflatternder Schmetterling, ein Hund, der am Autoreifen schnupperte. Die Natur brachte Ordnung in seine aufgewühlte Seele, verschaffte ihr Frieden. Tief in Elend und Selbstmitleid versunken, hatte er diese einfachen, einst selbstverständlichen Gaben schon ganz vergessen.

Etwas in Opals Redeschwall ließ ihn aufhorchen und er klinkte sich kurz ein. „Was sagten Sie gerade?“

„Ich sagte, Mindy hat Ihnen hier ein paar Sachen hinterlassen, die Sie abholen sollen.“

Er zog die Brauen zusammen und blickte zum Horizont, wo eine einzelne graue Wolke Ärger zu versprechen schien. „Hinterlassen? Ist sie denn weggegangen?“

Einen Pulsschlag lang herrschte eine Stille am anderen Ende der Leitung, die ihm den Knoten in der Brust noch enger zusammenzog.

Als Opal weitersprach, war ihre Stimme sanfter. „Ich dachte, Sie wüssten es. Mindy ist fort.“

„Fort, wohin?“ Nicht, dass er ihr folgen oder Kontakt aufnehmen würde, aber die Frau verwirrte ihn.

„Fort für immer, Eli“, antwortete Opal mit brüchiger Stimme. „Mindy ist tot.“

2. KAPITEL

Peach Orchard Inn
Heute

Ganz bestimmt hatte sie ihm an jenem letzten Morgen zum Abschied einen Kuss gegeben. Hatte sie doch, oder? Das war schließlich fester Bestandteil der Routine gewesen. Ihm den Rucksack aufsetzen, die Lunchbox in die Hand drücken und ihm noch schnell einen Kuss geben, bevor er zum Bus rannte. Und dann zusehen, wie er einstieg. So hatte sie es immer gemacht, trotzdem stellte sie sich später wieder und wieder die gleichen Fragen: Was, wenn sie ihn selbst zur Schule gefahren oder ihn zu Hause behalten hätte, denn war er nicht noch ganz verschlafen gewesen an jenem letzten wundervollen, schrecklichen Morgen?

Sechs Jahre waren seitdem vergangen, doch das Entsetzen und der Schmerz hielten immer noch an. Es war die Ungewissheit, die Julia Presley langsam, aber sicher in den Wahnsinn trieb. In Momenten, in denen sie einsam war, besonders kurz vor dem Einschlafen oder wie jetzt beim Aufwachen, stürzten die Gedanken mit gnadenloser Wucht auf sie ein und ließen sich unmöglich abwehren. Und das, obwohl sie mittlerweile außerordentlich geübt darin war.

Die meisten Tage überlebte sie irgendwie und manchmal ging es ihr sogar gut. Aber Tage wie heute waren die schlimmsten. Michaels Geburtstag. Er war noch am Leben. Das musste sie einfach glauben. Sich dann allerdings auch fragen zu müssen, bei wem er war und was passiert war oder noch passierte, war kaum zu ertragen. Und doch ertrug sie es, denn was blieb ihr anderes übrig? Irgendwann würde irgendjemand ihn irgendwo in der Menge erkennen oder er würde endlich von seinen Entführern freigelassen und könnte nach Hause kommen. Solche Wunder gab es ja tatsächlich und diese verschwundenen und dann doch wiedergefundenen Kinder gaben Julia Hoffnung.

Heute wurde er vierzehn Jahre alt, war schon lange nicht mehr der kleine Junge mit den großen Augen, der Baden hasste und Matschpfützen liebte. War er jetzt hochgewachsen und drahtig wie sein Vater? Und bräche es ihm nicht das Herz, wenn er wüsste, dass die Beziehung seiner Eltern nicht einmal ein Jahr nach seinem Verschwinden in die Brüche gegangen war? Dass er derjenige gewesen war, der ihre zerrüttete Ehe zusammengehalten hatte, und dass sie einander nicht hatten trösten können? Stattdessen hatten sie eine Schuld bei sich gesucht, wo keine zu finden war. Eine dumme Reaktion auf so ein abscheuliches Verbrechen. Schuldig war schließlich einzig und allein jenes böse Wesen, das einen fröhlichen kleinen Jungen aus einer friedlichen Stadt entführt hatte, in der nie etwas Schlimmes geschah. Und doch fühlte Julia sich verantwortlich. Als Mutter war es ihre wesentliche Pflicht, ihr Kind zu begleiten und zu beschützen, und genau dabei hatte sie versagt.

Sie quälte sich unter ihrer blassblauen Bettdecke hervor und griff als Erstes nach dem iPad auf ihrem Nachttisch. Mit einem Klick rief sie die Facebook-Seite auf, von der ihr Mikeys fröhliches achtjähriges Gesicht entgegenstrahlte, daneben ein computergeneriertes Foto von ihm als Teenager. Sah er inzwischen tatsächlich so aus?

Sie ging die neuesten Kommentare durch, warf einen Blick auf die paar Geburtstagsglückwünsche und schloss seufzend die Seite. Nichts Neues. Niemand hatte ihn gesehen. Wie bisher an jedem Tag, seit sie diese Seite mit der Unterstützung einer Selbsthilfegruppe ins Leben gerufen hatte. Mit anderen Müttern, die darauf warteten, dass ihr Kind nach Hause kam. Julia beteiligte sich fast nie an den müßigen Forumsdiskussionen. Sie deprimierten sie und in diesen dunklen Tunnel konnte sie weiß Gott nicht noch einmal hinuntersteigen.

Sie atmete tief durch und bat inständig um die Kraft für einen weiteren Tag, dann zog sie sich an und verdeckte die dunklen halbmondförmigen Schatten unter ihren Augen mit Make-up. Obwohl es noch nicht einmal dämmerte, musste sie jetzt in die Gänge kommen. Sie hatte Frühstück vorzubereiten, Gäste zu bedienen und unzählige andere Aufgaben zu erledigen. Stete Beschäftigung war wichtig, war ihre Therapie. Kochtherapie – so nannte sie ihr besessenes Treiben in der Küche. Wenn sie tagsüber bis zur Erschöpfung arbeitete, konnte sie nachts schlafen, ohne dass die beklemmenden Albträume sie heimsuchten.

Seit vier Jahren war sie jeden Tag aufs Neue dankbar dafür, dass sie, ohne lange zu überlegen, das Peach Orchard Inn gekauft hatte, eine große alte Kuriosität von einer Südstaatenvilla, die mittlerweile eine Frühstückspension war. Dieses zweistöckige Gebäude, das einen Bürgerkrieg und die nachfolgenden eineinhalb Jahrhunderte überstanden hatte, strahlte etwas Wohlwollendes aus. An dem Tag, als Valery sie hier rausgeschleppt hatte, „nur um mal zu gucken“, hatte das Haus ihr sofort Geborgenheit vermittelt – sie sofort in eine warme Umarmung gehüllt. Obwohl alles von Spinnweben und Staub bedeckt gewesen war, hatte ihr Herz einen Sprung gemacht. Zum ersten Mal seit Monaten – seit Jahren – hatte sie etwas anderes gefühlt als Verzweiflung. Dieses herrliche alte Bed and Breakfast hatte sie buchstäblich gerettet. Sie hatte noch immer nicht ganz verstanden, wie, aber es war so.

An ihrem alten Haus in der Sage Street – Mikeys Zuhause – hatte sie zu lange festgehalten, aus Furcht, ihr Sohn könnte zurückkehren und sie wäre nicht da, doch sie ging dort zugrunde. Sie war deprimiert, morgens kaum in der Lage aufzustehen, und tat es an manchen Tagen auch nicht. Da sie nicht wollte, dass ihr Sohn irgendwann nur noch zu einer toten Mutter würde zurückkehren können, und weil ihre Familie sie gedrängt hatte, hatte Julia das moderne Backsteinhaus verkauft und war in ein Stück Geschichte gezogen, das dringend restauriert werden musste. In dieser Hinsicht glichen sie einander, sie und ihr Haus.

Jeder in Honey Ridge wusste von Mikeys Verschwinden, aber als echte Südstaatler sprachen die meisten darüber nur untereinander, nie mit ihr. Man ließ sie in Ruhe und tat genau wie Julias Familie so, als wäre sie eine ganz normale geschiedene Geschäftsfrau, die eine Pension führte und sehr an der Vergangenheit hing – an ihrer eigenen und an der dieser Vorkriegsvilla.

Sie steckte in der Vergangenheit fest, in der fernen und in der nahen. Sie steckte fest. Seit sechs Jahren Standbild, in Warteposition, unfähig, sich zu bewegen, und nicht bereit, den schwachen Funken Hoffnung aufzugeben, dass sie eines Tages aufwachen und Mikeys Verschwinden nichts als ein Albtraum gewesen sein würde.

Bingo, ihr alternder Australian Shepherd, erhob sich von seinem Platz auf dem Vorleger am Fußende ihres Bettes. Als Julia innehielt und ihm kurz über den schwarzgrau gescheckten Kopf strich, entdeckte sie dort, wo er geschlafen hatte, einen Gegenstand auf dem Boden. Erst dachte sie, es wäre ein Stein, und bückte sich danach, um dann verdutzt festzustellen, dass es sich um ein weiteres der kleinen runden Kinderspielzeuge handelte. Eine Murmel, rötlich braun, aber keine von den normalen modernen. Diese hier war aus Ton, eine handgemachte Antiquität wie die anderen, die sie im Haus gefunden hatte.

„Ist die von dir, Bingo?“ Er brachte ihr immer mal wieder kleine Geschenke mit. „Auf jeden Fall besser als die tote Schlange letztens.“

Nachdenklich rollte sie das kleine Kinderspielzeug auf ihrer Handfläche hin und her. Sie und Valery hatten im Laufe der Restaurierung schon einige interessante historische Gegenstände gefunden, die dem alten Gebäude je eine weitere Schicht Geheimnis und Geschichte hinzufügten. Aber die Murmeln waren etwas anderes. Sie tauchten völlig zufällig auf, fast immer dort, wo sie gerade erst geputzt hatte, und ausschließlich an schlechten Tagen. Sie sprachen zu ihr, trösteten sie, und ihre Mutter bekäme sicher einen Anfall, wenn sie wüsste, dass ihre unausgeglichene Tochter jetzt schon mit Murmeln kommunizierte.

„Du hast ganz schön einen an der Murmel!" Das würde sie sagen. Und vielleicht stimmte das auch.

Da sie jedes bisschen Trost gebrauchen konnte, steckte Julia die kleine Tonkugel in ihre Tasche und machte sich dann auf den Weg in die Küche.

Bingo trottete neben ihr her, vorbei an der prächtigen breiten Treppe, die zum oberen Stockwerk führte. Vielleicht nicht ganz so prächtig wie die aus *Vom Winde verweht*, aber Julia war bei ihrem Anblick gleich ganz hin und weg gewesen. Jetzt gerade hatte sie das Bild einer Braut aus dem neunzehnten Jahrhundert vor Augen, die mit einer behandschuhten Hand auf dem glänzenden Eichengeländer über den burgunderroten Teppich auf dieser Treppe hinunterschritt, während ihr Herz dem wahren Geliebten zuflog, der neben dem mächtigen Marmorkamin im Salon auf sie wartete.

Hirngespinste, klar, genau wie die tröstenden Murmeln, aber ein Haus wie dieses gab einem ja quasi den Freifahrtschein dazu. In den Südstaaten aufzuwachsen, brachte unter anderem den Glauben mit sich, dass die Wände Geschichte atmeten und altes Holz von Vergangenem flüsterte. Und wenn Julia schon an so wenig glaubte, das immerhin glaubte sie. Dieses Haus war lebendig, und Julia hatte ihm aufmerksam zugehört, während sie und Valery damit beschäftigt gewesen waren, eine Pension aus ihm zu machen, die den Weg in dieses abgelegene Städtchen im ländlichen Tennessee wert war. Eine Pension, in der die Menschen den Frieden finden konnten, der seiner Besitzerin verwehrt blieb.

Wenn Julia auf der großzügigen umlaufenden Veranda saß, war ihr manchmal, als hörte sie Hufgeklapper und das Knirschen von Kutschenrädern auf dem von Magnolien flankierten Zufahrtsweg. Sie hütete sich, jemandem davon zu erzählen. Oder davon, wie sie einmal nach einem grässlichen Albtraum über Mickey eine kühle, beruhigende Hand auf ihrer Stirn gespürt hatte. Oder von dem kleinen Jungen, den sie manchmal vom Flur der oberen Etage her lachen hörte. Eine Frau, die gerade so ihren Verstand beisammenhalten konnte, musste mit wilden Fantasien vorsichtig sein und etwas anderes steckte ja auch nicht dahinter. Julia glaubte nicht an Gespenster oder Geister, nicht einmal mehr wirklich an Gott.

Einmal hatte sie den Fehler gemacht, eines dieser Vorkommnisse gegenüber ihrer Schwester zu erwähnen, woraufhin jene sofort zur Hausbar gerannt war – eine Reaktion, die Julia auf keinen Fall erneut provozieren wollte. Valery und Alkohol waren eine denkbar schlechte Kombination, besonders seit ihren jüngsten Streitereien mit Jed dem Ekel, dem schlechtesten festen Freund aller Zeiten.

Obwohl Valery und sie einander durchaus nahestanden, hatte Julia gelernt, ihre Gedanken und ihre Trauer für sich zu behalten. Niemand konnte oder wollte sie verstehen. Alle erwarteten von ihr, weiterzumachen und zu vergessen, dass sie einen Sohn gehabt hatte, einen Ehemann, eine Familie, dass sie ein glückliches, ja nahezu perfektes Leben geführt hatte – bis zu jenem schrecklichen Tag im Oktober.

Julia bog um die Ecke und betrat die Küche, die dem Haus nachträglich hinzugefügt worden war. Sie machte das Licht an, kümmerte sich um den Kaffee und stellte die Zeitschaltuhr am Ofen ein. Ein Sternekoch war sie wohl nicht, aber sie liebte es einfach, für andere Essen zu machen.

Ihre Spezialität war Pfirsichtee, den sie komplett selbst herstellte, aber ihr Kaffee war auch gut: aus einer ganz speziellen Bohnenmischung, handgemahlen und in der French-Press-Kanne serviert. Die Leute konnten stundenlang einfach nur dasitzen und Kaffee trinken, also sollte der schon mal als Erstes fertig sein. Bei den Gerichten variierte sie, bot aber immer eines mit Pfirsichen an, meist mit Früchten aus ihrem Obstgarten. Bei einer Pension mit dem Namen Peach Orchard Inn erwarteten die Gäste schließlich Pfirsiche auf dem Teller.

In wenigen Minuten war das Schinken-und-Ei-Strata bereit für den Ofen, der Pfirsichmuffinteig in die Backformen gefüllt und der Kaffee verbreitete sein sirenenhaftes Aroma. Mit einer vollen Tasse in der Hand trat Julia für ihre liebste Zeit des Tages auf die vordere Veranda hinaus. Abgesehen von Bingo war sie ganz allein hier draußen, sie setzte sich in einen der weißen Korbstühle, von wo sie zusah, wie sich die ersten Sonnenstrahlen des Tages über den Rasen streckten und durch den pink blühenden Rhododendron und die wächsern glänzenden Blätter der Magnolien schimmerten. Der Regen der letzten Nacht glitzerte wie Kristall auf dem sattgrünen Gras, wohingegen die guten alten Stars und Stripes schlaff und traurig über dem weißen Verandageländer hingen.

Missbilligend schnalzte Julia mit der Zunge. Valery hatte vergessen, die Flagge hereinzuholen. Ein klarer Verstoß gegen die Etikette, der die Leute aus der Stadt zwangsläufig zum Telefon greifen lassen würde, sollte jemand von ihnen vorbeigefahren sein. Hoffentlich war das nicht der Fall. Hinter dem Peach Orchard Inn begann der Wald, es lag außerhalb der Stadt und war ein gutes Stück von der Hauptstraße entfernt. Der kleine Mickey hätte diesen Ort geliebt. Genug Platz zum Rennen und Erforschen und um in Sicherheit groß zu werden.

Aber Sicherheit war relativ.

Zwischen dem Haus und der Straße standen dicht belaubte Bäume nah beieinander, darunter die prächtigen, rosa blühenden Pfirsichbäume des Obstgartens, der sich rechts der vorderen Rasenfläche in Richtung Norden erstreckte. Ganz selten hörte man mal ein Auto, aber meistens herrschte Ruhe. Diese Kleinstadtfriedlichkeit machte einen Teil der Anziehungskraft ihrer Pension aus.

Julia legte die Füße hoch, blickte sinnend zum Obstgarten und trank bedächtig ihren Kaffee.

„Happy Birthday, mein Schatz“, flüsterte sie und die brennende Leere in ihrer Brust wurde größer. Sie schloss die Augen. Wie bei jener letzten Umarmung hörte sie wieder seine helle Stimme, roch seinen süßen Kinderzahnpasta-Atem und fühlte die Wärme seines kleinen, kräftigen Körpers. Sie bekam einen Kloß im Hals und fing an zu weinen. In diesen Minuten, die sie ganz für sich hatte, trauerte sie. Wie jeden Morgen in den letzten sechs Jahren. Und wie jeden Morgen würde sie gleich die Tränen wegwischen, um wieder die lächelnde Gastgeberin zu sein.

Bingo tapste näher und stupste sie leise winselnd mit der Schnauze an. Der Hund mochte es nicht, wenn jemand weinte, obwohl auch er auf seine Weise um Mickey geweint hatte. Auch er hatte getrauert, war wochenlang verloren umhergestreift und hatte den kleinen Jungen gesucht, den er so mochte und der nicht mehr nach Hause kam.

Julia beugte sich vor und schlang die Arme um den Hals des Hundes, vergrub ihr Gesicht in seinem Fell und schluchzte.

„Ma’am, ist alles in Ordnung?“

Laut polternd sprang Julia auf. Das Herz schlug ihr bis zum Hals, und sie starrte den Mann an, der da plötzlich am

Fuß der Eingangstreppe stand. Sie blickte hinter ihn, sah kein Auto und wunderte sich, wo er so schnell hergekommen war. Gerade eben war sie doch noch allein gewesen. Ihre bisherigen Fantasien von klappernden Hufen, sprechenden Murmeln und nächtlichen Berührungen ließen sie nun zweifeln, ob der Mann echt war. Halluzinierte sie? Obwohl er so wirkte, als hätte er schon zu viel gesehen und viel zu viel durchgemacht, sah er doch gut genug aus, um ein Traum zu sein. Ein dunkeläugiger Freibeuter in abgerissener Jeansjacke und zerknittertem weißen T-Shirt mit zerzausten schwarzen Haaren und einem leichten Bartschatten.

„Wer sind Sie?“, fragte sie barsch und ganz und gar nicht südstaatenladylike.

Er runzelte die Stirn, sodass sich seine mephistophelischen schwarzen Augenbrauen zu einem V zusammenzogen. „Ich wollte Sie nicht erschrecken. Sie haben so geweint.“

Da wurden ihr die Tränen auf ihrem Gesicht bewusst. „Mir geht's gut.“ Schnell wischte sie sich mit beiden Händen die Wangen ab. „Wie sind Sie überhaupt hergekommen?“

Er wies mit dem Daumen über die Schulter. „Bin die Straße raufgelaufen. Mein Auto hat 'ne Panne. Sie haben nicht zufällig ein Starthilfekabel?“

„Nein, tut mir leid.“

Er sah zum Obstgarten hinüber. Ratlos zog er die Schultern hoch und seufzte.

„Dürfte ich Ihr Telefon benutzen?“ Die Frage klang, als erwarte er ein Nein.

„Haben Sie kein Handy?“

Er spannte den Kiefer an, was sein Gesicht noch härter erscheinen ließ. Sein schneidender Blick traf kurz ihren, doch er sah sofort wieder weg. „Nein.“

Heutzutage hatte doch jeder ein Handy. Wo war dieser Mann denn die letzten Jahre gewesen? Auf dem Mond?

Sie hörte Geräusche aus der Küche, das musste einer der Gäste sein.

„Das Telefon ist in der Küche. Kommen Sie rein.“ Sie drehte sich um und fühlte seinen Blick im Rücken, während sie auf die Fliegengittertür zusteuerte. Mit einer nahezu beunruhigenden Lautlosigkeit kam er hinter ihr her, griff als Erster nach der Tür und hielt sie für sie auf.

Sie hatte keine Angst vor ihm. Aber die hätte sie auch nicht gehabt, wenn er ein Axtmörder gewesen wäre. Wenn man innerlich tot war, hatte man vor gar nichts Angst.

In der Küche war der bebrillte Mittsechziger Bob Oliver, einer ihrer Stammgäste, gerade dabei, sich am Kaffee zu bedienen. Er und seine Frau waren so oft bei ihr, dass sie sich überall im Haus frei bewegen durften und sich zu Julias Freude offensichtlich ganz wie zu Hause fühlten. Genau darum ging es ihr im Peach Orchard Inn.

„Guten Morgen, Bob“, sagte sie. „Du bist ja mit den Hühnern aufgestanden.“

„Ich habe deinen Kaffee gerochen.“

Ihr gelang ein Lächeln. „Ich mach dann auch für Mattie ein Kännchen fertig.“

„Später vielleicht. Sieben Uhr ist zu früh für Mattie. Als sie von der Pensionsfeier mit dem Kollegium zurück war, hat sie gleich als Erstes angekündigt, dass sie sich nie wieder einen Wecker stellen würde. Und so hat sie's dann auch gemacht.“

„Kann man ihr nicht übel nehmen“, erwiderte Julia und drehte sich dann zu dem Fremden um, der unsicher neben der Tür stehen geblieben war.

Bevor sie ihm das Telefon zeigen konnte, fragte Bob in seiner direkten Art: „Ach, haben Sie jetzt doch eine Aushilfe angestellt?“

Unsicher, ob der Fremde sich beleidigt fühlte, warf Julia

ihm einen raschen Blick zu. Doch sein hartes Gesicht zeigte keinerlei Regung.

„Leider ist eine Aushilfe für mich und Valery immer noch Zukunftsmusik. Ihm ist bloß der Wagen liegen geblieben."

„Wahrscheinlich liegt's an der Batterie", ergriff der Neuankömmling das Wort, guckte dann aber sofort auf seine Füße, als sei er für zu lautes Sprechen getadelt worden.

„Ach so? Vielleicht kann ich helfen", bot Bob an und streckte die Hand aus. „Bob Oliver mein Name."

Der Fremde zögerte einen Moment zu lange, bevor er den Handschlag erwiderte. „Eli Donovan. Da komm ich gern drauf zurück, Mr. Oliver."

„Nennen Sie mich Bob. Mr. Oliver klingt nach Physiklehrer, das war ich dreißig Jahre lang. Jetzt bin ich einfach der gute alte Bob." Er schmunzelte, griff zu der silberfarbenen Kaffeekanne und drückte den Stempel im Glaszylinder nach unten, sodass sich das Pulver am Boden sammelte. „Unsere Julia hier macht einen richtig guten Kaffee."

Der Fremde sah kurz zu ihr, sagte aber nichts. Sie sollte ihm wohl etwas anbieten. Das würde ein gastfreundlicher Mensch jetzt tun. „Möchten Sie eine Tasse?"

Er schluckte. Diese einfache Frage schien ihn aus der Fassung zu bringen. „Wenn es Ihnen keine Umstände macht."

Sie füllte eine weitere Tasse mit dem aromatischen Sud und reichte sie ihm. Seine Hände zitterten leicht, als er sie entgegennahm, doch er schloss sie rasch um den Rand, und Julia tat so, als hätte sie nichts bemerkt.

Was ihr umso mehr auffiel, war die Müdigkeit in seinen Augen, die ganz offensichtliche Erschöpfung des Mannes. Sie erkannte aber auch, dass er eigentlich sehr fit war, kräftig gebaut, und dass seine Hände sauber, aber rau waren, so als würde er sein Geld mit körperlicher Arbeit verdienen. Er trug keinen Schmuck, noch nicht mal einen Ehering, doch das konnte ihr ja nun wirklich egal sein. Gut aussehende Männer waren nicht zwangsläufig anständige Individuen, und wäre er auch der netteste Kerl des Universums, ihr Inneres war doch zu leer, als dass sie Interesse an ihm haben könnte.

„Das Telefon ist da drüben, falls Sie immer noch jemanden anrufen möchten."

Sie zeigte zum Apparat auf der Arbeitsfläche aus braunem Granit und ging zum Ofen, um nach dem Auflauf zu sehen.

Mr. Oliver winkte ab. „Müssen Sie gar nicht. Ich habe ein Starthilfekabel in meinem Kofferraum. Fahre nie ohne auf Reisen."

Der unstete Blick des Fremden fiel erst auf sie, dann wieder auf Mr. Oliver, so als wüsste er nicht recht, was er von der Freundlichkeit halten sollte. Er ähnelte einem eingesperrten Raubtier – geheimnisvoll, angespannt und gefährlich.

„Wir fahren jetzt mit meinem Auto dorthin", sagte Bob. „Dann geb ich Ihnen Starthilfe und schwuppdiwupp sind Sie wieder auf Kurs."

„Danke." Eli Donovan nippte kurz an seinem Kaffee und machte Anstalten, die noch volle Tasse beiseitezustellen.

„Nehmen Sie den Kaffee doch mit", sagte Julia und wies auch auf Mr. Oliver. „Sie beide."

Eli zögerte. „Aber Ihre Tasse …"

„Bekomme ich ja wieder."

„Ach, okay. Danke." Das Wort kratzte rau in seiner Kehle, als würde er es nicht oft benutzen. Tatsächlich wirkte alles, was er sagte, so rau, so vorsichtig.

Bob klopfte Eli auf die Schulter, und Julia kam nicht umhin zu bemerken, wie jener sich dabei verspannte. „Heute ist Ihr Glückstag, Eli. Eine hübsche Lady spendiert Ihnen 'nen Kaffee, und Sie treffen genau den Mann, der nie ohne Werkzeuge loszieht. Ich parke hinterm Haus. Bereit, wenn Sie es sind."

„Bin ich."

Aus dem Augenwinkel beobachtete Julia, wie die beiden die Küche verließen. Ihre Schritte klangen dumpf auf der hölzernen Veranda. Eli hielt seine Tasse sorgsam fest und nahm einen Schluck im Gehen. Sie hörte noch, wie Mr. Oliver in munterem Lehrertonfall zu plaudern begann, während der andere Mann schwieg.

Anscheinend froh über die Beschäftigung, taperte Bingo auf dem Kiesweg ein Stück hinter den beiden her und ließ sein Frauchen in der duftenden Küche zurück.

Julia wischte sich die Hände an dem mit Pfirsichen bedruckten Geschirrtuch ab und trat an die Tür, Bob Oliver und Eli Donovan bogen gerade um die Ecke der Veranda und verschwanden somit aus ihrem Blickfeld.

Was war das für ein seltsamer Morgen. Erst erschien eine weitere Murmel aus dem Nichts und dann noch dieser lästige Fremde. Und das alles an Mikeys Geburtstag.

Sie holte die Murmel aus der Tasche und fuhr mit dem Zeigefinger über den glatten Ton. Weit entfernt, irgendwo in ihrer Erinnerung, lachte ein kleiner Junge.

3. KAPITEL

„Alle Vergangenheit ist nur ein Prolog."
William Shakespeare

Peach Orchard Farm
Sommer 1864

Die Erde hätte beben müssen unter den herannahenden Hufschlägen. Doch dieser Trupp der Unionsarmee – Reiter, Fußsoldaten, Verwundete – bewegte sich leise, fast schon ehrfürchtig.

Die Nachricht der unmittelbar bevorstehenden Besetzung ihres neuen Zuhauses hier in Tennessee erreichte Charlotte Reed Portland im Salon, wo sie ihren beiden Schwägerinnen gerade eine komplizierte Sticktechnik beibrachte. Das buttergelbe Sonnenlicht des drückend heißen Tages schien träge durch die Fenster, als plötzlich der aufgeregte Ruf eines Bediensteten die Stille zerriss. Es folgte das Poltern schneller Fußtritte und schließlich stürmte mit wild abstehenden Haaren ihr neunjähriger Sohn ins Zimmer.

„Mama, die Yankees kommen!"

Benjamins atemlos hervorgebrachte Worte ließen Charlotte zusammenfahren und ihre Finger krampften sich um den Stickrahmen.

Sie hatte ja gewusst, dass sie kommen würden, diese Soldaten im Krieg mit Charlottes Wahlheimat auf der Suche nach Pferden und Nahrung zur Stärkung der Union. Dass die Konföderation natürlich das Gleiche brauchte, war ihnen wohl nicht bewusst oder vielmehr egal. Die kleine, abseits gelegene Stadt Honey Ridge war durch die Belastung des Krieges bereits nahezu ausgeblutet.

Also kamen sie jetzt natürlich hierher, zur Peach Orchard

Farm, wo mit ihr selbst, ihrem Mann Edgar und ihrem Sohn Benjamin nun schon die dritte Generation Portlands wohnte. Obwohl man das Anwesen kaum als echte Plantage bezeichnen konnte, hatten sie doch ausreichend Mais und Weizen sowie Obst und Vieh und ein paar Sklaven.

Bitte, allmächtiger Gott, lass nicht zu, dass sie uns alles nehmen.

Ihre zwei jüngeren Schwägerinnen sahen mit großen nussbraunen Augen und erschrocken aufgerissenen Mündern von ihren Stickrahmen zu ihr auf. Ihre milchweißen Gesichter waren kreidebleich geworden. Als Herrin des Hauses und im reifen Alter von siebenundzwanzig lastete die Verantwortung für das Wohlergehen der Farmbewohner und ihrer Bediensteten nun auf Charlottes Schultern.

„Miss Charlotte, soll ich Mr. Portland von der Mühle herholen?“ Ihr treuer Vorarbeiter Pierce war hinzugekommen, und das Weiß seiner Augen kontrastierte in diesem Moment besonders stark mit seinem dunklen Gesicht, das vor Schweiß glänzte. Er war ein guter Mann, ein zuverlässiger und loyaler Arbeiter.

Damit sich der Aufruhr in ihrem Innern nicht freie Bahn brechen und somit ihre Angst offenbaren konnte, nickte Charlotte bloß und rang mit tiefen Atemzügen um Fassung.

„Ja, tu das bitte, Pierce“, brachte sie hervor, wobei ihr britischer Akzent, den ihr Mann früher einmal charmant gefunden hatte, vor Aufregung besonders stark hervortrat. „Ich werde die Männer derweil in Empfang nehmen.“

Betont gelassen legte sie den Stickrahmen beiseite, stand auf und wischte sich die feuchten Handflächen am Stoff ihres grünen Kleides ab. Ihr Magen flatterte vor Angst.

Ihr Mann würde über die Störung nicht erfreut sein, egal, ob sie nun ihr oder den verhassten Yankees selbst geschuldet war. Schon heute früh hatten sie die Schüsse gehört. Ob diese nun von einer Schlacht oder nur einem kurzen Gefecht hergerührt hatten, war letztlich unerheblich. So oder so starben Menschen. Ihre Gebete, dass ihr Haus verschont bleiben möge, waren nicht erhört worden.

Der Krieg stand direkt vor ihrer Tür.

Charlottes Fähigkeit, ihre Gefühle nach innen zu kehren und somit nach außen hin gelassen zu sein, hatte sich hier im Süden, wo Unterschiede verdächtig und Menschen ein Handelsgut waren und wo ihr Mann mit kalter Miene Befehle gab, schon oft als notwendig erwiesen.

„Josie, Patience", wandte sie sich an die beiden Jüngeren. „Schließt euch in euren Zimmern ein. Nehmt Benjamin mit. Geht nicht nach draußen und seht auch nicht aus dem Fenster. Macht euch unsichtbar."

Der vom Reifrock aufgefächerte Saum ihres Kleides raschelte über den Boden, als sie entschlossenen Schrittes unter das säulengetragene Dach der Veranda hinaustrat, wo sie die Hände fest um das weißgetünchte Geländer schloss und wartete. An jedem anderen Tag hätte sie gern hier gestanden, sie mochte den Ausblick auf die den Zufahrtsweg flankierenden Magnolien und die Pfirsichbäume des Obstgartens, der sich von hier weiter in Richtung Norden erstreckte. Heute jedoch zitterten ihr die Knie, und sie sah nichts außer den herannahenden Soldaten, dieser militärisch geordneten, von einigen Reitern durchbrochenen, langgezogenen Silhouette aus Blau und Gold, der die lautlos flatternden Stars und Stripes der Union vorangetragen wurden.

Sie kannte die Schauergeschichten. Armeen aus dem Norden, die alles plünderten und keinen Stein auf dem anderen ließen, aber Gott stehe ihr bei, sie würde alles tun, um ihre Familie und ihr Heim zu beschützen. Von dem Tage an, da sie als scheue Braut von sechzehn Jahren hierhergebracht worden war, hatte sie sich weit mehr in dieses Anwesen verlieben können als in seinen Besitzer, ihren Ehemann Edgar. Ihr Heim und ihr Sohn waren ihr ganzer Lebensinhalt.

Der Schweiß juckte ihr mittlerweile hässlich unterm Kragen, dennoch blieb sie reglos stehen, äußerlich gefasst, und suchte unter den Feinden nach einem Zeichen von Menschlichkeit.

Je näher die Soldaten auf dem gewundenen Zufahrtsweg an das Haus herankamen, desto deutlicher konnte sie die Erschöpfung in den Gesichtern der jungen Männer erkennen, das Blut auf den Uniformen und dass einige der Fußsoldaten Tragen mit Verwundeten schleppten. Von Weitem hatten sie wie eine riesige Armee gewirkt, doch tatsächlich war es nur eine kleinere Kompanie. In den gehetzten Blicken dieser jungen Männer, die fast noch Kinder waren, hielt der Krieg auf der Peach Orchard Farm Einzug, und er brachte die Ahnung mit sich, dass fortan nichts mehr so sein würde wie vorher.

Mit schwerem Herzen, das noch schwerer wurde in dem Wissen, dass Entscheidung oder Schicksal sie zu Feinden gemacht hatte, trat Charlotte von der Veranda hinunter und ging der mittlerweile vorm Haus zum Stillstand gekommenen Kompanie entgegen. Von Hufen aufgewirbelter Staub stieg ihr in die Nase. Kein Hauch bewegte die flimmernde Luft, es schien, als würde das Haus selbst den Atem anhalten.

Eines der Pferde, ein erschöpfter Grauschimmel, trug den offensichtlichen Anführer der Kompanie. Der Mann mit der aufrechten Haltung verbreitete Autorität. Er ritt langsam auf sie zu und sie erwartete ihn mit regloser Miene. So wie anscheinend alle der Männer war auch er noch jung, vielleicht in ihrem Alter. Ob Freund oder Feind, er hatte eine energische Ausstrahlung, die ihr imponierte. Und er sah gut aus in seiner blauen Uniformjacke mit den goldenen Schultertressen und der passenden, ebenfalls blauen Hose mit dem roten Streifen an jeder Seite. Energisch und gut aussehend, jedoch auch staubig und mitgenommen von weiß Gott welchen Strapazen, war er schlank, hatte ein markantes Kinn und seine braunen Haare gingen in einen gepflegten Bart über.

„Ma'am." Er nahm den Hut ab, auf dessen marineblauem Grund das goldfarbene Emblem zweier gekreuzter Kanonen prangte. „Ich bin William Gadsen, Captain der United States Army. Ist Ihr Mann zugegen?"

Diese einfache Frage musste gestellt werden, da die meisten Männer Tennessees schon lange in Uniformen der einen oder der anderen Farbe in den Krieg gezogen waren. Dass Edgar ausgemustert worden war, beschämte und verbitterte ihn, Charlotte wusste das.

„Jemand ist schon unterwegs und holt ihn. Warum sind Sie hier? Wir sind bloß einfache Farmbewohner, Frauen, Kinder, ein paar Arbeiter." Sie wollte sie nicht Sklaven nennen. Viele gehörten schon fast – und einige vermutlich tatsächlich – zur Familie.

Old Hub, dessen einzige Arbeit mittlerweile darin bestand, sich um die Hühner zu kümmern, kam hinterm Haus hervorgehumpelt und stellte sich an ihre Seite. Ein loyaler, wenn auch gebeugter und greiser Beschützer, dessen treuer Mut den ihren stärkte.

Der Captain wies auf seine Soldaten. „Wir haben Verwundete."

„Das sehe ich, Sir. Ich bedauere Ihre Verluste." Das tat sie wirklich. Dieser Krieg zwischen Amerikanern und Amerikanern war unsinnig und grausam.

Er setzte den Hut wieder auf, und das Leder des Sattels knarzte leise, als er sich zu seinen Soldaten umwandte und die weiß behandschuhte Hand zum Befehl emporhob: „Kompanie, absteigen."

Der trostlose Versuch, militärische Ordnung zu wahren, misslang, als die kriegsgebeutelten Reiter noch mühsam von ihren Pferden rutschten, während eine Handvoll Fußsoldaten bereits die Formation brach und auf die Veranda zusteuerte.

„Halt!" Als könnte Charlotte die Bewaffneten damit in die Schranken weisen, streckte sie ihnen zitternd die Handfläche entgegen. „Was wollen Sie? Lebensmittel? Verbandszeug?"

Bevor Captain Gadsen etwas antworten konnte, entstand ein Aufruhr in den Reihen. Mit wachsendem Entsetzen sah Charlotte, wie einer der Soldaten auf die plattgetrampelte Erde fiel und reglos liegen blieb.

„George!" Im Laufschritt, wobei ihm der Säbel gegen das Bein schlug, eilte Captain Will Gadsen zu ihm. Einer der anderen Soldaten kniete auf dem Weg vor der Peach Orchard Farm neben dem gestürzten Kameraden nieder, hielt ihm prüfend die Finger vor den Mund und horchte an der reglosen Brust. Dann hob er das fast jungenhafte Gesicht und blickte fassungslos zu seinem abwartend dastehenden Offizier. „George ist tot, Sir."

Die Haltung des Captains fiel in sich zusammen. Er ließ den Kopf hängen und seufzte tief. Mit einer Hand auf der Schulter des knienden Soldaten widmete er dem Gefallenen ein respektvolles Schweigen. Auch der Rest der Kompanie schwieg, nur leises Klimpern von Zaumzeug und das ein oder andere Schnauben durchbrachen die Stille.

Charlotte war gerührt. Der Captain hatte ein gutes, mitfühlendes Herz.

Doch noch während sie das dachte, fuhr William Gadsen auf den Hacken seiner Stiefel entschlossen zu ihr herum. Er blickte stur geradeaus und verkündete in autoritärem Tonfall: „Mit Verlaub, Ma'am, es ist meine Pflicht, Sie davon in Kenntnis zu setzen, dass Ihr Anwesen hiermit von der United States Army beschlagnahmt ist." Er hob erneut die Hand zum Befehl. „Vorwärts, Männer!"

Will konnte sehen, wie der Frau das Blut aus dem fein geschnittenen Gesicht wich. Sie sah sehr hübsch aus und ihr hellblondes Haar war mit britischer Strenge hochgesteckt. Hatte er doch ihren englischen Zungenschlag erkannt, der sich von dem hiesigen unterschied. Tiefes Bedauern legte sich schwer auf sein Herz. Eine so vornehme und schöne Frau wie sie, eine Frau wie seine Schwestern oder seine Mutter, sollte mit den Übeln des Krieges nichts zu tun haben müssen. Ach, wie er sein Zuhause vermisste, besonders an einem Tag wie heute, da er nichts als Blut und Tod auf seinem Weg hinterließ.

Erneut nahm er den Hut ab. „Ma'am, Ihr Haus wird uns bis auf Weiteres als Lazarett dienen. Außerdem benötigen wir Ausrüstung, Nahrung und Ruhe. Meine Männer haben die strikte Anweisung, Ihrer Familie und Ihrem Zuhause keinerlei Schaden zuzufügen. Wir nehmen nur das, was wir brauchen."

Sie streckte das Kinn vor. „Und wie viel soll das sein? Auch wir müssen unsere Leute hier versorgen. Sie können doch nicht einfach so meine Familie berauben. Ich verbiete es Ihnen."

Sie war nicht in der Position, zu widersprechen oder auch nur zu verhandeln, und doch stand sie da wie eine schlankwüchsige Eiche und bot ihm ruhig und fest entschlossen die Stirn. Will kam nicht umhin, sie dafür zu bewundern. „Ich werde darauf achten, dass genug für Sie und Ihre Leute übrig bleibt. Sie haben mein Wort."

Sein Wort zu halten, war oft das Einzige, was ihm in diesem brutalen Krieg noch blieb. Sein Wort und seine Würde, so hatte Will sich geschworen, sollten weiterhin ungebrochen sein, wenn er wieder nach Ohio zurückkehrte.

Seine Männer schwärmten bereits auf dem eleganten Anwesen aus, und er fühlte sich in der Pflicht, ein wachsames Auge auf sie zu haben. Es waren zwar hauptsächlich hochanständige Leute, allerdings hatten sie sich schon lange nicht mehr in den einem richtigen Zuhause gebührenden Umgangsformen geübt. Er wollte keinen Ärger und würde ihnen auch auf keinen Fall irgendetwas durchgehen lassen. Einige Offiziere, das wusste er, machten bei so etwas kein Federlesen, doch er für seinen Teil hatte auch so schon genug Skrupel, wenn er anderer Leute Heim beschlagnahmte und dringend benötigte Nahrung und Pferde mitnahm.

Das Gesicht der Frau entspannte sich ein wenig, doch ihre Körperhaltung blieb straff und wachsam. Sie nickte knapp. „Danke."

Der uralte Sklave, der ums Haus gehumpelt war und nun schief und gebeugt neben ihr stand, fing an zu sprechen. Das tief besorgte schwarze Gesicht glänzte vor Schweiß. „Miss Charlotte, Mr. Portland ist aufm Weg."

Ihr Blick schnellte kurz in die Richtung, wo die Magnolien standen, und dann zurück zu Will. Es war das erste Mal, dass er ihr so etwas wie Unruhe anmerkte, als würde die Anwesenheit ihres Mannes die Sache nicht besser, sondern nur noch schlimmer machen.

Dass sie sich gleich darauf wieder gefasst hatte, nahm er mit Hochachtung zur Kenntnis. Dann, als würde sie einen Nachbarn zum Tee einladen, wies sie zur Veranda. „Darf ich bitten, mein Mann wird Sie im Salon empfangen. Drinnen ist es auch viel angenehmer als hier draußen in der Sonne. Hub zeigt Ihnen den Weg."

Als Will etwas erwidern wollte, rief von der Tür zum Haus her der Feldchirurg nach ihm. Der Doc hatte keine Zeit verloren und sofort mit dem Einrichten einer Krankenstation begonnen. Das war auch dringend notwendig angesichts der Schwere und Vielzahl der Verletzungen, die seine Männer heute früh davongetragen hatten.

„Stokes will Sie sprechen, Sir."

Stokes, ein guter Mann, ihn hatte es besonders schlimm erwischt. Nur mit Gottes Hilfe würde er die kommende Nacht noch überstehen können, da half auch der beste Chirurg nichts mehr.

„Ich muss jetzt als Erstes nach meinen Männern sehen", sagte Will zu der Frau.

„In Ordnung. Ich gebe dann schon mal meinem Mann Bescheid." Mit kleinen, feingliedrigen Händen raffte Mrs. Portland den Stoff ihres grünen Kleides und eilte den Weg zur Straße hinunter.

Will sah ihr nur einen kurzen Moment nach, bevor er auf das Haus zuging, wo die Pflicht auf ihn wartete. Doch das Bild der mutigen und schönen Charlotte Portland hatte sich schon jetzt in sein Gedächtnis eingebrannt.

4. KAPITEL

Honey Ridge, Tennessee
Heute

Eli setzte sich neben Bob Oliver in dessen blauen Honda Accord, der wie frisch aus der Fabrik aussah und ganz bestimmt niemals liegen blieb. Nicht wie diese 500-Dollar-Schrottkarre, die Eli sein Eigen nannte.

Heute sei sein Glückstag, hatte der Mann zu ihm gesagt. Angesichts der Umstände und des Anlasses seiner Reise wollte Eli lieber nicht darauf wetten. Doch diesen hilfsbereiten alten Herrn getroffen zu haben, war tatsächlich ein unerwartetes Glück. Die Frage nach dem Telefon war schließlich ein bloßer Akt der Verzweiflung gewesen. Schön, er hätte einen Mechaniker rufen können, aber wovon dann die Reparatur bezahlen? Vielleicht, so sein Notfallplan, hätte er die Kosten abarbeiten können.

„Mein Auto steht ’ne halbe Meile da die Straße runter." Er wies nach Süden, dahin, wo die Karre gegen Mitternacht den Geist aufgegeben hatte. Im Freien zu übernachten, hatte Eli nichts ausgemacht – im Gegenteil, er hatte die Aussicht auf die Sterne und die frische Luft genossen.

„Sind Sie hier aus der Gegend?" Bob sah kurz zu ihm herüber. Auf seinen schwarz eingefassten Brillengläsern spiegelte sich die Morgensonne.

„Nein."

„Ich auch nicht. Meine Frau und meine Wenigkeit wollen zwar gern mal irgendwann hier in die Gegend ziehen, aber bis dahin residieren wir weiterhin in Memphis."

Elis Herz rutschte ihm bis auf die immer noch nicht richtig eingelaufenen Stiefel hinunter. Sieben elende Jahre hatte er in Memphis verbracht. Auch nach sechs Monaten in Freiheit waren die schmerzlichen Erinnerungen an diesen Ort noch sehr lebendig.

Er rang nach höflichen Worten, mit denen er das Gespräch möglichst schnell wieder von diesem Höllenloch weglenken konnte, und brabbelte selten uninspiriert drauflos: „Die Pension da ist echt hübsch."

„Das Peach Orchard Inn? Ist das Beste überhaupt. Meine Frau und ich fahren, sooft es geht, zu Julia runter. Wenn man nicht gerade ein Bürgerkriegsfan ist, gibt es nicht viel zu tun, außer auf der Veranda zu sitzen, im Obstgarten rumzuspazieren und vielleicht ein bisschen zu fischen, aber genau deswegen kommen wir ja hierher. Ruhe und Frieden. Wunderschöne Landschaft. Und großartiger Kaffee." Er lachte und trank den letzten Schluck aus seiner Tasse.

Eli hatte zum Glück noch etwas über von diesem besten Kaffee, den er seit mehr als sieben Jahren getrunken hatte. Er schmeckte genau wie der seiner Mutter. Den hatte sie auch immer in so 'ner schicken Presse aufgebrüht. Ob sie wohl je an ihn dachte? Er selbst dachte so selten wie möglich an sie oder an seinen Vater oder an das Leben, das er noch immer haben könnte, wenn er nur ein besserer Sohn gewesen wäre. Die Erinnerungen daran, die Schuld und die Reue, waren zu schmerzhaft.

Er trank einen weiteren Schluck, war dankbar dafür, dass er etwas in den Magen bekam, und dachte an die Frau von der Pension.

Julia. Ein schöner Name für diese schöne Frau mit dem honigblonden Pferdeschwanz und den traurigen blauen Augen. Warum sie wohl geweint hatte? Nicht an sie denken. Nicht daran denken, wie es wäre, mit einer Frau wie ihr in dieser blitzsauberen Küche beim Frühstück zu sitzen. An Frauen hatte er dieser Tage gefälligst überhaupt nicht zu denken, schon gar nicht an eine so hochanständige.

„Julia ist eine Herzensgute", sagte Bob, während sie jetzt auf die Straße Richtung Süden abbogen. „Immer wenn wir wieder abreisen, gibt sie uns ein Glas Pfirsichmarmelade aus ihrem Garten mit. Die ist unglaublich lecker."

Bei dem Gedanken an Marmelade auf Toast lief Eli das Wasser im Mund zusammen. Seit dem Frühstück gestern Morgen, lange bevor er den Job auf der Baustelle beendet, den mickrigen Lohn eingesteckt und Nashville verlassen hatte, war ihm nichts mehr zwischen die Zähne gekommen. Damit sein Magen nicht mehr ganz so leer war, nahm er einen weiteren Schluck von Julias Kaffee. Bob hatte recht. Das war echt gutes Zeug. Lässig und verwegen, so wie Elis altes Ich.

Er starrte nach draußen und sah die frische grüne, blumengesprenkelte Frühlingslandschaft vor dem Fenster vorbeiziehen. Ganz in der Nähe entdeckte er zu seiner Überraschung einige Häuser. Er hätte nicht gedacht, dass sie hier schon so nah an der Stadt waren, andererseits, warum sollte eine Pension mitten im Nirgendwo liegen?

„Ist das da vorne Ihr Auto?" Bob wies mit dem Kinn auf den vernachlässigten alten Dodge, der schräg am Straßenrand stand.

Eli konnte sich ungefähr vorstellen, was ein gemachter Mann wie Bob beim Anblick der verrosteten Kotflügel und der fehlenden Stoßstange denken musste. Es war dem Mann hoch anzurechnen, dass er keinerlei Reaktion zeigte. Das war freundlich von ihm. Ein guter Mensch. Mit solchen hatte Eli schon seit langer Zeit nicht mehr zu tun gehabt.

Sie stiegen aus und Bob holte das Starterkabel aus dem Kofferraum des Hondas. „Die Werkzeugkiste brauchen wir vielleicht auch."

Eli nahm die rote Metallbox und ging mit Bob zum Dodge hinüber.

„Was ist passiert, bevor der Motor ausging?"

„Er ist halt einfach ausgegangen. Hat aber schon seit hundert Meilen ungesund gestottert. Vielleicht ist der Benzinfilter verstopft."

„Das haben Sie aber schon überprüft, nehme ich mal an."

„Gleich als Erstes heute morgen. Hab ihn so gut sauber gemacht, wie ich konnte. Hat aber nichts geholfen."

„Ist der Motor überhitzt?"

„Nein, Sir. Ist einfach nur ausgegangen. Die Batterie ist schon ziemlich alt, womöglich kaputt mittlerweile."

„Na, gucken wir uns das mal an."

Eli hielt noch immer die Kaffeetasse in der Hand und deponierte sie jetzt im Fußraum des Dodge. Dann machte er die Motorhaube auf und klemmte einen Stock drunter, damit sie offen blieb. Komisch eigentlich, dass ausgerechnet ein Physiklehrer seine Hilfe hierbei angeboten hatte. „Wie kommt es, dass Sie sich mit Autos auskennen?"

„Ist ein Hobby von mir. Meine Familie war ziemlich knapp bei Kasse, als ich jung war. Weil ich aber trotzdem ein eigenes Auto haben wollte, blieb mir nichts anderes übrig, als 'ne alte Schrottkarre zu übernehmen und die dann selber wieder zum Laufen zu bringen. So war das."

Eli stieß ein leises Schnauben aus. „Kommt mir irgendwie bekannt vor." Jetzt. Früher mal, da hatte er die edelsten Karossen, ein herrliches Zuhause und eine liebende Familie gehabt. Und dann hatte er dumme Entscheidungen getroffen und das alles weggeworfen.

Er nahm einen Schraubenschlüssel aus der Werkzeugkiste und klopfte gegen die verrosteten Batterieanschlüsse. „Völlig hinüber", sagte er und verzog das Gesicht. Wie sein ganzes Leben. Er steckte das Werkzeug in seine Shirttasche und trennte mühsam die Kabel von der Batterie.

Bob lehnte sich mit prüfendem Blick vor. „Ich glaube, da haben Sie Ihr Problem. Die müssen irgendwann mal richtig sauber gemacht werden, aber wenn Sie sie jetzt gut abwischen und ich Ihnen Starthilfe gebe, sollten Sie erst mal weiterfahren können."

Eli holte ein T-Shirt aus seiner Reisetasche und schrubbte damit an den Anschlüssen herum. „Viel mehr kann ich jetzt gerade nicht machen."

Nachdem Bob das Starthilfekabel angeschlossen hatte, setzte Eli sich hinters Lenkrad und drehte den Zündschlüssel. Nach mehreren Versuchen sprang der Motor schließlich an. Der Auspuff spuckte schwarzen Rauch aus, während Bob die Motorhaube zufallen ließ und neben Eli ans Fenster kam.

„Lassen Sie das bei allernächster Gelegenheit mal gescheit reparieren."

„Sicher." Sobald das Geld an Bäumen wuchs. „Was schulde ich Ihnen?"

„Keinen Cent. Tun Sie einfach jemand anderem auch mal 'nen Gefallen. Mehr verlange ich nicht."

Eli nickte aufrichtig. „Ich danke Ihnen, Sir."

„Kommen Sie auf der Rückfahrt doch noch mal vorbei, falls es auf dem Weg liegt. Wenn unser Honda hinterm Haus steht, wissen Sie, wir sind da."

„Das mach ich." *Eher nicht.*

Dann fuhr Eli los, und die kühle Morgenluft wehte ihm durchs Fenster ins Gesicht, als er jetzt seinen Weg fortsetzte, hin zu Opal Kimble, hin zu einem Teil seiner Vergangenheit, den er eigentlich für immer hatte ruhen lassen wollen.

Das kleine Örtchen Honey Ridge erwachte gerade zum Leben, während der alte Dodge keuchend und klappernd über die Hauptstraße fuhr und an einem großen Platz im Stadtkern vorbeikam. Die Farbe des Asphalts war noch immer eine Nuance dunkler vom Regen der letzten Nacht.

Eine Frau, die das Schaufenster von *Hallie's Gifts and Cards* putzte, hielt mit dem Wischtuch in der Hand inne und sah ihm hinterher. Ihr Blick kribbelte Eli im Nacken. Er wollte keine Aufmerksamkeit erregen, weder hier noch anderswo.

Am Mast vorm Postamt zog jemand eine in der völligen Windstille schlaff herunterhängende Flagge empor. Viele der Gebäude stammten noch aus einer anderen Zeit, doch alles war sauber und gut in Schuss. So trug eines der Häuser die Jahreszahl 1884 und hatte den prächtigen Anstrich längst vergangener Tage.

Als Eli an einem Doughnut-Laden vorbeifuhr, wehte der intensive Duft des Fettgebäcks durchs offene Autofenster zu ihm herein. Sein Magen knurrte.

Er fischte den Zettel mit Opals Wegbeschreibung aus der Jackentasche. An der zweiten Kreuzung hinter der Ampel bog er in die Rosemary Lane ein und fuhr sie langsam entlang, bis er das Haus mit den blauen Fensterrahmen entdeckte, wo zwischen der abgeblätterten Fassade und dem verwilderten Rasen zwei grüne Metallstühle auf der Veranda standen. Opals Haus.

Rumpelnd kam der Dodge auf dem aufgeplatzten Asphalt der Auffahrt vor der Garage neben einem umgekippten Plastikmotorrad zum Stehen. Elis leerer Magen verkrampfte sich. Seine Hände auf dem Lenkrad wurden feucht vor Schweiß.

Was tat er hier eigentlich? „Kehr um! Hau ab!“, schrie ihm jede Faser seines Körpers zu, doch dieses eine Mal in seinem Leben würde er genau das nicht tun. Konnte es nicht tun. In den sechsunddreißig Jahren seines Lebens hatte er bisher kaum etwas Verantwortungsvolles zustande gebracht, doch hier lagen die Dinge anders. Er konnte die Schreckensnachricht immer noch nicht glauben. Die süße, ausgelassene Mindy, die sich so darin gefallen hatte, in ihn verliebt zu sein, war tot – und sie hinterließ ein Kind.

Die Nervosität fraß ihm schier ein Loch in den Bauch, dennoch stieg er aus, durchquerte den Garten und trat leise auf die Veranda. Es war noch früh. Ohne die Panne wäre er schon gestern Abend angekommen. Er sah kein Licht im Haus. Schlief Opal noch? Vielleicht sollte er später wiederkommen.

„Feigling“, flüsterte eine Stimme in seinem Kopf.

Er atmete einmal tief durch, wischte seine schwitzigen Handflächen an der Jeans ab und langte nach dem Türklopfer. Doch seine Hand blieb vor dem angelaufenen Messingknauf zitternd in der Luft hängen. Es war, als besäße dieses blöde Stück Metall die Macht, sein ganzes weiteres Leben zu bestimmen. Vielleicht sollte er das hier einfach sein lassen, wieder nach Nashville gehen und weiter versuchen, einen festen Job zu finden. Der Junge musste ihn nie zu Gesicht bekommen. Der Junge. Sein Sohn.

Er wandte sich schwungvoll zum Gehen, hielt dann jedoch noch in der Bewegung inne und rang mit seinem Gewissen.

Doch bevor er der in seinem Kopf tobenden bösen Mächte Herr werden konnte, kratzte hinter ihm die schäbige Haustür über den Boden, wobei sie kurz an der Schwelle hängen blieb, als wäre das Holz durch den Regen aufgequollen. Eine alte Frau mit schlohweißen Locken und faltigem, verkniffenem Gesicht lehnte sich auf ihren Stock und blickte ihn durch den Türspalt hindurch misstrauisch an.

Eli schluckte. „Opal Kimble?“

„Sind Sie Eli?“

„Ja, Ma’am.“

Die Tür wurde aufgerissen. „Wird auch Zeit.“

Er trat ein und roch Essensduft, der sich jedoch nur schwer gegen den Muff des alten Hauses durchsetzen konnte. Alles in dem Haus war alt. Die Möbel waren reif für den Sperrmüll. Halb unter zerfledderten Zeitungen vergraben, thronte ein klobiger Röhrenfernseher auf seinem Rolltisch. An den Wänden hingen verblasste Fotos von Menschen, die einer vergangenen Epoche angehörten. Er musste an die Pension denken, in der er vorhin gewesen war, und kam nicht umhin, die beiden Häuser zu vergleichen. Beide waren alt und geschichtsträchtig, doch Julias Zuhause hatte hell und einladend gewirkt.

„Setzen Sie sich da hin."

Befehle gewohnt, tat er wie geheißen.

„Wollen Sie Kaffee?"

„Machen Sie sich keine Umstände."

Die alte Frau ignorierte seine Äußerung, verließ das Zimmer und kam mit zwei Kaffeebechern und einem Teller Rosinenbrot zurück. „Ich nehme mal an, Sie haben so früh am Tag noch kein Frühstück gehabt."

„Nein, Ma'am."

„Nehmen Sie sich was."

„Danke." Er musste sich sehr zurückhalten, um nicht gleich alles wie ein ausgehungerter Wolf hinunterzuschlingen. Indem er zwischendurch immer wieder an dem brühend heißen Kaffee nippte, schaffte er es tatsächlich, das Brot ohne große Blamage zu verzehren. Der Kaffee schmeckte bitter, erst recht im Vergleich zu Julias. Egal. Es war immer besser, sich nicht zu beschweren, das hatte er auf die harte Tour gelernt.

„Na los, essen Sie alles auf", sagte die alte Frau. „Der Junge mag eh keine Rosinen und ich hatte genug."

Der Junge. Seinetwegen war er hier. Sie wollte Geld, dessen war er sich spätestens jetzt, da er in ihrer schäbigen Hütte saß, sicher.

Er spürte, dass sie ihn beobachtete, also aß er noch eine Scheibe und hörte dann auf. Dabei hätte er eigentlich den ganzen Laib verspeisen können und immer noch Platz für Nachschub gehabt.

Durch die kleine Stärkung war ihm jetzt immerhin ein bisschen besser und er lehnte sich abwartend auf dem klapprigen Stuhl zurück. Sie hatte ihn herbeizitiert, also konnte sie auch das Gespräch einleiten.

Opal hatte sich ihm gegenüber in einen wuchtigen grünen Lehnsessel gesetzt, aus dem sie sich nun vorbeugte und die Finger wie Vogelkrallen um ihren Gehstock krümmte. „Sie wussten von dem Kind?“

„Mindy hat es mir geschrieben.“

„Sie haben nicht darauf reagiert.“

„Ich dachte, es wäre das Beste so.“ In einer hilflosen Geste hob er die Handflächen Richtung Decke. „Angesichts der Umstände.“

„Sie hat gesagt, das Kind sei von Ihnen.“

„Das ist möglich.“ Von Mindys Schwangerschaft hatte er kurz nach seiner Inhaftierung durch einen Brief erfahren, wobei ihn die Nachricht mit der Wucht einer Palette Backsteine getroffen hatte. Da war er sich erst recht wie der letzte Dreckskerl vorgekommen, zu dem er geworden war. Das mit ihm und Mindy war in jenem einen langen, heißen Sommer vor seiner alles verändernden Verurteilung passiert, wenn es denn passiert war, trotz gewisser Vorkehrungen. Aber keine Vorkehrung war idiotensicher.

„Mindy hätte nicht gelogen. Sie war todkrank.“

Eli schloss einen Moment die Augen. Wie konnte die lebensfrohe Mindy so einfach tot sein? „Das habe ich bis gestern nicht gewusst. Sie war doch noch so jung.“

„Krebs schert sich nicht ums Alter, junger Mann.“ Opal nippte an ihrem Kaffee und starrte ihn über den Rand der Tasse hinweg mit Raubvogelaugen an. Nach einigen Sekunden unangenehmer Stille sprach sie weiter. „Als sie spürte, dass sie dem Ende nahe war, hat sie ihn zu mir gebracht, zu ihrer einzigen lebenden Verwandten. Ich liebe das Kind, genau wie ich seine Mutter geliebt habe. Ich will nur das Beste für ihn.“

Eli seufzte erleichtert auf. Sie liebte den Jungen. Sie würde sich gut um ihn kümmern. „Ich schicke Geld, sobald ich kann.“

„Geld?“ Ihr Tonfall war scharf.

„Unterhalt.“

Sie lehnte sich jetzt so weit vor, dass Eli fürchtete, sie könnte gleich aus dem Sessel fallen. „Unterhalt?“

War die Frau schwerhörig? „Ich … verdiene zurzeit kaum Geld.“ Ein schmerzliches Eingeständnis, obwohl er seinen Stolz schon vor langer Zeit eingebüßt hatte. „Aber sobald ich welches habe, schicke ich alles, was ich entbehren kann.“

„Ich will Ihr Geld nicht, Eli Donovan.“

„Haben Sie mich denn nicht deswegen herbestellt, wegen des Unterhaltsanspruchs?“

Energisch kämpfte Opal sich an ihrem Stock in die Senkrechte und kam mit einem gefährlichen Ausdruck in dem faltigen Gesicht auf ihn zugehumpelt. „Sehen Sie mich an. Ich bin vierundachtzig Jahre alt. Meine Pumpe läuft nicht mehr rund und ich habe Diabetes. Ohne den blöden Stock hier käme ich überhaupt nicht mehr von der Stelle.“

Die nackte Angst fraß sich durch Elis Fußsohlen und an seinem Körper hinauf bis in sein Hirn. Wie ein panisches Pferd wollte er nur noch eins: fliehen. Er wusste, was jetzt kam. Wusste es und konnte es nicht verhindern.

„Mindy wollte, dass Sie den Jungen zu sich nehmen.“ Mit ihren knochigen Fingern wies Opal in seine Richtung. „Sie sind sein Vater. Sie werden ihn auch großziehen, wie Mindy es vorgesehen hat.“

Eli sprang vom Stuhl auf. „Sind Sie übergeschnappt? Sie wissen doch, wo ich sein ganzes bisheriges Leben gewesen bin, oder etwa nicht?“

Sie hob den Stock und zielte damit auf seine Brust. „Na, jetzt sind Sie ja wieder draußen. Und Sie haben einen Sohn, um den Sie sich kümmern müssen.“

„Ein Mann wie ich sollte kein Kind großziehen. Das ist bestimmt sogar illegal.“

„Jetzt tun Sie nicht so dumm. Er ist Ihr Fleisch und Blut."

„Sie verstehen das nicht. Ich kann mich nicht um ein Kind kümmern."

Plötzlich hatte er Jessicas Gesicht vor Augen, das bleich und aufgedunsen durchs Wasser trieb, während er mit den Kopfhörern seines Walkmans in den Ohren zu Michael Jackson abging.

„Ich habe weder einen festen Wohnsitz noch ein geregeltes Einkommen und einen Exknacki wie mich wird auch in Zukunft niemand einstellen. Ich muss immer auf Abruf bereitstehen für einen Bewährungshelfer, der mich nicht besonders leiden kann." Er fuhr sich mit gespreizten Fingern durch die Haare und wurde immer panischer. „Ich kann ja nicht mal pinkeln gehen, ohne vorher um Erlaubnis zu fragen!"

„Hören Sie auf, hier so rumzuschreien. Wollen Sie, dass er Sie hört?"

Sein Herz schlug so schnell, als wäre er derjenige, der zu lange unter Wasser gewesen war. „Opal, bitte, seien Sie vernünftig. Was Sie da verlangen, ist einfach unmöglich. Sie kennen mich doch überhaupt nicht. Ich war im Gefängnis. Aus mir wird kein Vater. Ich weiß auch gar nicht, wie man mit einem Kind umgeht."

„Glauben Sie denn, andere Eltern wissen das von Anfang an? Sie werden's eben lernen müssen. Geht allen so."

„Unmöglich." Er könnte für niemanden auf dieser Welt die Verantwortung übernehmen, erst recht nicht für ein kleines Kind. Oh Gott, worin hatte sich diese Frau da bloß verrannt?

„Was, glauben Sie, wird aus dem Jungen, wenn ich tot bin?"

Eli schüttelte den Kopf. „Dann kommt er wohl zu anderen Verwandten."

„Haben Sie Familie, die ihn nehmen würde? Die ihn lieben würde?"

Der kalte Klumpen in Elis Innerem wuchs sich zu einem Eisberg aus. „Nein."

„Aha, so sieht's nämlich aus. Sein einziger anderer Verwandter sind Sie. Und wenn Sie ihn nicht nehmen, dann kümmert sich das Amt um ihn, das Sozialsystem." Das letzte spie sie aus wie ein Schimpfwort.

„Überall wird es ihm besser gehen als bei mir. Es gibt viele gute Pflegeeltern da draußen."

„Mindy hat etwas anderes für ihr Kind gewollt."

„Es tut mir leid, Opal. Ich kann das nicht." Steifen Schrittes ging Eli zur Tür, völlig aufgewühlt, aber ebenso sicher, dass er nie im Leben dazu geeignet war, Vater eines Kindes zu sein. Niemals. „Ich schicke Geld, sobald ich kann."

„Mindy hat Sie verteidigt. Sie hat gesagt, Sie wären ein guter Mensch." Opal kräuselte die dünnen Lippen. „Sie hat sich geirrt."

„Ja." Mit dieser quälenden Wahrheit vor Augen rannte Eli hinaus, überquerte den überwucherten Rasen und rettete sich in den Schutz seines Wagens. Nach Atem ringend und mit schmerzender Brust schmiss er den Motor an und war im nächsten Augenblick ein gutes Stück die Straße runter.

An der Kreuzung hielt Eli vor dem Stoppschild an und legte die Stirn aufs Lenkrad. Selbst an seinem ersten Tag im Gefängnis hatte er nicht derart gezittert.

Er war der denkbar schlechteste Vater für einen kleinen Jungen, hatte nichts zu bieten, keine Zukunft und eine hässliche Vergangenheit.

Die Verantwortung legte eine Schlinge um seinen Hals und zog immer fester zu. Er hatte einen Sohn. Einen Sohn, der ihn brauchte.

Und er hatte noch nicht einmal nach seinem Namen gefragt.

5. KAPITEL

Peach Orchard Farm
1864

„Lizzy, hilf mir“, rief Charlotte über den durch das Farmhaus hallenden unseligen Lärm hinweg ihrer Dienerin zu, während ihr ein scharfer Geruch nach Blut und Schwarzpulver in die Nase stieg.

Das Stöhnen und die Schreie der leidenden Männer riefen schmerzhaftes Mitgefühl in ihr hervor, und die Kinder waren so verängstigt, dass sie sich irgendwo versteckt hatten, was ein Segen war, so dachte Charlotte, denn dann mussten sie dieses Grauen nicht mitansehen.

In dem heillosen Chaos, das nun auf der Peach Orchard Farm herrschte, rief Captain Gadsen immer wieder Befehle, während sich seine Männer mühsam und teilweise gegenseitig ins Haus schleppten.

Immer mehr Verwundete lagen auf den nackten Dielen von Salon und Esszimmer, und Charlotte hatte Laken herbeigeholt, die sie nun in lange Streifen riss. Bestürzt hatte sie feststellen müssen, wie wenig Medizin und Verbandszeug Soldaten im Krieg dabeihatten. Tatsächlich kam das meiste jetzt nicht von der Armee, sondern von der Portland-Familie.

Lizzy nahm eines der Laken und bearbeitete es geschickt mit ihren starken schwarzen Händen. „Kümmer du dich um den da, ich mach hier mit den Laken weiter.“

Dankbar für die fähige Hilfe machte Charlotte eine Schüssel halb voll mit Wasser, das Cook vorher abgekocht hatte, und kniete sich neben einen der vielen Männer auf den nackten Esszimmerboden. Er war nicht der erste, den sie behelfsmäßig versorgte, weil der einzige Chirurg in der Kompanie völlig überlastet war.

„Wie heißen Sie?“, fragte sie, während sie seinen zerfetzten Ärmel aufschnitt.

„Joshua Bates“, antwortete er durch zusammengepresste Zähne. „Muss ich jetzt sterben?“

Beim Anblick der verheerenden Wunde, die bis auf den Knochen ging, hielt Charlottes Hand in der Bewegung inne. Die Verletzung selbst war vielleicht nicht lebensgefährlich, doch eine spätere Infektion stellte den wahren Feind dar, das wusste sie nur zu gut aus der Zeit, da sie mit ihrer Mutter die Kranken in Londons Elendsvierteln besucht hatte.

„Ist doch nur eine Fleischwunde.“ Beim Klang der Männerstimme sah Charlotte zu Captain Gadsen hoch, der sich jetzt neben den verletzten Soldaten kniete. Sie tauschten einen Blick aus, und Charlotte erkannte, dass er ebenso wenig wie sie an seine Worte glaubte. Er legte dem Mann eine Hand auf die schweißglänzende Stirn. „Sie haben heute tapfer gekämpft, Private.“

Bates’ Gesicht war weiß wie frisch gebleichter Musselin, und er sog zischend die Luft ein, als Charlotte behutsam die tief eingerissenen Wundränder säuberte. Ein Schwall Blut trat aus. „Würden Sie ihm bitte etwas von dem Whiskey geben?“

Der Captain zögerte nicht. Er hielt den Kopf des Verletzten und flößte ihm nach und nach das betäubende Getränk ein, während Charlotte eine Rolle Verbandszeug in das Einschussloch drückte und den Arm dann mehrmals mit einem Lakenstreifen umwickelte, den sie abschließend festknotete.

„Das sollte die Blutung stoppen.“ Sie betete, dass sie recht hatte, denn Beten war das Einzige, was sie sonst noch für ihn tun konnte.

„Haben Sie medizinische Erfahrung, Ma’am?“, fragte der Captain, während er die Whiskeyflasche wieder verschloss. Edgar würde über den Verlust seiner Spirituosen und seiner

Medizin, die er wegen des verkrüppelten Beins und anderer Leiden einnahm, nicht erfreut sein.

„Meine Mutter hat mit mir zusammen die Kranken besucht. Da habe ich einiges kennengelernt." Wenngleich nichts derart Grausiges.

Da sie alles für Bates getan hatte, was in Abwesenheit des Chirurgen in ihrer Macht stand, wusch sie sich die Hände in der Wasserschüssel und ging zum nächsten Soldaten. Der Captain blieb derweil noch kurz neben Bates. Sie vernahm Wortfetzen eines leisen Gesprächs und sah aus dem Augenwinkel, wie er einen Zettel aus dessen Brusttasche zog, ihn las und wieder zurücksteckte. Er murmelte ihm noch etwas zu und ging dann zum Nächsten.

Am anderen Ende des Zimmers schrie jemand markerschütternd auf. Wasser plemperte auf den Boden, als Charlotte erschrocken zusammenfuhr und in die Richtung eilte. Mit drei großen Schritten war auch Captain Gadsen zur Stelle. Gemeinsam mit Lizzy und einem Soldaten mit blutendem Ohr hielten sie den hysterischen Mann fest und brachten ihn dazu, sich wieder hinzulegen.

„Der blutet doch gar nicht", sagte Lizzy.

Der Kopf des Mannes bewegte sich so wild hin und her, dass sein struppiger rotblonder Bart geräuschvoll über das blaue Hemd kratzte. Er brabbelte Unzusammenhängendes. „Hol den Eimer. Sie kommen. Donald! Donald!"

Dann stimmte er erneut ein schrilles Klagegeheul an.

„Ist er blind?" Captain Gadsen bewegte die Hand vor den starren Augen des Mannes hin und her. Keine Reaktion.

Charlotte kniete sich voller Mitleid neben dem Hysterischen hin. „Schsch. Ganz ruhig. Sie sind in Sicherheit."

Der junge Soldat krallte sich in Charlottes Arm und drückte so fest zu, dass es wehtat. Sie zuckte kurz, zog den Arm aber nicht weg.

„Sally? Sally?“

Bestürzt sah Charlotte zum Captain, der ihr gegenüberkniete. Ein Dutzend weiterer Männer in verschiedenen Zuständen der Pein beobachteten die traurige Szene.

„Ist Sally seine Frau?“

„Ja.“

„Er liegt im Fieber, Miss Charlotte“, sagte Lizzy. „Er hat den Verstand verloren.“

„Captain!“, rief jemand von der Tür her. „Kommen Sie schnell, Sir.“

Der arme Offizier schien hin- und hergerissen. So viele, die ihn brauchten. So viele, die nach ihm riefen.

Zu viele Fremde in ihrem Haus.

„Ich werde mich um diesen Mann kümmern, Captain. Lizzy, könntest du ihm etwas zur Beruhigung mischen?“

Wachsam blickten Lizzys tiefbraune Augen von ihr zum Captain und zu den anderen in Hörweite. Ihren Arzneien wurde nicht immer Vertrauen entgegengebracht. „Ich schau mal nach, was ich noch dahabe.“

Gerade als sie hinausgehuscht war, stürmte der Hausherr durch die Tür. Völlig entgeistert sah er sich um, ließ den zornigen Blick dann jedoch schnell auf Charlotte ruhen. „Mrs. Portland!“, befahl er sie mit kalter Stimme zu sich.

Charlotte richtete sich halb auf. „Edgar, bitte. Dieser Mann ist …“

„In mein Arbeitszimmer. Sofort!“ Und mit diesen Worten durchquerte er den Salon, ohne auf die Kranken und Verletzten zu seinen Füßen zu achten.

Charlotte fuhr heftig zusammen, als ihr Mann die Arbeitszimmertür zuknallte. Er stellte sich ihr gegenüber hinter seinen Schreibtisch, stützte die Hände ab und lehnte sich bedrohlich vor. Sein Gesicht war vor Wut rot angelaufen und er presste die Kiefer aufeinander.

„Hast du auch nur das kleinste Fünkchen Anstand?“

Charlotte barg die Hände in den Falten ihres Kleides und schwieg. Sich zu verteidigen, brachte ja doch nichts.

Edgar schlug mit der Faust auf den Tisch. Gegen ihren Willen fuhr Charlotte erneut zusammen.

„Antworte, wenn ich mit dir rede!“

Sie streckte das Kinn vor. „Hier liegen Verletzte in unserem Haus, Edgar, ob wir wollen oder nicht. Und der Anstand befiehlt, dass wir ihnen helfen.“

„Ich will sie nicht hierhaben.“

„Ich auch nicht, aber deswegen werden sie nicht gehen. Ist Kooperieren nicht immer noch besser, als erschossen zu werden?“

„Kooperieren? So nennst du das also, wenn du dich mit einem Yankee auf dem Boden wälzt?“

„Der Mann war von Sinnen. Er wusste nicht, was er tat.“ Sie machte einen Schritt auf Edgar zu und streckte flehend die Hand aus. Wenn sie ihr Anliegen als Bitte formulierte, machte das Edgar immer etwas zugänglicher. „Bitte erlaube mir die gute Tat. Es ist doch meine Christenpflicht, mich um die Kranken zu kümmern.“

Sie sah einige angespannte Sekunden zu, wie es in ihm arbeitete, bevor er sich schließlich fluchend zum schmalen Fenster umdrehte und ihr damit den Rücken zuwandte. „Na dann geh. Geh und verhätschel deine Yankees.“

Zögernd blieb Charlotte noch zwei Herzschläge lang mit zitternden Knien und verkrampften Eingeweiden vor dem Schreibtisch stehen. „Danke.“

Edgar fuhr herum und schrie sie an: „Du sollst gehen, Frau!“

Charlotte nahm ihr Restchen Würde zusammen und schlüpfte hinaus auf den Flur, wo sie zu ihrem Erschrecken dem jungen Offizier in die Arme lief.

„Ist bei Ihnen alles in Ordnung, Ma'am?", fragte er leise.

Ihr schoss das Blut ins Gesicht. Sie nickte, beschämt, aber dankbar für seine Freundlichkeit.

Er kam ein Stück näher. „Wir haben Sie in eine schwierige Lage gebracht. Das tut mir sehr leid."

Aus Befürchtung, Edgar könnte herauskommen und eine weitere Szene machen, schnellte Charlottes Blick zur geschlossenen Arbeitszimmertür.

Captain Gadsen nahm sie am Arm und ging mit ihr ein paar Schritte den Flur hinunter. „Ich könnte Ihnen ein Glas Wasser bringen."

Sie errötete noch mehr. „Es geht mir gut."

Mit einem knappen Kopfnicken ließ er ihren Arm los und wandte sich zum Gehen.

„Captain ..."

Er drehte sich um, neigte den Kopf zur Seite und schenkte ihr einen sanften Blick.

„Danke", hauchte sie.

Während der schöne Offizier und sie einander im Halbdunkel des Flurs in die Augen sahen, blieb die Zeit stehen, der Boden unter Charlottes Füßen schien zu schwanken. Das Blut rauschte ihr in den Ohren, und sie verspürte das dringende Bedürfnis, die Hände nach diesem völlig Fremden auszustrecken, der ihr mehr Freundlichkeit entgegengebracht hatte als ihr eigener Ehemann.

Erschrocken über diesen Gedanken sog sie scharf die Luft ein und eilte zurück zu den stöhnenden Soldaten.

6. KAPITEL

Peach Orchard Inn
Heute

Dass Valery noch immer nicht zum Arbeiten heruntergekommen war, konnte zweierlei bedeuten, beides verhieß nichts Gutes, keins von beidem war unwahrscheinlich. Julia servierte also allein das Frühstück und war erleichtert, dass an diesem Morgen nur vier Gäste da waren. Das eine Pärchen hatte gerade fertig gegessen, als Mr. Oliver von seinem Einsatz als guter Samariter zurückkehrte. Er setzte sich auf einen Platz am Fenster, von wo man auf die kahle Rasenfläche hinter dem Haus blickte. Eines Tages wollte Julia dort einen Garten anlegen, und auch das alte Kutschenhaus sollte mal ein hübscher Anblick sein statt wie jetzt der augenfällige Beweis, dass im Peach Orchard Inn noch vieles unvollendet war. Unvollendet. Unvollständig. Wie ihr Leben.

Sie stellte Bob ein Tablett mit Frühstück und frischem Kaffee hin. „Und, haben Sie sein Auto zum Laufen gekriegt?"

„Japp, der ist jetzt erst mal versorgt. Ich habe Ihnen hier Ihre Tasse wieder mitgebracht. Der Kollege hat seine wohl aus Versehen mitgenommen."

Julia verzog das Gesicht. Das war die Strafe, weil sie sich von seinem guten Aussehen hatte blenden lassen, statt daran zu denken, dass er bloß irgendein Fremder war. „Wo er wohl hinwollte? Er wirkte irgendwie verloren."

„Nach Honey Ridge, hat er gesagt."

„Ach, tatsächlich? Hat er da Familie?"

„Keine Ahnung. Er war ja wirklich ausgesprochen höflich und so dankbar wie ein kleines Hündchen. Aber dann hat er wiederum auch kaum den Mund aufgekriegt und wirkte so misstrauisch, als könnte er gar nicht glauben, dass ich ihm einfach so helfe."

„Ich muss mal Mom fragen. Die weiß alles, was in Honey Ridge so passiert, sogar meist schon, bevor es überhaupt passiert." Sie musste lächeln. „Genau wie die guten alten Knaben vom Minigolfclub."

„Von dieser Truppe erzählen Sie mir immer wieder. Anscheinend muss ich da auch irgendwann mal hin." Er pikte mit der Gabel in seinen Auflauf. „Hat meine Frau sich mittlerweile blicken lassen?"

„Noch nicht."

Lachend schüttelte er den Kopf. „Würden Sie ihr etwas von dem Essen aufheben?"

„Natürlich, Sie finden den Teller dann wie immer in der Mikrowelle." Während sie sprachen, räumte Julia den Tisch des anderen Pärchens ab und sah immer wieder besorgt zur Tür. Wo war Valery? „Kann ich noch etwas für Sie tun?"

„Nein, nein. Gehen Sie nur und kümmern Sie sich nicht um mich. Ich weiß ja, wo alles ist."

Julia trug das benutzte Geschirr in die Küche und machte sich ans Aufräumen. Als sie damit durch war, holte sie als Letztes noch Bobs Teller aus dem Esszimmer, wo jetzt niemand mehr saß. Noch immer keine Spur von Valery. Julia seufzte, nahm frische Bettwäsche für eines der frei gewordenen Zimmer mit und blieb dann im Privatbereich des Hauses vor Valerys Tür stehen.

„Valery." Sie klopfte zaghaft. „Valery, wach auf."

Es ertönte ein Grummeln, dann polterten Schritte und schließlich ging die Tür auf. „Was ist?"

Das braune Haar stand ihrer Schwester wild vom Kopf ab und sie hatte blutunterlaufene Augen. Julia wurde das Herz schwer. „Ach Val, nicht schon wieder."

Valery knallte ihr die Tür vor der Nase zu. Julia klopfte erneut, etwas lauter diesmal, doch ohne dass die Gäste im ersten Stock es hören konnten. „Ich gehe jetzt und hole dir Kaffee. Wenn ich wiederkomme, bist du aufgestanden, ja?"

Ohne eine Antwort abzuwarten, machte sie sich auf den Weg in die Küche zum versprochenen Kaffee, dem einzigen Mittel, mit dem Valery der Restalkohol von letzter Nacht auszutreiben war. Kein Wunder, dass sie die Flagge reinzuholen vergessen hatte.

Als sie mit der vollen Kanne in der Hand zurückkam, öffnete sie per Generalschlüssel die Tür und trat ins Zimmer. Valery saß auf der Bettkante und hielt sich den Kopf.

„Du siehst aus, als hätte dich die Katze ausgekotzt. Hast du dich gestern mit Jed getroffen?"

„Sei nicht so biestig, Julia. Wir haben nur ein bisschen unsere Versöhnung gefeiert."

„Also ist doch nicht Schluss mit euch beiden?"

„Er liebt mich."

„Er ist nicht gut genug für dich."

„Du konntest ihn ja noch nie leiden. Gib mir diesen Kaffee. Ich verdurste hier gleich."

„Ich kann ihn ganz einfach deswegen nicht leiden, weil er kein netter Mensch ist." Der Widerling wusste ganz genau, dass Valery nicht gut im Maßhalten war. „Hier, nimm. Ich hab zu tun."

Der Anblick von Valerys zitternder und nach dem Kaffee ausgestreckten Hand besänftigte Julia etwas und erinnerte sie an den düsteren Fremden – Eli –, dessen Hände genauso gezittert hatten. War er gestern Nacht vielleicht auch auf Sauftour gewesen? „Die Gäste im Blaubeerzimmer haben ausgecheckt – gleich nach dem Frühstück, das übrigens schon lange vorbei ist."

Valery stöhnte und kämpfte sich vom Bett hoch. „Ich stell mich eben unter die Dusche, dann bin ich am Start."

Julia wollte gerade das Zimmer verlassen, da sagte Valery noch: „Julia."

„Was?"

„Ich hatte nur ein paar Drinks."

Klar. „Ich bin dann gleich im Blaubeerzimmer."

7. KAPITEL

Peach Orchard Farm
1864

Charlotte legte die Bibel beiseite, trat ans Fenster ihres Zimmers, dessen Wände so blau waren wie der heutige klare Morgenhimmel, und sah nach draußen.

Die unschöne Szene mit Edgar und die Freundlichkeit des Captains, die darauf gefolgt war, versetzten sie immer noch in Aufruhr. Beides bekam sie einfach nicht aus dem Kopf.

Da ihr Zimmer im ersten Stock lag, konnte sie auf die leicht zitternden Äste der Pfirsichbäume hinunterblicken, an denen noch ein paar letzte rosige Früchte hingen. Die Portlands hatten diese Bäume vor langer Zeit gepflanzt, lange bevor sie nach Tennessee gekommen war. Lange bevor blutbeschmierte Fremde in das friedliche Landleben eingefallen waren.

Direkt unter ihrem Fenster lief eine Gruppe Soldaten auf dem taufeuchten Gras umher, einige humpelten oder trugen einen Verband. Vier von ihnen hielten mit ihren Gewehren Wache. Andere lagen auf der Veranda, wo sie sich seit ihrer Ankunft vor vier Tagen häuslich eingerichtet hatten. Hier und da brannten die Feuer ihrer Kochstellen auf dem sommergrünen Rasen.

Diese Invasion hatte die Portland-Familie in den ersten Stock verdrängt, während das Erdgeschoss weiterhin als Lazarett sowie den höheren Rängen als Quartier diente. Das war natürlich lästig, doch weder hatte man die Farm sämtlicher Vorräte beraubt noch sie und ihre Familie aus dem Haus vertrieben. Und nicht ein Bewohner der Peach Orchard Farm war in irgendeiner Weise ungebührlich behandelt worden, was ein gesegneter Umstand war, den sie Captain Gadsen verdankte. Er hatte sein Wort gehalten. Nach ihrer Einschätzung war er ein guter Mensch, vielleicht sogar gottesfürchtig, und seine Männer gehorchten ihm mit Respekt. Wobei ihnen allerdings auch nichts anderes übrig blieb.

Gerade erschien seine aufrechte schlanke Gestalt in ihrem Blickfeld, wobei die roten Streifen an seiner Uniformhose mit jedem seiner langen Schritte hell in den ersten Strahlen der Morgensonne aufleuchteten. Zu dieser frühen Stunde war er schon wieder auf den Beinen und würde gleich unermüdlich in dem provisorischen Lazarett hin und her laufen und seinen Männern Mut zusprechen. Das wusste sie so genau, weil sie und die anderen Frauen der Farm, schwarze wie weiße, für die Pflege dieser Männer abbestellt worden waren. Es war eine entsetzliche und herzzerreißende Arbeit, doch sie musste getan werden, denn die Leben dieser Männer hingen am seidenen Faden.

Der Geruch nach Blut und Äther haftete an Charlottes Kleidern und klebte an ihren Händen. Während jenes endlosen ersten Tages und der darauffolgenden Nacht hatte sie das Resultat einer Zerstörung mit ansehen müssen, die so grausig und abstoßend war, dass sie keinem menschlichen Wesen je widerfahren sollte. Was konnte selbst der barmherzige Gott angesichts dieses barbarischen menschlichen Strebens, einander zu verstümmeln und abzuschlachten, noch anderes tun, als sich grausend abzuwenden?

Ihr Vater, ein sanftmütiger Pfarrer mit zu vielen Töchtern und zu wenig Geld, konnte sich gewiss nicht einmal annähernd vorstellen, welche Gräuel seine älteste Tochter dort, wo er sie hingeschickt hatte, mit ansehen musste.

Dennoch und sehr zum Missfallen ihres Ehemannes verbrachte Charlotte ganze Nächte damit, dem Chirurgen und anderen Schlaflosen Kaffee zu kochen und den Leidenden Wasser zu bringen. Tagsüber riss sie Lumpen und die letzten verbliebenen Laken in Streifen und schrieb Briefe an Ehefrauen und Mütter und zurückgebliebene Herzen an weit entfernten Orten, die sie nur von der Landkarte in Benjamins Klassenzimmer her kannte.

Das Schlimmste an Scheußlichkeiten war mittlerweile überstanden. Dem Allmächtigen sei Dank.

Ein markerschütternder Schrei aus dem Erdgeschoss zerriss die morgendliche Stille und strafte ihre Gedanken Lügen. Charlotte kniff die Augen zu. Selbst in Londons Elendsvierteln hatte sie keine derartigen Qualen gesehen wie hier, wenn der Chirurg seine grausige Pflicht erfüllte und bei Anzeichen von Infektion amputierte. Mittlerweile lagen zwei dieser jungen Männer aus dem Norden neben Charlottes zu früh geborenen Babys auf dem Portland-Familienfriedhof, fern der Heimat in fremder Erde. Will Gadsen hatte beide Verstorbenen ausgiebig betrauert und sich dann an Edgars Schreibtisch gesetzt, um einen Brief an die Hinterbliebenen aufzusetzen. Ein ehrenwerter Mann, fürwahr.

Es klopfte an der Tür. Charlotte wandte sich lächelnd um und wartete darauf, dass ihr einziger Sohn, das Licht ihres Lebens, hereinkommen würde. Doch stattdessen stürmte die ältere ihrer beiden Schwägerinnen ins Zimmer. Sie war außer sich.

„Ich halte das nicht mehr länger aus, Charlotte. Wir sind gefangen in unserem eigenen Zuhause. Gefangen und versklavt von diesem Yankeepack."

„Aber Captain Gadsen hat doch ausdrücklich klargemacht, dass keiner von uns ein Kriegsgefangener ist. Wir alle können gehen, wann immer wir wollen." Es hatte sie gefreut und gleichzeitig überrascht, dass die meisten der Sklaven trotzdem geblieben waren. Nur die zwei, die erst vor Kurzem von Edgar auf die Farm gebracht worden waren, hatten den Captain beim Wort genommen und das Weite gesucht.

„Ja, wo sollen wir denn hin? Wir sind hier zu Hause, die nicht, und ich hasse es, wie sie hier alles verpesten. Überall jammernde, flennende Yankees, die Dreck machen und alles wegfressen wie ein Schwarm Heuschrecken."

„Das sind Menschen, Josie. Menschen, die weit weg von zu Hause bangen und leiden. Wir müssen das jetzt einfach aushalten."

Josie warf den Kopf zurück. Ihre Haare, die so rot waren wie Charlottes blond, hatte die Zweiundzwanzigjährige sorgfältig hochgesteckt, doch ein paar der wilden Locken hatten sich gelöst und fielen ihr ins Gesicht. Sie war eine sehr hübsche junge Frau, legte jedoch manchmal ein ausgesprochen ruppiges Benehmen an den Tag. Die Portland-Schwestern waren mutterlos aufgewachsen und hatten daher nur ihren Vater und ihren Bruder zum Vorbild gehabt. Ein Umstand, den Charlotte stets zu berücksichtigen versuchte, auch wenn die Wut in ihr hochstieg.

„Du gehst wohl gleich wieder runter und machst wie eine Sklavin auf Kindermädchen, was?" Josie trampelte störrisch im Zimmer auf und ab. „Tja, weißt du was? Ich nicht! Mir egal, was der Captain sagt, ich werde für keinen dieser Yankees mehr auch nur einen Finger rühren. Keine Ahnung, warum Edgar diese Behandlung einfach so hinnimmt und seiner Frau erlaubt, sich derart mit dem Feind zu verbrüdern!"

Charlotte barg die verschränkten Finger in den Falten ihres Kleides, ließ sich nicht von der verbitterten Schwägerin provozieren. Josie versuchte nur durchzuhalten, wollte, dass die Familie beisammen und ihr Zuhause unversehrt blieb, während ihr Mann im Krieg war. Aber, Herr im Himmel, wieso zeigte sie nicht gerade deswegen Mitleid für die Versehrten im Erdgeschoss?

Edgar war in seiner hilflosen Wut gleich am zweiten Tag der Besetzung zur Mühle geritten und seitdem nicht wieder zurückgekehrt. Sein Zorn richtete sich vor allem auf Charlotte, was nicht ungewöhnlich, aber schwierig war, da sie keine Kontrolle über die Situation hatte. Sie wusste nicht recht, was sie von seinem Weggang halten sollte, doch beruhigte sie die anderen Frauen damit, dass Edgar ihren Getreidevorrat beschützte, der sich in der Mühle befand. Ob das stimmte, wusste sie allerdings nicht. Sie betete, dass es so war. Sie konnten sich schlecht leisten, noch mehr ihrer Vorräte zu verlieren.

„Mir gefällt das ja auch nicht. Aber diese Verletzten sind schließlich auch Gottes Kinder."

„Lass sie sterben, sage ich. Die zählen nicht."

„Sie zählen alle, Josie", widersprach Charlotte sanft. „Stell dir vor, Tom wäre unter ihnen."

Josie sog scharf die Luft ein und aus ihren grünen Augen sprach tiefe Sorge. „Wir haben schon so lange nichts mehr von ihm gehört. Glaubst du, er ...?"

Mitfühlend legte ihr Charlotte die Hand auf die Schulter. „Gib die Hoffnung nicht auf und bete, dass dein Tom, falls er verletzt sein sollte, von jemandem Güte erfährt."

„Verstehe schon, aber ich kann das nicht. Und dass du es so einfach kannst, lässt mich an deiner Loyalität zweifeln. Diese schrecklichen, stinkenden Männer haben uns das Haus genommen und die Räucherkammer geplündert und doch überschüttest du sie mit Fürsorge, wäschst ihnen die schwitzigen Gesichter und verbindest ihre eitrigen Wunden. Ich verstehe dich einfach nicht."

Letzteres war Charlotte nur zu bewusst, und sie bedauerte sehr, dass sie noch immer nicht so geworden war, wie die Portlands sie haben wollten. Weder in Josies Augen noch in Edgars. Nur die liebe und einfältige Patience schien sie wirklich zu mögen. Aber sie würde nicht aufgeben. Sie waren jetzt ihre Familie.

„Hast du heute Nacht etwas schlafen können?", wechselte sie das Thema und hoffte, ihre stürmische Schwägerin etwas besänftigen zu können. Josie litt schon seit ihrer Kindheit an Schlaflosigkeit, und seit ihr Verlobter vor zwei Jahren der Konföderiertenarmee beigetreten war, hatte sich dieses Leiden noch verschlimmert.

„Ich weiß nicht, ob ich überhaupt je wieder schlafen kann. Ich vermisse ihn so sehr, es zerreißt mir das Herz. Ich will ihn wieder bei mir haben."

„Sobald dieser Krieg vorbei ist, wird Tom zurückkommen. Und dann feiert ihr eine prächtige Hochzeit und ladet ganz Honey Ridge ein."

„Oh Charlotte, das ist mein Traum!" Josie drückte eine Faust an ihre Brust. „Ich gehe in Mamas Hochzeitskleid die Treppe runter auf Tom zu, der im Salon auf mich wartet, und dann heiraten wir."

„Pass auf, heute Abend noch holen wir das Kleid vom Dachboden und machen schon mal die Anprobe." Nach der Arbeit. Nachdem die Verletzten versorgt, die Verbände gewechselt, die blutigen Böden sauber geschrubbt und die Teller gefüllt und wieder leer gegessen waren.

„Ja wirklich? Können wir das machen?"

„Aber natürlich können wir das." Zwar würde Charlotte ausgelaugt bis auf die Knochen und vielmehr darauf aus sein, endlich ins Bett zu fallen, doch mochte sich Josie auch noch so kratzbürstig gebärden, in diesen langen, aufreibenden Monaten des Krieges brauchten sie beide Zerstreuung. „Und danach bitte ich Lizzy, dir einen Tee für die Nacht zu machen. Dann kannst du schlafen wie ein Baby und von deiner Hochzeit träumen."

Josie verzog das Gesicht. „Was sie da zusammenbraut, schmeckt immer so fürchterlich."

Lizzy war viel eher eine Freundin für Charlotte als eine Dienerin, doch hatte Edgar ihr klar zu verstehen gegeben, dass sie das nicht aussprechen durfte. Die Sklaven, so hatte er betont, waren keine Freunde, sondern Eigentum. Dennoch duldete er, dass Charlotte sie bei Krankheit gesund pflegte und den Kindern unter ihnen das Bibellesen beibrachte. Dieser Ehemann war ihr immer noch ein Rätsel, und sie zweifelte nach wie vor daran, ihn endlich einmal wahrhaftig kennenzulernen.

„Wir tun einfach einen Löffel Honig hinein." Sie trat ans Fenster und blickte hinaus. Die Soldaten plünderten gerade mal wieder den Obstgarten, jedoch war die Saison schon vorbei, sodass eh nur noch wenige Früchte an den Bäumen hingen. Sie betete, dass sie nicht den versteckten Kellervorrat fanden oder das Silber und die anderen Familienerbstücke, die Hob und Lizzy unterm Kutschenhaus vergraben hatten. „Hast du heute Morgen schon Benjamin gesehen?"

„Der ist bestimmt mit Tandy fischen gegangen. Oder er schleicht irgendwo bei diesen schrecklichen Männern herum. Du solltest wirklich mal mit ihm reden, Charlotte."

Es klopfte erneut und Charlotte war dankbar für die Unterbrechung. Wenn sie Ben nicht gerade im Zimmer einsperren wollte, war es unmöglich, ihn von den Männern fernzuhalten. Sie waren schließlich überall und sowohl er als auch Tandy fanden die Soldaten unglaublich spannend.

Als sie die Tür öffnete, warf der junge Mann ihres Lebens seinen kräftigen kleinen Körper überschwänglich in die Falten ihres Kleides. Bei ihm war wie immer Tandy, Lizzys Sohn und Benjamins Spielkamerad. „Mama!"

Das Kleid bauschte sich zu Charlottes Füßen, als sie in die Knie ging und ihn umarmte. Sie dankte Gott jeden Tag, dass diesem einen Kind das Schicksal der anderen erspart geblieben war. Sie wünschte sich noch viele mehr, doch Edgar hatte sich seit dem letzten Mal, als sie wieder eine winzige Seele zu Grabe hatten tragen müssen, nicht mehr zu ihr gelegt. Da sie bei dieser grundlegendsten Pflicht einer Ehefrau so oft versagt hatte, war und blieb Ben wohl das einzige lebendige Kind, das sie je haben würde. Deswegen liebte sie ihn umso mehr. Liebte ihn von ganzem Herzen.

„Du riechst nach Pferd“, sagte sie und freute sich über den Geruch, weil er von Benjamin kam. Mit großer Zärtlichkeit strich sie seinen Wirbel am Scheitel glatt, diese widerspenstigen Strähnen weizenblonden Haars standen ihm ständig vom Kopf ab.

„Captain Will hat uns Smokey streicheln lassen. Das ist sein Pferd. Es heißt Smokey, weil es grau ist. Außer Mähne und Schwanz, die sind schwarz.“

Einer Klapperschlange gleich zuckte Josie schlagartig zurück und zischte: „Halt dich fern von diesem Yankee. Herrgott, dein Daddy wird dir das Fell versohlen müssen.“

Ben sah besorgt zu Charlotte hoch. „Stimmt das, Mama?“

„Natürlich nicht.“ Wenngleich Edgar auch keinen besonders zärtlichen oder aufmerksamen Vater abgab, so war er doch nie grausam zu seinem Sohn. Trotzdem, denn die Union hasste er schließlich aus voller Seele, sagte sie: „Aber seid brave Jungs und stört den Captain nicht. Er hat sehr viel zu tun.“

„Captain Will ist nett. Er sagt, dass Jungs ihn überhaupt nicht stören.“ Tandy nickte zustimmend. „Weil er ja selber einer war, früher in Ohio.“

Ohio. Der gute Captain war weit weg von Zuhause. Sie fragte sich, was er vor dem Krieg gemacht hatte und ob eine Frau oder eine Liebste sehnlichst auf ihn wartete.

„Ich mag ihn“, verkündete Ben und seine unschuldige Zuneigung riefen sowohl Stolz als auch Angst in Charlotte hervor. Der freundliche Captain hatte ihrem Sohn seine Aufmerksamkeit geschenkt, was Edgar viel zu selten tat, doch der Gedanke fühlte sich an wie ein Verrat. „Er wartet unten auf dich, Mama.“

Genauso ungebeten und besorgniserregend wie der Yankee-Ansturm flatterte eine unwillkürliche Vorfreude in ihr auf. Es beunruhigte sie, wie sehr sie die täglichen Gespräche mit Captain Gadsen genoss.

Vielleicht zu sehr.

Edgar musste nach Hause kommen.

8. KAPITEL

Honey Ridge
Heute

Eli fuhr langsam durch Honey Ridge und schielte auf die Tankanzeige. Ihm ging das Benzin aus, und er hatte keine Ahnung, wo er hinfuhr. In seinem pochenden Schädel war kein klarer Gedanke mehr zu fassen. Da kam ihm plötzlich der Park in den Sinn, an dem er auf dem Hinweg vorbeigefahren war. Parks waren seit der Freilassung seine Freunde, manchmal übernachtete er sogar in ihnen. Es war schwierig, genug Geld für eine Wohnung zu haben, wenn man nichts als Gelegenheitsjobs bekam. Sobald er einen Bewerbungsbogen ausfüllen und zugeben musste, dass er ein verurteilter Straftäter war, lösten sich alle Stellenangebote in Luft auf.

Er stellte den Dodge auf dem bekiesten Parkplatz ab und ging zu einer Betonsitzgruppe im Schatten. Die Vögel waren schon vor ihm hier gewesen und hatten ihre Visitenkarten auf dem Tisch hinterlassen. Glücklich über die frische Luft und das tiefgrüne Blätterdach über dem Kopf, stützte Eli die Ellenbogen auf den harten Beton und beobachtete das emsige Gepicke einer Gruppe Rotkardinale, die sich an den Krümeln der Cheeto-Chips seines Vorgängers gütlich taten.

Es war ein Dilemma. Sosehr er das Gefängnis auch gehasst hatte, dort war immerhin alles ganz klar gewesen: Er hatte jeden Tag das Gleiche gemacht, hatte genau gewusst, welche der Mitinsassen besser zu meiden waren, und fast immer die unausgesprochene Regel befolgt, den Mund zu halten und den Kopf unten zu lassen. Aber hier im echten Leben war alles anders. Er bezweifelte, dass er sich je wieder daran gewöhnen würde.

Er hatte einen Sohn. Dieser eine Gedanke hämmerte in seinem Kopf wie der Specht in der immergrünen Eiche neben dem Karussell. Ob dieser Sohn wohl schon oft hier gespielt hatte? Mit Mindy? Hatte sie ihn noch auf der Schaukel anschubsen können oder war sie für derlei Spiele schon zu krank und schwach gewesen? Opal war zu so etwas ganz sicher nicht mehr in der Lage. Was erwartete seinen Sohn für eine Kindheit – mit dieser alten, kranken Frau, die kaum laufen konnte?

Er holte das Portemonnaie aus der Hosentasche und zählte sein Geld. Siebenunddreißig Dollar. Ein bisschen zu wenig, um ein Kind großzuziehen.

Unvermittelt fuhr ein Streifenwagen auf den Parkplatz, und angespannt sah Eli zu, wie der Uniformierte ausstieg und um den Dodge herumging. Der Cop würde die fremden Kennzeichen überprüfen lassen. Sie waren sauber. Kein Grund zur Panik.

Doch Elis Handflächen wurden schweißnass.

Der Polizist sah zu ihm herüber und trat über den niedrigen Parkzaun hinweg auf ihn zu. Eli holte tief Luft und atmete konzentriert langsam wieder aus. Er hatte nichts zu verbergen. War ja klar, dass ein Fremder im Kleinstadtpark Aufmerksamkeit erregte. Er hätte gar nicht erst hier anhalten sollen.

„Guten Morgen."

„Guten Morgen."

„Ich bin Trey Riley, Honey Ridge Police Department. Wüsste nicht, dass ich Sie schon mal getroffen hätte."

„Eli Donovan. Ich komme aus Nashville. Ein Teil meiner Familie wohnt hier." Und das stimmte. Er hatte einen Sohn in Honey Ridge. *Armer Junge.*

„Ist das Ihr Dodge?"

Eli lächelte schief. „Leider ja. Hat mich heute Morgen schon ziemlich auf Trab gehalten."

„Ach so?" Officer Riley warf einen zweiten Blick auf die Schrottkiste. „Was hat er denn, kann ich helfen?"

„Die Batterie ist zu alt. Aber jetzt läuft er wieder." Eli stieß einen missbilligenden Laut aus. „Na ja, gerade eben jedenfalls noch. Ein Mann aus dieser Pension da hat mir Starthilfe gegeben."

„Vom Peach Orchard Inn?"

„Ja, genau."

„Schönes Haus. Julia und Valery haben es wirklich hübsch wieder hergerichtet. Als Kinder dachten wir alle, da spukt's." Trey Riley ließ ein angenehmes, ungezwungenes Lachen vernehmen. Anscheinend lachte er oft. „Gibt da ganz wilde Geschichten von Bürgerkriegsgespenstern. Die sollten uns wohl vom Haus fernhalten. Ist jedenfalls schön, den Ort zur Abwechslung mal wieder von den Lebenden bewohnt zu sehen."

Eli suchte nach etwas, das er sagen konnte. Seine Small-Talk-Fähigkeiten waren in den sieben Jahren ziemlich verkümmert. „Sie macht guten Kaffee."

Dabei erinnerte er sich schuldbewusst, dass er immer noch ihre Tasse hatte.

„Sie sollten erst ihren Pfirsichtee probieren." Riley grinste und schüttelte den Kopf. „Menschenskinder, ein wirklich gutes Zeug! Eine Zeit lang hab ich fast jeden Nachmittag vor ihrer Tür gestanden – immer in dienstlicher Angelegenheit natürlich …" Er lachte wieder. „… und hab ein schönes eiskaltes Glas reinstes Südstaatenparadies geschnorrt. Julia hat sich wohl damit arrangiert. Zum Glück kauft meine Mutter ihr immer schön viele Pfirsiche ab."

Eli konnte es kaum glauben: Hier stand er und unterhielt sich ganz locker mit einem Polizisten, der noch dazu ein echt netter Kerl zu sein schien.

„Der Obstgarten ist mir aufgefallen."

„Blüht jetzt bestimmt."

„Ja, sieht schön aus." *Wie fluffige rosa Wolken.*

„Frühling ist die beste Zeit in Honey Ridge. Da blüht hier so einiges.“ Officer Riley zupfte an seinem ordentlich gebügelten Hosenbein und stützte seinen Fuß, der in einem glänzenden schwarzen Uniformschuh steckte, auf der Bank ab. „Herrliches Wetter heut Morgen, genau richtig für ’ne kleine Pause im Park.“

„Ist ein schöner Park.“

„Ja, nicht wahr? Honey Ridge ist wirklich ein hübsches Städtchen. Eine Zeit lang hab ich woanders gewohnt, aber als hier die Stelle frei wurde, bin ich gerne wieder zurückgekommen.“

„Wohnt Ihre Familie auch hier?“ Na also. War doch gar nicht schwer.

„Allesamt. Beide Eltern, drei Schwestern.“

„Drei?“

„Ganz genau, legen Sie los. Bedauern Sie mich.“ Officer Riley lachte erneut. „Die drei sind großartig. Wirklich. Aber sie treiben mich in den Wahnsinn. Versuchen ständig, mich an ihre Freundinnen zu verheiraten.“

Eli lächelte. Familie. Er wünschte, er könnte nach Hause gehen und sich von einer liebenden Meute in den Wahnsinn treiben und an Freundinnen verkuppeln lassen. Stattdessen war er allein. Nein, nicht ganz. Er hatte ein Kind. Einen Sohn, der ihn brauchte. Und Eli hatte nichts zu geben als sich selbst.

Der Gedanke deprimierte ihn. Das Kind hatte Besseres verdient. Kam gar nicht infrage, dass er ihn zu sich nahm.

Aber wenn nicht er, wer dann? Der Junge würde genauso allein sein wie er selbst früher. Eli wusste genau, wie sich das anfühlte. Wenn man niemanden hatte, an den man sich wenden konnte. Er war dreizehn, als sein Leben begann, aus den Fugen zu geraten. Sein Sohn hingegen war gerade erst sechs, nur ein Jahr älter als Jessica damals, und das Leben dieses Jungen lag bereits in Scherben.

Bevor die klügere Hälfte seines Gehirns sich einklinken konnte, fragte Eli den Polizisten: „Sagen Sie, Sie wissen nicht zufällig, ob es freie Stellen hier in der Gegend gibt, oder?"

„Wollen Sie in Honey Ridge bleiben?"

„Vielleicht, wenn ich Arbeit finde."

Officer Riley blickte in das Geäst der prächtigen Eiche, wo der umtriebige Specht noch immer eine volle Glanzleistung ablegte. „Mal überlegen. Also, wenn Sie nicht wählerisch sind, die Restaurants in der Stadt, *Jose's Pizza* zum Beispiel oder *Miss Molly's Diner*, die können immer jemanden gebrauchen. Bei den Lebensmittelläden und den Reiterhöfen könnten Sie mal nachfragen, vielleicht auch bei *Big Wave*."

Als Eli bei Letzterem fragend den Kopf hob, erklärte Riley: „*Big Wave* stellt maßangefertigte Boote her. Der Laden liegt ein Stück weiter Richtung Westen. Könnte sein, dass die schon genug Leute haben, aber 'nen Versuch ist es wert. Fragen Sie nach Janet. Die ist die Chefin vom Ganzen."

„Alles klar."

„Ach so, und Julia draußen im Peach Orchard will schon ewig das alte Kutschenhaus in eine zweite Gästeunterkunft umbauen. Keine Ahnung, ob sie mittlerweile genug Geld dafür zusammenhat, aber Sie können ja auch da einfach mal anklopfen."

Bei dem Gedanken an ein Wiedersehen mit Julia durchfuhr Eli ein angenehmer Schauer. Schnell unterdrückte er das Gefühl. Es war bescheuert, auch nur daran zu denken. Davon mal abgesehen, würde ihm die Arbeit auf einer Baustelle aber schon um einiges besser gefallen als irgend so ein Stubenhocker-Job.

„Vielen Dank für die ganzen Ideen."

„Ich hoffe, Sie finden was. Honey Ridge hat sich schon für viele Rechtschaffene als gutes Zuhause erwiesen." Officer Riley nahm den Fuß von der Bank. „Wenn Sie wegen dem

Dodge noch mal Hilfe brauchen, geben Sie mir einfach Bescheid."

Er ging zurück zu seinem Auto und Eli sah ihm verdutzt hinterher. Das Portemonnaie hatte direkt neben ihm auf dem Tisch gelegen, doch der Cop hatte nicht mal nach dem Ausweis gefragt. Außer dieser Bemerkung über das Zuhause der Rechtschaffenen war nicht das kleinste bisschen Misstrauen von ihm ausgegangen. Entweder war Trey Riley ein echt lausiger Polizist oder ein wirklich guter Mensch.

Eli stieß sich vom Tisch ab und steckte sein Geld wieder ein. Er wusste nicht, wie oder warum, aber in den letzten zehn Minuten war eine Entscheidung in ihm gereift, die seine eigene Zukunft und die eines kleinen Jungen grundlegend verändern würde.

Er würde sich in diesem freundlichen, familiären Städtchen Honey Ridge einen Job suchen. Und Vater werden.

9. KAPITEL

Julia kannte die Telefonnummer vom Polizeirevier längst auswendig. Und wie immer in den mittlerweile sechs Jahren stellte man sie direkt an den Detective durch.

„Hallo, Julia", meldete sich Detective Burrows müde, aber freundlich.

Er war ein vielbeschäftigter Mann. Sie würde gleich auf den Punkt kommen.

„Heute ist Mikeys Geburtstag. Ich hab mich nur gefragt, ob ..." Sie ließ den Satz unvollendet.

„Leider nichts Neues, Julia."

„Gar nichts?"

„Nichts seit dem falschen Alarm vor zwei Jahren in Huntsville, aber wir bleiben weiter an Mikeys Fall dran. Ich habe erst letzte Woche mit dem FBI deswegen telefoniert."

Sie schluckte enttäuscht, doch was hatte sie schon erwartet? Die Polizei tat ihr Bestes. Das war ihr bewusst. Nach Mikeys Verschwinden hatte ein ganzes Jahr lang jeden Tag entweder Detective Burrows oder der Zuständige vom FBI bei ihr angerufen und sie auf dem Laufenden gehalten. Danach, als die Hoffnung auf Erfolg nach und nach immer kleiner wurde, wurden auch die Anrufe immer weniger.

„Sie geben mir aber bitte sofort Bescheid, wenn was passiert." Noch immer schwangen Verzweiflung und Schmerz in ihrer Stimme, das hörte sie selbst. Und sie wusste, dass diese Gefühle nie nachlassen würden, bevor ihr Sohn nicht endlich gefunden wurde.

„Natürlich. Ich wünschte, ich hätte bessere Nachrichten für Sie."

„Ich auch."

Julia legte schweren Herzens auf und wollte gerade die Treppe hinauf zum Blaubeerzimmer gehen, doch ein Klopfen an der Vordertür hielt sie zurück. Dann räumt Valery das Zimmer eben allein auf, beschloss Julia und eilte in der Hoffnung auf unerwartete Kundschaft zur Tür. Das Geschäft war diesen Monat nicht gerade gut gelaufen und manchmal empfahl jemand aus der Stadt ihre Pension an Durchreisende.

Die zwei älteren Ladys auf der Veranda waren ihr hingegen wohlbekannt, trotzdem besserte sich ihre Laune sofort. Beim Anblick dieser zwei Originale war alles andere ja auch nahezu unmöglich. Die Sweat-Zwillinge glänzten heute als doppeltes Ensemble aus rosa-geblümtem Hemdblusenkleid, glänzenden pinken Pumps, breitkrempigem weißen Sonnenhut und passenden Handschuhen. Vida Jean und Willa Dean versetzten Julia immer ein bisschen in die fünfziger Jahre zurück, als unter Südstaatenladys noch diese gewisse uniforme Noblesse in Kleidung und Auftreten herrschte. Allerdings waren die mittlerweile achtzigjährigen Zwillinge alles andere als konventionell. Mit ihren aufgemalten Augenbrauen, dem stets präsenten grellroten Lippenstift und den in diesem ganz speziellen Zitronenton gefärbten Haaren hatten sie in Honey Ridge längst Ikonenstatus erlangt.

„Guten Morgen, Ladys. Kommt rein."

„Wir können nicht lange bleiben, Julia, Schätzchen." Das war Vida Jean. Julia erkannte sie an dem Muttermal auf der Wange.

„Aber natürlich können wir, Vida Jean. Julia, hast du etwas von deinem wundervollen Pfirsichtee da?"

„Ist gerade fertig. Setzt euch doch schon mal, ich hole ihn."

„Du bist so ein liebes Mädchen. Das habe ich Willa Dean heute Morgen schon gesagt. Nicht wahr, Schwesterherz?"

„Heute Morgen schon, in der Tat." Willa Dean nahm ihre übergroße Korbtasche von der einen in die andere Hand und sagte: „Ich hätte auch nichts gegen ein Stück Kuchen einzuwenden, falls du zufällig welchen dahast."

„Wie wäre es mit Pfirsichmuffins?", bot Julia an. „Frisch von heute früh."

„Herrlich. Danke, Liebes."

„Bin gleich wieder da."

Mit einem Lächeln auf den Lippen ließ Julia die Zwillinge in dem schönen alten Salon zurück: glänzende Holzdielen, großer Kamin, original erhaltener Kronleuchter, beiges Sofa mit geschwungener Rückenlehne. Über die hartnäckige dunkle Stelle nahe dem Kamin hatte sie einen farbenfrohen Teppich gebreitet. Ja, sie kannte die Gerüchte, aber Gedanken über Blutflecken halfen ihr zurzeit überhaupt nicht weiter.

Mit einem Tablett kam sie aus der Küche zurück, servierte, schenkte ein und setzte sich dazu. Jetzt konnte Valery mal allein arbeiten. Es gab ständig was zu tun. Auch wenn gerade nicht viel los war, wollten Dielen geschrubbt, Ventilatoren abgestaubt und Blumenbeete gejätet werden. Das kam zu der voraussichtlich ewig andauernden Restaurierung und eventuellen Erweiterung noch hinzu.

Die Sweat-Zwillinge führten mit vornehm abgespreiztem kleinen Finger ihre vom kalten Eistee beschlagenen Gläser zum Mund und unterhielten Julia mit den neuesten Geschichten aus der Stadt, wo unter anderem das neue Perkins-Baby geboren und der arme Pfarrer Ramsey vom Kirchendach gefallen war. Letzterer lag jetzt mit gebrochenem Bein im Krankenhaus. Julia hatte sich zwar schon lange nicht mehr in der Kirche blicken lassen, doch sie notierte sich im Geiste, dem Pastor eine Karte zur Genesung zu schicken.

Ein Poltern ertönte über ihren Köpfen. Alle drei sahen zur Decke.

„Die Gäste", sagte Julia. „Oder Valery beim Aufräumen."

Die Zwillinge tauschten einen Blick aus. „Willa Dean und ich haben nachgedacht. Nicht wahr, Schwesterherz?"

„Nachgedacht, in der Tat. Du weißt, was man sich über dieses Haus erzählt, Liebes?"

Wie konnte sie das nicht wissen? Schließlich war sie hier aufgewachsen. Doch sogar schon als Kind hatte sie eine gewisse Verbundenheit zu diesem Haus verspürt, selbst als die Fassade noch abblätterte, die Wände noch durchhingen und die Veranda unter dem ganzen Unkraut zu ersticken drohte. Sie war noch ganz klein gewesen, als seine letzten Besitzer nach Georgia gezogen waren und es dem fortschreitenden Verfall anheimgegeben hatten, was „Zutritt verboten"-Schilder und ein Vorhängeschloss am Eingangstor nach sich gezogen und jede Menge Geistergeschichten in Schwung gebracht hatte.

„So was erzählt man sich doch über jedes Haus, das mal für eine Weile leer gestanden hat."

„Ist dir denn seit deinem Einzug gar nichts Ungewöhnliches aufgefallen?"

„Ungewöhnliches?" Antike Murmeln an sonderbaren Orten oder körperloses Kinderlachen zum Beispiel?

„Unser Großvater hat uns Geschichten erzählt. Hat er nicht immer schön erzählt, Vida Jean?"

„Sein Daddy ist im Krieg gewesen, weißt du? Chester Lorenzo Sweat, seines Zeichens Corporal in der Ersten Kavalleriedivision der Confederate States Army. Meine Schwester und ich erinnern uns noch ganz genau an die Geschichten, stimmt doch, Willa Dean?"

Julia wusste natürlich sofort, von welchem Krieg die Rede war. Der Amerikanische Bürgerkrieg erfreute sich in Honey Ridge einer ständigen Präsenz durch Erinnerungen, Ehrungen und Aufführungen. Es kursierten zahlreiche Geschichten, die im Laufe der Zeit und durch den Südstaatenstolz der Erzählenden immer weiter geschönt und ausgeschmückt wurden.

„Hier sind jedenfalls keinerlei Geister erschienen, falls du das meinst."

„Oh.“

„Nun, gut.“ Vida Jeans Muttermal zitterte leicht.

In einer einzigen, völlig synchronen Bewegung falteten die Zwillinge steif und geziert die Hände um die Henkel ihrer Korbtaschen und waren ganz offensichtlich sehr enttäuscht.

„Darf ich noch Tee nachschenken?“, fragte Julia.

„Für mich besser nicht, Liebes. Du weißt schon, die Blase.“ Willa Dean nahm sich einen zweiten Muffin. „Die sind einfach köstlich.“

„Danke.“

„Sind die Pfirsiche aus dem Garten?“

„Genau genommen aus der Tiefkühltruhe, aber ja, im Garten geerntet.“

„Herrlich.“

Während Willa Dean ihren Muffin anhimmelte, erzählte Vida Jean noch etwas Tratsch. Neuigkeiten, wie die Sweat-Zwillinge sagen würden. „Hast du schon von den Leuten gehört, die jetzt die Atkins-Farm gekauft haben? Die haben sechs Söhne. Sechs! Stell dir mal vor, da rennen sechs kleine Jungs durchs Haus.“

Ein Schatten fiel auf Julias Herz. Ihr gelang ein schwaches Lächeln. „Wie schön für sie.“

„Oh weh, Liebes, jetzt habe ich ein trauriges Thema berührt. Bitte entschuldige. Aber genau deswegen sind wir ja hier. Nicht wahr, Schwesterherz?“

Willa Dean zauberte einen Umschlag hervor. „Genau deswegen, in der Tat. Du hast doch nicht wirklich geglaubt, dass wir Michaels Geburtstag vergessen, oder?“

Julia war gerührt. Ihre eigene Familie glänzte durch Schweigen, aber die Zwillinge hatten an sie gedacht. Sie nahm den Umschlag und betrachtete die Karte. „Danke. Das bedeutet mir viel.“

„Nun.“ Vida Jean tupfte sich die Finger etwas umständlich

an der Serviette ab, so als wüsste sie nichts mehr zu sagen, was bei den Zwillingen eine Seltenheit war. „Wir müssten dann auch langsam weiter. Wir haben ja noch mehr Besuche zu erledigen. Nicht wahr, Schwesterherz?"

„Besuche zu erledigen, ganz genau." Willa Dean lehnte sich vor und tätschelte Julia die Hand. „Wir wollen dir nichts aufdrängen, aber wenn du dich mit uns zurückerinnern willst, sag Bescheid. Auch wir haben noch Fotos von Mikey, die wir in Ehren halten."

Julia bekam einen Kloß im Hals. „Ihr Ladys seid einfach großartig!"

„Aber nicht doch." Willa Dean nahm sich die letzten beiden Muffins, wickelte sie in eine Serviette und steckte sie in ihre Korbtasche. „Für Binky."

Den Papagei.

Nach zwei Umarmungen und zwei Luftküsschen flatterten die beiden davon, während Julia auf der weißgetünchten Veranda stand, sich fragte, wer wohl verrückter war, sie oder die Sweat-Zwillinge, und Mikeys Geburtstagskarte ans Herz drückte.

„Was haben denn die Zwillinge heute Morgen hier gewollt?", fragte Valery, die sich tatsächlich in die Senkrechte befördert hatte und schon im Blaubeerzimmer aufräumte. Sie sah besser aus als erwartet, doch ihre Augen waren noch immer blutunterlaufen und glasig.

„Die beiden haben eine Karte zu Mikeys Geburtstag vorbeigebracht."

Valery, die gerade das Telefon mit Desinfektionsmittel abrieb, hielt inne. Ihr zuvor schon blasses Gesicht wurde noch weißer und nahm einen verkniffenen Ausdruck an. „Oh."

Julia bezog das letzte Kissen mit einem frischen Blaubeermusterbezug und arrangierte es mit den anderen kunstvoll auf dem Bett. Das Blaubeerzimmer war der klare Favorit bei ihren Gästen: Wände im ursprünglichen Blauton mit weißen Akzenten, auf dem Himmelbett eine blaue Steppdecke. Der von den zwei ebenfalls blauen Sesseln flankierte Kamin stammte noch aus der Zeit, als das Haus gebaut worden war, und durch die Spitzenvorhänge am Fenster blickte man auf die gewundene Auffahrt und einen Teil des Obstgartens. Das Zimmer hatte irgendetwas an sich, das jedem hier drin ein angenehmes Gefühl bescherte. Außer ihr jetzt gerade, da sie Valerys Reaktion auf die Erwähnung von Mikey verärgert zur Kenntnis nahm.

„Hast du überhaupt daran gedacht?"

„Natürlich habe ich daran gedacht", blaffte Valery. Sie warf den Putzlappen beiseite, nahm den Staubsauger und füllte das Zimmer mit Lärm.

So war das immer mit ihrer Familie. Schweigen. Nicht darüber sprechen, dass Michael noch am Leben war, dass er immer noch Geburtstag hatte, dass sich der Tag seiner Entführung mit schmerzhafter Regelmäßigkeit jährte. Wenn sie nicht über ihn redeten, dann flog die instabile Julia auch nicht in Stücke. Dann verfiel sie nicht wieder in Depression und vergaß nicht, zu essen, sich anzuziehen und ihre Rechnungen zu bezahlen.

Julia schnappte sich den Glasreiniger, ging ins Badezimmer und schrubbte verbissen an dem bereits sauberen Spiegel herum.

Sekunden später schaltete Valery den Staubsauger aus und kam zu ihr. „Ich hab gestern im *Pico de Gallo* auch Gary Plummer getroffen."

Themenwechsel. Klar. „Okay."

„Er hat nach dir gefragt. Ich glaube, der hätte Interesse."

„Was? An mir? Nein. Gary und ich waren bloß Freunde auf der Grundschule. Sei bitte nicht dumm."

„Dumm? Nur weil ich will, dass meine Schwester sich wieder für das Leben öffnet und noch mal glücklich wird?“

Dass sie ihren Sohn vergaß, nicht mehr auf ihn wartete.

„Lass es, Valery.“

„Warum? Sag mir das mal. Du hast dich völlig abgeschottet.“

„Ich habe jeden Tag mit Menschen zu tun.“

Valery stieß einen abfälligen Laut aus. „Du redest von der Arbeit, von Gästen, die kommen und gehen. Ich rede von einem Privatleben.“

„So eins wie deines, ja?“ Die Worte waren schon draußen, doch Julia hätte sie am liebsten gleich wieder eingefangen. „Tut mir leid. Das war unnötig.“

Valerys Unterlippe zitterte. „Hab ich halt gestern Nacht was getrunken. Hör auf, ’ne Staatsaffäre draus zu machen.“

Julia umarmte sie. „Hey. Wie wär’s nachher mal wieder mit ’ner Pediküre für dich?“

„Das wär toll!“ Valery drückte Julia begeistert an sich, dann lachte sie und trat einen Schritt zurück. „So leicht bin ich zu kriegen, was?“

Genau darin bestand das Problem. Valery war zu nett. War so sehr großzügiges Südstaatenmädchen, dass Männer, die das Wort Gentleman noch nicht einmal buchstabieren konnten, einfach hingehen und sie ausnutzen konnten. Julia hatte nie verstanden, warum ihre Schwester anscheinend so gering von sich dachte, warum sie sich immer wieder mit Männern einließ, die sie schlecht behandelten. Als Jüngere war Valery der Liebling ihrer Eltern gewesen. Eigentlich musste sie also selbstbewusst und stark sein. Stattdessen war sie der Fußabtreter für die Männer, und Jed das Ekel war nur der bisher Letzte in einer langen Reihe von Widerlingen, denen Valery erlaubt hatte, sie unglücklich zu machen.

„Ich hab heute Morgen wieder eine Murmel gefunden.“ Das war ein weiteres Friedensangebot von Julia. Es half ja doch nichts, wenn sie mit Gewalt auf dem Thema bestand, das ihr am meisten am Herzen lag. Niemand wollte ihr zuhören.

„Ach, echt?"

Julia holte das Kügelchen aus der Tasche. „Sieht genauso aus wie die anderen."

„Wo lag die denn?"

„Auf dem Teppich, Bingo hat drauf gelegen."

Beide sahen hinüber zu dem Australian Shepherd, der auf dem glänzenden Kiefernholzboden im Flur gleich einer Tintenpfütze hingegossen dalag. Er schlug kurz mit dem Schwanz auf. Bingo durfte nicht in die Gästezimmer, aber nichts hielt ihn davon ab, sein Frauchen vom Flur aus zu bewachen.

„Glaubst du immer noch, er bringt sie mit rein?"

„Er muss sie irgendwo auf dem Grundstück ausgegraben haben oder so. Welche Erklärung gäbe es sonst?"

Valery schwenkte ihre gespreizten Finger neben dem Kopf und grinste. „Geister?"

„Jetzt klingst du schon wie die Sweat-Zwillinge. Wenn es hier wirklich Geister gäbe, hätte dann nicht schon längst jemand einen gesehen oder sonst eine übernatürliche Erscheinung gehabt?" *Jemand außer der Verrückten hier, die Kinder lachen hört?*

„Vielleicht ist das ja schon passiert, aber derjenige hat es für sich behalten."

Wie recht sie damit hatte. „Hast du denn irgendwas gesehen oder gehört?"

„Mir war schon manchmal gruselig zumute, so als würde mich jemand beobachten, vor allem im Kutschenhaus."

Das alte Kutschenhaus war tatsächlich ziemlich gruselig, aber nicht wegen Geistern. „Weil wir da noch keinen Finger gerührt haben. Der Keller ist genauso schlimm. Wenn wir erst mal die Spinnweben und den ganzen uralten Kram rausgeholt haben und anfangen können, die Gästezimmer einzurichten, dann muss man sich da auch nicht mehr gruseln."

„Ach, sei kein Spielverderber. Wär doch klasse, wenn der eine oder andere Geist hier ein bisschen Schwung in die Bude bringen würde. Spukhäuser locken jede Menge Leute an."

Ein Grund mehr, nicht alles zu erzählen. „Ich mag es lieber so wie jetzt. Ruhig und friedlich."

„Du hast überhaupt kein Feuer im Blut. Ich könnte schwören, ich wär nicht mit dir verwandt. Gib mir Nachtleben und Partys. Gib mir Vegas und schnelle Autos und heiße Kerle." Valerys Blick schweifte aus dem Fenster und sie hielt abrupt inne. „So einen wie den da! Heiliges Kanonenrohr! Komm ganz schnell gucken, Julia."

„Eigentlich sind für heute gar keine Gäste mehr angemeldet." Trotzdem tat sie Valery den Gefallen und sah ebenfalls nach draußen. „Oh."

„Was meinst du mit ‚oh'? Kennst du den etwa? Der ist ja hiiinreißend. Sieht ein bisschen verwegen aus. Mmmmmh."

„Sein Auto war liegen geblieben. Mr. Oliver hat ihm Starthilfe gegeben."

„Ich würd ihm gern mal Starthilfe geben." Valery wackelte vielsagend mit den Augenbrauen.

Kopfschüttelnd knuffte Julia ihr in den Arm. „Ich dachte, du und Jed seid jetzt wieder zusammen."

„Sind wir auch, ich mach nur Spaß. Bin halt nicht so gefühlstot wie eine gewisse andere Frau, die ich kenne."

Julia ignorierte den spitzen Kommentar. „Ich geh mal runter und frage, was er will."

„Da komme ich aber mit. Ich mag ja vergeben sein, aber Angucken ist erlaubt. Und du, Schwesterherz, könntest echt mal einen Mann in deinem Leben gebrauchen." Mit ausgestrecktem Zeigefinger pikste sie Julia in den Bauch. „Vielleicht hat er sich bei eurer ersten Begegnung hoffnungslos in dich verliebt und ist deswegen wieder hier."

Julia warf die abgezogene Kissenhülle nach ihrer Schwester. „Halt die Klappe."

Valery lachte, schüttelte vor dem Spiegel schnell noch ihre Haare auf und folgte Julia dann die Treppe hinunter.

Eli Donovan stand am Hintereingang und hielt die Tasse mit dem Logo vom Peach Orchard Inn in der Hand.

„Ma'am", grüßte er, als Julia die Fliegengittertür aufmachte.

Valery drängte sich neben sie. „Das ist Julia Presley. Ich bin Valery Griffin, ihre Schwester. Und Sie sind?"

Der Angesprochene schien nicht ganz zu wissen, wie er auf die temperamentvolle, extrovertierte Brünette, die da im Affenzahn auf ihn einredete, reagieren sollte. „Eli. Ich habe Ihnen die Tasse zurückgebracht."

Julia nahm sie ihm ab. „Danke."

„Der Kaffee war sehr lecker."

„Möchten Sie noch einen?" Valery sprang auf ihn los wie eine Katze auf eine Maus und riss die Tür mit großer Geste sperrangelweit auf. „Kaffee ist immer da. Immer frisch für unsere Gäste. Kommen Sie rein."

Na großartig. Julia musste sich sehr zusammenreißen, um nicht augenrollend aufzustöhnen.

Da blickte Eli kurz in ihre Richtung, und sie sah ganz eindeutig Erheiterung in seinen laubgrünen Augen aufblitzen. Auch Julia erkannte die Komik der Situation und lächelte. „Am besten kommen Sie einfach rein, Eli. Meine Schwester ist eine Dampfwalze. Ein Nein wird sie nicht akzeptieren."

Eli folgte den Schwestern durch die makellos saubere, hellbraun und cremefarben eingerichtete Küche in ein Esszimmer mit kirschroten Wänden, weißen Zierleisten und einer Reihe glänzend geputzter Fenster. Die sechs quadratischen Tische waren mit schweren weißen Tischtüchern bedeckt und darauf lagen Stoffservietten im Rotton der Wände. Wie schon am

Morgen bemerkte er den Duft. Unaufdringlich. Ein Hauch von warmem Brot und frischer Luft. Das komplette Gegenteil zu den ranzigen Ausdünstungen vieler Männer auf engem Raum, die er sieben Jahre in der Nase gehabt hatte.

Er fühlte sich elendig fehl am Platz, aber jetzt war er nun mal hier und würde das auch durchziehen, egal, was dabei rauskam. Für einen Neustart musste man eben irgendwo anfangen.

„Schön ist es hier“, brachte er zu seiner eigenen Überraschung heraus.

Die Frau namens Valery strahlte. Mit ihrer dunkelbraunen Wallemähne und den ausgesprochen weiblichen Kurven war sie ein echter Hingucker, und ihre fröhliche, lebhafte Art ließ darauf schließen, dass man mit ihr Pferde stehlen konnte. Doch Elis Interesse galt der Stilleren, Julia. Sie trug eine locker fallende beigefarbene Hose mit weißer Hemdbluse und strahlte eine vornehme Gelassenheit aus. Wie das ganze Haus. Elegant. Das traf es. Ihm war schon lange nichts Elegantes mehr untergekommen.

„Die Tasse hatte ich schon verloren gegeben“, sagte sie.

„Hab sie fast vergessen.“

„Wollen Sie Frühstück? Ach, es ist ja schon fast Mittag, dann Brunch vielleicht? Ich könnte etwas Auflauf warm machen.“

„Ich brauche nichts.“ Ob es wohl einfach so ihre Art war, dass sie die Leute um sich herum durchfüttern wollte? Oder sah er womöglich schon dermaßen mitleiderregend aus?

„Nehmen Sie was, Eli“, sagte Valery. „Julia ist eine wahre Meisterin in der Küche. Vielleicht einen Muffin oder ein Glas Pfirsichtee?“

„Von dem Tee hab ich schon gehört.“

„Tatsächlich? Woher?“

„Von einem Polizisten in der Stadt.“

Julias blaue Augen wurden groß. „Haben Sie etwa ein Knöllchen kassiert?"

„Nein, nichts dergleichen." *Menschenskind aber auch, so eine Hübsche!* Und diese sanfte Südstaatenstimme ging runter wie Nougateis. Edel und kühl. Wie die Stimme seiner Mutter. Ein dumpfer Schmerz zog ihm den Brustkorb zusammen. Er wandte den Blick ab und sah schnell aus dem Fenster.

„War das Trey Riley?", fragte Valery, die gerade aus der Küche zurückkam und einen Teller voll Essen in Händen hielt, dessen Anblick ihm das Wasser im Mund zusammenlaufen ließ. „Der ist ein Schatz."

„Genau, so hieß er. Angenehmer Zeitgenosse."

„Ein ganz Süßer. Bitte sehr. Julias Schinken-und-Ei-Strata. Julia, hol doch noch Pfirsichtee dazu." Sie zwinkerte ihm zu. „Wenn Sie den nicht mögen, mach ich Ihnen frischen Kaffee."

„Jeder mag meinen Pfirsichtee", ertönte Julias Stimme dumpf aus der Küche, wo sie sich gerade in den riesigen Edelstahlkühlschrank hineinlehnte.

Eli, der sich nicht nur vorkam wie ein Bettler, sondern ja auch tatsächlich einer war, nahm das aus Hunger gleichgültig hin, jedoch konnte er zumindest noch die verrotteten Überreste seiner guten mütterlichen Erziehung hervorholen. „Möchten Sie mir Gesellschaft leisten?"

„Klar." Valery plumpste ihm gegenüber auf einen Stuhl und stützte das Kinn auf. „Julia, bring mir ein Glas Tee mit und 'nen Muffin würd ich auch nehmen."

„Haste das Laufen verlernt?"

Eli lächelte, während Valery aufstand und gespielt empört in Richtung Küche abrauschte. „Immer diese aufmüpfigen Dienstboten."

Wenige Augenblicke später waren beide Frauen zurück. Valery nahm direkt wieder bei ihm am Tisch Platz, wohingegen Julia sich etwas abseits hielt und neben einem der glänzend sauberen Fenster an ihrem Tee nippte. Eli wünschte kurz, sie würde sich auch zu ihm setzen, doch er verwarf den Gedanken gleich wieder. Diese Frau hatte in seiner Nähe nichts zu suchen.

Er nahm einen Schluck von dem Tee. Kalt, süß und fruchtig. Zwischen den Eiswürfeln schwammen drei Pfirsichscheiben im Glas. „Das schmeckt fantastisch. Vielen Dank. Und der Auflauf ist auch sehr lecker."

Er hatte sich heute so oft bedankt wie schon seit Jahren nicht mehr. Bestimmt würde er gleich aufwachen und sich in seiner Zelle wiederfinden.

„Sie haben Ihr Auto also wieder zum Laufen gekriegt."

„Dank Mr. Oliver." Eli langte in seine Shirttasche. „Ist er hier? Ich habe noch seinen Schraubenschlüssel."

„Er und seine Frau sind in die Stadt gefahren, aber ich kann ihm den wiedergeben, sobald sie zurück sind."

Eli reichte ihr das Werkzeug. Er war kein Dieb und wollte auch auf keinen Fall für einen gehalten werden. Diese Schmach würde er sich nicht antun und er würde erst recht nicht wieder ins Gefängnis gehen. Besonders jetzt nicht, da sein Sohn einen Vater brauchte. „Sagen Sie ihm, dass ich mich immer an seine Hilfsbereitschaft erinnern werde."

„Das mach ich."

„An Ihre auch."

Sie lächelte bloß, doch ihre sanfte Miene war ihm Ermunterung genug, um endlich sein Anliegen vorzubringen. Er hatte seine Rede mit allen Argumenten und Ideen den ganzen Weg vom Park hierher geübt. Bei einer kleinen Raststätte hatte er noch Halt gemacht, um sich etwas Wasser ins Gesicht zu spritzen und mit dem Kamm durch diesen strubbeligen Pulk welliger Haare zu gehen, die dringend mal wieder Bekanntschaft mit der Schere machen müssten. Leider sah er zurzeit nicht nur so aus wie ein Penner, sondern lebte auch tatsächlich in ganz ähnlichen Verhältnissen. Sein Zuhause war entweder der Dodge oder, wenn es der Geldbeutel erlaubte, ein wochenweise gemietetes kakerlakenverseuchtes Motelzimmer. Friseurbesuche und weiche Betten waren gerade nicht in Reichweite.

Was machte er hier eigentlich? Was ließ ihn glauben, er könnte hier irgendetwas erreichen? Er war obdachlos und pleite. Der Umstand, dass ein kleiner Junge mit seiner DNA herumlief, machte ihn noch lange nicht zu einem Vater.

Erneut zog sich der altbekannte und gefürchtete Knoten in seinem Inneren zusammen.

Versager. Exknacki. Mach, dass du hier rauskommst. Das kann eh nichts werden.

Seine Finger zitterten. Er legte das Besteck auf den Teller und griff nach der Serviette. Der köstliche Auflauf lag ihm plötzlich bleischwer im Magen. Um die negativen Gedanken wegzuspülen, nahm er noch einen Schluck Pfirsichtee.

Es ging hier nicht um ihn. Er wusste, was er war, aber sein Sohn wusste es nicht.

Ein Junge brauchte seinen Vater. Eli sollte das wissen. Als er selbst damals die Liebe und die Unterstützung seiner Eltern verloren hatte, war ihm das wie eine Kettensäge durch die Seele gefahren und hatte eine klaffende Leere hinterlassen, die er jetzt nie mehr würde füllen können.

Für das Wohl dieses Kindes, das er nicht einmal kannte, musste er jetzt immerhin einen Versuch wagen. Wenn Julia ablehnte, womit er fest rechnete, würde er es bei dem Pizzaladen versuchen. Und wenn es da ein Bewerbungsformular auszufüllen gab, dann log er eben. Die würden doch eh keine Nachforschungen über ihn anstellen, oder?

Niemand in Honey Ridge kannte ihn. Er würde ganz neu anfangen, seine Vergangenheit geheim halten und sich ein Leben aufbauen, für das sein Sohn ihn respektieren könnte. Am besten hätte er sich von Anfang an mit falschem Namen vorgestellt, aber dafür war es jetzt zu spät. Er würde darauf hoffen müssen, dass niemand ihn als interessant genug erachtete, um seine Vorgeschichte zu überprüfen.

Er faltete die Serviette und legte das gestärkte Stück Stoff neben seinen leeren Teller. Bei den Donovans hatte man die Servietten immer gebügelt. „Hier ist ja noch einiges unfertig."

Der Satz war völlig falsch herausgekommen, patzig und ohne Zusammenhang. Er presste die Zähne aufeinander. Höfliche Konversation war für ihn nur noch vage Erinnerung.

Julia neigte den Kopf zur Seite und schien unsicher, worauf er hinauswollte. Das Sonnenlicht hatte sich in einer losen Strähne ihrer blonden Haare verfangen und zeichnete eine goldene Reflektion auf ihre Wange.

„Das werden wir beizeiten erledigen."

„Ich kann das machen", sagte er und sprach dann schnell weiter, bevor sie die Idee ablehnen konnte, wobei er selbst verblüfft war, wie sehr er sich nach ihrer Zustimmung sehnte. „Officer Riley meinte, Sie würden bald die Restaurierung des alten Kutschenhauses in Angriff nehmen wollen."

Sie sah zu dem mitgenommenen alten Gebäude hinüber, das knapp fünfzig Meter vom Haus entfernt stand. „Das würde ich sehr gerne. Aber das Geld fehlt."

„Verstehe." Bei den nächsten Worten starrte er aus Angst davor, Ablehnung in ihren Augen zu sehen, aus Angst davor, dass sie ihm seine Verzweiflung anmerken könnte, hinunter auf seinen Teller. Eine Restauration wie diese könnte Monate dauern, vielleicht sogar noch länger, das würde ihm Zeit verschaffen. „Und wenn ich Ihnen ein gutes Angebot mache?"

„Was für ein Angebot?"

Er blickte kurz zu ihr auf. Sie schien mehr an der Sache interessiert zu sein, als er zu hoffen gewagt hatte.

„Ich brauche Arbeit. Im Obstgarten könnte ich aushelfen oder was immer sonst noch so anfällt. Ich habe Erfahrung im

Bauwesen." Dass er diese während des Strafvollzugs und danach gesammelt hatte, erwähnte er lieber nicht. „Für Kost, Logis und einen kleinen Lohn würde ich das machen und das Kutschenhaus reparieren. Wo auch immer Sie mich brauchen können."

Julia setzte sich mit ihrem Teeglas zu ihm an den Tisch. Sein Herz schlug sofort einen Takt schneller, doch er bemühte sich, ein ausdrucksloses Gesicht beizubehalten.

„Ich weiß nicht so recht. Allein die Materialkosten ..."

Mit dem angebissenen Muffin in der Hand wies Valery auf ihre Schwester. „So ein Angebot bekommen wir nicht noch einmal, Julia. Eine Baufirma verlangt doch Kohle bis zum Abwinken. Sogar Sam Baker berechnet mehr, als wir uns gerade leisten können, und der wäre noch am billigsten hier in der Gegend."

„Wir können da sicher was vereinbaren. Ich bin flexibel." Eli gab sich Mühe, mit ruhiger Stimme zu sprechen und nicht verzweifelt zu klingen, doch die wahnwitzige Hoffnung raubte ihm schier den Atem. Er hatte schon so lange nichts mehr gehofft, dass ihm dieses Gefühl jetzt fast wehtat. „Stellen Sie mich doch erst mal auf Zeit ein. Für den Sommer. Wenn dann alles gut klappt, können wir weitersehen. Wenn nicht ..." Er zuckte mit den Schultern. Er würde schon dafür sorgen, dass es klappte. Das musste er einfach.

Julia starrte auf das marode Gebäude. Er konnte sehen, wie die kleinen Rädchen in ihrem Gehirn arbeiteten, und hoffte inständig, dass sie es zu seinen Gunsten taten. „Mir liegt tatsächlich viel daran, das Kutschenhaus möglichst bald restauriert zu sehen. So wie es jetzt ist, lenkt es unschön vom Rest des Anwesens ab."

„Die zusätzlichen Einnahmen durch die neuen Gästezimmer würden die Materialausgaben tilgen und meinen Lohn abdecken."

Sie sah ihn an. „Auf lange Sicht."

„So funktioniert ein Unternehmen. Erst Geld ausgeben und später mehr verdienen." Mit Unternehmen kannte er sich aus. Früher hatte er sogar, angespornt von seinem Vater, große Pläne geschmiedet. Doch die hatte er dann ebenso zerstört wie alles andere auf seinem Weg.

„Wenn die Obstbäume mal richtig gepflegt werden, tragen sie mit Sicherheit mehr Früchte", fügte Valery hinzu. „Und mehr Früchte bedeuten mehr Verkauf bei der Ernte."

Julia presste nachdenklich die Lippen aufeinander und ihr Blick verlor sich in der Ferne. Abwesend fuhr sie mit ihren schlanken Fingern über das beschlagene Teeglas. Eli lief ein Schauer den Rücken hinunter, als er sich diese Finger auf seiner Haut vorstellte.

Schnell riss er sich von dem Anblick los und stand auf. „Vielleicht ist das doch keine so gute Idee."

„Warten Sie." Julia hielt ihn zurück. „Ich müsste einen Blick in die Bücher werfen und ein wenig rumrechnen, aber was Sie da vorschlagen, könnte tatsächlich funktionieren."

„Das wird es", sagte er zuversichtlicher, als ihm zumute war.

„Sind Sie ein ehrlicher Mann?"

„Ja."

Valery lachte. „Was hast du erwartet, Julia? Soll er jetzt zugeben, dass er eigentlich ein Schwerverbrecher ist, der raubend und mordend durchs Land zieht?"

Eli erstarrte zum Felsblock und blinzelte nicht. Julia hielt seinen Blick fest und sah ihm so eindringlich in die Augen, als könnte sie durch sie hindurch und bis in seine Seele schauen. Er wollte sich unter diesem Blick ducken, wollte wegsehen, doch er tat es nicht, weil er den Test bestehen musste. Es war vielleicht seine einzige Chance.

„Sie können mir vertrauen."

„Was ist mit Drogen? Alkohol?"

Dunkle Tage aus der Vergangenheit tauchten kreisenden Geiern gleich in seiner Erinnerung auf. „Weder noch."

„Wilde Partys, Trinkgelage, Drogen – oder was auch immer sonst noch dem Ruf der Pension schaden könnte – werde ich nicht eine Minute lang dulden. Versauen Sie es, schmeiß ich Sie raus."

„Ich gebe Ihnen mein Wort." Mehr hatte er nicht.

„Haben Sie heute Nachmittag Termine?"

Aber klar doch, ein Teekränzchen mit der Queen. „Nein, Ma'am."

„Gut. Bleiben Sie hier, wir sprechen das in Ruhe durch, sehen uns gemeinsam das Kutschenhaus an und klären die Einzelheiten. Dann sagen Sie mir, ob Sie sich immer noch darauf einlassen wollen."

Sie wusste ja nicht, dass er eh keine große Wahl hatte. Jetzt gerade würde er alles nehmen, was er kriegen konnte. Obwohl der Gedanke ihm mehr Angst machte als eine Messerstecherei in der Gemeinschaftsdusche, er würde in Honey Ridge bleiben, bei seinem Sohn. „Und wenn ich das will?"

„Dann sind Sie eingestellt."

10. KAPITEL

Peach Orchard Farm
1864

Will war bereit für die Aufgaben des Tages und lief ungeduldig am Fuß der breiten Treppe im Eingangsbereich des Hauses auf und ab. Als er Stimmen vernahm, hielt er inne und blickte auf. Charlotte Portland, adrett und elegant wie immer, kam jetzt mit gemessenen Schritten weicher Lederstiefel und den beiden Jungs gleich zwei Welpen im Schlepptau die geschwungene Treppe herunter. Das allmorgendliche Treffen mit dieser liebreizenden, freundlichen und klugen Frau war ihm ein wichtiger Glücksmoment am Anfang der langen und oft zermürbenden Tage geworden.

Benjamins junge Stimme drang an sein Ohr. „Captain Will macht Murmeln in Ohio, Mama. Und er ist der einzige Sohn seiner Eltern, wie ich. Und er hat zwei Schwestern und einen besten Freund, der heißt Gilbert und arbeitet in der Fabrik. Und Captain Will ..."

„Benjamin, Ruhe", tadelte Mrs. Portland ihn sanft.

Ein Lächeln stahl sich auf Wills Gesicht. Er hatte die beiden Jungs ins Herz geschlossen: den kleinen Benjamin mit den hellblonden Haaren der Mutter ebenso wie den für einen Schwarzen eher hellhäutigen Tandy, der ihn mit seinem beständigen Grinsen und seinem scharfen Verstand an die Söhne seiner älteren Schwester erinnerte. Sie heiterten ihn auf, lenkten ihn etwas von all den Sorgen des Krieges ab und führten ihm vor Augen, dass es in diesem politisch gespaltenen Staat Tennessee doch noch so etwas wie Normalität gab. Er betete zu Gott, dass keines dieser Kinder jemals mehr als das, was er mit sich gebracht hatte und was des Schreckens schon genug war, von diesem Krieg zu Gesicht bekam.

Will musste kurz Luft holen, als die Herrin des Hauses ihren sanften Blick auf ihn richtete. In den letzten Tagen, da er ihr immer wieder an den Krankenlagern begegnet und Zeuge gewesen war, wie ruhig und gekonnt sie sich um alles gekümmert hatte, da war in ihm eine tiefe Bewunderung für diese Frau gereift. Sie war großartig. Gegen seinen Willen verspürte er ein wohliges Prickeln im Nacken.

Er straffte die Schultern und nahm eine militärische Haltung an, wobei ihm der Säbel gegen das Bein schlug und ihn daran erinnerte, wer er war und aus welchem Grund er sich auf Charlotte Portlands Farm aufhielt.

Sie war die Frau eines anderen. Und Sympathisantin der Konföderierten. Er tat gut daran, beides nicht zu vergessen.

„Captain Will, Captain Will!“ An seiner Mutter vorbei lief Benjamin die letzten Stufen hinunter. Der Sklavenjunge war ihm dicht auf den Fersen. Beide blieben atemlos und grinsend vor ihm stehen. Ben salutierte auf seine ganz eigene, herzerwärmend tollpatschige Art und erstattete Bericht. „Sir, Ihre Nachricht wurde übermittelt!“

„Gut gemacht, Männer. Sehr gut.“ Will salutierte ebenfalls, doch seine Aufmerksamkeit wurde von der auf ihn zuschreitenden Frau abgelenkt, die weder atemlos war noch grinste.

„Captain“, sagte sie nur. Sie blieb vor ihm stehen und ihre kleinen, sonst so vielbeschäftigten Hände ruhten elegant auf ihrer Taille. „Guten Morgen.“

Er nahm den Hut vom Kopf in beide Hände, straffte jedoch weiterhin die Schultern. „Ma’am, es tut mir leid, Sie erneut zu belästigen. Wenn Ihr Ehemann hier wäre, würde ich meine Anliegen mit ihm besprechen.“

Tatsächlich hatte Edgar Portland sein aufgeblasenes, wutrotes Gesicht bei seither gerade mal zwei Gelegenheiten blicken lassen. Einmal, um seiner Empörung über die schändliche Beschlagnahmung seines Eigentums Ausdruck zu verleihen und dann gleich wieder davonzureiten, und das andere Mal, um seine Frau dafür zu beschimpfen, dass sie dem Feind ihre Hilfe zukommen ließ. Ein Mann, der den Seinen nicht beistand, besaß in Wills Augen keinerlei Würde.

„Ich bitte um Entschuldigung." Charlottes Lippen wurden schmal und ihre zarten Hände kneteten den Stoff ihres Kleides. „Jungs, bitte fragt Lizzy, ob sie dem Captain einen Kaffee bringen würde, und ihr zwei bleibt in der Küche, da gibt es Frühstück."

„Och Mama, ich will mich auch mit Captain Will unterhalten."

Will legte dem Jungen eine Hand auf die Schulter. „Ein Soldat befolgt seine Befehle, junger Mann." Er zwinkerte ihm zu. „Riecht ihr nicht auch den Schinken?"

Tandy warf einen Blick in Richtung Küche. „Ich hab schon ein bisschen Hunger, Ben."

„Ja, ich auch."

Gleich nachdem die beiden davongestoben waren wie junge Ponys auf die frische Weide, kam ihnen Lizzy durch die zweiflügelige Tür entgegen. „Ich bringe gleich den Kaffee und gebe den Jungs ihr Frühstück. Du willst doch bestimmt auch was essen, Miss Charlotte. Es gibt Brötchen mit Schinken."

„Haben die Kranken schon etwas bekommen?"

Mrs. Portlands Frage vertiefte die Zuneigung, die Will ihr gegenüber nicht verspüren wollte. Tatsächlich waren Salon und Esszimmer noch immer voller Verletzter auf provisorischen Betten, auf einer Decke, einem Quilt oder einem Haufen Lumpen. Irgendwie hatte Charlotte Portland es geschafft, dass keiner von ihnen auf dem nackten Boden liegen musste.

„Nein, Miss Charlotte. Aber Cook kümmert sich gerade darum."

„Ich esse später."

Störrisch reckte Lizzy das Kinn und ihre rehbraunen Augen glitzerten vor wütender Sorge. „Du kannst doch nicht schon wieder den ganzen Tag ohne Essen durcharbeiten."

Will fuhr zu Charlotte herum. Sie hatte gestern nichts gegessen?

In einer abwehrenden Geste fuhr sie sich über das weiche, in einem strengen Dutt nach hinten gebundene Haar. Zwischen den groben Maschen des blauen Haarnetzes schimmerte strahlendes Blond hindurch.

Will fühlte sich unwohl, dass ihm so etwas auffiel. Er bemerkte eindeutig zu vieles an Charlotte.

„Mach dir keine Sorgen um mich, Lizzy", sagte sie. „Ich bin gesund und munter."

Die Dienerin widersprach nicht, blieb jedoch im Türrahmen stehen und fixierte Mrs. Portland mit düsterer Miene. Charlotte nahm keinen Anstoß an dieser Unverfrorenheit und Will wunderte sich nicht zum ersten Mal über den lockeren Umgang zwischen Sklavin und Hausherrin.

„Mrs. Portland." Will berührte Charlotte am Ellbogen und war selbst überrascht, welche Freiheit er sich damit herausnahm. „Sie hat recht. Sie müssen bei Kräften bleiben."

Ein misstrauischer Blick der Sklavin traf ihn. Er zog die Hand zurück, als hätte er sich verbrannt, und wurde schnell wieder dienstlich: „Darf ich darum bitten, Ma'am, dass wir uns im Arbeitszimmer Ihres Mannes besprechen?"

Lizzy starrte ihn noch ein letztes Mal prüfend an, dann verschwand sie in der Küche.

In dem bescheidenen Büro angekommen, drehte Will abwartend seinen Hut in Händen, bis Mrs. Portland auf einem der mit schwarzem Fellstoff bezogenen Stühle am Schreibtisch ihres Mannes Platz genommen hatte, und setzte sich dann neben sie. Er war ihr jetzt nahe genug, um ihren zitronigen Duft wahrzunehmen, der eine verstörend angenehme Abwechslung zu dem ansonsten vorherrschenden metallisch-rauchigen Geruch nach Lagerfeuern und Blut darstellte.

Er erwehrte sich ihrer Anziehungskraft und fing ohne Umschweife an zu sprechen: „Private Stiffler hat letzte Nacht einen Rebellen in Ihrem Obstgarten entdeckt."

Sie erbleichte, drückte den Rücken fest gegen das Mahagoni der Stuhllehne und fuhr sich mit einer Hand an die Kehle. „Im Pfirsichgarten?"

Hatte sie es gewusst? Gewährte sie dem Feind draußen Unterschlupf und Hilfe, während seine Männer hier drinnen bluteten und litten?

Will betrachtete ihre geschockte Körperhaltung und blickte forschend in ihre junihimmelblauen Augen. Entweder war an ihr eine ausgezeichnete Schauspielerin verloren gegangen oder sie hatte es wirklich nicht gewusst. Die Erleichterung, die ihn bei diesem Gedanken durchströmte, gefiel ihm allerdings ebenso wenig wie die anhaltende Anziehungskraft, die sie auf ihn ausübte.

„Ja, Ma'am. Er war gerade dabei, die letzten Pfirsiche zu stehlen. Wissen Sie von weiteren Rebellen in der Nähe?"

„Seit die neuen Rekruten aus Honey Ridge ins Feld gezogen sind, haben wir außer Ihren Männern hier keine Soldaten mehr gesehen."

„Wann war das?"

„Letzten Herbst."

Sollte er ihr glauben? Sein erster Gedanke war: ja, aber er war schließlich nicht aus Torheit und Naivität heraus Offizier geworden. Er hatte ihr Haus beschlagnahmt, sich an ihrem Eigentum bedient und würde es auch weiterhin tun, bis er mit seiner Versehrtentruppe irgendwann wieder von dannen würde ziehen können. Mrs. Portland hatte sich bisher äußerst kooperativ und fürsorglich verhalten, doch letzten Endes musste sie sich ihn und seine Männer lieber heute als morgen von hier fortwünschen.

Er fühlte sich hingezogen zu dieser Frau, die so unermüdlich und mit so außergewöhnlich großem Mitgefühl zu arbeiten bereit war. Wäre dies ein anderer Ort und eine andere Zeit … Will unterbrach seine wilden Gedankensprünge.

Er hatte eine Pflicht auferlegt bekommen und diese gedachte er auch zu erfüllen. Doch wegen solcher Frauen, wie Charlotte Portland eine war, würde er sich nie derart unehrenhaft verhalten wie andere, die plünderten und raubten und die Schlachtfelder nach Beute absuchten wie eine Horde Wilder.

Jedenfalls betete er, dass er nie dazu gezwungen sein würde.

„Was passiert mit ihm?", fragte sie. „Mit dem Mann, den Sie gefunden haben?"

„Er ist unser Gefangener. Er kommt mit uns, wenn wir weiterziehen."

„Wird er sie dann nicht behindern?"

„Nein." Das Vorwärtskommen einer Truppe durfte nicht durch Gefangene beeinträchtigt werden. Doch diese unglückselige Tatsache behielt er für sich. „Wir vermuten, dass er desertiert ist."

„Sie könnten ihn gehen lassen." Beunruhigt presste sie die Lippen aufeinander. Die schmale Linie ihres Mundes zog seinen Blick an.

„Unmöglich."

„Warum?" Nervös spielte sie mit einem Tintenfass, das auf dem ansonsten fast kahlen Schreibtisch aus rötlichem Walnussholz stand.

„Es herrscht Krieg, Mrs. Portland. Ich muss meine Männer beschützen."

„Ist er denn so gefährlich?"

Will stieß ein kurzes, trauriges Lachen aus. „Das einzig Gefährliche an ihm ist die Armee Flöhe und Läuse auf seinem

Körper. Er ist so dürr, dass seine Knochen klappern."

„Der Arme ist also am Verhungern. Lassen Sie ihn doch einfach hier."

Will wünschte, das könnte er. Genauso wie er sich wünschte, dass er alle seine Männer nach Hause schicken könnte. Doch weil ihm beides unmöglich war, schwieg er.

Lizzy, in ihrer schneeweißen Schürze und dem ebenso schneeweißen Kopftuch, brachte den Kaffee. Wieder ging ihr scharfer Blick zwischen ihm und Charlotte hin und her. Bei all diesem Misstrauen und dem derart fürsorglichen Verhalten gegenüber ihrer Herrin wäre Will kein Stück verwundert, wenn sie gleich draußen vor der Tür auf Wachstation gehen würde.

„Ihre Dienerin traut mir nicht", sagte er, nachdem Lizzy gegangen war.

„Sollte sie?"

Gute Frage. Er wollte ihr Vertrauen verdienen, aber dem Feind konnte er tatsächlich nichts versprechen. „Ist sie schon lange in Ihrem Besitz?"

Charlottes Blick verdunkelte sich, und sie entgegnete heftig: „Mein Mann besitzt Sklaven. Ich nicht. Und ich würde auch keine wollen." Ihre Leidenschaft gab Will zu denken. Er stellte seinen Kaffee ab. „Ihre Treue gilt der Union?"

„Meine Treue gilt meinem Heim und meiner Familie. Ihr Krieg verstört mich."

„Er verstört uns alle, Mrs. Portland. Manchmal wünschte ich …" Halt, er durfte nicht zu viel preisgeben.

„Wünschten Sie was, Captain? Dass Sie sich nie an diesem gnadenlosen Kampf beteiligt hätten? Die jungen Männer auf unserem Friedhof würden sich bestimmt das Gleiche wünschen, aber für sie ist ja nun schon alles zu spät."

Will wurde blass. Sie hatte einen wunden Punkt getroffen, genau das trieb ihn um. All diese Männer, einige von ihnen fast noch Kinder, zogen voller Idealismus in einen Krieg, der sie mit nicht mehr und nicht weniger konfrontierte als Gemetzel und Tod.

„Sie können mir glauben, dass ich jeden Gefallenen beklage, egal ob Soldat der Union oder der Konföderation."

Diese Offenbarung von Gefühlen, welche er sonst selten zuließ und erst recht nicht aussprach, besänftigte sie anscheinend. „Leider verstehe ich weder die Politik des Krieges noch die Neigung mancher Menschen, andere Menschen besitzen zu wollen. Beides erscheint mir gleichermaßen obszön."

„Würden Sie es vorziehen, dass Amerika gespalten bleibt?"

„Ich ziehe es vor, meine Zeit mit allen Menschen und Tieren auf dieser Erde in Frieden zu verbringen, so wie Gott es gewollt hat." Sie presste erschrocken die Lippen aufeinander und ihre Wangen nahmen die Farbe reifer Pfirsiche an. „Bitte vergeben Sie mir. Manchmal vergesse ich mich. So sollte ich mit einem Mann Ihres Ranges und in Ihrer Position nicht sprechen."

„Es ist doch keine Todsünde, die eigene Meinung zu vertreten."

„Ach nein? Nicht wenige sind der Ansicht, dass Frauen gar keine Meinung haben, Captain."

Er überlegte, ob sie auf ihren Mann anspielte, und hütete sich, eine so persönliche Frage laut auszusprechen. Ihr Gespräch kam ihm auch so schon gefährlich ungezwungen vor. Sie war klug und belesen, beides Eigenschaften, die er an einer Frau zu bewundern gelernt hatte.

„Erlauben Sie mir drei lebende Gegenbeispiele anzubringen: zwei Schwestern mit scharfem Verstand und noch schärferer Zunge sowie eine feurig predigende Abolitionistin von Mutter, die zudem den örtlichen Abstinenzverein leitet. Vater hat es längst aufgegeben, auch nur eine von ihnen in Schach zu halten."

Da lächelte sie schließlich, und Will wurde bewusst, dass er genau auf diesen flüchtig aufblitzenden Strahl Sonnenschein gewartet hatte. „Mein Vater ist Pfarrer", sagte sie. „Er studiert nicht nur die Bibel, sondern auch die Schriften der großen Philosophen und verfasst umfangreiche Abhandlungen über die Conditio humana. Meine Mutter haben diese vielleicht etwas ausufernden Texte eher abgeschreckt, aber ich für meinen Teil habe sie nahezu verschlungen. Ich war immer gewohnt, mich weiterzubilden und meine Meinung zu sagen. Zu sehr gewohnt, wie sich dann hier in Amerika herausgestellt hat."

Das erklärte einiges. „Wie kommt eine britische Pfarrerstochter dazu, einen Farmer aus Tennessee zu heiraten?"

Jetzt ging er zu weit, diese Frage drang eindeutig in ihr Privatleben ein, doch er konnte sich einfach nicht zurückhalten. Er wollte alles über sie wissen. Und während er sich einredete, dass er einzig zum Wohle seiner Truppe handelte, steckte zum Glück auch Wahrheit in der Lüge. Schließlich musste er sie ja kennenlernen, um einschätzen zu können, ob seine Männer hier sicher waren. Zum Großteil jedoch lag reines Eigeninteresse vor. Charlotte Portland faszinierte ihn.

Falls seine Frage sie irritiert haben sollte, ließ sie sich das nicht anmerken. Stattdessen lachte sie. „Auf dem ganz üblichen Wege, denke ich. Und Sie, Captain, sind Sie verheiratet?"

„Mich wird keine mehr nehmen", sagte er im Scherz, doch das kurz aufflammende Gefühl von Verrat war alles andere als lustig. Ein Mann, der geliebt und dann verloren hatte, nahm so etwas nicht auf die leichte Schulter.

„Das, mein Herr, wage ich zu bezweifeln."

„Ach ja? Und warum?", fragte er amüsiert und gespannt.

Sie lächelte erneut, wobei der Schalk in ihren Augen aufblitzte. Sie genoss dieses kleine Wortgefecht anscheinend ebenso sehr wie er selbst. „Wollen Sie jetzt ein Kompliment hören, Captain?"

„Hätten Sie denn eins für mich?"

Sie zog eine wohlgeformte Augenbraue hoch, neigte den Kopf und rückte kaum merklich und doch genug an ihn heran, dass sein Herz schneller schlug.

„Tja, vielleicht", erwiderte sie schelmisch.

Charmant, dachte er. Charmant, liebreizend und gut.

Will lehnte sich vor, gierig darauf, ihre anmutig auf dem Tisch ruhenden Hände zu berühren und zu erfahren, was sie von ihm dachte. Die Haut einer Frau hatte er so lange schon nicht mehr unter den Fingern gespürt, dass er jetzt danach strebte wie ein Verhungernder. Charlotte vereinte in sich all das, was er an einer Frau schätzte. Edgar Portland hatte großes Glück.

Dieser Gedanke riss ihn endlich aus seiner Trance.

Auf eine so angeregte und intime Unterhaltung mit einer verheirateten Frau hatte er kein Recht. Und auf eine Berührung noch weit weniger. Dass dieser Ehemann sie beschämt und verlassen hatte, spielte dabei überhaupt keine Rolle.

Er stand abrupt auf. „Verzeihen Sie mir, Mrs. Portland. Ich habe Ihre Zeit schon zu lange in Anspruch genommen. Die Pflicht ruft."

„Stimmt etwas nicht?" Sie erhob sich ebenfalls und war offensichtlich verwirrt angesichts seines plötzlichen Stimmungsumschwungs, denn was wusste sie schon von dem Kampf, der sich gerade in seinem Innern abgespielt hatte? Und sie sollte auch nichts wissen. Weder, wie sehr er sich zu ihr hingezogen fühlte, noch, wie innig er sich wünschte, dass er ihr alle Sorgen von den Schultern nehmen, ja, ihre schmalen Schultern mit beiden Armen umschließen und sie mit dem Versprechen, dass alles gut werden würde, ganz nah an sein Herz drücken könnte.

„Danke für den Kaffee." Er gab ihr nicht die Hand, obwohl er das natürlich nur zu gern getan hätte. Lieber nichts riskieren. „Das Gespräch war sehr angenehm."

„Hoffentlich habe ich Sie mit meiner Offenheit nicht vor den Kopf gestoßen."

„Wie könnten Sie das? Ich schätze Ihre Gedanken sehr." Es war wie verhext, seine Hände wollten schon wieder ein Eigenleben entwickeln. Dieses Mal war es ihr Gesicht, das ihn magisch anzog. Nur ganz kurz mit den Fingerspitzen über diese samtige Wange streichen. „Charlotte ..."

„Captain?"

„Will." Das hätte er nicht sagen sollen.

Ihre Haltung entspannte sich wieder. „Will."

Das Herz schlug ihm bis zum Hals, als er rasch das Zimmer durchquerte und die Hand nach dem Türgriff ausstreckte. Bevor er hinausging, blickte er sich noch einmal zu ihr um. „Essen Sie noch was zum Frühstück, bevor Lizzy mich köpft."

Ihr fröhliches Lachen trug ihn auf den Flur hinaus. Dort stand ihm im Dämmerlicht auf einmal die Rothaarige gegenüber, die sie Josie nannten. Sie funkelte ihn wütend an.

„Miss Portland, guten Morgen."

Mit verschränkten Armen warf sie den Kopf in den Nacken und ließ ein missbilligendes Schniefen vernehmen.

Will nickte ihr zu und fühlte noch lange ihre spitzen, feindseligen Blicke im Rücken.

11. KAPITEL

Peach Orchard Inn
Heute

Das Honigbienenorchester war schon angerückt und brachte dem Rhododendron gerade ein Ständchen, als Julia vor Eli Donovan her durch die Hintertür, über die Veranda und die Treppe hinunter zum Kutschenhaus ging. Bingo kam um die Ecke gezottelt und schnupperte dem Neuankömmling ein bisschen am Hosenbein. Früher war er so hyperaktiv herumgesprungen wie eine Horde Kleinkinder auf Red Bull, doch mittlerweile stellte er nur noch einen Schatten seiner selbst dar. Ach, diese herrliche Zeit früher, als Mikey und er noch vereint gewesen waren. Julia fragte sich, ob ihr Junge wohl noch manchmal an seinen treu ergebenen Hund dachte, der ihn nach seinem Verschwinden so sehr gesucht hatte und gar nicht mehr bereit gewesen war, etwas zu fressen.

„Das ist Bingo“, sagte sie schlicht. „Der tut nichts.“

Eli kraulte Bingo die Schlappohren und wuschelte ihm durchs Nackenfell, sein Blick blieb jedoch auf das baufällige Kutschenhaus gerichtet. Als Julia sich jetzt vorstellte, wie dieser Schandfleck wohl auf einen Außenstehenden wirken musste, zuckte sie unwillkürlich zusammen.

„Die Vorbesitzer haben nie was dran gemacht und die Vorvorbesitzer auch nicht, wie ich schätze. Die Zimmer sind alle mit altem Kram vollgestellt.“

Über einem brettervernagelten Erdgeschoss, in dem erst Kutschen und später Autos geparkt hatten, prangte noch ein durchhängender Balkon im ersten Stock. Neben den ungezähmt rankenden wilden Rosen, welche auszureißen Julia bisher weder die Zeit noch das Herz gehabt hatte, befand sich die schiefe Eingangstür mit dem dreckigen Fenster im oberen

Drittel. Der erste Stock musste wohl früher als Unterkunft für den Kutscher und seine Familie gedient haben, doch heute war dort alles nur noch mit Kartons und anderen eingelagerten Sachen zugestellt.

„Was ist da drin?", fragte Eli.

„Dies und das, Krempel vor allem, die ein oder andere schlecht erhaltene Antiquität vielleicht. Alles Mögliche. Als Valery und ich das Haus gekauft haben, ist die Sammlung da drin noch größer geworden. Alles, was wir nicht gleich weggeworfen haben, ist im Kutschenhaus gelandet – oder im Keller." Und beides war vorher schon pickepackevoll gewesen.

Ein paar Meter vor dem Haus blieb Eli stehen und sah hoch. Er war in Schweigen versunken und wirkte ausgesprochen reserviert. Julia konnte sich nicht entscheiden, ob er einfach nur nachdachte oder womöglich etwas verbarg. Letztere Möglichkeit machte ihr etwas Sorgen. Sie wusste ja überhaupt nichts über diesen Mann, der sofort bereit gewesen war, für wenig mehr als ein Dach über dem Kopf für sie zu arbeiten. Wer tat so etwas?

Jemand, der verzweifelt war. Jemand, den das Glück verlassen hatte. Jemand, der nirgendwo anders hinkonnte.

Aber warum? Er wirkte intelligent und hatte die höflichen Umgangsformen eines wohlerzogenen Südstaatenamerikaners. Und er war traurig, dieses Gefühl umgab ihn wie eine Aura. Einzig und allein deswegen hatte Julia das Angebot des Fremden nicht sofort ausgeschlagen. In dieser in Fleisch und Blut übergegangenen, unwiderruflichen Traurigkeit erkannte sie nämlich ihre eigene wieder.

„Ganz schön viel Arbeit", sagte er schließlich.

„Zu viel?" Während er den Blick erneut auf das vernachlässigte Gebäude richtete, betrachtete Julia ihn von der Seite.

Er war ein gutes Stück größer als sie, hatte breite Schultern und kräftige Arme, denen man die körperliche Arbeit ansah.

Aber er war eigentlich zu dünn für seine Statur, und seine Wangenknochen traten stark hervor, so als würde er nicht ausreichend essen. Doch weder das eine noch das andere stört den kantigen, attraktiven Gesamteindruck, entschied Julia. Dabei war Männer zu begutachten doch eigentlich Valerys Hobby, nicht ihres. Auf jeden Fall hatte Eli etwas Geheimnisvolles an sich, vielleicht lag das aber auch bloß an seiner Tendenz zum Schweigen. Nicht, dass Schweigen etwas Schlechtes wäre.

„Nein."

Prägnant gesagt, auf den Punkt, wenn auch leicht unsicher, als erwartete er jeden Moment, dass sie ihn zurück in seine Schrottkarre und fort von ihrem Grundstück jagte. Er faszinierte sie, und sie war sich nicht sicher, was sie davon halten sollte.

Vielen Dank auch, Valery.

Abgesehen von Dylan Winfeld, der sich ums Rasenmähen kümmerte, wenn es ihr und Valery zu viel wurde, hatte Julia noch keine einzige Arbeitskraft für ihre Pension angeheuert. Dylan kannte sie außerdem schon ewig. Er und seine Familie waren früher in der Sage Street ihre Nachbarn gewesen. Eli Donovan hingegen war ein vollkommen Fremder.

Mittlerweile standen sie vor dem verwitterten Eingang.

„Wo kommen Sie her, Eli?"

Diese Frage schien ihn zu erschrecken. Seine Hand verharrte auf dem Türknauf, er blieb reglos stehen und blickte starr geradeaus. „Knoxville. Ist hier abgeschlossen?"

Julia holte den Schlüssel aus der Tasche und reichte ihn ihm. Die Tür öffnete sich quietschend, und er trat beiseite, um sie vorgehen zu lassen. Dieses galante Verhalten passte zu dem, was ihr schon vorher in der Küche aufgefallen war. Wie er die Gabel gehalten und die Serviette benutzt hatte und ganz selbstverständlich stehen geblieben war, bis Valery sich hingesetzt hatte.

„Wartet dort Ihre Familie auf Sie?“

Sie hatte ihm den Rücken zugewandt, doch als er nicht antwortete, drehte sie sich um und sah ihn über die Schulter hinweg fragend an.

„Nein“, sagte er und ein leichtes Zucken im Augenwinkel verriet ihn. Familie war kein einfaches Thema für Eli Donovan.

„Das tut mir leid für Sie. Ich weiß nicht, was ich ohne meine Familie machen würde. Als …“ Schnell unterbrach sie sich. Jetzt hätte sie es doch fast laut ausgesprochen.

Als Mikey verschwand.

Gerade heute waren Gespräche über Mikey emotionaler Treibsand und sie wollte vor diesem Fremden ja nicht direkt in Tränen ausbrechen.

„Haben Sie noch mehr Geschwister?“, fragte er rasch etwas anderes, so als würde er das mit ihrem Sohn schon wissen und nicht ertragen, die Geschichte noch einmal zu hören.

„Nein, da sind nur meine Eltern, Valery und ich. Aber wir haben eine ziemlich große Verwandtschaft.“ Ihre Eltern hatten sich vor Jahren scheiden lassen, wohnten aber noch immer, ohne einander umzubringen, in derselben Stadt. Doch auch das gehörte nicht hierher.

„Sie sind nicht verheiratet.“ Schon wieder so kurz angebunden. Als müsste er sich jedes Wort abringen. War er immer so schüchtern?

„Geschieden.“ Eine Wunde, die nicht mehr schmerzte. Davids Heirat mit Cindy Bishop hatte den Schlussstrich gezogen. Dennoch hatte Julia bitterlich geweint, als ihr Exmann schon innerhalb eines Jahres einen neuen Sohn bekam. Er hatte Mikey einfach vergessen, so wie er sie vergessen hatte. Die Vergangenheit weggefegt und anderswo weitergemacht, so als hätte er nie mit ihr in dem schönen Drei-Zimmer-Einfamilienhaus auf der Sage Street zusammengelebt. „Sind Sie verheiratet?“

Small Talk, nichts Persönliches, nur eine potenzielle Arbeitgeberin, die einen potenziellen Arbeitnehmer kennenlernte.

„Nein." Dabei ließ er ein kurzes, selbstironisches Schnauben vernehmen, dass sie nicht recht einzuordnen wusste.

Doch ihren fragenden Blick konnte er nicht sehen, weil seine Aufmerksamkeit schon zwischen der Treppe nach oben und der Tür, die weiter ins Innere führte, hin und her schwankte. „Erst hoch oder erst hier unten gucken?"

„Erst hoch."

„Gehen Sie vor, Sie kennen sich aus."

Wegen der Enge musste Julia nahe an ihm vorbeigehen, wobei sie erneut bemerkte, wie groß er war und dass ein leicht erdiger Geruch von ihm ausging. Ihr Ellbogen strich über seine Jeansjacke und der raue Stoff verursachte ihr ein Prickeln auf der Haut.

Sie nahm es mit Befremden zur Kenntnis, griff rasch nach dem Treppengeländer und erklomm die Stufen. Er folgte lautlos und in höflicher Distanz, doch sie spürte seine Anwesenheit hinter sich und fühlte sich unwohl. Voller Befangenheit kam es ihr auf einmal so vor, als wären ihre Hüften viel breiter als sonst und als würde ihr Hin- und Herwackeln mehr bedeuten, als dass sie einfach nur irgendwie diese schmale, wackelige Treppe hochkommen musste.

Oben angekommen, schlug Julia ein muffiger, staubiger Geruch entgegen. Sie tat ein paar Schritte in den Raum hinein. „Hier oben könnte man zwei Schlafzimmer mit Badezimmer unterbringen, dachte ich. Oder vielleicht eine Familiensuite."

Konzentriert ließ Eli den Blick durch den völlig mit Kram zugestellten Raum schweifen. „Ganz schön viel Zeug hier oben."

„Ich habe Sie ja gewarnt. Valery hat schon mal ein bisschen rumgewühlt. Alte Koffer voller Klamotten, ausrangierte Möbel, Werkzeuge, von allem etwas. Anscheinend hat jeder, der hier mal gewohnt hat, irgendwas dagelassen."

„Was haben Sie damit vor?"

„Da wir so bald gar nicht vorhatten, hieraus ein zweites Gästehaus zu machen, gibt es noch keinen Plan dafür. Aber Sie haben recht, vor dem Restaurieren müssen wir das alles irgendwie loswerden."

„Oder es woanders lagern."

„Vielleicht könnte ich damit einen Trödel veranstalten."

Er zog eine Schulter hoch. „Vielleicht."

„Erst mal müssten wir überhaupt alles durchsehen."

„Das kann ich tun." Er wies auf einen ramponierten Frisiertisch, der noch aus dem vorletzten Jahrhundert zu stammen schien. „Wie alt ist dieses Anwesen?"

„Es wurde noch vor dem Bürgerkrieg gebaut. Aber ich glaube kaum, dass die Möbel hier alle antik sind."

Weil Julia sich jetzt einen Weg zu den Mansardenfenstern bahnen wollte, schob sie einige der Kartons zur Seite. Plötzlich krabbelte eine Spinne über ihren Fuß. Sie stieß einen spitzen Schrei aus und fuhr heftig zurück.

Doch da machte die haarige Kreatur schon Bekanntschaft mit einem der zwei glänzenden Stiefel, die im Vergleich zur restlichen Erscheinung des Mannes noch überraschend neu wirkten.

Julia lachte verlegen. „Ich hasse Spinnen. Der Nachbarsjunge hat mich früher immer mit ihnen geärgert." Warum rechtfertigte sie sich?

„Hier gibt es wahrscheinlich jede Menge davon."

„Wie nett, dass Sie mich darauf hinweisen. Noch ein Grund, warum ich das Kutschenhaus bisher gemieden habe."

Ein amüsiertes Lächeln umspielte seine Mundwinkel, und sein Blick erhellte sich kurz, doch der Moment war sofort wieder vorüber.

Hatte er heute überhaupt schon gelächelt? Lächelte er nie? Was konnte einen Menschen denn derart belasten? Ihr Lächeln hatte selbst sie inzwischen wiedergefunden.

„Ich sehe mich etwas um, okay?"

„Nur zu. Deswegen sind wir ja hergekommen, aber wenn es Ihnen nichts ausmacht, bleibe ich für meinen Teil ab jetzt genau hier stehen."

„Überall Spinnenweben ..." Wie um das zu beweisen, wischte er ein dichtes Netz zwischen zwei Kartonstapeln weg und streifte die klebrige Masse an seiner Jeans ab.

„Ganz genau." Und so verharrte sie neben dem reparaturbedürftigen Schreibtisch, auf dem natürlich auch wieder jede Menge Kisten standen, so wie auf jeder ebenen Fläche hier oben. Dieses klobige Ungetüm aus Mahagoni hatte schon bei ihrer allerersten Besichtigung hier gelauert und wie so vieles andere hatte sie es einfach erst mal dagelassen.

Der Holzfußboden knarzte unter Elis Gewicht, als er jetzt auf die Fenster zuging. Kreuz und quer vor den Scheiben, die so dreckig waren, dass die hellen Sonnenstrahlen nur als dunstiger, fahler Lichtschein hindurchdrangen, hingen noch mehr Spinnweben.

„Können die erhalten bleiben?", fragte sie.

„Die Spinnweben? Oder die Fenster?"

Ein Witz. Der Mann hatte tatsächlich einen Witz gemacht. Julia lächelte. „Bei Spinnen hört meine Tierliebe auf."

Die harten Gesichtszüge entspannten sich kurz. „Die Fenster können wir leider auch nicht retten."

„Mist." Verärgert kaute sie auf einem Fingernagel herum. „So viel zum Thema authentisch."

„Wir erhalten all das, was noch geht. Den Rest machen wir neu." Er durchquerte den Rest des Stockwerks, trat testend auf einzelne Bodendielen und strich mit großen, geschickten Händen über die halb verrottete Tapete, die sich in breiten

Streifen von den Wänden pellte. Julia erfasste kurz Panik bei dem Gedanken an ihr begrenztes Budget und an die Geldmengen, die dieses Projekt verschlingen würde.

„Im Haupthaus haben Valery und ich das meiste selbst gemacht. Ich glaube nicht, dass ich für all das hier bezahlen kann."

Er drehte sich um und warf ihr einen seiner langen, wortlosen Blicke zu, bevor er sich wieder abwandte. In seinen Augen schimmerte etwas, eine Sehnsucht, ein Flehen und – das war das Schlimmste – eine Hoffnungslosigkeit, die Julia viel zu gut kannte.

Er nickte kurz, ließ den Kopf hängen und ging in Richtung Treppe.

„Warten Sie."

Er hatte schon die Hand auf dem wackeligen Geländer, als er sich jetzt erneut zu ihr umdrehte. Zerzauste Haare kräuselten sich um seine Ohrläppchen und bildeten einen weichen, jungenhaften Kontrast zu den harten Gesichtszügen des Mannes.

„Wo gehen Sie hin?"

Etwas zuckte in seiner Schläfe. Er sah ihr kurz in die Augen und dann gleich wieder weg. „Einen Job finden."

Er guckte so resigniert aus der Wäsche, wie ein Mensch nur gucken konnte, glich einem Streuner, der ein Mal zu oft getreten worden war.

Ein grundlegendes, schmerzliches Sehnen ergriff von Julia Besitz. Und weil sie die reine Verzweiflung dieses Mannes so sehr nachfühlen konnte, verkündete sie mit sanfter Stimme: „Wir finden schon eine Lösung."

Zaghaft, kaum merklich, flackerte leise Hoffnung in den dunkelgrünen Augen auf. „Sind Sie sicher?"

Nicht im Geringsten, schon gar nicht inmitten dieser sonderbar aufgeladenen Atmosphäre, die in der zugestellten Enge vibrierte und den Geruch nach Staub und Verfall überdeckte. „Sind Sie für so umfangreiche Restaurierungen denn wirklich ausreichend ausgebildet?“

„Ja.“ Kein Geschwafel, keine falsche Bescheidenheit, aber dafür fehlte Eli Donovan wohl auch einfach die Kraft.

„Okay.“ Sie atmete auf und war selbst verdutzt darüber, wie sehr sie sich die ganze Zeit schon gewünscht hatte, dass er den Job tatsächlich annahm. Diese bis ins Mark gehende, unablässige Traurigkeit, die von jedem Quadratzentimeter seiner Haut auszugehen schien, berührte etwas in ihr, schlug eine verstimmte Saite in ihr an, die ebenso dringend erneuert werden musste wie das Kutschenhaus. Ebenso dringend wie er. „Bereit für den Rest?“

Wortlos ging er die Treppe hinunter. Dieses Mal war sie hinter ihm und konnte auf seinen Kopf hinuntersehen, auf das schwarze, am Scheitel verwirbelte Haar und die breiten Schultern, welche alle Last dieser Welt zu tragen schienen.

Aber vielleicht existierte diese bittersüße Geschichte von der verwundeten Seele, die Heilung und Hoffnung brauchte, auch nur in Julias Fantasie. Wäre ja nicht das erste Mal, dass diese ihr etwas vorgaukelte.

Sie erreichten den Fuß der Treppe und befanden sich jetzt in einem weiteren Raum voll mit Zeug, das im Laufe der auf Peach Orchard gelebten Leben angeschwemmt worden war.

„Hier ist es nicht ganz so zugestellt. Gott sei Dank. Ich glaube, der letzte Besitzer hat hier noch sein Auto geparkt und von daher einigermaßen drauf geachtet. Da hinten durch die Tür geht es zu ’ner Art Büro“, sagte Julia und wies zu einem Durchgang in der südlichen Wand. „Jedenfalls glaube ich, dass es ein Büro ist. Es könnte als alles Mögliche gedient haben. Daneben ist sogar ein Badezimmer, kein schönes, aber die Wasserleitungen sind intakt. Das macht mich ja immerhin zuversichtlich, was die Einrichtung weiterer Gästezimmer angeht.“

„Wasserleitungen? Die müssen erst viel später hinzugefügt worden sein.“

„Vielleicht ist das Kutschenhaus auch einfach jünger als das Hauptgebäude. Ich habe keine Ahnung. Auf den alten Fotos, die wir bei der bisherigen Restaurierung zu Rate gezogen haben, ist der hintere Teil des Anwesens leider nicht mit drauf.“

„Vielleicht finden wir ja noch welche.“

„Das wäre schön. Die Geschichte dieses Ortes interessiert mich sehr, leider hatte ich bisher noch nicht viel Zeit für Nachforschungen.“

Sie passierten unter anderem ein Fahrradgerippe, ein Bettgestell, einige Holzkisten und ein Telefon mit Wählscheibe, bevor sie durch die schwergängige Tür in den anderen Raum traten. Alles war von einer dicken Schicht aus Staub und Schmutz bedeckt.

Eli lehnte sich vor und steckte den Kopf in das benachbarte Badezimmer, in dem sich ein Klo, ein Waschbecken und eine Duschecke aus unverputzten Ziegeln befanden. „Scheint mir gut genug.“

Hinter ihm runzelte Julia die Stirn. Wenn ihm das gut genug schien, würden sie wohl kaum auf einen Nenner kommen. „Meine Gäste erwarten schon etwas mehr als das.“

Er lehnte sich wieder zurück und sah sie an. „Für mich. Ich kann hier wohnen.“

„Hier? Nein, Eli, mit Kost und Logis ist natürlich das Haupthaus gemeint. Hier drinnen können Sie nicht wohnen.“

„Warum nicht?“

„Na ja …“ Sie wies in dem trostlosen, dreckigen Zimmer rund um sich her. „Gucken Sie doch mal.“

„Putzausrüstung ist vorhanden?“

„Ja, aber …“

„Sie brauchen die Zimmer für zahlende Gäste. Das hier reicht für mich.“

„Hier stehen doch auch gar keine Möbel."

Er wies mit dem Kinn Richtung Decke. „Da oben finde ich, was ich brauche."

Dieser Mann wurde immer sonderbarer, und Julia wusste immer noch nicht so recht, was sie von ihm halten sollte. Während sie noch nachdachte, ging er zu dem einzigen Fenster des Zimmers hinüber, schob es auf und steckte einen herumliegenden Ziegel drunter, damit es offen blieb. Durch den Spalt drangen ein Streifen Sonnenlicht und ein frischer Hauch von Frühling herein.

„Nein."

„Meine Ansprüche beschränken sich zurzeit auf das Wesentliche."

Da, schon wieder diese gewählte Ausdrucksweise. Auch wenn es äußerlich noch so sehr danach aussah, Eli Donovan war nicht bloß irgendein ungebildeter Arbeiter. Was für ein Mensch versteckte sich hinter all diesem Schweigen?

Der Gedanke rüttelte sie auf. Verheimlichte er etwas? Und angenommen ja, war es dann nicht zu riskant, ihn hier wohnen zu lassen, zusammen mit den Gästen und zwei auf sich allein gestellten Frauen?

„Sehr gut." Valery lehnte sich auf der Veranda gegen eine der Säulen und sah zu, wie Elis arg mitgenommener Dodge hinter der Auffahrt um die Ecke verschwand. „Das wird ein bisschen Glanz in die Bude bringen."

„Warum werde ich das Gefühl nicht los, dass du nicht von der Restaurierung redest?", fragte Julia.

Valery boxte ihr gegen den Arm und warf lachend die Haare zurück. „Komm her, gib's zu. Du findest ihn doch auch ziemlich heiß."

„Er hat schon einen gewissen rauen Charme. Aber hör mir mit deiner Liebesgeschichte auf, Valery. Eli Donovan ist bei uns angestellt. Und noch dazu nur befristet."

„Wie kann er nur im Kutschenhaus wohnen wollen? Es ist furchtbar dort."

„Bis alles geputzt und repariert ist, wird er im Haupthaus wohnen, mir egal, ob er widrige Umstände gewohnt ist, wie er sagt."

Valery erschauderte. „Das wären ja auch äußerst widrige Umstände. Das Gebäude kracht schon fast zusammen. Und dann noch das ganze alte Zeug überall. Funktionieren die Wasserleitungen überhaupt?"

„Mehr schlecht als recht. Da wird er sich dann auch drum kümmern."

„Das hört sich ja schon zu gut an, um wahr zu sein. Womöglich kann er das alles gar nicht und schnorrt hier nur Gratismahlzeiten und einen Schlafplatz. Vielleicht ist er ein Landstreicher auf der Suche nach 'nem gemütlichen Plätzchen. Ein Hochstapler."

Nachdenklich betrachtete Julia ihre Schwester. Hatte sie nicht zuerst genau das Gleiche vermutet? „Vorhin wolltest du mich noch mit ihm verkuppeln."

„Ja, na ja … ein sexy Hochstapler. Den kann man sich gut angucken."

Da konnte Julia nicht widersprechen. Jedoch war es vielmehr eine andere seiner Eigenschaften, die ihr besonders naheging. Vielleicht der verschlossene, wachsame Blick oder die Art und Weise, wie er sich unwohl in der eigenen Haut zu fühlen schien. Oder womöglich war es die Traurigkeit.

„Wenn er nach ein paar Tagen noch nichts zustande gebracht hat, schmeiß ich ihn wieder raus." Ihr wehte eine Haarsträhne ins Gesicht. Sie wischte sie weg. „Wir haben genug Ahnung vom Restaurieren, wir erkennen, ob es sich lohnt, ihn hierzubehalten."

„Stimmt. Und bis dahin genießen wir einfach die Aussicht." Sie wandten sich zum Haus. Mit einer Hand an der Fliegengittertür hielt Valery inne und blickte sinnend zu den Magnolien. „Ob er zum Arbeiten wohl das T-Shirt auszieht?"

Eli dachte über den bevorstehenden Job nach. Sein Weg führte ihn gerade an der Grundschule von Honey Ridge vorbei, wo die Schüler unter der Aufsicht zweier Norwegerpullover mit Lehrerinnen drin in der Frühlingssonne spielten. Er trat auf die Bremse, um ja nicht das vorgegebene Tempo dreißig zu überschreiten. Das eine Zusammentreffen mit der Polizei, und wenn der Beamte auch noch so freundlich gewesen war, reichte ihm für heute.

Durch das offene Autofenster drangen die Rufe und das Lachen der Kinder zu ihm herein. Gleich hinter dem Maschendrahtzaun spielten zwei kleine Jungs auf einem halbkugelförmigen Klettergerüst.

Ging sein Sohn hier zur Schule? War er einer der beiden auf dem Gerüst oder vielleicht der Knirps im roten Shirt, der sich am Kletterbogen daneben entlanghangelte? Oder war er jener dort, der gerade seinen Kopf oben aus der Spielburg herausstreckte?

Eine geballte Faust zog sich in Elis Brustkorb zusammen. Er wusste überhaupt nichts über Kinder, außer dass er selber früher unausstehlich gewesen war, verzogen und ungestüm. Ein hübsches kleines Mädchen hüpfte seilspringend am Zaun entlang. Ihre im Takt auf und ab wippenden schwarzen Haare erinnerten ihn an Jessica, doch er wischte den Gedanken schnell wieder fort.

Mit einem ihm völlig neuen Interesse betrachtete Eli die spielenden Kinder und rollte langsam an ihnen vorbei, bis eine der Lehrerinnen sich in Bewegung setzte und mit kritischem Blick auf die Schrottkiste zusteuerte, die sich zu lange und zu nah bei ihren Schützlingen aufhielt.

Eli nahm den Fuß von der Bremse und fuhr rasch weiter. Womöglich stempelte die wachsame Lehrerin ihn jetzt als Kinderschänder ab und hetzte ihm die Polizei auf den Hals. Panik erfasste ihm beim Blick in den Rückspiegel.

Bei Weitem nicht zum ersten Mal brach ihm der Angstschweiß aus, und er fragte sich, ob sein Leben jetzt für immer so sein würde. Ob er jetzt für immer über die Schulter sehen und fürchten musste, dass seine Vergangenheit ihn einholte und verschlang.

Honey Ridge. Konnte er hier leben? Wenigstens bis er herausgefunden hatte, wie er jetzt, da er auf einmal einen Sohn hatte, weitermachen sollte?

Nach einem Zwischenstopp im Ein-Dollar-Laden fuhr er weiter zu Opals Haus, wo ihn die alte Frau säuerlich in Empfang nahm. „Kommt der Köter also doch wieder angekrochen."

Er verdiente den verbalen Hieb, also steckte er ihn klaglos ein. Er hatte in diesen sieben Jahren schon so viele verbale und körperliche Hiebe einstecken müssen, was machte da einer mehr oder weniger noch aus?

„Ich brauchte Zeit zum Nachdenken", sagte er und vergrub die Hände in den Taschen seiner Jeans.

Opal gewährte kein Pardon. „Und?“

„Ich habe Arbeit gefunden. Ich dachte … vielleicht …“ Ihm fiel nichts ein. Das waren einfach zu viele Gespräche und zu viele Entscheidungen für einen einzigen Tag. Er hatte so lange fremdbestimmt gelebt, dass er, so völlig auf sich gestellt, gerade echt nicht mehr weiterwusste.

Opals strenge Haltung entspannte sich ein klein wenig, wenn auch noch lange nicht ganz. Weder vertraute sie ihm, noch konnte sie ihn besonders gut leiden. Während sie sich mit der einen Hand schwer auf ihren Stock stützte, wies sie mit der anderen ins Haus. „Kommen Sie rein.“

Nachdem Eli sich instinktiv zuerst noch einmal umgeblickt hatte, trat er aus dem Sonnenlicht in das dunkle, trostlose Innere dieses Heims, in dem sein Sohn zurzeit aufwuchs. Er wartete, bis der alte Raubvogel von Frau sich hingesetzt hatte, und nahm dann wieder auf dem gleichen Stuhl Platz wie morgens.

„Wo haben Sie Arbeit gefunden?“, fragte Opal.

„Im Peach Orchard Inn.“

Ihre schmalen Augenbrauen schnellten über den Rand der Brille nach oben. „Und was machen Sie da?“

Er erklärte es ihr.

„Haben Sie da auch Platz für den Jungen?“

Der Junge. Sein Junge. „Wie heißt er?“

Opal fixierte ihn mit einem kalten, stechenden Blick. Was für ein Mensch kannte denn auch den Namen des eigenen Kindes nicht?

„Alex.“ Sie lehnte sich vor, wobei sie ihr Körpergewicht auf dem Stock ausbalancierte. Wie Frau Justitia wägte sie lange ab. Schließlich befand sie, dass er mehr erfahren möge. „Alex Donovan Wise. Weil Sie das arme Mädchen ja nicht geheiratet haben, durfte sie ihm Ihren Nachnamen nicht geben, also hat sie ihn eben in der Mitte untergebracht.“

Scham und Schuld verbrannten Eli die Eingeweide. „Ich wollte nicht … Es war nie meine Absicht …“

Sie schnitt ihm das Wort ab. „Das ist jetzt gerade egal. Mindy ist fort, aber Sie, Eli Donovan, sind hier. Und der Junge braucht jemanden.“

„Er kennt mich doch gar nicht.“

„Sie werden sich kennenlernen.“

„Ich kann ihn nicht zu mir nehmen. Da ist noch kein Platz für ihn.“ Und dass er überhaupt einen Sohn hatte, war gegenüber seiner neuen Arbeitgeberin auch noch gar nicht ausdrücklich zur Sprache gekommen.

Opal lehnte sich zurück und schürzte die Lippen, als hätte sie in eine unreife Zwetschge gebissen. „Warum sind Sie dann hier?“

Er rutschte auf seinem Stuhl hin und her, zupfte am Ausschnitt seines T-Shirts und spürte, wie ihm vor Unsicherheit der Schweiß ausbrach. „Er kann doch bei Ihnen wohnen bleiben. Das wird auch am besten sein, denken Sie nicht?“

„Am besten für wen?“

Nein, sie würde es ihm nicht leicht machen, aber er konnte sich schließlich denken, dass sie wegen Mindy wütend auf ihn war. Er war ja selbst wütend auf sich.

„Für ihn. Mich kennt er nicht. Sie sind seine Familie.“

Sie stieß den Atem aus. „Traurig, aber wahr, so wenig mir das auch gefällt. Er wird Zeit brauchen, um sich an seinen Vater zu gewöhnen.“

Die rotierenden Messer in Elis Magen hielten jetzt wenigstens still, doch sie stachen noch immer. Er hatte keine Ahnung, was genau er tun würde oder wie genau er für sein Kind sorgen sollte. Er wusste ja nicht einmal, wie man mit einem Sechsjährigen überhaupt redete. Jedoch hatte er bisher ohnehin wenig Gutes zustande gebracht, und wenn er jetzt schon sein Leben umkrempelte, dann konnte er ebenso gut hier, wo er unwissentlich seine Zukunft gesät hatte, damit anfangen.

Die Vordertür sprang krachend auf und ein kleiner Junge kam hereingestürmt. Als er Eli erblickte, blieb er wie angewurzelt stehen und ließ einen großen Rucksack im Tarnfarbenmuster von seinem Rücken zu Boden gleiten.

Eli brach schon wieder der Schweiß aus. Die widersprüchlichsten Gefühle stürmten auf ihn ein.

Alex war ein hübscher Junge, er hatte Mindys offenes Gesicht und ihre großen braunen Augen. Aber Eli erkannte auch die Donovan'schen schwarzen Haare, die hohen Wangenknochen und das typische Grübchen im Kinn.

Oh Gott. Ich habe einen Sohn. Oh Gott.

Eli stieß die Luft aus, als hätte man ihm einen plötzlichen Schlag in die Magengrube versetzt. Eine mächtige, urwüchsige Reaktion breitete sich von seiner Brust bis in seine Kehle aus, so vollkommen und so heftig, dass es wehtat. Dieses unschuldige kleine Wesen war ein Teil von ihm, und Eli betete zu einem Gott, den er fast schon vergessen hatte, dass dieses Kind ein besserer Erwachsener als der Vater werden möge.

„Was ist mit meiner Umarmung?", durchbrach Opal die gebannte Stille.

Als der Junge seine Arme um den Hals der spröden alten Dame schlang, huschte ein flüchtiges Lächeln über ihr Gesicht.

„Wie war die Schule?"

„Maddie hat meinen roten Wachsmalstift gegessen."

„So ein böses Mädchen. Sind davon ihre Zähne rot geworden?"

Der Kleine nickte ernst. „Die Lehrerin hat mir dann einen neuen gegeben."

„Gut, gut." Opal klopfte dem Jungen auf die kräftige kleine Schulter und drehte ihn dann zu Eli. „Das ist Eli. Weißt du noch? Deine Mama hat dir von ihm erzählt."

Elis Herz klopfte wie wild. Was sollte er sagen? Was sollte er tun?

Mindys braune Augen betrachteten ihn mit kindlicher Offenheit. Was genau hatte sie ihrem Kind über ihn erzählt?

Eli musste erst den pfirsichdicken Klumpen in seinem Hals hinunterschlucken, und sein Mund war trockener als die Mojave-Wüste, trotzdem brachte er hervor: „Hi, Alex."

Der Junge blieb eng an seine Großtante geschmiegt stehen und blickte ihn mit großen wachsamen Augen an.

Eli rieb die Handflächen über seine Jeans. Was jetzt?

Alte Essensdünste drangen aus den Wänden auf ihn ein und vermischten sich mit dem Geruch von seinem Angstschweiß.

„Lernt euch ein bisschen kennen, ihr zwei." Opal stupste den Jungen sanft an. „Zeig Eli doch mal deinen Dino."

Eli glaubte einen Funken Interesse aufblitzen zu sehen und hielt sich daran fest. „Du magst Dinosaurier?"

Alex starrte ihn einige schmerzhaft lange Sekunden wortlos an, dann hob er seinen Rucksack auf und verließ das Zimmer.

Opal schnalzte mit der Zunge. „Gott sei mit ihm. Seit dem Tod von Mindy ist er anders geworden."

„Anders? Wie?"

„Mürrisch. Traurig. Wird schnell wütend."

„Weiß er, dass ich sein Vater bin?"

„Er weiß es, aber ich glaube, er versteht es nicht."

„Weiß er, wo ich war?"

„Manches bleibt besser ungesagt. Er ist ja noch ein Kind."

Ganz genau. Eli streckte und krümmte die Finger, streckte sie wieder und wischte die Handflächen erneut an seiner Jeans ab. „Wenn Sie einverstanden sind, wäre es mir auch lieber, es bleibt weiterhin ungesagt. Gegenüber allen hier."

„Es ist nicht meine Art, anderer Leute Leichen aus dem Keller zu holen. Ich werde Ihr Geheimnis bewahren, Eli Donovan. Aber nicht Ihretwegen, sondern für Alex."

Eli atmete auf. Wenn niemand etwas wusste, konnte das hier funktionieren. Er hatte schon ein paar Mal gehört, dass sich jemand in irgendeine Kleinstadt zurückgezogen und dort jahrelang unbehelligt gelebt hatte, bevor seine Vergangenheit ans Licht gekommen war.

„Verstanden."

„Was ist in der Tüte?"

Vor lauter Aufregung hatte Eli die Tüte vom Ein-Dollar-Laden ganz vergessen. „Ein Football. Ich dachte, vielleicht bringe ich ihm was mit, um das Eis zu brechen." Er zuckte die Schultern. „Ich weiß auch nicht."

Er hatte keine Erinnerungen mehr an die Zeit als Sechsjähriger, aber ziemlich sicher hatten er und sein Vater irgendwann mal einen Football hin und her geworfen, wobei das vor Jessicas Tod gewesen sein musste. Danach hatten sie kaum noch miteinander gesprochen, hatten sich nur noch angeschrien, wenn Eli mal wieder irgendeinen waghalsigen Mist angestellt hatte.

„Nehmen Sie den mit rein zu ihm. Ein Spielzeug ist schon mal ein Anfang."

Eli hatte erhebliche Bedenken, tat aber wie geheißen und ging in die ihm gewiesene Richtung zu Alex' Zimmer. Die Tür stand offen.

„Alex." Er umklammerte die gelbe Plastiktüte wie eine Rettungsleine und blieb im Türrahmen stehen, unschlüssig, ob er in die Sphäre des Kinderzimmers vordringen sollte, und unschlüssig außerdem, wie er die Gunst dieses Kindes gewinnen könnte.

Alex saß auf dem ausgeblichenen braunen Linoleumfußboden und spielte mit einem kleinen Plastikdinosaurier. Seine Schuhe hatte er in die Ecke gekickt und den Rucksack auf das nachlässig gemachte Bett geworfen. Er sah kurz zu ihm auf, widmete sich aber gleich wieder seinem Spielzeug.

„Was für ein Dinosaurier ist das denn?“

„Stegosaurus.“ Sein Stimmchen war fast nicht zu hören, aber dass er ihm überhaupt geantwortet hatte, erfüllte Eli mit Hoffnung.

„Ich hab dir was mitgebracht.“ Eli streckte ihm die Tüte hin. Alex nahm keine Notiz und nach einer Weile ließ Eli die Hand wieder sinken, stand da mit seiner Tüte wie ein Idiot und fühlte sich denkbar unwohl. „Wär es okay, wenn ich dir ein bisschen Gesellschaft leiste?“

Das kaum merkliche Schulterzucken nahm Eli als positives Zeichen und setzte sich Alex gegenüber auf den Boden.

Eine Stunde später waren ihm die Beine eingeschlafen und Alex hatte noch immer kein Wort zu ihm gesagt oder seine Anwesenheit sonst irgendwie honoriert. Opal erschien auf ihren Stock gestützt im Türrahmen.

„Alex, Essen ist fertig.“

Der Junge schob sein Spielzeug beiseite und schlüpfte an ihr vorbei aus dem Zimmer.

„Sie können bleiben, wenn Sie möchten. Es gibt Makkaroni mit Käse. Jede Menge davon.“

Eli musste erst einmal seine Beine zum Leben erwecken. Als er aufstand, kribbelten sie unangenehm und er verzog das Gesicht. Nach dieser quälenden Schweigestunde wollte er eigentlich nichts lieber als weg von hier.

Da ertönte wieder diese Stimme in seinem Kopf, die ihn Feigling schimpfte. Weglaufen würde das Problem nicht lösen. Er war Mindy etwas schuldig. Und wenn es ihn auch immer noch mehr erschütterte als freute, dass dieser Junge seine DNA trug, so verzehrte er sich doch danach, ihn kennenzulernen.

„Danke“, brachte er hervor und humpelte neben ihr her in die schummrige Küche.

Vom Tisch neben dem Fenster mit den fadenscheinigen rotkarierten Gardinen konnte Eli in einen kleinen Garten gucken, in dem ein paar von der Sonne ausgeblichene Plastikspielzeuge herumlagen. Er schob für Opal den Stuhl zurück, wartete, bis auch Alex auf seinen geklettert war, und setzte sich dann dazu. Das Essen war bescheiden. Makkaroni mit Käse, Karottenstückchen mit Apfelmus. Er tat sich von beidem nur eine winzige Portion auf, denn egal, wie hungrig er war, er wollte seinem Sohn und der alten Dame nichts wegessen.

Wie sie so um den Tisch herumsaßen und sich anschwiegen, mussten sie ein ziemlich bedauernswertes Trio darstellen. Eli wusste Stille ja eigentlich zu schätzen, doch hier und jetzt hing so viel Unausgesprochenes in der Luft, dass sie davon förmlich zu pulsieren schien. Er hatte keine Ahnung, wo er anfangen sollte, also stocherte er stattdessen in seinen Makkaroni herum und sah zu, wie sein kleiner Junge aß.

Als sie mit dem Essen fertig waren, fühlte Eli sich genauso verzweifelt wie damals, als seine Eltern ihn ein für alle Mal seinem Schicksal überlassen hatten.

Später, in einem Zimmer der Pension, das für einen Knacki wie ihn viel zu hübsch war, lag er lange wach und grübelte, wie er die Dinge zum Besseren wenden könnte.

13. KAPITEL

Peach Orchard Farm
1864

Nach einem Monat hatte sich auf der Farm eine gewisse Routine eingestellt. Während die Genesenden im Garten und in den Wäldern herumstromerten, lagen die nach wie vor Schwerverletzten noch immer im jetzt auf den Salon zusammengeschrumpften Lazarett. Edgar war mittlerweile zurückgekehrt, doch er verbrachte die meiste Zeit in seinem abgeschlossenen Arbeitszimmer, überließ das Tagesgeschäft nahezu völlig seiner Frau und kam nur zu den Mahlzeiten heraus. Und selbst die waren ihm zuwider, weil die Familie sie gemeinsam mit den höherrangigen Soldaten im Esszimmer einnahm. Charlotte bemerkte, dass ihr Mann immer mehr dem Whiskey zusprach. Oft ritt er nach Honey Ridge und kam nicht vor Morgengrauen zurück. Sie weigerte sich, über sein Verbleiben dort nachzudenken.

Edgar fiel nicht einmal auf, welche Zuneigung ein gewisser Captain der Unionsarmee seinem Sohn und, ja, auch seiner Frau entgegenbrachte. Benjamin sehnte sich nach einem Vater, und Edgars neuerliche Distanz brach Charlotte das Herz. Sie musste sich fragen, ob er Ben ihretwegen ignorierte, dabei wusste sie nicht einmal, womit genau sie selbst diese kalte Ablehnung verdiente.

Seit dem Morgen schon lastete eine dumpfe Augusthitze über der Farm, und die hartnäckig schwüle Luft war voller Fliegen.

Der Captain suchte sie immer noch regelmäßig auf, und wenn ihre Gespräche über die Soldaten und den Krieg zum Erzählen von Kindheitsgeschichten oder den heiteren Austausch über das Treiben von Ben und Tandy übergingen, so dachte sich Charlotte, dass sie beide diese lichten Momente brauchten, um der allgegenwärtigen Finsternis der Wirklichkeit zu entfliehen.

Will war in der Tat ein guter Mensch. Er brachte Ben und Tandy bei, einen Fisch mit der Hand zu fangen, zeigte ihnen die geheimen Flusskrebsverstecke und ließ sie auf Smokey reiten. Mit einigen der weitgehend genesenen Soldaten stellte er Fallen auf und steuerte somit Kaninchen und Enten zum Essen bei, was ein Segen war angesichts der vielen hungrigen Mäuler und der rasch dahinschwindenden Vorräte, für die es nicht so bald Ersatz geben würde.

Nachdem sie für den Vormittag mit der Hausarbeit fertig waren, blieb Patience am Klavier zurück, an dem sie, wie mittlerweile üblich geworden war, den verwundeten Soldaten mit schwungvoller Mozartmusik frische Kraft einflößte. Dass Patiences Gemüt so unbekümmert war wie Schäfchenwolken im Sommer, hinderte sie keinesfalls daran, so liebreizend und süß zu sein wie ein kandierter Pfirsich. Josie war auf dem Weg in die Stadt zu ihrer Quilt-Runde. Lizzy und Charlotte hingegen gingen mit zwei Körben bewaffnet am baumbestandenen Flussufer entlang, um wilde Kräuter und andere essbare Pflanzen zu suchen.

Ben und Tandy tollten ein paar Meter vor ihnen herum, untersuchten jedes Astloch und jedes noch so kleine Krabbeltier. Man konnte sie kaum aus den Augen verlieren. Selbst hier unter den Bäumen, im dämmrigen Wechselspiel von Sonne und Schatten, leuchtete ihnen Bens weizenblonder Schopf im starken Kontrast zu Tandys schwarzen Locken entgegen.

„Und doch ist der eine so wie der andere“, dachte Charlotte laut vor sich hin und kniete sich unter einem Amberbaum auf den Boden. „Ich bin so froh, dass die beiden einander haben. Ohne Tandy wäre Ben ein sehr einsamer Junge.“

Lizzy schwieg, während sie sich ebenfalls hinkniete, eine Chicorée-Wurzel aus der tiefbraunen Erde zog und sie zu der restlichen Ausbeute in ihren Korb legte. Worte waren nicht notwendig, denn genauso wie sie beide um die Außergewöhnlichkeit der Beziehung ihrer Söhne wussten, hatte keine von ihnen eine Ahnung, welche Zukunft die beiden Jungs erwartete. Welche Zukunft insbesondere Tandy und die anderen Sklaven erwartete.

Charlotte würde keine weiteren Kinder mehr bekommen, dadurch waren Ben und Tandy noch wertvoller für sie. Auch das wusste ihre Dienerin besser als irgendjemand sonst. Lizzys scharfer Beobachtung entging fast nichts, was auf der Peach Orchard Farm vor sich ging. Hin und wieder wollte Charlotte sie nach Edgars nächtlichen Ausflügen fragen, doch dann tat sie es doch nie. Lizzy könnte ihr sicher Antworten geben, doch einige Dinge erfuhr man besser gar nicht erst.

„Mama, da kommt der Captain."

Auf Bens aufgeregten Ruf hin ließ Charlotte den Blick an seinem ausgestreckten Finger entlang in die Schatten unter den Bäumen wandern. Ihr Herz machte einen Sprung vor Freude. Will und einer seiner Soldaten kamen mit etwas in den Händen auf sie zu.

„Na da schau einer her, Miss Charlotte, die haben ja Honig gefunden!", freute sich Lizzy und lief ihnen entgegen.

Die beiden Männer grinsten wie die Kinder, während sie mit ihrer Beute näher kamen. „Den habe ich gestern entdeckt, als die Jungs und ich die Kaninchenfallen überprüft haben", sagte Will.

Hocherfreut über den Honig und die Gesellschaft, kam Charlotte unter dem Baum hervor und wischte sich die Erde vom Kleid. „Sie haben es tatsächlich geschafft, einen Bienenstock zu plündern?"

Zucker war schon vor einiger Zeit rar geworden, daher war dieser Honig jetzt besonders willkommen.

„Weil Joseph sie mit Rauch abgelenkt hat", sagte Will und lächelte dem anderen Mann in das kantige Gesicht.

„So was habe ich früher in meiner Heimat ständig gemacht“, sagte Joseph. Charlotte bemerkte den Rauchgeruch, der von seinem abgetragenen grauen Hemd ausging. „Zahlt sich eben aus, auf dem Land aufgewachsen zu sein.“

Ben und Tandy schwirrten ganz aufgeregt über den Fund um Wills Beine herum. „Wir mögen Honig, stimmt’s, Tandy?“

„Oh ja.“

Will übergab den beiden den Eimer mit der Süßigkeit. „Bringt das zum Haus und gebt es Cook.“ Mit einem Zwinkern fügte er hinzu: „Vielleicht backt sie euch ja ein paar Kekse damit.“

„Machen wir!“ Die beiden trugen ihren Schatz vorsichtig durch den Wald davon und auf ein Nicken von Will folgte Joseph ihnen nach. Durch dieses fürsorgliche Verhalten stieg der Captain jetzt gerade noch mehr in Charlottes Gunst.

Mit einem wortlosen Blick drückte sie ihm ihre Dankbarkeit aus.

Während Lizzy etwas tiefer in den Wald ging, um weitere Kräuter und Wurzeln zu sammeln, wurde Charlotte von Will am Arm zurückgehalten. Besorgnis schwang in seiner Stimme. „Ich war überrascht, Sie hier draußen zu treffen, Charlotte. Was tun Sie denn so weit weg vom Haus?“

Ihre Absichten waren doch eigentlich offensichtlich, schließlich trugen sowohl sie als auch ihre Dienerin einen Korb bei sich. Sie hob den ihren erklärend in die Höhe. „Wildgemüse und Kräuter sammeln. Wieso fragen Sie?“

„Es ist zu gefährlich. Sie sollten nahe beim Haus bleiben. Nur wenige Kilometer von hier ist ein Soldatenlager.“

„Captain“, entgegnete sie sanft, „ich habe ein Soldatenlager direkt in meinem Garten.“

„Es herrscht Krieg.“

Sie konnte ihn ja verstehen und war sogar gerührt, dass dieser Offizier der verfeindeten Union sich mehr um ihre Sicherheit sorgte als ihr eigener Ehemann, doch der Krieg brachte schon genug Entbehrungen mit sich. „Umso mehr werde ich die Sonne jedes neuen Tages genießen."

„Ich bin verantwortlich für Ihr Wohlergehen."

„Sind Sie das, Captain?" Sie blickte hoch in sein liebes Gesicht, fürwahr, er war ihr lieb geworden. Dieses Eingeständnis erfüllte sie mit Scham, aber auch mit Freude, denn dieser Mann war es mehr als wert. „Sie nehmen zu viel auf sich. Alle Ihre Soldaten, die Verwundeten und dann auch noch wir von der Farm? Eine solche Verantwortung ist zu viel für einen Einzelnen, selbst für jemanden mit Ihrer Persönlichkeit und Stärke."

Das Letzte hatte sie eigentlich nicht laut aussprechen wollen, aber als sie sah, wie sich sein Gesicht bei ihren Worten aufhellte, bereute sie es nicht.

„Ich habe versprochen, Sie zu beschützen, Charlotte, und das werde ich auch."

„Das haben Sie doch schon ehrenhaft getan und dafür bin ich auch sehr dankbar. Aber ich werde mich nicht davor fürchten, in meinen eigenen Wäldern nach dringend benötigten Pflanzen und Beeren zu suchen."

„Dann erlauben Sie, dass ich mich um Sie fürchte." Er trat näher an sie heran und blickte ihr so tief in die Augen, dass ihr das törichte Herz bis zum Hals schlug. „Bitte, Charlotte. Erlauben Sie mir oder einem meiner Männer, Sie hier draußen zu begleiten. Ich will nicht, dass Ihnen etwas zustößt."

Mit einem Mal erkannte Charlotte, welch tiefer Zuneigung er ihr gegenüber fähig war. Bisher hatte sie mit Tändelei wenig und mit romantischer Liebe noch weniger zu tun gehabt, doch die heftig aufwirbelnden Gefühle und der tief sich öffnende Brunnen des Verlangens in diesem Moment waren atemberaubend und wunderschön. Sie musste aufpassen, *sehr gut* aufpassen, dass sie sich nicht in Will Gadsen verliebte.

„Captain", flüsterte sie, nicht aus Furcht vor Soldaten und Krieg, sondern aus Angst, ihr Herz und womöglich auch ihre Seele an diesen Mann zu verlieren. Als verheiratete Frau stand für sie viel auf dem Spiel. Sie klammerte sich an ihren Korb, als wäre er ihre Tugend selbst, und ging weiter, besorgt, dass Lizzy ihre Vertrautheit bemerken könnte.

In ihrem Innern tobten die Gefühle, und sie verspürte ein heißes Prickeln auf der Haut, die ja nur wenige Handbreit von Wills entfernt war. Hatte sie Edgars Nähe je so deutlich gespürt?

Will ging neben ihr her und schwieg, sie hörte nur das Knirschen seiner Stiefel auf den Zweigen, die wie die vielen jungen Soldaten gefallen waren und nie mehr zu voller Stärke würden heranwachsen können. Selbst die toten Blätter erinnerten sie an den Krieg, der Will hierhergeweht hatte und ihn auch wieder fortnehmen würde.

„Ich will nicht, dass Ihnen etwas zustößt, Charlotte", sagte er noch einmal, und dann, wie um die persönliche Zuneigung zu verschleiern, „keinem von Ihnen."

Doch Charlotte verstand, denn sie kannte ihn schon jetzt besser als ihren eigenen Ehemann. Auch Will verspürte jene Sehnsucht, der sie beide nicht nachgeben durften. Sie betete, dass auch ihm nichts zustoßen möge. Er schwebte in viel größerer Gefahr als sie. Doch sie wagte nicht auszusprechen, wie sehr sie sich um ihn sorgte, wie wichtig er ihr war.

Ihr Blick flog erst zu ihm und dann wieder zu den rot blühenden Gewürzsträuchern auf dem Waldboden.

„Als ich England verließ, hat mir mein Vater etwas mit auf den Weg gegeben." Der Saum ihres Kleides blieb an einem der Sträucher hängen, doch sie riss den störrischen Zweig mit der roten Blüte kurzerhand ab und ging schnurstracks weiter. Denn so war sie – auch damals schon, als ihr Vater sie an den fremden Amerikaner verheiratet hatte. Mit unerschütterlicher Zuversicht strebte sie voran, allen Widrigkeiten und Schmerzen und allen Hindernissen zum Trotz, die das Leben ihr in den Weg stellte.

„Er sagte, Amerika würde mich verändern, ich solle nur nicht zulassen, dass es mich in jemand anderen verwandelte." Sie blickte kurz zu Will hinüber. „Damals verstand ich noch nicht, was er damit meinte."

„Und heute?" Seine Stimme war sanft, aber drängend.

„Heute verstehe ich es und ich halte mich daran." Und während sie das sagte, erinnerte sie sich, wer sie war und zu wem sie gehörte. Sie ließ den rot blühenden Zweig zu seinen gefallenen Kameraden auf den Waldboden flattern. „Mit dem Krieg ist das genauso, Will. Er wird uns verändern. Hat uns schon auf viele Arten verändert. Aber wir dürfen nicht zulassen, dass er uns in brutale Menschen voller Hass verwandelt. Denn dann wäre alles verloren."

„Manchmal bin ich einfach nur noch verzweifelt", gestand er mit gesenktem Blick und bitterer Miene.

Und wenn sich Charlotte noch so sehr in Zurückhaltung übte, der Drang, ihm beizustehen, war einfach zu stark. Sie berührte seinen Unterarm. „Weil Sie ein edler Mensch sind, Will Gadsen. Ehrbar und aufrecht."

Er legte seine Finger auf ihre und barg ihrer beider Hände in seiner Ellenbeuge. Aus Dankbarkeit, so schien es ihr, für das Kompliment, das sie ihm nun schließlich doch noch gewährt hatte. Vielleicht wäre es besser gewesen, seiner Berührung zu widerstehen, doch sie war in reiner Freundschaft erfolgt. Denn ihre Verbindung war nicht nur aus Krieg und Sorge erwachsen, sondern auch aus einer Intensität von Verständnis und Trost, die sie nur beieinander finden konnten. Für eine kleine Weile gingen der Yankee-Soldat und die britische Pfarrerstochter Hand in Hand und unterhielten sich, geschützt vor misstrauischen Augen und Ohren, in ihrer blätterüberdachten Abgeschiedenheit.

14. KAPITEL

Peach Orchard Inn
Heute

Eli fuhr erschrocken aus dem Schlaf hoch. Hatte ihn da gerade jemand berührt? Er tat keinen Mucks und horchte angestrengt auf die Geräusche um sich herum, hörte jedoch kaum etwas anderes als sein panisches Herzschlagen.

Er brauchte einen Moment, um sich zu orientieren und sich daran zu erinnern, dass dies nicht die zwei mal zweieinhalb Meter enge Zelle war, in der er selbst im Schlaf noch auf der Hut hatte sein müssen.

Die Dunkelheit stürzte auf ihn ein. Durch das Fenster, welches er gleich aufgerissen hatte, nachdem er in dieses kleine Zimmer im ersten Stock der Pension gekommen war, wehte die kühle Nachtluft. Julia hatte sich strikt geweigert, ihn in dem dreckigen Kutschenhaus oder in seinem Auto schlafen zu lassen, während ein perfekt hergerichtetes Zimmer zur Verfügung stand.

Mehr ihr als sich selbst zuliebe hatte er schließlich nachgegeben.

Damit sich sein Pulsschlag normalisierte, atmete er langsam durch die Nase ein und aus. Wahrscheinlich hatte er geträumt. Wie so oft. Meist vom Gefängnis oder, wenn sein Unterbewusstsein milde gestimmt war, von zu Hause, von der Zeit, bevor seine Eltern ihn verstoßen hatten. Und dann wachte er irgendwann mit nassen Wangen auf und verspürte das Brennen der offenen Wunde in seiner Seele.

Als sich weiterhin kein bulliger Mitinsasse aus dem Schatten auf ihn stürzte, stellte Eli die Füße auf den Boden, rieb sich mit beiden Händen übers Gesicht und machte die Nachttischlampe an.

Es war nicht mehr lange bis Tagesanbruch, also stand er auf und genoss schon das zweite Mal in vierundzwanzig Stunden eine Dusche ganz für sich allein.

Halb rechnete er damit, dass Julia ihre Meinung doch noch ändern würde. Sie hatte Mitleid mit ihm gehabt. Er hatte es in jenem Moment im Kutschenhaus in ihren Augen gesehen. Hatte ihr Mitleid gesehen und es angenommen. Darum gebettelt. So tief konnte ein arroganter Schnösel also sinken.

Er zog sich an und ging, da er niemanden aufwecken wollte, mit seinen Schuhen in der Hand und auf Zehenspitzen die Treppe hinunter und Richtung Hintertür. Als er in die Küche kam, blendete ihn auf einmal grelles Licht.

Instinktiv schreckte er zurück und hielt sich schützend einen Arm vors Gesicht. In seiner Erinnerung hörte er den Wärter lachen. „Was ist denn los, Reicheleutesöhnchen, hab ich dir Angst gemacht?“

„Eli?“ Das war Julia. „Was machen Sie hier?“

Eli wurde blass und fühlte sich schuldig, ohne etwas getan zu haben. Er hatte gar nicht daran gedacht, wie das wirken musste, dass er hier so im Dunkeln herumschlich.

Er senkte den Arm und blinzelte, während sich seine Augen an die helle Beleuchtung gewöhnten. „Ich konnte nicht länger schlafen.“

Sie runzelte die Stirn. „Liegt es am Zimmer?“

„Nein.“ Lächerlich. Wenn sie eine Ahnung hätte, wo er herkam, würde sie das nicht fragen. „Das Zimmer ist perfekt. Stehen Sie immer so früh auf?“

„Ich schlafe selbst nicht besonders gut.“ Sie holte ein Paket Kaffeebohnen aus dem Schrank, und während Eli noch über ihr Geständnis nachdachte, fuhr sie fort: „Also kann ich ebenso gut aufstehen und schon mal mit der Arbeit anfangen.“

„Das Gleiche habe ich mir auch gedacht.“

„Lassen Sie uns da erst noch mal drüber reden.“

Da haben wir es, dachte er. Sie hat es sich anders überlegt. Während er in Socken dastand und auf das Unvermeidliche wartete, füllte sie Bohnen in eine elektrische Kaffeemühle und drückte auf Start. Ein intensives, erdiges Aroma verbreitete sich in der Küche.

„Valery und ich haben gestern lange über unseren Kontoauszügen gesessen. Wir haben dann schließlich einen Plan ausgetüftelt, wie wir das Ganze angehen wollen, und dazu hätte ich gern Ihre Meinung gehört."

Eli musste seine Prämissen neu ordnen. Er wurde nicht gefeuert, er wurde um Rat gefragt. „Legen Sie los."

„Der Pfirsichgarten ist eine wichtige Einnahmequelle zur Erntezeit und die ist nur noch wenige Wochen hin. Vielleicht könnten Sie Ihre Zeit aufteilen und sich nicht nur um das Kutschenhaus, sondern auch um den Obstgarten kümmern. Was denken Sie?"

Was er dachte? Meinte sie das ernst? „Sie sind der Boss."

Ihr schwappte etwas Wasser auf die Arbeitsfläche. Schnell riss er ein Küchenpapier ab und wischte das Rinnsal auf, bevor es zu Boden tropfen konnte. Sie zwinkerte ihm zu und bedachte ihn dann mit einem ruhigen Blick, der ihn ganz nervös machte.

„Stimmt, aber Sie können doch Ihre Meinung sagen."

„Werd ich mir merken."

„Und bis auf Weiteres werden Sie Ihr Zimmer hier in der Pension behalten."

Er schüttelte bereits den Kopf, bevor sie ihren Satz beendet hatte. „Nein."

„Nein?" Sie zog eine ihrer hübschen Augenbrauen hoch. Er war wohl zu weit gegangen.

„Wenn ich in dem Zimmer wohne, können Sie es nicht an zahlende Gäste vermieten."

Sie warf ihm einen nachdenklichen Blick zu, drückte den silbernen Stempel in der Kaffeekanne nach unten und goss zwei Tassen ein. „Trinken Sie erst mal Ihren Kaffee, dann reden wir darüber."

Dankbar tat er wie geheißen und lehnte sich gegen die Arbeitsfläche, während sie in der glänzend sauberen Küche emsig herumhuschte und alles für den Tag vorbereitete. Sie wusste nicht, wie groß sein Bedürfnis nach Privatsphäre und Unabhängigkeit war oder warum er immer mit sperrangelweit offenem Fenster schlafen musste. Wie sollte sie auch?

Während er die hübsche Südstaaten-Lady ansah, fühlte er sich immer mehr zu ihr hingezogen, gegen seinen Willen zwar, aber darum auch nicht weniger. Wenn er für sie arbeiten wollte, würde er sich sehr zusammenreißen müssen. Um zu überleben und sich seine Menschlichkeit zu bewahren, hatte er jedoch gelernt, seinen Körper und seine Gedanken unter Kontrolle zu halten. Und das war ihm im Vergleich zu einigen anderen im Gefängnis auch so weit ganz gut gelungen.

Doch jetzt rauschte ihm dennoch das Blut durch die Venen. Julia erinnerte ihn daran, dass er ein Mann war. Er war schon so lange allein, und es war lange, sehr lange her, seit er das letzte Mal eine Frau berührt hatte. In seiner Lage jedoch, mit seiner Vorgeschichte, musste er jegliche Intimität als gefährlich ansehen.

Wenn sie von seinem Gefängnisaufenthalt Wind bekäme, würde sie ihn hochkant hinauswerfen und schon allein seinem Sohn zuliebe durfte er das auf keinen Fall riskieren. Eine Gelegenheit zur Wiedergutmachung kam schließlich nicht jeden Tag um die Ecke.

So langsam sollte er ihr wohl von Alex erzählen.

Er drehte seine Tasse in den Händen und hielt sich verkrampft daran fest, während er nach den richtigen Worten suchte. „Früher oder später werde ich mehr Platz brauchen als ein Zimmer. Und im Kutschenhaus würden wir Sie halt auch nicht weiter stören."

Julias Tasse blieb vor ihren leicht geöffneten Lippen in der Luft hängen. Bei dem verführerischen Anblick schaute Eli schnell woanders hin.

„Ich verstehe nicht ganz. Wer bitte ist *wir?*"

Nur mit Mühe brachte er die ungewohnten Worte hervor: „Ich habe einen Sohn."

Julia vernahm das Klicken des Gasofens, der jetzt für den Kuchen bereit war, wie aus weiter Ferne. Hatte sie richtig gehört?

„Sie haben einen Sohn?" Bedächtig stellte sie ihren Kaffee auf der Arbeitsfläche ab.

„Ja, Ma'am." Er wippte nervös auf und ab und trommelte mit den Fingern auf dem Rand seiner Tasse herum.

„Sie sagten doch, Sie wären nicht verheiratet."

Er sah kurz hoch und dann gleich wieder in seinen Kaffee. „Bin ich auch nicht. Nie gewesen."

Es war offensichtlich ein schmerzliches Thema für ihn, aber damit hatte sie nun wirklich nicht gerechnet. Ein Kind? Ein kleiner Junge? Bilder von Mikey blitzten so unvermittelt vor ihren Augen auf, dass ihr die Luft wegblieb.

„Das hätten Sie mal besser gestern schon erwähnt."

„Es tut mir leid." Seine Stimme hatte jetzt wieder diesen rauen, unsicheren Klang angenommen. „Meine Arbeit wird er nicht beeinträchtigen."

„Haben Sie etwa vor, ihn herzubringen? Was ist mit seiner Mutter?"

Eli legte den Kopf in den Nacken, als wolle er die Decke untersuchen, und holte tief Luft. Als er wieder ausgeatmet hatte, sagte er: „Seine Mutter ist vor Kurzem gestorben. Ich habe es selbst gerade erst erfahren. Deswegen bin ich hier."

Das Kind hatte seine Mutter verloren. Heftiges Mitleid zog Julia das Herz zusammen. Ein kleiner Junge brauchte doch seine Mama. *Oh Mikey, wo steckst du nur?*

„Das tut mir so leid. Der arme Junge." Und der Vater hatte bisher mit Abwesenheit geglänzt? Er hatte es selbst gerade erst erfahren, aha. Hieß das, er hatte von dem Kind nichts gewusst – oder von dem Tod der Mutter?

Eli zog die Schultern hoch und nahm die Finger vom Tassenrand. „Sie verstehen also ..."

Sie verstand alles und überhaupt nichts. Dieser Mann, der sie faszinierte und der für sie arbeiten wollte, hatte also einen Sohn. Und das erzählte er ihr jetzt erst. Hätte er das nicht gleich sagen müssen? Oder reagierte sie nur wegen Mikey so heftig?

Sie war sich ihrer Gefühle in den letzten Jahren schon so oft unsicher gewesen, hatte ihren Geisteszustand und ihre Entscheidungen schon so oft hinterfragt.

„Wo ist er jetzt?", fragte sie etwas sanfter.

„Bei seiner einzigen anderen Verwandten, der Großtante seiner Mutter. Sie wohnt hier in Honey Ridge."

„Wird er dort bleiben?"

„Erst mal ja, bis wir uns richtig kennengelernt haben. Ich dachte nur, Sie sollten es wissen, weil irgendwann ... Er ist mein Sohn. Wir gehören zusammen."

„Wie heißt seine Verwandte?"

„Opal Kimble. Kennen Sie sie?"

„Ein wenig, zumindest vom Namen her."

Wobei sie die Jahre seit Mikeys Verschwinden wie in einem Wahn verbracht und sich derart in einen Kokon aus Trauer und Schmerz gehüllt hatte, dass ihr schon zu viele gesellschaftliche Ereignisse in Honey Ridge entgangen waren.

„Sie ist in schlechter gesundheitlicher Verfassung. Und Alex ist ..." Erneut ließ er seinen Satz unvollendet, als wüsste er nicht weiter.

„Alex ist was?"

„Traurig."

Und da war wieder das Mitleid. „Natürlich ist er das. Er hat seine Mutter verloren."

„Richtig, und er kennt mich überhaupt nicht. Ich war nicht … da."

In Julia erwachten sämtliche mütterlichen Instinkte, so innig bedauerte sie dieses Kind. „Wie alt ist Alex?"

„Sechs. Ich hoffe, Sie können sich damit arrangieren."

Sie wand sich innerlich, kämpfte gegen die Angst und den Schmerz, die sie und ihr tiefes Mitgefühl für ein mutterloses Kind verschlangen wie ein wildes Tier. „Nein."

Er zuckte zusammen. „Nein …?"

Gehetzt sah er sie aus seinen grünen Augen an und schien, ohne sich große Hoffnungen zu machen, um ihr Verständnis zu flehen. Es machte sie völlig fertig, dass er immer wieder diese Gefühle in ihr auslöste.

„Kinder sind hier nicht erlaubt."

Ein Augenblick verging und dann ein weiterer, bis er schließlich entmutigt aufseufzte. „In Ordnung, ich kann Sie ja verstehen."

Leider konnte Julia selbst das nicht, und sie fühlte sich so schuldig, als hätte sie mit ihrer Entscheidung den letzten Funken Hoffnung eines Verzweifelten ausgetreten.

Der Schweiß lief Julia übers Gesicht und tropfte in den Kragen ihres Poloshirts, während Eli und sie an diesem heißen Nachmittag oben im Kutschenhaus nach Brauchbarem suchten. Er hatte zu bedenken gegeben, dass sie mit jedem antiken Stück, das noch verwendbar war, nicht nur Geld sparen würden, sondern den Gästen auch genau das bieten konnten, wonach diese in einer schönen alten Pension suchten.

Obwohl mittlerweile einige Wochen vergangen waren und sie ihm das Du angeboten hatte, sprach er immer noch nur sehr wenig und schien ständig auf der Hut zu sein. Doch seine

Ideen für die Restauration des Kutschenhauses und die Überholung des Obstgartens waren klug und nachvollziehbar, daher hatte Julia damit aufgehört, die Entscheidung für seine Einstellung zu hinterfragen. Seine Mahlzeiten nahm er gemeinsam mit ihr und Valery im Esszimmer ein, wobei es jedes Mal so wirkte, als wolle er dafür um Verzeihung bitten. Und wenn Valery nicht gerade irgendwo mit Jed unterwegs war, dann redete sie am Esstisch ohne Punkt und Komma auf den Mann ein, jedoch biss auch sie sich an Eli Donovan die Zähne aus. Jeden Abend nach dem Essen fuhr er mit seinem klapprigen alten Dodge nach Honey Ridge, um seinen Sohn zu besuchen.

Julia fühlte sich immer noch schuldig wegen des Jungen, besonders seit sie von Eli wusste, dass Alex weiterhin Probleme damit hatte, ihn als Vater zu akzeptieren. Die beiden brauchten mehr gemeinsame Zeit, doch die konnte sie ihnen nicht geben. Ein Kind hier auf dem Anwesen wäre einfach zu viel verlangt. Doch Elis beharrliche Versuche, ein guter Vater zu sein, und der Umstand, dass er nie an ihrer Entscheidung gerüttelt hatte, zerrten schon sehr an ihrem Mitgefühl.

Schon ein paar Mal hatte sie ihn gleich einer ruhelosen Seele, die wie sie selbst keinen Schlaf finden konnte, im mondbeschienenen Obstgarten auf und ab gehen sehen. Hatte ihn gesehen und sich gefragt, was ihn umtrieb. War es das Problem mit Alex? Oder war es diese Frau, die gestorben war und ihm ein Kind hinterlassen hatte?

„Ich kann alleine hier weitermachen“, sagte er und schob die Haufen Zeug und Kartons hin und her, die sie sortieren wollten. „Du hast Gäste.“

„Das meiste ist für heute schon geschafft, und Valery kümmert sich, falls noch was sein sollte. Außerdem finde ich das hier eigentlich ganz spannend.“ Sie klappte einen weiteren Pappkarton auf. Tatsächlich war die Arbeit mit Eli wesentlich interessanter als Zimmer putzen und Laken waschen. So hatten sich schon einige alte Schätze gefunden, darunter auch ein Schwarz-Weiß-Foto von einem Paar, das sich vor dem Kutschenhaus hatte ablichten lassen.

„Vorsicht, Spinne“, sagte er.

Julia zuckte instinktiv zurück, doch dann sah sie Elis verschmitztes Gesicht und lachte. So leicht hatte er sie dranbekommen. Dieser Anflug von Unbeschwertheit wirkt gerade deswegen besonders einnehmend an ihm, dachte Julia, weil er sonst immer so verschlossen ist.

„Pass bloß auf, Donovan. Ich kann auch böse werden.“

Das war schon fast ein Grinsen. Als er das Kopfteil von einem alten Bett zur Seite stellte und eine staubige Plane anhob, verkündete er auf seine ruhige Art: „Heureka.“

Julia beäugte die Badewanne mit den Klauenfüßen, in der wiederum noch mehr Zeug gelagert war, weit weniger euphorisch. Alles, was in die Gästezimmer kommen sollte, musste hohe Qualität haben. „Die scheint mir nicht besonders gut in Schuss zu sein.“

„Es muss einfach nur der Dreck und die alte Farbe runter.“

„Das will ich dir jetzt mal so glauben.“

Sie hatten hier oben schon eine Reihe ungewöhnlicher alter Gegenstände entdeckt, von denen Julia auf den ersten Blick nicht einmal wusste, wofür sie gut waren. Von daher war sie sehr gespannt, was da noch alles kommen würde. Bisher waren da Knopfhaken, ein Quiltrahmen, ein antikes Kreppeisen, das sie erst nach einer Recherche im Internet als solches erkannt hatte, und sogar ein Set geschnitzter Zierwinkel für die Veranda, die Eli als dekorative Regalbretthalter verwenden wollte. An diesem Punkt war er dann nicht mehr daran vorbeigekommen, sich als Fan vom Handwerker-TV zu outen, trotzdem: Einfach genial, wie er für Dinge noch Verwendung fand, die sie wahrscheinlich einfach weggeworfen hätte. Hoffentlich behielt er auch recht mit der Wanne. In gut erhaltenem Zustand waren die echt beliebt.

„Wie läuft's mit Alex?"

„Er redet nicht viel."

„Ganz der Vater."

Er blies erheitert die Luft durch die Nase. „Ob du es glaubst oder nicht, als Kind hatte ich 'ne große Klappe."

„Und was ist dann passiert?"

Die Heiterkeit verschwand. Er beugte sich über die Wanne und wühlte in dem Kram darin herum. „Das Leben."

„Ich weiß, was du meinst. Das Leben hat es so an sich, dass es einen verändert." Weil das ein Thema war, das sie lieber nicht fortführen wollte, sagte sie: „Vielleicht solltest du mit Alex irgendwas Spannendes unternehmen. Jungs mögen es, wenn sie rumrennen und sich austoben können."

„Ich hatte schon mal an diesen Park am Ortseingang gedacht."

„Perfekt." Der kleine Mikey hatte diesen Park geliebt, besonders das Klettergerüst, da hatte er kopfüber an den Knien drangehangen und sich wie ein Gorilla gegen die Brust getrommelt. Die Erinnerung war so klar und heftig, dass Julia die Tränen in die Augen schossen. Damit sie ihr nicht übers Gesicht liefen und Eli etwas mitbekäme, zwinkerte sie heftig und legte den Kopf in den Nacken. „Hoppla, das ist mir ja noch gar nicht aufgefallen."

Eli folgte ihrem Blick. „Eine Speicherluke."

„Wie kann hier drüber noch ein Speicher sein?"

„Vielleicht nur ein Kriechboden, in dem man an die Elektrik kommt."

„Oder da drin ist noch mehr Zeug."

„Gibt nur einen Weg, das rauszufinden." Eli zog eine Leiter heran und stellte sie unter die Luke. Julia hielt sie fest, während er hinaufkletterte.

Er spreizte die Finger und drückte die Luke ein Stück auf. Das Holz knarzte bedrohlich und gab dann nach, eine Lawine aus Schutt krachte auf sie herunter.

„Eli!“ Julia zog den Kopf ein.

„Weg da!“

Staub und Putz und verrottetes Holz vereinten sich zu einem donnernden Erdrutsch. Oben auf der Leiter hielt sich Eli beide Arme über den Kopf.

Aus Angst, er könnte fallen, hielt Julia immer noch fest und ging in Kauerstellung, kniff die Augen zu und hustete.

Das Ganze passierte innerhalb weniger Sekunden, doch es schien ewig zu dauern, bis der Lärm verklungen war und sie in einem dichten Staubnebel zurückblieben.

Die Leiter rumpelte und wankte, als Eli heruntersprang und sich neben Julia auf den Boden kniete. „Alles in Ordnung bei dir?“

Sie hustete immer noch und wedelte den Staub weg.

Er packte sie am Unterarm – das war das erste Mal, dass er sie absichtlich berührte – und zog sie auf die Füße. Julia blickte ihn durch den Staubnebel hindurch an. Seine schwarzen Haare waren nun grau und er war von Kopf bis Fuß bedeckt mit Staub und Putz.

Julia dachte lieber nicht darüber nach, wie sich seine Finger auf ihrer Haut anfühlten oder wie nah sie gerade beieinanderstanden. „Es geht mir gut. Das meiste hast du abbekommen.“

Jetzt sah er dann auch mal nach, ob bei ihm selbst noch alles ganz war. Als er den einen Arm umdrehte, tropfte Blut auf den Boden.

Erschrocken streckte Julia die Hand nach ihm aus. Sein Arm fühlte sich warm und fest an unter ihren Fingern. „Du blutest ja.“

„Das ist nichts.“

„Es muss vielleicht genäht werden.“

Er fuhr zurück, als hätte sie ihm eine Kugel verpasst. „Nein."

Die Reaktion amüsierte sie. „Jetzt sag nicht, dass du einer von den harten Jungs bist, die beim Anblick einer Nadel in Ohnmacht fallen."

„Irgendwie schon."

„Ich habe einen Erste-Hilfe-Kasten im Haus. Wir versuchen es erst mal mit Steri-Strips."

„Danke." Mit beiden Händen klopfte er sich T-Shirt und Jeans ab. Staub wirbelte auf.

„Hier auch, mach mal den Kopf runter."

Er tat wie geheißen und Julia wischte ihm den Putz und den anderen Dreck aus der rausgewachsenen Frisur. Seine Haare gaben weich und elastisch unter dem Druck ihrer Finger nach, und als Julia die Wärme seiner Kopfhaut spürte, wurde ihr die Intimität der Berührung bewusst. Schnell zog sie die Hand weg.

„Sie haben graue Haare bekommen, Mr. Donovan", sagte sie, um von den ungewollten Gefühlen abzulenken, die Eli Donovan in ihr weckte.

„Warte ab, bis du dich selber im Spiegel siehst." Er pflückte ihr ein Stück Karton aus den Haaren.

Sie ergriff erneut seinen Arm und betrachtete die immer noch blutende Wunde. „Jetzt ab ins Haus, wir müssen dich verarzten."

„Ich bin zu dreckig, um reinzukommen." Er sah an sich hinunter. „Gib mir zehn Minuten."

„Ich bin genauso dreckig."

Er zuckte mit der Schulter. „Also meine Mutter würde mich umbringen, wenn ich ihr so ins Haus käme."

Es war das erste Mal seit dem Tag seiner Ankunft, dass er seine Familie erwähnte. „Du vermisst sie bestimmt."

„Jeden Tag."

„Wann ist sie gestorben?“

„Sie ist nicht tot. Ich …“ Er schüttelte den immer noch staubbedeckten Kopf. Dann, als wäre das Thema ganz einfach zu belastend, drehte er sich von ihr weg und ging zur Treppe. „Bin in zehn Minuten bei dir.“

Julia blieb ebenso staubig wie neugierig zurück und sah zu, wie er die Stufen hinunterlief. Die Familie war ein schmerzliches Thema für ihn. Aber wenn seine Mutter gar nicht tot war, was war es dann? Hatte er sich von ihr entfremdet?

Sie überlegte, ob sie ihn danach fragen sollte. Vielleicht irgendwann einmal, aber nicht, um ihn auszuquetschen oder grausame Neugier zu befriedigen. Nur um ihm, so wie die Sweat-Zwillinge ihr, etwas Trost zu spenden, denn was skrupelloser Voyeurismus anrichten konnte, wusste sie nur zu gut. Die Presse hatte sie damals mit all den Fragen nach Mikey schier in den Wahnsinn getrieben und sie schließlich dazu gebracht, ihre Erinnerungen an ihn wegzuschließen.

Jeder trug seine eigenen Schmerzen aus der Vergangenheit mit sich herum, und wenn Eli seine für sich behalten wollte, dann hatte er auch das Recht dazu.

In den folgenden fünfzehn Minuten blieb er verschwunden, sodass Julia duschen und sich umziehen konnte. Sie hatte die nassen Haare zu einem Pferdeschwanz gebunden und war jetzt mit den dreckigen Klamotten in der Hand auf dem Weg zum Vorflur.

„Was ist denn mit dir passiert?“ Valery war in die gleiche Richtung unterwegs. Sie hatte eines ihrer Ausgeh-Outfits an und roch nach teurem Parfüm.

Julia erzählte es ihr, dann fragte sie: „Schon so schick, wohin soll’s denn gehen?“

„Nach Nashville. Hab ich vor ’ner ganzen Weile in den Kalender geschrieben. Soll Mom rüberkommen und für mich aushelfen?“

„Nicht nötig, ich hatte es nur einfach vergessen." Nach Nashville war es ein weiter Weg. „Wer fährt denn alles?", fragte sie, während sie gemeinsam weitergingen.

„Jed und ich."

Julia machte ein abfälliges Geräusch. „Pass nur ja auf dich auf."

„Ich bin ein großes Mädchen." Valery schnappte sich Julia und hauchte ihr ein Küsschen auf die Wange. Als sie nur ein Stirnrunzeln als Antwort bekam, fügte sie hinzu: „Alter Miesepeter. Du bist ja schlimmer als Mom."

„Ich mache mir eben Sorgen um dich." Doch den Atem konnte sich Julia genauso gut sparen.

Es klopfte leise an der Hintertür. Valery rauschte hinüber und öffnete. Es war Eli, sein Haar war nass wie Julias und auch er hatte es sich aus der Stirn gekämmt. Die kleinen Sorgenfalten darauf waren jetzt deutlich zu sehen.

„Hörst du wohl mal auf, immer anzuklopfen, und kommst einfach rein? Das hier sind schließlich bloß Geschäftsräume." Eli zog bei Valerys unfreundlicher Begrüßung die Augenbrauen hoch.

„Kümmer dich nicht um sie", sagte Julia. „Sie hat gleich ein Date mit 'nem Typen, der jedem schlechte Laune machen würde."

Eli kam herein, in der linken Hand hielt er ein Papiertuch, das er sich auf die Wunde presste.

„Ach du meine Güte, du bist ja verletzt! Komm rein, komm rein." Bei all ihrer Attitüde und ihren Launen war Valery eine Frau voller Mitgefühl. Ein weiterer Grund, warum Julia nicht nachvollziehen konnte, was sie in diesem Jed Fletcher zu sehen glaubte.

„Es ist nichts, aber deine Schwester bestand darauf …"

„Ich versteh schon, glaub mir." Valery verdrehte die Augen. „Meine Schwester würde am liebsten die ganze Welt verarzten."

Bevor Valery sich noch weiter über Dinge auslassen konnte, die niemanden etwas angingen, unterbrach Julia sie. „Ich glaube, da kommt Jeds Pick-up."

Ein lautes, nervtötend langes Hupen ertönte. Julia knirschte mit den Zähnen. „Erinner ihn mal dran, dass wir hier Gäste haben."

Valery zog hilflos die Schultern hoch. „Tut mir leid." Sie würde nichts dergleichen zu ihm sagen.

Julia sah durchs Fenster dabei zu, wie ihre Schwester in die schwer zu erreichende Fahrerkabine des Pick-up kraxelte, ohne dass ihr auch nur eine hilfreiche Hand gereicht wurde. Jed saß bloß da und trommelte ungeduldig mit den Fingern aufs Lenkrad.

Ihr wurde das Herz schwer bei dem Gedanken, dass auch er wieder nur ein weiterer in dieser zu langen Reihe von Männern war, die einfach keinen Respekt hatten für ihre warmherzige und wunderschöne Schwester.

Als sie sich umdrehte, sah sie Elis grüne Augen auf sich ruhen. Er war nicht dumm. So viel hatte auch er schon herausgefunden.

„Manche wissen einfach nicht, was gut für sie ist", sagte sie, erwartete keine Entgegnung und lenkte ihrer beider Aufmerksamkeit wieder auf den blutenden Arm.

„Der Erste-Hilfe-Kasten ist im Vorflur", sagte Julia und ging mit ihm die paar Schritte zum nördlichsten Teil des Hauses, einem kleinen Raum zwischen Küche und Obstgarten.

Der Vorflur diente sowohl als Waschküche als auch als Lagerraum und war von ihr und Valery nachträglich hinzugefügt worden. Die Wände waren bis zur halben Höhe mit weißem Holz verkleidet und darüber in einem dunklen Grauton gestrichen. Julia trat an die schwarze Arbeitsfläche und wies Eli an, den Arm darauf abzulegen. Gehorsam streckte er ihn hin.

Ein etwa hühnereigroßer Fleck Rot war durchs Papiertuch gesickert, das nun an der Wunde festklebte.

„Ich glaube, es hat mittlerweile aufgehört zu bluten. Und den Dreck habe ich unter der Dusche schon rausgewaschen."

Das Wort Dusche erzeugte eine gewisse Intimität in dieser Situation, da sie in dem engen Raum nahe beieinanderstanden und die gleiche, nach Waschmittel duftende Feuchtigkeit atmeten. Julia konzentrierte sich darauf, möglichst behutsam das Papiertuch zu entfernen.

„Reiß es einfach ab."

„Auf harten Kerl machen klappt jetzt nicht mehr. Ich weiß von deiner geheimen Angst vor Nadeln." Sie tupfte Wasserstoffperoxidlösung auf das Tuch, davon wurde es weicher und ließ sich besser von seinem Arm lösen.

Schwarze Härchen bedeckten die gebräunte Haut über den leicht vorstehenden Venen. So nah war sie einem Mann schon lange nicht mehr gewesen und wieder spürte sie diesen störenden Keim der Anziehung in sich wachsen.

Sie sah kurz hoch und ihre Blicke trafen sich. Schnell brabbelte sie mit dem Ersten drauflos, was ihr in den Sinn kam. „Du hast das Grau rausgewaschen."

Er ließ eine Erwiderung vernehmen, die wie ein sanftes Knurren klang, und wandte dabei den Kopf zur Seite.

Sein schwarzes Haar glänzte vor Feuchtigkeit. Ein paar lose Strähnen umspielten seine Ohren und seinen Nacken.

„Das könnte jetzt wehtun. Ich versuche es ganz vorsichtig."

Mit der Fingerspitze verstrich Julia ein Antiseptikum an den Schnitträndern der Wunde. Seine Haut war warm und fest. „Du brauchst womöglich 'ne neue Tetanusimpfung."

Sie nahm ein Steri-Strip zur Hand.

„Hatte erst vor Kurzem eine." Er bewegte sich neben ihr, um den Arm anders hinzulegen, und dabei streifte sein Körper ihren. „Ich halte, du klebst."

Spannung erfüllte auf einmal die Luft wie auffliegende Pusteblumenschirmchen. Während sie beide den Kopf über die Wunde beugten, atmete Julia den Duft von Elis frisch geduschtem Haar. Und als er sich, um die Wundränder zusammenzuhalten, noch weiter hinunterbeugte, strichen seine Atemzüge warm und sanft über ihre Finger.

Stimmen erklangen vom Hauseingang her, die willkommene Abwechslung erinnerte sie daran, dass es Zeit war für die Nachmittagssnacks im Salon.

Vorher klebte sie noch ein breites Pflaster auf die Wunde. „Wenn das wieder aufgeht, solltest du zum Arzt."

„Das hält schon." Er streckte den Rücken durch und nahm den Arm von der Arbeitsfläche, auf der ein Streifen Blut zurückblieb.

In der Küche läutete das Telefon.

„Geh dran." Er wies mit dem Kinn in Richtung des anhaltenden Klingelns. „Ich mache hier sauber."

Julia eilte zum Telefon. Buchungen waren zu wichtig, um einen Anruf zu verpassen.

Aber es ging nicht um eine Buchung.

Eli schmiss die Papiertücher in den Treteimer, der mit einem metallischen *Klong* wieder zuschnappte. Das Zusammenflicken war ja sehr freundlich von Julia gewesen, aber jetzt wollte er schnell zurück an die Arbeit und sich dieser Wanne annehmen. Mit ein wenig liebevoller Pflege könnte das gute Stück zum glänzenden Mittelpunkt des unteren Badezimmers avancieren. Julia würde sich freuen. Sie würde lächeln und sagen, dass er recht gehabt hatte, so wie letztens, als er das alte schmiedeeiserne Bett wieder flottgemacht und in das Zimmer gestellt hatte, in dem er hoffentlich bald wohnen würde.

Eine angenehme Wärme breitete sich in seiner Brust aus.

Die Dinge entwickelten sich besser als erwartet, besser, als er zu hoffen gewagt hatte.

Nach der Staublawine hatte es diesen Moment gegeben, in dem er ihr fast von seiner Familie erzählt hätte. Natürlich nicht alles. Das würde er ihr nie sagen. Sie mochte ihn, vielleicht vertraute sie ihm sogar, aber ein Wort von seinem Gefängnisaufenthalt würde all das fortwischen, und er müsste über diese Magnolienallee den Rückzug antreten, noch ehe die Pfirsiche reif wären.

„Eli!" Mit weit aufgerissenen Augen erschien Julia im Türrahmen. „Schnell ans Telefon. Ein Notfall."

Adrenalin schoss ihm die Wirbelsäule hoch. „Alex?"

„Nein. Nein, mit Alex ist alles okay." Sie streckte beruhigend die Hand nach ihm aus. „Es geht um Opal. Sie liegt im Krankenhaus."

Er rannte zum Telefon, schon hämmerten die möglichen Folgen von Opals Erkrankung in seinem Kopf herum. Er hörte sich die Erläuterungen der Schwester am anderen Ende der Leitung an, machte sich Notizen zu den Details und legte auf. Die Neuigkeiten waren alles andere als gut.

„Sie hatte einen Schlaganfall", verkündete er bitter. „Es sieht nicht gut aus." Die alte Frau konnte ihn nicht leiden, doch sie hatte sich gut um seinen Sohn gekümmert. „Alex wird sich zu Tode ängstigen."

„Ist er noch in der Schule?"

Eli warf einen Blick zur Digitaluhr am Herd. „Nicht mehr lange."

Julias ganzer Körper verkrampfte sich. Ihr Atem ging schnell und flach, als drohte sie zu hyperventilieren. „Du musst sofort zu ihm. Du kannst ihn jetzt nicht allein lassen."

Sie sprach laut und schrill, fast schon panisch.

„Ich rufe in der Schule an und sage denen, sie sollen ihn dabehalten, bis ich ankomme."

„Den Anruf mache ich. Du fährst jetzt sofort los zu deinem Jungen. Er braucht dich.“

Die Geste rührte ihn, auch wenn ihre Worte ihm Angst machten. Solange Opal im Krankenhaus war, würde er keine Vermittlerin haben und Alex keinen Anker zum festhalten. Sie würden sich auf eine heikle Reise mit unsicherem Ausgang begeben müssen.

Er war schon beim Auto, als Julias Rufen ihn zurückhielt. Er drehte sich um und sah sie mit wehenden blonden Haaren auf sich zurennen.

Atemlos blieb sie vor ihm stehen und blickte mit einer sorgenvollen, unsicheren Miene zu ihm auf, die ihn an den Morgen ihrer ersten Begegnung erinnerte, als sie geweint hatte.

Ihn erfasste das unermesslich heftige Bedürfnis, sie ganz fest an sich zu drücken.

„Hol Alex“, sagte sie, „und bring ihn her.“

Eli hatte schon die Hand zur Autotür ausgestreckt, doch jetzt erstarrte er in der Bewegung. Er hatte noch gar nicht die Zeit zum Nachdenken gehabt, wo er mit seinem Sohn eigentlich hingehen sollte. „Bist du sicher?“

Sie presste die Lippen zu einem dünnen Strich zusammen und nickte kurz, aber entschlossen. „Ja.“

Die Antwort verlangte ihr etwas ab, das Eli nicht ergründen konnte, aber er war zu dankbar, um Fragen zu stellen.

Ungewohnte Gefühle brachen über ihn herein, bis sich seine Beine ganz wackelig und schwach anfühlten. Er rang nach Worten des Dankes, doch sein Hals war so zugeschnürt, dass er nur ein Nicken zustande brachte, bevor er ins Auto stieg und nach Honey Ridge losfuhr.

15. KAPITEL

Peach Orchard Farm
1864

Während sie die mitgebrachten Kräuter sortierte, die Wurzeln von Erde befreite und das Gemüse in kochendes Wasser gab, waren Charlottes Gedanken noch immer bei dem gemeinsam mit Will verbrachten Nachmittag im Wald. Sie fühlte Lizzys wachsamen Blick auf sich ruhen, und obwohl sie nichts Falsches getan hatte, schien ihre Schuld doch offensichtlich zu sein.

Nach getaner Arbeit stahl Charlotte sich rasch davon und zog sich in die schützende Bläue ihres Zimmers zurück. Sie schrieb einen Brief an ihre Mutter, las zur Buße für ihre aufgewühlten Gefühle drei Mal das Lob der tüchtigen Hausfrau im Alten Testament und betete.

Edgar kam an diesem Abend nach Hause und Charlotte sah in seiner Rückkehr die Antwort auf ihre Gebete.

„Du bist erschöpft", sagte sie, während sie seinen humpelnden Schritten ins Arbeitszimmer folgte, wo sie in der Früh noch mit Will zusammen gewesen war. Ihr Blick mied mit Absicht den Stuhl, auf dem jener gesessen und auf eine Art und Weise mit ihr gesprochen hatte, als wäre sie mehr als eine besiegte Feindin, mehr als eine Farmersfrau, die kaum mit ihrem eigenen Mann auskam. Und hatte sie sich nicht genau deswegen zu dem gut aussehenden Captain so hingezogen gefühlt, dass ihm ihre freie Rede zugeflossen war und auch, Gott vergebe es, ihr Herz?

Edgar stieß einen unwilligen Laut aus und verzog das Gesicht. Seit der Ankunft der Yankees hingen seine Wangen noch schwerer nach unten und er hatte dicke Tränensäcke unter den Augen bekommen. Die Besetzung durch die Union forderte einen harten Tribut von diesem stolzen Konföderierten, und Charlotte war dankbar für das Mitleid, das in ihrer Brust aufwallte. Ungeachtet ihrer Gebete für Liebe war Mitleid und Pflichterfüllung alles, was sie ihrem Mann entgegenbringen konnte. Aber genau das würde sie auch tun.

„Jacobs, dieser Tölpel von Vorarbeiter, ist aus der Mühle getürmt", schimpfte er. „Jetzt muss ich die ganze Arbeit alleine machen." Mit einem schweren Seufzer ließ sich ihr Mann auf dem Schreibtischstuhl nieder. Er wirkte jetzt so mitgenommen wie der alte Hub, sein Fuß war gleichsam verdreht wie die arthrotischen Gliedmaßen des Sklaven.

„Was ist mit Silas und Percy? Helfen die dir nicht?" Sie barg die verschränkten Finger in den weichen Falten ihres Kleides. Die vertraute, geschmeidige Kühle der Baumwolle bot immer wieder Trost und half ihr dabei, auch dann elegante Ruhe auszustrahlen, wenn es in ihrem Kopf ganz anders aussah.

„Pah. Wertlose Brut. Du und dein Lincoln, ihr habt sie alle ruiniert. Habt ihnen Flausen ins Ohr gesetzt."

Wenn Charlotte sich auch nicht dafür entschuldigen würde, dass sie den Sklaven das Bibellesen beigebracht hatte, so stellten sich ihr bei Edgars Worten doch vor Sorge die Nackenhaare auf. „Sie verlassen uns doch nicht auch noch, oder?"

„Wer kann zurzeit schon so genau sagen, was diese Sklaven tun werden? Ich sollte die ganze Meute verkaufen, solange ich noch Geld für sie kriege. Wertlose Tölpel." Er beugte sich vornüber und rieb sich die rechte Wade. „Es schmerzt das ganze Bein hoch bis in den Rücken. Zieh mir die Stiefel aus, Charlotte."

Charlottes Kleid zerfloss zu einer Lache aus blauer Baumwolle auf dem Boden, als sie sich zu Füßen ihres Mannes hinkniete und anfing, ihm die Schnürsenkel zu lösen. Sie hatte das schon oft für ihn getan, doch heute Abend war es mehr als nur die Freundlichkeit einer Frau, die sich um den deformierten und geschwollenen Fuß ihres Mannes kümmerte. Heute Abend war es ein Akt der Buße – und auch das Versprechen, die Ehefrau zu sein, die sie ihm zu sein geschworen hatte.

Sie zog ihm die Stiefel aus glattem schwarzen Leder von den Füßen und ließ sie auf die Holzdielen fallen, wo sie mit einem Poltern aufschlugen, das sie an marschierende Soldaten erinnerte. Soldaten. Captain Will.

Dann nahm sie seinen heißen, aufgedunsenen Fuß zwischen ihre Hände, massierte entlang der schiefen Knochen, kreiste vorsichtig um den verbogenen Knöchel und bohrte ihre Daumen in Sohle und Ballen, bis Edgar den Kopf in den Nacken legte und genussvoll aufstöhnte.

In seiner Kindheit war ihm das Leid widerfahren, sich so schlimm die Knochen zu brechen, dass alles in Stärkebandagen hatte gelegt werden müssen. Charlotte sah nicht recht, inwiefern diese Behandlung die Sache besser gemacht hätte, Edgar allerdings behauptete, der Fuß wäre zu Anfang um neunzig Grad nach innen verdreht gewesen. Jetzt war er nur noch ein unförmiger Klumpen aus Knochen und Fleisch. Sie konnte sich also gut vorstellen, wie sehr das Stehen und Gehen ihn schmerzen musste. Sie stellte es sich auch jetzt vor und ließ sich von Mitgefühl überschwemmen.

Nach einer Weile stand sie auf und berührte ihn sanft an der Schulter. „Ruh dich aus, Liebster. Ich mache Wasser heiß, dann kannst du gleich noch ein Fußbad nehmen.“

Sein Kopf fuhr in die Höhe. „Es tut immer noch grässlich weh. Bring den Whiskey.“

Sie stand schon an der Tür, und ihre Finger krampften sich um das Holz, während die Angst sich enger als ein Korsett um ihren Brustkorb legte. Zu widersprechen traute sie sich nicht, doch sie sah ihm mit mahnendem, flehendem Blick direkt in die Augen.

Er starrte aggressiv zurück. „Tu, was ich dir sage, Charlotte.“

Charlotte senkte das Kinn und warf im Gehen noch einen Blick auf seine traurige Erscheinung. Er war auf dem Stuhl zusammengesunken, hatte einen Arm auf dem Schreibtisch abgelegt und streckte noch immer den nackten, kranken Fuß von sich. Niederlage umkränzte sein Haupt wie hämischer Lorbeer. Niederlage und Zorn und Enttäuschung. Letzteres ganz sicher ihretwegen, der britischen Ehefrau mit den sonderbaren Ideen, die nie so ganz von den Südstaaten-Ladys in Honey Ridge akzeptiert worden war. Sie war eine Enttäuschung.

Das Blut pochte schmerzhaft durch ihren Körper, als sie sich jetzt erneut bewusst machte, wie sehr sie versagt hatte und wie sehr sie sich danach sehnte, ihrem Mann zu gefallen. Besonders jetzt, da ihr Herz sie beide zu verraten drohte.

Das Haus war zur Ruhe gekommen. Nur die Stimmen der Männer, die noch Karten spielten oder sich Geschichten erzählten, waren leise zu hören. Es hatte sich wohl kaum so etwas wie Normalität in ihrem Zuhause eingestellt, doch immerhin waren die Nächte jetzt friedlicher als am Anfang.

Bei einem Geräusch von oben sah sie kurz zur Decke und dachte an ihren Sohn und ihre Schwägerinnen im ersten Stock. Nachdem Josie aus der Stadt wieder da gewesen war, hatte sie sich zur Abwechslung ganz zurückhaltend gegeben. Patience, die liebe und sanfte Patience, pflegte in ihrem Zimmer einen Rotkehlhüttensänger mit verletztem Flügel, der von einem der jüngeren Schwester besonders zugeneigten Soldaten im Obstgarten gefunden worden war.

Benjamin befand sich in seinem Zimmer, das direkt neben Charlottes lag und in dem sie auch für Tandy eine Pritsche zum Schlafen aufgestellt hatten, in Sicherheit. In Sicherheit, weil Will es versprochen hatte. Charlotte hatte die beiden Jungs zur guten Nacht umarmt und sich ihre begeistert vorgebrachte Geschichte angehört, von dem Honig und den Keksen, die sie in süße Kuhmilch getunkt hatten und natürlich in noch mehr

Honig. Wenn in jedem zweiten Satz Will vorkam, so konnte sie nichts daran ändern. Durch ihn war beiden etwas gegeben worden, das sie bitter vermisst hatten.

Während sie Wasser erhitzte und Kräuter abmaß, horchte sie auf ein Stöhnen oder einen Schmerzenslaut von den Verwundeten, doch sie hörte nichts dergleichen und eilte mit der Wanne in Händen erleichtert zurück zum Arbeitszimmer. Zurück zu dem Ehemann, dem sie ihre Treue geschworen hatte.

Im Flur hörte sie vom Salon her Wills sanftes, beruhigendes Lachen. Ihr Herz hüpfte in Richtung des Klanges, und in Gedanken war sie wieder im Wald, war wieder bei jenen unschuldigen Gesprächen, die ihr verboten und falsch erschienen, weil sie ihr eine solche Wonne bereitet hatten.

Warum, gnädiger Gott, warum hüpfte und tanzte ihr Herz denn nicht zu ihrem Ehemann hin?

Edgar hatte sich von seinem Platz am Schreibtisch nicht wegbewegt und notierte gerade etwas in das dicke Haushaltsbuch der Farm. Als Charlotte hereinkam, schloss er das Buch mit einem Knall, sodass ihr vor Schreck etwas Wasser auf den Boden plemperte. Kalt starrte Edgar sie aus müden grauen Augen an.

„Du hast doch Lizzy für so was. Ich verstehe nicht, warum du hier unbedingt die Dienerin spielen willst."

Er wusste so wenig vom Zustand des Haushalts dieser Tage. War ihm nicht klar, dass sie alle bis zur Erschöpfung ihren Dienst leisten mussten?

„Es bereitet mir Vergnügen, die Bedürfnisse meines Gatten zu befriedigen." Die Formulierung blieb ihr im Halse stecken, und sie wagte nicht, ihn anzusehen. Seine höchst männlichen Bedürfnisse wurden vermutlich anderswo befriedigt.

Behutsam ließ sie seinen Fuß in das warme, mit Salzen und Heilkräutern angereicherte Wasser gleiten. Mit gekonnten, sorgsam ausgeführten Bewegungen massierte und dehnte sie den kaputten Fuß und strebte mitfühlend hin zu diesem durch ständigen Schmerz verbitterten Menschen.

„Hast du meinen Whiskey mitgebracht?", fragte er schroff und in schneidendem Tonfall. Er wusste, sie hatte es nicht getan. Wusste, sie wollte es nicht tun. Wenn Edgar zu viel Whiskey trank, konnte es für alle auf der Farm mehr als unangenehm werden. So vor zwei Monaten, als er die Pferdepeitsche gegen einen der Sklaven erhoben und ihr mit seiner rasenden Tobsucht mehr Angst gemacht hatte als sämtliche Yankees dieser Welt zusammen.

„Tut es denn so schlimm weh, Edgar?"

„Ja." Ein Wort, kälter als Schnee, härter als Eisen.

„Ich dachte ... Vielleicht ..." Langsam und zärtlich ließ sie die Hand seine Wade enlanggleiten und sah zu ihm auf. Es fiel ihr schwer, beim Blick in sein teilnahmsloses Gesicht nicht gleich wieder wegzusehen. Ihre Verführungskünste ließen sehr zu wünschen übrig. Und doch musste sie es versuchen, für die Pflicht und für die Ehre.

„Vielleicht möchtest du mit in mein Zimmer kommen." Sie senkte betont langsam die Wimpern und kam sich ausgesprochen dumm dabei vor. Ihr Herz klopfte wie wild vor Hoffnung und vor Verlegenheit. „Für ... ein Rückenkraulen."

Edgar starrte sie wortlos an, doch er stieß sie nicht von sich und das ermutigte sie. Langsam ließ sie die Hand weiter an seinem Bein hinaufwandern. „Weißt du noch, wie sehr du mein Rückenkraulen immer genossen hast?"

Zu Beginn ihrer Ehe hatte er ihre Hände auf sich spüren, sie berühren und küssen und mit sanften Fingern durch ihr offenes Haar streichen wollen. Charlotte hatte fast schon vergessen, wie gut es sich anfühlen konnte, verwöhnt und liebkost zu werden.

Als er immer noch schwieg, stand sie auf und trat an seine Seite. Er war ihr Ehemann und sie hatte ihm einen Sohn geboren. Sie berührte seine Hand und verschränkte die Finger mit seinen. Dann drehte sie seine Handfläche nach oben und küsste sie. Seine Haut roch nach Maisschrot.

„Möchtest du nicht ein zweites Baby, Edgar? Vielleicht ein kleines Mädchen mit deinem schwarzen Haar oder einen zweiten Jungen, der genauso stark und klug wird wie Benjamin? Könnten wir es nicht wieder versuchen?"

Er streckte die Hand aus, legte sie auf ihre Hüfte und … grub ihr die Fingernägel ins Fleisch. Charlotte hielt vollkommen still und ließ die Misshandlung über sich ergehen, die ihr die zerbrochene Beziehung zu ihrem Mann schmerzhaft vergegenwärtigte.

„Ich werde nicht noch ein Kind zu Grabe tragen, Charlotte", krächzte er schließlich, Leid und Wut verzerrten sein Gesicht. „Hol den Whiskey."

16. KAPITEL

Peach Orchard Inn
Heute

Ein Kind war auf dem Weg hierher. Ein kleiner Junge.

Oh gütiger Himmel, wenn es doch nur Mikey wäre. Wenn doch bloß ihr kleiner, acht Jahre alter Junge mit der Zahnlücke, der mittlerweile nicht mehr acht war und auch keine Zahnlücken mehr hatte, aus der Schule nach Hause kommen würde. Doch für Mikey würde es heute kein Nachhausekommen geben. Ein anderer trauriger kleiner Junge hingegen würde schon bald hier sein.

Während des qualvollen Wartens servierte Julia die Nachmittagssnacks mit Pfirsichtee, stellte sicher, dass ihre Gäste mit allem versorgt waren, eilte die Treppe hinauf und dachte die ganze Zeit an das Kind. Vor lauter sorgenvoller Erwartung zitterten ihr die Hände.

Als sie am Blaubeerzimmer vorbeikam, hörte sie das Geräusch von Murmeln, die über Fliesen rollten. Doch es gab keinen Fliesenboden im Peach Orchard Inn. Im Bruchteil einer Sekunde spann sich ein hauchdünner Faden aus der Vergangenheit in ihre Gegenwart, und sie glaubte, eine Kinderstimme zu hören. Wie angewurzelt blieb sie stehen und lauschte, süße Hoffnung drohte ihr schier die Brust zu zersprengen. Doch das Geräusch erklang nicht wieder, also schüttelte sie nur den Kopf über das Hirngespinst und machte weiter mit den Vorbereitungen. Als Elis Dodge schließlich schnaufend auf dem Parkplatz hinterm Haus zum Stehen kam, war sie so bereit wie nur möglich, um einen kleinen, verängstigten Gast zu empfangen. Der Duft nach frisch gebackenen Schokoladenkeksen wehte nach draußen, als sie auf die Veranda trat und die Stufen zum Garten hinunterstieg, der von Dutzenden Schmetterlingen auf den Blumen in allen Farben des Regenbogens schimmerte.

Eli und Alex standen neben der bedauernswürdigen alten Schrottkarre auf dem Kies. Alex war ein hübsches Kind, das Ebenbild seines Vaters. Sogar aus der Entfernung erkannte Julia die Ähnlichkeit, die dunkel gebräunte Haut, das Grübchen im Kinn und die glänzenden schwarzen Haare.

Eli hatte seinem Sohn eine Hand auf den Rücken gelegt, doch Alex schien nicht so recht weitergehen zu wollen. Julia konnte Elis sanfte, ermunternde Stimme hören, Alex weinte. Dicke Tränen liefen die kindlich runden Wangen hinunter und trieben Julia vorwärts.

„Ich will nach Hause“, ließ sich ein Stimmchen vernehmen.

„Alex, Kumpel, da haben wir doch drüber geredet.“

Eli sah ihr entgegen, er wirkte unglücklich und vollkommen hilflos.

„Hallo, Alex“, sagte Julia sanft. „Ich bin Julia und freue mich sehr über deinen Besuch.“

Alex umklammerte einen grünen Plastikdinosaurier. „Ich will nach Hause.“

Mitleid umschloss Julia mit geballter Faust. Sie wollte dieses Kind ganz dringend in die Arme nehmen und trösten, doch der Kleine kannte sie ja gar nicht. Eli stand immer noch hilflos daneben. Schließlich streckte sie dem Jungen die Hand hin, wie sie es bei einem traurigen Mikey auch immer gemacht hatte, und fragte: „Ich habe Kekse für dich, frisch aus dem Ofen. Magst du Kekse?“

Alex ließ die Schultern hängen, guckte auf seine Füße und schwieg. Julia strich ihm sanft über den Kopf und eine Welle von Erinnerungen brach über sie herein. Mikey hatte auch so weiche schwarze Haare, wobei seine meist von einer Baseballmütze bedeckt gewesen waren. Manche Kinder schleppten eine Schmusedecke mit sich herum, Mikey ging nie ohne seine Cardinals-Mütze aus dem Haus, auch an jenem Morgen nicht.

Julia fuhr sich mit der Zunge über die trockenen Lippen und sprach weiter: „Ich habe mein Lieblingszimmer für euch vorbereitet. Extra für dich und deinen Daddy."

Ruckartig hob Eli den Kopf. „Aber du hast doch gesagt ..."

„Meine eigenen Regeln breche ich, wann ich will."

Sie konnte sehen, dass er den Gefallen nur widerstrebend annahm, aber als er sich mit einem Seitenblick auf seinen Sohn ergeben bedankte, wusste sie, sie hatte sich richtig entschieden.

Bingo kam die Verandatreppe heruntergetapst und wedelte zur Begrüßung mit dem Schwanz. Der Hund strich an Julias Beinen entlang, als wollte er sagen: „Lass mich das machen", und schlüpfte mit dem Kopf unter Alex' traurig herunterhängende Hand. Der Junge fuhr kurz zusammen, doch dann fiel er auf die Knie und vergrub schluchzend das Gesicht im Nackenfell des alten Hundes.

In dieser Nacht saß Eli ans Kopfende des Bettes gelehnt und sah seinem Sohn neben sich beim Schlafen zu. Sie hatten beide die Richtung verloren, und er hoffte, dass sie irgendwie den Weg zueinander finden würden. Julia und der liebe alte Hund hatten die Eingewöhnung etwas leichter gemacht, aber wie sollte man einen so kleinen Jungen, der alles Vertraute in seinem Leben verloren hatte, trösten? Eli war selbst im Mannesalter untröstlich gewesen, als seine Welt zusammenbrach. Wie schrecklich musste das dann erst für ein Kind sein?

Vor Alex' Schlafenszeit hatte Eli noch im Krankenhaus angerufen, um ihm im besten Fall noch gute Neuigkeiten überbringen zu können. Doch es war vielmehr fast das Schlimmste eingetroffen. Falls Opal den Schlaganfall überhaupt noch überlebte, dann würde die anschließende Reha viele Monate in Anspruch nehmen. Ihr Urgroßneffe würde für lange Zeit nicht in das Haus in Honey Ridge zurückkehren können. Vielleicht nie mehr.

Eli bekam einen dicken Kloß im Hals und strich Alex eine Strähne schwarzen Haars aus der Stirn – eine Zärtlichkeit, die der Junge in wachem Zustand sicher abgelehnt hätte. Die langen Wimpern glänzten immer noch feucht auf den gebräunten Wangen und zeugten davon, dass Alex heute Abend viel zu viel geweint hatte.

„Du willst mich nicht, kleiner Mann, aber ich bin alles, was du hast. Und bis auf Weiteres ist das hier dein Zuhause."

Am Samstagmorgen fand Julia eine weitere Tonmurmel auf dem Flur vorm Blaubeerzimmer. Diese hier war tiefrot. Sie fühlte sich warm an in ihrer Hand und die Wärme breitete sich bis in Julias Herz aus. Bingo war nirgends zu sehen, aber er war Alex in den letzten drei Tagen schon einige Male bis ins Zimmer hinterhergelaufen. Vielleicht hatte der Junge die Murmel gefunden und sie hier liegen gelassen. Versonnen und unwillkürlich lächelnd legte Julia das Tonkügelchen zu den anderen in die Schale, die auf der Anrichte am Eingang stand. Gleich neben dem Ständer mit den Touristenbroschüren für Bürgerkriegsschauplätze und Floßfahrten auf dem nahe gelegenen Magnolia Creek. Die alten Murmeln waren ein beliebter Gesprächsanlass, doch Julia begann langsam zu glauben, dass sie mehr waren als nur das.

Am Nachmittag, als fürs Erste alle Aufgaben erledigt und die Gäste froh und munter in der Sonne unterwegs waren, gab Julia die vorbereitete Pfirsichmasse in die Eismaschine, trocknete sich die Hände ab und trat zum Fenster, das in den hinteren Garten hinausging. Eli und Alex waren vormittags bei Opal im Krankenhaus gewesen und hatten bei ihrer Rückkehr beide ziemlich bedrückt gewirkt. Jetzt war Eli dabei, die vom Sturm heruntergewehten toten Äste aus dem Obstgarten zu tragen. Obwohl er an den Wochenenden eigentlich frei hatte, wusste er ohne eine Aufgabe anscheinend nichts mit sich anzufangen. Alex war bei ihm, begleitet von Bingo, dem der Junge gerade eine Hand auf den Rücken legte.

Der Anblick ähnelte schon sehr stark den in Julias Erinnerung gespeicherten Szenen mit Mikey und diesem Hund, der damals natürlich viel jünger, aber dem kleinen Herrchen genauso ergeben war. Bingo mit Alex zu sehen, war ihr gleichzeitig Freude und Qual, ebenso wie wieder ein Kind am Tisch sitzen zu haben, das ihre Spaghetti hinunterschlang. Alex war ein stiller kleiner Streuner, ein Schatten von einem Kind. Er brauchte dringend Aufmunterung, und wenn der sanftmütige Hund dabei helfen konnte, war Julia nur froh darum.

Eli für seinen Teil wirkte genauso verloren wie sein jüngeres Pendant.

„Glaubst du, die beiden werden irgendwann noch warm miteinander?“, fragte Valery, als sie und ihre Mutter Connie mit Bettwäsche beladen vorbeikamen. Da an den Wochenenden besonders viel Arbeit in der Pension anfiel, war Connie zum Helfen gekommen. Und um Kostproben ihrer Eigenmarke von Gastfreundschaft unter den Pensionsgästen zu verteilen. Sie hatte den bestechenden Charme einer hochwohlgeborenen, grundanständigen Südstaaten-Lady und genau wie Valery konnte sie selbst einen Verandapfosten noch mühelos in ein Gespräch verwickeln.

„Eli ist heute Vormittag mit ihm zu Opal gefahren. Keine Ahnung, ob das so eine gute Idee war, aber Alex hat immer wieder gesagt, Opal wäre jetzt tot, wie seine Mama.“

„Ach, das arme Kind.“ Valery legte sich ergriffen die Hand an die Kehle und drehte sich zu ihrer Mutter um. „Mama, du könntest doch deine Kirchenmädels mobilisieren. Vielleicht schickt ihr Opal Blumen und ’ne Karte oder was auch immer ihr da so macht.“

„Das werde ich, Honey. Von den anderen haben auch einige mehr mit ihr zu tun als ich.“ Sie wandte ihre Aufmerksamkeit Julia zu. „Julia, hoffentlich lässt du dich von dem Ganzen hier nicht zu sehr mitnehmen. Wo du doch endlich aus dieser grässlichen Depression herausgefunden hast. Nimmst du auch immer schön deine Medikamente?“

Mit anderen Worten: Würde sie wieder überschnappen, weil jetzt ein Kind um sie herum war?

„Mom.“ Valery stieß ihrer Mutter in die Seite und murmelte: „Lass sie doch in Ruhe.“

„Ich habe gestern Dad getroffen“, sagte Julia, statt zu antworten. „Er hat nach dir gefragt.“

„Das kann er so lange machen, bis der Süden den Krieg gewinnt, und es wird ihm in etwa genauso viel bringen.“

Die Ablenkung reichte trotzdem aus, um ihre lebhafte, sechzigjährige Mutter auf ein anders Thema zu bringen.

Julia ließ die beiden Frauen in der Küche zurück, wo sie jetzt über ihren Dad redeten und über Tante Sylvias neuen Mann, der „von irgendwo außerhalb“ stammte.

Aus einem Instinkt heraus stellte Julia zwei Gläser Pfirsichtee und den Teller mit dem übrig gebliebenen Bananenbrot auf ein Tablett und ging damit in den Obstgarten. Da die Pension das meiste ihrer Kraft in Anspruch nahm, verbrachte sie viel zu wenig Zeit hier zwischen den Bäumen, die ihre langen Äste der Sonne entgegenstreckten. Jetzt hatte sie endlich mal Gelegenheit, die ursprüngliche Wohltat dieser Natur zu genießen, wo sich der Geruch nach frischem Gras mit dem berauschend süßen Duft der rosafarbenen Pfirsichblüten vermischte. Schön war es hier.

„Ihr zwei Männer braucht mal ’ne Pause.“

Eli wischte sich mit dem Arm übers Gesicht. „Hört sich gut an. Wie sieht’s aus, Alex? Durstig?“

Alex zuckte mit den Schultern, doch Julia konnte sehen, wie

er auf das Bananenbrot schielte. Statt groß zu fragen, drückte sie ihm eine dicke Scheibe in die Hand und dazu das eine Glas Tee. Mit offensichtlichem Misstrauen beäugte er die darin schwimmenden Pfirsichscheiben und pikte erst mal mit dem Finger danach, bevor er einen Schluck nahm.

„Ihr schafft ja ganz schön was weg. Ist mir gar nicht aufgefallen, wie viele abgebrochene Äste hier rumliegen."

„Da ist immer noch viel totes Holz oben in den Bäumen, das muss auch irgendwann raus."

„Kannst du das machen?"

Er runzelte die Stirn. „Ich bin kein Gärtner. Man muss die Bäume wohl schon zur richtigen Zeit zurückschneiden."

„Du könntest das ja im Internet recherchieren."

Er nahm ein paar große Schlucke von seinem Eistee. „Klar, aber ich hab keinen Computer."

„Nimm den in meinem Büro oder den anderen im Salon."

„Danach wollte ich dich eh noch fragen."

Überrascht neigte Julia den Kopf zur Seite. „Was fragen?"

Er blickte kurz zu Alex. Der kleine Junge verfütterte gerade ein Stück Bananenbrot an den Hund, der es sorgfältig und genießerisch wegmümmelte.

Erst als Eli sich von ihm weggedreht hatte, erklärte er mit gedämpfter Stimme: „Ich weiß überhaupt nicht, wie man als Elternteil zu sein hat. Da müsste ich mir mal einiges anlesen, hab ich gedacht."

Sie fühlte mit ihm. Er gab sich wirklich Mühe für Alex. „Keiner weiß das, Eli."

„Das sagen mir irgendwie alle." Er nahm noch einen Schluck Tee. „Letzte Nacht hatte er wieder einen Albtraum."

„Das ist der dritte diese Woche."

„Diesmal ist er aufgewacht und dachte, seine Mutter würde zu Hause auf ihn warten. Er hat mich regelrecht angefleht, mit ihm hinzufahren."

„Oh Eli …“ Sie wollte ihn berühren. Nicht aus Begehren, sondern aus Freundlichkeit, um ihn zu trösten. Die Sorge um Alex war zu ihrem gemeinsamen Ausgangspunkt geworden, über dieses Thema konnten sie frei miteinander sprechen. Wenn er sich auch noch immer sehr bedeckt hielt, was Auskünfte über die eigene Person anging, so war er doch verzweifelt auf der Suche nach Hilfe für seinen Sohn, den er ja seit kurzer Zeit überhaupt erst kannte. „Er hat so viel zu verarbeiten.“

Genau wie du, dachte Julia.

„Vielleicht finde ich im Internet was über andere Kinder in seiner Situation. Die ihre Mutter verloren haben. Die mit einem fremden Vater klarkommen müssen.“

„Das ist eine gute Idee. Er hat ganz sicher mit ’ner riesigen Palette von Gefühlen zu kämpfen.“

„Und mit ’nem Vater, der keine Ahnung von nichts hat.“

Als er den Kopf zurücklegte und durstig den Rest Tee austrank, dehnte sich seine Kehle im Rhythmus der Schlucke. Seine von Natur aus schon recht dunkle Haut war in der Frühlingssonne noch brauner geworden. Julia konnte den Puls, Eli Donovans Lebenskraft, in seiner Halsschlagader klopfen sehen.

Sie war ganz betreten, dass ihr all das an ihm auffiel. Schnell nahm sie das leere Glas aus seiner Hand und stellte es zusammen mit dem Tablett auf den Boden. „Sei nicht so hart zu dir. Jeder wäre in deiner Situation überfordert.“

„Meist bin ich einfach völlig hilflos. Es ist so schwierig, ein Kind zu haben.“

„Stimmt, ein Kind zu haben, ist wirklich schwierig“, sagte sie leise.

Seine Miene schien zu fragen, wie sie das so genau wissen konnte, doch Julia wandte den Blick ab. Er hatte auch so schon genug Kummer, da wollte sie ihm nicht auch noch die traurige Geschichte von Mikey aufhalsen.

Ein leichter Wind fuhr durch die Bäume und ließ die Pfirsichblüten im glänzenden Sonnenlicht zittern, während vorne auf der Zufahrt ein brauner SUV den Kies aufwirbelte. Die Ratcliffs waren von ihrer Floßfahrt auf dem Magnolia Creek zurück. Bingo, der sonst immer herbeigetapert kam, um solche Rückkehrer zu begrüßen, ließ sich nirgendwo blicken.

Julia sah sich nach dem Hund und dem Jungen um. Ein kalter Finger aus Angst kroch ihr das Rückenmark hoch. Sie waren weg. Ihr Inneres verwandelte sich in Eiswasser. „Wo ist Mikey?"

Verwirrt zog Eli die Augenbrauen zusammen. „*Wer?*"

Julia schüttelte sich. Hatte sie gerade Mikey gesagt? „Alex. Wo ist er?"

Eli sah zu der Stelle, wo Kind und Hund gerade eben noch gestanden hatten. Das Teeglas war ins Gras gekippt, die Eiswürfel lagen verstreut daneben.

„Alex!" Er drehte sich suchend um die eigene Achse, doch das Blütenmeer der Pfirsichbäume versperrte die Sicht. „Er kann nicht weit sein."

Julia umklammerte Elis Arm. Panik stieg in ihr auf und drohte sie zu ersticken. Sie fühlte sich wie an jenem schrecklichen Tag im Oktober und begann zu zittern. „Wir müssen ihn suchen. Sofort!"

Während Julia offensichtlich in Panik ausbrach, versuchte Eli ruhig zu bleiben. Schon vor langer Zeit war ihm klar geworden, dass Panik ihn lediglich strohdumm machte, er hatte Narben, die das bewiesen.

„Julia", sagte er und hielt sie an den Oberarmen fest. „Hey. Beruhig dich. Er kann nicht weit sein, und hier gibt es nichts, was ihm wehtun könnte."

Sie fuhr sich mit der Zunge über die Lippen und nickte, aber er konnte sehen, dass sie nicht überzeugt war. „Du zitterst ja."

„Wir müssen ihn suchen. Wenn jetzt jemand …“ Sie biss sich auf die Lippe, die Augen weit aufgerissen. „Es könnte alles Mögliche passieren!“

Ihr Mund zitterte, ihre schönen roten Lippen, so weich und verletzlich.

Schnell sah er wieder zu den Bäumen.

„Jungs sind eben neugierig“, sagte er mit rauer Stimme. „Mach dir keine Sorgen. Es geht ihm bestimmt gut.“

Um den Beweis für das Gesagte zu erbringen, ging er weiter in den Obstgarten hinein und rief Alex’ Namen. Julia rannte in die entgegengesetzte Richtung und rief auch nach ihm, wobei ihre Stimme schrill und ängstlich klang.

Eli wunderte sich über die heftige Reaktion. Was für eine Sorgenliese, hätte seine Großmutter gesagt. *Großmutter.* Er hatte lange nicht mehr an sie gedacht. An diese strenge und ehrfurchtgebietende, aber warmherzige Frau, die ihn mit Geschenken und Ausflügen nach Dollywood oder Disney World verwöhnt hatte. Lange nachdem aus ihm bereits ein hoffnungsloser Fall geworden war, hatte sie ihm immer noch eine Chance gegeben, bis sie dann schließlich wie die anderen auf den Befehl seines Vaters hin aus seinem Leben verschwunden war. Der schlechte Spross war rigoros und mit chirurgischer Präzision vom Stammbaum entfernt worden.

Eli fragte sich, was seine Großmutter wohl von Alex gehalten hätte.

„Alex!“, rief er etwas lauter. Wo war er? Und warum antwortete er nicht?

Vom anderen Ende des Obstgartens hörte er Julias Stimme. „Bingo. Komm her, Junge. Bingo, komm her.“

Eine Welle der Bewunderung erfasste ihn. Sie war genial. Etwas überdramatisch, aber clever. Eli fuhr herum und sah den schwarzgrau gescheckten Hund mit aufgestellten Ohren zwischen den Bäumen hervorkommen. Eli eilte in die Richtung und fand seinen Sohn nur ein paar Meter weiter in einem Gewirr aus Sträuchern und Unkraut kauern.

„Ich hab ihn gefunden!", rief er in Julias Richtung. Dann ging er vor Alex in die Hocke, und ihm wurde bewusst, dass sein Puls sich erst jetzt wieder beruhigte. Er hatte also doch etwas mehr Angst gehabt als vorgegeben. „Hey, Kumpel, alles okay? Warum hast du nicht geantwortet? Du hast uns 'nen ganz schönen Schrecken eingejagt."

Alex hatte den Kopf zwischen die Schultern gezogen und hielt die Arme verschränkt vor dem Körper. „Mein Bauch tut weh."

Das dumpfe Trommeln schneller Fußtritte kündigte Julia an. Sie war völlig außer Atem und sackte neben ihm ins Gras. „Gott sei Dank, Gott sei Dank!"

Sie hatte geweint, was ihn noch mehr verwirrte, so übertrieben kam es ihm vor, und ihr Gesicht war weiß wie ein Bettlaken. „Geht es ihm gut? Was ist passiert?"

„Ich bin nicht sicher. Er sagt, sein Bauch tut weh."

„Oh Schätzchen. Lieber kleiner Schatz. Das ist nicht schlimm. Das geht ganz schnell wieder weg." Sie legte Alex ihre immer noch leicht zittrige Hand auf die Stirn. „Vielleicht vom Bananenbrot?"

„Von einem Stück?" Eli schüttelte den Kopf. Julia machte ihm gerade ebenso viele Sorgen wie sein Sohn. Zum Glück ging ihr Atem schon etwas langsamer und sie beruhigte sich allmählich.

„Ich habe etwas gegen Magenschmerzen im Haus." Sie streichelte Alex in kleinen tröstenden Kreisen über Schultern und Rücken. „Und irgendwo hab ich auch noch ein paar Zeichentrickfilme auf DVD, vielleicht magst du davon einen gucken."

Julia konnte gut mit Alex umgehen. Auf jeden Fall besser als er. Und wenn sie auch übertrieben beschützend war –

wahrscheinlich weil sie selbst keine Kinder hatte –, so war sie doch mütterlich und zärtlich und schien zu wissen, was man zu einem kleinen Jungen sagen musste und womit man ihn trösten konnte. Eli fragte sich, ob das Elternsein einem eigentlich angeboren sein müsste und ob ihm selbst diese genetische Veranlagung ganz einfach fehlte. Sein Sohn sagte noch nicht einmal Dad zu ihm.

„Was meinst du, Kumpel? Willst du dich ein bisschen hinlegen und fernsehen?"

Alex sah ihn mit großen traurigen Augen an. Zwei dicke Tränen hingen zitternd an den dichten schwarzen Wimpern. „Ich will nach Hause."

Dieser bodenlose Kummer fuhr Eli mitten ins Herz.

Unglücklich und verzweifelt nahm er seinen Sohn auf den Arm und trug ihn ins Haus.

17. KAPITEL

Eli wanderte wieder im Obstgarten auf und ab.

Julia war aus diffusen Träumen erwacht und hatte sich erstaunlich zufrieden und ausgeruht gefühlt, obwohl die Leuchtziffern ihres Weckers gerade erst auf vier Uhr gesprungen waren. Nach dem üblichen Check der weiterhin nichts Neues verkündenden Facebook-Seite von Mikey war sie ans Fenster getreten und hatte die Vorhänge zur Seite geschoben, um in die sternenklare Nacht hinauszusehen. Unter einem hellen Dreiviertelmond konnte sie die Schatten und Umrisse unten im Garten deutlich erkennen, so auch den ruhelos Umhergehenden.

Eli Donovan versuchte einfach alles, um ein guter Vater zu sein, und sein erbittertes Streben war ebenso aufrichtig wie rührend. Alex' Verhalten war auf jeden Fall besorgniserregend. Jungs sollten herumtoben, ausgelassen sein, Krach machen. Der knopfäugige Alex hingegen war so verhuscht und so leise wie ein Mäuschen. Er berührte ihr Herz, weckte ihre Muttergefühle, rüttelte an ihrem Entschluss, niemals wieder ein Kind zu lieben.

Alex brauchte Liebe, und zwar eine ganze Menge. Der alte Australian Shepherd schien das besser zu wissen als irgendjemand sonst. Aber Liebe konnte einen derart brennenden, grausamen Schmerz mit sich bringen. Ihre Mutter hatte recht. Sie könnte das nicht noch einmal ertragen.

Was, wenn Alex hier irgendetwas Furchtbares zustieß? Was, wenn es ihm wie Mikey ging und er wie vom Erdboden verschluckt wurde? Sein Verschwinden im Obstgarten hatte ihr einen fürchterlichen Schrecken eingejagt. In jenen grässlichen Minuten hatte sie noch einmal das Gleiche wie damals vor sechs Jahren durchlebt, als ihre rasenden Gedanken nach und nach die schreckliche Wahrheit erfasst hatten: Mikey war das Undenkbare zugestoßen.

Das grausame Ungeheuer Angst hatte seine Klauen schon vor langer Zeit in ihre Brust geschlagen. Der bloße Umstand, dass ein kleiner Junge im Haus war, ließ es sich jetzt erneut brüllend aufbäumen. Als ob es irgendwie für Alex' Sicherheit sorgen könnte, hatte sie diese Woche schon dreimal bei Detective Burrows angerufen.

Sie machte einen tiefen, ruhigen Atemzug, genau wie Dr. Smith es ihr gezeigt hatte. Alex lag sicher und wohlauf dort oben in seinem Bett, machte sie sich bewusst. Während sein Vater dort unten umherstreifte.

Eli. Sie legte eine Hand an die kühle Fensterscheibe. Er war ein komplizierter, tiefgründiger Mensch, kein Stück wie der dahergesegelte Freibeuter, als der er auf ihr Grundstück gekommen war. Vielmehr war er umsichtig und zuvorkommend, und es freute sie sehr, dass ihn sein Weg ins Peach Orchard Inn geführt hatte. Das Anwesen brauchte die zupackenden Hände eines Mannes, er nahm ihr und Valery eine immense Last von den Schultern.

Schon bald würde sie gar nicht mehr auf ihn verzichten können, und das war natürlich gefährlich, schließlich war er nur vorübergehend eingestellt. Bei dem mickrigen Lohn, den er hier bekam, würde es sie nicht wundern, wenn er schon bald wieder von dannen zog. Besonders jetzt, da er sich quasi in Vollzeit um seinen Sohn kümmern musste.

Eli stand gerade in einem Strahl Mondlicht und hob das Gesicht auf eine Art und Weise in Richtung Haus, die Julia glauben machte, er könne sie in der Schwärze ihres Zimmers erkennen. Dass sie beide die Dunkelheit des Lebens und den endlosen Kampf ums Licht kannten, schien ein Band der Solidarität zwischen ihnen geknüpft zu haben.

So dachte sie, während sie ihren Bademantel über den Pyjama zog und an der Treppe vorbei nach draußen schlich. Die Pension war voll belegt und die Gäste waren natürlich längst von ihren Erkundungszügen zurückgekehrt. Nur eines der Fenster, das vom Magnolienzimmer, war noch erleuchtet. Anscheinend hatte das frischvermählte Paar darin auch um vier Uhr morgens noch was zu tun. Sie lächelte über die junge Liebe. Die beiden waren zu beneiden. In Julias Fall war dieses flüchtige Feuer der Leidenschaft aufgetaucht und wieder verschwunden, ohne dass sie es voll hätte auskosten können.

Sie überquerte die Veranda und stellte sich einen Moment ans Geländer, bis sie Eli im Mondlicht entdeckt hatte.

Ein kurzer Blick zum Parkplatz beunruhigte sie. Valery war nicht nach Hause gekommen, jedenfalls noch nicht.

Sie ging die breiten weißen Stufen zum Garten hinunter und dann das kurze Stück weiter zu den Obstbäumen. Die Luft war feucht und roch nach Frühling.

Eli sah sie auf sich zukommen und verharrte als großer dunkler Schatten unter dem weißen Licht des Mondes und der hoch über ihnen aufgeworfenen Sternendecke.

„Geht es dir gut?“, raunte sie.

Die Frage schien ihn zu erstaunen. „Mir? Sicher.“

„Ich hab dich ja schon manchmal nachts hier draußen gesehen, aber nicht mehr, seit Alex da ist.“

„Ich will ihn nicht lange alleine lassen, aber manchmal brauche ich … Hier draußen bekomme ich den Kopf frei.“

„Dann sollte ich wohl auch öfter herkommen“, sagte sie und verzog den Mund zu einem Lächeln. „Wie geht es ihm?“

„Er schläft tief und fest. Bingo ist bei ihm.“ Er vergrub seine Hände in den Hosentaschen. „Ich hoffe, das ist in Ordnung. Wenn der Hund und der Plastikdinosaurier bei ihm sind, beruhigt ihn das.“

Der gute alte Bingo war seit Mikeys Verschwinden immer an Julias Seite gewesen, jetzt hatte er jemand anderen zu trösten. Zwar vermisste sie seine verlässliche Gegenwart am Fußende ihres Bettes, doch das Kind brauchte ihn dringender. „Keine Albträume? Kein Bauchweh?"

„Nein. Jedenfalls nicht heute Nacht."

„Fündig geworden im Internet?"

„Ja. Jede Menge Erziehungstipps und Artikel über Kinder, die einen Elternteil verloren haben."

„Kannst du was davon gebrauchen?"

„Ich steh noch ganz am Anfang. Ein paar der Artikel sind jetzt gespeichert, damit ich sie noch mal in Ruhe lesen kann. Auf jeden Fall hab ich gelernt, dass Kinder auf einen schweren Verlust anders reagieren als Erwachsene."

Sie strich sich die Haare hinter die Ohren und dachte kurz daran, dass sie die wirren Strähnen ja immerhin kurz hätte durchkämmen können. „Darüber habe ich noch nie nachgedacht."

„Anscheinend hat man lange angenommen, dass Kinder zu jung sind, um die Tragweite eines solchen Verlustes richtig verstehen zu können. Das stimmt natürlich nicht. Es geht ihnen genauso nahe, sie können nur ihre Gefühle nicht gut artikulieren."

Artikulieren. Da kam er wieder mit diesem gebildeten Wortschatz um die Ecke, der so überhaupt nicht zu seinem Arbeiterimage passte. Irgendwann würde sie ihn mal danach fragen. „Er leidet sehr, das merkt man."

„Sehe ich auch so. Albträume, Verschlossenheit, Kopfweh, Bauchschmerzen – das sind alles Zeichen von nicht verarbeiteter Trauer."

„Wie soll man Trauer auch verarbeiten? Der Schmerz geht einem bis in die Knochen und setzt sich da fest."

Fragend reckte er das Kinn vor. „Sprichst du aus Erfahrung?"

„Wir haben doch alle mal jemanden verloren." Die Formulierung fühlte sich falsch an. Als würde sie Mikey verleugnen.

Am liebsten wollte sie laut herausschreien, wie viel schlimmer es war, einen Sohn zu betrauern, den man nicht mehr erreichen konnte, obwohl er noch am Leben war. Trauer um ein entführtes Kind war wie ein ewiger wandelnder Tod. Diese nie endende Frustration angesichts ermittlerischer Sackgassen und falscher Fährten oder, und das war am schlimmsten, wenn da nichts war außer Schweigen. Aber diese Erfahrungen würden Alex und Eli nicht weiterbringen, also behielt Julia sie für sich.

Sie verbrachten ein paar Herzschläge in angenehmem, behaglichem Schweigen. In der Ferne ertönte das klagende Tuten eines Zuges und das Licht der Sicherheitsleuchten tauchte die alte verfallene Wassermühle hinten am Magnolia Creek in einen gelben Schimmer vor der Schwärze der Nacht.

„Meine Mutter und ihre Mädels von der Kirche haben Opal heute einen Besuch abgestattet."

„Das ist nett von ihnen. Sie hat noch einen langen Genesungsweg vor sich. Dabei kann sie jeden Freund gut gebrauchen."

„Trey Rileys Mutter gehört auch zu ihnen. Trey kennst du schon."

„Der Polizist?"

„Ja."

Eli verschränkte die kräftigen Arme vor der Brust und steckte die Hände unter die Achseln, wie Männer das taten. „Der mit den drei Schwestern."

Sie lachte. „Genau. Eine ganz liebe Familie. Nikki ist in meinem Alter. Wir standen uns früher sehr nah. Waren beste Freunde auf der Highschool. Mit fünfzehn, sechzehn haben wir uns gegenseitig die Haare lila gefärbt. Da hat meine Mutter 'nen ganz schönen Anfall bekommen."

„Hätte meine bestimmt auch." Er stieß leise auflachend die Luft aus. Julia gefiel der raue, kehlige Klang. Wie schön zu hören, dass dieser ernste Mann auch mal lachen konnte.

„Was kam dazwischen?“

Fragend neigte sie den Kopf zur Seite. „Wo dazwischen?“

„Zwischen dich und deine Freundin.“

„Ach, du weißt schon. Das Leben.“ Hatte er das nicht mal ganz ähnlich gesagt? Das war zwar eine sehr ausweichende Antwort, aber wie sollte sie diese schreckliche Leere von damals auch erklären? Immer weniger ihrer Freunde hatten mit ihrer Depression umgehen können, immer mehr waren irgendwann weggeblieben, außer ein paar wenigen, und obwohl auch keiner von diesen in der Lage gewesen war, mit ihr zu reden, rechnete Julia ihnen den Versuch ebenso hoch an wie den Umstand, dass sie nicht versucht hatten, sie mit irgendwelchen Plattitüden aufzuheitern. Seit Eröffnung der Pension waren dann einige der alten Freunde wieder aufgetaucht, um ihren Pfirsichtee zu trinken und sich anzusehen, was sie aus dem berühmten Spukhaus von Honey Ridge gemacht hatte. „Nikki war Brautjungfer bei meiner Hochzeit.“

„Und das hältst du ihr jetzt immer noch vor?“

Sein Humor überraschte sie, gefiel ihr. Sie lachte. „Nein. Aber ich hätte wohl Grund dazu. Mein Ex ist Anwalt. Ziemlich erfolgreich nebenbei. Und so etwa fünf Minuten nach unserer Scheidung hat er dann direkt mal seine blutjunge Praktikantin geheiratet.“

„Grausam.“

„Mmmh.“ Warum hatte sie ihm das erzählt? War wohl die Vertrautheit der Nacht. „Ich bin nicht mehr länger verbittert deswegen.“

„Warst du’s?“

„Für ’ne Weile schon.“ Eine lange, hässliche Zeit. „Dass sie gleich nach der Hochzeit ein Baby bekommen haben, hat mich schon ziemlich mitgenommen. Laut meiner Mom ist mittlerweile ein zweites unterwegs.“

„Und kein Kind mit dir.“

Julia sog zischend die Luft ein. Alles klar. Sie hatte zu viel gesagt. „Vielleicht solltest du besser wieder nach Alex sehen."

Nach dem abrupten Themenwechsel hing ein kurzes Schweigen in der Dunkelheit. „Tut mir leid. Ich wollte nicht aufdringlich sein. Das ist eigentlich nicht meine Art."

Nein, das konnte man nicht behaupten. „Kein Problem. Ich bin manchmal etwas empfindlich."

„Du hast dir hier mit dem Peach Orchard Inn etwas Großartiges aufgebaut. Du brauchst kein Ar…, keinen Typen, der dich früher oder später mit seiner Praktikantin betrügen würde. Da stehst du doch drüber."

Dieser letzte Satz wärmte sie wie die ersten Sonnenstrahlen nach einem langen, harten Winter. Und er hatte recht. Allerdings war es immer noch nicht einfach für sie, wieder an sich selbst zu glauben. „Ich geb mein Bestes."

Julia legte den Kopf in den Nacken und blickte in die Dunkelheit über ihnen, in diese geheimnisvollen Gefilde, die auf all das hier unten herabsahen. Der Saum ihres Bademantels war feucht vom Gras und sie fror an den nackten Füßen. Eli stand so nah, dass ihr seine Körperwärme entgegenstrahlte. Männer, so kam es ihr vor, waren irgendwie immer ein paar Grad wärmer als Frauen. Früher, als sie noch jung war und nicht innerlich erstarrt, hätte sie jetzt vielleicht mit ihm geflirtet, hätte sich an seine starke Brust geschmiegt, seine Wärme genossen … und vielleicht noch mehr. Sogar in ihrem erstarrten Zustand hatte diese Vorstellung einen gewissen Reiz. „Sieh dir diesen Mond an."

„Hinreißend." Die Erwiderung klang kehlig und heiser.

Das Mondlicht und die nächtlichen Schatten zauberten eine tiefe Vertrautheit herbei. Als würden sie einander schon ganz genau kennen, als wären sie mehr als nur ein wortkarger Handwerker und eine mutlose Pensionsbesitzerin. Kein Wunder, dachte Julia, dass unter dieser funkelnden Schönheit von

Nachthimmel so viele Liebeslieder geschrieben wurden und so viele Pärchen zueinanderfanden.

„Den Frühling hab ich am liebsten." Sie verschränkte die Arme und wickelte den dünnen Bademantel enger um sich. „Überall sprießt junges Leben. Und jeder Tag hat so einen köstlichen frischen Duft."

Hoffnung. Danach duftete der Frühling. Wie lange war ihr das nicht mehr aufgefallen?

Der Motor eines Autos heulte von der Straße her auf und das weiße Licht herannahender Scheinwerfer griff mit bleichen Fingern durch die Magnolien.

„Da kommt jemand."

„Ist bestimmt Valery." Niemand sonst kam so spät in der Nacht noch hierher.

Sie blieben nebeneinander in der Dunkelheit stehen und sahen zu, wie Valery ihren Honda auf den Parkplatz lenkte. Beim Aussteigen fiel ihr der Schlüsselbund hinunter, und als sie ihn aufhob, fiel sie selbst fast hinterher. Dann wankte und torkelte sie in Richtung Hauseingang. Julia wurde das Herz schwer.

„Ach Val", flüsterte sie unwillkürlich.

Valery stolperte, und Eli machte Anstalten hinzurennen, als wolle er sie notfalls auffangen. Aber Julia streckte die Hand aus und hielt ihn zurück. „Ich kümmer mich schon um sie." Wäre ja nicht das erste Mal.

Valery ging auf dem Rasen in die Knie. Sogar aus der Entfernung konnte Julia sie jammern und herumstammeln hören. Ihre Schwester konnte ganz schön weinerlich sein, wenn sie was intus hatte.

Julia ließ Eli stehen und eilte zu Valery. Es war zum Verzweifeln, dass sie schon wieder so viel getrunken hatte. Und dann war sie auch noch Auto gefahren. Herrgott, was war bloß los mit ihr?

Als Julia bei Valery angekommen war, versuchte sie ihre Schwester am Ellenbogen hochzuziehen. Doch die rührte sich nicht vom Fleck.

„Lass m…ich … allein." Sie weinte jetzt etwas leiser.

„Na los, Honey. Komm mit ins Haus."

„Du … b…bist … die … allerb…beste … Schwester … der … W…elt."

„Ja, das bin ich. Und jetzt steh auf, bevor du noch deinen brandneuen Fünfzig-Dollar-Rock einsaust."

Valery versuchte es, doch ihre Beine klappten unter ihr zusammen und sie fiel wieder hin. Da ging das Geheule von vorne los. „Ich … ich … bin … zu nichts nutze. Zu gar nichts."

Eli war leise wie ein Dieb herangekommen und fing auf einmal direkt neben Julia an zu sprechen. „Da müssen wir zu zweit ran. Lass mich helfen. Ich bin auch nicht gerade eine Jungfrau, was so was angeht."

Ganz ehrlich, sie war heilfroh über sein Angebot. Dermaßen alkoholisiert hatte sie Valery schon lange nicht mehr erlebt. „Vielen Dank. Dass es so schlimm ist, kommt wirklich nur ganz selten vor", versuchte sie die Ehre ihrer schönen Schwester noch zu retten.

„Du gehst vor und hältst die Türen auf. Ich hab sie." Und noch bevor Julia recht begriff, hatte er Valery schon mit Leichtigkeit hochgehoben und trug sie jetzt ritterlich die Verandatreppe hinauf. Einer der türkisfarbenen Stöckelschuhe baumelte ihr vom Fuß.

Julia lief schnell voraus, öffnete Türen, machte Lichter an und schloss das Zimmer ihrer Schwester mit dem Generalschlüssel auf, während jene in Elis Armen weiterbrabbelte. Dass sie ein Nichtsnutz war, irgendwas über Jed und jede Menge anderen unverständlichen Kram. Ihr Gesicht hatte sie an seine Schulter gepresst.

„Mmm. Du … du … r…riechst gut."

Elis Kiefer verkrampften sich kurz, er legte Valery ganz sanft aufs Bett und versuchte den Rückzug anzutreten. Doch die Betrunkene klammerte sich an ihn wie eine Ertrinkende. „So schön. G...geh nich weg ... mein Süßer."

Als sich Eli schließlich mühsam aus Valerys Armen befreit hatte, trat er ein paar Schritte zurück. Julia war ganz rot geworden, so sehr schämte sie sich für ihre Schwester. Sie zog Valery die Schuhe aus und ließ sie polternd zu Boden fallen. Der Rest konnte so bleiben.

Nachdem sie die Strampelnde in voller Montur noch schnell zugedeckt hatte, machte sie das Licht aus und verließ gemeinsam mit Eli das Zimmer.

„Morgen früh wird sie sich dafür hassen", murmelte sie leise.

„Im besten Fall weiß sie es dann gar nicht mehr."

„Sie ist kein schlechter Mensch, Eli. Denk bitte nicht ..."

Er legte die Hand auf den fusseligen Ärmel ihres Bademantels. „Schon gut."

Sie standen im Halbdunkel nur Zentimeter voneinander entfernt, und Julia verspürte eine tiefe Dankbarkeit, dass er so gelassen, gekonnt und vorurteilsfrei mit der unerfreulichen Situation umging. Sie legte die Fingerspitzen auf seine Brust und erschrak vor einem blitzartig überspringenden Drang. Dem Drang, wieder jemandem nahe zu sein, gehalten zu werden, umsorgt zu werden. War es das, was sich Valery von der selbstzerstörerischen Beziehung mit Jed versprach?

Eindringlich blickte Eli sie an. In diesen grünen Augen sah Julia kurz etwas aufglimmen, doch sein Blinzeln erstickte die Glut. „Ich sollte nach Alex sehen."

„Ja." Energisch trat sie einen Schritt zurück.

Er zögerte. „Was hast du?"

„Sorgen wegen Valery, Eli. Ich liebe meine Schwester."

„Ist heute nicht das erste Mal." Das war keine Frage.

„Nein. Aber es ist schlimmer geworden, seit sie mit Jed ausgeht. Das ist alles seine Schuld."

„Nein, ist es nicht."

Die Entgegnung versetzte ihr einen Schlag, aber auch wenn sie noch so sehr jemand anderem die Schuld geben wollte, Eli hatte recht. Jed übte zwar einen schlechten Einfluss aus, doch das Problem lag immer noch bei Valery. Niemand zwang sie dazu, bei Jeds Feiern bis zum Umfallen mitzumachen.

„Du kannst nichts daran ändern." In seiner Stimme schwang eine traurige Gewissheit, die Julia nicht einordnen konnte.

„Ich weiß. Aber ich wünschte, ich könnte es." Sie blickte zu der geschlossenen Tür und dann wieder zu ihm. „Danke, Eli."

Er nickte. „Gute Nacht, Julia."

„Gute Nacht."

Als sie sich umdrehte und die paar Schritte zu ihrem Wohnbereich am Ende des Flurs hinunterging, war ihr, als hörte sie ganz leises Klavierspiel.

18. KAPITEL

Peach Orchard Farm
1864

Musik drang an Wills Ohren, als er die Veranda hinaufstieg und die Vordertür öffnete. Mozart vielleicht. Auf jeden Fall hatte er das Stück schon einmal gehört. Die Melodie plätscherte wie ein munteres Bächlein wohltuend dahin und erinnerte ihn an glücklichere Zeiten. Diese einfältige junge Frau, Patience Portland, spendete reichlich Trost mit ihrem Klavierspiel. Patience, Schwester des strengen Hausherrn Edgar Portland. Will konnte sich noch immer nicht dazu überwinden, diesen Mann zu mögen oder ihn auch nur zu respektieren. Erst recht nicht, nachdem er ihn mehr als nur einmal Charlotte hatte beschimpfen hören. Doch die Frauen von der Peach Orchard Farm waren eine ganz andere Angelegenheit.

Private Barney Timmons, der so dünn war wie eine Peitschenschnur und dem ein langer Bart bis auf die Brust hing, humpelte auf eine provisorische Krücke gestützt an Wills Seite. „Ihr Klavierspiel ist ein Traum, finden Sie nicht auch, Captain?"

„In der Tat."

„Und eine Hübsche ist sie, ganz reizend."

Patience, mit ihrem feinen Haar und ihrer so natürlichen Art, erweckte einige Aufmerksamkeit. „Lassen Sie die Frauen in Ruhe, Private."

„Ach je, ich tu ja nichts, Captain. Ist einfach schön, mal wieder eine Lady um sich zu haben. Lässt einen für 'ne Weile den Krieg vergessen."

Das konnte Will nicht leugnen. Allerdings würden die Frauen wohl auch das größte Problem beim weiteren Verweilen auf der Peach Orchard Farm darstellen. Sie waren jede auf ihre Art so hübsch, dass sich sämtliche Köpfe nach ihnen umdrehten. Seine Männer waren einsam, und wären die meisten nicht immer noch verwundet und krank, hätte es wohl schon einige Scherereien gegeben. Zurzeit waren sie noch zu schwach, um viel mehr zu tun, als die Frauen zu bewundern und über sie zu reden. Von den paar Gesunden hatte er fast alle wieder an die Front geschickt und nur jene dabehalten, die noch für die Versorgung der Kranken gebraucht wurden.

Schwach. Krank. Die verheerenden Wunden hatten bei seinen Männern hohen Tribut gefordert. Wie sollte die Union ohne gesunde Soldaten je den Krieg gewinnen? Für weitere Befehle hatte er einen Boten zu General Rosecrans gesandt, doch eine Antwort zu erhalten, würde Tage dauern. Bis dahin konnte er nicht viel anderes tun, als die Position zu halten. Bald würden er und die anderen kampffähigen Männer jedoch wieder an die Front vorrücken.

Will war hin- und hergerissen zwischen dem verzweifelten Wunsch, seine Pflicht gegenüber den Vereinigten Staaten zu erfüllen, und der Sehnsucht, mehr Zeit mit der zumindest für ihn gefährlichsten Versuchung hier auf der Peach Orchard Farm zu verbringen.

Seit ihrem Spaziergang im Wald hatte er viele Male an Charlottes klugen Rat gedacht, durch den in ihm neuer Mut gewachsen war. Der Krieg hatte ihn zuvor schon aller Hoffnung beraubt. Doch Charlottes ruhige Kraft und ihr Glaube an das Gute hatten sie ihm zurückgegeben. Ja, es gab noch Gutes auf der Welt und es begegnete ihm jeden Tag hier auf der Peach Orchard Farm.

Obwohl sorgsam darauf bedacht, eine respektvolle Distanz einzuhalten, war Will doch ebenso verzaubert von Charlotte Portland wie Barney von Patience und ihrem Klavierspiel.

Er ließ jenen bei seinem vergnügten Mozart zurück und ging durch den Salon ins Esszimmer, wo zahlreiche Krankenlager die ganze Länge des Raums einnahmen. Der stechende Geruch nach zu vielen schlecht gewaschenen Männern und zu vielen offenen Wunden bohrte sich in seine Nase wie Kanonenqualm. Fliegen summten träge in der stehenden Hitze. Wurde es denn niemals kühler hier im Süden von Tennessee?

Fetzen von Gesprächen über Zuhause und Essen und Schmerzen flogen durchs Zimmer. Der rauschbärtige Sergeant Paxton gab in einer Ecke lustige Gedichte zum Besten, andere lasen sich gegenseitig aus ihren mitgebrachten Bibeln vor.

„Captain!“, rief man dem Vorbeigehenden von überallher zu, und er blieb immer wieder stehen, um Mut zuzusprechen oder sich mit diesem oder jenem über einen frisch eingetroffenen Brief zu freuen.

Schließlich kam er bei Charlotte an, die neben Private Johnny Atkins kniete und gerade einen Löffel mit Suppe an die aufgesprungenen Lippen des Fiebernden führte, der sich im Gefecht die Hände verbrannt hatte und dem zudem noch die Augen verbunden waren, denn ein Minié-Geschoss hatte nur um Haaresbreite seinen Schädel verfehlt. Er hatte Glück gehabt, wenn der Verlust des Augenlichts mit achtzehn Jahren so genannt werden konnte.

„Charlotte.“ Will trat hinter sie. Einen herrlichen Moment lang versank er in die Betrachtung ihrer ruhigen Hände, ihres hochgesteckten glänzenden Haars und ihres elegant nach vorne geneigten Nackens.

Dann drehte Charlotte sich zu ihm um und ihr kurzes, aber strahlendes Lächeln erfüllte ihn durch und durch mit Licht und Wärme. „Will.“

„Ist da der Captain, Ma’am?“, fragte Private Atkins und drehte suchend den Kopf nach rechts und links.

„Ja, Private. Captain Gadsen ist hier, um nach Ihnen zu sehen.“

„Guten Morgen, Johnny." Will zeigte auf die Suppe. „Darf ich übernehmen?"

„Natürlich." Charlotte rückte zur Seite und überreichte ihm Teller und Löffel. „Private Atkins hat mir gerade von seiner süßen Betsy zu Hause in Ohio erzählt."

Will nahm ihren Platz auf dem Holzboden ein und beugte sich über seinen Soldaten. „Wenn es nach Johnny geht, ist Betsy das hübscheste Mädchen in ganz Ohio."

„Das ist sie auch, Captain", beharrte Johnny. „Alle wollten Betsy, aber aus irgendeinem Grund hat sie mich ausgewählt."

„Weil sie ein kluges Mädchen ist, das sich glücklich schätzen kann", sagte Charlotte lächelnd.

Mit schwerem Herzen flößte Will dem jungen Soldaten ein paar weitere Löffel Suppe ein. Wer konnte schon wissen, wie Betsy reagieren würde, wenn sie von dem verunstalteten Gesicht und der Blindheit ihres Traumprinzen erfuhr? Der Krieg war für Johnny nun vorüber, aber der Kampf seines Lebens ging gerade erst los.

„Wollte die anwesende Lady natürlich nicht abwerten", sagte Johnny. „Ich wette, Miss Charlotte ist auch mächtig hübsch. Hab ich recht, Captain?"

Will blickte zu Charlotte, der eine leichte Röte die Wangenknochen hochstieg.

„Die Wette würden Sie gewinnen, Johnny", antwortete er leise und bemüht leichthin. Charlotte Portland war mehr als hübsch. „Einen Löffel noch, Private."

Der Soldat sperrte wie ein bedauernswertes Vogelküken den Mund auf, sodass Will den letzten Rest der nahrhaften Suppe hineinlöffeln konnte.

Unbeholfen wischte sich Johnny mit der Rückseite seiner verbundenen Hand den schiefen Mund ab. „Danke, Sir. Also wirklich, die Köchinnen hier verstehen ihr Handwerk."

„Das Kompliment gebe ich gerne weiter." Charlotte nahm Will den Teller aus der Hand. „Ruhen Sie sich nun aus."

Sie ließen den Verletzten auf seinem Lager zurück, und Charlotte ging Will voran in die große Küche, wo sie den Teller zu dem anderen dreckigen Geschirr stellte. Ihn erfasste eine tiefe Demut angesichts der ungeheuren Masse an Arbeit, welche die Sklaven und die weiblichen Mitglieder der Portland-Familie hier für die Unionsarmee verrichteten. Einige, darunter Josie, machten keinen Hehl aus ihrer Abneigung oder vielmehr ihrem abgrundtiefen Hass gegenüber den Yankees und Will ginge es an ihrer Stelle sicher genauso.

Die Küche war von zahlreichen Gerüchen und emsiger Geschäftigkeit erfüllt. Eine Sklavin schrubbte das Geschirr, eine andere knetete mit ihren langen Fingern blassbraunen Teig, und von draußen kam mit einem großen Bündel Feuerholz in den Armen der gedrungene Schwarze, Pierce, um den hungrigen Ofen zu füttern.

Lautes Gerumpel an der Hintertür ließ Will aufhorchen und gleich darauf stürmten Ben und Tandy herbei. Diese beiden waren die reinen Energiebündel, und obwohl ihre Hautfarben sich unterschieden wie Sonne und Mond, standen sie einander so nahe wie Brüder. In ihrer ausgelassenen Art und mit ihrer jungenhaften Neugierde erinnerten sie Will an seine eigene Kindheit in Ohio.

„Genau euch beide habe ich gesucht", sagte er.

„Captain, Sir!" Benjamins kleine, kräftige Schultern schnellten nach hinten, als er herzerwärmend beflissen salutierte, und die abstehende Strähne auf seinem Kopf erzitterte von der Bewegung wie eine Feder auf der hellen Haarkappe.

Der schmalere und größere Tandy tat es ihm nach. „Melden uns zu Befehl, Captain."

Will salutierte ebenfalls, wobei ihm klar war, dass Charlotte und die Sklaven ihn dabei beobachteten. Erstere mit sanftmütiger Erheiterung, die Letzteren mit argwöhnisch ausgetauschten Blicken. „Rühren, Männer."

„Captain Will, wir haben eine Schlange gefunden. Eine Kobra."

„Eine Kobra?" Er drückte die Lippen aufeinander, um nur ja nicht zu schmunzeln.

„Benjamin", sagte Charlotte, „in Tennessee gibt es keine Kobras."

„Das war aber eine, Mama. Wie in meinem Buch über die Pharaos. Eine Kobra, so." Mit erhobenem Arm und gespreizten Fingern machte er eine angriffslustige Schlange nach und fuhr mit kindlicher Beharrlichkeit fort: „Sie hat so ganz böse den Kopf aufgestellt und wollte uns beißen."

„Aber ich habe sie totgemacht, Sir", verkündete Tandy und streckte die schmale Brust vor. „Ich habe Ben vor dem Verderben gerettet."

Mit wehender weißer Schürze schnellte Lizzy um den Küchentisch herum zu ihnen. „Schlangen sind ein böses Omen. Da bleibst du gefälligst von weg."

„Och Mama."

Sie packte ihren Sohn bei den Schultern. „Ich mein's ernst, Tandy. Wenn du dich noch mal mit Schlangen abgibst, passiert was ganz Schlimmes."

Er ließ den Kopf hängen. „Ich hab sie wirklich gut totgemacht, Mama."

„Also schön. Du hast sie getötet. Das ist schon richtig. Hast du gut gemacht." Sie drückte den Jungen an ihre beschürzte Brust und klopfte ihm auf den Rücken. „Nichts wird passieren. Bist ein guter Junge. Ist schon gut. Deine Mama hat mehr Arbeit als Verstand."

Will konnte sehen, wie sehr sie der Vorfall aufgewühlt haben musste, denn ihre Hände zitterten noch immer, aber er konnte ihren Aberglauben beim besten Willen nicht nachvollziehen.

Tandy wand sich aus der Umklammerung der Mutter und guckte zu Ben. Die Begeisterung von gerade war zerstört, stattdessen standen jetzt beide Jungs ganz niedergeschlagen da.

„Ich hätte vielleicht was für euch“, sagte Will und freute sich, dass Interesse in den traurigen Gesichtern aufleuchtete. Er griff in die Innentasche seiner Uniformjacke und holte den mit einer Kordel verschlossenen kleinen Lederbeutel heraus, den er jetzt schon seit drei Jahren immer bei sich trug. „Ich hab euch doch erzählt, dass meine Familie Murmeln herstellt. Wisst ihr noch?“

Zwei Köpfe nickten unisono, und Charlotte, die sich gerade leise mit Lizzy unterhielt, blickte auf.

„Spielt ihr zwei denn gerne Murmeln?“

„Wissen nicht, wie’s geht“, sagte Ben.

„Wollt ihr es lernen?“

Beide tauschten rasche Blicke aus, die kindliche Begeisterung war wieder da.

„Wisst ihr was, kommt mit raus. Dann zeig ich’s euch.“

„Ehrlich? Zeigst du uns ganz ehrlich, wie das geht, Captain?“ Bens Feuereifer rührte ihn. Spielte Edgar Portland denn nie mit seinem Kind?

Überrascht, dass auch Charlotte ihm folgte, überquerte Will die hintere Veranda und ging die Treppe hinunter. Zwei beinamputierte Soldaten hatten ihre Krücken gegen den Stamm einer immergrünen Eiche gelehnt und sich zum Kartenspielen hingesetzt. Ansonsten war die ausgedörrte Grasfläche menschenleer. Allerdings hörte man von der vorderen Veranda her Gespräche und jemand lachte. Standifer, dachte Will. Der grobe Kerl hatte ein unerschöpfliches Repertoire an dreckigen Witzen. Aus Richtung der Sklavenquartiere kam zusammen mit dem Geruch nach Maisbrot ein volltönender Gesang herübergeweht: „There is a balm in Gilead to make the wounded whole …“

Will wünschte, das Lied wäre wahr und die Verletzten könnten tatsächlich geheilt werden, doch er hatte schon zu viele wie Johnny gesehen, für die es keine Heilung geben würde.

Unten vor der Veranda ging er auf Zehenspitzen in die Hocke und stellte erheitert fest, dass die beiden Jungs genau das Gleiche taten. Er machte den mittlerweile ziemlich abgewetzten Lederbeutel auf. „Die Murmeln hier hatte ich schon als kleiner Junge."

„Hast du sie selber gemacht, in deiner Fabrik?"

„Mein Großvater hat sie da gemacht." Im Laufe der Jahre hatte Will natürlich immer wieder etliche Murmeln bekommen, aber diese hielt er besonders in Ehren, denn sie waren ihm von Großvater Gadsen geschenkt worden, der sich nur kurze Zeit später zur ewigen Ruhe gelegt hatte. Will schüttelte den Inhalt des Beutels in seine hohle Hand und ließ die vom Großvater gefertigten Tonkügelchen gegeneinanderklimpern.

„Spielst du immer noch damit?", fragte Ben in seiner lieben Art. Das Kind mit den blauen Augen kam nicht nur vom Aussehen, sondern auch vom Verhalten her viel mehr nach Charlotte als nach dem Vater, und Will wurde langsam auch klar, warum das so war. Anscheinend wusste Edgar Portland sein Glück auch in dieser Hinsicht nicht zu schätzen.

„Sie gehören jetzt dir." Obwohl Will noch immer sehr an diesen einfachen Andenken aus Ton hing, die ihn an seine Heimat erinnerten, an seine Familie und ihr gemeinsames Unternehmen, das er eines Tages übernehmen würde, sollte er diesen endlosen Krieg überleben, so schien es ihm doch das Richtige, sie an Ben weiterzugeben. Wenn er auch Charlotte nichts zu geben hatte, so konnte er immerhin ihrem Sohn dieses Geschenk machen.

In den Nächten vor einem Kampf, wenn die Soldaten launisch und nervös waren, boten die alten Kinderspiele ihnen manchmal die dringend benötigte Ablenkung und erinnerten sie daran, wofür sie überhaupt kämpften. Nämlich dafür, dass unschuldige Kinder weiterhin unbehelligt Murmeln schnipsen konnten. Sie kämpften dafür, dass alle Kinder dieser großen Nation, schwarze wie weiße, in Frieden und Freiheit leben konnten. Murmeln beruhigten die aufgewühlte Seele wie jener Balsam aus Gilead, über den noch immer gesungen wurde.

Will nahm einen Stock, malte einen Kreis auf den Boden und erklärte die einfachen Spielregeln. Ben und Tandy begriffen wie erwartet schnell und spielten los. Charlottes braunes Kleid streifte leise raschelnd die Seite ihres Sohnes, der sich gerade mit der Zunge zwischen den Zähnen auf den nächsten Spielzug konzentrierte.

Will fühlte Charlottes Nähe, aus dem Augenwinkel konnte er ihre feinen, geknöpften Stiefel sehen. Als die Jungs so weit waren, dass sie allein weiterspielen konnten, stand er auf und stellte sich neben sie.

„Sind Sie sicher, dass Sie sich von Ihrem Andenken trennen wollen?“ Charlottes blaue Augen sahen direkt in Wills und sein Atem setzte kurz aus.

Für Sie und Ihren Sohn, ja. Ihre Freude war das Opfer wert. „Durch den Krieg wird Ihnen schon genug vorenthalten.“

Ein kurzes Nicken brachte ihre Zustimmung zum Ausdruck. „Ich danke Ihnen.“

„Wenn ich weg bin, werden die beiden hoffentlich eine angenehme Erinnerung von mir behalten und nicht so sehr an die … Schwierigkeiten denken.“ Er wollte nicht eines Tages von ihnen gehasst werden, wenn sie älter waren und ihnen rückblickend klar würde, was die Union ihrem Zuhause angetan hatte.

„Gehen Sie denn bald weg?“ Die Worte wurden in mildem Tonfall gesprochen, doch ihre Züge waren angespannt und ihr Mund ein schmaler Strich.

„Der Bote wird einen neuen Marschbefehl mitbringen. Ich denke, es wird jetzt jeden Tag so weit sein."

„Ich verstehe." Sie stützte die Hände auf eine Art und Weise in die Hüften, die er zu lesen gelernt hatte. Wenn ihre elegante Ruhe am größten zu sein schien, war sie in Wahrheit am heftigsten aufgebracht und jetzt gerade lagen ihre Hände ganz besonders ruhig da.

„Du wirst mir fehlen", sagte er.

Sie wandte erschrocken den Kopf, erst zur leeren Veranda und dann zum Garten. Er hatte sich schon abgesichert. Außer den beiden ins Spiel vertieften Jungs war niemand da, der mithören konnte.

„So etwas darfst du nicht sagen."

Sie hatte recht. Das durfte er nicht. Er sah zu Boden. „Dann bitte ich um Entschuldigung."

„Oh Will", brachte sie hervor, und ihr Seufzen enthielt all das, was keiner von ihnen aussprechen konnte.

19. KAPITEL

Honey Ridge
Heute

Die alte Schrottkarre war am Ende.

Eli hatte noch einmal die Anschlüsse der Batterie gereinigt, aber der Motor wollte einfach nicht anspringen. Also fuhr er jetzt mit Julias gepflegtem, schnurrendem SUV in den Baumarkt und hatte sich auch die Erlaubnis eingeholt, am Krankenhaus und an der Schule vorbeizufahren. Es war ein komisches Gefühl, in ihrem Auto zu sitzen. Die karamellfarbenen Lederbezüge hatten ihren subtil würzigen, eleganten Duft angenommen, der ihn an Smoking-Galas und warme Südstaatennächte denken ließ.

Es war schwer aus dem Kopf zu bekommen, wie sie gestern Nacht barfuß und mit zerwühltem Haar vor ihm gestanden hatte. Und ihre Stimme war noch ganz schlaftrunken gewesen, sehr sexy.

Würde ihn bitte mal irgendjemand erschießen?

Heute Morgen hatte er seinen Blick nur mit Mühe von Julia weg und hin auf sein Frühstück lenken können. Der über Apfelbaumholz geräucherte Speck mit French toast und die frischen Erdbeeren mit Sahne hätten eigentlich jedermanns Aufmerksamkeit voll und ganz auf sich ziehen müssen. Julia verbrachte anscheinend nicht mal viel Zeit vorm Spiegel, um so vermaledeit verführerisch auszusehen. Sie war ganz einfach so. Eine Klassefrau. Beide waren sie wie üblich früh aufgestanden, hatten mit einer Tasse ihres großartigen Kaffees in Händen einander gegenübergesessen und sich leise über Valery unterhalten, über Alex, der nicht zur Schule gehen wollte, und darüber, was er ihr aus der Stadt mitbringen sollte.

Valery hatte sich heute Morgen noch nicht blicken lassen.

Julias Schwester machte ihm Sorgen. Allerdings ging sie ihn ebenso wenig etwas an wie Julia selbst, und er war um einiges besser bedient, wenn er um beide Frauen einen großen Bogen machte. Verstrickungen persönlicher Natur würden viel mehr durcheinanderbringen als nur seine Gefühle. Verstrickungen. Davon hatte er jetzt schon genug. Ohne sein Auto konnte er das allwöchentliche Treffen mit seinem Bewährungshelfer nicht einhalten. Eli betete, dass Pete Clifford nicht einfiel, nach Honey Ridge zu fahren und ihm alles zu ruinieren. Ein Anruf würde genügen müssen – den machte er am besten heute noch und nicht vom Haus aus, sondern von irgendwoher in der Stadt.

Hinter dem nächsten Hügel kamen die ersten Häuser von Honey Ridge in Sicht. Der hübsche Ort schmiegte sich in ein kleines Tal unterhalb einer langgezogenen Bergkette. An diesem Werktagvormittag waren die Straßen der Kleinstadt recht belebt, verhältnismäßig gesprochen. Langsam rollte Eli an dem Park vorbei, wo er den Polizisten getroffen hatte und wo er später mit Alex zum Spielen hingegangen war. Dieser Versuch, seinem Sohn eine Freude zu machen, war allerdings eher gefloppt, so wie die meisten anderen Versuche auch. Immerhin auf dem Karussell, von Eli angeschoben, hatte Alex gelacht und damit das erste Mal überhaupt so etwas wie Vergnügen gezeigt. Das fröhliche Geräusch klang noch immer in Elis Erinnerung nach und gab ihm Hoffnung.

Genau das war das Problem mit so einem wie ihm. Er hoffte einfach immer weiter. Und dieses Gefühl umschmeichelte ihn, nur um ihn im nächsten Moment wieder von sich zu stoßen, hielt ihn hin wie eine grausame Geliebte.

Vor *Ace Hardware and Lumber Company*, dem Baumarkt ganz am westlichen Ende der Stadt, stellte er den SUV ab und stieg aus. Dicke graue Wolken kündigten ein Gewitter an und brachten einen heftigen Wind mit sich, der den Staub und den

Müll auf dem Parkplatz vor sich hertrieb. Eli war egal, ob er nass wurde. Er machte sich nur Sorgen, dass der Wind womöglich Schaden an den Pfirsichbäumen anrichten könnte. Dieser Obstgarten wuchs ihm immer mehr ans Herz, und er wünschte sich eine reiche Ernte für Julia, damit sich ihr Vertrauen in ihn für sie auszahlte. Sie ahnte ja nicht, wie viel Bestätigung diese Arbeit ihm verschaffte. Fast fühlte er sich wieder wie ein vollständiger Mensch.

Die riesige Baumarkthalle, ein umgebauter Walmart, war vom Geruch nach frisch gesägtem Holz und Schmierfett und vom leisen Summen entspannter Geschäftigkeit erfüllt. Eine Frau in rotem Arbeitskittel beriet einen Kunden in der Farbenabteilung, während ihre Kollegin einen mit allerlei Krimskrams beladenen Einkaufswagen Richtung Eingang schob. Zwei andere Mitarbeiter rollten eine Sackkarre voller Fertigmöbel durch den Gang, gefolgt von einer korpulenten Dame mit riesiger schwarzer Handtasche.

Obwohl Eli bei Weitem nicht zum ersten Mal hier war, nahm er jeden Einzelnen von ihnen in Augenschein und achtete auf eventuelle misstrauische Blicke. Doch auch heute wurde er von Honey Ridges Einwohnern entweder freundlich wahrgenommen oder höflich ignoriert. Er bevorzugte Letzteres.

Aufgrund des recht hohen Bekanntheitsgrads seiner Eltern hatte Elis Gesicht sämtliche Zeitungen Tennessees geziert. Doch das war Jahre her. Längst hatten andere Skandale die pikante Nachricht von dem inhaftierten Reicheleutesöhnchen verdrängt. Die Leute vergaßen schnell, Gott sei Dank.

Er hielt vor dem Regal mit den Türscharnieren an und durchforstete das Angebot nach etwas Günstigem, das trotzdem als antik durchgehen könnte.

„Hab ich Sie doch richtig erkannt.“ Eli erstarrte bei den Worten und drehte langsam den Kopf, um sich Trey Riley gegenüberzusehen, dem Polizisten. „Eli, stimmt's?“

„Stimmt."

Voller Entgegenkommen streckte ihm der Mann in der geschniegelten blauen Uniform die Hand hin. In der anderen hielt er einen in Plastik eingeschweißten Rauchmelder. „Ist ja schön, Sie mal wiederzutreffen. Wie geht's denn so voran, drüben bei Julia?"

Eli schüttelte die hingestreckte Hand. „Es wird."

„Schon 'ne Kriegsverletzung davongetragen?" Trey wies auf den Verband an Elis Arm.

„Ach, bloß ein bisschen geschnitten. Ist schon fast wieder weg." Die Augenblicke mit Julia jedoch, ihre Berührungen, die waren noch da. Er hatte bis dahin schon gar nicht mehr gewusst, wie sich Zärtlichkeit anfühlte. „Ist wahrscheinlich nur die erste Verletzung von vielen."

„Dieses Anwesen könnte einen bestimmt ewig beschäftigen."

Genau das hoffte Eli. „Ich muss Ihnen wirklich danken für die Idee."

„Freut mich für Sie, dass es geklappt hat. Julia ist einfach großartig." Trey lachte kurz auf. „Ich hab mal für sie geschwärmt, als ich so dreizehn war."

Eli lächelte schief. „Ach ja?"

Das konnte man dem Guten nicht verübeln. Ob er wohl immer noch an Elis neuer Arbeitgeberin interessiert war?

„Japp. Wobei ihr wohl kaum bewusst war, dass der rotznäsige Bruder ihrer besten Freundin sie heiß fand. Julia ist eine tolle Frau und ihr Ex ganz klar ein Riesentrottel." Er legte den Zeigefinger an seinen zum Grinsen verzogenen Mund. „Erzählen Sie bloß nicht, dass ich das gesagt habe. Ab und zu muss ich vor Gericht mit diesem Typen zusammenarbeiten."

Eli fing an, den Polizisten zu mögen. „Ich kann Ihnen da aber nur zustimmen."

„Als ich Julias SUV auf dem Parkplatz gesehen habe, dachte ich, sie wäre hier drin, und da wollte ich ihr ein paar Neuigkeiten erzählen. Aber ich schätze mal, Sie sind mit ihrem Auto gefahren, wie?“

Eli fühlte sich so schuldig, als hätte er das Auto geklaut, und nahm schnell irgendein Scharnier aus dem Regal. „Meins hat den Geist aufgegeben.“

„Rufen Sie einfach bei Timmons Werkstatt an. Billy kennt sich super aus. Bin mir sicher, dass er das ganz schnell wieder flottbekommt.“

„Später vielleicht. Zurzeit bin ich etwas knapp bei Kasse.“

„Blöde Sache. Na gut, wissen Sie was? Die nächsten paar Tage hab ich frei. Bin zwar kein Mechaniker, schraube aber hin und wieder ein bisschen rum. Vielleicht könnten wir zwei mal ein bisschen auf YouTube recherchieren und dann schauen, ob wir das nicht auch so hinkriegen.“

Eli blinzelte den Polizeibeamten völlig verdattert an. „So etwas könnte ich niemals von Ihnen verlangen.“

„Haben Sie ja auch nicht.“ Trey klopfte sich mit der flachen Hand auf die Brust. „Ich hab ’ne Mordslust auf ein Glas von Julias Tee und ein bisschen Fachsimpelei unter Männern. Meinen Sie, das könnten Sie für mich arrangieren?“

Licht und Wärme durchströmten Eli, noch schwach wie eine Kerzenflamme, aber definitiv spürbar. Früher war er immer mit einem ganzen Rudel von Leuten durch die Gegend gezogen, die er bescheuerterweise für seine Freunde gehalten hatte. Doch die letzten sieben Jahre war er aus Selbstschutz für sich geblieben, und ein Teil von ihm glaubte immer noch, dass es so am besten war. Freunde konnten einen bloß wieder auf die schiefe Bahn bringen. Ein Nachmittag mit ’nem Schrauberkumpel, an dem sie den Dodge vielleicht tatsächlich wieder zum Laufen bekommen würden, war für den Eli von heute so verführerisch wie für den Eli von früher eine schöne Prise Koks.

Aber Trey war Polizist.

Das Angebot abzulehnen, könnte jedoch verdächtig wirken.

Die Entscheidung kostete ihn nur wenige Sekunden. Wie sollte er in der Gesellschaft eines Polizisten schon in Schwierigkeiten geraten? „Das wäre großartig."

„Sehr gut. Dann komme ich morgen Nachmittag vorbei, und wir sehen, was wir zusammen hinbekommen." Als stünde da irgendetwas Spannendes, drehte Trey die Packung vom Rauchmelder um. „Tut mir leid, was Miss Kimble passiert ist. Meine Mutter hat mir von ihrer Krankheit erzählt. Und dass sie eine Verwandte von Ihnen ist."

Eli berichtigte ihn nicht. „Ich fahre gleich noch zu ihr."

„Richten Sie die besten Wünsche von mir aus." Der freundliche Polizist tippte grüßend an seine Mütze und schlenderte den Gang hinunter davon.

Eli wartete noch volle drei Minuten ab, bevor er sich für eine Sorte Scharniere entschied und zur Kasse ging. Sollte er jetzt helle Begeisterung empfinden, dass er sich so schnell in das Kleinstadtleben integrierte, oder sollte er besser Angst um seine Tarnung haben?

Opal war wach, als Eli die Tür zu Krankenhauszimmer 37 öffnete. Auf einem makellos weißen Kissen drehte sie ihr Gesicht hinter der Sauerstoffmaske langsam in seine Richtung und in ihren glasigen Augen leuchtete Erkennen auf.

„Opal. Wie fühlen Sie sich?" Er kam sich lächerlich und blöde vor, weil er eine so dumme Frage stellte und zudem noch mit leeren Händen gekommen war. Er hätte Blumen kaufen sollen.

„Stinkwütend." Wegen Opals halbseitiger Lähmung hing ihr Mund schief herunter und sie konnte nur mühsam sprechen. Das Wort kam daher undeutlich heraus, aber Eli verstand es.

In einer Mischung aus Mitleid und Erheiterung angesichts ihres Kampfgeists verzog er den Mund zu einem kleinen Lächeln. „Kann ich irgendetwas für Sie tun?“

Erschöpft senkte sie die Lider, wobei das eine auf halber Strecke hängen blieb, und zu Elis großem Schrecken rollte ihr eine Träne aus dem Augenwinkel. „Alex?“

Sie wollte natürlich wissen, wie es Alex ging.

Wie sollte er ihr ehrlich darauf antworten, ohne sie zu sehr aufzuregen?

„Er muss sich noch eingewöhnen. Er vermisst Sie.“ Und seine Mutter. Alex redete von Mindy, als hätte sie ihn nur kurz bei Eli abgesetzt und würde jeden Moment zurückkommen.

„Mein Haus.“ Das S kam Opal nur zischend und seltsam verfremdet über die Lippen.

„Was ist mit Ihrem Haus? Brauchen Sie etwas von da? Ich hole es für Sie.“

Aufgeregt gestikulierte sie mit den Augen zum Nachttisch. Ihre Hilflosigkeit zerrte an Elis Mitgefühl. „Anrufen.“

Eli versuchte zwischen den Zeilen zu lesen, suchte den Nachttisch ab und fand eine Visitenkarte mit einer Notiz auf der Rückseite. Von einer Sozialarbeiterin. „Meryl Vargas?“

„Ja.“

„Okay.“

„Jetzt.“

Im Zimmer stand ein Telefon, er selbst hatte keines und wollte Opal nicht noch mehr aufregen, also wählte er die Nummer.

Nach einem zehnminütigen Gespräch mit der Altenpflege-Sozialarbeiterin verstand er Opals Anliegen. Sie würde in ein paar Tagen dauerhaft in ein Pflegeheim eingeliefert und ihr Haus, das nur gemietet war, musste geräumt werden.

Mit schwerem Herzen legte er auf. Opals gesundes Auge fixierte ihn mit einem langen, feucht glänzenden Blick. Ihr

Ausdruck war fragend. Seit ihrer ersten Begegnung hatte sie ihn aus gutem Grund nicht leiden können, doch alles, was er jetzt sah, war eine gutherzige Frau, die seinem Sohn ihre Liebe geschenkt hatte, während es ihm selbst nicht möglich gewesen war.

Er widerstand dem Drang, seine Hand auf ihre zu legen. Sie war ja nicht gerade der kuschelige Typ. Stattdessen sagte er: „Ich werde mich um alles kümmern, Opal. Sie bekommen alles, was Sie brauchen."

Er hatte keine Ahnung, wie er in seiner Lage dieses Versprechen halten sollte, aber ihm würde schon irgendetwas einfallen.

„Nicht viel", sagte sie und kämpfte um eine verständliche Aussprache. „Alles verkaufen. Für Alex."

Eli bekam einen dicken Kloß im Hals. Sie besaß kaum etwas, das man verkaufen könnte. „In Ordnung."

Er blieb noch etwas länger, ging mit ihr, so gut er konnte, ihre Wünsche durch und fragte sich dabei die ganze Zeit, wie er bloß Alex die Nachricht überbringen sollte, dass er und Opal nie mehr in das gemeinsame Zuhause zurückkehren würden. Dass das „Zuhause" nur gemietet war und der Tante also nicht mal richtig gehörte.

Dann dämmerte die alte Frau schließlich immer mehr weg, erschöpft von der Anstrengung. Eli steckte seine Notizen in die Hosentasche, und da Opal anscheinend eingeschlafen war, ging er zur Tür.

„Eli." Ihr Flüstern ließ ihn herumfahren. „Mindy … hatte … recht. Guter Mensch."

Julia hörte Alex' Stimmchen von der hinteren Veranda her, wo Eli und er auf den Korbstühlen saßen. Seine kurzen Beinchen pendelten vor und zurück, während er den schlechten Nachrichten über Tante Opal lauschte.

Julia drückte ihr tief empfundenes Mitgefühl – sowohl für den Vater als auch für den Sohn – auf ihre übliche Art und Weise aus: Sie kochte Alex' Lieblingsessen und schob ein Blech Erdnussbutterkekse in den Ofen.

„Wir wiegen bald alle zweihundert Kilo", sagte Valery. Sie wechselte gerade die Tischdecken im Frühstücksraum und sah heute so frisch und munter aus wie die gestärkten weißen Servietten, die für morgen bereitlagen. Über ihren Zustand in dieser einen Nacht hatte sie nicht sprechen wollen. Es sei ja wohl gar nichts passiert und überhaupt, Julia solle mal aufhören zu nerven.

„Kinder lieben Kekse, besonders als Aufmunterung."

Sie schob die Gardine ein wenig beiseite und betrachtete die beiden Jungs auf ihrer Veranda. Eli saß leicht vorgebeugt und hielt die Hände gefaltet zwischen den Knien, während er mit ernstem Gesicht zu seinem Sohn sprach. Jener streckte aufmerksam das Kinn vor, wobei das Grübchen darin noch stärker hervortrat, und blickte mit großen dunkelbraunen Augen ängstlich, doch vertrauensvoll zum Vater hoch. Das vorsichtige Zueinanderfinden der beiden hatte etwas ganz Liebenswertes und Zartes an sich. Pfingstrosen steckten ihre überschwänglich pinken Köpfe neugierig durch das Geländer, als horchten sie auf jedes Wort, das zwischen Vater und Sohn gesprochen wurde. Die üppigen Blumenbeete hatte Julia dem grünen Daumen ihrer Mutter und dem von Valery zu verdanken. Ihre eigenen Fähigkeiten beschränkten sich auf das Haus und die Küche.

„Und auch Eli mag Erdnussbutterkekse." Mit zur Seite geneigtem Kopf zwinkerte Valery ihr übertrieben zu.

„Klappe."

Ihre Schwester warf die lockigen Haare zurück und lachte.

„Alex braucht mehr als Kekse. Er braucht mal ein bisschen Spaß, damit er sich wieder normal fühlen kann."

Valery stellte sich neben Julia ans Fenster. „Der kleine Laster, den ich ihm gekauft habe, kam ja ganz gut an."

Das war die Valery, der Julias erbitterter Beschützerdrang und ihre innige Liebe galten, dieser Frau, die extra in die Stadt losfuhr, nur um einem tieftraurigen Kind ein Spielzeug zu kaufen. Dieser Frau, die ihre Schwester mit dem vehementen Vorschlag, sie solle ein marodes, völlig heruntergekommenes Anwesen kaufen, quasi im Alleingang aus den Fesseln von Depression und Verzweiflung befreit hatte.

„Das war so lieb von dir. Gestern hat er ihn mit lautstarkem Gebrumm die Veranda hoch und runter fahren lassen." Valery brachte sie da auf was. Eli hatte zwar ein paar der alten Spielsachen aus Opals Haus mitgebracht, doch für die meisten davon war Alex schon zu groß. „Passt du hier bitte kurz auf die Kekse auf?"

„Klar. Warum?"

„Ich hab da was in meinem Schrank, das ihm vielleicht gefallen könnte."

„Was soll denn da drin sein, womit ein Junge …" Da machte es Klick bei ihr. „Oh Julia", hauchte sie.

Julia ignorierte die Enge in ihrer Brust, eilte den Flur hinunter in ihren Wohnbereich und machte den großen Schrank auf. Der sorgsam verschlossene große Plastikkasten stand in der hinteren Ecke, wo sie ihn seit ihrem Einzug deponiert hatte.

Mit zitternden Fingern holte Julia ihn heraus, stellte ihn auf dem Boden ab und kniete sich daneben. Sie ließ den roten Deckel aufschnappen und blickte hinein in diese so harmlos wirkende Aufbewahrungsbox, die ihre letzte Verbindung zu Mikey enthielt. Die durchsichtige Plastiktüte mit Zippverschluss, in der sein noch immer ungewaschener Pyjama steckte, lag obenauf. Sie hielt sie ganz nah an ihre Nase, schloss die Augen und atmete langsam und bedächtig, um den ganz schwachen Duft ihres kleinen Jungen zu erschnuppern. Vielleicht haftete der nur noch in ihrer Erinnerung an dem Kleidungsstück, doch das Andenken daran, dass Mikey gelebt und geatmet und genau diesen Pyjama getragen hatte, konnte ein Stück weit die nackte Verzweiflung fernhalten.

Vorhin hatte Trey Riley angerufen, aber nur um ihr mitzuteilen, dass er eine Zeit lang ihr Ansprechpartner sein würde, da Detective Burrows krankgeschrieben war. Weiterhin hatte keiner der beiden Polizisten irgendetwas zu berichten. Wie Julia selbst hatte auch Trey sich schon tausend Mal die gleiche Frage gestellt. Wie konnte ein Zweitklässler mit roter Baseballmütze und passenden roten Nike-Turnschuhen einfach so spurlos verschwinden?

Julia blieb eine Weile so hocken und litt und sehnte sich nach dem Kind, das sie mehr liebte als ihr eigenes Leben, als sie auf einmal die Anwesenheit einer anderen zu spüren glaubte, eine tröstende Hand auf ihrer Schulter, eine mitfühlende Freundin. Völlig bescheuert natürlich, eine weitere Ausgeburt ihrer Fantasie, doch sie hielt die Augen weiter geschlossen und genoss die tröstende Einbildung.

Ein paar Minuten noch hielt Julia auf dem jahrzehntealten Kiefernholzboden das im Arm, was ihr von ihrem Sohn geblieben war, und fühlte sich in Gegenwart ihrer imaginären Gesellschaft sonderbar friedlich und geborgen. Wenn das Wahnsinn war, dann immer her damit.

Schließlich nahm sie noch einen letzten Zug Vergangenheit, legte dann den Pyjama beiseite und langte tiefer in die Kiste hinein: jede Menge Spielzeug und Bücher. Eine komplette Ausrüstung für einen kleinen Jungen, Mikeys Schatz. Julia nahm eine große Tasche voller Legobausteine heraus, mit denen er stundenlang hatte spielen können, und räumte den Rest wieder in den Schrank.

Seit Jahren war diese heilige Spielzeugbox bei ihr unter Verschluss gewesen, doch hatte sie ihrem Sohn nicht beigebracht zu teilen? Wie konnte sie für ein anderes trauerndes Kind also weniger tun?

Mit einem schmerzhaften Ziehen unterhalb des Herzens, das sich anfühlte, als sei dort ein rostiges Scharnier mit Gewalt geöffnet worden, durchquerte Julia das Zimmer und trat auf etwas. Eine Murmel.

Sie steckte das Tonkügelchen in die Tasche und brachte Mikeys Lego zu jemandem, der es dringender brauchte als sie.

20. KAPITEL

Peach Orchard Farm
1864

Charlotte saß an ihrem Frisiertisch und absolvierte dic täglichen hundert Bürstenstriche für ihr Haar. Sie war gerade bei sechsundfünfzig angekommen, als Lizzy eine Kanne, zwei Tassen und einen Teller mit einigen Scheiben Teekuchen auf einem Tablett ins Zimmer trug. Charlotte legte die Bürste beiseite. Der allabendliche Tee mit ihrer Dienerin war mittlerweile zu einem festen Ritual geworden. Dieser Tage schlief niemand gut auf der Peach Orchard Farm.

„Ich mach mir Sorgen, Charlotte." Aus der Kanne mit Blumenmuster goss Lizzy den blassgoldenen Tee ein. Ein zitroniger Duft verbreitete sich im Zimmer.

Charlotte rührte einen Löffel von Wills Honig in ihre Tasse und nahm einen Schluck. „Sorgen können wir uns zurzeit jede Menge machen."

„Werd jetzt nicht wütend, aber ich rede von dir und dem Captain."

Bedächtig stellte Charlotte ihre Tasse ab. „Was ist mit dem Captain und mir?"

„Es gibt langsam Gerede. Du musst vorsichtig sein."

„Der Captain ist nur ein Freund, Lizzy. Ich bin eine verheiratete Frau und Will ist ein ehrenhafter Mann."

„Hier geht es nicht um deine Heiratsurkunde. Ich spreche vom Herz. Davon, was ich in deinem Gesicht sehe, wenn du ihn anguckst. Und er schaut dich genauso an. Bringt dir Sachen. Fragt nach deiner Meinung. Du bist ihm wichtig, Charlotte."

„Oh Lizzy." Charlotte biss sich auf die Unterlippe.

„Liebst du ihn?"

Viele der Damen in Charlottes Bekanntenkreis wären jetzt wie vom Donner gerührt, dass eine Sklavin derart geradeheraus zu ihrer Herrin sprach. Aber sie und Lizzy, eine junge Sklavin damals, die Charlotte nur widerstrebend als Hochzeitsgeschenk angenommen hatte, hielten sich in trauter Zweisamkeit schon lange nicht mehr an die formelle Rollenverteilung. Charlotte hatte Lizzy das Lesen und Schreiben beigebracht. Lizzy wiederum hatte Charlotte gelehrt, wie man sich als Südstaaten-Lady verhalten musste. Hier unter vier Augen konnten sie einfach nur Charlotte und Lizzy sein, ohne gesellschaftliche Zwänge, die sie voneinander trennten.

Charlottes Wangen fingen Feuer. „Er ist ein guter Mensch."

„Liebst du ihn?"

Charlotte stand ruckartig auf und trat ans Fenster. Über ihr am Himmel schien der Mond auf ihre Südstaaten-Heimat und unter ihr in der Dunkelheit glommen die Lagerfeuer der Soldaten. Irgendwo dort ging Will jetzt zwischen seinen Männern hin und her oder vielleicht hatte er sich auch schon zur Ruhe gelegt. Sie schlug sich mit der Faust gegen die Brust. „Ich fürchte, ja."

Und Furcht war das richtige Wort. Furcht davor, Gott zu missfallen, da sie ihrem Mann zumindest im Herzen die Treue brach. Furcht vor dem Tag, da Will davonreiten und sie mit jener inneren Leere zurücklassen würde, von der sie gar nichts gewusst hatte, bevor sie ihn kannte.

Leises Kleiderrascheln und Fußtapsen zeigten an, dass Lizzy hinter sie getreten war. Zwei warme, vertraute Hände fuhren der Länge nach durch Charlottes Haar, teilten es in drei gleich große Strähnen und begannen zu flechten.

„Dieser Captain Will hat aber auch wirklich was für sich", sagte Lizzy leise. „Wie er mit unsern Jungs spielt und dir Honig bringt und mir frischen Fisch. Er muss das alles nicht tun."

„Nein. Nein, das muss er nicht.“ *Oh Will. Warum warst nicht du der Amerikaner, der mich aus England weggeholt hat?* „Und die Jungs finden ihn großartig, das merkt man. Wenn nur Edgar etwas mehr …“ Bestürzt über ihre vagabundierenden Gedanken, kniff Charlotte die Lippen zusammen.

„Aber die Yankees müssen bald weiterziehen. Mach dich da schon mal drauf gefasst. Die Befehle sind längst unterwegs.“

Eine Schlinge zog sich um Charlottes Herz zusammen. „Woher weißt du das? Hast du etwas gehört?“

„Ich höre so einiges. Um Sklaven kümmert sich niemand weiter. Außer Captain Will.“

„Ich dachte, du vertraust ihm nicht.“

Die fähigen Hände hielten beim Frisieren inne. „Ich vertraue keinem einzigen Mann. Jeder von ihnen ist dazu fähig, einer Frau das Herz zu brechen.“

„Ist dir das passiert, Lizzy? Hat Tandys Vater dir das Herz gebrochen?“ Lizzy sprach nie über den Vater ihres Sohnes und Charlotte hatte bisher auch nicht weiter nachgeforscht. Es war das gute Recht einer Frau, ihr Liebesleben für sich zu behalten. Charlotte wusste nur so viel: Lizzy war schwanger geworden und hatte einen Sohn geboren, nur leider ohne glücklichen Vater an ihrer Seite.

„Mir bricht keiner das Herz. Ich hab gar keins, so!“

Froh, das Gespräch von Will zu Lizzy gelenkt zu haben, blickte Charlotte lächelnd in den großen Standspiegel neben ihnen. „Außer wenn es um Tandy geht.“

Lizzys schmales, elegantes Gesicht schimmerte im Licht der Lampe. „Stimmt. Allerdings merke ich es, wenn du versuchst abzulenken, Charlotte Portland.“

„Einiges bleibt eben am besten unausgesprochen.“

„Weiß ich genauso gut“, redete Lizzy weiter. „Weiß ich genauso gut. Aber jetzt gerade muss ich es aussprechen, ob du das nun hören willst oder nicht. Gibt genug Leute, die mittlerweile denken, dass du dich mit dem Yankee gegen deinen eigenen Mann verbündest."

Charlotte umklammerte Lizzys Handgelenk. „Das ist nicht wahr."

„Egal. Wenn die Konföderierten drüben in Honey Ridge erst mal anfangen mit dem Finger zu zeigen und dich Verräterin schimpfen oder schlimmer noch, Spionin, dann gibt's Ärger, so oder so."

Angst beschlich Charlotte und krabbelte ihr wie viele kleine Spinnen den Rücken hinauf. Tennessee war ein Brutkasten innerer Spaltung. In Honey Ridge waren aber vor allem die Konföderierten vertreten, und Sympathisanten der Union hatten mit schlimmen Repressalien zu rechnen. Erst letzten Monat war der Kaufmann im Ort verprügelt und sein Laden geplündert worden, nur weil er gerüchteweise einem Unionssoldaten ein Paar Stiefel gegeben hatte.

„Ist es das, was du gehört hast? Bezeichnet mich jemand als Spionin?"

„Noch nicht, aber es gibt viel Gerede, seit die Yankees hier auf die Peach Orchard Farm gekommen sind. Und es wird immer schlimmer. Captain Will und seine Soldaten müssen schnell hier weg, bevor dir noch was passiert. In diesem Haus gibt es zu viele neugierige Augen und Ohren."

Lizzy wusste immer schon lange vor Charlotte Bescheid, wenn etwas im Gange war. Ein Sklave hier erzählte es einem anderen dort und so sprach sich alles schnell herum.

Fürwahr, neugierige Augen und Ohren gab es hier überall.

Nachdem Lizzy gegangen war, kniete eine verängstigte Charlotte noch lange neben ihrem Bett auf dem Kiefernholzboden und betete.

21. KAPITEL

Peach Orchard Inn
Heute

Eli saß im Schneidersitz auf dem alten Holzfußboden der „Familienhöhle". Das war der Bereich im Haus, zu dem Gäste keinen Zutritt hatten. Er fühlte sich ein bisschen komisch und sehr geehrt, dass er hierher eingeladen worden war. Julia, Alex, der Hund und er selbst saßen im Halbkreis vor dem leeren Kamin, zwischen ihnen türmte sich ein Haufen Lego.

Die vergangene Stunde zog Eli noch immer dermaßen runter, dass es sich anfühlte, als hätte man ihn in Eisenketten gelegt. Während der Unterhaltung mit Alex war er sich mal wieder völlig hilflos vorgekommen und hatte nicht gewusst, wie viel er einem Sechsjährigen von seiner dahinsiechenden Verwandten erzählen sollte. Sein Sohn hatte die Informationen schweigend aufgenommen, war danach vom Stuhl gehopst und mit dem unvermeidlichen, geliebten Plastikdino in Händen durch die Haustür verschwunden, wobei Eli im kompletten Zweifel darüber zurückgeblieben war, ob er seine Sache richtig gemacht hatte.

Opal lag falsch. Vatersein lernte man nicht von allein. Eli hatte noch immer keine Ahnung, wie genau er mit Alex umgehen sollte, besonders nicht unter so schwierigen Umständen wie vorhin.

Ohne Julia und ihre ausgleichende Art wäre er völlig aufgeschmissen.

Eli verwirrte noch immer die Herkunft der Legobausteine, die Julia Alex gegeben hatte. In der Stadt war sie heute jedenfalls nicht gewesen. Er hatte ja ihr Auto genommen.

Doch wo auch immer diese Legos auf einmal herkamen, sie erweckten auf jeden Fall Alex' Interesse.

„Was sollen wir bauen?“, fragte Julia.

Alex drehte die bunten Steine in seinen kleinen Händen hin und her und überlegte. „Eine Burg.“

„Perfekt.“ Schwungvoll legte sie eine große rote Grundfläche in die Mitte und schob die anderen Steine zur Seite. „Dein Dad baut mein Kutschenhaus wieder zusammen. Ich wette, Burgen kann er auch gut.“

Sie schaufelte ein paar der Legosteine vor Elis Füße. Er verstand den Hinweis. Sie ging an diese ganze Kindersache wesentlich intuitiver heran als er.

„Du wohnst in einer Burg“, murmelte Alex.

Julias Lächeln war so warm wie geröstete Marshmallows. „Mein Haus ist eine Burg?“

„Mh-hmm.“ Alex steckte zwei gelbe und einen blauen Stein aneinander. „Bist du eine Prinzessin? Mama sagt, in Burgen wohnen Prinzessinnen.“

„Nein, ich bin einfach nur die Frau, die hier wohnt und leckere Kekse backt.“ In ihren Mundwinkeln und um ihre Augen herum bildeten sich hübsche kleine Lachfältchen.

„Du bist eine Prinzessin“, rückte Alex vehement die Tatsachen zurecht. Wehe dem, der jetzt noch widersprach. Und Eli war da ganz bei ihm. Julia war jemand ganz Besonderes.

„Und du bist“, sagte sie und tippte Alex auf die Nase, „ein Superheld. Wer ist dein Lieblingssuperheld?“

„Spiderman.“

„Gute Wahl.“

„Er rettet die Leute, damit sie nicht totgehen.“

Julia und Eli tauschten einen Blick aus. Erneut kam die beklemmende Ohnmacht in Eli hoch. Was sollte er darauf sagen?

Alex ließ seinen Dinosaurier um die Legowände herum in die Burg hineinlaufen und auf die Seite fallen. Dann legte auch er sich auf die Seite, zog die Knie an die Brust und machte die Augen zu.

„Alex?“, fragte Eli und berührte ihn an der Schulter. „Bist du müde, mein Sohn?“

Alex bewegte kaum die Lippen, ganz leise fragte er: „Wenn ich tot bin, was passiert dann mit meinem Dino?“

Die bodenlose Hilflosigkeit entzog Eli das letzte bisschen Kraft. Voller Angst und Unsicherheit sah er zu Julia hinüber. Sie hielt die Finger an den Mund gepresst und blickte so bestürzt drein, wie er sich fühlte.

Jetzt war er dran. Er war der Vater. Es war seine Aufgabe, diese Sache irgendwie wieder hinzubiegen. Diesen grausamen Scherz, den das Universum dem unschuldigen traurigen Kind spielte.

„Alex, Kumpel, du bist doch noch ganz jung.“ Eli schluckte den dicken Knoten im Hals runter und suchte nach den richtigen Worten. „Du wirst für eine ganz, ganz lange Zeit nicht sterben.“

„Mama ist gestorben. Sie ist ins Krankenhaus gefahren und nie wiedergekommen.“

Ein weiterer Stich fuhr Eli ins Herz, heftiger diesmal und tiefer. Er hätte für sie da sein müssen. Er hätte etwas tun müssen … irgendetwas.

„Ich weiß.“ Was konnte er da noch sagen? Wie sollte er seinem Sohn dabei helfen, mit einem Verlust dieser Tragweite klarzukommen? „Und das tut mir so leid. Deine Mom war eine großartige Frau.“

„Sie hat mir Bücher vorgelesen.“

Julia streichelte Alex über den Rücken. „Du vermisst sie sicher sehr.“

„Ich will, dass sie nach Hause kommt. Tante Opal ist auch tot. Was soll ich mit einer Burg, wenn ich tot bin?“

„Tante Opal ist nicht tot, Alex. Sie ist in einem Rehazentrum und will gesund werden.“

„Das schafft sie nicht. Alle sterben. Das hat Ryan aus der

Schule auch gesagt. Er sagt, alle sterben, und zwar immer."

„Das stimmt so nicht. Kleine Jungs leben viele Jahre lang."

Aber Alex hielt sich mit beiden Händen die Ohren zu und spielte nicht mehr weiter.

Später am Abend war Alex schließlich eingeschlafen. Eli setzte sich an den kleinen Schreibtisch in der Ecke des geräumigen Blaubeerzimmers und klappte Julias Laptop auf. Er war sehr dankbar, dass er ihren Computer benutzen durfte, denn er verbrachte viel Zeit mit seiner Onlinerecherche. Mit Lehrvideos über Innenraumgestaltung und Artikeln über Kindererziehung schlug er sich ganze Nächte um die Ohren.

Heute sollte seine Recherche noch tiefer gehen, denn er war auf der Suche nach Hinterbliebenenforen. Irgendwo musste es doch noch so einen armen Tropf geben wie ihn, einen ratlosen Vater wider Willen, der sich auf einmal um ein trauerndes Kind kümmern musste.

Eli klickte sich durch ein paar Seiten, bis er schließlich bei einem allgemeineren Forum hängen blieb, das seine Aufmerksamkeit erregte. Alle hatten jemanden verloren. Alle litten, trauerten und bettelten um Rat, wie sie die Tage und Nächte überstehen sollten. Elis Brustkorb zog sich zusammen und ihm wurde heiß. Ein hartnäckiger Schmerz krallte sich in seinem Bauch fest. Es war ihm, als würde das Gesicht der fünfjährigen Jessica auf dem Bildschirm aufleuchten. Er blinzelte heftig und verscheuchte die Erinnerung an sie, wie er es immer getan hatte, seit er dreizehn war. Nicht dran denken, nicht drüber reden, dann geht der Schmerz irgendwann weg.

Aber er ging nicht weg. Niemals.

Jessicas Tod überfiel ihn mit jäher Härte, wie ein Tritt in den Magen, der ihm den Atem raubte und ihn ganz zittrig machte. Fühlte es sich für Alex genauso an?

Elis Stirn war feucht vor Schweiß. Er schloss die Webseite und ging ins Badezimmer, um etwas zu trinken.

Es ging hier nicht um Jessica oder um ihn.

Gierig trank er kaltes Wasser aus dem Hahn, stützte dann die Hände auf den Waschbeckenrand und atmete ein paar Sekunden tief ein und aus. Seine Halsschlagader pochte noch immer heftig, als er an Alex' Seite des Bettes trat und zusah, wie sich die Brust des Kindes in friedlichem Schlummer hob und senkte. Elis Puls beruhigte sich langsam, sein weher Herzschlag galt jetzt nicht mehr seiner eigenen, weit zurückliegenden Verletzung, sondern seinem Sohn. Alex war so klein und lieb und so tieftraurig. Eli hoffte, dass der Junge ihn eines Tages würde lieben können.

Das Gefühl überraschte ihn. Es traf ihn unerwartet, dass er von einem bis vor Kurzem noch völlig fremden Kind geliebt werden wollte. Ebenso wenig hätte er damit gerechnet, dass er ebendieses Kind in so kurzer Zeit schon so sehr lieben würde, aber das tat er. Oh, das tat er wirklich.

Er küsste Alex' weiche, sonnengebräunte Stirn, atmete dabei kurz den Duft seines frisch gebadeten Sohnes ein und ging zurück zum Computer.

Als Eli sich hinsetzte und den Laptop zu sich heranzog, rollte etwas über den Tisch und fiel ihm auf den Fuß. Erstaunt stellte er fest, dass es eine kleine feste Kugel war, wie eine Murmel, aber aus rötlichem Ton und nicht ganz perfekt rund. Er rollte den kleinen Gegenstand in der Handfläche hin und her, und plötzlich fiel ihm ein, dass er etwas Ähnliches in der Schale am Eingang gesehen hatte. Antike Murmeln, die sie auf dem Grundstück gefunden hatte, so war ihm von Julia erklärt worden … Aber wo war diese hier auf einmal hergekommen?

Die Geräusche der Nacht, eine Mischung aus Fröschequaken und Zikadenzirpen, drangen durch Julias offenes Fenster zu ihr herein. Gerade hatte sie gehört, wie die letzten Gäste zurückgekehrt waren. Das war jetzt normalerweise die Zeit, in der sie endlich für ein paar Stunden Schlaf finden konnte. Vertraut mit jeder Eigenart des tröstend sie umgebenden alten Hauses, erkannte sie die Vibrationen der Rohre, als eine der beiden Frauen im Maulbeerzimmer noch eine Dusche nahm. Der Frühling brachte immer viele geschichtsinteressierte Gäste mit sich, die sich den Magnolia River und die nachgestellten Schlachten ansehen und das Ambiente eines Hauses voller Erinnerungen aus der Zeit des Bürgerkriegs genießen wollten.

An diesem Nachmittag hatten zwei Geisterjäger eingecheckt und Fragen gestellt, auf die Julia nicht hatte antworten wollen. Sollte es im Peach Orchard Inn tatsächlich Geister geben, dann waren sie ihr willkommen. Sie waren schließlich zuerst hier gewesen, und noch dazu verstanden sie so vieles, von dem die Lebenden keine Ahnung hatten.

Ja toll, jetzt ging das mit ihrer Verrücktheit wieder los.

Sie stand auf und nahm ihr iPad zur Hand. Beim Anblick von Mikeys Gesicht hauchte sie einen Kuss auf ihre Fingerspitzen und legte sie dann kurz auf das geliebte Abbild.

Der Wind trug den peitschenden Ruf einer Nachtschwalbe herein. Julia liebte diesen klagenden Gesang, und da sie jetzt eh keine Ruhe mehr fand, warf sie ihren Bademantel über und ging nach draußen auf die hintere Veranda. Bingo folgte ihr, was sie ein wenig überraschte, schließlich galt seine Treue zurzeit ja eher Alex als ihr.

Sie setzte sich, stützte die nackten Füße gegen das Verandageländer und lauschte mit nach hinten gelegtem Kopf auf den nach seiner wahren Liebe rufenden Vogel.

Der Mond hing heute Nacht am Himmel wie eine halbe Scheibe Mozzarella. Die abstruse Vorstellung ließ Julia schmunzeln. Eine warme Brise brachte den Obstgarten und die Magnolienbäume zum Säuseln und wirbelte den Duft der Blüten auf.

Da hörte sie es, den Huftritt zahlreicher Pferde, die langsam den Zufahrtsweg heraufkamen. Mit geschlossenen Augen horchte sie auf das Geräusch oder stellte es sich vor, was auch immer davon zutraf. Schweres Leid hing in der Luft, als würde sie sich an etwas Schlimmes erinnern, das hier geschehen war. Aber da war auch noch etwas anderes. Kraft und Hoffnung, jene Gefühle also, die Julia schon beim ersten Besuch hier auf der Peach Orchard Farm zum Haus hingezogen hatten und die sie daran hatten glauben lassen, dass sie hier Ruhe finden könnte.

Und in gewisser Hinsicht hatte sie das auch.

All die alten Häuser hier im Süden waren voller Erinnerungen, und ob diese nun tatsächlich in den Wänden hingen oder nur in den Köpfen der Menschen existierten, war letztlich unerheblich. Die Erinnerungen waren aus einem bestimmten Grund da. Und diesen Grund musste Julia herausfinden. Was wollte das alte Haus erzählen? Eine Geschichte gab es da ganz bestimmt, warum sonst stieß sie immer wieder auf diese Murmeln und die Echos aus der Vergangenheit?

Jetzt hörte sie auch noch das Knirschen von herannahenden Stiefeln auf Kies, und das Geräusch klang so deutlich an ihr Ohr, dass es ihr fast real vorkam.

„Julia."

Sie riss die Augen auf und war kurz überrascht, wahrhaftig jemanden vor sich zu sehen. Wie bei ihrer ersten morgendlichen Begegnung kam Eli auf sie zu, nur diesmal erschreckte es sie nicht, vielmehr begrüßte sie sein Erscheinen von Herzen und lächelte.

„Nimm doch Platz, Suchender, die Kameradin ist schon hier." Sie merkte, wie bescheuert das klang, aber Eli blieb ernst. Er zog einen Stuhl heran und setzte sich neben sie.

„Ich hab gehört, wie du nach draußen gegangen bist", sagte er.

Sie wandte ihm das Gesicht zu. „Hab ich dich geweckt?"

„Nein."

„Und Alex?"

„Schläft. Er hat heute erlaubt, dass ich ihm vorlese."

„Das ist ein gutes Zeichen."

„Ich fühle mich so … nutzlos."

„Du machst doch Fortschritte."

„Ich weiß nicht." Er stieß einen tiefen Seufzer aus. Das kräftige Schnauben verklang in der Dunkelheit vor der Veranda und schien sich in ihre Hirngespinste von gerade eben einzufügen. „Ich habe die ganze letzte Stunde Hinterbliebenenforen nach Antworten durchforstet. Wie viel kann ein Sechsjähriger verstehen?"

„Ich weiß es nicht." Hatte Mikey früher je einen Grund gehabt zu trauern? Wenn ja, dann erinnerte Julia sich nicht mehr daran und das stimmte sie ein wenig traurig.

„Vor lauter Angst, etwas Falsches zu sagen, sage ich oft lieber gar nichts, aber ist das nicht sogar noch schlimmer?" In tiefem Bariton murmelte er leise vor sich hin, als spräche er mehr zu sich selbst als zu ihr. So viele Fragen, die keiner von ihnen beantworten konnte. „Sollte ich ihn dazu ermutigen, über seine Mutter zu sprechen? Oder lässt man die Erinnerungen besser ruhen, damit es nicht noch mehr wehtut?"

„Ich bin eine Frau. Ich rede lieber über die Dinge." Über die meisten jedenfalls. „Aber ich bin keine Psychologin. Hast du schon mal über eine Therapie für ihn nachgedacht?"

„Ja, schon."

Julia hörte die unausgesprochenen Worte. Eine Therapie kostete Geld, das er nicht hatte. Nicht bei dem Hungerlohn, den sie ihm bezahlte.

Er hielt ihr etwas auf der offenen Handfläche entgegen. „Das hier habe ich vorhin in meinem Zimmer gefunden."

„Ach, diese Murmeln." Bisher hatte immer nur sie welche gefunden und in ihrer Verrücktheit war sie sich deswegen wie auserwählt vorgekommen. Hatte geglaubt, dass die kleinen Tonkügelchen einzig und allein zu ihrem Trost auftauchten. „Du kennst ja die anderen in der Schale am Eingang."

„Stimmt, und bis vorhin hab ich nie weiter über sie nachgedacht. Aber wusstest du, dass sie wie das Haus aus der Zeit vor dem Bürgerkrieg stammen? Stand so im Internet."

„Ja, ich weiß." Sie zog ein Bein an und drehte sich nun ganz zu Eli herum. „Wo genau hast du die hier gefunden?"

„Auf dem Schreibtisch in meinem Zimmer. Kann mich nicht erinnern, sie vorher da gesehen zu haben."

Mit den Fingerspitzen berührte sie Bingos Kopf. „Ich hab heute Abend auch eine gefunden."

„Im Ernst?"

„Kann ich dich was fragen, Eli, ohne dass du mich für komplett übergeschnappt hältst?"

„Sicher."

„Wie hast du dich gefühlt, kurz bevor du die Murmel gefunden hast?"

Falls er ihre Frage wunderlich fand, war er jedenfalls zu höflich, um es zu zeigen. „Miserabel. Hilflos. Habe mir Sorgen um Alex gemacht."

„Hmm." Sie stand auf, ging zum Verandageländer und legte ihre Hand an die glatte Oberfläche einer der Säulen. „Das hört sich jetzt vielleicht verrückt an, aber jedes Mal, wenn ich eine gefunden habe, war ich niedergeschlagen und brauchte Trost. Heute Abend ..." Sie unterbrach sich. Jetzt bloß nicht von Mikey anfangen! Ein anderes Kind brauchte ihrer beider Aufmerksamkeit. „Ich war wegen etwas aufgewühlt und bin ganz sicher, dass die Murmel noch nicht auf dem Boden gelegen hat, als ich ins Zimmer reingegangen bin. Aber beim Rausgehen bin ich dann draufgetreten."

„Genauso ging es mir mit der hier. Kurz davor war sie noch nicht da gewesen. Aber wie kann eine jahrhundertealte Murmel einfach so aus dem Nichts auftauchen?"

„Ist ein altes Haus", sagte sie vage.

„Ich glaube nicht an Geister."

„Vielleicht ein Engel, der Trost spenden will." Okay, genug jetzt. Sie schnappte ganz eindeutig über.

„Keine Ahnung. Aber ich bin neugierig geworden, was die Vergangenheit dieses Ortes angeht. Was weißt du darüber?"

„Na ja, das Haus wurde wie gesagt vor dem Bürgerkrieg gebaut und laut einer hiesigen Geschichte hat es zwischendurch als Lazarett gedient. Da den Hügel runter, nicht weit vom Magnolia Creek, sollen früher Sklavenhütten gestanden haben. Aber heute ist nichts mehr da, was das alles beweisen könnte."

„Das sind eigentlich ziemlich präzise Informationen. Man sollte doch meinen, dass das alles irgendwo verzeichnet ist."

„Wenn es wahr ist, dann ja."

„Glaubst du, dass es wahr ist?"

„Ja. Valery und ich haben alte Zeitungen in den Wänden gefunden, die bis 1840 zurückgehen. Uns sind auch ein paar Knöpfe von einer Bürgerkriegsuniform untergekommen und eine Handvoll alte Münzen. Die sind jetzt in der Vitrine im Salon, neben einer der alten Zeitungen, die wir eingerahmt haben. Ach, und dann wird noch gemunkelt, hier hätte mal eine Frau gewohnt, die mit den Yankees kollaboriert hat, und deswegen spukt es im Haus. In der alten Wassermühle drüben soll es auch spuken."

„So ist das hier in den Südstaaten. Die Leute glauben, dass die Vergangenheit sich an die Gegenwart klammert."

„Oder andersrum", sagte Julia und dachte einmal mehr an Mikey. „Die Sweat-Zwillinge könnten mehr wissen. Die beiden sind wandelnde Geschichtsbücher."

„Die Sweat-Zwillinge?"

„Du weißt schon. Die zwei alten Damen, die für Tee und Kuchen hier waren. Die auch hinter vorgehaltenem weißen Handschuh haben verlauten lassen, wie sehr du wie Colonel Otis Champ aussiehst. So sehr, dass du sein Zwilling sein könntest." Sie drehte sich um und betrachtete ihn amüsiert. Oh ja, die beiden Schwestern waren von ihrem neuen Angestellten ganz hin und weg gewesen, als sie ein paar Tage zuvor vorbeigeschneit waren. „Und jeder weiß, dass Colonel Champ der schneidigste Teufelskerl in ganz Tennessee war." Sie tat wie die lieben alten Damen und presste sich theatralisch eine Hand aufs Herz. „Hach Gottchen, und im Sommer 1950 hat Vida Jean den Mann fast geheiratet."

Eli lachte, genau wie beabsichtigt, und sie lachte mit ihm. So herrlich frei lachen zu können, hatte immer wieder eine erstaunlich heilsame Wirkung.

Er trat jetzt auch an das Geländer, und obwohl er einen höflichen Abstand einhielt, stellte er sich doch nahe genug neben Julia, um ihre Haut zum Prickeln zu bringen. „Sie schienen mir ganz sympathisch."

„Die Zwillinge sind großartig. Ehrlich und offen, witzig und exzentrisch. Ihre Freundschaft war in diesen letzten Jahren sehr wichtig für mich." Hier im Schutz der Dunkelheit mit Eli kamen Julia die Worte ganz natürlich und leicht von den Lippen.

„Deine Familie ist auch großartig."

„Das ist sie. Die beste." Das alte Haus hinter ihnen schien leise zu seufzen und beugte sich mütterlich beschützend über sie. Genau dieser Eindruck hatte Julia überhaupt erst hierherziehen lassen. Egal, ob das nun auf einen Geist oder auf einen

Engel hindeutete, sie war jedenfalls froh, dass er sie auserwählt hatte.

Ebenso froh war sie über das Auftauchen jenes Mannes neben ihr, der als Fremder in ihr Leben eingedrungen war und es ganz nebenbei völlig auf den Kopf gestellt hatte, während er ihr gleichzeitig jeden Tag aufs Neue einen Grund lieferte, um aufzustehen. Er gab ihr immer noch Rätsel auf, war so geheimnisvoll wie die Murmeln, aber weder Geist noch Engel. Letzteres machte ihr die immer stärker knisternde Spannung zwischen ihnen ausdrücklich bewusst.

„Erzähl mir von deiner Familie, Eli. Was ist passiert?"

Eli überlegte noch, als plötzlich eine Sternschnuppe über den Nachthimmel schoss. Ein aufleuchtender Feuerstreif, der älter war als dieses Haus, vielleicht sogar älter als die Erde selbst. Julia hatte es auch gesehen und streckte den Finger aus.

„Da, eine Sternschnuppe."

„Ja."

Diese Nacht war magisch, allerdings lag das wohl eher an Julia und den Gefühlen, die sie in ihm weckte. Früher, als er noch ein anderer gewesen war, hätte er jetzt wohl wie beiläufig den Arm um sie gelegt und vielleicht ein- oder zweimal auch mehr versucht. Doch hier und jetzt klammerte er sich verkrampft am Verandageländer und an der Gegenwart fest, während das Haus von der Vergangenheit flüsterte und Julia mehr wissen wollte, als er zu erzählen wagte.

Die Blätter der immergrünen Eiche wisperten dem Mond ihre Geheimnisse ins Ohr, Elis eigene blieben besser verborgen. Unbedingtes Stillschweigen war der Preis, den er für seine Freiheit bezahlen musste.

Doch das Peach Orchard Inn rief die Sehnsucht nach dem Damals in ihm wach, einem Damals, das er niemals wiederbekommen würde.

„Als Junge hatte ich ein Baumhaus hinten im Garten. Im Sommer durfte ich manchmal da übernachten und die Sterne beobachten. Meine Eltern haben mich ziemlich verwöhnt.“ Sehr sogar, und doch hatten sie ihm zu seinem eigenen Unverständnis nicht gereicht, um glücklich zu sein. „Ich hatte sogar ein Teleskop und war jede Nacht aufs Neue ganz sicher, dass ich einen noch unbekannten Planeten entdecken würde.“

„Vielleicht hast du das ja.“

„Vielleicht.“ Er lächelte. „Meist waren es aber nur blinkende Flugzeuge, die ich zu Kometen erklärt habe. Ab und an war auch mein Vater dabei und hat mit mir zusammen in die Sterne gesehen.“ Die Erinnerung schmerzte wie ein tiefer Stich ins Herz.

„Er muss ein guter Mensch gewesen sein.“

„Das ist er.“

Als Julia registrierte, dass er ins Präsens gewechselt hatte, neigte sie ihm ihr hübsches Gesicht entgegen. Weiche Schatten umspielten ihre Wangen, und er wünschte, er hätte das Recht dazu, ihre samtige Haut zu berühren. Irgendein Wahnsinniger in ihm wollte mit der Fingerspitze über diese perfekt geschwungenen Augenbrauen streichen. Unter anderem …

„Ist dein Vater noch am Leben?“

„Beide Elternteile, aber wir haben uns … entfremdet.“

„Das tut mir leid.“

„Mir auch.“ Aus Angst, sie würde ihm noch mehr entlocken, gab er von sich aus preis, was zu erzählen ungefährlich war. „Ich war als Teenager maßlos leichtsinnig und rücksichtslos. Ich habe ihnen sehr wehgetan.“

„Das sieht dir gar nicht ähnlich.“

„Wenn man erst mal alles verloren hat, ist man hinterher nicht mehr der Gleiche.“ Das Gefängnis war fast sein Tod gewesen, und wenngleich er lebendig wieder herausgekommen war, war er nicht mehr derselbe gwesen. „Meine Eltern haben es einfach nicht mehr ertragen, denke ich."

„Wann hast du das letzte Mal mit ihnen gesprochen?"

„Das ist Jahre her." Er erinnerte sich noch genau an den Tag, an dem er das letzte Mal von seinem Vater gehört hatte. Damals hatte er die Drohung, sein Vater werde ihn enterben und auf ewig aus der Familie verbannen, einfach in den Wind geschlagen. Sein Dad war eben so wütend gewesen wie immer, wenn Eli Mist gebaut hatte. Doch jenes Mal hatte er sich auch nach mehreren Tagen noch nicht wieder beruhigt. Auf die Nachricht des Anwalts hin, man habe ihn gefeuert und Eli sei fortan auf die Dienste eines Pflichtverteidigers angewiesen, hatte er es immer noch nicht glauben wollen und war stattdessen wütend geworden. Doch als dann tatsächlich weder seine Mom noch sein Dad bei seinem Prozess erschienen waren, hatte er es dann doch mit der Angst bekommen, und ihm war bewusst geworden, dass die Entscheidung seines Vaters endgültig war. Ebenso endgültig wie die Entscheidung des Richters, ihn ins Gefängnis zu schicken. Keiner aus der Familie hatte danach je wieder Kontakt zu ihm aufgenommen. Auf seine Briefe und Anrufe war keine Reaktion mehr erfolgt. Den Weg zurück hatte er sich zu gründlich verbaut.

„Du hast dich aber verändert und bist reif und erwachsen geworden. Das wird deine Familie sicher auch merken und dann wird sie dich wieder in ihrem Leben haben wollen. Es ist doch sicher längst an der Zeit für eine Versöhnung."

Genau das würde die Leere in seiner Brust endlich vertreiben, dennoch schüttelte er den Kopf. „Mein Vater ist stur. Und ein aufrechter Geschäftsmann. Wenn er eine Entscheidung trifft, dann bleibt er auch dabei. Er verabscheut mich. Wenn es nach ihm geht, existiere ich gar nicht mehr. Und das wird sich auch nicht ändern."

„Eins weiß ich ganz genau. Die Liebe einer Mutter hört niemals auf. Jede Wette, sie vermisst dich." Julia berührte ihn am Unterarm und die Wärme ihrer Haut auf seiner tat ihm unendlich wohl. „Du solltest es immerhin versuchen."

Schon wieder musste Eli gegen den Drang ankämpfen, dieser lieblichen, bezaubernden Frau nahe sein zu wollen. So lange hatte er schon die Kontrolle behalten, doch Julia löste immer mehr von den Stricken, die ihn gefesselt hielten. Sie hatte keine Ahnung, konnte nicht wissen, was sie in ihm auslöste oder wie sehr er sich ihretwegen wünschte, ein besserer Mensch zu sein, als er es je sein würde. Genau wie seine Familie verdiente auch die schöne Pensionsbesitzerin Besseres als ihn.

„Irgendwann vielleicht." Wenn er sein Leben auf die Reihe bekommen hatte. Wenn er etwas erreicht hatte, womit er beweisen konnte, dass er den Namen Donovan wieder verdiente.

Aber wenn man sich die bisherigen Fortschritte so ansah, konnte das noch sehr, sehr lange dauern.

Manchmal fragte Eli sich, ob er sich nicht womöglich mehr vorgenommen hatte, als er schaffen konnte. Nicht, dass er sich beschweren wollte. Nach Jahren unter Aufsicht war es ein großer Genuss, endlich nach eigenem Rhythmus arbeiten und Besorgungen machen zu können, ohne dabei einen Stacheldrahtzaun im Weg zu haben.

Jetzt überwachte ihn nur noch sein Bewährungshelfer, und den konnte Eli mit vagen Informationen über einen Gelegenheitsjob im Baugewerbe und der Neuigkeit, dass er sich um einen Sohn zu kümmern hatte, bei Laune halten. Das stimmte ja auch alles und Mr. Clifford schien zufrieden. Dennoch hing die drohende Enttarnung über Elis Kopf wie ein Damoklesschwert.

Er hatte sich in das alte Kutschenhaus verliebt, in das gesamte Peach Orchard Inn, um ehrlich zu sein, und er wollte länger bleiben. Alles triefte hier förmlich vor Geschichte, und manchmal, wenn er allein war, setzte er sich an den Schreibtisch und versuchte, die Vergangenheit des Anwesens zu erforschen. Wer hier alles gewohnt hatte und wie das Leben dieser Menschen wohl gewesen sein musste. Sogar die unscheinbaren Tonmurmeln brachten ihn ins Grübeln über das Kind, das hier im Haus mit ihnen gespielt hatte.

Diese Wissbegier war erst im Gefängnis zum Vorschein gekommen, als er allein und ohne seine Drogen oder das Geld seiner Eltern herausgefunden hatte, wer er wirklich war. Wenn ihm im Gefängnis irgendetwas Gutes widerfahren war, dann das. Er hatte zu sich selbst finden müssen und dabei einen Menschen entdeckt, der gern lernte. Das während seiner Haft abgeschlossene Wirtschaftsstudium, nutzlos für jemanden, der weder die Glaubwürdigkeit noch die Mittel für ein eigenes Geschäft hatte, zeugte davon. Dennoch war er stolz auf seinen Abschluss. Und was sollte ein Zuchthäusler sonst tun, um nicht wahnsinnig zu werden?

Angesichts der Ironie, dass ein Mensch nichts haben und doch an allem interessiert sein konnte, musste er kurz schmunzeln.

Die antiken Murmeln hatten eine ganze Bandbreite von Fragen aufgeworfen, sodass Julia und er angefangen hatten, ernsthafte Nachforschungen über die Geschichte des Hauses anzustellen.

Eli dachte kurz an ihre Andeutungen über Engel, aber für so etwas war er zu skeptisch. Es musste eine logische Erklärung für die Murmeln geben. Ob sie nun irgendwie aus den Zwischenwänden des alten Hauses stammten oder ob, wie er eher annahm, Bingo sie irgendwo im Wald ausgegraben hatte.

Staub wirbelte durchs Sonnenlicht, als er ein kaputtes Brett auf die Schubkarre hievte und kurz abwartete, damit Alex ein paar zerbrochene Rigipsplatten dazutun konnte. Julia gefiel es nicht, dass er Alex in die Arbeit miteinbezog, aber ein gemeinsames Projekt konnte sie einander vielleicht näherbringen. Eli probierte alles aus, was er im Internet an Vorschlägen fand.

„Gut gemacht, Kumpel. Du hast ja richtig Muskeln."

Als Erwiderung spannte sein Sohn stolz den Bizeps an und Eli musste grinsen. Alex ergriff immer mehr von seinem Herzen Besitz und würde es nie wieder freigeben.

Julia schleppte eine fast mannsgroße Platte der gleichen, durch Wasserschaden unbrauchbar gewordenen Rigipsverschalung heran und legte sie mühsam obenauf.

Auch sie ergriff immer mehr Besitz von Elis Herz.

„Wir machen das schon, Julia."

„Lass nur, ist okay. Gerade kümmern sich Val und Mom um die Gäste, von daher kann ich gut hier draußen mithelfen."

„Ist das streitlustige Pärchen mittlerweile abgereist?"

Sie verdrehte die Augen. „Herrje, nein. Solche bleiben irgendwie immer ewig. Heute Morgen beim Frühstück war er wohl ziemlich eifersüchtig auf dich."

„Was denn? Auf mich?"

„Komm schon, Eli. Mrs. Barkhimer ist dir doch wohl aufgefallen."

Das war sie. Dafür hatte sie gesorgt. „Ich guck keinen verheirateten Frauen hinterher."

„Klug von dir. Aber sie hat dir nachgeschaut und das hat Mr. Barkhimer überhaupt nicht gefallen."

„Ich geh einfach nicht mehr ins Haus, solange die beiden noch da sind."

„Ach Eli, so hab ich das doch nicht gemeint."

„Hier draußen ist eh genug zu tun. Und trotz all der Zeit, die ich mit dem Obstgarten verbracht habe, nimmt die Sache doch langsam Gestalt an. Alex und ich können schon bald hierher umziehen."

„Immer noch viel zu staubig alles. Warten wir noch damit."

Die alten Büroräume waren in Elis Augen mittlerweile gut als vorübergehender Schlaf- und Waschraum bewohnbar. Das obere Stockwerk stellte jedoch weiterhin eine Herausforderung dar. Die schiere Masse der dort gelagerten Gegenstände war einfach überwältigend, und bevor das alles nicht sortiert und herausgeschafft war, konnte er wenig tun.

Zum x-ten Mal an diesem Tag quälten sie sich die Treppe nach oben, wobei Julia mit Argusaugen über Alex wachte, als fürchte sie, er könne jeden Moment verschwinden. Alex schien es nichts auszumachen, wenn sie darauf bestand, dass er sie an der Hand nahm, oder wenn sie ihn über verdächtige Bodenbretter hinweghob.

„Was sollen wir mit den alten Büchern hier machen?", fragte Eli und beäugte einen zerfledderten Karton voller dicker Schwarten. „Wegschmeißen?"

„Hmm." Julia bahnte sich einen Weg durch den Trödeldschungel zu ihm hin. „Lass mich mal sehen."

Sie nahm das oberste Buch heraus und schlug es auf. „Ich würde sagen, wir schauen uns das erst mal näher an. Vielleicht sind ja welche davon wertvoll."

„Okay." Er klappte ein weiteres Buch auf, ein vergilbtes Blatt Papier flatterte zu Boden. „Was haben wir denn da?"

Julia hob es auf. „Sieht aus wie der Anfang von einem Brief." Sie sog scharf die Luft ein. „Oh mein Gott."

„Was?" Eli zog die Augenbrauen zusammen und kam näher, um über ihre Schulter zu gucken. Sie roch gut, nach Frühling. „Was steht denn da?"

„Sieh dir das Datum an." Sie tippte mit dem Finger oben auf die Seite.

„1864. Lieber Will …" Ungläubig blickte er sie an. „Denkst du, der ist echt?"

„Ich bin da kein Experte, aber könnte schon sein. Wir haben

ja schon einige uralte Sachen hier gefunden. Wenn wir weiterlesen, wissen wir vielleicht mehr."

Eli blickte kurz hinüber zu Alex, der emsig einen der zahllosen Kartons durchwühlte, und las dann über Julias Schulter weiter.

Etwa bei der Hälfte des Textes blieben beide am gleichen Satz hängen.

„Eli." Julia schnappte nach Luft. „Diese Frau hier schreibt ja über die Murmeln. Irgendein Will hat sie ihrem Sohn geschenkt."

„Das können nicht dieselben sein wie die auf der Anrichte, oder etwa doch?"

„Vom Jahr kommt das hin und irgendwo müssen sie ja her sein. Wäre das nicht einfach unglaublich, wenn es tatsächlich dieselben sind? Wenn ein Kind, das zu Bürgerkriegszeiten hier zu Hause war, genau mit diesen Murmeln gespielt hat?"

„Und wenn wir herausfinden, wer dieses Kind war?"

„Ganz genau." Ihr Gesicht strahlte vor Begeisterung. „Es kommt mir ganz einfach so vor, als müsste es irgendeinen Grund für ihr Auftauchen geben. Wenn wir herausfinden, wer ihr ursprünglicher Besitzer war, dann verstehen wir vielleicht ..." Sie unterbrach sich und schüttelte den Kopf. „Wahrscheinlich verrenne ich mich da in was."

„Einen Versuch ist es wert", wandte er ein und schien ihr damit eine Freude zu machen.

Dankbar sah sie ihn an.

„Manchmal bilde ich mir irgendwelche Dinge über dieses Haus ein. Bitte halt mich nicht für verrückt."

„Ich muss ja selber den ganzen Tag schon an diese Murmeln denken. Dass wir gestern beide eine gefunden haben ... und jetzt noch dieser Brief, das ist ... verwirrend."

Ein dezentes Grinsen umspielte Julias Lippen. „Du glaubst aber doch nicht an Geister."

„Der Brief hier ist kein Geist." Mit Fantasy-Zeug oder Übernatürlichem konnte Eli nichts anfangen, aber die Fakten blieben. Beide hatten sie gestern eine Murmel gefunden. Oder vielleicht hatten die Murmeln sie gefunden. Und dann entdeckten sie heute einen Hinweis darauf – in einem über hundertfünfzig Jahre alten Brief.

„Eine einzige Erwähnung in einem unvollständigen Brief hilft uns noch nicht viel weiter. Wir wissen ja nicht mal, wer ihn geschrieben hat." Julia drehte das Blatt vorsichtig um, doch da stand nichts mehr. Das Papier war brüchig und vergilbt. „Das fällt ja gleich auseinander. Ich glaube kaum, dass der Rest so lange überlebt hat."

„Oder vielleicht haben wir Glück." Aus dem Mund eines Mannes, den das Glück schon vor Jahren verlassen hatte, konnte das wohl nur ein schlechter Scherz sein. Doch um Julias willen hoffte er, dass es nicht so war.

22. KAPITEL

Peach Orchard Farm
1864, September

Wills Befehle trafen schon am nächsten Tag ein. Charlotte saß im Nähzimmer, einem hellen kleinen Raum im Erdgeschoss, der vom Salon abging und von den Soldaten nicht betreten wurde. Hier konnten sie und Edgars Schwestern in Ruhe schneidern und flicken. Der trostlos wolkenverhangene Nachmittag kündigte baldigen Regen an. Patience saß neben dem leeren Kamin, stopfte Socken und summte *Für Elise*, wobei sie die Nadel im Rhythmus der Musik auf und ab führte. Josie war wie üblich nicht da. Sie weigerte sich, das Erdgeschoss aufzusuchen, solange es noch „mit dreckigen Yankees verseucht" war, und wie Edgar verbrachte sie ihren Tag so weit weg vom Haus wie möglich.

Es hatte Charlotte vorher nie groß gekümmert, wenn ihr Ehemann sie vernachlässigte, doch das war jetzt anders. Vor drei Tagen war sie mit einem Picknickkorb zur Mühle losgezogen, um das zu reparieren, was immer sie in ihrer Ehe kaputt gemacht hatte. Das Zusammensein mit Edgar war allerdings sehr gezwungen ausgefallen. Abgesehen von der Farm und der Mühle hatten sie fast nichts, worüber sie reden konnten. Die sporadische Erwähnung von Benjamin hatte bloß den immer gleichen Grunzlaut bei ihrem Mann hervorgerufen, und ob der nun Anerkennung oder Missbilligung bedeutete, blieb der verzweifelten Charlotte verborgen.

Eigentlich hatte sie ihm von dem Honig erzählen wollen, dem gefangenen Wels und dem neuen Murmelspiel, das Benjamin so viel Freude bereitete. Aber dann unterließ sie es, aus Angst. Jegliche Erwähnung der Yankees trieb ihrem Mann die Zornesröte ins Gesicht. Vielleicht unterließ sie es auch aus

Schuldbewusstsein, denn all diese Geschichten hätten schließlich mit Will zu tun gehabt.

Also hatte sie sich stattdessen Edgars Beschwerden über die Faulheit der Sklaven und über Mr. Lincoln angehört, der schließlich an alldem schuld war, was sein geliebtes Zuhause erleiden musste.

Schweren Herzens nähte Charlotte weiter an dem neuen Kragen für das Hemd ihres Gatten, während sie gleichzeitig dafür betete, mehr reparieren zu können als nur seine Kleider.

Auf dem Kiefernholzboden zu ihren Füßen schnippten Benjamin und Tandy ihre Murmeln hin und her. Noch immer waren die beiden genauso Feuer und Flamme für dieses Spiel wie in dem Moment, da Will den kleinen Lederbeutel hervorgeholt hatte.

Das Haus sah zum Glück wieder einigermaßen so aus wie früher. Die meisten Kranken waren inzwischen so weit genesen, dass sie sich zu den anderen Soldaten nach draußen gesellt hatten. Nur eine Handvoll Schwerverletzter, von denen keiner so bald auch nur irgendwo hingehen würde, lag noch immer im Salon. Diesen traurigen Haufen erwartete ein ungewisses Schicksal.

Durchs Fenster, das auf die Veranda hinausging, sah Charlotte, wie jemand die Magnolienallee entlang auf das Haus zuritt.

Sie schob die Nadel durch den Stoff, legte den schneeweißen Hemdkragen beiseite und stand auf, um den Neuankömmling in Empfang zu nehmen. Seit Beginn der Yankee-Belagerung hatten sich kaum noch Leute aus der Stadt auf der Peach Orchard Farm blicken lassen, und Charlotte hatte die ganze letzte Nacht wach gelegen und gegrübelt, was man sich wohl alles über sie erzählte und wie sie die bösen Gerüchte zerstreuen könnte. Draußen auf der Veranda blieb sie jedoch wie angewurzelt stehen, als sie die blaue Uniform der Unionsarmee erkannte. Das war kein Besucher aus der Stadt. Ein Knoten zog sich in ihrer Brust zusammen.

Sie sah zu, wie der Mann abstieg, mit Will sprach und ihm ein Päckchen überreichte.

Der Knoten wurde immer fester, enger.

Charlotte wandte sich abrupt ab, überquerte die Veranda und rannte nach Norden auf die Baumreihe zu. Die Pfirsiche waren schon lange abgeerntet, doch ein grünes Blättergewölbe umfing sie beschützend, als sie in die Tiefe des Obstgartens flüchtete. Dies war ihr Zufluchtsort, hier fand sie Trost, hier konnten die neugierigen Blicke sie endlich nicht mehr erreichen.

Mit gesenktem Kopf schritt sie zwischen den Bäumen hindurch und betete. Wind war aufgekommen und trieb ihr den Geruch eines sterbenden Sommers in die Nase. Sterben. Sie wollte nicht daran denken, erst recht nicht jetzt, da Will womöglich fortgehen musste. Aber das Sterben war Hauptbestandteil jedes Krieges. Das Sterben, nicht das Erkämpfen großer Ziele, sondern das Beraubtwerden all dessen, was ein Mensch einmal war und noch hätte werden können.

Ach, und Will Gadsen könnte noch so viel werden. War es jetzt schon.

„Charlotte."

Sie war so in Gedanken versunken gewesen, dass sie sein Erscheinen erst gar nicht wahrgenommen hatte. Der Saum ihres Kleides raschelte über das trockene Spätsommergras, als sie jetzt zu ihm herumwirbelte. „Will."

Einander beim Vornamen anreden, mehr durften sie nicht. Sie standen sich eine Armlänge entfernt gegenüber, und ihre Blicke umfingen einander in der leidenschaftlichen Umarmung, die ihren Körpern verwehrt blieb. Damit sie die Hände nicht nach ihm ausstreckte, vergrub Charlotte sie in den Falten ihres Kleides. Sie konnte die schlechte Nachricht von seinem Gesicht ablesen.

Will nahm den Hut ab und hielt sich mit der gleichen Entschlossenheit an ihm fest wie sie an ihrem Kleid. „Lizzy hat mir gesagt, wo ich dich finde."

„Sie kennt mich eben zu gut." Charlottes Worte klangen hölzern und kamen ihr nur mühsam über die trockenen Lippen.

„Die Befehle von General Schofield sind eingetroffen."

Charlotte schluckte. „Du gehst fort."

Sie kämpfte um Beherrschung und versuchte, die Fassade der unerschütterlichen britischen Gelassenheit aufrechtzuerhalten, doch in ihrem Innern weinte sie bitterlich.

Alles an Wills Körperhaltung strebte ihr entgegen, dann schien er sich wieder zu fangen und nahm eine aufrechte, militärische Haltung ein. „Morgen früh bei Tagesanbruch."

Der Schirm aus Ästen erzitterte im Wind und über ihren Köpfen brauten sich düstere Wolken zusammen.

„Was wird aus den Verwundeten?"

„Die meisten können mitkommen. Diejenigen, die zu krank oder zu verletzt sind, bleiben hier. Ich vertraue darauf, dass du dich gut um sie kümmerst."

„Ich werde mein Bestes tun." Edgar würde rasen vor Wut, aber dieses eine konnte sie bewirken, für Will.

Er machte einen Schritt auf sie zu. „Charlotte."

Oh dieses liebe, wunderschöne Antlitz. Augen voller Güte. Ein Geist und ein Wille, die sie als ebenbürtig ansahen. Ein Mann, der sie begehrte und sie dazu brachte, sich wieder als Frau zu fühlen. Sie sehnte sich so sehr danach, ihn zu berühren.

„Ich werde dich vermissen, Charlotte."

Jede Faser ihres Seins schrie nach ihm. *Geh nicht. Geh nicht fort.*

„Will, ich ..." Sie betete, dass sie beide stark blieben in diesen letzten gemeinsamen Augenblicken.

„Ich will dir noch so vieles sagen, Charlotte. Doch ich darf nicht.“

„Richtig. Wir dürfen nicht.“ Aber es fühlte sich so falsch an, ihn gehen zu lassen, womöglich in den Tod gehen zu lassen, ohne es ihm gesagt zu haben.

Er drehte seinen Hut in Händen. Runde um Runde. Die schwere Wolke des Schweigens zwischen ihnen enthielt all die Sätze, die sie um Ehre und Anstand willen nicht aussprechen durften. Charlotte betrachtete Wills feingliedrige, schmale Hände, mit denen er sie nicht einmal liebkost hatte, weil ihm das Recht dazu fehlte. Der Mann jedoch, der alles Recht der Welt dazu hätte, wollte sie nicht.

Dieser Widerspruch verunsicherte und schmerzte zutiefst. Ihrem Mann bedeutete sie nichts. Will bedeutete sie alles und die Gefühle zwischen ihnen waren größer als das Firmament, größer als der Krieg, größer als die Unterschiede zwischen Nord und Süd.

Sie sah nach unten auf das sterbende Gras und versuchte verzweifelt, Gottes Willen zu akzeptieren. Der schöne Captain gehörte nicht zu ihr. Sie gehörte nicht zu ihm.

„Wirst du mir schreiben, Charlotte?“

Ruckartig hob sie den Kopf. Ein zaghaftes Herzklopfen flatterte zögernd, doch voll wilder Hoffnung in ihrer Brust auf. „Wie soll das gehen?“

„Ich werde einen Weg finden.“

„Es kann nichts daraus werden, Will. Aus dieser …“ Sie wagte das Offensichtliche nicht auszusprechen. Sprach nicht von … Liebe.

Er hielt für einen weiteren langen Moment ihren Blick fest und das Herz zerbarst ihr in zwei Hälften.

Wills kaffeebraune Augen waren von großem Leid erfüllt. Seine Qual zehrte an ihren schwindenden Kräften.

Er trat einen Schritt zurück. „Ich verstehe.“

Umständlich setzte er seinen Hut auf und rückte ihn sorgsam zurecht, sodass aus dem gefühlvollen Mann wieder der betont förmliche und makellos professionelle Militärvertreter wurde.

Es schnürte Charlotte die Kehle zu.

„Sie bedeuten mir viel, Charlotte. Ich wünsche Ihnen alles Gute."

„Und Sie, Will Gadsen", sie schluckte schwer, „passen Sie auf sich auf. Gott beschütze Sie."

Sie wollte ihm noch so viel mehr sagen, aber es war umsichtiger, jetzt zu schweigen.

Er nickte ihr kurz zu, drehte sich auf dem Absatz um und ging schnellen Schrittes davon.

Noch lange nachdem die roten Streifen auf der unionsblauen Uniform durch die Pfirsichbäume verschwunden waren, stand Charlotte reglos in ihrem Obstgarten in Tennessee und versuchte zu atmen.

23. KAPITEL

Honey Ridge
Heute

Der Mai im Süden von Tennessee war eine strahlende Explosion aus Sonnenlicht und Farben. Eli hatte zu viele Frühlingsmonate verpasst, um das nicht ausgiebig zu genießen. Eine rote, gelbe und violette Pracht aus Tulpen und Stiefmütterchen winkte ihm von den Beeten neben der Straße aus zu. Passanten bummelten vorbei und blieben hier und da auf dem Gehweg stehen, um einen Plausch mit Freunden zu halten, während zwei weißhaarige Herren es sich auf der Bank vor dem Sportartikelladen gemütlich gemacht hatten.

Eli trat zu Julia auf den Bürgersteig. Sie hatten hier in der Stadt einiges zu erledigen. Als Erstes waren sie beim Baumarkt vorbeigefahren, wo Julia die Farben ausgesucht hatte, mit denen das Kutschenhaus gestrichen werden sollte. Dann hatte sie ihm in Opals Wohnung dabei geholfen, eine Bestandsaufnahme für die bevorstehende Haushaltsauflösung zu machen. Nach dieser unangenehmen Arbeit hatte Eli sich ganz leer gefühlt.

Es schien ihm äußerst makaber, die Überbleibsel der Leben anderer Menschen zu durchwühlen, besonders wenn einer dieser Menschen ihm einen Sohn geboren hatte. Eli hatte nicht damit gerechnet, in den Schränken noch Mindys Sachen vorzufinden.

„Vielen Dank für deine Hilfe." Er hatte keine Ahnung, wie er das ohne Julia hätte schaffen sollen. Und sie hatte ihn überhaupt auch erst auf die Wichtigkeit aufmerksam gemacht, einige der Dinge für Alex aufzubewahren.

„Sind sie einmal weg, sind sie für immer weg", hatte sie mit einem sonderbaren Klang in der Stimme gesagt. „Halt die Erinnerungen für ihn fest, Eli. Er wird dir eines Tages sehr dankbar dafür sein. Wenn er alt genug ist und das alles besser versteht."

Also hatte er ihren Rat befolgt, wobei der Karton mit Mindys kläglichem Erbe für Eli ein weiteres Symbol seiner Schuld gewesen war und ihn wie ein Schlag ins Gesicht getroffen hatte. Aber Schuld hin oder her, sein Sohn sollte alles bekommen, was er brauchte.

„Ich würde mich mit 'nem Mittagessen revanchieren", sagte er. „Appetit?"

„Nach der ganzen Arbeit bin ich schier am Verhungern."

Seit Elis Ankunft in Honey Ridge war er hier noch nie auswärts essen gewesen. Nur einmal hatte er Alex nach der Schule eine Portion Fritten bei McDonald's spendiert. Ein Mittagessen für zwei sollte sein Portemonnaie jetzt also hergeben können.

„Sag du, wohin. Du weißt, wo es hier am besten schmeckt."

Sie wies die Straße hinunter. „Miss Molly's."

Elis Hirn, das niederträchtige Biest, verfiel auf dem Weg dorthin mal wieder in abwegige Gedanken à la „Was wäre, wenn …". Was wäre, wenn Julia zu ihm gehören würde? Was wäre, wenn er einen anständigen Bürger abgeben könnte und das Recht hätte, mit einer Frau wie ihr zusammen zu sein? Was wäre, wenn sie beide als Paar gemeinsam essen gehen würden?

Julia strahlte mit den Blumen um die Wette, so hübsch sah sie aus in ihrer blauen Seidenbluse und dem grauen Rock. Das Haar hatte sie mit einem dünnen Schal zurückgebunden und schritt in flachen Ballerinas neben ihm her. Ihr Ex war ein Riesenidiot, so viel stand jedenfalls fest.

Das Café Miss Molly's befand sich in einem ehemaligen viktorianischen Wohnhaus zwischen dem Doughnut-Shop und dem Secondhandladen und war von zahlreichen Mittagsgästen und den köstlichen Aromen der Südstaatenküche erfüllt. Elis

Magen knurrte erwartungsvoll und verjagte damit die wilden Fantasien über seine Chefin.

Eine junge Kellnerin empfing sie beim Hereinkommen mit einem Lächeln und einer Speisekarte. „Hallo, Julia. Eli, richtig?“ Überrascht nickte er, und sie fuhr fort: „Ihr müsst vielleicht ein paar Minuten warten. Aber ich glaube, Boots und Clara sind gleich fertig, dann könnt ihr ihren Tisch haben.“

„Keine Eile, Sarah“, beschwichtigte Julia sie in ihrer üblichen liebenswürdigen Art. „Wir schauen solange einfach schon mal, was wir essen möchten.“

Sie zogen sich auf ein ruhiges Fleckchen im Eingangsbereich neben dem Fenster zurück und hatten kaum die Speisekarte aufgeklappt, da betraten eine schwangere Brünette und ein großer, ebenfalls brünetter Mann im schwarzen Business-Anzug das Restaurant. Der Mann ging sofort auf Julia zu.

„Jules, hi! Wie geht es dir?“

Julias Finger krampften sich um den Rand der Speisekarte. Eli kannte den Typen nicht, aber offensichtlich war Julia nicht besonders erfreut über sein Erscheinen.

„Hallo, David“, sagte sie und schenkte seiner Begleitung ein schwaches Lächeln. „Cindy. Glückwunsch zum neuen Baby.“

„Danke. Wir sind alle schon mächtig aufgeregt, unser Brandon bekommt ein Geschwisterchen. Vielleicht ein kleines Mädchen, das wär doch schön.“ Die schwangere Frau schlang besitzergreifend einen Arm um den Ellbogen ihres Mannes und schmiegte sich an ihn. „David ist ganz aus dem Häuschen, nicht, Honey?“

„Natürlich.“ Der Mann tätschelte abwesend ihre Hand, seine Aufmerksamkeit war jetzt auf Eli gerichtet. „Deinen Freund hier kenne ich ja noch gar nicht.“

Julia taxierte den Mann mit einem langen, kühlen Blick. Schließlich sagte sie: „Eli Donovan, das sind David Presley und seine … Frau, Cindy.“

Presley. Julias Nachname. Also war das hier der Idioten-Ex. Der Anwalt. Eli schwankte zwischen Abneigung und Angst, beruhigte sich jedoch damit, dass ein Anwalt aus Südtennessee wohl kaum einen Exknacki aus Knoxville kennen würde. Dennoch brach ihm der Schweiß aus.

Eli unterdrückte die negativen Gefühle, schüttelte die ihm hingestreckte Hand und nahm den Mann näher in Augenschein. Teure Kleidung, gutes Aussehen, fester Händedruck und selbstsichere Ausstrahlung – eine durch und durch geschliffene Erscheinung und genau die Art von Anwalt, die auch Elis Vater anheuern würde. An der Seite eines solchen Mannes konnte er sich Julia gut vorstellen.

„Eli, freut mich, Ihre Bekanntschaft zu machen", sagte Presley. „Ich kenne ja fast alle hier in Honey Ridge, aber von einer Familie Donovan habe ich noch nie gehört. Sind Sie neu in der Stadt?"

„Bin erst seit einer Weile hier." Immer schön brav und zurückhaltend. Situationen wie diese vermeiden. Den Bewährungshelfer hübsch von hier fernhalten. Eli fühlte sich auf einmal so nackt und angreifbar, als hätte er ein Brandzeichen auf der Stirn: Exknacki.

„Eli wohnt mit seinem Sohn bei mir in der Pension", erklärte Julia.

David blieb gelassen, doch seine Augen wurden schmal. „Sie haben einen Sohn?"

Julia verkrampfte sich zusehends mehr. Das Gespräch mit ihrem Ex war ihr anscheinend noch unangenehmer als Eli. Er wollte sie dringend hier rausholen.

„Ich glaube, unser Tisch ist jetzt frei", sagte er. „Wenn Sie uns entschuldigen würden. Es war schön, Sie kennzulernen."

Ohne eine Antwort abzuwarten, legte er Julia eine Hand in den Rücken und geleitete sie zu dem für sie beide vorgesehenen Platz.

Julia hätte Eli am liebsten umarmt.

„Danke“, sagte sie, nachdem sie sich hingesetzt hatten. „Das war peinlich. Tut mir leid, dass du da mit reingezogen wurdest.“

„Dein Ex, wenn ich das richtig mitbekommen habe.“

„Ja.“

Er zog eine Augenbraue hoch. „Das geht dir immer noch unter die Haut?“

„Nicht etwa, weil ich ihn zurückhaben will. Da kannst du Gift drauf nehmen.“

„Böse Erinnerungen?“

Sie nestelte an der Speisekarte herum. „Ich hätte einfach nie gedacht, dass er so etwas tun würde.“

„Er hat dich verletzt.“

„Er hat mir in der schlimmsten Zeit meines Lebens das Herz rausgerissen und dann jeden dreckigen Anwaltstrick der Welt gegen mich ins Feld geführt.“

„Es muss hart sein, mit dem Ex und der Neuen in der gleichen Kleinstadt zu leben.“

„Zuerst war es jedes Mal eine Katastrophe, wenn ich ihnen über den Weg gelaufen bin, aber mittlerweile …“ Sie zuckte die Schultern. „Diese kleinen Aufeinandertreffen sind bloß noch unangenehm.“

Er tippte auf die Speisekarte. „Was sollen wir bestellen?“

Der abrupte Themenwechsel ließ Julia kurz stutzen, doch dann freute sie sich. „Du hast recht. Verschwenden wir unseren Atem nicht länger als nötig mit den beiden.“ Sie klappte die Speisekarte auf und zeigte auf ihr Lieblingsessen. „Polenta mit Shrimps. Das schmeckt hier fantastisch.“

„Dann also zweimal das und dazu Eistee, wobei der wohl kaum an deinen heranreichen wird.“

„Hach Gottchen, Mr. Donovan, Sie sind einfach herzallerliebst.“ Ihre komödiantische Darbietung à la Südstaaten-

Schönheit fand offensichtlich Anklang, denn ein vergnügtes Lächeln brachte Elis Gesicht zum Strahlen. Das gefiel ihr. Überhaupt gefielen ihr die Veränderungen, die sie seit seiner Ankunft an ihm beobachtet hatte. Und ihr gefiel die Annahme, einen Anteil daran zu haben, dass er inzwischen glücklicher war und sich wohler fühlte in seiner Haut.

Die Kellnerin kam für die Bestellung an ihren Tisch, und Julia nutzte die Gelegenheit, um sich nach der kranken Mutter zu erkundigen und anzubieten, ihr am Sonntag einen kräftigenden Auflauf vorbeizubringen. David und Cindy rauschten vorbei und nahmen schräg gegenüber von ihnen Platz. Jetzt guckte Julia blöderweise genau in die Richtung von Davids treuloser Visage, allerdings störte David sie nicht einmal am meisten. Vielmehr kratzten Cindy und ihr Schwangerschaftsbauch an einer offenen Wunde.

In dem gezielten Versuch, die beiden aus ihren Gedanken zu verdrängen, schnitt sie ein neues Thema an: „Ich hab hiernach noch kurz im Gericht zu tun, bevor wir wieder nach Hause fahren. Möchtest du mitkommen oder hast du was anderes vor?"

Mindestens einmal im Monat suchte Julia das Polizeiarchiv auf. Detective Burrows hatte ihr freundlicherweise erlaubt, regelmäßig die Akten über Mikeys Fall durchzusehen, allerdings war schon seit Langem nichts Neues mehr hinzugekommen. Dennoch fieberte sie immer noch auf den Tag hin, da ihr endlich das fehlende Teil dieses Puzzles ins Auge springen würde.

Eli runzelte die Stirn. „Ins Gericht? Nein, ich …" Er schien nach einer passenden Antwort zu suchen. „Vielleicht gehe ich in der Zeit mal in die Bibliothek und schaue, was ich noch so über die Bürgerkriegszeit hier in der Gegend rausbekomme."

„Hervorragende Idee. Und frag auch eine von den Bibliothekarinnen, also entweder Tawny Brown oder Carrie Riley, ob sie dir helfen kann."

„Carrie Riley?“

„Treys Schwester. Sie arbeitet da.“

„Gut zu wissen. Wär doch klasse, wenn ich vielleicht was Neues über das Haus herausfinden kann.“

„Oder über diesen Will und die Sache mit den Murmeln.“

Bevor sie weiterreden konnten, wurde Julia von zwei Frauen vereinnahmt, die an ihren Tisch gekommen waren. Die eine war so aufgedonnert wie eh und je. Lange, tief rotbraune Haare, todschicke Klamotten. Die andere war ebenfalls hübsch, aber auf eine einfachere Art, und blickte durch ihre Bibliothekarinnenbrille etwas zurückhaltender drein als ihre Schwester.

„Julia!“, rief Nikki, die Stylishe, und beugte sich für eine schnelle Umarmung zu ihr herunter.

„Hey, wenn man vom Teufel spricht. Carrie, gerade habe ich Eli gesagt, er könnte dich in der Bibliothek um Hilfe bitten.“

„Oh, tut mir leid, ich hab heute frei, aber Tawny ist da.“ Carrie lächelte Eli freundlich zu. „Meine Kollegin kann Ihnen helfen oder Sie schauen einfach morgen mal rein.“ Ihr Blick blieb weiterhin auf Eli gerichtet. „Würdest du uns vorstellen, Julia?“

Die Bibliothekarin, eine eher stille Frau, die im Schatten zweier bildschöner, extrovertierter Schwestern lebte, war noch immer auf der Suche nach ihrem Mr. Right. Auf der Highschool hatte Julia immer ein wenig Mitleid mit ihr gehabt. Das offensichtliche Interesse der Brünetten an Eli überraschte sie nicht. Was sie allerdings sehr wohl überraschte, war, dass sich ein bitterer Hauch Eifersucht in ihrem Magen regte.

„Eli, das hier sind zwei von Trey Rileys Schwestern, Carrie und Nikki.“

„Ach, Sie kennen also unser Brüderchen?“, mischte sich nun auch Nikki wieder ein.

„Er hat mir vor ein paar Tagen geholfen, meinen Wagen in Gang zu bringen. Ein sehr sympathischer Mensch."

„Er ist ein Schatz. Wenn er uns nur endlich auch sein Leben in Gang bringen lassen würde." Nikki grinste über ihren eigenen Witz. „Stimmt's, Carrie?"

Carrie stieß einen abfälligen Laut aus. „Nikki hat versucht, ihn mit Madelyn Baker zu verkuppeln."

„Mit der Witwe?"

„Ganz genau", antwortete Carrie und sprach betont langsam weiter. „Mit der Witwe. Die fünf Kinder bei sich wohnen hat. Und ihren festen Freund."

Nikki riss die großen braunen Augen auf. „Uups", machte sie.

Die Schwestern brachen in schallendes Gelächter aus und Julia stimmte mit ein. Sie blickte zu Eli. Auch er musste grinsen. Dieses viel zu seltene Ereignis machte seine Gesichtszüge weicher, sodass er jetzt erst recht zum Sterben gut aussah.

„Und, welche Schandtaten haben die Riley-Schwestern denn für heute geplant?"

„Wir stecken gerade mal wieder mitten in einem Shopping-Marathon", sagte Nikki und warf mit einer schnellen Handbewegung ihr Haar zurück. „Carrie braucht dringend eine neue Handtasche. Seht euch den hässlichen Sack da mal an."

Mit einem verlegenen Lächeln hob Carrie das beschimpfte Objekt in die Höhe. „Ich hasse es, Handtaschen zu kaufen, aber du kennst ja Nikki."

„Ich weiß genau, was du meinst. Einmal hat sie mich auf der Jagd nach lila Espadrilles durch ganz Chattanooga geschleift."

„Und ich wette, ihr habt sie dann tatsächlich noch erbeutet. Mit letzter Kraft." Carrie lachte.

„Die Wette gewinnst du. Kein Schuh ist vor Nikki sicher. Oder – in eurem Fall – keine Handtasche."

Carrie zog eine Schnute, wie um zu zeigen, dass ihr das Handtaschendilemma bei Weitem nicht so wichtig war wie Nikki.

„Also dann", sagte jene und drängte: „Wir könnten hier weiterreden, bis uns der Mund abfällt, aber jetzt müssen Carrie und ich mal langsam an unseren Tisch, damit wir diese grottenhässliche Handtasche noch loswerden, bevor ein neuer Tag anbricht."

„War schön, euch beide mal wieder zu treffen", sagte Julia und meinte es ehrlich. Dass letzte Woche Trey Riley seine langen Stelzen auf ihrer Veranda ausgestreckt hatte, war ihr eine mahnende Erinnerung an all die anderen gewesen, die ihr einst wichtig gewesen waren, zu denen sie aber den Kontakt verloren hatte. „Kommt doch bald mal wieder auf einen Tee oder so vorbei. Und bringt auch Bailey mit, falls sie Zeit hat."

Nikki blinzelte und tauschte einen Blick mit ihrer Schwester aus. „Das machen wir liebend gern, Julia. Ganz wie früher."

„Würde mich sehr freuen."

Als das leicht überfordernde Gespann wieder von dannen zog, blieben eine ausgelassene Stimmung und ein gutes Gefühl zurück.

„Jetzt weißt du, warum Trey Polizist geworden ist."

Eli neigte sich etwas zu ihr hinüber. „Um sich gegen seine drei Schwestern verteidigen zu können?"

Auch Julia beugte den Kopf vor. „Ganz genau."

Dann fingen sie gleichzeitig an zu lachen.

Als Julia wieder hochguckte, fiel ihr Blick auf David, der pikiert zu ihnen herübersah. Ach verflixt, das tat einfach gut, nach der langen Zeit allein mal wieder mit einem gut aussehenden Mann zusammen zu lachen. Sollte David doch denken, was er wollte.

Julias und Elis Wege trennten sich an der Bibliothek, die nur ein paar Schritte vom Restaurant entfernt war. Der unverhohlene Argwohn von Seiten des Exmanns hatte Eli aufmerken lassen. Er fühlte sich anscheinend langsam zu wohl hier in Honey Ridge und das konnte gefährlich werden. David war der wandelnde Schreckschuss gewesen, dass Eli es sich nicht zu gut gehen lassen durfte.

Die Leute akzeptierten ihn, wahrscheinlich wegen seiner Verbindung zu Julia, die offensichtlich allseits beliebt und hochangesehen war. Er hatte den einen oder anderen Freund in der Stadt gewonnen und gewöhnte sich nach und nach ein wie ein ganz normaler Zugezogener. Er war allen, die Julia im Restaurant angesprochen hatten, vorgestellt worden. Die Trey-Schwestern hatten ihm besonders gut gefallen.

Carries Interesse war Eli nicht entgangen, und die egosteigernde Wirkung konnte er kaum leugnen, dennoch war es natürlich völlig irre, an eine Beziehung auch nur zu denken. Und es war nicht Carrie, an die er dabei dachte. Julia verdiente einen anständigen Kerl wie Trey. Und wenn Eli eine gehörige Portion Neid verspürte, weil der Cop Julias Gunst verdiente und er nicht, dann musste er sich gefälligst daran gewöhnen.

Ein Gefühl der Enge zog ihm den Brustkorb zusammen und machte ihn handlungsunfähig. Es war fast so, als hätte er wieder Handschellen an.

„Das Gericht ist auf dem großen Platz da hinten", unterbrach Julia seine Gedanken und wies in Richtung eines stattlichen Backsteingebäudes, vor dem ein stolzer Flaggenmast und ein riesiges Blumenbeet prangten. „Aber das wusstest du bestimmt schon."

„Ja." Er hatte sich bereits ausgiebig mit der Stadt vertraut gemacht. Die Schule und die Polizeiwache fand er mittlerweile im Schlaf. Und natürlich kannte er auch das Gericht, allerdings wollte er diese Sorte von Gebäude nach Möglichkeit nie wieder von innen sehen.

Stattdessen betrat er jetzt die moderne Bibliothek, die ebenfalls aus Backstein war, aber mit viel Glas. Es roch nach alten Büchern und frischem Bohnerwachs. Am Informationsschalter fragte er nach Tawny Brown, woraufhin ihn eine Frau mit raspelkurzen Haaren und ausladenden Ohrringen dorthin dirigierte, wo die Geschichtsbücher über Honey Ridge standen. Während er sich die gewünschten Informationen zusammensuchte, wanderten seine Gedanken immer wieder zu Julia.

Ihr Exmann hatte sie während des gesamten Essens angestarrt, und Eli fragte sich, ob diese Neugier Julia gegolten hatte oder ihm, dem Fremden, der dem Rechtsvertreter womöglich bekannt vorkam. Ein kalter Angstschauer rieselte ihm den Rücken hinunter, aber er versuchte das zu ignorieren und konzentrierte sich wieder auf seine Recherchen. Wenn es darum ging, möglicherweise als Exsträfling erkannt zu werden, benahm er sich genauso paranoid wie Julia, wenn es um Alex' Wohlergehen ging. Niemand hier kannte ihn. Sein Geheimnis war sicher, und wenn erst einige Zeit verstrichen war und er sich weiter eingelebt hatte, dann konnte er vielleicht mal damit aufhören, ständig über die Schulter zu sehen und immer gleich das Schlimmste zu befürchten.

Er beugte sich gerade über die Memoiren eines Honey Ridge'schen Bürgerkriegsveteranen, als er ein Flüstern hörte und aufblickte. Auf der anderen Seite des runden Tisches standen die Sweat-Zwillinge und warteten darauf, dass er sie bemerkte. Und wie könnte er das nicht. Mit ihren identischen Strohhüten, den identischen weißen Lackledertäschchen und den identischen Sonnenblumenkleidern würden die zwei Ladys überall auffallen.

„Dachten wir uns doch, dass Sie das sind, nicht wahr, Vida Jean?“

„Genau das dachten wir. Gerade habe ich zu Willa Dean gesagt: Sieh mal da drüben, das ist Eli Donovan." Sie klopfte sich mit einer weißbehandschuhten Hand gegen die Brust. „Da wird mir ja ganz schwindlig, wie sehr Sie mich an Colonel Champ erinnern. Er ruhe in Frieden. Und doch sehe ich ihn jetzt wieder vor mir."

„Ladys." Aus Höflichkeit den Damen gegenüber stand Eli auf.

„Ach, sieh dir diese Manieren an, Willa Dean." Vida Jean unterdrückte ein Kichern. „Dürfen wir uns zu Ihnen setzen, junger Mann?"

„Darüber wäre ich hocherfreut." Er rückte jeder der beiden den Stuhl zurecht und freute sich, mit seinem Wissen aus dem Knigge-Kurs beeindrucken zu können, den er in jungen Jahren besucht hatte. Das war lange her. Sehr lange. „Julia und ich wollten Ihnen heute noch einen Besuch abstatten."

„Tatsächlich?" Willa Dean thronte so gerade auf ihrem Stuhl wie eine der Säulen auf Julias Veranda und hatte die Finger auf den Knipsverschluss ihres Handtäschchens gelegt.

„Wir stellen Nachforschungen über die Geschichte vom Peach Orchard Inn an und dachten, Sie könnten uns vielleicht weiterhelfen."

„Nun, das können wir in der Tat." Vida Jean tippte sich an die quietschpink geschminkten Lippen. „Großvater Beacon gehörte das Grundstück hinter dem Anwesen, und als Mädchen haben wir ständig da gespielt, wo der Magnolia Creek an der alten Wassermühle vorbeifließt."

„Ich weiß noch, wie eine Zeit lang diese Fremden im Haus gewohnt haben." Willa Dean lehnte sich vor und ließ mit einem dramatischen Flüstern vernehmen: „Yankees, wissen Sie. Die kamen, glaube ich, aus Ohio. Kamen sie nicht aus Ohio, Schwester?"

„Indiana."

„Nein, nein. Jetzt hab ich's. Idaho. Erinnerst du dich, wir haben sie Knollennasen genannt und ganz fest damit gerechnet, dass sie bald Kartoffeln auf der Peach Orchard Farm anbauen würden."

Vida Jean wedelte abwehrend mit der Hand und wandte sich wieder an Eli: „Großmutter Beacon mütterlicherseits war eine Cousine von Stephen Cower und dessen Großonkel Bertrand war der ursprüngliche Besitzer des Anwesens."

„Nein, Vida Jean, die Cowers waren doch nur Angestellte. Erbaut wurde die Peach Orchard Farm von der Portland-Familie."

„Stimmt ja, du hast ganz recht, Schwester. Den Portlands hat das Peach Orchard Anwesen gehört."

„Gab es da nicht diesen Skandal mit der Sklavin und dem damaligen Besitzer?"

„In der Tat. Deswegen spukt es ja auch im Haus. Mr. Portland hatte sich eine Sklavin zur Geliebten genommen, also hatte Mrs. Portland sich mit einem Yankee eingelassen, so heißt es, und für die Nordstaaten spioniert. Ein haarsträubender Skandal, wie er im Buche steht. Aber damals hatte eben jeder den einen oder anderen Skandal am Laufen, sonst wäre das Leben ja auch viel zu langweilig gewesen." Vida Jean lehnte sich in einer Wolke Estée Lauder zu Eli herüber. „Stimmt's, Mr. Donovan?"

„In dem Haus spukt es?", fragte er interessiert nach und dachte daran, was Julia über die Murmeln gesagt hatte.

„Mein lieber Mr. Donovan, in der Hälfte aller Häuser in Honey Ridge spukt irgendein Bürgerkriegssoldat oder dessen Witwe, die ihn bis in alle Ewigkeit bejammert. Wenn es nach den besonders Leichtgläubigen geht, dann wird sogar die Hälfte der kompletten Südstaaten von Geistern heimgesucht. Aber das mit dem Peach Orchard Inn ist schon eine ganz besondere Geschichte."

„Inwiefern?“

„Nun ja …“ Als müsste sie nach Lauschern Ausschau halten, blickte Willa Dean erst über die eine Schulter, dann über die andere. Und schließlich, als würde sie ihm ein großes Geheimnis anvertrauen, flüsterte sie: „Yankees. Die haben das Haus im Krieg besetzt.“

Diese Information war Eli nicht neu, aber das ließ er sich erst einmal nicht anmerken.

„Damals waren doch viele Häuser in Tennessee besetzt“, sagte er stattdessen. „Das hat noch nichts mit Geistern zu tun.“

„Auf der Peach Orchard Farm sind Yankees gestorben. Hunderte von ihnen, da bin ich ganz sicher.“ Willa Dean drückte den Rücken durch und schniefte. „Cousin Tobias hat hinter einem der Fenster im ersten Stock eine Erscheinung gesehen.“

Vida Jean stieß einen verächtlichen Laut aus und erwiderte: „Ja sicher, genauso wie er auch viermal von Außerirdischen entführt wurde. Als Beweis hat er sich einen grünen Punkt auf den Bauch gemalt.“

Nachdenklich zog Willa Dean ihre aufgemalten Augenbrauen zusammen. „Wenn ich's mir so recht überlege, ist er schon etwas exzentrisch. Wie er auch immer mit diesem schrecklichen schottischen Akzent aus *Star Trek* zitiert und an Weihnachten im Kilt rumläuft.“

„Und dabei fließt nicht ein Tropfen schottisches Blut in der Familie.“

Die beiden machten Eli ganz wirr im Kopf.

Er räusperte sich. In einer synchronen Bewegung wandten sich ihm zwei Gesichter zu.

„Wir haben einen Brief gefunden, der von 1864 datiert und an jemanden gerichtet ist, der Will heißt. Haben Sie eine Idee, wer das sein könnte?“

„Einen Brief? Oh, wie romantisch. Ist das nicht romantisch, Willa?“

„Ja, Schwesterherz. Unglaublich romantisch.“ Willa Dean umschlang ihre riesige Einkaufstasche. „Allerdings habe ich noch nie was von diesem Will gehört. Haben Sie schon die Bücher durchsucht und das Archiv auf Mikrofiche?“

„Und schauen Sie auch mal im Computer“, sagte Vida Jean. „Wir finden alles Mögliche im Internet. Das ist ziemlich spannend.“

Eli nickte. „Ich habe alles versucht. Aber kein Glück gehabt.“

„Tja, verflixt noch eins.“ Beide Ladys blickten niedergeschlagen drein. „Jetzt haben wir Ihnen kein Stück weitergeholfen.“

„Doch, das haben Sie.“ Er sah zur Wanduhr hoch, stand auf und nahm die Bücher, die er ausleihen wollte. „Ich treffe mich in ein paar Minuten mit Julia vor dem Gerichtsgebäude. Ladys, haben Sie vielen Dank.“

„Wenn uns doch noch was einfällt, dann kommen wir einfach vorbei.“

„Genau das machen wir“, bestätigte Willa Dean und unterstrich das Ganze, indem sie geräuschvoll ihre Handtasche auf- und zuschnappen ließ. „Wir versuchen eh, jede Woche einmal zu schauen, ob bei Julia alles in Ordnung ist.“

„Gott schütze sie.“

„Wir haben die liebe Kleine wirklich sehr ins Herz geschlossen. Hach Gottchen, als junger Fratz hat sie ja praktisch bei uns gewohnt. Sie war so ein süßes kleines Mädchen.“

„Herzallerliebst, und diese letzten Jahre waren so schwer für sie. Aber wir machen uns Hoffnung, dass jetzt bald alles besser wird.“

„Als sie erlaubt hat, dass Ihr goldiger kleiner Junge mit auf dem Anwesen wohnen darf, da habe ich zu Willa Dean gesagt:

Anscheinend geht es ihr langsam besser. Nicht wahr, Schwesterherz?"

„Genau das. Endlich geht es ihr langsam besser. Das hast du gesagt."

„Gott schütze sie. Aber so ein kleiner Junge auf dem Anwesen ruft bestimmt einiges an Erinnerungen in ihr wach."

Eli war völlig verwirrt. „Was denn?"

Zwei identische Augenpaare starrten ihn an.

„Hach Gottchen, Michael natürlich."

„Michael?" Redeten sie von Julias Exmann? Aber der hieß doch David. Vida Jean legte eine Hand auf ihren faltigen, farbenfroh bemalten Mund. „Hat sie Ihnen denn gar nichts davon erzählt?"

„Wovon denn?" Er schnüffelte ihr hinterher, das sollte er bleiben lassen. Schließlich wollte er ja auch nicht, dass ihm jemand hinterherspionierte. Aber alles an Julia faszinierte ihn. Einfach alles.

Willa Dean legte ihre behandschuhte Hand auf seine. „Julia hat ihren Sohn verloren. Vor sechs, sechseinhalb Jahren wurde Michael entführt und ist seitdem nie wieder aufgetaucht."

Eli verließ die Bibliothek und war ganz und gar aufgewühlt von dem tragischen Ereignis, das die Sweat-Zwillinge ihm offenbart hatten. Er musste sich zwingen, nicht sofort die ein Dutzend Blocks zur Schule zu rennen, um nach Alex zu sehen. Und als dieses erste Bedürfnis überwunden war, musste er sich wiederum zwingen, nicht sofort zum Gerichtsgebäude zu rennen, wo er Julia am liebsten ganz fest in die Arme nehmen wollte. Sie hatte einen Albtraum durchlebt. Durchlebte ihn auch jetzt immer noch.

Wie konnte ein kleines Kind einfach so spurlos verschwinden? Und wie kam man als Elternteil mit der schrecklichen Ungewissheit klar?

Eli war erst seit Kurzem Vater, aber Alex war jetzt schon der Mittelpunkt seiner Welt. Er war der Grund, warum er ein besseres Leben anstrebte, er war seine Zukunft.

„Julia", flüsterte er. Kein Wunder, dass sie so paranoid war, was Alex' Sicherheit anging.

Mit geballten Fäusten überquerte er die Straße, und in seiner Brust staute sich endloses Mitleid für diese Frau, die ihm mittlerweile so viel bedeutete. Sie hatte nicht verdient, dass ihr so etwas Furchtbares passierte. Das war einfach nicht fair. Das war einfach falsch.

Er wollte irgendwas kaputthauen.

Mit gesenktem Kopf sah Eli den Schatten erst ganz spät und hätte Trey Riley fast über den Haufen gerannt. Der Polizist kam von da, wo er gerade hinwollte.

„Eli, schön, dich zu treffen. Wie geht's dem Auto?"

„Gut." Das blöde Ding war das Letzte, womit er sich jetzt beschäftigen wollte. Er konnte nur noch daran denken, möglichst schnell bei Julia zu sein. Zwar hatte er keine Ahnung, was er dann eigentlich tun würde, aber er musste sie sehen.

„Freut mich zu hören."

„Danke noch mal." Eli setzte sich wieder in Bewegung, sodass Trey geradezu neben ihm herlaufen musste.

„Ich wollte dich auch noch anrufen."

Eli riss sich genug zusammen, um etwas erwidern zu können. „Ach ja?"

„Ja." Der unvermindert gut gelaunte Polizist wies zum Himmel. „Dieses Wochenende soll richtig gutes Wetter werden, also dachte ich an einen kleinen Angelausflug, Sonntag nach der Kirche. Meinem siebenjährigen Neffen hab ich versprochen, dass er mitkommen darf, aber wahrscheinlich wäre es lustiger für ihn, wenn Alex dabei wäre. Was meinst du dazu?"

„Ja. Klar." Eli kratzte sich nervös im Nacken, sein Herz klopfte zu schnell. Julias Sohn war entführt worden. Genau hier, in einer harmlosen Kleinstadt in Tennessee, wo Kinder doch eigentlich in Sicherheit sein sollten.

„Geht es dir nicht gut?"

„Was?" Eli versuchte, sich auf seinen Freund zu konzentrieren. „Tut mir leid, ich ... ich habe nur gerade das von Julias Sohn erfahren."

„Ach so. Ja. Bis vor zehn Minuten war Julia deswegen noch bei mir im Büro." Trey wurde langsamer und schüttelte den Kopf, als wollte auch er immer noch nicht wahrhaben, dass so etwas in Honey Ridge passieren konnte. Er blies die Backen auf und atmete dann hörbar wieder aus. „Zu der Zeit habe ich noch woanders gewohnt, aber der Fall ist bis heute nicht geschlossen worden. Viel Neues kommt allerdings nicht mehr bei rum."

„Unfassbar." Während Eli in seiner Zelle gehockt und auf Bewährung gewartet hatte, war Julias kleiner Junge entführt worden. Sein Albtraum war nichts im Vergleich zu Julias. Und seinen eigenen hatte er zudem noch selbst verschuldet.

„Ab und an bekommen wir immer noch Hinweise, aber keiner davon bringt uns weiter."

„Wie überstehen die Eltern so was?"

„Nikki hat mir erzählt, dass Julia und ihr Mann in den ersten Tagen und Wochen wirklich alle Hebel in Bewegung gesetzt haben. Die Öffentlichkeit eingespannt, Plakate aufgehängt, bei den Ermittlungen geholfen. Julia hat sogar durchgesetzt, dass draußen vor dem Schulgebäude und in allen Schulbussen Überwachungskameras installiert wurden. Aber als die Hoffnung langsam immer kleiner wurde, da ist sie zusammengebrochen."

„Hat bestimmt 'nen schlimmen Medienrummel gegeben, das alles." Davon konnte auch Eli ein Lied singen.

„Eine Weile, ja. Da muss hier ganz schön was los gewesen sein. Das ist schließlich 'ne Kleinstadt. Vergleichbares ist hier noch nie passiert. Irgendwann hat Julia den Druck und die Aufmerksamkeit nicht mehr ausgehalten. Bevor sie und Val die Peach Orchard Farm gekauft haben, war sie depressiv, hat niemanden an sich rangelassen, aber wer kann ihr das vorwerfen?“

Trey sprach aus, was Eli dachte. Und dieser Volldepp von Ehemann hatte sich einfach von ihr scheiden lassen.

Am Fuß der langgestreckten Treppe vor dem Gerichtsgebäude blieb Eli stehen. Seit seiner Urteilsverkündung war er nicht mehr in einem solchen Bau gewesen. Und er war nicht gerade erpicht darauf, hier hineinzugehen.

Trey war schon auf dem Weg nach oben. Eli sah hoch zu dem furchteinflößenden Backsteinungetüm, zu der zweiflügeligen Holztür am Ende der zahlreichen Stufen.

Was er durchmachte, war nichts im Vergleich zu Julia. Mit gesenktem Kopf und laut klopfendem Herzen machte Eli sich an den Aufstieg.

24. KAPITEL

Auf der kurzen Fahrt zurück zum Peach Orchard Inn hörte Eli Julias Geplauder zu, hätte dessen Inhalt jedoch im Leben nicht wiedergeben können. Er grübelte.

Sollte er etwas sagen? Oder lieber den Mund halten? Wenn sie wollte, dass er das von ihrem Sohn erfuhr, hätte sie es ihm dann nicht schon längst selbst erzählt?

Nachdem sie das Auto abgestellt und die Lebensmittel ausgeladen hatten, blieb Julia auf dem Weg durch den Salon bei drei Gästen stehen, die gerade zu einer Wanderung aufbrechen wollten, und versorgte sie mit Ratschlägen, Getränken und Proviant. Eli beobachtete ihre mütterliche Fürsorge jetzt mit ganz neuen Augen. Diese Frau umsorgte ihre Gäste, so wie sie sich voller Kummer danach sehnen musste, ihren Sohn zu umsorgen.

Plötzlich wurde ihm alles klar: So oft war etwas, das sie gesagt oder getan hatte, ein Hinweis auf ihren Verlust gewesen. Und er hatte in hirnrissiger Ahnungslosigkeit immer wieder völlig falsch reagiert.

Während Julia in ihrer charmanten, liebenswürdigen Art noch weiter mit den Gästen plauderte, ging Eli schon mal voran in die Küche. Ein paar Gläser Tee eingießen bekam wohl sogar er noch hin.

Er nahm ein Tablett, so wie er es Julia schon hundertmal hatte tun sehen, goss für jeden der Gäste ein Glas Tee ein und legte smaragdgrüne Servietten neben einen Teller mit aufgeschnittenem Zitronenkuchen.

Als sie hereinkam, brachte diese einfache kleine Geste ihr Gesicht zum Strahlen. Ihre Freude machte ihn glücklich. Julia ging ihm unter die Haut.

Nachdem sie mit dem Tablett in Händen wieder gegangen war, trat Eli auf die Veranda hinaus, vorbei an der Stelle, wo sie sich in jener Nacht so vertraut und ausgelassen unterhalten hatten. Wo er der Versuchung, sie an sich zu ziehen, fast erlegen war.

Die Luft verhieß bereits die kommende Mittagshitze und war von süßem, schwerem Blumenduft erfüllt. Neben dem Vogelbad umflatterten sich zwei Hüttensänger in selbstvergessenem Balztanz.

Eli vergrub die Hände tief in den Hosentaschen und machte sich auf den Weg in den Obstgarten. Der Drang, im Freien zu sein, überwog heute seine Restaurierungsambitionen. Seit seiner Zeit im Gefängnis reagierte er immer so. Wenn die Welt auf ihn einstürzte, wollte er einfach nur raus.

Hinter ihm ging die Tür auf, doch er lief einfach weiter. Julia holte ihn ein. „Wolltest du nicht auch einen Tee?"

„Hab's mir anders überlegt."

„Ist irgendwas?"

„Ja."

Sie hatten den Obstgarten erreicht und gingen die schmale Gasse zwischen den Baumreihen hinunter, die Eli mittlerweile fast bis zur Hälfte des sechs Hektar großen Areals freigeräumt hatte. Er blieb stehen und sah sie an. Wie sollte er anfangen?

„Dein Sohn." Ein geliebtes Kind. Und doch ein schreckliches Thema. „Die Sweat-Zwillinge haben es mir erzählt."

Sie machte den Mund auf, brachte jedoch kein Wort heraus und schloss ihn wieder. Wie in einem Daumenkino flackerte ein Gefühl nach dem anderen über ihr Gesicht. Schmerz, Leid, Hilflosigkeit. „Das ist ja kein Geheimnis. Mikey ist auf Facebook und auf sämtlichen Vermisstenseiten. Ich erhöhe sogar jährlich die Belohnung für Hinweise. Aber ich weiß nie, wie ich Leuten davon erzählen soll. Es auszusprechen, fällt mir immer noch so schwer. Bitte entschuldige."

„Du musst dich nicht bei mir entschuldigen", versetzte er heftig. „Bei niemandem."

Sie verschränkte die Arme und zog sich in sich selbst zurück, wie sie es bestimmt schon viel zu oft aus Selbstschutz hatte tun müssen. „Jetzt weißt du auch, warum ich mir immer solche Sorgen um Alex mache.“

„Ja. Mir tut es leid. Ich hatte ja keine Ahnung.“ Irgendwie lagen seine Hände plötzlich auf ihren Schultern. Durch den dünnen Stoff ihrer Bluse fühlten sich ihre Knochen schmal und zart an. Zerbrechlich. Obwohl das Leben sie zerbrochen hatte, obwohl ihr das größte Unglück widerfahren war, das einer Mutter widerfahren konnte, war sie wieder aufgestanden. „Du bist die tapferste Frau, der ich je begegnet bin.“

An ihrem unteren Wimpernkranz hing eine Träne. Sie schüttelte abwehrend den Kopf. „Ich habe ständig Angst.“

„Mutig ist, wer selbst in Todesangst noch voranschreitet.“ Das hatte Eli irgendwo mal gelesen, aber erst jetzt ergab der Spruch auch einen Sinn. Er wollte es ihr so dringend sagen, wollte ihr zeigen, wie sehr sie ihn bewegte. „Und genau das tust du jeden Tag, Julia. Stark und mutig.“ Und wunderschön und freundlich und gut. Aber das sprach er nicht aus. Konnte es nicht. Er, der um die Gefährlichkeit von Worten wusste, hatte schon viel zu viel gesagt.

Jetzt brachen die Tränen sich Bahn und rollten in lautlosem Kummer Julias Wangen hinunter. Der Anblick riss ihn schier entzwei.

„Bitte nicht weinen. Ich wollte dich nicht zum Weinen bringen.“

Jetzt, da er den Schmerz sah, den er ihr zugefügt hatte, konnte er nicht mehr anders, er musste sie einfach trösten. Er ließ die Hände von ihren Schultern auf ihren Rücken gleiten und zog sie an sich. Ihre Arme umfassten seine Hüfte, und sie schmiegte sich so eng an ihn, als hätte auch sie schon viel zu lange keine menschliche Nähe mehr gespürt. Etwas mutiger legte er sanft eine Hand auf ihren Kopf und streichelte ihr über das weiche Haar, barg ihr Gesicht an seiner Brust. Er spürte die feuchte Wärme ihrer Atemzüge durch den Stoff seines T-Shirts und sog ihren Duft ein, der sich mit der fruchtigen Süße der jungen Pfirsiche um sie herum vermischte.

Seit mehr als sieben Jahren war er einer Frau nicht mehr so nahe gewesen. Gefühle rauschten durch seinen Körper wie ein von heftigem Sommerregen aufgewühlter Magnolia Creek. Die Berührung einer Frau war etwas Magisches. Das hatte er ganz gewiss nicht vergessen. Und, oh, wie hatte er es vermisst.

Eli hielt sie ganz locker und ohne Druck, sie wich nicht zurück. Eine eisige Stelle in seinem Innern schmolz hinfort.

„Er war der liebste kleine Junge der Welt", murmelte sie und ihre Worte brachen Eli das Herz.

„Erzähl mir von ihm." In langsamen, kreisenden Bewegungen strich er ihr über den Rücken, während die Sonne warm auf seine Hand schien und die Pfirsichbäume sich verschwiegen vorbeugten, als wären sie solcherlei traute Gespräche hier unter ihrem Blätterdach schon lange gewöhnt.

Und sie erzählte. Von dem Zweitklässler, der ihr irgendwo zwischen Schulbus und Grundschule fortgenommen worden war und nie mehr den Weg nach Hause gefunden hatte. Von dem kleinen Jungen, der Baseballspielen geliebt hatte und Fröschefangen und Maiskolbenessen. Der jeden Tag seine rote Cardinals-Mütze getragen und eine Sammelkarte von Albert Pujols in seinem Rucksack dabeigehabt hatte. Und als sie ihm von jenem letzten Morgen erzählte, an dem ihre Welt in Scherben zersprungen war, da zersprang auch Elis Herz.

Sie weinte bitterlich, während er sie weiter im Arm hielt und sie, so gut er es vermochte, zu trösten versuchte. Ein klägliches Unterfangen angesichts eines so unermesslichen Verlusts. Eli wurde klar, dass Alex' neue Legos früher Mikey gehört haben mussten. Ein Riss ging durch die Mauer, die er um sein Herz errichtet hatte.

In diesem Moment wünschte er sich nichts sehnlicher, als Julias Welt wieder heller machen zu können. Und zu seiner großen Bestürzung wurde ihm klar, dass er sich womöglich gerade in sie verliebte.

Rückblickend fragte Julia sich, was eigentlich in jenen Augenblicken im Obstgarten über sie gekommen war, denn als Eli sie nach Mikey gefragt hatte, war sie unweigerlich zusammengebrochen. Und obwohl diese offene Wunde bis zu Mikeys Rückkehr nicht heilen würde, hatte nicht die Trauer über seinen Verlust den Zusammenbruch ausgelöst, sondern vielmehr Elis Sorge um sie, die vorsichtige Zärtlichkeit, mit der dieser zurückhaltende Mann sie in die Arme geschlossen hatte. Er war der Tapfere, nicht sie. Tapfer genug, sich Erinnerungen anzuhören, die ihrer eigenen Familie zu schmerzlich waren.

Nach peinlich langem Geschniefe hatte sie sich schließlich von ihm gelöst und war in irgendeine Richtung losgegangen. Eli war an ihrer Seite geblieben, hatte ihren Erzählungen über Mikey zugehört und ihre Hand gehalten. Diese Berührung war ihr ein Trost gewesen, den sie nicht hatte ablehnen können.

Eine Stunde oder länger waren sie so in der Deckung der Bäume umhergestreift. Eine Mutter, die ihren Sohn verloren, und ein Vater, der seinen gerade erst gefunden hatte. Die Ironie war ihnen nicht entgangen.

Irgendwann hatte Julia eine SMS von Valery erhalten. Inhalt: Wo steckst du? Daraufhin hatte Julia Eli bei seiner Arbeit im Obstgarten zurückgelassen und war in Richtung Pension davongegangen. Sie hatte seinen Blick im Rücken gespürt, und am liebsten wäre sie gleich wieder in jene Geborgenheit zurückkehrt, die den Namen Eli Donovan trug.

Jetzt kochte sie gerade das Abendessen und dachte an jene zweite Umarmung, kurz bevor sie gegangen war. Sie wusste nicht mehr sicher, wer von ihnen beiden sie initiiert hatte.

Wahrscheinlich sie selbst. Und was als Zeichen von Dankbarkeit begonnen hatte, war irgendwie zu etwas anderem geworden. In seinen Armen hatte sie zu ihm aufgesehen und sich gefragt, ob er sie gleich küssen würde. Sie hätte den Kuss erwidert, so viel stand jedenfalls fest.

„Kann ich was helfen?“, fragte Valery, als sie mit ihrer üblichen schwungvollen Art hereingehüpft kam.

Das Frühstück war für die Gäste, das Abendessen für die Familie. Also nur für sie beide – und mittlerweile auch für Eli und Alex.

„Den Tisch decken?“

„Schon dabei“, sagte ihre Schwester und holte vier Teller aus der Vitrine. Das zusammengewürfelte Chinaporzellan hatten sie in einem Antiquitätenladen günstig erworben, und wenn die einzelnen Stücke auch nicht ganz zueinanderpassten, so machten sie sich doch außerordentlich gut hier in dem alten Haus. „Was habt ihr zwei denn so lange da draußen getrieben?“

Julia versuchte vergeblich, nicht rot zu werden. Ihrer Schwester konnte sie nichts vormachen. „Uns unterhalten.“

„Ach, so nennt man das also heutzutage?“ Valery schnitt eine Grimasse.

„Halt die Klappe.“

„Er steht auf dich.“

„Lass das endlich bleiben, Valery. Eli ist nichts weiter als ein Angestellter.“ Na ja. Ein Angestellter, den sie küssen wollte. Ein Angestellter, der sie daran erinnerte, was eine Frau für einen Mann empfinden konnte.

Die Tür zur Veranda ging auf. Zwei männliche Stimmen, eine junge und eine erwachsene, drangen zu ihnen herein und Julia wurde von sonderbarer Vorfreude erfasst.

Sie runzelte warnend die Stirn in Richtung Valery, die frech den Kopf zurückwarf und das Geschirr ins Esszimmer trug.

Vater und Sohn erschienen im weiß abgesetzten Türbogen. Eli legte Alex die Hände auf die Schultern, was Julia unwillkürlich wieder daran denken ließ, dass diese Hände sie berührt hatten. Dass sie auf ihrem Kopf und ihrem Rücken gewesen waren und dass sein Körper sich an ihren gedrängt hatte. Bei dem Gedanken daran – bei dem Gedanken an mehr – wurden ihr die Knie weich.

Am liebsten hätte sie Valery die Schuld in die Schuhe geschoben, weil sie ihr das Ganze überhaupt erst eingeredet hatte. Doch das funktionierte nicht.

„Mein Kollege hier hat Durst“, sagte Eli. Er verströmte den Geruch nach Harz und Sommerhitze. Riecht gut, dachte Julia. „Dürfen wir uns kurz was zu trinken nehmen?“

Alex war schüchtern in der Tür stehen geblieben und beobachtete sie. Julia wischte sich die Hände am Geschirrtuch ab und ging zu ihm hinüber. „Ich mache gerade das Abendessen fertig. Wär ein Wasser okay?“

„Ja, Ma'am, Miss Julia“, sagte Alex. „Danke schön.“

Elis Gesicht glühte vor heiterer Zuneigung. „Wir haben geübt.“

„Hab ich's richtig gemacht?“, fragte Alex.

„Ja, das hast du“, sagte Julia. „Du bist ein echter Gentleman.“ Sie warf Eli einen Blick zu. Zwischen ihnen hing erneute Spannung in der Luft und sie war stärker geworden. „Genau wie dein Daddy.“

„Geht es dir gut?“, fragte Eli so leise, dass nur sie es hören konnte, dabei war außer Alex niemand sonst im Zimmer.

„Ja. Danke noch mal.“

Er sah ihr tief in die Augen und ließ seinen Blick einen Moment dort ruhen. „Jederzeit.“

Hinter ihnen verbreitete das Zitronenhuhn im Ofen seinen Duft bis ins Esszimmer hinein, wo Valery mit dem Besteck herumklimperte und Stühle rückte. Und tief in Julias Innern drang neue Kraft in ein welkes Herz, das sich jetzt wie eine Rosenknospe in der Sommersonne zu öffnen begann.

Julia war gerade oben an der Treppe, als sie die Stimmen hörte. Sie ging davon aus, dass Eli und Alex in den Salon gekommen waren, und lehnte sich über das Geländer, um Hallo zu sagen. Doch der schwarzhaarige Junge saß allein dort unten auf dem Orientteppich und spielte mit den antiken Murmeln. Verwundert blickte Julia sich nach Eli um und just in dem Moment trat jener aus dem Blaubeerzimmer auf den Flur.

„Hast du Alex gesehen?", fragte er.

Sie zeigte über das Geländer und gemeinsam gingen sie die Treppe hinunter. Als sie unten angekommen waren, hob Alex den Kopf.

„Was machst du da, Kumpel?", fragte Eli und hockte sich neben seinen Sohn. „Wo hast du denn die tollen Murmeln her?"

Alex zuckte die Schultern.

Eli sah sich die kleinen Spielzeuge genauer an und blickte dann zur Anrichte hinüber. „Dann hast du sie also einfach aus der Schale genommen?"

„Die Murmeln sind alle noch hier, Eli", sagte Julia.

„Aber wo kommen dann diese anderen her? Hast du sie irgendwo gefunden, Alex? Das wär völlig okay. Julia und ich haben auch welche gefunden. Wir finden ständig so spannende Sachen im alten Kutschenhaus."

Alex starrte auf die Murmeln hinunter und seine Stimme war ein tonloses Raunen. „Hab sie von Ben."

Die Erwachsenen tauschten erstaunte Blicke aus. Julia zog ratlos die Schultern hoch. Einen Jungen dieses Namens hatte Alex ihr gegenüber nie erwähnt.

„Diesen Ben kenne ich noch gar nicht. Ist er in deiner Klasse?"

„Nein, Eli“, sagte der Junge ungeduldig. „Er wohnt hier.“ Er runzelte die kindliche Stirn. „Na ja, glaub ich jedenfalls. Manchmal ist er hier und dann spielen wir zusammen.“

Auch Julia hockte sich jetzt hin und nahm zwei der Murmeln in die Hand. Sie sahen genauso aus wie die in der Schale. „Erzähl uns von Ben, Alex. Wo hast du ihn getroffen?“

„Im Flur vor meinem Zimmer. Er ist echt nett.“

Oh, okay. Vielleicht wusste sie jetzt, wovon er sprach. „Ist Ben ein ausgedachter Freund, der immer dann erscheint, wenn kein anderer zum Spielen da ist?“

„Nein. Er war gerade noch hier, bis ihr gekommen seid.“

Es waren keine Kinder unter den Gästen. Sie wollte das nicht. War etwa unbemerkt ein Fremder ins Haus gekommen?

Julia bekam eine Gänsehaut. Hatte es jemand auf Alex abgesehen, so wie es damals bei Mikey gewesen sein musste?

Auf diesen Gedanken folgte sofort der nächste. Hatte Mikey einen heimlichen Freund gehabt und ihr nie davon erzählt? Einen Freund, der ihn dann entführt hatte?

Julia versuchte, das Zittern in ihrer Stimme zu unterdrücken, als sie jetzt fragte: „Wie alt ist Ben, Alex?“

Die kleinen Schultern zuckten erneut. „Weiß nicht. Er ist ein bisschen größer als ich. Aber nicht so groß wie Eli.“

Eli musste ihren verworrenen Gedankengang erraten haben und schaltete sich ein: „Aber er ist kein Erwachsener, oder, Alex?“

„Nein. Er ist ein Junge. Seine Haare stehen hier lustig ab.“ Er zeigte auf seinen Scheitel. „Und ich glaube, er kommt aus dem Himmel, denn er kennt meine Mommy.“ Bei diesen Worten verzog er traurig den Mund. Und dann, als könnte er das Gespräch nicht länger ertragen, trat er die Murmeln weg und barg das Gesicht in den Händen.

25. KAPITEL

Peach Orchard Farm
1864, Oktober

Einen Monat lang musste Charlotte warten, bevor der erste Brief ankam. Einen Monat lang die zurückgebliebenen Verletzten pflegen, die einen Arm, ein Bein oder wie Johnny ihr Augenlicht verloren hatten. Einen Monat lang Will vermissen und dafür beten, dass dieses Gefühl nachlassen möge. Einen Monat lang Edgars und Josies selbstgefälligen Lästereien über die Yankees zuhören. Charlotte hatte sich angewöhnt, derlei Gespräche schweigend und mit gesenktem Blick hinzunehmen, nur einmal war auf Josies Bemerkung hin, „Charlottes Freund, der Captain" habe das und das gemacht, eine unangenehme Auseinandersetzung mit Edgar gefolgt.

Danach hatte Charlotte ihre Bemühungen, ihrem Mann eine würdige Ehefrau zu sein, noch einmal verdoppelt.

Niemand war gekommen, um sie der Spionage anzuklagen.

Die kühleren Winde des Herbstes wehten über die Farm und fegten den Geruch nach Lagerfeuern und den Gestank nach Blut und Eiter mit sich fort.

Die Sklaven rangen der Erde die letzten Früchte ab, allerdings hatten die Yankees außer Kartoffeln und Kürbissen nicht viel übrig gelassen. Tandy war laut Edgar mittlerweile zu groß, um nutzlos zu sein, daher musste er jetzt mit den anderen auf den Feldern arbeiten. Schon durch Wills Fortgang hinreichend betrübt, hatte der kleine Benjamin nun auch noch die Abwesenheit seines Spielkameraden zu betrauern, doch immerhin ging die Schule wieder los und Charlotte konnte ihn mit Übungsaufgaben, Hausarbeit und seinen geliebten Murmeln von seinem Kummer ablenken.

An einem Oktoberabend also, da der Wind die zerrissenen

Wolken über einen rotvioletten Himmel jagte, kam ein Reiter der Union auf seinem Braunen über die Magnolienallee herangetrabt. Der stets wachsame Gänserich verfiel sogleich in lautstarkes Schnattern und schreckte damit die Familie beim Abendessen auf. Edgar, erschöpft von einem langen Tag, den er mit Feilschen über Getreidepreise hatte verbringen müssen, schmiss fluchend die Serviette auf seinen Teller. Charlotte kaute bedächtig und schluckte einen Bissen von dem Wels hinunter, den Tandy geschickt aus dem Teich befördert hatte.

„Das wird nur ein Bote sein, Edgar", sagte sie ruhig, „der sich nach den Verwundeten erkundigen will."

Edgar bleckte die Zähne. „Meinetwegen kann er sie alle zum Teufel schicken und sich selbst gleich hinterher."

„Soll ich ihn empfangen? Oder lieber Hob schicken?"

„Hob ist nutzlos. Wie der ganze Rest auch." Er bellte einen Befehl in Richtung Küche. „Lizzy, geh da raus und kümmer dich um den Yankee."

Lizzy erschien im Türbogen und trocknete sich die Hände an der Schürze ab. „Soll ich ihn reinbitten? Er wird hungrig sein."

Auf Edgars Stirn begann eine Ader zu pochen und rötliche Zornesflecken breiteten sich auf seinem Gesicht aus. „Schick ihn gefälligst direkt ins Arbeitszimmer. Den Feind auch noch durchfüttern, so weit kommt's noch."

Lizzy warf einen schnellen Blick zu Charlotte, die sich ihr mit einem Blinzeln zu verstehen gab. Solange es auf der Peach Orchard Farm noch etwas zu essen gab, wurde kein Hungriger abgewiesen.

Die Dienerin nickte knapp und verließ das Zimmer, nur um kurze Zeit später wieder aufzutauchen. Ihre tiefbraunen, ausdrucksstarken Augen fanden Charlottes Blick und signalisierten ihr etwas, das sie nicht verstand, aber sie betete, es möge um eine Nachricht von Will gehen.

Mit der geduldigen Selbstbeherrschung, dank derer sie ihrer Gedanken Herr blieb, beteiligte sich Charlotte an dem lockeren Tischgespräch mit Benjamin und ihren Schwägerinnen. Reichte die Bohnen weiter, dann die Brötchen, und die ganze Zeit über verbot sie sich zu glauben, dass Will geschrieben haben könnte. Sie hatten einander nichts versprochen. Eine Nachricht, mehr brauchte sie nicht. Die Nachricht, dass der gute Captain gesund und in Sicherheit war.

Als die quälend lange Mahlzeit endlich vorüber war, stampfte Edgar in Richtung Arbeitszimmer, während sie und die anderen Frauen den Tisch abräumten. Immer wieder suchte sie Lizzys Blick, doch jene vermied es beharrlich, ihr in die Augen zu schauen. Erst als Charlotte sich schließlich zurückzog und die Treppe hinauf in ihr Schlafzimmer ging, folgte ihr Lizzy in geringem Abstand.

Ihre Vertraute spähte noch einmal den Flur hinauf und hinunter, dann schloss sie die Tür hinter ihnen. Ohne Umschweife raunte sie: „Es ist ein Brief von Captain Will angekommen. Der Bote hatte Anweisung, ihn nur dir oder mir zu geben."

Charlotte sank auf die Récamiere und gleich den schnellen Wassern des Magnolia Creek durchflutete sie eine endlose Erleichterung. „Gott sei Dank. Er ist am Leben."

„Nicht den kleinsten Fetzen Vernunft hat der im Leib. An eine verheiratete Frau zu schreiben, 'ne Konföderiertengattin noch dazu."

Charlotte hob bittend die Hand. „Nicht schimpfen, Lizzy."

Nachsicht und Mitgefühl huschten über das dunkle Gesicht, als Lizzy ein einzelnes Blatt aus ihrer Schürze zog. Sanftmütiger fügte sie hinzu: „Der Soldat wird deine Antwort mitnehmen, falls du eine geben willst."

Charlottes schlechtes Gewissen war in weniger Zeit besiegt, als sie dafür brauchte, das Blatt aufzufalten und Wills geliebte

Unterschrift zu erblicken. „Es geht ihm gut. Oh Lizzy, er ist in Sicherheit."

„Wenn du deine Antwort dann also fertig hast, gib sie mir. Ich werd mich drum kümmern. Du bleibst hübsch in Deckung, ja?"

Aber Charlotte war schon ganz in Wills Worte versunken. Als sie Minuten später mit Tränen in den Augen hochsah, war Lizzy bereits unbemerkt aus dem Zimmer geschlüpft.

30. September 1864

Liebe Charlotte,
verzeih mir, ich muss diesen Brief einfach schreiben. Deine selbstlose und gütige Hilfsbereitschaft während dieses beschwerlichen Sommers ist mit jedem neuen Tag in meinen Bewusstsein und, ja, in meinem Herzen. Ich denke oft an dich. Du gabst mir Hoffnung, als ich an diesem schier endlosen Krieg zu verzweifeln drohte.
Gestern ritten wir einen Angriff nahe Fort Donelson. Wir verloren zwei Männer, Stanfill und Giles. Edle, tapfere Christen, die ihr Wohl und ihr Leben für die Freiheit geopfert und ihre Augen für immer geschlossen haben.
Der Feind formiert sich in nördlicher Richtung. Wir hören Kanonenfeuer jenseits der Berge. Die Jungs in Grau, denen wir bisher begegnet sind, waren jedoch ebenso ausgezehrt und erschöpft wie wir, gut möglich, dass ihr Zustand sogar noch schlechter ist als unserer. Wir haben den Befehl, mit doppelter Geschwindigkeit voranzumarschieren. Eine große Herausforderung steht uns bevor, ich kann dir nicht mehr dazu sagen, aber bitte bete für uns.
Solltest du in den Schriftwechsel einwilligen, so wäre es mir eine unendliche Wohltat, von dir zu hören und im besten Fall zu erfahren, dass es dir gut geht. Denn lass

mich so viel sagen: Die Erinnerungen an die Peach Orchard Farm, die Erinnerungen an dich, bedeuten mir viel. Und wenn wir uns auf diesem Erdenrund auch nie mehr begegnen mögen, so will ich doch auf immer glücklich an dich denken und dankbar sein für die gesegneten Stunden, die ich in deiner Gegenwart verbringen durfte.
In tiefer Zuneigung
William Gadsen

PS: Dem Boten, Corporal Johnson, gilt mein rückhaltloses Vertrauen.

Charlotte presste den Brief an ihre Brust und kämpfte ihren eigenen, inneren Krieg. Will marschierte in Richtung des großen Unbekannten, in Richtung einer entscheidenden Schlacht, die seine letzte sein könnte. Obwohl sich das Kampfgeschehen weiter nach Osten oder hoch nach Nashville verschoben hatte, berichteten die Zeitungen doch auch von Schlachten bei Chattanooga oder Tullahoma, was noch näher lag. Hunderte hatten ihr Leben gelassen, weitere starben noch immer bergauf und bergab in Tennessee. Würde Will einer von ihnen sein?

21. Oktober 1864

Lieber Will,
ich bin unendlich glücklich, dass du wohlauf bist und mir schreiben kannst. Die täglichen Kriegsnachrichten bereiten mir große Angst. Wie versprochen bete ich für dich, jeden Tag. Und ich denke an dich, jeden Tag, immer.
Uns geht es gut. Benjamin hatte letzte Woche etwas Husten und Fieber, ist aber mittlerweile schon wieder völlig genesen. Er freut sich noch immer über die Murmeln und spricht oft von dir. Er vermisst deine väterliche Aufmerk-

samkeit, etwas, das Edgar ihm anscheinend nicht zu geben vermag.
Bitte denke nicht schlecht von meinem Mann, selbst wenn er sich während deiner Zeit hier auf der Peach Orchard Farm mehr als unfreundlich gezeigt hat. Edgar legt zwar strenge Prinzipien an den Tag, aber er hat auch tiefe Wunden erlitten. Sein eigener Vater war ein unnachgiebiger, abweisender Mensch, der bei allen drei Kindern immer nur deren Makel sah. Aber wer von uns, teuerster Will, ist diesseits der Ewigkeit schon ohne Makel? Wer von uns Menschen, mit unseren physischen Fehlern, sündigen Taten und schlechten Gedanken, soll den Anspruch auf Makellosigkeit erheben können? Ich ganz bestimmt nicht, denn wäre ich makellos, dann wüsste ich mit diesem verräterischen Herzen umzugehen, das für den einen Mann schlägt, während es einem anderen treu zu sein hat.
Ich kann kaum glauben, was ich da gerade geschrieben habe, aber ich werde es nicht wegstreichen. Ich weiß, dass diese Worte dir Mut machen könnten, und damit ist mein Gewissen beruhigt. Bleibe so tapfer und mutig und gut, wie ich dich habe kennenlernen dürfen. Möge Gott dich segnen und dich beschützen.
Mit den innigsten Grüßen
Charlotte Portland

26. KAPITEL

Peach Orchard Inn
Heute

Eli war bisher davon ausgegangen, dass die sieben Jahre Gefängnis ihn die Bedeutung von Angst gelehrt hatten. Doch wenn er jetzt in das Gesicht seines Sohnes blicken und sich dabei fragen musste, ob jener den Bezug zur Realität verloren hatte, war das wesentlich furchteinflößender als alles andere zuvor.

Alex war nicht davon abzubringen gewesen, dass Ben echt war und aus dem Himmel kam.

Ungeschickt und hilflos hatte er Alex auf den Schoß genommen, wo der Junge sich zusammengekauert hatte und reglos liegen geblieben war, ohne seinen Vater anzublicken.

Später, nachdem er seinen Sohn ins Bett getragen und gewartet hatte, bis er eingeschlafen war, war er auf der Suche nach Julia in die Küche gegangen und hatte sie beim Ausräumen der Spülmaschine angetroffen.

„Viele Kinder haben einen imaginären Freund", hatte sie gesagt.

„Der die tote Mutter im Himmel kennt?"

„Nein. Nein. Er ist traurig und verwirrt, Eli. Er braucht Hilfe."

„Glaubst du, das wüsste ich nicht?" Seine Hand war so heftig auf der Arbeitsfläche gelandet, dass die Teller geklappert hatten. „Glaubst du, ich liege nicht jede Nacht wach und frage mich, wie ich meinem Sohn helfen kann? Frage mich, ob ich alles mit ihm falsch mache? Frage mich, ob er je wieder lachen und spielen und ein ganz normaler Junge sein wird?"

Sie war vor seinem harschen Tonfall gekränkt zurückgewichen. Da hatte er die Arme nach ihr ausgestreckt und sie in seiner Angst und seinem Kummer ganz fest an sich gezogen. „Es tut mir leid. Es tut mir so leid."

Er war beileibe nichts als ein nutzloser Dreckskerl.

Julia hatte ihm beruhigend die Hand auf den Rücken gelegt und ihm vergeben. Und bei der Selbstverständlichkeit, mit der sie ihm ihr Verständnis entgegengebracht hatte, war er schier entzweigebrochen und hatte sich schuldiger gefühlt als je zuvor. Sie hatte ja keine Ahnung.

„Eli", hatte sie geflüstert, und weil ihm in jenem Moment kein klarer Gedanke mehr möglich gewesen war, hatte er sie geküsst.

Jetzt, da er am Schreibtisch im Blaubeerzimmer vor Julias Laptop saß und nach einer kostenlosen Therapie für Alex suchte, war sein Kopf ein einziges Durcheinander von Gedanken an seinen Sohn und an Julia.

Er konnte immer noch nicht fassen, wie er dermaßen die Kontrolle hatte verlieren können. Er hätte Julia nicht küssen dürfen. Hätte sie gar nicht erst umarmen dürfen. Und das hatte er dann auch ausgesprochen, den Grund dafür jedoch verschwiegen. Auf ihr gequältes Lächeln hin war ihm klar geworden, dass er etwas Falsches gesagt hatte. Also war er in immer neue Entschuldigungen verfallen, bis sie ihn irgendwann unterbrochen hatte: „Es geht jetzt vor allem um Alex. Wir machen uns eben beide Sorgen um ihn."

Feige, als hätte er ein Recht auf Rücksichtnahme statt eines dreckigen Geheimnisses, hatte er ihre Erklärung sofort aufgegriffen und den Kuss damit vom Tisch gefegt. Dabei hätte er sie viel lieber vom Fleck weg hochgehoben und sie filmreif die Treppe nach oben getragen wie Rhett Butler seine Scarlett O'Hara.

Er war ein Idiot. Ein Versager und ein Idiot. Ein Mann, der nicht einmal für sein eigen Fleisch und Blut sorgen konnte. Das hatte er Opal doch gleich gesagt. Und dennoch erwartete die alte Frau bei jedem seiner Besuche im Rehazentrum gute Nachrichten von ihm, als könne ein Exknacki von jetzt auf gleich Vater des Jahres werden.

Erwartungen. Und er versagte selbst dann noch, wenn Versagen nicht infrage kam.

Wo hatte Alex diesen alten Lederbeutel mit den Murmeln drin überhaupt gefunden? Warum beharrte er so sehr darauf, dass er von einem Geisterjungen kam, der zudem noch Mindy kannte?

Schaudernd hackte er weiter auf die Tastatur ein, um sich in einem der Hinterbliebenenforen auf die Suche nach Antworten zu machen. Er loggte sich mit anonymem Nutzernamen ein und stellte seine Frage: „Hat jemand einen Tipp für mich, wo ich hier in Tennessee eine kostenlose Therapie für mein Kind finden kann?"

Er hatte erst überlegt, ob er den Staat vielleicht lieber unerwähnt ließ, aber mit diesem Pseudonym konnte ihn eh niemand identifizieren. Und warum sollten sie das auch wollen? In dem Forum war er schließlich nur ein weiterer Vater mit einem trauernden Kind, kein Exsträfling mit dunkler Vergangenheit.

Sekunden später blinkte eine Antwort auf. Dann noch eine. Und noch eine. Er scrollte sich nach und nach durch, las die Vorschläge und notierte sich Tipps, als sein Blick an einem der Nutzernamen hängen blieb. Gloria. Sein Herz setzte einen Schlag aus. Gloria war der Name seiner Mutter, purer Zufall natürlich. Er las ihren Eintrag … über den Tod ihrer fünf Jahre alten Tochter.

Elis Gesicht und sein Hals begannen zu brennen und der Puls trommelte ihm überlaut in den Ohren. Er durchsuchte die Internetseite nach dem vollen Namen dieser Frau, fand aber nur hier und da weitere Informationsschnipsel. Ihre recht häufigen Beiträge, in denen sie Rat und Trost spendete, zeugten von einem allgegenwärtigen, nie endenden Kummer.

Ihre Worte zwangen ihn beinah in die Knie. Eine Frau, eine Mutter, schrieb hier ihre Geschichte nieder, um anderen Mut zuzusprechen, die das Gleiche durchmachen mussten.

Jessica war erst fünf, als sie ertrank. Nach mittlerweile dreiundzwanzig Jahren hat der Schmerz endlich nachgelassen. Das möchte ich dir auf den Weg geben, liebe Annalee. Die Tage werden leichter mit der Zeit. Der schreiende Schmerz wird nachlassen und du wirst wieder schlafen können. Die tonnenschwere Last hebt sich irgendwann von deiner Brust und dein Lachen kehrt nach und nach wieder. Obwohl du deine geliebte Clare für immer vermisst und dich für immer fragst, was für ein Mensch aus ihr geworden wäre, so wirst du doch eines Tages auch wieder Freude empfinden und dein Leben weiterleben können.

Eli war alles Blut aus dem Kopf gewichen. Es waren die Worte seiner Mutter. Gloria Webber Donovan. Nach all der Zeit.

Tränen sammelten sich hinter seinen geschlossenen Lidern. *Mom.*

Aus einem ersten Impuls heraus wollte Eli eine Antwort schreiben und sich ihr zu erkennen geben, doch dann siegte die Vernunft. Er hatte seiner noch immer trauernden Mutter schon genug Schande und Leid beschert. Und ihr sieben Jahre andauerndes Schweigen sagte deutlich genug, dass sie nie wieder etwas mit ihm zu tun haben wollte.

Mit zitternden Fingern loggte er sich aus dem Forum aus und klappte den Laptop zu.

Aus Mai wurde Juni, eine herrliche Zeit in Tennessee: Schmetterlinge umflatterten die Tulpenmagnolien am Straßenrand und aufgekratzte Schulkinder strebten ihren geheimen Angelplätzen oder dem Baseballfeld zu.

Alex war auf der Rückbank sicher im Kindersitz angeschnallt, während Eli das ewig röchelnde Auto durch Knoxville steuerte, wo jetzt sowohl Blumen als auch Bäume im Überschwang blühten. Hier, in der Stadt seiner Kindheit, hatte er eine kostenlose Einrichtung für Trauernde gefunden. Es war weit bis Knoxville und an jeder Ecke wurde Eli an ein glücklicheres Damals erinnert. Dennoch kam er her.

An manchen Tagen, wie an diesem, waren die Treffen mit der Selbsthilfegruppe eine zermürbende Angelegenheit. Heute, als eines der anderen Kinder über den Tod seiner Mutter gesprochen hatte, war Alex vom Stuhlkreis weggegangen und hatte sich mit dem Rücken zur Gruppe in einer Ecke verkrochen. Eine Mitarbeiterin der Einrichtung war zu ihm hingegangen und hatte leise zu ihm gesprochen. Doch Alex hatte sie ignoriert und, statt ihr zu antworten, seinen Lederbeutel mit den Murmeln hervorgeholt. Den ließ er nie aus den Augen, und er bestand immer noch darauf, dass Ben echt war. Dass Ben mit seiner, Alex', Mutter redete.

Auf der Fahrt nach Hause fühlte Eli sich völlig zerschlagen und sehr allein.

Dann kam Mitte Juni und damit auch der Start in die Pfirsichernte. Restaurierungsarbeit und Recherchetätigkeit wurden zugunsten des Obstgartens auf später verschoben.

Julia holte ihre Mutter und ihre Tanten herbei, damit diese ihr bei der Herkulesaufgabe halfen, massenweise Früchte teils in Weckgläser, teils in den Gefrierschrank zu verfrachten, während Eli sich um die Durchführung der Aktion „Pfirsiche zum Selberpflücken" kümmerte. In der Pension herrschte ein stetes Kommen und Gehen der zahlreichen Gäste, die außer einem Korb voll Frischobst und Rezeptideen auch ihre Pfirsiche im Glas mit nach Hause nehmen konnten, die sie als Schmankerl in der Erntezeit selbst einmachen durften. Diese praktische neue Marketingstrategie hatte Julia Eli zu verdanken.

Als sie einen leeren Korb zurück in den Obstgarten trug, fand sie ihn dabei vor, wie er gleich einem Dompteur in der Zirkusarena eine Horde wildgewordener Pflücker zu ihren Plätzen dirigierte. Mit federnden Schritten kam er ihr am Ende der Baumreihe entgegen. Sein mittlerweile immer häufigeres Lächeln zeigte Julia, dass er sich im Peach Orchard Inn wohlfühlte. Diese sichtbare Veränderung freute sie sehr.

Abgesehen von der anhaltenden Sorge über die Trinkgewohnheiten ihrer Schwester fühlte auch Julia sich insgesamt glücklicher. Vielleicht lag es an der Ankunft des Sommers nach dem langen Winter. Oder an der stillen Präsenz des kleinen Jungen, der abends neben Mikeys alterndem Hund vor dem Fernseher in der Familienhöhle hockte. Oder es lag an Eli.

Vom stundenlangen Arbeiten in der Sonne hatte sich sein Hautton in ein warmes Olivbraun verwandelt und mehr als je zuvor sah er aus wie ein Seeräuber. Julia erinnerte sich an jenen einen Kuss, der aus der Verzweiflung entstanden und nie wiederholt worden war. Sie wurde kurz rot bei dem Gedanken, wie sehr sie ihn genossen hatte und wie viel mehr sie sich von Eli wünschte. Mehr, als jener anscheinend zu geben in der Lage war.

Sie hatte versucht, den Kuss aus ihrer Erinnerung zu tilgen, doch die unerwartete Welle der Sehnsucht kam mit der Hartnäckigkeit von Sommerfliegen einfach immer wieder zurück.

Sie hatte keinen Grund zur Klage. Wenn Eli auch oft derart reserviert war, dass man schon von Geheimniskrämerei reden konnte, so griff er ihr mit seiner harten Arbeit und seinen klugen Geschäftsideen doch sehr unter die Arme. Wie erfolgreich er die diesjährige Ernte aufgezogen hatte – kein Vergleich zu ihren eigenen planlosen Versuchen in der Vergangenheit –, machte sie einfach nur sprachlos. Wenn das so weiterging, würde die Pension wohl endlich mal eine tüchtige Finanzspritze bekommen.

„Ganz schön was los heute Morgen“, sagte sie und reichte ihm den Korb, dessen vorheriger Inhalt in der Küche bereits verarbeitet wurde. „Das Geschäft läuft besser als je zuvor.“

„Ach ja?“ Ihre Worte freuten ihn auffällig. „Nächstes Jahr könnte noch besser werden, wenn wir hier und da etwas nachjustieren.“

„Ja? Was denn?“ Um sie herum füllten die Leute aus der Stadt fröhlich plaudernd ihre Körbe, während die Kinder zwischen den Bäumen Fangen spielten. Vorn auf der Wiese hatte Eli einen Klapptisch aufgestellt, wo Valery den Neuankömmlingen einen Bereich zuwies, die vollen Körbe der erfolgreichen Pflücker wog und die entsprechende Bezahlung entgegennahm. Letzte Nacht war sie früh nach Hause gekommen, und wenn Julia auch Alkohol in ihrem Atem gerochen hatte, so war ihre Schwester doch noch weitgehend nüchtern gewesen. Dieses Mal zumindest. „Ich sehe jetzt nichts, was wir hier noch groß verbessern könnten.“

„Nächstes Jahr schneiden wir die Bäume vorher zurück, dann hängen die Pfirsiche niedriger und die Leute kommen besser dran. Außerdem sollten wir regelmäßig Dünger beigeben und insgesamt den Fruchtbehang ausdünnen. Deine Rezepte könntest du in Heftform verteilen statt wie zurzeit noch auf einzelnen Kärtchen und vielleicht könnte der Obstgarten einen eigenen Internetauftritt bekommen.“

Verblüfft starrte sie ihn an. „Da hast du ganz schön ausgiebig drüber nachgedacht.“

„Ein Geschäft muss eben sorgfältig organisiert sein. Mit der Pension machst du das ja schon. Warum nicht auch mit dem Obstgarten?“

Die letzten Jahre hatte sie sich voll und ganz darauf beschränkt, einfach nur ein paar Leute mitpflücken zu lassen.

„Ich verstehe, was du meinst. Aber das ist jede Menge Arbeit und braucht Zeit, die ich nicht habe."

„Wir kriegen das hin."

War das so? Würde er nächstes Jahr überhaupt noch hier sein? Er musste jede Woche derart weit fahren, um Alex zur Selbsthilfegruppe zu bringen, dass Julia sich schon öfters gefragt hatte, warum er nicht nach Knoxville zog oder zumindest in die Nähe. Mit seinen Fähigkeiten und seiner Intelligenz würde er leicht einen besseren Job finden als diesen hier. Als sie das Thema eines Morgens beim Frühstück angeschnitten hatte, war ihm gerade noch zu entlocken gewesen, dass Alex seiner Meinung nach Beständigkeit brauchte. Dann hatte er wieder dichtgemacht wie eine Flussperlmuschel. Wenn seine Verschlossenheit ihr auch immer wieder einen Stich versetzte, so versuchte sie sich das nicht anmerken zu lassen.

„Wo ist Alex?", fragte sie und blickte sich nervös um, denn er war nirgends zu sehen.

Eli berührte sie leicht am Arm. Sein stillschweigendes Verständnis bedeutete ihr mehr, als er ahnen konnte. „Bei deinem Vater. Sie sind zum Fluss runter, Kaulquappen fangen."

„Dad hat sich immer einen Jungen gewünscht." In Gestalt von Mikey war dieser Wunsch eine Zeit lang erfüllt gewesen. Sie verschränkte die Arme und blickte in Richtung Fluss. „Weiß Mom, dass er hier ist?"

„Keine Ahnung. Wär das ein Problem für sie?"

„Normalerweise nicht, aber ich warne sie besser vor. Die beiden sind schon seit Jahren geschieden, aber Mom benimmt sich irgendwie komisch in seiner Gegenwart. Wenn er da ist, muss bei ihr jedes Härchen sitzen."

„Hat keiner von beiden neu geheiratet?"

„Nö."

Eli kratzte sich im Augenwinkel. „Interessant."

„Nicht wahr?“ Lächelnd sah Julia ihn an.

In diesem Moment rollte ein original Achtzigerjahre-Ford-Crown-Victoria in Marineblau um die Ecke des Hauses. Mit fröhlichem Winken entstiegen die Sweat-Zwillinge ihrem panzergroßen Gefährt und gingen auf Valerys Klapptisch zu. Ihre lavendelfarbenen Leinenanzüge und die mit lila Bändern unterm Kinn festgebundenen breitkrempigen Strohhüte sahen eher nach Sonntagspicknick als nach Pfirsichernte aus.

Dem Ford folgte ein Pick-up. Jed Fletcher. Julia unterdrückte ein Stöhnen. Warum haute er nicht einfach ab und ließ ihre Schwester endlich in Ruhe? Viel zu oft und besonders an den Wochenenden erschien eine verkaterte Valery am Frühstückstisch, die tiefbeleidigt davonrauschte, wenn Julia auch nur ein Wort darüber verlor.

Genau wie das Mikey-Thema kehrte ihre Mom auch diese Angelegenheit unter den Teppich. Weil sie sich fest genug die Augen zuhielt, hatte Valery kein Problem mit Alkohol, sondern bloß mit ihrem Freund.

„Dann mal zurück an die Arbeit. Während wir hier rumstehen und quatschen, sind Mom und die Tanten da drinnen wie wild am Schnippeln.“ Sie tippte auf den Korb in Elis Hand. „Ich würd dir helfen, den wieder vollzukriegen.“

„Gut.“ Nach einem kurzen prüfenden Blick auf das emsige Treiben um sie her führte Eli sie durch die Baumreihen und nickte dabei seinen glücklichen Kunden zu. Freunde und Bekannte aus Honey Ridge grüßten Julia im Vorbeigehen und Julia grüßte zurück. An diesem lichten Sommermorgen wurde sie von tiefer Zufriedenheit erfüllt. Der kleine Mikey hätte diesen Tag sicher auch geliebt. Er hätte die Körbe, die viel zu groß für ihn waren, hinter sich hergeschleift und so viele saftige Pfirsiche in sich hineingestopft, bis er irgendwo mit einem seligen, klebrigen Grinsen im Schatten eines Baumes eingeschlafen wäre.

Heftige Sehnsucht drückte ihr das Herz zusammen. Eines Tages würde er wiederkommen. Eines Tages.

Eli führte sie tief in den Obstgarten hinein, weg von den Kunden, die sich weiter vorne zwischen den Bäumen tummelten, und begann mit dem Pflücken.

„Mein Sohn würde das hier lieben", sagte Julia. „Er liebte den Rummel und die vielen Leute. Für ihn wäre das alles eine einzige große Party."

„Seit unserm Gespräch letztens redest du jetzt zum ersten Mal wieder von ihm", stellte Eli mit ernster Miene fest. „Gibt es irgendwas Neues?"

„Nein."

„Das muss so frustrierend sein. Geht es dir gut?", fragte er vorsichtig und blickte sie aus sanften grünen Augen an.

„Es ist alles in Ordnung, ich sehne mich nur nach früher."

„Ich auch."

Sie hob den Kopf. „Ach ja?"

„Vor 'ner Weile bin ich in einem der Internetforen über den Namen meiner Mutter gestolpert. Und in Knoxville erinnert mich einfach alles an sie."

„Deine Mutter?" Julia runzelte die Stirn. „Warum ist sie bei einem Hinterbliebenenforum angemeldet?"

Er wandte ihr den Rücken zu und pflückte ein paar der goldgelben Pfirsiche ab. „Meine Schwester starb, als ich dreizehn war."

„Oh Eli. Das tut mir so leid. Für dich. Für deine Familie." Sie empfand tiefes, wissendes Mitleid für diese Eltern, die ein Kind verloren hatten, für diesen Bruder, der eine Schwester verloren hatte. „Was ist mit ihr passiert?"

Er ließ die Früchte in den Korb gleiten, wischte sich den puderigen Staub von den Fingern und starrte auf seine Handflächen. „Sie ertrank im Pool. Sie war erst fünf. Mom und Dad, sie … haben das nie überwunden."

Julia spürte seinen Schmerz. Und ihren eigenen. „Das eigene Kind zu verlieren, ist das Allerschrecklichste, was einem Menschen zustoßen kann."

„Du sprichst aus Erfahrung."

„Aber Mikey ist da draußen noch am Leben."

„Ja. Das stimmt."

Ob Eli das ehrlich meinte oder nicht, Julia war ihm dankbar. Die Hoffnung brannte noch, doch mit jedem vergangenen Tag, mit jedem ergebnislosen Telefonat wurde die Flamme kleiner.

„Hast du mit deiner Mutter Kontakt aufgenommen?"

„Nein."

„Warum nicht?"

Er streckte sich nach einem besonders hoch hängenden Pfirsich und dabei tauchte ihn das durch die Blätter fallende Sonnenlicht in ein Muster aus Gold und Schwarz, aus Hell und Dunkel. „Für mich gibt es keinen Weg zurück. Den hab ich mir zu gründlich verbaut."

„Eli", sagte sie sanft. Wie gern würde sie ihm jetzt die Hand auf den verkrampften Rücken legen und dieses Leid mit ihm teilen, so wie er ihres geteilt hatte. „Sehnst du dich denn nicht nach deiner Mutter?"

Seine Hand, die einen Pfirsich hielt, ballte sich so unvermittelt zur Faust, dass er die weiche Frucht dabei zerdrückte. Der Saft tropfte zwischen seinen Fingern hindurch. „Doch. Sehr."

Voller Mitleid und ohne zu wissen, was sie tun oder sagen konnte, um ihm beizustehen, pflückte Julia weiter. Ein reifer Duft verbreitete sich. „Was hast du zu verlieren? Versuch es doch wenigstens."

Sein Blick suchte ihren. Julia sah die Qual und die Reue, in denen er wie in einer Rüstung festzustecken schien.

„Ich weiß nicht."

Sie beließ es vorerst dabei und dachte nicht nur über Wege nach, mit denen sie ihm bei seiner Vergangenheitsbewältigung helfen könnte, sondern vor allem über den Grund dafür, dass ihr dieses Anliegen so wichtig geworden war.

„Da sind ja meine zwei Kaulquappenjäger", rief Julia aus, als sie mit Eli, der den vollen Korb trug, zurück zum Haus ging. Alex und ihr Vater kamen ihnen aus Richtung des Magnolia Creek entgegen. Gary Griffin war mit Anfang sechzig noch gut in Form, nur ein kleiner Bauchansatz wölbte sich unter dem bordeauxroten Golfshirt. In seinem sonnengegerbten Gesicht bildeten sich zahlreiche Lachfalten, als Alex jetzt voll kindlichen Übermuts auf seinen Vater lossprang.

„Eli, Eli!", rief er. „Komm gucken. Schnell."

Der Angesprochene stützte den Korb auf einer Hüfte ab. „Schau dir diesen Jungen an."

In diesem Moment war seine väterliche Liebe beinah greifbar.

„Siehst du, Eli, es geht langsam besser", sagte Julia, während das aufgeregte Kind mit dem Einmachglas in der Hand weiter auf sie zusprang. „Nach und nach gewöhnt er sich an dich."

„Glaubst du, er wird jemals Dad zu mir sagen?" Die Frage berührte sie, ließ neues Mitleid aufflammen.

„Da bin ich ganz sicher."

Elis Ausdruck zeugte von verhaltener Hoffnung und schmerzhafter Sehnsucht. Als Alex bei ihnen ankam, inspizierte er das Glas Kaulquappen. „Was willst du mit ihnen machen?"

„Mr. Griffin sagt, da werden Frösche draus. Kann ich sie behalten?"

„Ich weiß nicht, Kumpel. Vielleicht solltest du sie besser wieder freilassen."

Julia sah die Besorgnis in Elis Gesicht. Die in einem ähnlichen Glas gefangenen Rollasseln hatten kaum eine Woche überlebt, bis Alex sie als kleine tote Kugeln vorgefunden hatte. Danach war er zwei Tage lang in schweigende Trauer verfallen, hatte fast nur noch oben auf dem Flur gesessen und mit seinen Murmeln gespielt.

Alex nickte bedächtig. „Hast recht. Die sterben ja eh.“ Er seufzte tief, zog die schmalen Schultern hoch und trottete mit hängendem Kopf in Richtung Kutschenhaus davon.

„Ich geh ihm hinterher.“

Julia berührte ihren Vater am Handgelenk. „Danke, Dad.“

Während der dunkle Haarschopf ihres Vaters in die gleiche Richtung wie Alex verschwand, hörte sie Eli sagen: „Ich hatte ja gehofft, es ginge ihm schon gut genug, dass er die Selbsthilfegruppe bald verlassen könnte.“

„Das wird wohl noch etwas dauern.“

„Genau das befürchte ich auch.“

„Die Fahrerei ist sicher anstrengend.“

„Und teuer, aber das ist es wert. Ich will nicht, dass ihm das Gleiche passiert wie mir.“

Bei der Aussicht auf einen Einblick in Elis Vergangenheit neigte Julia interessiert den Kopf zur Seite.

„Wegen deiner Schwester?“

„Ich hatte keine Ahnung“, sagte er so leise und in Gedanken versunken, als spräche er zu sich selbst. „Bevor ich bei dieser Selbsthilfegruppe in Knoxville war, hatte ich keine Ahnung.“

„Keine Ahnung wovon?“

„Dass Trauer einen jungen Menschen für lange Zeit völlig aus der Bahn werfen kann.“ Er setzte sich in Bewegung und ging aufs Haus zu. „Sogar für immer.“

„Diese Treffen haben also auch dir geholfen?“

„Schon irgendwie. Aber ich wünschte …“ Mit der freien Hand wedelte er durch die Luft, als wollte er den Halbsatz wegwischen.

„Sag es mir. Was wünschst du dir?“ Julia selbst hatte auch Wünsche, riesige Wünsche sogar, die sich unbemerkt in ihr Herz geschlichen hatten. Sie hätte nie damit gerechnet, sich außer Mikeys Rückkehr überhaupt noch etwas herbeisehnen zu können.

„Die Kinder auf dem Land trifft ein Verlust genauso hart wie die Kinder in der Großstadt, aber die entsprechenden Einrichtungen sind alle ewig weit weg. Die kostenlosen jedenfalls.“ Sie waren jetzt an der Haustür angekommen. Er öffnete sie und trat trotz des schweren Korbs zur Seite, um Julia vorzulassen. Dann ging er hinter ihr her in den Vorflur. „Was wäre also, wenn es so was wie eine mobile Einrichtung gäbe?“

„Mit Mitarbeitern, die durchs Land fahren?“

„Haargenau. Herumreisende Therapeuten, die kostenlos ihre Hilfe anbieten, um Kinder während der Trauerphase zu begleiten.“ Er stellte die Pfirsiche auf der Arbeitsfläche ab.

„Das Konzept ist brillant.“

Eli machte ein langes Gesicht. „Und erfordert finanzielle Mittel, die ich nicht habe. Es gibt ja bereits einige sehr gute Angebote, aber die meisten davon kosten Geld. Nicht jeder kann sich das leisten. Und nicht jeder kann zwei oder drei Stunden Fahrtzeit investieren.“

„Wenn ich das nötige Kleingeld hätte, würde ich deine Idee sofort sponsern. Vielleicht findest du ja Unterstützung bei karitativen Vereinen oder bei irgendwelchen Gemeindeverbänden.“

„Tatsächlich ist das genau so ein Projekt, das die Stiftung meiner Familie fördern würde.“

Julia blinzelte. „Deine Familie hat eine Stiftung gegründet?“

Eli wand sich, sah kurz weg und dann wieder zu ihr. „Ja.“

„Aber dann muss sie ja …“ Das Wort *reich* blieb ihr im Halse stecken, als ihr die Sache erst richtig klar wurde. Nicht nur reich, sondern superreich. Stinkreich.

„So ist es“, stimmte er zu, als hätte er ihre Gedanken gelesen. „Nicht, dass ich mit diesem Geld irgendetwas zu tun hätte. Das schwarze Schaf, du weißt schon.“

Egal, was genau diese Kluft zwischen Familie und Sohn verursacht hatte, und egal, wie arm oder reich sie waren, eines war sicher: Eli empfand tiefe Reue.

„Nimm Kontakt zu ihnen auf, Eli." Sie legte eine Hand auf seinen kräftigen bloßen Arm. „Wird das nicht endlich Zeit?"

Er lachte bitter auf. „Sie würden sich mein Konzept nie im Leben anhören."

„Es geht nicht nur um das Konzept, so gut der Anlass auch sein mag. Es geht um dich. Du vermisst sie."

„Manches ist zu kaputt zum Reparieren. Ich kann das einfach nicht tun." Als sie zum Protest ansetzte, hob er die Hand. „Ich kann das nicht, Julia. Sie würden es auch gar nicht zulassen. Glaub mir. Aber ich habe tatsächlich mal nach 'ner Förderung recherchiert."

Seine Einsamkeit quälte sie, dennoch ging sie auf seinen Themenwechsel ein. „Warum überrascht mich das nicht?"

Er grinste ein wenig und legte ihr einen Arm um die Schultern. „Weil du mich mittlerweile zu gut kennst."

Unwillkürlich lehnte Julia sich an ihn. Sein Grinsen verschwand. Langsam beugte er sich zu ihr herunter und ihre Nasen berührten sich. Julia spürte seinen warmen, nach Pfirsich duftenden Atem auf ihrem Gesicht. Ihr Herz setzte ein paar Schläge aus. Sie war schon lange kein unerfahrener Backfisch mehr, dennoch brachen sich jetzt die wildesten Teenagerfantasien Bahn. Oder vielleicht hatte sie auch nur vergessen, wie man sich als Frau einem Mann gegenüber fühlen konnte. Der schnelle Puls, das hungrige Verlangen, die unwiderstehliche Anziehungskraft.

Zwiespältige Gefühle spiegelten sich auf Elis Gesicht wider. Zweifel. Angst. Begehren. Sein anderer Arm fand ihre Taille und Eli zog sie an sich.

Er roch nach reifen Früchten und grüner Natur. Seine warmen, sehnigen Arme waren stark und fest von vielen Stunden

Arbeit, so wie dieser ganze Männerkörper, an den sich ihre weiblichen Formen perfekt anschmiegten. Absolut perfekt. Seufzend gab sie nach und tief in ihrer gefrorenen Seele begann das Eis zu tauen.

Die Stimmen im Nebenzimmer und den allgemeinen Trubel blendete Julia komplett aus und schenkte ihre Aufmerksamkeit stattdessen ganz Eli Donovans Lippen auf den ihren. Sanft, fragend, zärtlich und heiß. Ganz anders als jener erste, aus Verzweiflung geborene Kuss von neulich sprach dieser jetzt zu ihrem Herzen. Die Flamme des Begehrens, von der sie schon geglaubt hatte, sie sei längst erloschen, wuchs sich zu einem Freudenfeuer aus.

Plötzlich ertönte ein Räuspern, und jemand sagte: „Entschuldigung."

Eli und Julia fuhren auseinander. Julia stieß gegen die Arbeitsfläche und lief hochrot an, als sie ihre Mutter im Türrahmen erblickte.

„Mom."

„Wir brauchen mehr Pfirsiche in der Küche", sagte ihre Mutter und zog eine sorgfältig geschminkte Augenbraue hoch. „Wenn ihr ein paar Minuten erübrigen könntet."

„Oh, natürlich. Entschuldige." Julia presste sich eine Hand auf die feuerroten Wangen. „Hier sind sie schon."

Eli nahm den vollen Korb wieder hoch und ging mit einem vorsichtigen, entschuldigenden Seitenblick an Connie vorbei in die Küche.

„Julia Yvonne, ich muss mich doch sehr wundern. Hier, in den Geschäftsräumen."

„Mom, es tut mir leid."

„Was tut dir leid? Die Knutscherei mit Eli oder dass ihr euch dabei habt ertappen lassen?"

„Ja, nein, Letzteres. Keine Ahnung, was da in mich gefahren ist. Aber ich …" Julia war noch immer peinlich berührt, hatte aber keine Rechtfertigung parat, also zuckte sie nur mit den Schultern.

Die ehrbare Südstaaten-Lady musterte ihre Tochter von Kopf bis Fuß. Drüben in der Küche sprach eine der Tanten gerade über Zuckersirup und man hörte das Klappern von Töpfen.

„Ich mache mir Sorgen, Julia. Du strahlst förmlich vor Glück, aber wie viel weißt du eigentlich über diesen Mann?"

Sie wusste, dass er hart arbeitete und seinen Sohn liebte und dass sie sich bei ihm endlich wieder als Frau fühlte. War das nicht genug? „Mom ..."

„Sei einfach vorsichtig, Honey." Connie Griffin runzelte die Stirn „Sehr vorsichtig."

Eli taten Nacken und Schultern weh, doch er arbeitete weiter, bis es langsam dunkel wurde. Der Zwischenfall im Vorflur war für sie beide peinlich gewesen, doch es tat ihm nicht leid, dass er Julia geküsst hatte. Vielleicht sollte es das.

Schuldgefühle drängten sich auf, doch er vertrieb sie wieder. Das mit Julia war etwas Besonderes. Er würde ihr niemals wehtun. Nicht absichtlich jedenfalls. Solange sie nicht herausfand, mit welcher Lüge er lebte, war sie vor möglichem Schaden gefeit. Und er auch.

Doch die nagende Angst davor, doch noch enttarnt zu werden, dieses baumelnde Damoklesschwert über ihm, war natürlich immer noch da.

Der erste Tag der Ernte war gut verlaufen und das machte Eli ziemlich stolz. Auch Julia schien beeindruckt.

Die Arbeit im Obstgarten hielt ihn zurzeit von der Restaurierung ab, und er strebte danach, diese alsbald fortsetzen zu können. Sein Wunsch nach einem Umzug von der Pension ins Kutschenhaus hatte jedoch nachgelassen.

Im Verlauf der Aufräumarbeiten hatte er unter dem ganzen

Trödel dort auch einiges Vielversprechendes gefunden, jedoch hoffte er bisher vergeblich auf weitere Briefe, ein Tagebuch oder irgendetwas anderes, womit er den ursprünglichen Besitzer der Murmeln identifizieren könnte. Er fragte sich, ob das Haus ihm etwas mitteilen wollte, doch schon im nächsten Moment lachte er über sich selbst. Die Therapeuten hätten ihre helle Freude an solch einem Schwachsinn.

„Eli?" In der einen Hand hielt Alex seinen Beutel mit Murmeln, in der anderen einen Pfirsich. Sein Gesicht und beide Handflächen waren schon ganz orange von dem klebrigen Saft.

Wie immer zog es Eli kurz das Herz zusammen. Würde sein Sohn denn niemals Dad zu ihm sagen? „Ja, Kumpel?"

„Darf ich zu Miss Julia ins Haus gehen?"

„Müde?"

„Mh-hm."

„Klar." Er legte seinem Sohn eine Hand auf die Schulter und führte ihn die grasbewachsene Gasse zwischen den Bäumen hindurch bis zur Veranda, von wo er ins Haus hineinrief. Julia erschien mit müden Augen in der Tür und wischte sich die Hände an einem Geschirrtuch ab. Die Luft war hier von der fruchtigen Süße eingekochter Pfirsiche erfüllt.

Eli ließ den Blick zu Julias Lippen wandern, und er musste an einen köstlichen Geschmack denken, der alle Pfirsiche der Welt übertraf. Sie wurde rot, doch ihre Augen funkelten.

„Ich habe hier einen müden kleinen Jungen. Wär's okay, wenn er dir drinnen Gesellschaft leistet?"

„Immer doch. Und Alex weiß das auch. Ich möchte wetten, dass ihr beide was Kaltes zu trinken vertragen könnt."

„Für mich erst später. Ich muss noch was fertigkriegen."

Er ließ Alex in ihrer Obhut zurück und wie so oft war er dankbar für ihre Herzlichkeit gegenüber seinem Sohn. Alex mochte Julia, tatsächlich hing er mehr an ihr als an seinem eigenen Vater. Und obwohl das natürlich schmerzhaft für ihn war, so freute er sich doch, dass Alex eine Verbindung zu jemandem aufbaute. Julia las ihm vor, malte mit ihm, erzählte ihm Geschichten und nahm es gelassen, wenn er aus Versehen etwas dreckig machte, so wie eine Mutter es für ihn tun würde. So wie sie es wohl auch für Mikey getan hatte.

Eli war mittlerweile schon ein paar Mal mit Alex im Pflegeheim bei Tante Opal gewesen, doch der Kleine fühlte sich dort nicht wohl und wollte immer schnell wieder weg. Wie versprochen hatte Julia Eli beim Ausräumen von Opals Mietshaus und bei der Organisation eines Garagenverkaufs geholfen, was sich erwartungsgemäß mitleiderregend gestaltet und nicht viel Zeit in Anspruch genommen hatte. Die Sweat-Zwillinge, beide Freunde von Opal, waren vorbeigekommen und hatten sich ein paar alte Babysachen und weitere Andenken aus Stoff herausgesucht, um daraus einen Erinnerungs-Quilt für Alex zu machen. Dieses ganze Aufräumen, Verkaufen, Wegwerfen war einfach nur deprimierend gewesen und hatte Eli erneut darüber staunen lassen, wie stark Julia war. So oder so ähnlich hatte sie es schließlich irgendwann auch mit Mikeys Sachen handhaben müssen.

Gerade fuhr der letzte Kunde für heute seinen Wagen vom Parkplatz. Eli verspürte große Zufriedenheit. Er winkte dem Auto fröhlich und mit völlig unangemessenem Besitzerstolz hinterher. Dies war ebenso wenig sein Anwesen, wie Julia seine Frau war. Sie ließ sich vielleicht von ihm küssen, wirklich zu ihm gehören würde sie nie. Könnte sie nie. Doch es fühlte sich gut an, ihr mit seiner Arbeit helfen zu können. Er hatte ihr so viel zu verdanken. Wenn Julia nicht wäre, dann würden Alex und er jetzt vermutlich in seinem Auto wohnen.

Eli konnte sich nicht erklären, warum er ihr von Jessica erzählt hatte, und noch weniger, warum er sie trotz aller Zurückhaltung geküsst hatte. Vielleicht weil sie ihm von Mikey berichtet hatte und weil sie beide immer vertrauter miteinander geworden waren, seit er hier vor Monaten als gebrochener Mann auf der Suche nach einem Platz zum Bleiben aufgetaucht war. Honey Ridge war durchaus ein guter Platz zum Bleiben. Und das Peach Orchard Inn – mit Julia – ein sogar noch besserer.

Er war dabei, sich in sie zu verlieben, und an Tagen wie heute drohte dieses Gefühl ihn schier zu überwältigen. Wie eine Mutter kümmerte sie sich um Alex – und auch ihn, Eli, verwöhnte und stärkte sie mit ihren Kochkünsten. Er wünschte sich für Julia alles Gute auf der Welt, er wollte ihr einfach alles geben und hatte ihr doch weniger als nichts zu bieten.

Bei jedem Telefonat mit seinem Bewährungshelfer drängte sich die Vergangenheit wieder in Elis Bewusstsein und beraubte ihn aller Hoffnung. Er war ein Exknacki mit einem schuldbeladenen Gewissen und weder das eine noch das andere würde sich je ändern. An einem Tag wie diesem jedoch, da er jemanden glücklich machen konnte, da er Julia im Arm halten und küssen durfte, da er ihre Freude über seine Arbeit sah, glaubte er beinahe an Vergebung.

Das atemberaubende Farbenspiel des Sonnenuntergangs aus Gold und Rot glich einem reifen Pfirsich. Eli rieb sich den Nacken, sammelte die leeren Körbe und Kisten ein und stapelte sie. Die Leitern konnten über Nacht stehen bleiben, aber er ging noch einmal die Baumreihen ab und sah nach eventuellen Schäden und den besten Pflückbereichen für morgen.

Er hatte einen Businessplan für den Obstgarten entwickelt. Nach der Ernte würde er ihn Julia zeigen und ihr eröffnen, dass er einen Abschluss in Wirtschaft hatte. Vielleicht. Er war sich noch nicht ganz klar geworden, wie er die unvermeidlichen Fragen beantworten sollte, ohne zu lügen. Und er würde sie nicht belügen. Nicht Julia.

Stimmen drangen an sein Ohr, und er hielt kurz inne, um zu horchen. Außer ihm sollte jetzt niemand sonst mehr im Obstgarten unterwegs sein. Er folgte dem Klang, bis er einen Mann und eine Frau zwischen den Bäumen entdeckte – Valery und ihren Freund Jed. Da er nicht lauschen wollte, hatte er sich schon wieder zum Gehen gewandt, als Valerys Stimme plötzlich lauter wurde. Eli fuhr herum und sah, wie sich Jeds Finger in ihren Oberarm krallten.

Das ging ihn nichts an. Er sollte sich zurückziehen und die beiden mit ihrer Privatangelegenheit allein lassen. Valery war eine erwachsene Frau, sie musste wissen, was sie tat.

„Mach keinen Scheiß mit mir, Valery", sagte Jed. „Das solltest du doch besser wissen."

„Ich hab Julia aber versprochen, ihr morgen zu helfen."

Jeds Gesicht lief dunkelrot an. „Scheiß auf Julia. Scheiß auf dieses ganze stinkende Drecksloch. Ich hab auch was versprochen und das werden wir gefälligst halten."

„Diesmal kann ich eben nicht." Sie versuchte, ihren Arm zu befreien. „Lass mich los, Jed."

Halt dich raus, Eli. Sei nicht dumm. Zieh keine Aufmerksamkeit auf dich.

„Nicht bevor du Ja sagst. Du willst das doch selber. Fassbier-Partys sind klasse und du bist gern am Fluss. Sag einfach Ja." Jed grub seine Finger noch tiefer in Valerys Arm. Eli konnte die roten Flecken auf ihrer Haut sehen. Er rang noch immer mit sich selbst. Das hier ging ihn nichts an.

„Ja, hört sich spaßig an, aber ich komme nicht mit." Valery warf den Kopf zurück, doch Eli erkannte, dass sie sich lange nicht so selbstsicher fühlte, wie sie vorgab zu sein. „Tut mir leid."

„Ach, tut dir leid? Wart's ab, gleich tut's dir wirklich leid." Jeds Gesicht verdunkelte sich vor Zorn. Er packte Valery an den Haaren und zog ihren Kopf zurück.

Okay, jetzt reicht's. Eli setzte sich in Bewegung.

Verzweifelt schrie Valery auf und fasste nach ihren Haaren. „Jed! Hör auf!"

Eli schob die Zweige aus dem Weg und lief schneller.

Jed grinste nur über Valerys Schmerzen und verhöhnte sie, indem er sie imitierte: „Jed, bitte, tu mir nicht weh. Jed, ich liebe dich." Er zerrte sie näher zu sich. „Ich bin dein Gejammer endgültig leid, Valery. Wenn du mich liebst, dann tu, was ich sage."

„Lass mich los. Sofort." Valery schlug nach seinen Händen. „Ich gehe nicht mit. Du bist gemein."

„Gemein? Ich bin gemein?" Er schlug sie.

Da vergaß Eli alle Vorsicht und stürmte die letzten Meter derart blindlings durch die Bäume, dass er die reifen Früchte auf dem Weg zu Boden riss. „Hey, lass sie los. Sofort!", zischte er.

Jed taumelte zurück und fuhr zu dem unerwarteten Eindringling herum. „Verzieh dich."

Eli ballte die Fäuste. „Kann ich nicht machen."

„Das hier geht dich nichts an."

„Du willst jemanden schlagen, dann versuch's mit 'nem Kerl, aber lass die Finger von Valery."

Jed baute sich vor Eli auf. Sie waren gleich groß, aber Eli kannte Kampfmethoden, die Jed höchstwahrscheinlich noch nie in den Sinn gekommen waren. Auch wenn er es hasste, Gefängnistricks anzuwenden, so war er doch durchaus in der Lage dazu. Weitaus lieber wäre ihm allerdings, es würde gar nicht erst so weit kommen.

Der andere holte aus. Noch bevor er zuschlagen konnte, packte Eli seinen Arm an genau der richtigen Stelle und schubste kräftig. Jed stolperte rückwärts. „Das würde ich an deiner Stelle lieber sein lassen", sagte Eli.

Und die Gelassenheit, mit der er das hervorbrachte, überraschte ihn nicht. Er hatte gelernt, in solchen Situationen ruhig zu bleiben, Distanz zu wahren. Meistens war er im Gefängnis dem Ärger aus dem Weg gegangen, aber nicht immer.

In Jeds Augen flackerte etwas auf, das Eli sofort zu deuten wusste. Solche wie ihn gab es im Kittchen zuhauf, Feiglinge und Raufbolde, die gerne Schwächere schikanierten, vor einem Stärkeren jedoch sofort Reißaus nahmen.

„Es wird dir noch leidtun, dich mit mir angelegt zu haben." Jed war puterrot angelaufen, allerdings stieß er die Drohung aus einer Armlänge Entfernung hervor und hielt die Fäuste eng an den Körper gepresst.

Schweigend starrte Eli ihn an und wartete mit gespannten Muskeln und zusammengebissenen Zähnen ab, was sein Gegner tun würde. Auch das hatte er im Gefängnis gelernt. In Wahrheit bereute er es bereits, sich eingemischt zu haben, doch er würde jetzt nicht zurückweichen.

Jed wirbelte zu Valery herum. „Schlampe", stieß er hervor und machte sich steifen Schrittes davon.

Eli und Valery blieben an Ort und Stelle stehen und schwiegen, bis irgendwann ein Motor aufheulte und der Pick-up lautstark vom Grundstück fuhr. Noch lange danach war das aggressive Hochschalten von der Straße her zu vernehmen.

Valery ließ den Kopf hängen. „Tut mir leid, dass du das mit ansehen musstest", sagte sie leise.

Eli wand sich, so viele Worte wollten nach draußen. Doch er sollte besser den Mund halten. Sich einmischen war gefährlich. Valery befand sich jedoch auf einem Weg, den er wiedererkannte, und er machte sich Sorgen. Gleichgültigkeit wäre jetzt eher angeraten, aber damit einhergehend würde wieder Leere in seinem Innern herrschen.

„Hör mal, Valery." Er knetete seine Handflächen. Machte einen tiefen Atemzug. Versuchte noch ein letztes Mal, die Worte zurückzuhalten – vergeblich. „Können wir kurz reden?"

Valery hob den Kopf und blickte ihn argwöhnisch an. Sie wollte dieses Gespräch ebenso wenig wie er.

„Mach dir keine Sorgen. Ich komm schon klar mit Jed."

„Nein, kommst du nicht."

Sie wollte etwas erwidern, schwieg jedoch, was Eli zum Weitersprechen ermutigte.

„Der einzige Mensch, den man wirklich kontrollieren kann, ist man selbst."

„Sehr wahr, sehr wahr", brachte Valery sarkastisch hervor. „Und ich bin wohl lausig schlecht darin. Ist es das, was du sagen willst?"

Warum hatte er sich nicht einfach herausgehalten?

„Ich will sagen, dass du mehr draufhast, als dich jedes Wochenende mit einem Mann zu betrinken, der dich nur rumschubst."

„Du klingst wie meine Schwester."

„Sie macht sich Sorgen um dich."

„Ich bin erwachsen."

„Seit wann spielt das eine Rolle für die Menschen, die dich lieben? Machst du dir denn niemals Sorgen um sie?"

„Doch, natürlich, aber …"

„Du kannst dir Hilfe suchen, Val."

„Paare streiten doch andauernd. Zoff mit Jed zu haben, heißt nicht, dass ich Hilfe brauche."

„Sich jeden Abend zu betrinken, aber schon."

„Ich betrinke mich nicht …"

„Du bist eine tolle Frau, Valery, schön und klug und talentiert …"

Bei diesen Worten kam ihre übliche freche Art wieder durch. Sie machte einen Knicks. „Hach Gottchen, haben Sie vielen Dank, lieber Herr."

Sie war gut darin, Problemen auszuweichen. Auch diesen Trick erkannte er von sich selbst wieder.

„Ich kann dir … einige nennen, die hatten alles, haben sich dann aber mit den Falschen abgegeben, haben mit Drogen angefangen und ihr Leben zerstört. Lass nicht zu, dass dir das Gleiche passiert."

Sie straffte die Schultern. „Ich nehme keine Drogen. Nur weil ich mir hier und da mal ein paar Drinks gönne, bin ich noch lange kein Junkie. Solche Anschuldigungen muss ich mir echt nicht anhören."

Frustriert kratzte Eli sich im Nacken. Das lief überhaupt nicht gut. „Okay, du hast recht. Das geht mich nichts an. Ich hätte gar nicht erst davon anfangen sollen."

„Es geht mir gut, Eli. Wirklich. Jed und ich hatten nur einen kleinen Streit. Wahrscheinlich schickt er mir morgen schon wieder Blumen."

„Er wird dir wehtun, Valery."

„Du machst dir zu viele Sorgen", sagte sie leichthin und lachte, drückte ihm ein Küsschen auf die Wange und wandte sich zum Gehen.

Enttäuscht darüber, dass sie ihn so einfach stehen lassen wollte, hielt er sie noch kurz am Handgelenk zurück. „Wenn du irgendwann bereit bist, Hilfe anzunehmen, dann bin ich für dich da."

27. KAPITEL

Julia räumte den letzten Edelstahltopf zurück in den Schrank und sah kurz nach dem Rinderbraten im Ofen. Ihr taten sämtliche Knochen weh, doch die Erschöpfung machte sie glücklich und zufrieden. Nach wochenlangem Pflücken und Einmachen kehrte jetzt allmählich wieder Ruhe ein. Eli hatte verlauten lassen, er wolle noch andere Obstsorten anbauen, um die Erntezeit nächstes Jahr bis in den Herbst hinein zu verlängern, doch darüber wollte Julia jetzt nicht nachdenken.

Auf dem Anwesen gab es noch immer so viel zu tun, dass ihr alles darüber hinaus unnötig mühsam vorkam. Je weniger es im Obstgarten zu tun gab, desto mehr wandte sich Eli wieder dem Kutschenhaus zu, dessen Restaurierung ein Endlosprojekt zu sein schien. Nicht, dass sie das störte. Solange Arbeit da war, war auch Eli da.

Der Gedanke ließ sie innehalten. Sie ging ins Esszimmer, stellte sich vor das doppelflügelige Fenster und hielt Ausschau nach dem Mann, der, ohne dass sie das beabsichtigt hätte, ein fester Bestandteil ihres Lebens geworden war und den sie nicht mehr missen wollte. Er arbeitete wohl noch immer im Kutschenhaus, jedoch würde er bald in die Pension kommen. Alex hatte später noch einen Termin in Knoxville.

Wegen der Ernte hatten sie in letzter Zeit wenig Gelegenheit gehabt, die Geschichte des Anwesens zu erforschen – ein Vorhaben, das sie beide faszinierte. Seit Langem hatten sie keine weitere Murmel mehr gefunden, doch Alex war unvermindert besessen von dem Inhalt des kleinen Lederbeutels.

Ebenso wenig hatten Eli und sie bisher Gelegenheit gehabt, das zu ergründen, was da zwischen ihnen schwelte.

Die Sorge ihrer Mutter gab Julia zu denken. Aber sie kannte Eli gut genug. Oder nicht?

Gerade trat er mit Alex an seiner Seite aus der Tür des Kutschenhauses. In der einen Hand trug er irgendetwas, die andere legte er dem Kind locker auf den schwarzen Haarschopf, beugte sich hinunter und sprach zu ihm. Julia war ganz versunken in den Anblick, und ein Gefühl zärtlicher Sehnsucht erfasste sie, während Alex seinem Vater auf den Rücken kletterte und dieser mit ihm zum Haus lief. Alex' breites Lächeln war ein gutes Zeichen. Ebenso das seines Vaters.

„Warum bespringst du ihn nicht auch endlich mal und machst damit euerm Elend ein Ende?"

Julia fuhr erschrocken zusammen. „Valery, ich hab dich gar nicht reinkommen hören."

„Weil du tief versunken in deinem Eli-Traumland warst. Wahrscheinlich hast du auch das Auto nicht vorfahren gehört."

„Wer ist es?"

Valery verzog das Gesicht. „Dein unvergleichlicher Exmann."

„David?" Die unangenehme Überraschung ließ Julia zusammenzucken. „David ist hier?"

„Er muss von der guten Ernte gehört haben und ist jetzt hier, um seinen Anteil aus dir rauszuklagen."

Böse grinsend drehte Julia sich um. „Gut gestichelt, Schwesterherz."

„Wenn's um Anwalt Arschbacke geht, immer wieder gerne."

Julia machte sich nicht die Mühe, auf das Offensichtliche hinzuweisen. Sie hatten sich beide in den Falschen verliebt, allerdings war David erst nach Mikeys Verschwinden zum Ekel avanciert.

„Soll ich ihn zum Teufel jagen?", fragte Valery und rieb sich voller Vorfreude die Hände.

„Du weißt doch, wie hartnäckig er sein kann. Ebenso gut kann ich mir schnell anhören, was er will. Würdest du inzwischen einen Eistee für Alex und Eli machen?"

„Klar.“

Julia verließ das Esszimmer und ging zur Vordertür, wo sie sich erst noch einen Moment sammelte, bevor sie zu ihrem Exmann auf die Veranda hinaustrat.

Da stand er, makellos gestylt wie immer: brauner Anzug, glänzende Schuhe. Und das dunkle, sauber zurückgekämmte Haar war so ordentlich, wie Elis nie sein würde.

Den letzten Gedanken verwarf Julia gleich wieder. Diese beiden Männer konnte sie beim besten Willen nicht miteinander vergleichen.

„David, was für eine unerwartete Überraschung.“

„Ich muss dir was sagen.“

„Nur zu.“

„Darf ich reinkommen?“

Sie zögerte absichtlich etwas länger, damit er sich unwohl fühlte, und ging ihm dann voran in den Salon.

„Das sieht ja richtig gut aus hier“, bemerkte er und blickte sich um. „Fürs Häusliche hattest du ja schon immer ein Händchen.“

War er jetzt absichtlich gemein? Egal. „Ich bin glücklich mit dem, was ich tue.“

Er fläzte sich in einen ihrer Sessel. „Bist du auch glücklich mit deiner Aushilfe?“

Die Frage kam wie aus heiterem Himmel und brachte sie ein wenig aus dem Konzept. „Warum fragst du?“

„Als wir uns letztens bei Miss Molly's getroffen haben, da hat mir irgendwas an ihm nicht gefallen.“

„Du hast nichts mit uns zu schaffen, David.“

„Heißt das, ihr zwei habt was miteinander?“

„Es heiß genau das, was ich sage. Du hast nichts mit uns zu schaffen. Weder mit mir noch mit Eli.“

David umfasste die Sessellehnen mit beiden Händen und lehnte sich mit diesem todernsten Gesichtsausdruck vor, den er früher immer aufgesetzt hatte, damit sie zu allem Ja und Amen sagte. Doch dieser Anwaltstrick zog bei ihr nicht mehr.

„Wie viel weißt du über Donovans Vergangenheit?"

„Genug."

Ihr Gegenüber machte eine Kunstpause und zog in gespielter Sorge die Mundwinkel nach unten. „Julia, jetzt sag mir bitte nicht, dass du einen fremden Mann bei dir wohnen lässt, ohne vorher seine Vergangenheit überprüft zu haben."

„Ich bin mit Elis Arbeit mehr als zufrieden. Er hat sich in jeder Hinsicht wie ein vorbildlicher Angestellter verhalten."

Sie spielte nervös mit ihren Fingern und Angst kroch in ihr hoch. David wusste etwas, und obwohl sie erfahren musste, was es war, wollte sie es auf keinen Fall aus seinem Munde hören.

Ein trauriges, mitfühlendes und ganz und gar falsches Lächeln stahl sich auf sein Gesicht. „Vorbildlich. Genauso hat ihn der Gefängnisleiter auch beschrieben. Ein vorbildlicher Häftling."

Es durchfuhr sie wie ein Stromschlag. „Was?"

„Hat Donovan dir nichts von seiner Gefängnisstrafe erzählt? Dass er fast sieben Jahre in einer der schönsten Justizvollzugsanstalten Tennessees logiert hat?"

Der Schock überrollte sie wie eine massive, alles verschlingende Flutwelle. *Fassungslos* beschrieb nicht einmal annähernd, wie sie sich jetzt fühlte.

„Nein", ertönte Elis Stimme. „Das habe ich ihr nicht erzählt."

Julias Kopf fuhr zum Türbogen herum. Dort stand Eli, blass und ernst, und neben ihm sein Sohn. Alex musste die gespannte Stimmung der Erwachsenen spüren, denn er drückte sich näher an seinen Vater heran und sah unsicher zu ihm hoch. Fürsorglich legte Eli ihm einen Arm um die Schultern.

David erhob sich von seinem Damastsessel. „Ich würde Ihnen wärmstens empfehlen, Honey Ridge unverzüglich zu verlassen. Drogenhändler wie Sie wollen wir hier nicht haben."

Da fand Julia ihre Stimme wieder. „David, ich will, dass du jetzt gehst."

Ihr Exgatte, der Mann, den sie einst von ganzem Herzen und mit ganzer Seele geliebt hatte, streckte eine Hand nach ihr aus. „Wenn du mich brauchst …"

Julia zuckte vor der Berührung zurück. „Tu ich nicht. Bitte geh jetzt."

„Ich kann deinen Schock natürlich nachvollziehen, aber ich habe mir eben Sorgen gemacht, um deine Sicherheit."

„Sie ist nicht in Gefahr."

David richtete seinen kalten Blick auf Eli. „Ein Exknacki ist immer gefährlich."

„David", sagte Julia mit fester Stimme. „Ich bringe dich jetzt zur Tür."

Julia bewegte sich in die entsprechende Richtung. Ihr Exmann und Eli starrten sich noch ein paar Sekunden lang feindselig an, dann verließ David endlich das Haus. Während sie langsam die schwere Eichentür hinter ihm schloss, stand sie mit dem Rücken zu Eli und hatte Angst, sich umzudrehen. Sie hatte Angst vor dem Schmerz und der Enttäuschung, Angst vor der Wahrheit.

„Julia?" Eli war näher gekommen, doch er berührte sie nicht. Sie wünschte sich, er würde die Anschuldigung von sich weisen, sie in seine starken Arme schließen und ihr versichern, dass er nach wie vor genau der Mann war, dem sie mittlerweile so sehr vertraute.

Nach einem tiefen Atemzug wandte sie sich zu ihm um. Alex hatte das Zimmer verlassen. „Ist das wahr?"

Sein Gesicht war versteinert. „Ja."

Sie verschränkte die Arme vor der Brust. „Warum hast du mir das nicht gesagt?"

„Hättest du mich dann eingestellt?“ Er ließ die Schultern hängen und wirkte jetzt wieder genauso verletzlich und verloren wie an dem Tag, an dem sie ihn kennengelernt hatte.

„Nein.“

Er nickte. Tiefe Sorgenfalten, deren Herkunft sie jetzt kannte, gruben sich in seine Stirn, während er dastand und auf seine Hinrichtung zu warten schien. „Willst du, dass ich gehe?“

„Ich …“ Sie suchte nach einer Antwort, fand aber keine. „Ich weiß nicht. Ich brauche Zeit zum Nachdenken.“

„In Ordnung.“ So lautlos, wie er das Zimmer betreten hatte, verließ er es wieder.

Der spitze Pfeil der Demütigung bohrte sich tiefer und tiefer in Elis Brust, während er die Treppe hinauf Richtung Blaubeerzimmer ging. Er hatte ja gewusst, dass er sich nicht zu viel erhoffen durfte, dass seine Vergangenheit ihn früher oder später einholen würde.

Alex lag auf dem Bett und sah fern. „Fahren wir gleich zur Gruppe?“

„Ja. Spring mal langsam unter die Dusche.“ Das Gewicht eines Frachtzugs zog Eli nach unten. Schwerfällig setzte er sich auf die Bettkante. Vor fünfzehn Minuten noch hatte er sich darauf gefreut, Julia seine neueste Entdeckung zu zeigen. Jetzt lagen die alten Briefe auf der Kommode und hatten für den Moment alle Wichtigkeit verloren.

Alex machte den Fernseher aus. „Ist Julia böse auf uns?“

„Nicht auf uns, Kumpel. Nur auf mich. Ich hab was falsch gemacht.“

„Oh.“ Sein Sohn ging in Richtung Badezimmer, drehte sich aber noch einmal um. „Eli?“

„Ja?“

„Warum ist sie böse?“

Eines Tages würde sein Sohn es erfahren müssen. Doch

nicht heute. Nicht solange er noch derart durcheinander war und ihm jedweder Halt fehlte. „Ich hab vor langer Zeit einige dumme Fehler gemacht und das hat sie jetzt herausgefunden."

Alex' dunkelbraune Augen waren zwei Herzschläge lang nachdenklich auf ihn gerichtet. „Dafür gibt's Radiergummis."

„Was?" Verwirrt hob Eli den Kopf.

„Meine Lehrerin sagt, jeder macht mal Fehler. Dafür gibt's Radiergummis."

Ein heftiger Ansturm von Gefühlen erfasste Eli. Sein verschlossener, zurückhaltender Sohn bot ihm seinen Beistand an, spendete ihm Trost. Diese liebevolle Geste machte die Last etwas leichter.

Seine Erwiderung kam von ganzem Herzen: „Danke, mein Sohn."

Alex machte die Badezimmertür hinter sich zu und ließ Eli allein zurück. Der barg, von Neuem gebrochen, das Gesicht in beiden Händen.

Wenn das Leben nur tatsächlich so einfach wäre wie ein Radiergummi.

Wochen, in denen er Julias Vertrauen und, ja, ihre Zuneigung gewonnen hatte, waren innerhalb von Sekunden zunichtegemacht worden. Das war sein eigener Fehler. Seine eigene Verantwortung. Aber darum nicht weniger schmerzhaft.

Wenn Julia ihn rauswarf, wo sollte er hin? Wie sollte er sich um Alex kümmern? Und wie sollte er Tag um Tag ohne sie überstehen?

Das Herz klopfte Eli schmerzhaft gegen die Rippen, er kämpfte sich von der blauen Tagesdecke hoch und schleppte sich zum Wandschrank. Der gab zwar garderobentechnisch nicht viel her, aber er musste ja immerhin nicht angezogen wie ein Penner bei der Selbsthilfegruppe auftauchen.

Eli machte das Schranklicht an. Vor ihm, auf dem Boden, lag eine tönerne Murmel.

28. KAPITEL

Peach Orchard Farm
1864, November

Teuerster Will,
dein Brief vom 30. Oktober hat mir große Freude bereitet. Du hast nach deinen Männern gefragt, und ich schätze mich glücklich, dir berichten zu können: Henry und Private Miller brechen gemeinsam mit dem Boten im Morgengrauen auf. Dass die beiden wieder ins Gefecht ziehen, ist mir allerdings unbegreiflich. Johnny kommt mittlerweile schon weitgehend zurecht, jedoch scheint er Angst vor der Rückkehr nach Ohio zu haben. Wahrscheinlich plagen ihn Zweifel, ob Betsy ihn auch als Blinden noch liebt. Seit deinem Weggang hat sie ihm nicht mehr geschrieben.
Ich hoffe sehr, du und deine Männer findet genug Vorräte und Ausrüstung, bevor der Winter kommt. Mir tut das Herz weh bei dem Gedanken, dass du frieren oder hungern könntest. Lizzy hat mit Corporal Johnson gesprochen, und er hat sich einverstanden erklärt, die Handschuhe und Strümpfe mitzunehmen, die ich für dich gestrickt habe. Bitte nimm dieses Geschenk als Zeichen meiner Zuneigung an.
Am Sonntag war ich mit Josie, Patience und Ben in der Kirche, es wurde viel über Lincolns Wiederwahl geredet. Sie schürt bei den Leuten hier reichlich Zorn. Nur die Sklaven freuen sich natürlich insgeheim, so hat mir Lizzy erzählt. Sie riechen die Freiheit. Wie die Farm ohne ihre Hilfe weiterbestehen soll, weiß ich nicht. Aber ich weiß, dass Menschen zu versklaven etwas grundlegend Falsches ist. Es wundert mich, dass sie nicht schon längst von hier

geflohen sind. Wie auch immer dieser Krieg letztlich enden wird, er möge bald enden. Damit gute Männer wie du zu ihren Familien nach Hause zurückkehren können und damit endlich wieder Frieden einkehrt.
Auch ich vermisse unsere täglichen Gespräche. Immer wenn ich das Arbeitszimmer betrete, sehe ich dich dort sitzen. Und ich sehe dich neben dem Kamin im Salon. Sehe einen stolzen Offizier – die Beine locker gespreizt, die Hände hinter dem Rücken – sich geduldig lächelnd die Geschichten von Ben und Tandy anhören. Das Haus scheint noch immer von deiner Anwesenheit erfüllt, so als seist du nur kurz rausgegangen und kämst jeden Moment mit freundlichen Worten oder einem kostbaren Fund aus den Wäldern zurück. Nur in diesen Briefen kann ich sagen, was ich denke. Ich vermisse dich, lieber Will.
Deine
Charlotte

Es war Ende November, der Herbst neigte sich dem Ende und die Zeitungen füllten sich mit einer traurig-makabren Mischung aus Anzeigen und Nachrichten: Quilt-Runden und Gospelchor-Treffen, Kämpfe in Nashville und gefallene Söhne, gefallene Ehemänner. Hinter der brüchigen Fassade aus Normalität zeugten immer mehr schwarz verhängte Fenster in Honey Ridge von Tod und Leid. Bei jeder neuen Kriegsmeldung zog sich Charlottes Herz schmerzhaft zusammen, da sie sich fragen musste, ob Will in jener Schlacht oder bei jenem Gefecht dabei gewesen war.

Ihre Befürchtungen wurden jedes Mal für eine Weile zerstreut, wenn die treue Lizzy ihr endlich wieder einen Brief von ihm zusteckte. Charlotte hielt diese Schreiben unter ihrer Matratze versteckt und des Abends verschlang sie im Licht der Kerze jedes einzelne Wort aufs Neue. Sie schrieb lange, detailreiche Antworten, die Lizzy auf kreativem Wege in die Hände des Boten schmuggelte.

Das verräterische Handeln belastete Charlotte sehr. Sie fragte ihre Mutter in einem Brief um Rat, forschte in der Bibel nach Weisheit und bemühte sich immer wieder aufs Neue, ihrem Mann eine gute Ehefrau zu sein. Wenn Edgar nach einem langen Arbeitstag in der Mühle nach Hause kam, sorgte sie dafür, dass sein Lieblingsessen auf dem Tisch stand, dass alle Zimmer vor Sauberkeit glänzten und dass die verbliebenen Yankees außerhalb seiner Sichtweite blieben. Obwohl auch ihre Tage lang und arbeitsreich waren, empfing sie Edgar jeden Abend mit zärtlichen Worten und einem Lächeln.

Sie war ja so eine Heuchlerin.

Ihr Mann schien von alldem nichts mitzubekommen, ebenso wenig wie von den schüchternen Annäherungsversuchen seines Sohnes. Seine Unempfindlichkeit gegenüber all diesem Streben brachte Charlotte ihrem lieben Captain nur noch näher, denn der schien seine helle Freude an jeder noch so belanglosen Einzelheit ihres Lebens zu haben. Also schrieb sie ihm in aller Ausführlichkeit von ihren Freuden und Sorgen, von ihrer Kindheit in England und von dem, was hier auf ihrer Farm in Tennessee eben so vor sich ging. Wenn ihr Schriftverkehr hier und da Themen berührte, in denen es um Herz und Seele ging, um Liebe und Hass, Gnade und Glaube, Verlust und Sehnsucht, dann beruhigte Charlotte ihr Gewissen damit, dass sie ja lediglich einer anderen suchenden Seele ihren Beistand anbot. Schließlich war sie die Tochter eines Pfarrers.

„Was kann es denn schaden“, sagte sie zu Lizzy, „wenn ich einem Soldaten Mut zuspreche, der bei jedem Atemzug in Lebensgefahr schwebt?“

„Gar nichts“, erwiderte Lizzy mit wissendem Blick, während sie das neueste Antwortschreiben in ihrer Schürze versteckte, um es dem Boten noch vor Tagesanbruch zu überreichen. „Solange Mr. Edgar nichts davon weiß.“

Nahe Nashville, 1. Dezember 1864

Meine teuerste Charlotte,
dein Brief verschaffte mir größtes Glück und ein schweres Herz. Letzteres, weil ich dich vermisse und an der Frage verzweifle, ob ich dich je wiedersehen werde. Die Briefe von dir, von meinen Schwestern und meiner Mutter sind der letzte Hoffnungsschimmer, der mich noch aufrechthält. Gestern habe ich sieben Männer verloren. Der Gegner verlor noch viele mehr. Die Soldaten haben Blutdurst und plündern nach dem Kampf die Schlachtfelder. Ich kann sie nicht davon abhalten, und im Grunde weiß ich auch nicht, ob ich das überhaupt sollte. Ein toter Mann braucht keine Stiefel, auch keinen Tabak, kein Messer und kein Gewehr. Nur die Lebenden haben diese Bedürfnisse, dennoch erscheint mir das Plündern der Leichen wie ein Verstoß gegen die Menschenwürde. Die Männer sind ausgelaugt, sie haben zu viel Gemetzel und Tod gesehen. Krankheiten grassieren im Lager und wegen des andauernden Regens bekommen wir die klamme Kälte nicht mehr aus den Knochen. Die unmenschlichen Schreie vom Schlachtfeld hallen jede Nacht in meinem Kopf wider und verfolgen mich bis in den Schlaf. Ich will dir keine Einzelheiten der heutigen Vorfälle zumuten, doch sie stehen mir deutlich vor Augen, und ich fürchte, wir verfallen noch alle in gottlose Barbarei. Fürwahr, ich fürchte meine Seele an dieses endlose Unterfangen zu verlieren.
Bete für mich, meine Liebste.
In ewiger Zuneigung
William Gadsen

Die Tür zum blau gestrichenen Schlafzimmer flog krachend gegen die Wand und ließ ein in Glas gerahmtes Stickbild am Boden zerschellen.

Charlotte, die am Frisiertisch gesessen und gerade noch dabei gewesen war, ihre Haare für den Tag zurechtzumachen, sprang mit einem unterdrückten Aufschrei vom Stuhl. „Edgar. Du hast mich zu Tode erschreckt. Was ist passiert?"

Ihr Mann, der kaum je einen Fuß in ihr Zimmer setzte, stampfte mit loderndem Blick und feuerrotem Gesicht auf sie zu. In seiner anklagend ausgestreckten Hand hielt er einen Umschlag, genau den Umschlag, den sie letzte Nacht noch versiegelt an Lizzy übergeben hatte.

Charlotte durchfuhr kaltes Entsetzen, kälter als der Januarwind.

„Dachtest du etwa, ich würde nicht herausfinden, was meine eigene Frau hier hinter meinen Rücken treibt?" Er kam ihr gefährlich nahe. Sein Atem stank nach mit Kaffee gestrecktem Whiskey. „Mit einem dreckigen Yankee!"

„Edgar! Das ist nicht wahr." Doch ihr Herz klopfte wie wild, und sie musste immer wieder den Brief ansehen, der ihre Schuld nahezu herausschrie. Oh, wie viel hatte sie darin von ihrem Herzen und ihrer Seele offenbart.

„Habt euch wohl hinter meinem Rücken über mich lustig gemacht, du und dein Yankee, was? Habt euch über den jämmerlichen Krüppel totgelacht, während ihr mein Essen in euch reingeschaufelt und schamlose Dinge unter meinem Dach miteinander veranstaltet habt. So war es doch, oder etwa nicht?"

Während Charlottes Gefühle komplett aufgewühlt waren und sie innerlich bebte wie Espenlaub, zwang sie sich zu äußerer Ruhe, barg die Hände in den Falten ihres Kleides und sagte: „Captain Gadsen ist in einer schweren Zeit sehr freundlich zu Benjamin und mir gewesen. Ich habe keinen Grund gesehen, warum ich diese Freundlichkeit nicht durch einen Brief erwidern sollte."

Kaum hatte sie ausgesprochen, hob Edgar die Hand und schlug ihr ins Gesicht. Charlotte stolperte rückwärts und hielt sich fassungslos die brennende Wange, da ging er erneut auf sie los. „Lügen. Verrat. Und das von meiner eigenen Frau. Ich kann immer noch nicht glauben, wie leicht ich auf deine geheuchelte Treue hereingefallen bin."

„Ich bin dir treu." Sie hielt sich noch immer die Wange und rang um Fassung, doch konnte sie nicht verhindern, dass ihre Stimme zitterte. „Können wir bitte vernünftig darüber reden?"

„Vernünftig? Du verlangst von mir, vernünftig zu sein, nachdem meine Frau es mit einem Yankee getrieben hat?" Er streckte den Zeigefinger aus. „Habt ihr es hier im Zimmer gemacht? In dem Bett da?"

„Edgar, nein. Es ist nichts dergleichen passiert!" Flehend streckte sie die Hand nach ihm aus. „Bitte. Ich war dir niemals untreu. Ich würde nie …"

Der nächste Schlag schmetterte Charlotte gegen die Kante des Frisiertisches und ließ sie Richtung Fenster taumeln. Nur weil sie gerade noch den Sims zu fassen bekam, konnte sie ihren harten Sturz etwas abfangen.

Leicht torkelnd kam Edgar zu ihr und beugte sich wutentbrannt über sie.

„Ich glaube dir kein Wort." Er zerknüllte den Brief in der Faust und hielt ihn ihr direkt vors Gesicht. „Ich habe den hier gelesen, Charlotte, und Lizzy hat zugegeben, dass es noch mehr davon gibt."

Charlotte duckte sich, sie hatte Angst um Lizzy, sie hatte Angst vor einem weiteren Schlag. Er hatte ihren Brief gelesen. Er wusste von ihren Gefühlen für Will.

„Was immer du jetzt glauben magst", brachte sie hervor, „ich bin meiner Familie treu ergeben. Und dir. Du bist mein Ehemann."

Angewidert blickte er auf sie hinunter. „Umso schändlicher ist dein Vergehen. Du ekelst mich an. Du bist nicht länger meine Frau. Ich werde dich nie wieder anfassen."

Monate und Jahre der Demütigung und des Misstrauens stürzten mit solcher Wucht über Charlotte herein, dass sie die Kontrolle verlor. Schmerz und Wut brachen sich Bahn.

„Und wann hättest du das je?", spie sie hervor und ihre Stimme schnappte über wie bei einem kreischenden Waschweib. „Ich habe dich immer wieder in mein Zimmer gebeten, in mein Bett, aber du bist ja lieber zu deiner kleinen Geliebten in die Hütte gekrochen. Glaub bloß nicht, ich würde dein sündiges Geheimnis nicht kennen, Edgar. Ich weiß das von dir und ihr."

Voller Bestürzung darüber, die schreckliche Wahrheit ausgesprochen zu haben, die sie seit Jahren mit sich herumtrug, schlug sich Charlotte die Hand vor den Mund.

Edgar war starr vor Schock. Starr und so angsteinflößend still, dass Charlotte ihr Fehler sofort klar wurde. Sie rechnete schon mit dem nächsten Schlag, kauerte sich eng gegen die Wand und flüsterte: „Verzeih mir."

Drohend und mit eiskalter Ruhe sprach er: „Willst du vor mir fliehen, Charlotte? Ja?" Ein verschlagenes Grinsen huschte über seine zornroten Gesichtszüge. „Vielleicht sehnst du dich ja zurück nach England?"

Sie schwieg, um nicht noch einmal etwas Falsches zu sagen. Nicht England galt ihre Sehnsucht und Edgar wusste das.

Er fixierte sie wie eine Katze die Maus und stieß ein schauderhaft freudloses Lachen aus. „Ja, ich glaube, genau das werde ich tun. Ich schicke dich zu deiner erbärmlichen Armeleutefamilie nach England. Weit, weit weg von deinem

Yankee-Liebhaber." Mit dem Zeigefinger tippte er gegen seine zu einem bösen Lächeln verzogenen Lippen. „Das würde dir doch sicher gefallen, oder nicht?" Als sie weiterhin schwieg, nickte er. „So sei es also, mein liebes, treuloses Weib. Du wirst fortgehen. Aber mein Sohn bleibt hier bei mir."

Grenzenloses Entsetzen fraß sich wie Säure in Charlottes Brust. „Nein! Ich flehe dich an, Edgar. Lass mich bei Benjamin bleiben."

„Warum sollte ich? Nenn mir einen Grund, warum ich meinen Sohn bei einer Yankee-Hure lassen sollte!"

Sie warf sich vor ihm auf die Knie, aller Stolz, alle Wut und sogar der Schmerz über seine Untreue mit einer Sklavin waren jetzt nicht mehr wichtig. Sie würde alles tun, würde alles ertragen für ihren Sohn. „Vergib mir, Edgar. Vergib mir. Lass mich bleiben. Ich will nicht fort. Hier ist mein Zuhause. Du bist mein Mann. Ich gehöre hierher."

Selbstzufrieden blähte er die Nasenlöcher und blickte auf sie herunter. Er behielt die Oberhand. Er hatte immer die Oberhand behalten.

Sie klammerte sich an sein Hosenbein und beugte ihr Gesicht über seinen kranken, verkrüppelten Fuß. Bis vor Kurzem hatte sie noch Mitleid verspürt für ihren versehrten Mann. Jetzt verabscheute und fürchtete sie ihn nur noch.

Charlotte war in ein unkontrolliertes Zittern verfallen, nicht wegen der Prügel, sondern aus Angst, das Kostbarste in ihrem Leben zu verlieren – Benjamin.

„Ich tue alles, Edgar." Ihre Stimme war nicht mehr als ein leises Wimmern. „Ich flehe dich an. Schlag mich. Bestraf mich. Aber trenne mich nicht von unserem Sohn."

Unsanft zog er den Stiefel weg und schürfte dabei ihre geschwollene Wange auf. Sie blieb zusammengekauert und zu verängstigt, um ihn anzusehen, auf dem Boden hocken.

Langsam bewegte er sich auf die Tür zu. Sie hörte, dass der Türknauf gedreht wurde, und hob den Kopf, die Augen voller Tränen, der Blick ein einziges Flehen.

„Ich werde darüber nachdenken, Charlotte. Du wirst in diesem Zimmer bleiben, bis ich über dein Schicksal entschieden habe. Niemand darf herein. Niemand." Er griff nach dem Schlüssel, der oben auf dem Türrahmen lag, und nach einem letzten, selbstgefälligen Blick in ihre Richtung knallte er die Tür so heftig hinter sich zu, dass die Wände bebten.

Dann hörte sie, wie er den Schlüssel im Schloss umdrehte.

29. KAPITEL

Peach Orchard Inn
Heute

Lange nachdem sich Elis geschundener Dodge an den blütenschweren Magnolien vorbei vom Grundstück geschleppt hatte, vergrub sich Julia noch immer in Arbeit und dachte über das nach, was David ihr enthüllt hatte. Gerade war ein neuer Gast untergebracht worden, zwei andere hatten ausgecheckt, und Julia eilte die Treppe hinauf, um die frei gewordenen Zimmer zu reinigen. Valery kam helfen.

„Mir hat David es auch erzählt", sagte sie.

Julia riss das Laken geradezu von der Matratze. „Der soll mal schön sein Schandmaul halten."

„Autsch. Sie beißt." Valery zog die Kissenbezüge ab. „Aber ich muss dir zustimmen. Vergiss David. Eli ist einer von den Guten."

Julia hielt inne, in der Hoffnung, in dem Bedürfnis, überzeugt zu werden. „Glaubst du?"

„Ich weiß es."

„Ich hab das ja eigentlich auch gedacht, aber jetzt …"

„Was sagt dir dein Bauchgefühl? Es stimmt. Schick ihn nicht weg, Julia." Valery nahm Desinfektionsspray und wischte Schreibtisch und Fernseher ab. „Du hast dich verändert, seit er hier ist. Du bist fast wieder du selbst."

„Er war im Gefängnis."

„Die Betonung liegt auf *war*. Er hat seine Schuld abgesessen. Ist wegen guter Führung auf Bewährung freigekommen. Hat während seiner Zeit im Bau sogar ein Wirtschaftsstudium hingelegt."

„Ein Studium?" Eine weitere Enthüllung über einen Mann, der sagte, sie würde ihn zu gut kennen. Anscheinend kannte sie ihn überhaupt nicht. „Woher weißt du das alles?"

„Ich bin hinter David her und hab ihm mehr Fragen gestellt als du. So bin ich eben, neugierig, hartnäckig."

„Ich wollte ihn einfach nur loswerden."

„David oder Eli?"

„David." *Hoppla.* So leicht kam ihr die Wahrheit also über die Lippen. Sie wollte Eli nicht verlieren. Ungeachtet seiner Vergangenheit vertraute sie ihm. Und abgesehen davon, dass er ihr gegenüber nicht ganz ehrlich gewesen war, hatte er ihr Vertrauen auch verdient. Seine unglaubliche Arbeitsmoral, seine minutiöse Gewissenhaftigkeit, seine liebevolle Sorge um Alex – das alles bewies doch seine Integrität. Oder etwa nicht?

„Ich wünschte, er hätte es mir erzählt."

Valery suchte Julias Blick im Spiegel. „Wirklich?"

Wenn er ihr von seiner Vorstrafe erzählt hätte, dann hätte sie ihn nicht eingestellt. Und dann hätte sie auch nicht wieder angefangen zu fühlen, zu leben und, ja, zu lieben. Eli hatte mehr getan, als Pfirsiche zu ernten und Wände zu reparieren. Er hatte auf der zerbrochenen Klaviatur ihrer Seele eine neue Harmonie angeschlagen, ihr neuen Lebensmut gegeben und die Dissonanzen der Vergangenheit nahezu zum Verklingen gebracht.

„Du hast recht. Ich bin froh, dass er es nicht getan hat."

Valery zupfte sie am Pferdeschwanz. „Julia ist verliebt in 'nen Knasti."

Seufzend ließ Julia sich auf einen Stuhl plumpsen und legte sich die Hand an die Stirn. „So verrückt das auch klingt, aber ich glaube, das bin ich wirklich."

Die Fahrt nach Knoxville war Eli hundert Mal länger als sonst vorgekommen. Und weil der Tag ja noch nicht schlimm genug war, hatte der Therapeut während der Sitzung besonders tief gegraben und zu viele alte Erinnerungen freigelegt. Eigentlich ging es bei der ganzen Sache doch nur um Alex, aber das war diesem Menschen heute anscheinend entfallen, warum sonst hatte er so viele Fragen auch an Eli gerichtet?

Der Vorfall mit Julia quälte ihn. Die Erinnerungen an Mindy und an das, was er ihr und ihrem kleinen Jungen angetan hatte, quälten ihn. Sein Fehler. Niemand außer ihm selbst trug die Schuld daran.

Als die aufreibende Sitzung endlich beendet war, kam er auf dem Weg durch die Stadt am Bürogebäude seines Vaters vorbei. Noch eine quälende Erinnerung, die auf sein Konto ging.

Er hatte immer nur alles verbockt.

Was oder wer, in aller Welt, hatte ihn nur zu dem irrigen Glauben verleitet, er könne von vorn anfangen und sich ein neues Leben aufbauen? Doch er kannte die Antwort darauf: Alex. Und Julia. Julia mit ihrem Vertrauen und ihrer Anerkennung. Julia, der tiefstes Leid widerfahren war, hatte ihr Haus und ihr Herz einem Mann wie ihm geöffnet.

In seinem Innern tat sich ein gähnender Abgrund auf.

Ohne noch groß darüber nachzudenken, lenkte Eli den Dodge nach Westen, in Richtung des altehrwürdigen und reichen Viertels seiner Kindheit, Sequoyah Hills. Dort hatte der Zerfall seines Lebens seinen Anfang genommen. Die Fragen des Therapeuten hatten den wilden Hund von der Leine gelassen, die nagende Sehnsucht nach einem Zuhause und Familie.

Vom Rücksitz her lehnte Alex sich ein Stück zu ihm vor. „Wohin fahren wir, Eli?"

„Nur so in der Gegend rum." Und geben uns spinnerten Wunschfantasien hin.

Er fuhr am Park vorbei. Weiter hinten lag der Tennessee River, zwei Jetskis hüpften über die spiegelnde Wasseroberfläche.

Alte Bilder blitzten wieder auf. Auch er hatte einst auf diesem Fluss gespielt, war in diesem Park herumgerannt, hatte für

Winston, ihren ausgelassenen English Springer Spaniel, das Frisbee geworfen. Jessica war auch hier gewesen. Mit ihrer Mutter – und mit ihm.

„Können wir hier anhalten und ein bisschen spielen?"

„Nicht heute." *Und an keinem anderen Tag.*

Die Sehnsucht nach der glücklicheren Vergangenheit überwältigte ihn. Er ließ den Park hinter sich, und während er sich den Wunsch, das Zuhause seiner Kindheit wiederzusehen, noch immer nicht eingestehen wollte, fand der Dodge wie von selbst den Weg dorthin.

Als sie auf der Straße vor dem Haus angekommen waren, brachte Eli das Auto zum Stehen.

„Ist das da eine Villa?"

„Das kann man wohl sagen." Für den Jungen, der hier aufgewachsen war, hatte das Anwesen nichts Besonderes gehabt. Er war sich seiner Privilegien nicht bewusst gewesen. Verwöhnt und voller Wut hatte er alles auf seinem Weg zerstört, sich selbst eingeschlossen.

„Wer wohnt hier?"

Eli wurde der Mund trocken. „Meine Mutter und mein Vater." *Deine Großeltern.*

Seine Mutter und sein Dad hatten keine Ahnung, dass sie einen Enkel hatten. Würden sie es überhaupt wissen wollen?

Alex zog leicht die Augenbrauen zusammen, während er durchs Autofenster auf das stattliche Anwesen blickte, das von einem wohlgepflegten, baumbestandenen Garten umgeben war. Nach Jessicas Tod hatten sich Elis Eltern in die Arbeit gestürzt. Die Mutter hatte ihre Trauer hinter Stiftungsaktivität, Vereinstätigkeit und manischer Rosenpflege versteckt und der Vater war kaum noch aus dem Büro nach Hause gekommen. Ein trauernder Dreizehnjähriger hatte dieses Verhalten nicht verstanden. Für ihn war klar gewesen, dass sie ihn bestrafen wollten, dass sie ihn hassten. Er selbst hatte sich auf jeden Fall gehasst, doch auch das hatte er damals noch nicht verstanden.

In den vergangenen Jahren waren die Rosen seiner Mutter prächtig gediehen und blühten jetzt in einem wahren Überfluss an Farbe. Eli konnte sie förmlich vom Auto aus riechen.

Neben dem Haus glitzerte das aquamarinblaue Wasser des Swimmingpools in der Sonne. Eli versuchte, nicht hinzusehen, versuchte, sich nicht zu erinnern. Dort war Jessica gestorben. An einem sonnigen Tag wie heute war seine Schwester ertrunken.

Auf einmal erschien ihre kleine, fünfjährige Gestalt ganz deutlich vor seinen Augen. Das kleine Bäuchlein wölbte den Stoff ihres Badeanzugs und die langen schwarzen Haare fielen in weichen Strähnen über ihren Rücken. Sie war sehr niedlich und wusste das auch. Alle um sie herum liebten und verwöhnten sie. Sie war auch aufgedreht, ein wahres Energiebündel, ständig sollte ihr großer Bruder mit ihr spielen.

Gott, wie sehr er sich wünschte, dass er an jenem Tag mit ihr im Pool gewesen wäre. Doch er hatte lieber im Haus bleiben wollen und so war sie gegen alle Regeln allein ins Wasser gegangen.

Ihm stand der kalte Schweiß auf der Stirn. Sein Magen überschlug sich und verschaffte ihm einen üblen Geschmack im Mund.

Eli fuhr das Auto von der Straße und parkte es auf der großen Rasenfläche neben dem Tor.

Erinnerungen brachen in einer einzigen riesigen Flutwelle über ihn herein. Die Schreie seiner Mutter. Die Sirenen. Sein grenzenloses Entsetzen, als der Sanitäter immer und immer wieder den reglosen Brustkorb seiner Schwester eingedrückt hatte. Dieses furchtbare Geräusch, das irgendwann langsamer geworden und schließlich der Stille gewichen war.

Erinnerungen, die er seit dreiundzwanzig Jahren verdrängt hatte. Elis Hände verkrampften sich. Sein Magen bebte. In der Hoffnung, dadurch wieder klar denken zu können, atmete er tief ein und aus. Ihm brannten die Augen vor ungeweinter Tränen. Stöhnend ließ er den Kopf aufs Lenkrad sinken.

Er war ein Mann. Er weinte nicht. Er tobte und kämpfte gegen die Grausamkeit des Schicksals, doch er weinte nicht. Er hatte seit Jessicas Tod nicht mehr geweint und selbst damals hatte ihn niemand dabei gehört oder gesehen. Er hatte seine Ohren mit lauter Musik verstopft und sich in seinem Zimmer verbarrikadiert, niemand sollte mitbekommen, wie verängstigt und verwirrt und wütend er war.

Jetzt lief ihm doch die erste Träne die Wange hinunter. Die angestauten Gefühle drängten mit vulkanischem Druck nach draußen, und er versuchte verzweifelt, sie zurückzuhalten.

„Eli?“, ertönte Alex’ besorgtes Stimmchen hinter ihm.

Eli konnte nicht antworten. Seine Kehle war wie zugeschnürt. Er wollte nicht, dass Alex ihn so sah.

Er zitterte, ihm war so kalt wie damals am Pool. Das Blut rauschte in seinen Ohren. Der Schmerz wollte raus, zerriss ihm schier die Brust.

Er hörte, wie Alex sich abschnallte. Eine kleine Hand legt sich auf seine Schulter. „Eli.“

In dem Augenblick war es vorbei mit seiner Selbstbeherrschung. Dreiundzwanzig Jahre Bitterkeit flossen unter heftigen Schluchzern aus ihm heraus.

Aus Scham hielt er das Gesicht weiterhin auf das Lenkrad gepresst. Alex sollte das nicht mit ansehen. Das Autopolster knarzte leise, als sein Sohn neben ihn nach vorne kam.

Eine kleine Hand klopfte Eli genauso auf den Rücken, wie er es immer bei Alex machte, wenn der nach seiner Mutter weinte.

„Ist schon gut, Daddy“, murmelte Alex. „Alles wird gut.“

„Eli ist aber spät dran heut Abend.“ Valery stand mit ihrem leeren Teller vom Tisch auf. „Sonst verpasst er doch auch nie dein leckeres Essen, schon gar nicht Pasta mit Scampi.“

„Vielleicht kommt er gar nicht mehr wieder“, sagte Julia mit einem Blick auf das Übriggebliebene.

„Vielleicht ist auch bloß seine Schrottkarre liegen geblieben, Julia. Wär ja kein Wunder. Spinn dir da jetzt nicht irgendwas zusammen.“

Die beiden Schwestern trugen das benutzte Geschirr in die Küche und machten sich gemeinsam ans Aufräumen.

„Aber ich habe ihn weggeschickt.“

„Ach ja?“

„Ich habe ihm gesagt, ich brauche Zeit zum Nachdenken.“

„Das bedeutet nicht, dass du ihn weggeschickt hast. Hat er seine Sachen mitgenommen?“

„Nein.“ Vom Fenster im Esszimmer aus hatte Julia beobachtet, wie Eli mit Alex zum Auto gegangen war, und mit jeder Faser ihres Körpers hatte sie zu ihm rennen wollen. „Bin ich eigentlich bescheuert, von einem Exknacki zu wollen, dass er weiter in meinem Haus wohnt?“

„Das ist ganz sicher nicht alles, was du von ihm willst.“ Valery lachte.

„Das stimmt. Er macht mich glücklich, Val. Ich mag es einfach, wenn ich morgens in die Küche komme, und da lehnt er dann schon seinen hübschen Allerwertesten gegen die Arbeitsfläche, nippt an seinem Kaffee und erzählt mir von seinen Plänen für den Tag. Ich mag es, wie sein Verstand funktioniert.“

„Und dieser Körper funktioniert bestimmt auch ganz gut.“

Julia stieß ihre Schwester unsanft mit der Hüfte an. „Halt die Klappe.“

„Du denkst doch selber daran, oder etwa nicht?“

„Das ist ja das Komische. Ich hab schon seit Jahren nicht mehr *daran* gedacht.“

„Weil du als Zombie durchs Leben gelaufen bist."

„Und dann kommt Eli daher, und meine Hormone spielen Feuerwerk, als wär's der vierte Juli. Und dann noch Alex. Ich finde es herrlich mitzukriegen, wie er sich weiterentwickelt. Es tut gut, dass jetzt wieder ein kleiner Junge mit Bingo spielt. Das ist fast so …"

„Julia, nicht." Valery unterband die Erwähnung von Mikey, indem sie den Teller in ihrer Hand laut klappernd in die Spülmaschine fallen ließ. Unschönen Wahrheiten ins Auge zu sehen, war nicht ihre größte Stärke.

Julia biss sich auf die Unterlippe. „Manchmal bekomme ich Angst, was ihm alles passieren könnte."

„Alex ist hier in Sicherheit. Eli passt immer gut auf ihn auf."

„Ja, nicht wahr?" Aber David und sie hatten auch immer gut auf Mikey aufgepasst.

„Da kommt ein Auto."

Julia horchte auf. „Eli."

„Vorschlag: Alex und ich gehen … irgendwas spielen, während Eli und du euch mal in Ruhe unterhaltet."

„Glaubst du wirklich, ich sollte ihm so was durchgehen lassen? Er war im Gefängnis!"

„Du wärst schön blöd, wenn du es nicht tust."

„Und das sagt mir die Frau, die sich immer den Falschen aussucht."

„Eli ist auf jeden Fall schon mal besser als David."

„Da kann ich nicht widersprechen." David war ihr einst nahezu perfekt erschienen. Einen weiteren Fehler konnte sie sich nicht leisten.

Während Eli sein Auto auf dem Kies parkte und danach mit Alex über den von ihm fein säuberlich gepflegten Rasen ging, überkam ihn eine sonderbare Ruhe. Er war stolz auf das, was er für Julia erreicht hatte. Wenn sie ihn jetzt feuerte, dann würde er wenigstens in dem Wissen von hier weggehen können, dass er ihr alles gegeben hatte.

Dieses Wissen würde die nächsten paar Minuten jedoch kein Stück leichter machen. Andererseits war er schon oft mit Ablehnung konfrontiert worden und hatte bisher immer überlebt. Das schaffte er also wieder, genauso wie bei den vielen Malen, die noch auf ihn warteten, denn eine Vorstrafe verfolgte einen für immer. Die größten Sorgen machte er sich um Alex. Ein Sohn sollte nicht für die Sünden des Vaters büßen müssen.

„Dad?" Alex schob seine kleine Hand in Elis. „Ich verrate Miss Julia nicht, dass du geweint hast, okay?"

Tiefe Zärtlichkeit erfasste Eli. „Hab ich dir Angst gemacht?"

„Nein." Stirnrunzelnd neigte Alex den Kopf zur Seite. „Aber wein bitte nicht noch mal. Das macht mich traurig."

„Wir sind alle manchmal traurig, Kumpel."

„Ja, als Mama in den Himmel gegangen ist. Da war ich traurig. Da hab ich geweint."

„Ich weiß, Alex. Es tut mir so leid, dass du deine Mama verloren hast. Ich wünschte, ich wäre hier bei dir gewesen, dann hättest du es vielleicht nicht ganz so schwer gehabt."

„Ist schon okay. Ich bin nicht böse auf dich." Alex betrachtete die Spitzen seiner Turnschuhe. „Daddy?"

„Ja?" Von seinem Sohn endlich Dad genannt zu werden, war alles peinliche Geflenne der Welt wert.

„Ist es schwer, ein Dad zu sein?"

„Zu Anfang war es schwer für mich, weil wir uns ja noch gar nicht kannten. Aber es macht mich sehr froh, dass ich dein Dad bin. Du bist das Beste, was mir in meinem ganzen Leben passiert ist."

Alex ging ein Stück weiter, wobei er immer noch auf seine Schuhe guckte, dann sagte er: „Mich macht das auch froh."

Eli stockte der Atem. Wie war es nur möglich, dass er für eine so kleine Person so viel Liebe empfinden konnte? Er hob

Alex hoch und drückte ihn ganz fest an seine Brust. Alex schlang ihm einen Arm um den Hals und schmiegte seine glatte, kindliche Wange an Elis rauen Stoppelbart.

Diese neue Verbundenheit machte die herzzerreißende Qual vor dem Donovan-Anwesen tausendmal wett. Sie waren noch lange nicht am Ziel, aber die Reise hatte endlich begonnen.

„Daddy, können wir bald zu Tante Opal fahren? Ich hab ein Bild für sie gemalt."

In der Selbsthilfegruppe wurde nicht nur geredet, sondern auch gemalt und gespielt und Alex liebte es zu zeichnen. Julia hatte auch schon eines seiner Werke am Kühlschrank hängen. „Gute Idee. Gleich morgen fahren wir zu ihr."

Sie waren jetzt vor der Veranda des wohlwollend auf sie herunterblickenden Gebäudes angekommen und Eli stapfte mit Alex im Arm die hölzerne Treppe hinauf. Er griff nach dem Geländer, stellte fest, dass es locker war, und machte sich in Gedanken die Notiz für eine baldige Reparatur.

Falls er hierbleiben würde.

David Presley kannte sein Geheimnis und hatte deutlich klargemacht, dass er ihn nicht länger im Haus seiner Exfrau haben wollte. Der Anwalt war sicher nicht von der verschwiegenen Sorte. Das Ganze würde sich schnell in ganz Honey Ridge herumgesprochen haben.

Im Vorflur ließ er Alex von seinem Arm runter und fühlte sich ebenso unsicher wie an jenem Morgen vor einigen Monaten. Auch damals hatte er versucht, sich nicht zu viele Hoffnungen zu machen. Nur stand heute wesentlich mehr auf dem Spiel.

Aus der Küche wehte ihnen Essensduft entgegen, der sich mit dem latenten Pfirsichgeruch vom Peach Orchard Inn vermischte.

Im Haus war alles ruhig, was für diese Zeit des Abends ungewöhnlich war.

„Hast du Hunger, Alex?"

„Ja." Er klopfte sich auf den Bauch. „Mein Magen knurrt schon."

Feige, wie er war, hätte Eli die unvermeidliche Konfrontation mit Julia am liebsten noch hinausgezögert und das Abendessen einfach sausen lassen.

„Dann gucken wir mal, was wir in der Mikrowelle finden." Julia mochte vielleicht ihm nichts mehr zu essen geben, aber Alex hatte sie in ihrer mütterlichen Fürsorge bestimmt nicht vergessen.

Als Eli die Mikrowelle öffnete und zwei Teller darin vorfand, nahm seine Anspannung ein wenig ab.

Er hörte leise Schritte hinter sich, Julia kam zu ihnen in die glänzend saubere Küche.

„Ihr müsst ja am Verhungern sein. Setzt euch schon mal und esst, ich hole derweil was zu trinken."

Wie ein auf frischer Tat ertappter Dieb stand Eli mit den zwei Tellern in Händen da. „Das musst du doch nicht tun."

Ruhig blickte sie ihn an. „Ich weiß. Jetzt setz dich."

Während Alex und er im Esszimmer saßen, blieb Julia die ganze Zeit in der Küche in Hörweite, doch sie sprach nicht mit ihm. Dieses Schweigen war bedrückend. Zwar durfte er noch etwas essen, doch danach würde er wohl seine Sachen packen müssen. Er hörte das Klappern von Geschirr und wie Schubladen auf- und zugezogen wurden. Wahrscheinlich Vorbereitungen für das morgige Frühstück.

Irgendwann kam Valery zu ihnen und plauderte drauflos. Eli betrachtete sie und ihm fielen die roten Äderchen in ihren Augen auf. Ihre Trinkerei hatte offensichtlich nicht nachgelassen. Sie versteckte sie nur besser.

Auch das kannte er von früher, ebenso wie er wusste, dass Valery die Wahrheit irgendwann nicht länger würde verstecken können. Doch bis dahin konnte ihr niemand helfen.

Als Alex seine Nudeln aufgegessen hatte, bedachte Valery ihn mit ihrem strahlenden Lächeln und fragte: „Magst du mit Bingo und mir spazieren gehen? Oder wir malen was oder machen ein Spiel."

Alex wischte sich den Mund an der Stoffserviette ab. „Murmeln?"

„Das müsstest du mir dann erst mal beibringen."

„Mach ich. Ist ganz einfach. Ben hat's mir gezeigt."

Valery warf Eli einen Blick zu. Er zuckte mit den Schultern. Kein gutes Zureden hatte Alex bisher dazu bringen können, sich von seinem imaginären Freund zu verabschieden. Die Therapeuten waren an der Sache dran, doch vorerst, so hieß es, sollte er nichts erzwingen.

Valery streckte Alex die Hand hin. „Sollen wir?"

Alex legte seine kleine Hand in ihre. „Kann mein Daddy auch mitkommen?"

In diesem Moment erschien Julia im Türbogen zwischen Esszimmer und Küche.

„Wir spielen später noch zusammen, Sohnemann. Jetzt will, glaube ich, erst mal Miss Julia mit mir reden." Irgendwann musste er es ja hinter sich bringen.

Alex blickte zwischen den Erwachsenen hin und her. „Okay", sagte er schließlich und verließ gemeinsam mit Valery das Zimmer.

Julia nahm Alex' Platz auf der gegenüberliegenden Seite des Tisches ein. Eli sehnte sich so sehr danach, sie zu berühren, dass es wehtat.

„Er hat dich Daddy genannt. Ist heute etwas Besonderes vorgefallen?"

„Ja." Er legte die Gabel beiseite. Der letzte Happen blieb ihm unangenehm im Halse stecken. Er nahm einen Schluck von seinem Pfirsicheistee. Es half nicht.

„Erzählst du mir davon oder willst du mir auch das lieber verschweigen?"

Seine fehlende Offenheit hatte sie verletzt und Eli verfluchte sich dafür. „Es tut mir leid. Ich wünschte, das Ganze wäre anders gelaufen."

„Ich auch. Was ist passiert, Eli? David behauptet, du wärst ein Drogendealer."

Eli atmete nervös ein und aus. Jetzt lag das Kind schon im Brunnen, da konnte sie ruhig auch die ganze Wahrheit erfahren, das war er ihr schuldig. Also erzählte er ihr alles: die ausschweifende Feierei, die Luxusautos, die vielen Frauen, Drogen, Alkohol, allgemeiner Exzess. Er hatte das pralle Leben ausgekostet, ohne Rücksicht auf Verluste. Er hatte sich für den Größten gehalten und geglaubt, die Welt läge ihm zu Füßen. Mit genug Geld war alles möglich, und er hatte jede Menge davon … bis er sich endgültig hinter Schloss und Riegel befördert hatte.

Als endlich alles heraus war, lehnte Eli sich erschöpft zurück. Seine hässliche Vergangenheit lag nun ausgebreitet vor ihm wie eine eiternde, faulige Wunde und verpestete die Luft. Julia war in tiefes Schweigen verfallen und fummelte an dem Salzstreuer herum. Ihr Blick war starr nach unten gerichtet, als könnte sie es nicht ertragen, ihn anzusehen.

Jetzt kommt's gleich. Das Fallbeil würde niederschnellen. Er war Geschichte.

Gern wollte er sich einreden, dass er schon Schlimmeres im Leben durchgemacht hatte, und das stimmte sogar, aber der Abschied von Julia würde noch lange Zeit wehtun.

Er fuhr sich mit der Zunge über die trockenen Lippen und versuchte zu schlucken, doch seine Kehle fühlte sich an wie Schmirgelpapier.

Bedächtig stellte Julia den Salzstreuer beiseite und sah ihn aus traurigen blauen Augen an. Die Anspannung in seinen Schultern wurde wieder schlimmer. Wie hatte er das nur dermaßen verbocken können?

„Danke für die Wahrheit."

Eine Wahrheit, so machte ihre Aussage klar, die er ihr nicht hätte verschweigen dürfen. Doch er hatte einfach keinen anderen Weg gesehen. Jetzt konnte er nur noch auf Gnade hoffen. „Ich weiß, die Geschichte ist alles andere als schön. Es tut mir leid."

„Jetzt verstehe ich auch, warum du bis vor Kurzem noch nichts von Alex wusstest."

„Mindy und ich … waren nur einen Sommer lang zusammen." Wenn man das überhaupt so nennen konnte. Er war viel zu beschäftigt damit gewesen, seinen Weg in den Knast zu ebnen, als dass er viel mehr getan hätte, als mit ihr zu schlafen. Er hatte sie schamlos ausgenutzt und sie war jung, unschuldig und verliebt gewesen. „Im Gefängnis habe ich aus einem ihrer Briefe von der Schwangerschaft erfahren, aber ich musste ja für mehrere Jahre einsitzen. Also hielt ich es für das Beste, dass sie sich jemand anderen sucht, einen anständigen Vater für ihr Baby."

„Doch dazu kam es nicht."

„Nein. Opal sagt, ihre Krankheit fing an, als Alex drei Jahre alt war. Sie hat lange gekämpft. Davon hat sie mir nichts geschrieben."

„Hätte es denn einen Unterschied gemacht?"

„Ich möchte gern glauben, dass ich ihr irgendwie hätte helfen können." Allerdings war ihm schleierhaft, wie. Freunde waren keine mehr da gewesen und seine Eltern hatten ihn aus ihrem Leben gestrichen.

„Bestimmt hättest du das."

Ruckartig hob er den Kopf. „Was?"

„Während deiner Abwesenheit hatte ich ausreichend Zeit, um in mich zu gehen."

„Ich kann gut verstehen, wenn du mich jetzt rauswirfst." Es wäre schrecklich für ihn, aber er konnte nichts anderes erwarten.

„Das habe ich nicht vor."

Er blinzelte. „Nicht?"

„Vielleicht bin ich verrückt, wahrscheinlich sogar, aber ich glaube, du bist ein guter Mensch. Wer auch immer du früher warst, du hast dich verändert. Du kannst deine Arbeit hier meinetwegen gerne fortführen. Dieses Recht steht dir zu."

Ein prasselndes Feuer reinster Erleichterung durchfuhr ihn mit einer Hitze, die ihm die Augen versengte. Er schloss sie für einen Moment in dem Bemühen, sich wieder unter Kontrolle zu bringen. „Ich werde dich nicht enttäuschen."

„Darauf zähle ich. Und von jetzt an, egal, worum es geht, hältst du nichts mehr vor mir geheim. Keine Geheimnisse, Eli."

„In Ordnung. Versprochen."

Ihm lag die brennende Frage auf der Zunge, was das für sie beide bedeutete. Für ihre jüngste Annäherung, die Sehnsüchte in ihm wachgerufen hatte, auf deren Erfüllung er keinerlei Anrecht besaß. Doch jetzt, da er ihr sein wahres Gesicht gezeigt hatte, war es natürlich selten dämlich zu glauben, dass da je mehr sein könnte zwischen ihm und der schönen Pensionsbesitzerin.

Er beschloss, sein lausiges Glück besser nicht noch mehr zu strapazieren. Sie hatte ihn nicht gefeuert. Das musste ihm reichen.

„Ich weiß nicht, was ich sagen soll, außer: Ich danke dir." In einer hilflosen Geste hob er die Hände und legte sie wieder auf den Tisch. Sie wirkten plump und grobschlächtig neben dem zarten Porzellan.

„Ich weiß nicht, ob ...", setzte sie an, brach aber abrupt ab. „Egal. Die Vergangenheit können wir nicht mehr ändern, also erzähl mir doch stattdessen, was mit dir und Alex passiert ist. Er nennt dich jetzt Dad?"

„Ja."

„Gab es einen Durchbruch beim Selbsthilfetreffen?"

„Nicht beim Treffen.“ Sie drehte ihn heute Abend wirklich durch die Mangel und nach all seinen Fehlern kam jetzt noch dieser eine kleine Erfolg zum Vorschein. Er schob seinen Teller beiseite, ballte die Hände zu Fäusten und stützte sie auf der Tischkante ab. „Wir sind an dem Haus meiner Eltern vorbeigefahren.“

„Oh.“ Überrascht sah Julia ihn an. „Bist du zu ihnen rein? Hast du mit ihnen gesprochen?“

„Nein.“ Draußen im Auto war sein Zusammenbruch schon heftig genug gewesen. Hineinzugehen und seiner Mutter oder seinem Vater gegenüberzutreten, das hätte sein Ende bedeutet.

„Wie kommt Alex dabei ins Spiel?“

„Ich war … traurig. Alex hat ein großes Herz.“ *Genau wie seine liebe Mutter.*

„Stimmt. Und eine empfindsame Seele.“

„Er wollte mich trösten. Kannst du dir das vorstellen? Ein Sechsjähriger tröstet einen erwachsenen Mann?“

„Anscheinend war er dabei ja erfolgreich.“

Eli stieß sachte die Luft aus. „Er musste nur dieses eine Wort sagen – Dad. Da bin ich dahingeschmolzen. Ich habe mich plötzlich … wertgeschätzt gefühlt. So als wäre der ganze verdorbene Mist, den ich veranstaltet habe, nicht mehr von Belang, solange diese kleine Person mich liebt.“

„Ich weiß, was du meinst.“ Sie sprach leise, die Stimme voller Sehnsucht. „Michael war die Krönung all dessen, was ich im Leben erreicht hatte. Solange es ihm gut ging, konnte mich nichts aus der Bahn werfen. Und als er dann verschwand, machte auf einmal alles keinen Sinn mehr. Es war alles egal. Ich habe mich so … wertlos gefühlt.“

Eli konnte sich das überhaupt nicht vorstellen. Der Tod seiner Schwester war der Horror für ihn gewesen, doch das war immer noch weit entfernt von dem, was Julia hatte durchmachen müssen.

„Du bist eine bewundernswerte Frau, Julia. Und in so vieler Hinsicht wertvoll. Fürs Peach Orchard Inn. Für deine Familie und deine Freunde. Für Alex … und für mich."

Ihre Miene spiegelte ein Kaleidoskop von Gefühlen wider. „Hoffentlich denkst du das immer noch, wenn du erfährst, was ich getan habe."

Er neigte den Kopf zur Seite. Heute Abend konnte sie ihn eigentlich mit nichts mehr verärgern. Nicht nachdem sie ihm verziehen und ihm eine weitere Chance gegeben hatte.

„Du hast mir doch letztens von dem Internetforum erzählt, bei dem auch deine Mutter angemeldet ist." Julia rückte ein Stück nach hinten. „Ich habe ihr eine E-Mail geschrieben."

In seinem Augenwinkel zuckte ein Nerv. „Sie wird nicht antworten."

„Das hat sie bereits getan."

30. KAPITEL

Während Eli im Blaubeerzimmer am Schreibtisch saß und die emotionale Kraft aufzubringen versuchte, um die E-Mail seiner Mutter zu lesen, stand Julia hinter ihm. Ihre Hände ruhten auf der Stuhllehne. Sie hätte ihn in diesem Augenblick gern berührt, sich an ihn gelehnt und ihm versichert, dass alles gut werden würde. Ganz offensichtlich war mit ihr etwas ganz und gar nicht in Ordnung.

Eli war ein verurteilter Drogenhändler. Ihre Mutter würde der Schlag treffen, wenn sie davon erfuhr. Und das würde unweigerlich passieren, schließlich wusste David Bescheid.

Dennoch war es die richtige Entscheidung, Eli als Angestellten zu behalten. Alex brauchte dringend Stabilität, gerade jetzt, da er endlich eine Verbindung zu seinem Vater aufbaute. Und jener leistete hervorragende Arbeit. Aber da war diese andere Sache, die Julia Angst machte. Dieses Bedürfnis, Eli nahe zu sein, egal, wie viele Sünden er in der Vergangenheit begangen hatte. Diese Gefängnisgeschichte sollte sie eigentlich abstoßen, doch stattdessen fühlte sie sich noch mehr zu ihm hingezogen.

Sie war schon genauso schlimm wie ihre Schwester.

„Wirst du diese E-Mail jetzt aufmachen oder nicht?", fragte sie über seine Schulter hinweg.

„War ein aufreibender Tag heute. Ich mach mir Sorgen, dass mein Glück langsam aufgebracht ist."

„Mach sie auf, Eli."

Seine Finger auf der Tastatur zitterten nervös. Es brach ihr das Herz. Sie hoffte innig, dass sie das Richtige getan hatte und ihm durch ihr eigenmächtiges Handeln nicht womöglich noch mehr Schmerzen bereitete.

Schließlich erlag sie dem Drang, ihn zu berühren.

Als sie die Hände auf seine Schultern legte, fühlte sie, wie verkrampft sie waren. Ihre Zuneigung wuchs. „Sie will, dass du wieder Kontakt zu ihr aufnimmst."

„Ich weiß nicht, ob ich das tun sollte."

„Deine Mutter hat dir eine Tür geöffnet. Jetzt musst du nur noch durchgehen und rausfinden, was dich auf der anderen Seite erwartet, wenn schon nicht um deinetwillen, dann für Alex."

Er nickte. Während er las, strich sie ihm beruhigend durch die Haare und über den Nacken, so wie sie es auch bei Alex oder Mikey getan hätte.

„Klingt zurückhaltend", sagte er.

„Unter diesen Umständen ist das doch nachvollziehbar, meinst du nicht? Schreib ihr zurück, dass du dich verändert hast. Erzähl ihr alles."

„Okay." Seine Brust hob und senkte sich, als er tief aufseufzte. „Okay. Später. Ich denke drüber nach. Und dann schreib ich zurück."

„Eli." Erneut strich sie ihm über den Hinterkopf. „Sie ist deine Mutter. Sie will wieder Kontakt zu dir."

Er lachte trocken und schloss den Laptop. „Oder mir sagen, dass ich meinen Namen ändern und das Land verlassen soll."

„Glaubst du das wirklich?"

Er stand auf und fuhr sich durch die zerzausten Haare. „Diese riesige Hoffnung jagt mir 'ne Heidenangst ein." Er ging zur Kommode und beugte sich über den Spiegel. „Ich brauch dringend 'nen Haarschnitt. Wenn ich so verwahrlost bei ihr auftauche, wird sie mich schon allein deswegen ausschimpfen."

Julia musste lächeln. „Vielleicht mag sie deine Haare so. Mir gefallen sie jedenfalls."

Er drehte sich zu ihr um. „Ach ja?"

„Ja. Valery meinte letztens sogar, das sähe sexy aus."

Er stieß einen ungläubigen Laut aus. Dann sagte er: „Übrigens, wegen Valery – sie steckt echt in Schwierigkeiten, Julia."

Julia machte den Mund auf, um ihre Schwester in Schutz zu nehmen, da hob er die Hand. „Na los, sag mir, dass mich das nichts angeht. Da wärst du nicht die Erste. Aber auch ich war schon mal wie sie unterwegs. Und früher oder später wird sie gegen die Wand fahren."

„Ich weiß nicht, was ich tun soll."

„Ich auch nicht. Mir konnte auch keiner helfen, bis ich mich irgendwann selbst dazu entschied. Aber wenn sie mich lässt, dann werde ich für sie da sein."

„Du hast ein gutes Herz, Eli Donovan. Genau wie dein Sohn." Sie trat neben ihn und sah die vergilbten Briefe auf der Kommode liegen. „Wo kommen die denn her?"

„Hab ich heute Vormittag im Kutschenhaus gefunden. Leider ist die Tinte schon ziemlich verblasst, aber das meiste kann man wohl noch entziffern."

„Sind die von der gleichen Frau wie der erste? Was steht drin?"

Er hielt ihr die Umschläge hin. „Weiß ich noch nicht. Ich wollte sie mit dir zusammen lesen."

„Worauf warten wir dann noch?"

1864, Dezember

Liebster Will,
ich weiß nicht, ob dieser Brief dich je erreichen wird. Tatsächlich weiß ich noch nicht einmal, ob du je wieder in diesem Leben von mir hören wirst. Edgar hat von unserem Schriftwechsel erfahren und mir jegliche weitere Briefe an dich verboten. Doch ich kann ihm einfach nicht gehorchen, und wenn dies eine Todsünde ist, so bete ich, Gott

möge mir verzeihen. Ich sehe keine Möglichkeit, diesen Brief auf den Weg zu bringen, aber wenn ich dir nicht endlich schreibe, verliere ich noch den Verstand.

Er hat mich in meinem Zimmer eingeschlossen und mir angedroht, er würde mich ohne Benjamin von hier fortschicken. Ich bete viel, denn was kann ich hier schon tun, außer beten und schreiben und nähen?

Josie bringt mir jeden Tag etwas zu essen herauf, aber sie spricht kein Wort mit mir. Lizzy hat anscheinend jeden Kontakt zu mir verboten bekommen. Keine Spur von ihr. Patience, Gott segne sie für ihre Güte, kommt jedes Mal an die Tür, wenn Edgar nicht da ist, und flüstert mir Mut zu, aber wer mich hier vor allem aufrechthält, ist mein lieber Benjamin.

Es quält mich sehr, dass er die hässliche Auseinandersetzung zwischen seinem Vater und mir mitbekommen hat. Er hat schreckliche Angst davor, dass ich weggeschickt werde und er allein zurückbleiben muss. Ich unterhalte mich nur flüsternd mit ihm und bin sehr vorsichtig, damit Josie und die Bediensteten nichts mitbekommen, was sie womöglich Edgar erzählen könnten. Wir legen uns beide auf den kalten, zugigen Boden und pressen unsere Münder an den schmalen Spalt unter der Tür. Ich rieche das Bienenwachs auf dem Holz und horche auf die leise Stimme meines kleinen Jungen, der viel zu schnell altert wegen all dem, was hier auf der Peach Orchard Farm passiert ist. Er fürchtet sich jetzt vor Edgar und das bricht mir das Herz. Du warst ihm viel mehr ein Vater. Ja, so ist es. Selbst wenn mein Mann diese Worte zu lesen bekommen sollte, ich werde sie nicht widerrufen.

Heute ist der sechste Tag meiner Gefangenschaft. Benjamin und Tandy sind draußen auf dem Flur und spielen mit ihren geliebten Murmeln, deinem Geschenk. Ich höre ihr Lachen und könnte fast miteinstimmen, lächle sogar und habe für einen Augenblick Frieden. Kinderlachen ist die Musik des Himmels. Wer, der ein Kind lachen hört, kann noch verzweifelt sein? Was soll ich mich beschweren, solange nur Ben bei mir ist? Ich spüre seine Liebe und die deine und das gibt mir Kraft.

Gestern war Edgar den ganzen Tag im Haus und niemand hat mir durch die Eichentür liebe Worte zugeflüstert oder im Flur mit Murmeln gespielt. Ich weiß genau, wann mein Mann zu Hause ist, denn dann bin ich endgültig einsam. Mein tapferer Benjamin, der auf dem Weg ins Bett an meinem Zimmer vorbeikommt, hat eine Murmel unter der Tür hindurchgerollt. Ich halte sie jetzt gerade in meiner Hand, dieses kindliche Zeichen der Liebe ermutigt und tröstet mich. Benjamin versteht besser, als ein Kind seines Alters es verstehen sollte, dass die Murmel mich mit ihm verbindet und uns beide mit dir.

Durch mein Fenster sehe ich dunkle Wolken über dem Obstgarten hängen, dabei denke ich an dich und bete für dein Wohlergehen …

Julia hörte auf zu lesen und sah aus ihren tiefblauen Augen zu ihm auf. „Siehst du, was ich sehe, Eli? Die Briefeschreiberin hatte einen Sohn, Ben, und der hat mit Murmeln gespielt."

Elis Nackenhaare stellten sich auf. Alex' imaginärer Freund hieß Ben. Und von ihm hatte er angeblich die Murmeln bekommen. „Unmöglich."

„Zufall?"

„Muss ja. Die Murmeln sind schließlich mehr als nur die Fantasie eines verstörten kleinen Jungen. Sie sind wie die Briefe ein Stück greifbare Vergangenheit. So real wie du und ich. Und Ben ist ein häufiger Name."

Julia nickte nachdenklich. „Das ergibt Sinn. Alex hat die Murmeln irgendwo gefunden und sich dann einen Freund mit Namen Ben ausgedacht."

„So sehen es die Therapeuten … und ich auch." Alles andere wäre auch einfach zu abgedreht. „Es ist die vernünftigste Erklärung."

„Vernünftig", wiederholte sie und war offensichtlich noch immer in Gedanken. „Glaubst du, die beiden waren ein Liebespaar? Charlotte und Will?"

„Schwer zu sagen. Guck dir den Anfang an. Sie macht sich ja schon Sorgen, dass es womöglich eine Todsünde ist, wenn sie ihrem Mann nicht gehorcht. Würde sie ihn dann betrügen?"

„Edgar hat das offenbar geglaubt und sie zur Strafe im Zimmer eingeschlossen." Julia schauderte. „Furchtbar."

„Und damals hatte ein Ehemann sogar das Recht dazu. Wenn er das so für angemessen hielt, dann konnte keiner was dagegen sagen."

„Erinnerst du dich, was die Sweat-Zwillinge erzählt haben?"

„Über die Portland-Frau und ihren Yankee-Liebhaber?"

„Könnte sie das sein?"

„Die Zeit stimmt jedenfalls – 1864."

Beide starrten sie auf die in einer geschwungenen Frauenschrift verfassten, mehr als hundertfünfzig Jahre alten Worte hinunter.

Eli war fasziniert. „Lass uns den nächsten lesen."

19. Dezember 1864

Liebster Will,
mich hat hier in meinem Zimmer eine große Kühnheit befallen, da ich weiß, dass niemand diese geheimen, gut

versteckten Briefe lesen wird. Jedoch wünschte ich, du könntest sie lesen. Ich bin fest entschlossen, sie eines Tages abzuschicken. Eines Tages wirst du es erfahren. Bei alldem, was geschehen ist, werde ich meine Gefühle für dich nicht mehr länger leugnen, mein teuerster Will. Ich liebe dich. Ganz gleich, wie dunkel meine Tage zurzeit sein mögen, diese Worte zu Papier zu bringen, erfüllt mich mit Kraft und Zuversicht. Du bewirkst diese Gefühle in mir. Hast es vom ersten Augenblick an getan.

Trotz der zugigen Kälte und der wolkenverhangenen Dunkelheit des Winters ist heute dein Corporal Johnson bei uns gewesen. Benjamin hat mir unter der Tür hindurch zugeflüstert, dass Edgar sehr wütend geworden ist und den Mann fortgeschickt hat. Nur drei deiner Männer sind noch bei uns: Johnny, Brinks und Logan. Ich habe meinen Sohn nicht gefragt, ob der Corporal einen Brief für mich hatte, denn Edgar würde es eh niemals erlauben, dass ich ihn bekäme. Ich erzähle Ben auch nicht, wir sehr ich mich danach sehne, von dir zu hören. Ich will ihm nicht noch mehr an Täuschung zumuten.

Während ich dies schreibe, spielt er draußen vor der abgeschlossenen Tür erneut mit seinen geliebten Murmeln. Falls Edgar etwas weiß, so sagt er jedenfalls nichts. Ich habe keine Ahnung, was genau er für mich vorgesehen hat, aber ich werde auf keinen Fall zulassen, dass er mich von meinem Sohn trennt. Notfalls, so habe ich beschlossen, werde ich mit Benjamin weglaufen. Ich werde meinen Sohn nicht verlieren. Es so niedergeschrieben zu sehen, erschreckt mich sehr. Der Platz einer Frau ist an der Seite ihres Ehemannes, dem sie zu gehorchen und den sie zu erfreuen hat. Mir ist jedoch klar geworden, dass ich trotz aller frommen, vielleicht auch scheinheiligen Bemühungen weder das eine noch das andere tun kann …

„Hier hört es plötzlich auf, sie hat den Brief nicht zu Ende geschrieben“, murmelte Eli und faltete das brüchige Blatt Papier vorsichtig wieder zusammen.

„Oder die fehlenden Seiten sind verloren gegangen.“

„Man muss sich einiges dazudenken, aber die Gerüchte scheinen wahr zu sein. Das Haus wurde von der Union besetzt, so viel ist sicher. Und jetzt wissen wir außerdem, dass Charlotte sich in diesen Will verliebt hat, einen Unionsoffizier, und dass sie wegen ihrer Briefe an ihn von ihrem Mann eingeschlossen wurde.“

„Arme Charlotte.“ Eindringlich sah Julia Eli an. „Ich frage mich, was weiter mit ihr geschehen ist. Glaubst du, Edgar hat sie je wieder freigelassen? Oder ist sie weggelaufen? Was ist wohl mit ihrem Sohn passiert?“

„Eine Menge Fragen, auf die wir wohl nie eine Antwort finden werden.“

„Oder ...“ Sie kratzte sich an der Stirn. „Oder vielleicht wird das Haus ... Vielleicht gibt es noch weitere Briefe.“

„Wenn ja, dann finde ich sie. Ich halte die Augen offen.“

„Welches der Zimmer war wohl Charlottes?“

„Was spielt das für eine Rolle?“

„Ach, ich weiß nicht. Bin einfach neugierig. Diese alten Zimmer ...“ Sie lachte verlegen auf. „Nichts weiter.“

„Einige der Zimmer haben eine besondere Atmosphäre. Wolltest du das sagen?“

„Also fühlst du es auch?“

„So alte Häuser haben eine gewisse Ausstrahlung. Das geht auch an mir nicht unbemerkt vorbei.“

„Glaubst du, ein Ort kann Erinnerungen speichern? Einmal, da hab ich das alte Schlachtfeld bei Shiloh besucht. Und keine Ahnung, wie ich es beschreiben soll, aber irgendwie herrschte da eine gespenstische Traurigkeit, eine ganz grausige Atmosphäre.“

„Vielleicht ist das bloß Einbildung, weil man eben die Geschichte dazu kennt."

„Vielleicht. Wahrscheinlich." Sie kaute an ihrer Unterlippe. Er konnte sehen, dass sie noch mehr auf dem Herzen hatte.

„Es herrscht keine Traurigkeit im Peach Orchard Inn", sagte er.

„Traurigkeit nicht, nein. Aber als mich Valery das erste Mal hierhergebracht und durch die verlassenen Zimmer geschleift hat, da habe ich mich irgendwie … willkommen geheißen gefühlt. Wie von einer wohlwollenden Macht. Als hätte das Haus die Wirren der Zeit überstanden, um weiterhin Zuflucht und Schutz zu gewähren." Sie drehte sich von ihm weg zum Fenster und sah auf den Obstgarten. „Ich war nicht immer so verrückt, weißt du?"

Er trat hinter sie und berührte ihr Haar, ließ seine Finger durch die seidig weichen Strähnen gleiten und kämpfte gegen den irren Drang an, die Arme um ihre Hüften zu schlingen und seine Lippen auf ihren geschmeidigen Nacken zu drücken.

„Du bist sensibel, nicht verrückt", raunte er. Und wenn sie auch völlig durchgedreht wäre, er würde sie immer noch hinreißend finden. „Du hast diesem Haus neues Leben eingehaucht."

Du hast mir neues Leben eingehaucht. Doch das sprach er nicht aus.

„Dieses Zimmer kam mir immer besonders vor. Wahrscheinlich weil Blau früher Mikeys Lieblingsfarbe war und weil ich oft daran denke, wie sehr es ihm gefallen würde, hier aus dem Fenster zu sehen, auf den Obstgarten und den Fluss und die Berge." Während sie sprach, drehte sie sich zu ihm um und stand jetzt nur noch eine Handbreit von ihm entfernt. Eli konnte die weißen Sprenkel im Blau ihrer Iris erkennen, ihren Atem spüren. Er sollte besser auf Abstand gehen. Sie war in so vieler Hinsicht wunderschön, und heute Abend empfand er diese riesige Dankbarkeit ihr gegenüber, weil sie ihn trotz seiner Vorstrafe akzeptierte.

Unwillkürlich hob er die Hand und legte sie ihr an die Wange. Sie verstummte.

„*Du* machst dieses Haus besonders“, sagte er und war ganz benommen, wie weich sich ihr Gesicht unter seinen rauen Fingerspitzen anfühlte. „Ich verdanke dir … alles.“

„Nein. Ich …“ Sie schüttelte den Kopf und schien das Gesagte von sich weisen zu wollen, da schlug er alle Vorsicht in den Wind und brachte sie mit einem Kuss zum Schweigen. Die zarte Wärme ihrer Lippen befeuerte sein Herz, das in den letzten Monaten immer mehr aufgetaut war und nun entgegen allen Bemühungen um Zurückhaltung vor Liebe brannte. Julia war alles das, was er an einer Frau begehrte.

Er küsste sie inniger und erlaubte seinen Händen endlich jene Liebkosungen, nach denen er sich schon so lange gesehnt hatte. Seufzend drängte sie sich ihm entgegen und fuhr ihm so zärtlich durchs Haar, dass Eli vor Wonne sterben wollte.

Als ihre Lippen sich voneinander trennten, blieb Julia an ihn geschmiegt stehen und berührte ihn noch immer, ließ ihn mehr wollen, doch er hielt sich zurück. Alles, was hierüber hinausging, wäre eindeutig zu viel von ihr verlangt.

„Wenn das deine Art der Wiedergutmachung ist“, sagte sie, wobei ein leichtes Lächeln ihre glänzenden rosigen Lippen umspielte, „dann bist du mir aber noch einiges mehr schuldig.“ Dann zog sie sein Gesicht zu sich herunter und küsste ihn erneut.

Lange Zeit später schlüpfte Julia aus dem Zimmer. Schweren Herzens hatte Eli sie gehen lassen, aber es musste sein, schließlich war es Alex’ Schlafenszeit.

Er sah zu den Briefen auf der Kommode und dachte über die Frau nach, die sie geschrieben hatte. Hatte Charlotte wohl eine ebenso tiefe Sehnsucht nach ihrem Will verspürt? Und hatte er ihre Liebe erwidert?

„Daddy?" Alex trug seinen Spiderman-Pyjama und drückte ein Bilderbuch an seine Brust.

Daddy. Das Wort ging ihm sofort wieder ans Herz. Er würde dessen nie überdrüssig werden, würde nie aufhören, dankbar zu sein für dieses eine, besondere Wort. „Lass mich raten, du willst vor dem Einschlafen noch eine Geschichte hören?"

Alex nickte, legte das Buch aber erst einmal auf den Nachttisch und streckte die Arme aus. „Wirf mich."

Ihn werfen? Eli überkam plötzlich die lebhafte Erinnerung daran, wie sein Vater früher vor dem Schlafengehen mit ihm gerangelt hatte. Mit Alex war er aus Rücksicht auf dessen Befindlichkeit bisher immer betont vorsichtig umgegangen. Annähernd wild ging es höchstens dann zu, wenn Alex oben auf dem Schutt in der Schubkarre saß und von Eli herumgefahren wurde.

„Du willst geworfen werden, ja? Ganz sicher? In das Bett da?"

Alex' Augen funkelten und er nickte eifrig.

„Alles klar, du hast es nicht anders gewollt, Kumpel." Mit lautem Gebrüll stürzte Eli sich auf ihn, hob ihn bis fast unter die Decke und warf ihn in hohem Bogen auf die Matratze, um anschließend für einen kurzen Wrestling-Wettkampf hinterdreinzuspringen. Das Ganze mündete in großem Gekicher, sodass in Alex' Gesicht, das ebenso gebräunt war wie Elis, zwei Reihen kleiner weißer Zähne aufblitzten. Eli war hin und weg.

Etwas Außergewöhnliches war heute passiert. Eli hatte keine Ahnung, wie oder warum, aber Alex hatte offensichtlich endlich beschlossen, ihn zu akzeptieren.

Mann, das fühlte sich gut an. Heute fühlte sich so vieles gut an, dass er es schon fast mit der Angst zu tun bekam. Falls diese

Seifenblase irgendwann platzen sollte, würde er das womöglich nicht überleben.

Alex langte über Eli hinweg zum Nachttisch und stützte den Ellbogen auf seine Schulter, während er sich die Geschichte vom freigebigen Baum aus Mikeys altem Bilderbuch anhörte. Als die traurige, aber schöne Erzählung zu Ende war, deckte Eli seinen Sohn sorgfältig zu und gab ihm ein Küsschen auf die Stirn.

„Gute Nacht, mein Sohn."

Alex legte seine Hände auf die blau bezogene Bettdecke. „Gute Nacht, Daddy."

Sollte Eli ein *Ich liebe dich* wagen?

Er schluckte, zögerte und ließ es bleiben. Sein Glück war heute schon mehr als genug herausgefordert worden, und so wie es jetzt war, ging der Tag auf jeden Fall gut zu Ende.

Zufrieden drehte Alex sich auf die Seite und kuschelte sich noch tiefer unter die Decke. Eli blieb auf den Ellbogen gestützt neben ihm liegen und wartete, bis sich die kleinen Schultern im langsamen Atemrhythmus des Tiefschlafs hoben und senkten. Dann trat er ans offene Fenster und dachte, wie schön es wäre, wenn er sich noch mit Julia auf der Veranda verabredet hätte. So wie die Entlassung aus dem Gefängnis seinen Körper befreit hatte, so befreiten die Gespräche im Schutz der Dunkelheit seinen Geist.

Er lehnte sich nach draußen, ob er sie vielleicht sehen oder hören konnte, doch da war nur das Zirpen der Heuschrecken. Wegen der Klimaanlage sollte er das Fenster besser zumachen, doch das dringende Bedürfnis nach Frischluft und einem stets offenen Notausgang hatte er noch immer nicht ganz ablegen können. Vielleicht waren das schon Anzeichen für eine Zwangsneurose, verdient hätte er so etwas wohl.

Tief sog er die schwere, feuchte Nachtluft in seine Lungen und nahm einen Hauch von Heckenkirschenblüten wahr.

Sein Leben hier in Honey Ridge lief besser, als er sich je zu erträumen gewagt hätte. Alex. Julia. Sogar noch der ein oder andere Kumpel. Und jetzt, da seine Vergangenheit seine Gegenwart eingeholt hatte, konnte er vielleicht endlich von einer Zukunft träumen.

Er wandte sich vom Fenster ab, und sein Blick fiel auf den Schreibtisch, auf dem der Laptop stand. Konnte seine Mutter ein Teil seiner Zukunft sein?

Er setzte sich hin, nahm den Computer auf den Schoß und las noch einmal ihre E-Mail.

Dann legte er langsam und bedächtig die Finger auf die Tastatur.

Es gab nur einen Weg, das herauszufinden.

31. KAPITEL

Nachdem das herzhafte, ländliche Frühstück weitestgehend aufgegessen worden war, verteilte Julia noch Tipps, Kekse und Sonnencreme für den Trip zu den Bürgerkriegsschauplätzen in Chattanooga. Valery hatte schon mit dem Säubern der Zimmer begonnen und die Waschmaschine war voller Handtücher.

Julia hatte kaum geschlafen. Der gestrige Tag war ziemlich ereignisreich verlaufen, um es mal vorsichtig auszudrücken, und diese Ereignisse rotierten in ihrem Kopf wie ein Wirbelsturm.

Zwischen Eli und ihr war etwas Wundervolles gewachsen. Die Zukunft war ihr seit Jahren nicht mehr so verheißungsvoll vorgekommen, und wenn ihre Mutter dreimal einen Schlag bekam, Julia würde ihren Exknacki nicht mehr gehen lassen.

Beim Frühstück war Julia zu beschäftigt gewesen, um sich mit Eli oder irgendjemandem sonst groß zu unterhalten, doch im Verlauf des Vormittags verbreitete sich der Geruch nach frischem Rosinenbrot, das für den Nachmittagssnack gedacht war, und der Pfirsichtee stand auch so weit bereit, von daher hatte Julia sich eine Pause verdient. Und Eli bestimmt auch, also lenkte sie ihre Schritte zum Kutschenhaus.

Sie fand ihn und Alex im oberen Stockwerk, wo sie neben einer großen alten Truhe gerade dabei waren, einen Haufen verstaubter Gegenstände zu sortieren. Eli blickte auf, lächelte und kam auf sie zu. „Hi."

Ihr Herz schlug schneller. Als er vor ihr stand, erwiderte sie das Lächeln, stellte sich auf die Zehenspitzen und gab ihm einen Kuss.

Sein Lächeln wurde breiter. „Ich hab dir doch mal gesagt, dein Kaffee wär das Beste am Morgen. Das nehme ich hiermit zurück."

Er beugte sich für einen zweiten Kuss zu ihr runter. Dieser fiel etwas länger aus.

Das war schön, großartig, phänomenal. Viel, viel besser als Kaffee. Jetzt erst wurde ihr Alex' Gegenwart richtig bewusst, der große Augen machte und sie beide höchst erstaunt beobachtete. Da löste sich Julia aus der Umarmung und trat einen Schritt zurück.

Eli vergrub seine Hände in den Hosentaschen, als würden sie sonst unweigerlich wieder nach Julia greifen. „Was führt dich hierher, ins *Spinnennetz*?"

„Ich dachte mir, ihr zwei hart arbeitenden Männer könntet 'ne Pause vertragen. Eine frische Portion Eistee steht schon im Kühlschrank."

„Hört sich klasse an. Oder, Alex?"

„Darf ich stattdessen ein Eis am Stiel haben, bitte?" Der Sechsjährige hatte es bereits geschafft, sich mehr oder weniger komplett dreckig zu machen.

„Einige Leute können meinem Pfirsichtee wohl einfach nichts abgewinnen." Sie warf dem Jungen ein Lächeln zu. „Ein Eis am Stiel, in Ordnung. Aber zuerst will ich auch noch ein Weilchen mit euch hier rumstöbern. Ich kann einfach nicht aufhören, an die Briefe zu denken, die dein Daddy hier gefunden hat."

„Wenn du deswegen hier bist, bin ich dir zuvorgekommen. Schau dir das an. Das ist die gleiche Truhe, in der auch die anderen waren." Eli langte in die eher unscheinbare große Holzkiste hinein und klopfte. Das Geräusch klang hohl. „Sie hat einen doppelten Boden. Das ist mir erst aufgefallen, als ich die ganzen alten Klamotten rausgeholt hatte."

„Du hast noch mehr Briefe gefunden?"

Er wies mit dem Kinn zum Fensterbrett. „Ich wollte sie dir gegen Mittag vorbeibringen."

„Unglaublich." Sie ging hinüber und nahm die von einem staubigen blauen Stoffstreifen zusammengehaltenen Briefe in die Hand. „Glaubst du, sie waren all die Jahre dort versteckt?"

„Die Truhe scheint mir jünger zu sein als die Briefe. Wahrscheinlich hat sie jemand anders zuerst entdeckt und hier drin verstaut."

„Und sie dann vergessen." Julia strich mit den Fingern über das brüchige Papier und erkannte Charlotte Portlands geschwungene Handschrift wieder. „Ich kann kaum abwarten, sie zu lesen, aber das muss ich wohl. Darf ich dich um einen Gefallen bitten?"

„Immer."

„Eine achtköpfige Reisegruppe will heute möglichst früh schon einchecken. Ich kann es schaffen, dass bei ihrer Ankunft alles fertig ist, aber ich brauche auch noch das ein oder andere aus der Stadt. Eigentlich wollte ich ja selbst hinfahren, aber …"

„Kein Problem. Ich fahre. Wollte eh noch Plastikboxen kaufen. Ein paar dieser uralten Sachen hier sollten besser geschützt aufbewahrt werden."

„Perfekt. Jetzt lass uns den kleinen Jungen hier ins Haus schaffen, damit er sein Eis bekommt."

Julia nahm die Briefe und ging auf die schmale Treppe zu. Eli ließ Alex vor, damit dieser von vorne und hinten gesichert war, und stiefelte dann hinterher. Draußen kam Bingo herbeigelaufen und Alex flitzte mit ihm voraus. Julia betrachtete sie lächelnd. Ein Junge und sein Hund waren immer wieder eine fabelhafte Kombination.

„Ich habe meiner Mutter geschrieben", sagte Eli leise.

Julia blieb wie angewurzelt stehen. Eine plötzliche Freude durchfuhr sie. „Hat sie geantwortet?"

Er schüttelte den Kopf. „Ich hab heute früh mal nachgesehen. Da war noch nichts angekommen."

„Vielleicht aber jetzt. Komm schon!" Sie sprintete los.

„Hey!", rief er und rannte ihr hinterher.

Lachend liefen sie um die Wette auf das Haus zu. Alex guckte sie an, als hätten sie vor seinen Augen den Verstand verloren, und verschwand mit Bingo im Vorflur.

Kurz vor dem Ziel hielt Julia die Briefe noch immer sorgsam in der einen Hand und schlug mit der anderen triumphierend gegen die Hauswand. Eli taumelte beim Abbremsen gegen ihren Rücken und wirbelte sie dann zu sich herum. Beide grinsten sich an wie die Teenager.

„Pass auf, du zerdrückst noch die Briefe." Julia legte sich eine Hand auf die Brust. „Puh, mein Herz rast."

Eli grinste noch breiter. „Muss an meiner Nähe liegen."

Julia schmolz dahin. „Muss wohl."

Während der folgenden Sekunden sahen sie sich einfach nur an und auf einmal stimmte einfach alles – wie bei sechs Richtigen im Lotto. Sie musste schlucken. Aufs Neue verliebt zu sein, war beängstigend. Beängstigend schön.

Eli gab ihr einen Kuss auf die Nase, streckte den Arm an ihr vorbei und machte die Tür auf. „Geh besser rein, bevor noch jemand mitbekommt, wie du dich hier zu sehr mit dem Personal anfreundest."

„Ich bin die Chefin von dem Laden, weißt du? Ich kann mich so viel anfreunden, wie ich will", erwiderte sie, ging aber trotzdem hinein. „Ab mit dir nach oben, guck nach der E-Mail. Ich geb Alex schon mal sein Eis und gieß uns Tee ein."

„Sind auch noch Kekse übrig?", fragte Eli hoffnungsvoll.

„Wenn die Langschläfer sie nicht weggeklaut haben, dann ja." Mit klopfendem Herzen blickte Julia ihm hinterher und hörte noch, wie er die Treppe hochging. Sie legte die Briefe auf dem Regal ab, goss Tee ein und stellte die übrig gebliebenen Kekse bereit.

„Du strahlst ja wie ein Honigkuchenpferd", sagte Valery, als sie zu ihr ins Esszimmer kam.

„Im Gegensatz zu dir."

Ihre Schwester presste sich eine Hand an die Stirn. „Hab Migräne."

„Geh wieder hoch und leg dich hin. Ich bring dir gleich ein paar Schmerztabletten."

Valery schüttelte den Kopf und verzog schmerzhaft das Gesicht. „Ich hab Doktor Havens angerufen. Er muss mir erst ein neues Rezept ausstellen."

„Eli fährt gleich noch in die Stadt. Dann kann er es für dich einlösen."

„Danke, aber ich wollte eh noch zur Werkstatt, mit Jed reden." Sie strubbelte Alex durch die Haare und zwinkerte ihm zu. „Ich bin bald wieder zurück. Oben ist schon alles sauber, und ich mache dann hier unten weiter, sobald ich zurück bin."

Sie winkte noch kurz über die Schulter, dann war sie weg. Julia hatte heute keine Lust dazu, sich über ihre Schwester Sorgen zu machen. Allerdings war sie sich ziemlich sicher, dass Valerys „Migräne" vielmehr ein heftiger Kater war.

„Miss Julia." Der klagende Aufschrei lenkte ihren Blick zu Alex hin. Er machte ein zutiefst zerknirschtes Gesicht und schien gleich in Tränen auszubrechen.

„Was ist denn los, Honey?"

„Es ist mir runtergefallen."

Das grüne Wassereis lag als matschiger Haufen am Boden.

Sofort kniete Julia sich neben Alex' Stuhl. „Ich hab noch mehr davon."

„Ich hab 'ne Sauerei gemacht." Jetzt rollten ihm tatsächlich zwei dicke Tränen über die Wange. „Daddy sagt, ich soll keine Sauerei mehr machen, die du dann wegputzen musst."

„Oh Alex. Ich bin dir nicht böse deswegen. Und dein Daddy bestimmt auch nicht. Missgeschicke passieren eben. Okay?"

Alex schniefte ausgiebig und nickte. Dann schlang er die Arme um ihren Hals und hielt sich ganz doll fest.

Julia kam es so vor, als würde ihr gleich das Herz aus der Brust springen. Das Gefühl, wieder einen kleinen Jungen im Arm zu halten, war einfach überwältigend, erfüllte sie gleichzeitig mit Schmerz und mit Wonne. Sie atmete tief ein, er roch sehr nach Limoneneis, ein bisschen nach Schweiß und ganz anders als Mikey, aber dennoch ganz wie ein lieber kleiner Junge. Ein Junge, der noch aufwachsen musste, der eine Mutter brauchte.

Sie hielt ihn noch eine Weile so fest, erstaunt über sich selbst, und dann wischten sie gemeinsam die Eispampe auf. Sie knieten noch immer auf dem Boden, und Julia erklärte gerade, wie man Klebriges am besten wegbekam, als Eli ins Zimmer trat.

Julia sah zu ihm hoch und wusste sofort, dass etwas passiert war.

„Eli?“ Mit dem nassen Lappen in der Hand stand sie auf. „Deine Mutter?“

Er nickte, und sie stellte verwundert fest, wie blass er werden konnte. „Sie will mich treffen.“

32. KAPITEL

1865, Januar

Lieber Will,
etwas Furchtbares, etwas Grauenhaftes ist geschehen. Das Zittern in meinen Händen und der Schmerz in meinem Herzen lassen kaum zu, dass ich dies niederschreibe. Kurz nach Tagesanbruch hörte ich die Schreie einer Frau. Entsetzliche, herzzerreißende Schreie, die mich am Türknauf rütteln und danach rufen ließen, was denn bloß geschehen sei. Doch es kam niemand. Ich lief im Zimmer auf und ab und betete und wartete darauf, dass ich Benjamin im Flur hören würde, aber ich blieb noch immer allein. Mein Herz versagte mir fast den Dienst, lieber Will, so sehr fürchtete ich, dass meinem Sohn etwas Schlimmes zugestoßen sein könnte.
Am Vormittag fielen schwere Tropfen aus einem grauen Himmel und verkündeten mir unmissverständlich, dass etwas ganz und gar nicht in Ordnung war. Ich fühlte es bis ins Mark. Dann hörte ich endlich Schritte im Flur und eilte an die Tür, weil ich auf Benjamin hoffte. Doch es waren schwere Schritte. Die eines Mannes. Der Türknauf bewegte sich. Der Schlüssel wurde ins Schloss geschoben. Das Mittagessen konnte noch lange nicht fertig sein.
Das Herz schlug mir bis zum Hals und ich wich bis ans Fenster zurück von der Tür. Hinter mir schlug der Regen gegen die Scheibe.
Als Edgar ins Zimmer trat, lächelte er. Das ließ mich aufatmen. Wenn Benjamin etwas zugestoßen wäre, würde Edgar nicht lächeln.
„Hallo, mein Schatz, du siehst gut aus", sagte er.
Ich wusste nicht, was ich sagen sollte. Er wirkte völlig

glücklich und zufrieden, was ich nach meiner langen Gefangenschaft überhaupt nicht einordnen konnte.
„Willst du deinen Ehemann denn gar nicht begrüßen?"
Er kam zu mir herüber. Seine Augen glitzerten erwartungsvoll.
Ich senkte den Kopf. „Guten Morgen, Edgar. Ich hoffe, es geht dir gut."
Sein Lächeln wurde breiter. Mein Unbehagen wurde größer.
„Sehr gut sogar. Ich bin geradezu entzückt. Mein Tag hat genau so angefangen, wie ich es mir erhofft hatte."
„Gibt es erfreuliche Neuigkeiten?"
„Allerdings. Erfreulich besonders für dich, Charlotte. Du darfst nämlich heute in den Schoß der Familie zurückkehren. Ich habe beschlossen, dich auf der Peach Orchard Farm bleiben zu lassen. Ist es nicht großzügig von mir, dass ich meinem missratenen, treulosen Weib vergebe?"
„Ja. Sehr großzügig", sagte ich leise, demütig. Doch sein merkwürdiges Gebaren beunruhigte mich noch immer. Ich vergrub die Hände im Stoff meines Kleides, damit sie zu zittern aufhörten. „Danke."
„Ach, so distanziert heute? Mir hat es ja besser gefallen, als du bettelnd vor meinen Füßen herumgekrochen bist." Er blähte die Nasenlöcher. „Vielleicht bist du nicht mehr so gleichgültig, wenn du erst mal mit Lizzy gesprochen hast."
Mit einem Kichern, von dem ich frösteln musste, verließ er das Zimmer, die Tür ließ er sperrangelweit offen.
Und nun weint Lizzy bittere Tränen, bis ihr schlecht wird, und ich weine mit ihr. Für meine Freiheit hat sie den allerhöchsten Preis bezahlen müssen. Edgar hat Tandy verkauft. Hat aus perfider Rachsucht Lizzys einziges Kind verkauft, weil sie auf mein Geheiß hin deine und meine

Briefe überbracht hat. Dass ich die Schuld trage, ist meine Bestrafung. Edgar weiß das. Wenn ich nicht wäre, wenn meine Liebe zu dir nicht wäre, dann hätten Lizzy und Tandy zusammenbleiben können.

Wir haben keine Ahnung, wo genau Edgar ihn hinverkauft hat. Wenn ich ihn anbettele, es mit zu sagen, dann lacht er nur. Er ist so zufrieden, wie ich es noch nie an ihm gesehen habe. Zufrieden, dass er mich unterworfen hat. Zufrieden, dass Lizzy am Boden zerstört ist. Ich kann mich jetzt kaum mehr davon abhalten, ihn zu hassen. Es erschüttert mich, dass ich zu so einem Gefühl überhaupt fähig bin. Ich bin eine gottesfürchtige Frau. Wie kann ich da derart innerlich brennen?

Ich habe versucht, dass mein Ehemann mich liebt, doch damit ist jetzt Schluss. Schluss! Ich bereue, als seine Ehefrau versagt zu haben, aber ich bereue nicht, dich getroffen zu haben. Denn wie hätte ich eine so tiefgehende Liebe finden sollen, wenn nicht mit dir.

Benjamins Augen waren weit aufgerissen vor Unglauben und Schmerz, als er von der schrecklichen Tat seines Vaters erfuhr. „Warum hat Papa ihn verkauft, Mama? Warum? Hat Tandy irgendwas falsch gemacht?“

Schuld durchbohrte mich wie ein Dolch. „Nein, Liebling. Tandy hat gar nichts gemacht. Er war immer ein guter Junge.“

„Warum denn dann? Ich will, dass er zurückkommt.“

„Ich auch, Liebling“, sagte ich, denn was konnte ich sonst erwidern. Benjamin ist viel zu jung, um die Umstände verstehen zu können, die zu Tandys Verkauf geführt haben.

„Wenn ich groß bin, dann suche ich nach ihm.“ Das Gesicht meines Sohnes war grimmig vor Entschlossenheit. „Ich werde Tandy finden und dann kaufe ich ihn zurück.“

Ich strich ihm über die geröteten, tränenüberströmten Wangen. „Ich hoffe, das wird dir gelingen."
„Ganz bestimmt", verkündete er und ballte die kleinen Hände zu Fäusten. „Er wird zu mir gehören und dann kann ihn mir keiner mehr wegnehmen."
Da ich nichts entgegnen konnte, zog ich ihn einfach nur an mich und hielt ihn ganz fest, wütend und traurig und schuldbewusst, weil Lizzy ihr Kind wohl niemals wieder so würde halten können wie ich das meine.

33. KAPITEL

Honey Ridge
Heute

Eli hatte seit jener E-Mail heute Morgen Bauchschmerzen vor Aufregung gehabt, und als er jetzt für Julias Besorgungen in die Stadt fuhr, waren sie immer noch da. Sie hatte die Bitte erst wieder zurücknehmen wollen, doch er musste sich dringend beschäftigen. Sogar hinterm Steuer hatte er noch so viel Muße, dass seine Gedanken weiter kreisten, daher war er sehr dankbar für Alex' gelegentliche Kommentare vom Rücksitz.

Seine Mutter hatte in ein Treffen eingewilligt. Nach mehr als sieben Jahren Funkstille war sie plötzlich bereit, ihm von Angesicht zu Angesicht gegenüberzutreten. Und wenn sie ihn bloß wieder rauswarf? Wenn sie ihn erneut von sich stieß?

„Aber was, wenn nicht?", hatte Julia in ihrer gütigen Weisheit zu denken gegeben.

Doch Eli wagte nicht zu hoffen, dass seine Mutter ihm vergab.

Mit Alex im Schlepptau besorgte er Nägel und ein paar Aufbewahrungsboxen, plauderte kurz mit der Kassiererin und fuhr dann zum Supermarkt, um Julias Einkaufsliste abzuarbeiten. Acht Gäste konnten eine beeindruckende Menge Speck und Eier verdrücken.

Nachdem er den Kofferraum des SUV vollgeladen hatte und während Alex zufrieden an einer Banane herumkaute, wollte er noch eben auftanken. Eine von Trey Rileys Schwestern war an der Zapfsäule nebenan gerade dabei, wieder ins Auto zu steigen. Er konnte sich im Leben nicht mehr an ihren Namen erinnern, aber er erkundigte sich nach Trey und sie fragte nach Julia und dann fuhr sie lächelnd und fröhlich winkend davon.

Langsam, aber sicher fühlte er sich hier in Honey Ridge zu Hause.

Kaum hatte er das zu Ende gedacht, als ein Pick-up neuerer Baureihe an die frei gewordene Zapfsäule heranfuhr und Valerys Freund ausspuckte. Als jener Eli erblickte, verzerrte ein schmieriges Grinsen sein Gesicht.

„Guck mal einer an, Tach auch, Donovan." Jed rückte seine Jeans zurecht.

Eli nickte kurz, auf eine Unterhaltung konnte er gut verzichten. „Fletcher."

Der andere zog seine Kreditkarte durch und begann zu tanken. „Man redet über dich."

Eli wollte gerade die Zapfpistole zurückhängen und erstarrte in der Bewegung. Aha, Valery hatte es ihrem Freund erzählt. Großartig. Er blickte durchs Autofenster zu seinem Sohn. Wie lange wohl noch, bis Alex es erfuhr?

„Willst du gar nicht wissen, worum es geht?" Jed lachte hässlich.

„Lass es sein, Jed."

Zu Elis Verblüffung kam Valery von der anderen Seite des Pick-ups zu ihnen herum. Sie musste die ganze Zeit darin gesessen haben, und Eli war so auf den Mann fixiert gewesen, dass er sie gar nicht bemerkt hatte.

„Was denn? Ich mach doch nur Spaß, Honey."

„Das ist nicht lustig."

„Find ich schon. Du und deine Schwester gewährt einem Kriminellen bei euch Unterschlupf. Das ist doch zum Schreien komisch. Wo bleibt dein Sinn für Humor?"

Valery guckte peinlich berührt drein. „Es tut mir leid, Eli. Jed hat heute mal wieder eine seiner Launen."

„Halt's Maul und setz dich ins Auto", versetzte Jed und schubste sie unsanft in die gewiesene Richtung.

„Hey!" Eli hängte die Zapfpistole ein. „Lass sie in Ruhe."

„Sonst was, Knacki? Schlägst du mich dann?“ Jed tippte auf sein Kinn. „Na los. Tätlicher Angriff mit Körperverletzung bringt dich im Handumdrehen wieder ins Kittchen, wo du hingehörst.“

Auch ein weniger schweres Vergehen könnte Eli wieder in dieses stinkende Rattenloch zurückbefördern. Aber er war kein Mann, wenn er untätig blieb, während eine Frau misshandelt wurde. Andererseits saß sein Sohn im Auto. War das die Art von Vorstellung, die er Alex mit ansehen lassen wollte?

Eli ballte die Hände zu Fäusten und wusste nicht, was er machen sollte. Nichts täte er jetzt gerade lieber, als seine Faust in Fletchers Visage zu rammen, doch die Aussicht auf Gefängnis war weitaus weniger verlockend.

Jed grinste verschlagen. „Jetzt biste wohl nicht mehr so'n toller Hecht, was?“

Valery zog Jed an der Hand. „Ich setz mich ja schon ins Auto. Komm, Baby. Gehen wir essen. Ich muss bald wieder zurück sein.“

Jeds Tank war mittlerweile voll. Er guckte Eli böse an, dann hängte auch er die Zapfpistole wieder ein und schraubte den Deckel zu.

„Hast also doch keine Lust zu kämpfen. Lässt dir lieber von 'nem Weibsbild den Arsch retten, ja?“ Als Eli nichts erwiderte, zuckte Jed mit den Schultern und lachte.

„Hab ich's mir doch gedacht. Jetzt ziehste schön den Schwanz ein, Knacki.“

Fletcher öffnete die Autotür und stieg ein. Bevor er sie wieder schließen konnte, ging Eli mit raschen Schritten zu ihm und hielt sie fest. Er lehnte sich in die Fahrerkabine, wobei ihm eine Mischung aus Schmierfett und Duftbäumchen entgegenschlug. Jeds Pupillen weiteten sich vor Schreck.

„Ich sag das jetzt nur ein Mal, Fletcher“, sprach Eli mit tödlicher Ruhe. „Das Gefängnis macht mir keine Angst. Du machst mir keine Angst. Aber ich habe meinen Sohn dabei und hier ist gerade weder die richtige Zeit noch der richtige Ort dafür. Aber lass Valery gefälligst in Ruhe oder du bekommst es mit mir zu tun.“

Dann schmiss Eli die Autotür so laut zu, dass die anderen Tankstellenkunden entgeistert herübersahen, bevor er zum SUV zurückstapfte und innerlich zitternd davonfuhr.

Er hatte das Blaue vom Himmel gelogen. Der Gedanke ans Gefängnis ließ ihn Blut und Wasser schwitzen. Aber es erforderte eben Opfer, wenn er wieder ein Mann sein wollte und das wollte er.

Der Geruch nach Banane kam herübergeweht, als Alex sich vorlehnte. „Wer war der Mann da bei Miss Valery?“

„Niemand Wichtiges, mein Sohn, glaub mir. Bloß irgendein Niemand.“

34. KAPITEL

1865, Februar

Wir hören von Gefechten überall um uns herum und fragen uns, wie lange Tennessee noch standhält, bevor wir alle mit unserer Heimat untergehen. In der Stadt wimmelt es nur so von Gerüchten, echte Meldungen erreichen uns selten, und wenn, dann sind sie fast immer widersprüchlich, sodass wir kaum wissen können, was davon wahr ist und was nicht. Eine große Unsicherheit geht um in den Straßen von Honey Ridge.

Ich kümmere mich jetzt um unsere Mahlzeiten und Patience hilft mir dabei, nur leider ist sie kaum in der Lage, Wasser zu kochen. Cook hat uns verlassen. Ist eines Nachts gemeinsam mit einem der Sklaven von Jacob Browning aus Honey Ridge verschwunden. Lizzy sagt, die beiden seien ein Liebespaar, aber mehr weiß sie angeblich auch nicht.

Unsere Welt ist im Wandel.

Benjamin hat heute abermals gefragt, wann Tandy wieder da ist. Er kennt die Antwort, trotzdem ist er fest entschlossen, seinen Freund zurückzuholen. Es zerreißt mir das Herz. Benjamin ist ein starker und guter Junge; wenn Hochmut keine Todsünde wäre, ich würde seinetwegen platzen vor Stolz. Eines Tages wird die Peach Orchard Farm ihm gehören. Er fängt jetzt auch schon langsam damit an, das Farmerhandwerk zu lernen. Johnny und Brinks sind dabei eine große Hilfe. Und Edgar hat ihn letztens schon zum zweiten Mal mit zur Mühle genommen. Wenn du bloß das Strahlen in Bens Gesicht hättest sehen können, als sein Vater ihm diese Aufmerksamkeit zukommen ließ. Noch Tage danach hat er von nichts an-

derem gesprochen. Ich wünschte, Edgar würde ihn bald wieder mitnehmen. Aber ich wünschte so einiges, was meinen Mann angeht.
Zwischen Edgar und mir herrscht zurzeit eine Art Waffenstillstand. Obwohl ich mich in seiner Gegenwart mehr als unwohl fühle, versuche ich dennoch, ihm zu gefallen. Es sollen nicht noch mehr Menschen wegen seiner Wut auf mich leiden müssen. Darum tue ich meine Pflicht und bin ihm die Ehefrau, die ich geschworen habe zu sein. Wenn auch nicht mit dem Herzen, so doch in Taten. Und selbst das fühlt sich schon wie ein Verrat an meinen Gefühlen dir gegenüber an.
Lizzy verzeiht mir nicht. Das hat sie natürlich nicht laut ausgesprochen. Tatsächlich spricht sie sowieso nur noch das Nötigste. Ich würde sie so gerne irgendwie trösten. Doch angesichts eines verlorenen Kindes gibt es keinen Trost. Ich rate ihr immer wieder, viel zu beten und Tandys Schicksal in Gottes Hände zu legen, denn etwas anderes weiß auch ich nicht zu tun. Manchmal ist Hoffnung eben alles, was uns in dieser Welt noch bleibt. Wenn wir uns der Dunkelheit anheimgeben, dann sind wir alle verloren …

35. KAPITEL

Knoxville
Heute

Die Fahrt nach Knoxville war Eli noch nie so kurz vorgekommen. Heute würde er seine Mutter wiedersehen. Sie hatte ein Telefonat vorgeschlagen, doch aus Angst davor, dass sie ihn kalt und unpersönlich abkanzeln könnte und er sie gar nicht erst zu Gesicht bekäme, hatte er stattdessen ein persönliches Treffen verabredet. Er musste ihr Gesicht sehen. Immerhin dieses eine Mal noch. Also hatte er die dreistündige Fahrt nach Knoxville angetreten, ohne dass heute eine Therapie auf dem Programm stünde. Jedenfalls nicht für Alex.

Julia saß neben ihm auf dem Beifahrersitz des SUV und plauderte in ruhigem Tonfall über alles Mögliche, ohne das drängendste Thema dabei auch nur anzusprechen. Alex saß hinten. Sie waren beide als moralische Unterstützung mit an Bord, denn Julia wollte ihrer Aussage nach die Gelegenheit nutzen, um mit Alex ins Einkaufszentrum zu gehen. Sie hatten schon wilde Pläne geschmiedet, in denen der Disney-Laden und ein Plüschtier zum Selbermachen eine große Rolle spielten.

Eli wusste genau, was sie da tat, und liebte sie dafür. Wenn das Treffen mit seiner Mutter schiefging, dann wären Julia und Alex da, um ihn wieder aufzurichten.

Vom Kingston Pike fuhr er auf den riesigen Parkplatz vor dem Einkaufszentrum, wo er seine Begleiter aussteigen ließ.

„Und du bist dir sicher?“, fragte er Julia besorgt.

„Du hast ja Valerys Handy. Wenn irgendwas ist, rufen wir an.“ Sie nahm Alex an die Hand. „Verlass dich drauf, ich weiß genau, wie man richtig shoppt und was einem kleinen Jungen Spaß macht. Wir werden uns königlich amüsieren.“

Daran hatte Eli keinerlei Zweifel, allerdings wusste er auch, dass die ganze Unternehmung sie ziemlich nervös machte.

„Danke, Julia.“ Er schluckte schwer. „Weißt du, das bedeutet mir …“

Sie lehnte sich durchs Fenster und brachte ihn mit einer Umarmung zum Schweigen. „Ich weiß. Und du wirst das gut hinkriegen.“

„Ohne dich würde ich das nicht schaffen.“

„Doch, würdest du, musst du aber nicht.“ Sie drückte noch einmal beruhigend seinen Arm. „Jetzt fahr. Triff deine Mama, und zeig ihr, was für ein guter Mensch du geworden bist.“

Das könnte ein Problem werden. Er hatte nicht unbedingt viel, womit er prahlen konnte. Blieb nur zu hoffen, dass sie einen Neuanfang und viele gute Vorsätze zählen ließ.

„Tschüss, Dad.“ Alex zerrte an Julias Hand und wollte los.

Mit einem erheiterten Schulterzucken winkte Julia ihm noch einmal zu, bevor sie mit seinem Sohn dem Eingang zustrebte.

Eli fuhr weiter, und obwohl die Klimaanlage auf vollen Touren lief, waren seine Hände schweißnass.

In seinem Kopf schwirrten die Gedanken wild umher, und er versuchte gar nicht erst, sie aufzuhalten. Das bevorstehende Treffen, die Pension, das Kutschenhaus, Alex, die Briefe, Valery.

Julias Schwester hatte auf die jüngste Auseinandersetzung mit Jed kaum reagiert. Ein Blick, ein Schulterzucken und ein vertraulich gemurmeltes: „Keine Sorge wegen Jed. Der bellt nur, der beißt nicht.“

Um ihretwillen hoffte Eli, dass sie recht hatte. Offensichtlich hatte Valery ihrer Schwester nichts von dem Vorfall erzählt. Und wenn es nach Eli ging, konnte das auch so bleiben.

Zehn Minuten später erreichte er sein altes Viertel, und das Herz schlug ihm bis zum Hals, während er an dem steinernen

Torbogen vorbei die baumbestandene Straße hinunterfuhr. Auf dem Bürgersteig trabte eine komplette Familie von Joggern vorbei und ein paar Skateboardfahrer hüpften über die Bordsteinkante.

Eli wusste noch immer im Schlaf, wo er abbiegen musste, vorbei am Park und an der Grundschule und dann immer weiter nach Sequoyah Hills hinein, bis er schließlich die lange Auffahrt zum Haus seiner Eltern hinaufrollte und, oben angekommen, parkte.

Er wischte sich die Handflächen an seiner einigermaßen edlen Stoffhose ab, die er zusammen mit dem passenden Hemd extra neu gekauft hatte. Dann guckte er sich im Rückspiegel an. Sicherheitshalber war er doch noch beim Friseur gewesen. Schließlich konnte er es nicht mehr länger hinauszögern, stieg aus dem Wagen und ging Richtung Haus.

Die Eingangstür öffnete sich. Sein Herz klopfte so schnell, dass er gleich ohnmächtig zu werden glaubte.

Im Türbogen stand seine Mutter. Sie sah etwas älter aus, als er sie in Erinnerung hatte, aber ihre Haare waren immer noch pechschwarz wie seine und sie war so gepflegt und wohlgekleidet wie eh und je. In seinen Augen war sie einfach perfekt.

Er konnte kaum atmen.

„Eli." Sie spielte nervös mit ihrer einreihigen Perlenkette. Seine Mutter trug jeden Tag Perlen.

Er blieb am Fuß der Eingangstreppe stehen und fand nach einigem Suchen seine Stimme wieder: „Mutter."

Sie machte die Tür noch weiter auf. „Willkommen."

Der förmliche Gruß, als wäre er ein Fremder, versetzte ihm einen Stich. Doch mit welchem Recht erwartete er mehr?

„Danke", erwiderte er und folgte ihr in die dämmerige Kühle des Hauses.

Sie mussten es irgendwann neu eingerichtet haben, es schmerzte ihn etwas, dass die vertrauten Farben und Möbel mittlerweile der Vergangenheit angehörten – genau wie seine Kindheit.

In dem repräsentativen Wohnzimmerambiente kam er sich völlig deplatziert vor und wusste nicht recht, wie er sich verhalten sollte. Sooft er sich diese Situation auch schon vorgestellt hatte, so wenig hatte er sich doch entscheiden können, was er sagen würde. Was sollte ein Mensch vorbringen, der einen solchen Albtraum ausgelöst und über Jahre hinweg so viel weniger als nichts erreicht hatte?

Seine Mutter schien genauso nervös zu sein wie er. „Wie wäre es mit einer Erfrischung? Tee? Kaffee?"

Er winkte ab und wollte schon fast „Nicht nötig" sagen, doch dann erinnerte er sich noch rechtzeitig an seine Manieren. „Nein danke, Ma'am."

Sie standen nur eine Armlänge voneinander entfernt, und doch kam es Eli so vor, als lägen Welten zwischen ihm und seiner wohlhabenden Erzeugerin. Er hatte Orte gesehen und Dinge getan, die völlig außerhalb ihres Erfahrungshorizonts lagen. Was hatte ihn glauben lassen, dass er je nach Hause zurückkehren konnte?

„Vielleicht hätte ich besser nicht herkommen sollen." Er wusste nicht, wohin mit seinen Händen, so unbehaglich war ihm zumute.

Die Aussage schien sie zu kränken. „Warum sagst du das?"

„Nach alldem, was passiert ist …" Obwohl sein Mund staubtrocken war, schluckte er. „Ich bereue es, Mutter. Bereue all das, womit ich dir das Herz gebrochen habe. Ich wünschte, ich könnte zurückgehen und alles anders machen."

Sie blinzelte, und er sah ihr an, dass sie nach Zeichen von Aufrichtigkeit forschte – in dem Gesicht eines Sohnes, der viel öfter gelogen als die Wahrheit gesagt hatte.

„Bist du von den Drogen weg?"

Die Frage versetzte ihm einen weiteren Stich, doch sie hatte ja gute Gründe, das zu fragen.

„Ja, Ma'am. Seit dem ersten Tag im Gefängnis."

Sie zuckte zusammen. Er schämte sich. In einem Gespräch unter Donovans hatte das Gefängnis eigentlich nichts zu suchen.

„Ich habe dir wehgetan, dir und Dad."

„Ja."

„Und ihr hattet … schon so viel zu leiden." Seine Stimme geriet ins Wanken. „Jessica."

Das Gesicht seiner Mutter verzog sich schmerzlich bei der Erwähnung der lange verstorbenen Tochter und ihre Finger drehten die Perlen um ihren Hals zu einer Schlinge zusammen.

„Ich hätte damals mit ihr zum Pool gehen sollen. Sie hat mich darum gebeten. Es ist meine Schuld."

Seine Mutter fuhr erschrocken zurück. „Das ist nicht wahr. Glaubst du das, Eli? Glaubst du wirklich, dass du schuld warst an Jessicas Unfall?"

„Natürlich", sagte er und seine Stimme krächzte vor Reue. „Ihr doch auch."

„Nein, nein niemals." Aus weit aufgerissenen Augen starrte sie ihn an. „Wir haben dir nie die Schuld gegeben. Wenn überhaupt jemand einen Anteil daran hatte, dann wohl eher ich."

„Aber sie hat mich gefragt, Mom. Sie hat mich angebettelt." Er grub sich die Fingernägel in die Handflächen, um nicht in Tränen auszubrechen.

„Oh Eli. Mein Sohn." Ihre Miene verkrampfte sich. „Da hast du die ganze Zeit geglaubt, wir würden dir die Schuld an Jessicas Tod geben? Dass wir beide Kinder verloren haben, hat deinen Dad und mich fast umgebracht. Dich zu verlieren ebenso sehr wie sie. Dich jetzt wieder hierzuhaben und zu sehen, dass es dir gut geht, das …" Ihre Stimme brach. „… das ist ein Wunder."

„Mutter …“ Hilflos machte er einen Schritt auf sie zu und im nächsten Augenblick fand er sich in ihren Armen wieder.

Sie legte ihren Kopf an seine Schulter und schluchzte. „Eli. Oh mein Sohn.“

Eli schloss die Augen, die Gefühle waren zu überwältigend, als dass er ein Wort herausgebracht hätte.

Dieser Moment war besser als alles, was ihm je in den Sinn gekommen wäre.

Eli war erst seit etwa einer Stunde weg, als das Handy klingelte. Auf dem Display leuchtete Valerys Nummer auf. Julias Magen zog sich nervös zusammen. Wenn Elis Familie ihn jetzt wieder von sich gestoßen hatte, wäre er am Boden zerstört.

„Da ist dein Daddy dran, Alex.“

Alex sah kurz hoch und dann gleich wieder runter. Der selbstausgestopfte Plüschaffe, dem er gerade eine blaue Latzhose und ein gelbes T-Shirt anzog, war wohl um einiges interessanter. Im Einkaufszentrum war heute nicht besonders viel los, nur eine Handvoll Plüschtier-Enthusiasten waren mit ihnen im Laden und die Stimmen der anderen Einkäufer hallten draußen auf dem langen Korridor wider. Julia hatte jeden Einzelnen von ihnen peinlich genau ins Visier genommen und den kleinen Jungen so beschützend an sich gedrückt, dass der sich vermutlich schon ganz zerquetscht fühlte.

Mikey war mitten auf dem Schulhof verschwunden. Wie viel gefährlicher war es da in einem Einkaufszentrum voller Fremder?

„Bleib bitte genau da sitzen, Alex.“ Julia wischte über den Touchscreen und ließ den emsigen Sechsjährigen dabei nicht aus den Augen. „Hallo.“

„Ich komme euch jetzt abholen.“ Elis Stimme klang merkwürdig belegt.

„Geht es dir gut? Wie lief es?“

Es gab eine lange Pause, dann sagte er: „Sie will Alex kennenlernen.“

Erleichterung und Freude brachen sich in einem lauten Lachen Bahn. „Ist also doch alles gut gegangen, hab ich dir ja gesagt.“

„Ja, das ist alles ziemlich überwältigend.“

„Die Liebe einer Mutter hört niemals auf, Eli. Egal, was passiert.“

„Ziemlich genau ihre Worte.“

„Was ist mit deinem Vater? War er dabei?“

„Sie hat noch nicht mit ihm geredet.“

Julia hörte die Anspannung in seiner Stimme. „Er weiß nichts von dem Treffen?“

„Nein.“

Da war noch mehr, das spürte Julia, doch sie wollte ihn nicht drängen. Er würde es ihr schon von sich aus erzählen, sobald er bereit dazu war. „Wo bist du?“

„Ich bin in etwa fünf Minuten bei euch. Treffen wir uns wieder an der gleichen Stelle vorm Eingang?“

Alex grinste sie über den Kopf seines Affen hinweg an. „Wir sind hier fast fertig. Zehn Minuten vielleicht noch.“

Als sie mit Alex aus dem Gebäude trat, wartete Eli draußen schon auf sie. Während sie die Einkaufstüten in den Kofferraum legte, verfrachtete Eli seinen Sohn in den Kindersitz und hörte sich dessen fröhliches Geplapper über Brutus an, so hatte er seinen Plüschaffen getauft.

Der flüchtige Beobachter würde sie glatt für eine Familie halten. Bei dem Gedanken verspürte Julia eine Enge in der Brust. Sie ließ sich auf den Beifahrersitz gleiten und warf einen Blick nach hinten auf den zufriedenen Alex, dann sah sie zu Eli, betrachtete seine intelligenten Gesichtszüge und seine gebräunten, fähigen Hände, die eine kaputte Wand ausbessern, ein verängstigtes Kind beruhigen und mit so großer Zärtlichkeit eine Frau halten konnten.

Eine Familie. War sie schon wieder bereit dafür, die Verantwortung für ein Kind zu übernehmen? Würde sie es überhaupt je wieder sein?

Julia hatte angeboten, im Park oder im Auto auf sie zu warten, doch davon wollte Eli nichts hören. Zum einen empfände er das als eine Beleidigung ihr gegenüber. Zum anderen bibberte er ganz ehrlich gesagt noch immer vor Anspannung und Sorge, dass jeden Moment doch noch alles den Bach runtergehen könnte.

„Hier bist du aufgewachsen?“, fragte Julia, als sie das Anwesen erblickte.

„Mir kommt das genauso merkwürdig vor, ich meine, guck dir den Palast doch mal an. Aber als Kind hab ich das einfach so hingenommen.“

„So machen Kinder das eben“, sagte sie ohne jeden Vorwurf. „Als ich noch klein war, hatte ich ebenso wenig ’ne Ahnung, ob meine Eltern reich oder arm waren, und es war mir auch ziemlich egal.“

„So ist das wohl.“ Er öffnete die Autotür, und auch Julia stieg aus, wobei sie erneut zum Haus guckte und dann an sich hinunter, auf ihre hellbraune Hose und die schlichte weiße Bluse. „Ich bin hierfür eindeutig nicht schick genug.“

„Du siehst großartig aus. Einfach hinreißend.“ Eli war sich gar nicht sicher, ob er ihr schon mal so ein Kompliment gemacht hatte, aber es entsprach auf jeden Fall der Wahrheit. Sie war eine Klassefrau und wunderschön, selbst in Shorts und Turnschuhen bei der Arbeit im Obstgarten. Neben ihr hergehen zu dürfen, erfüllte ihn mit Stolz.

Seine Mutter erwartete sie schon an der Tür. Vor lauter Aufregung und Nervosität wurde ihm ganz flau im Magen. Er wollte ihr verzweifelt gefallen und hoffte inständig, dass sie ihm glaubte, wie sehr er sich verändert hatte. Die vollendet beherrschten Züge seiner Mutter wurden sofort weicher, als sie Alex erblickte, der seinen selbstgebastelten Plüschaffen an sich drückte.

Ihr waren die Tränen übers Gesicht gelaufen, als er ihr von Alex erzählt hatte. Tränen für ein Kind, dem die Mutter gestorben war. Tränen darüber, dass sie so lange nichts von der Existenz ihres Enkels gewusst hatte. Tränen für die verlorene Zeit. Aber Tränen auch aus dem Grund, so hatte sie erklärt, weil sie ihren Wunsch nach eigenen Enkelkindern schon lange als unerfüllbar abgetan hatte.

Dies letzte packte ihn im Kern seines Herzens. Es tat weh, zu erfahren, wie viel Schmerz er ihr bereitet und wie viele ihrer Träume er zerstört hatte. Und wenn er die verschwendete Zeit auch nie wieder zurückholen konnte, so konnte er doch immerhin die Freude über seinen Sohn mit ihr teilen.

Drinnen stellte er die beiden Frauen einander vor und sah dabei zu, wie sich die zurückhaltende Neugier im Gesicht seiner Mutter in Sympathie verwandelte.

„Und das muss dann wohl Alex sein“, sagte sie. „Er ist dir wie aus dem Gesicht geschnitten, Eli. Man muss sich ja nur das Kinn ansehen.“

Eli legte Alex eine Hand auf die Schulter. Der Junge blickte milde überrascht zu ihm hoch.

„Mutter, das ist mein Sohn, Alex. Alex, ich möchte dir meine Mutter vorstellen, Gloria Webber Donovan. Sie ist deine …“ Eli versagte die Stimme. Er schluckte.

„Großmutter“, vollendete sie mit sanfter Stimme. „Ich bin deine Grandma, Alex, und ich freue mich ganz außerordentlich, dich kennenzulernen. Ich hatte noch nie einen Enkel.“

Da war wieder der Schmerz. So viel Schuld, so große Reue, und es gab nichts, was er dagegen tun konnte.

Alex klammerte sich an sein Hosenbein, die braunen Augen hatte er weit aufgerissen.

Eli beugte sich zu ihm hinunter, flüsterte ihm etwas ins Ohr und sah dann stolz dabei zu, wie sein Sohn der neuen Großmutter die Hand hinstreckte.

„Sehr erfreut, Ma'am“, sagte er schüchtern. „Das hier ist mein Affe.“

Auf ihrem Gesicht breitete sich ein Lächeln aus. Sie berührte das Plüschtier und damit gleichzeitig Elis Herz, so zärtlich war die Geste. „Wie heißt denn das stattliche Tier?“

„Brutus.“

„Eli hat mir schon viel Gutes über dich erzählt, aber diesen gut aussehenden Affen hier, den hat er versäumt zu erwähnen.“

„Er ist neu. Miss Julia ist mit mir in den Laden gegangen, wo ich ihn gebastelt hab.“

„Das war ja sehr nett von ihr.“

„Miss Julia ist lieb. Und sie hat Spielzeug zu Hause.“

„Spielzeug?“ Mrs. Donovan neigte den Kopf zur Seite. „Dann haben Sie also auch ein Kind?“

Eli spürte, wie sich Julia neben ihm verkrampfte. Er griff nach ihrer Hand und drückte sie beruhigend. Bittend sah sie ihn an. Er begriff sofort und staunte gleichzeitig, wie selbstverständlich sie einander mittlerweile ohne Worte verstanden.

Er konnte es aussprechen. Sie nicht.

„Julia hat einen Sohn“, erklärte er seiner Mutter. „Sein Name ist Michael. Er wurde vor Jahren entführt und nicht wiedergefunden.“

„Noch nicht.“ Julias überzeugt gemurmelte Ergänzung ging Eli nahe.

„Oh, Sie Arme.“

Das Gesicht seiner Mutter zeugte von großem Mitleid und von etwas, das nur wenige Menschen Julia geben konnten. Sie beide verband, was keine Frau auf der Welt sollte erleiden müssen – der Verlust eines Kindes. Da ging Eli auf, dass die Ähnlichkeit der beiden Frauen auf wesentlich mehr beruhte als auf Höflichkeit und gutem Stil.

Er musste auch an Lizzy denken, die Sklavin aus Charlottes Briefen, und die Ironie der Zusammenhänge sprang ihm förmlich ins Gesicht. Auch sie hatte ein Kind verloren.

„Es schmerzt Sie noch immer, über ihn zu reden", sagte seine Mutter gerade.

Julia nickte knapp. „Den meisten ist das dann auch unangenehm. Sie wissen nicht, was sie sagen sollen."

„Ich verstehe."

„Ja", sagte Julia, „Sie verstehen das."

„Bestimmt haben Sie viele schöne Erinnerungen bewahrt, so wie ich von unserer Jessica."

„Heute geht es nicht um mich", winkte Julia großzügig ab. „Heute geht es um Sie und Eli und Alex. Sie drei haben schließlich jede Menge aufzuholen."

„Das haben wir, in der Tat. Nehmt und nehmen Sie doch Platz, ich bringe uns ein paar Erfrischungen."

„Kann ich helfen?"

„Miss Julia bringt uns andauernd so Erfrischungen", sagte Alex. „Und sie kann ganz toll kochen."

Mrs. Donovan lächelte. „Ein wenig Hilfe kann ich immer gebrauchen. Wärst du einverstanden, Eli, wenn ich Julia für einen Moment in Beschlag nehme?"

Doch bevor er etwas erwidern konnte, waren die beiden Frauen schon in Richtung Küche verschwunden.

Gloria Donovan holte ein Silbertablett aus der Vitrine und legte es auf die Arbeitsfläche aus schwarzem Marmor. „Bitte denken Sie nicht schlecht von mir, ich muss das jetzt fragen", sagte sie „Wie steht es wirklich um ihn? Er sieht fit aus und scheint ja so weit alles im Griff zu haben, aber …"

Julia stellte gerade vier Gläser auf das Tablett und formulierte ihre Worte mit Bedacht. „Sie wollen sich nicht noch einmal das Herz brechen lassen."

„Es tut mir leid. Ich weiß, das klingt selbstsüchtig, aber ich muss ganz sicher sein, bevor ich mit seinem Vater rede."

„Mrs. Donovan …" Julia drehte sich zu ihr um und antwortete ernst und aufrichtig: „Eli ist einer der besten Menschen, die mir je begegnet sind. In den Monaten im Peach Orchard Inn hat er das immer und immer wieder bewiesen. Er arbeitet viel mehr, als er eigentlich müsste, er ist ein Freund, auf den ich mich mittlerweile voll und ganz verlasse, und er tut einfach alles, um ein hervorragender Vater zu sein. Er hätte sich vor der Verantwortung Alex gegenüber drücken können. Doch er hat sich anders entschieden, selbst wenn der Weg dorthin nicht leicht war."

Glorias Gesichtsausdruck war eine Mischung aus Vorsicht und Sehnsucht. „Er hat sich also tatsächlich verändert?"

„Den Eli von früher kenne ich ja nicht, aber der Eli von heute strebt verzweifelt nach Wiedergutmachung, besonders Ihnen und seinem Vater gegenüber. Ich hoffe sehr, dass Sie ihm die Chance dazu geben werden."

Gloria blickte sinnend auf die Eisteekanne.

„Ich wäre bereit dazu", sagte sie leise. „Hoffentlich ist sein Vater das auch."

Eli hörte leises Stimmengemurmel aus Richtung Küche und machte sich Gedanken. Er konnte keines ihrer Worte verstehen, seine Mutter wollte mit Julia unter vier Augen reden. So viel war immerhin nicht gerade schwer zu erraten. Quetschte sie Julia gerade über ihn aus? Das Herz schlug ihm bis zum Hals, wenn er daran dachte, was heute alles auf dem Spiel stand. Seine Mutter hatte ihn mit offenen Armen empfangen, das Wiedersehen schien sie glücklich zu machen, doch das schwarze Schaf würde noch lange auf Vergebung warten müssen.

Alex schien sich unter den Erwachsenen und in der fremden Umgebung zu langweilen, er holte den Beutel Murmeln aus der Tasche und fing an, Brutus das Spiel zu erklären. Eli ging zum Kamin, wo ein einzelnes Foto auf dem Sims stand. Jessica mit Mutter und Vater. Fotos, auf denen er mit drauf war, waren ebenso aus dem Haus verbannt worden wie er aus der Familie. Er wusste es, doch es tat trotzdem weh.

„Nimmst du immer noch mehr Zucker als Tee in dein Glas?"

Die Stimme seiner Mutter ließ ihn herumfahren.

„Das weißt du noch?"

„Ach Sohn", sagte sie. „Eine Mutter vergisst nie."

Bedächtig nahm er das große Glas bernsteinfarbenen Tees entgegen. Sie erinnerte sich.

Die Emotionen liefen heiß hier im Zimmer. Er fühlte es in den angespannten Muskeln im Nacken und daran, wie die potpourrigeschwängerte Luft vor kreuz und quer schießender Hoffnung, Angst und Zuneigung flirrte. Seine Schuld. Sein Problem. Nicht das seiner Mutter oder seines Dads. Es lag an ihm, die Scherben aufzusammeln.

Sie setzten sich, und obwohl er überhaupt nicht durstig war, nippte auch Eli brav an seinem Eistee.

Es gab so viel zu sagen, doch um die vergangenen sieben Jahre schlich Eli herum wie die Katze um den heißen Brei. Seine Mutter würde darüber nichts hören wollen.

Wenn die Unterhaltung dann und wann zum Erliegen kam, schien Julia immer ganz genau zu wissen, wie sie wieder in Gang zu bringen war. Sie erzählte von ihm und von Alex, von der Pension und vom Obstgarten. Dabei schaffte sie es irgendwie, dass er wie ein begnadeter Heiliger rüberkam. Er merkte genau, was sie da tat, und er liebte sie dafür.

„Ihr Sohn ist ein brillanter Geschäftsmann“, sagte sie gerade, nachdem seine Mutter sich nach der erwähnten Pfirsichernte erkundigt hatte. „Hat er Ihnen schon erzählt, dass er einen Abschluss in Wirtschaft gemacht hat?“

„Julia“, sagte Eli. Er war zwar stolz auf seinen Abschluss, jedoch fürchtete er, das Thema könnte bei seiner Mutter schmerzhafte Erinnerungen wachrufen. Früher hatten seine Eltern ihm ein teures Studium finanziert, doch dank ihm hätten sie das Geld genauso gut zum Fenster hinauswerfen können.

Julia hob abwehrend die Hand. „So was will deine Mutter doch wissen.“

„Das ist wunderbar, Eli.“ Gloria lehnte sich vor. „Dein Vater und ich, wir haben ja immer gehofft …“

Elis Finger krampften sich um das Teeglas. Sie hatten gehofft, er würde bei seinem Vater in die Lehre gehen. Gehofft, er würde das Familienunternehmen eines Tages ebenso erfolgreich weiterführen. „Ich weiß.“

„Also“, sagte Julia fröhlich. „Jetzt hat er den Abschluss jedenfalls, und ich sehe keinen Grund, warum er ihn nicht einsetzen sollte.“ Sie lachte verschmitzt. „Macht er ja auch schon.“

Eli blickte Julia staunend an. Wenn sie erst mal an einer Sache dran war, konnte sie offensichtlich genauso aufdrehen wie Valery.

Hingebungsvoll seufzend legte Alex seine Murmeln beiseite und rollte sich auf dem Boden zu einer Kugel zusammen.

„Da ist aber jemand müde“, sagte Gloria gerührt. „Du könntest ihn doch zum Ausruhen in dein früheres Kinderzimmer bringen, Eli.“

Dazu fühlte er sich allerdings noch nicht bereit. Auch sein altes Zimmer hatte im Laufe der Jahre sicher einen drastischen Wandel erfahren.

„Danke, aber wir sollten besser langsam gehen. Wir haben noch eine lange Fahrt vor uns." Er stand auf. „Und Mittwoch dann schon wieder."

„Mittwoch?" Das Gesicht seiner Mutter leuchtete hoffnungsvoll auf.

„Ich komme jeden Mittwoch mit Alex nach Knoxville zur Therapie." Er sah zu seinem Sohn hinüber.

Gloria runzelte die Stirn. „Warum suchst du dir nichts näher an Honey Ridge?"

Eli kroch die Schamesröte ins Gesicht. Wie sollte er seiner reichen Mutter erklären, dass er mittlerweile schon zu abgerissen war, um für seinen eigenen Sohn zu sorgen?

Julia eilte ihm zur Rettung herbei. „Das Zentrum in Knoxville ist kostenlos."

Seine Mutter war clever, eine Geschäftsfrau, sie kümmerte sich um die Familienstiftung. Daher begriff sie sofort. „Und zu Recht hoch angesehen, wie ich mir habe sagen lassen."

„Ganz genau", stimmte Eli zu. „Sie haben Alex dort wirklich sehr geholfen." Und auch ihm. Sie hatten beide noch einen langen Weg vor sich, doch die ersten Schritte waren getan.

„Erzähl ihr von deiner Idee", drängte Julia.

„Damit will ich sie jetzt nicht langweilen."

„Ich werde mich nicht langweilen. Raus damit."

Also erzählte er von seinem Konzept für die mobile Trauerbegleitung. „Besonders für Kinder und ihre Angehörigen. Die Situation mit Alex hat mir gezeigt, wie dringend so etwas gebraucht wird, besonders in ländlichen Regionen wie Honey Ridge und Umgebung."

„Einen teuren Psychiater oder lange Fahrtwege kann sich eben nicht jeder leisten", fügte Julia hinzu.

„Das ist tatsächlich brillant", sagte seine Mutter nachdenklich. „Ich habe schon oft darüber nachgedacht, ob vielleicht alles anders gelaufen wäre, wenn wir Eli nach Jessicas Tod zu einer Therapie geschickt hätten." Mit den Fingerspitzen strich sie über ihre Perlenkette. „Wir waren damals alle drei ziemlich verloren, aber er war ja noch ein Kind. Vielleicht hätte ich merken müssen, dass …"

„Mom." Eli ergriff ihre Hände. „Tu das nicht."

Es war alles seine Schuld. Nicht ihre. Niemals ihre oder die seines Vaters. Er war schließlich das faule Samenkorn, ein verwöhntes Reicheleutekind, das sich geweigert hatte, all das wertzuschätzen, was ihm zuteilwurde. Selbst wenn er nach Jessicas Tod in einen tiefen Abgrund gefallen war, so hätte er dem doch gefälligst irgendwann wieder entwachsen müssen.

Dieses Irgendwann hatte lange auf sich warten lassen.

36. KAPITEL

1865, Februar

Will, mein Liebster,
seit ich das letzte Mal die Feder zu Papier geführt habe, sind viele Tage vergangen. Ich war zu schwach, denn die Nachricht bereitete mir unerträgliche Qualen. Ich flehe dich an, schreibe mir, und widerlege damit, was ich mit eigenen Augen habe lesen müssen. Du kannst nicht fort sein. Ein Herz, so mutig und so treu wie das deine, kann doch nicht einfach so zu schlagen aufgehört haben.
Ich schreie im Geiste. Genau wie Lizzy an jenem verhängnisvollen Tag geschrien hat, da Tandy von uns ging, so schreie nun ich, doch meine Schreie sind stumm und haben kein Ende. Ich schreie und schreie und schreie.
Der Tod ist zu endgültig, duldet keine Hoffnung. Seit du davongeritten bist, habe ich durch Hoffen überlebt. Habe mich an die ganz und gar verstiegene Vorstellung geklammert, dass du zurückkommen könntest. Jetzt ist alle Hoffnung für immer dahin. Diesseits der Ewigkeit werde ich nie wieder in dein liebes und schönes Antlitz blicken.
Lizzy überbrachte die Nachricht und zum ersten Mal seit Tandys Weggang sprach sie mich wieder beim Vornamen an. Sie nahm meine Hand und sagte mit Tränen in den Augen: „Charlotte, ich habe schlechte Nachrichten."
„Was ist passiert?" Ich schälte in der Küche die Rüben fürs Abendessen und wusste schon in dem Moment, da sie zu mir hereinkam, dass etwas nicht stimmte.
Sie drückte meine Hand etwas fester. „Es geht um Captain Will."
Mehr musste sie nicht sagen. Ich wusste Bescheid.

Auf einmal war alles Blut aus meinem Kopf gewichen und in meinen Ohren dröhnte ein furchtbares Rauschen. Ich erschlaffte wie ein Rübstiel in kochendem Wasser. Ich fiel.
Edgar weiß es auch, da bin ich sicher, aber er sagt nichts. Beim Abendessen hat er mich so scharf beobachtet, als warte er auf etwas Bestimmtes, ich weiß nicht, worauf. Dieses Glitzern in seinen Augen ist eine Folter für mich. Ich habe also ein paar Rüben hinuntergewürgt und versucht so zu tun, als wäre ich nicht am Boden zerstört. Wahrscheinlich wollte er, dass ich über dich spreche, damit er sich an meinem Schmerz hätte weiden können, doch das werde ich ganz sicher nicht tun. Kann es nicht. Nicht mit ihm.
Stattdessen werde ich Briefe schreiben, die du nie mehr wirst lesen können. Ich werde auf diesen Seiten mein Herz verschenken, mich an einen noblen, ehrenhaften Mann erinnern. Und ich werde trauern.
Heute Nacht hat sich Benjamin ganz blass und verloren am Fußende meines Bettes zusammengerollt. Er presste den Beutel Murmeln so fest an sich, als wären sie ein Beweis dafür, dass du am Leben bist. Dann fragte er mich, ob die Nachricht denn wahr sei. Wenn es nach mir gegangen wäre, hätte ich ihm die grausame Wahrheit erspart, doch Josie hatte es ihm schon erzählt. Ihre Tat war unnötig grausam, doch ich glaube, sie wollte vielmehr mir damit wehtun als Benjamin. Sie liebt ihren Neffen, doch die kaltherzige britische Fremde – so nennt sie mich – ist ihrer Meinung nach für Edgars finstere Launen und scharfe Worte verantwortlich.
Ich vermisse dich, Will. Ich werde dich nie vergessen und auch nicht, was du mir in jenen kurzen Monaten bedeutet hast. Ich werde nie unsere langen Gespräche am Kamin vergessen oder dein fröhliches Lachen, wenn sich Benja-

min mal wieder kopfüber ans Geländer hängte und so tat, als wäre er ein Äffchen. Und deine Briefe werde ich allzeit in Ehren halten.
Auf ewig die deine,
Charlotte

37. KAPITEL

Peach Orchard Inn
Heute

Julia hatte beide Füße auf das Verandageländer gelegt und hörte Elis Bariton zu, während sie beide die Ereignisse des Tages noch einmal Revue passieren ließen.

Der Rasen vor ihnen und der Obstgarten dahinter versteckten sich in tiefer Schwärze, nur ein paar Glühwürmchen pikten kleine Löcher aus Licht in die Dunkelheit. Heuschrecken- und Grillengezirpe bildete den passenden musikalischen Hintergrund zu dieser schwülen Nacht in Tennessee.

Heute hatte Julia Alex gemeinsam mit Eli ins Bett gebracht, das war eine Premiere gewesen und etwas, das sie brauchte. Sie konnte nicht ganz erklären, wie genau es dazu kam, aber jene Momente im Blaubeerzimmer füllten die verbliebene Leere in ihrem Innern aus, genau wie Elis Gegenwart.

Sie liebte ihn. Ihn und Alex. Dieses Gefühl war so neu und so wertvoll, dass sie es möglichst lange auskosten wollte.

„Du bist glücklich“, stellte sie mit einem sanften Lächeln fest, sie freute sich für ihn.

Eli stand mit angewinkeltem Bein an das Geländer gelehnt. Die Lampe am Eingang brannte wie immer, bernsteinfarbenes Licht und graue Schatten umspielten seine Gestalt. „Ich hätte nie gedacht, dass ich das noch einmal werden könnte, aber ja, ich bin glücklich. Sie hat mir schon eine neue E-Mail geschrieben.“

„Seit heute Nachmittag?“

„Ja.“ Ein verlegenes Lachen. „Also hab ich sie angerufen.“

„Das ist gut, Eli. Großartig. Ich freue mich für euch.“

Er wurde ernst. „Heute Abend erzählt sie es Dad.“

Julia berührte seine Hand, die er bei den Worten zur Faust geballt und gegen sein Bein gepresst hatte. „Es wird klappen, du wirst sehen."

„Hoffentlich hast du recht. Ich vermisse sie." Er spielte versonnen mit ihren Fingern, hob einen nach dem anderen an und ließ sie dann los, sodass ihre Hand wieder auf die Stuhllehne fiel. „Alex braucht eine Grandma und einen Grandpa."

„Und sie brauchen ihn auch."

„Ja, das stimmt wohl."

„Ich habe noch mehr von Charlotte gelesen." Sie hob den Stapel Briefe an, der in ihrem Schoß lag. „Du auch?"

„Ein wenig."

„Captain Will ist im Krieg gestorben. Das macht mich traurig für Charlotte und den kleinen Ben. Er hat ihn wohl mehr geliebt, als er seinen eigenen Vater lieben konnte. Das ist alles so tragisch."

„Aber auch mehr als das", wandte Eli ein. „Die Geschichte erzählt von Entschlossenheit und Ehrgefühl. Davon, dass sie das Richtige getan haben, obwohl es ihnen beiden wehtat."

Julia nickte und freute sich, dass er es auch so sah. „Charlotte war eine fromme Frau und sie hat sich verliebt. Doch ihr Soldat und sie waren beide zu verantwortungsbewusst, um sich in eine Affäre zu stürzen. Traurig, nicht wahr, dass zwei Menschen so gut zueinanderpassen und doch nie vereint sein dürfen? Sich stattdessen ganz bewusst dagegen entscheiden."

„Zueinanderpassen reicht eben manchmal nicht", hauchte Eli so sanft wie der Nachtwind. „Die Wege der Menschen hängen immer vom Schicksal ab oder vom Willen Gottes, was auch immer die Welt nun am Laufen hält. Die beiden mussten eine schwere Entscheidung in schlimmen Zeiten treffen. Dieser Bürgerkrieg hat viele mehr auseinandergebracht."

„Nicht bloß der Krieg. Grausamkeit." Julia tippte auf die Umschläge in ihrem Schoß. „Edgar hat Tandy aus reiner Bosheit verkauft."

„Was wohl aus ihm geworden ist?" Auf diese Frage gab es keine Antwort.

„Glaubst du, er war Edgars Sohn?"

Eli neigte den Kopf zur Seite. „Was bringt dich auf die Idee?"

Sie zuckte mit den Schultern. „Er war hellhäutig für einen Schwarzen. Edgar hatte eine Geliebte unter den Sklaven. Und Charlotte hat nie erfahren, wer Tandys Vater war, weil Lizzy es ihr nicht sagen wollte."

„Dann hat Lizzy Charlotte also vor der Wahrheit beschützen wollen."

„Könnte doch sein, oder?"

„Jetzt, wo du es sagst, ja. Könnte sein." Er verfiel in Schweigen, eine atmende Gestalt in der schwach erleuchteten Dunkelheit. „Diese Briefe bringen mich zum Nachdenken."

„Worüber?"

„Dieses Haus. Die Murmeln. Alex und sein unsichtbarer Ben. Können Murmeln einfach so aus der Vergangenheit auftauchen? Ist das möglich?" Er stieß den Atem aus. „Ich komme mir bescheuert vor, dass ich so was überhaupt in Betracht ziehe."

Es war, als würde die Frage in der heißen Luft über den Schwingen der Nachtvögel widerschimmern. Das Haus breitete wie eine beschützende Glucke die Flügel aus und schien auf eine Antwort zu warten.

„Ich weiß nicht", sagte Julia. „Wenn man einen Penny auf der Straße findet, soll der ja von einem geliebten Verstorbenen sein, der einem Trost spenden will. Aber das ist wohl eher Wunschdenken."

„Vor allem sind Charlotte und Will völlig Fremde. Warum sollten sie dir oder einem anderen von uns Trost spenden wollen?“

„Also doch nichts als Zufälle.“

„Muss wohl so sein.“

Aber Julia zweifelte.

Eine Woche verging, dann eine weitere. Eli telefonierte täglich mit seiner Mutter und fuhr noch zweimal mit Alex zu ihr. Er war darauf bedacht, nichts zu verlangen und noch weniger zu erwarten. Während die frischgebackene Großmutter Alex am liebsten mit Geschenken überhäuft hätte, hielt Eli sie davon ab. Später vielleicht, aber jetzt noch nicht. Nicht bevor er sich selbst davon überzeugt hatte, dass er mehr war als ein Exknacki, der bei seiner reichen Familie um Almosen bettelte.

Einmal hatte er auch ein vorsichtiges, zögerndes Telefonat mit seinem Vater geführt. Mit James Elliot Donovan würde keine rasche Versöhnung herbeizuführen sein. Doch der erste Schritt zur Heilung war getan. Heute war der zweite Schritt dran.

Das Herz klopfte Eli bis zum Hals, während er in der glänzenden Aufzugkabine, die ihn zum Büro seines Vaters in den dritten Stock trug, zum x-ten Mal seine Krawatte zurechtrückte. Das für den neuen Anzug ausgegebene Geld hätte man als Verschwendung ansehen können, doch das damit einhergehende Selbstvertrauen brauchte er dringend, wenn er gleich nach über sieben Jahren wieder auf seinen Vater treffen würde.

Mit einem leisen Pling öffneten sich die Aufzugtüren und Eli legte den altbekannten Weg zum Empfangstisch zurück. Ruth, die Assistentin aus seinen Kindertagen, war nicht mehr da. An ihrer Stelle saß eine geschniegelte Brünette, die ihn mit verhaltener Neugier betrachtete und dann übers Telefon seinem Vater ankündigte.

„Gehen Sie nach hinten durch, Mr. Donovan", sagte sie mit einem professionellen Lächeln. „Das Büro ist die erste Tür links."

So wie immer. Wenn sein Vater sich durch eines besonders auszeichnete, dann durch Beständigkeit. Ganz im Gegensatz zu seinem Sohn.

Vor der Tür mit dem Schild „Präsident und CEO" blieb Eli stehen, klopfte zaghaft an und trat ein. Ein subtiler Duft nach Leder und teurem Rasierwasser wehte ihm entgegen. Eli war auf den Ansturm von Gefühlen vorbereitet und riss sich zusammen, während sein Vater aufstand und seine Krawatte glattstrich. Er war gealtert. Seine Haare an den Schläfen und auch die sauber frisierten Koteletten waren mittlerweile komplett ergraut und er sah müde aus.

„Eli."

„Vielen Dank, dass du mich empfängst."

Kein Lächeln, kein Willkommen. Nicht, dass Eli eins von beidem erwartet hätte.

„Hatte ich eigentlich nicht vor."

Die schonungslose Erwiderung ließ Eli zusammenfahren. Er sog gequält die Luft ein. „Ich weiß."

„Du warst für mich gestorben."

Eli wich einen Schritt zurück. Nicht gerade der Startschuss, den er sich erhofft hatte, doch letztendlich verdiente er es nicht besser. „Ja, Sir. Mit Recht, daher bin ich umso dankbarer für dieses Treffen."

„Also dann." James wies auf einen Stuhl. „Setz dich. Deine Mutter ist der Meinung, ich sollte dir noch eine Chance geben. Überzeug mich davon."

Eli wollte einzig und allein die Chance bekommen, wieder ein Sohn sein zu dürfen.

Fast eine Stunde lang hörte sein Vater ihm zu, horchte ihn aus, fragte immer wieder misstrauisch nach und wies ihn ganz offen auf seine Verfehlungen hin. Eli fühlte sich, als säße er wieder im Gerichtssaal. Seine Handflächen waren schweißnass und sein Magen brannte. James Donovan war ein strenger Geschäftsmann, aber auch fair. Eli war zwar am Familiären interessiert, nicht am Geschäftlichen, doch im Handeln seines Vaters war dies ein und dasselbe.

Irgendwann lehnte jener sich endlich in seinem Ledersessel zurück und verfiel in Schweigen. Eli kam es eindeutig so vor, als könne er das eigene Blut in den Adern pochen hören.

Die Sekunden verstrichen, während sein Vater das Vorgebrachte auf die Waagschale legte, genau wie es der Richter während der quälenden Verhandlung getan hatte.

James klappte einen Aktenordner auf, der vor ihm auf dem Schreibtisch lag. „Du kannst dir sicher denken, dass ich ein paar Nachforschungen über dich habe anstellen lassen."

Eli schluckte den bitteren Beigeschmack der Bemerkung hinunter. „Ja, Sir."

„Alles, was du mir erzählt hast, stimmt mit dem Bericht überein." Er trommelte mit den Fingern auf den Akten herum und schürzte die Lippen, als könne er noch immer nicht ganz glauben, dass sich sein missratener Sohn tatsächlich geändert hatte.

„Ich bin nicht mehr der kriminelle Taugenichts, der vor mehr als sieben Jahren ins Gefängnis gewandert ist. Ich weiß, du traust mir nicht. Das ist verständlich. Schließlich hab ich dich schon tausendmal gebeten, die Hand für mich ins Feuer zu legen. Aber das Gefängnis verändert einen, Dad. Man wächst daran oder man geht daran kaputt." Eli verspürte eine feuchte Hitze unterm Kragen. Die Krawatte schnürte ihm die Luft ab. „Ich will meinem Sohn Alex jetzt ein Vater sein, auf den er stolz sein kann. Ein Vater, wie ich ihn hatte."

Sein Vater fuhr sich mit Daumen und Zeigefinger über die Mundwinkel – eine Geste, die Eli als seine eigene erkannte, nur war ihm vorher nie aufgefallen, dass er sie von seinem Vater übernommen hatte. „Wir haben uns immer gefragt, was genau wir falsch gemacht haben."

Welchen Schmerzen, welchen quälenden Fragen hatte er diese guten Eltern ausgesetzt, die ihm nichts als Liebe entgegengebracht hatten? „Gar nichts. Ich war das."

„Nein, irgendwas ist da schon dran." Sein Vater blickte sinnend auf den Aktenordner hinunter. „Die Donovan-Stiftung ist das Werk deiner Mutter."

Eli zwinkerte, verwirrt über den prompten Themenwechsel. „Wie bitte?"

„Gloria hat mir von deinem Konzept für eine mobile Trauerbegleitung erzählt."

Eli lehnte sich vor, auf einmal war er aus ganz anderen Gründen nervös. „Das hat sie getan?"

„Sie war vorsichtig enthusiastisch, dass man es vielleicht als Stiftungsprojekt in Betracht ziehen könnte."

„Deswegen bin ich nicht hier, Dad."

„Schon klar, aber würdest du wollen, dass wir dieses Projekt weiterverfolgen?"

„Es könnte sich als enorm hilfreich herausstellen."

„Erzähl mir mehr." Sein Dad rutschte auf seinem Stuhl ein Stück zurück und blickte ihn über die aneinandergelegten Finger hinweg erwartungsvoll an.

Völlig eingeschüchtert und ohne jede Vorbereitung berichtete Eli ihm von Alex und den anderen Trauernden, die er in der Selbsthilfegruppe kennengelernt hatte. Er erläuterte den Bedarf, die Kosten und den Nutzen des Projekts. Er erzählte von schwer leidenden Kindern, die ihren Schmerz nicht ausdrücken konnten, von dem kleinen Mädchen, das komplett verstummt war, weil es glaubte, mit den letzten Worten zu seiner Schwester deren Tod verursacht zu haben. Als er zu Ende geredet hatte, schlug ihm das Herz trommelnd gegen die

Brust. Für so etwas war er nicht bereit gewesen. Damit hatte er einfach nicht gerechnet.

„Wie ich sehe, bewegt dich dieses Thema sehr."

„Ja, Sir."

Sein Dad tippte die Fingerspitzen gegeneinander, Eli sah, wie es im Kopf dieses außerordentlich erfolgreichen Geschäftsmannes arbeitete, während jener die Informationen abwog, wie er es gegenüber jedem anderen auch getan hätte. Die Klimaanlage sprang an und eine dringend benötigte Kühle wehte über Eli hinweg.

„Deine Mutter glaubt, dass wir uns professionelle Hilfe hätten holen müssen, dass wir hätten bemerken müssen, wie sehr uns Jessicas Tod voneinander entfernte, dass dann vielleicht alles anders gelaufen wäre. Doch wir wähnten uns stark genug, um das Ganze allein zu überstehen."

Früher hätte Eli diese Begründung für sein zügelloses und verantwortungsloses Benehmen sicher dankbar aufgegriffen. Doch jetzt war er ein anderer, er wusste es besser. „Diesem Projekt gilt meine Leidenschaft, Dad, aber ich werde ganz sicher nicht Jessicas Tod dazu benutzen, meine Vergangenheit zu rechtfertigen."

„Nicht? Soso ..." Die Züge seines Vaters wurden weicher. „Dann zeige bitte Nachsicht gegenüber deiner Mutter und mir. Eine Rückschau auf das Vergangene hat auch seine Vorteile. Durch sie erkennen wir unsere Fehler. Vieles wurde unterlassen, vieles haben wir verdrängt. In unserem Schmerz haben wir uns voneinander entfernt, auch von dir. Ich habe das nie gesehen, bis deine Mutter mich nach eurem ersten Treffen dazu gezwungen hat."

Eli wusste nicht, was er sagen sollte. Diese so lange zurückliegende Zeit nach Jessicas Tod war für ihn nichts als eine verschwommene Masse aus Wut und stillem Leiden. Mit damals dreizehn Jahren hatte er nicht einen Gedanken für seine Eltern übrig gehabt. Und auch nicht später mit achtundzwanzig. Seine Welt hatte sich nur um ihn gedreht, um seine Wünsche, seine Bedürfnisse.

„Es tut mir leid, Dad“, sagte er und wischte sich über die feuchte Stirn. „Mir ist nie klar gewesen …“

Sein Vater hob die Hand. „Uns auch nicht, deswegen sind wir ja so interessiert an deiner Idee. Wir wollen, dass du einen konkreten Vorschlag ausarbeitest, der dann dem Stiftungsrat vorgestellt werden kann.“

Elis Herz machte einen Sprung. „Das wollt ihr wirklich?“

„Deine Mutter, ja. Und nach diesem Gespräch will ich das auch. Bist du dazu bereit?“

„Auf jeden Fall.“ Jetzt verstand er auch, warum ihm diese Audienz gewährt worden war. Seine Mutter leitete die Stiftung, doch sein Dad hatte ihn erst noch auf Herz und Nieren prüfen wollen.

„Wir können nichts versprechen, aber deine Idee soll eine faire Chance bekommen. Und, ganz ehrlich, ich will sehen, ob du das tatsächlich durchziehst.“

„Das werde ich. Ich fange gleich heute noch damit an.“ Er könnte zu Hause direkt sein Notizbuch hernehmen, das er seit Tagen mit Ideen vollgekritzelt hatte.

Ein verhaltenes Lächeln erschien auf dem Gesicht seines Vaters. „Wenn dem Stiftungsrat dein Konzept gefällt, brauchen wir auch noch jemanden, der die Umsetzung leitet. Jemand mit der Leidenschaft und den nötigen Fähigkeiten, um das Ganze Wirklichkeit werden zu lassen. Der richtige Anführer ist der Schlüssel zu jeder erfolgreichen Unternehmung. Da wollen wir dich dann natürlich auch ins Spiel bringen.“

„Ja, Sir, natürlich, aber ich bin mir sicher, dass Mutter jemanden dafür finden wird. Sie hatte schon immer ein gutes Händchen dafür, um die richtige Person an die richtige Stelle zu setzen.“

„Sie glaubt, sie hätte den Richtigen bereits gefunden." Sein Vater musterte ihn aus kühlen grauen Augen. „Dich."

Der Schock fuhr ihm wie ein Stromschlag durch den Körper. Angst und Ungläubigkeit vermischten sich mit wildester Hoffnung. „Mich? Aber … Ich … Warum?"

„Weil du unser Sohn bist. Ich war der Meinung, du hättest alle Chancen vertan, die dir zustehen, doch die Zeit kann die Sichtweise eines Menschen verändern."

„Dafür kann ich bürgen", murmelte Eli.

„Ich habe mit angesehen, wie deine Mutter still vor sich hin gelitten hat, während sie damit beschäftigt war, die Welt zu einem besseren Ort für alle anderen zu machen. In den letzten Wochen, seit du in ihr Leben zurückgekehrt bist, ist sie ein glücklicherer Mensch geworden."

„Ich wünschte, ich könnte alles damals Geschehene rückgängig machen und …"

„Aber das kannst du nicht", versetzte der harte Geschäftsmann. „Es ist nichts versprochen, Eli. Dies ist ein namhaftes Unternehmen mit einem exzellenten Ruf. Solltest du im Rahmen der Stiftung einen Posten bekommen, dann wird jeder deiner Schritte aufs Penibelste überwacht. Du wärst nicht der Sohn vom Chef, sondern ein Mitarbeiter wie jeder andere und dementsprechend würdest du auch behandelt."

Nicht der Sohn vom Chef. Eli fragte sich, ob ihm dieses Privileg je wieder zuteilwürde.

Da wurde ihm klar, dass er auf eine biblische Versöhnungsszene gehofft hatte, bei der sein Vater das gemästete Kalb schlachten lassen und mit ihm essen und fröhlich sein würde.

Kein Sohn, ein Mitarbeiter konnte er vielleicht sein, das musste genügen.

„Ich verstehe."

„Da bin ich mir nicht ganz sicher." Sein Vater stand auf und kam um den Schreibtisch zu ihm herum. Eli erhob sich ebenfalls und drückte dabei die Krawatte gegen seinen aufgewühlten Bauch.

„Ich werde nicht zulassen, dass deiner Mutter noch einmal wehgetan wird. Verstehst du das?“

„Ich gebe dir mein Wort.“ Eli merkte selbst, wie armselig das klang. „Ich weiß, das zählt nicht viel.“

Der CEO streckte die Hand aus, sodass Eli einschlagen konnte. „Du bekommst eine Chance. Verspiel sie nicht.“

38. KAPITEL

1865, April

Liebster Will,
die Konföderation ist zerbrochen. Jetzt kehrt wieder Frieden ein, doch zu welchem Preis? Warum war der Krieg nicht schon vorüber, bevor jene Schlacht dich hinfortnahm?
Drei deiner Männer sind noch hier. Mit ihnen kann ich über dich sprechen und mich erinnern. Ihre Leiber werden nie wieder heil sein, doch sie sprechen davon, bald nach Hause zu gehen. Ich gebe zu, ich werde ihre Gesellschaft vermissen. Die Kapitulation der Konföderierten scheint sie nicht sonderlich zu freuen. Sie sind, so glaube ich, zu sehr Opfer dieses Krieges, als dass sie sich als Sieger fühlen könnten.
Männer, die einst als stolze Soldaten für die Konföderation an die Front marschierten, kehren jetzt als Skelette in Lumpen zurück und machen auf der Peach Orchard Farm Halt, um sich nach einer Rast bis nach Honey Ridge oder noch weiter zu schleppen, nach Hause. Sie sind ein trauriger und verwahrloster Haufen, denn nicht nur ihre Armee, auch ihr Kampfgeist ist besiegt. Ich gebe ihnen Essen und schenke ihnen Mitleid, allerdings bin ich keineswegs traurig über dieses Kriegsende. Im Gegenteil, wenn das Kämpfen schon früher geendet hätte, dann könntest schließlich du noch auf dieser Erde wandeln und die gleiche Luft atmen, die ich atme. Ist es töricht von mir, so etwas zu denken? Dass ich irgendwie genau jene Luft einatmen könnte, die einst durch deine Lungen strömte? Die Vorstellung gefällt mir, und gerade jetzt, da der Frühling in Honey Ridge Einzug gehalten hat und der Duft

der Pfirsichblüten in der Luft hängt, atme ich tief ein und denke an dich.
Wir sind mit der Kutsche zur Messe nach Honey Ridge gefahren. Eine meiner Bekannten, Rosie Satterfield, hat nur die Nase hochgezogen und ist gleich wieder abgerauscht, als ich auf sie zuging. Aber Mrs. Jacobs und ihre Tochter Jenny haben Josie, Patience und mich zu einer Zusammenkunft mit den Witwen in der Stadt eingeladen. Ich sollte hingehen und meinen Anteil an Trost und Hilfe spenden. Denn hat uns der Schöpfer nicht genau dafür in diese Welt gesetzt? Damit wir einander auf unseren Wegen beistehen?
Die Sklaven verlassen uns nach und nach. Seit Mr. Lincolns Emanzipations-Proklamation sind sie keine Leibeigenen mehr und daher auch nicht gesetzlich zum Bleiben verpflichtet. Edgar hatte auf ihre Loyalität gesetzt, aber wenn ich eine Sklavin wäre, würde ich dann jenen gegenüber loyal sein, die mich in Ketten gelegt haben? Einer nach dem anderen verschwindet von der Farm, sodass wir immer mehr von der täglichen Arbeit selbst stemmen müssen.
Der Frühling ist da und damit die Zeit zum Pflügen und Säen, also packen wir alle mit an bei dieser Tätigkeit, die früher die Sklaven übernommen haben. Es ist eine harte, schweißtreibende Plackerei vom Morgengrauen bis Sonnenuntergang. Neben Lizzy sind noch vier weitere unserer Bediensteten dageblieben. Ich frage mich, wie lange es noch dauert, bis auch sie über alle Berge verschwinden.
Etwas Spannendes ist geschehen. Ein befreiter Sklave, den ich nicht kannte, erschien letztens vor unserer Hintertür und bat sichtlich besorgt um Hilfe. Seine Frau lag in unserem Obstgarten in den Wehen. Die Erinnerung an meine Totgeburten drohte mich zu lähmen, dennoch ging

ich mit Lizzy zu ihr. Sie war noch sehr jung, aber stark, und am späten Nachmittag konnten wir ihr ein gesundes kleines Mädchen in den Arm legen. Sie nannte die Kleine Peachy – wegen all der Pfirsichblüten, die während der Geburt um sie herum auf die Erde gefallen waren. Was wird wohl aus Peachy werden, aus diesem Kind, das in die Freiheit geboren wurde und doch keinen festen Platz hat auf dieser Erde?

Wir haben der jungen Familie dann ein Lager in der Scheune bereitet. Edgar erlaubte es nicht, dass sie im Haus schliefen oder in einer der Hütten, dabei stehen zwei von ihnen mittlerweile leer. Ich hatte gehofft, er würde ihnen Unterkunft und Arbeit anbieten, doch das tat er nicht.

Später fragte mich Lizzy: „Wo sollen sie hin? Wo sollen wir alle jetzt hin?“

„Ich weiß es nicht.“ Ehrlich, ich weiß es nicht.

„Ich bin frei“, ereiferte sich Lizzy auf ihre weise Art. „Frei zu gehen. Frei zu bleiben. Aber Freiheit fühlt sich nicht so an, wie ich es erwartet habe.“

Da verstand ich, dass Freiheit sich nicht durch eine bloße Proklamation in die Seele eines Menschen pflanzen lässt. Freiheit, so scheint es, ist nicht nur ein Zustand des Körpers, sondern ebenso ein Zustand des Geistes.

39. KAPITEL

Heute

Inmitten einer Geruchswolke aus Bleichmittel und Weichspüler faltete Julia die scheinbar nie enden wollende Masse an flauschigen weißen Handtüchern zusammen. Die Pension war heute bis aufs letzte Zimmer belegt, da zurzeit eine beliebte Wiederaufführung des Bürgerkriegs in Tullahoma stattfand. Eli und Alex waren in das kleine Zimmer im Kutschenhaus umgezogen. Wegen der umfangreichen Kosten für die Restaurierung mussten sie das Blaubeerzimmer dringend wieder vermieten, doch es machte sie wehmütig, Eli und Alex nun nicht mehr die ganze Zeit um sich zu haben.

Eli war ganz anders geworden, seit er wieder Kontakt zu seiner Familie hatte. Anders auf vielfältige Weise. Voller Elan und Aufregung angesichts seines Projektvorschlags, den er letzte Woche eingereicht hatte, und voller Enthusiasmus, was die Zukunft anging.

Das war sie auch, doch sie fragte sich immer öfter, wie sie in diese Zukunft hineinpassen sollte. Und ob überhaupt.

Sein Umzug ins Kutschenhaus fühlte sich für sie so an, als zöge er sich von ihr zurück. Als ginge er auf Distanz.

Ihre Mutter kam mit zwei Gläsern Pfirsichtee aus der Küche und reichte ihr eines davon. „Wo ist denn dein Schwesterherz?"

Der feuchte Beschlag am Glas kühlte Julias Finger. „Trifft sich mit Jed zum Essen."

Connie runzelte die Stirn. „In letzter Zeit leistet sie ja nicht gerade gewissenhaft ihren Beitrag hier in der Pension."

„Ihr gehört nur ein Drittel, Mama. Der Rest ist meine Verantwortung." Dennoch machte sie sich Sorgen um ihre Schwester. Schon drei Mal diese Woche war sie mit roten Augen am Frühstückstisch erschienen, und wehe, Julia hätte auch nur einen Ton dazu gesagt. Natürlich hatte sie geschwiegen. Es half ja doch nichts. Valery traf ihre eigenen Entscheidungen.

„Ich bin stolz auf dich." Ihre Mutter faltete eines der Handtücher zu einem perfekten Quadrat. „Du hast es weit gebracht."

Erfreut und berührt drehte sich Julia mit einem Lächeln zu ihr um. „Danke, Mama."

„Als Mikey verschwand, hatte ich Angst, auch dich zu verlieren."

„Oh Mama." Endlich konnte sie ihren Worten einmal freien Lauf lassen. Ihre Mutter sprach sonst nie über ihren Enkelsohn. „Ich vermisse ihn noch immer so sehr."

„Ich weiß. Genau deshalb bin ich ja so stolz auf dich, mein Mädchen. Du hast nicht klein beigegeben, selbst als ein Weiterkommen unmöglich schien. Du und deine Schwester, ihr habt diese alte Bürgerkriegsvilla in ein florierendes Geschäft verwandelt." Connie zog die Augenbrauen hoch. „Gab's mal wieder Besuch von der Murmelfee?"

Julia schüttelte den Kopf. Die Murmeln waren mittlerweile zu einem wiederkehrenden Thema und ein beliebter Anlass für Scherze geworden, doch Eli und sie machte das Ganze immer noch nachdenklich. „Schon länger nicht mehr. Es läuft gerade alles so gut. Die Murmeln tauchen immer nur in schweren Zeiten auf."

„Interessant. Das alles macht dieses großartige Bed and Breakfast wohl irgendwie aus. Na ja, und deine exzellente Geschäftsführung natürlich." Connie nippte an ihrem Tee und stellte ihn dann auf den Trockner. „Was ist mit den Briefen, die Eli gefunden hat? Wolltest du die nicht einrahmen und im Salon aufhängen?"

„Eigentlich sind sie doch zu intim, um sie öffentlich auszustellen, finde ich." Manchmal dachte Julia, dass die Briefe einzig und allein für sie bestimmt waren. Es kam ihr so vor, als sei sie mit Charlotte auf gewisse Weise seelenverwandt, allerdings war ihr noch nicht ganz klar, warum. Vielleicht weil sie beide einen Sohn hatten, den sie vergötterten, und einen Ehemann, der sie betrogen hatte.

Julias Handy in der Hosentasche vibrierte. Sie legte das letzte Handtuch beiseite und warf einen Blick auf die unbekannte Nummer, bevor sie ranging: „Hallo. Peach Orchard Inn. Julia am Apparat."

„Julia, hier ist Eli."

Sie lächelte. „Ach, echt?" War ihm denn nicht klar, dass sie seine Stimme aus tausenden anderen heraus erkennen würde?

„Ich muss dich um einen Gefallen bitten."

„Schieß los." Sie klemmte das Handy ans Ohr und griff nach dem Stapel sauberer Handtücher. „Worum geht's?"

„Würdest du eine Weile auf Alex aufpassen?"

Irgendetwas in seiner Stimme hörte sich nach Ärger an. Sie ließ die Handtücher, wo sie waren. „Na klar. Was ist denn los? Ist was mit dem Projekt? Hat es Anklang gefunden?"

„Ja." Er seufzte laut in den Hörer und klang ganz und gar nicht so siegesfroh, wie sie es an dieser Stelle erwartet hätte. Eine plötzliche Sorge überkam sie.

„Dann müsstest du doch hellauf begeistert sein. Stimmt etwas nicht?"

Auf ein kurzes Schweigen folgte tiefes Luftholen, wobei Julia ganz genau vor Augen hatte, wie er sich mit der Hand durch die Haare fuhr. „Ich wurde verhaftet."

40. KAPITEL

Peach Orchard Farm
2. Mai 1865

Heute ist mein Geburtstag. Ich bin jetzt achtundzwanzig Jahre alt. Lizzy hat mich ausgelacht, als ich vor dem Spiegel nach grauen Haaren gesucht habe. Mein lieber Benjamin hat mir einen Gänseblümchenkranz geflochten, und Patience hat sich alle Mühe gegeben, einen Kuchen zu backen. Josie hat ein wunderhübsches Spitzentaschentuch mit winzigen Veilchen darauf angefertigt und mich damit ohne Ende glücklich gemacht. Ben war derart ausgelassen, dass sogar Edgar lächeln musste, und der Kuchen war tatsächlich sehr köstlich, obwohl er so schief und krumm war, wie ein Kuchen nur sein kann. Im ganzen Haus herrschte eine solche Fröhlichkeit, wie ich sie seit Beginn des Krieges nicht mehr erlebt habe. Ein Neuanfang liegt in der Luft.

Ich schreibe diese Zeilen mit freudigem Herzen, denn ich habe beschlossen: In den Tagen, die da kommen mögen, will ich so viel Freude wie möglich empfinden. Du, mein edler Captain, würdest kein Gran weniger von mir erwarten. Ich werde leben und lachen und, denn das ist die Kür, selbst in jenen das Gute sehen, die mir nicht wohlgesonnen sind. Ich werde meinen Sohn lieben und meine Freunde, und meinen Ehemann werde ich ehren, denn vielleicht kann er so seinen Frieden mit Gott schließen … und mit mir. Hoffnung ist ein zähes Biest.

Edgar und Benjamin zäumen gerade die Pferde auf. Ich erkenne meinen Ehemann heute kaum wieder. Das Kriegsende und der Sommeranfang haben eine erstaunlich positive Wirkung auf ihn. Heute reitet er zum ersten

Mal mit Benjamin zusammen nach Honey Ridge, das war vorher immer viel zu gefährlich.
Der Duft nach Pfirsichen weht durch mein offenes Fenster. Was für ein fröhlicher Geruch. Er verspricht eine gute Ernte, genau das brauchen wir dieses Jahr besonders dringend.
Ich höre ihre Stimmen von draußen. Ben klingt ganz aufgeregt und lacht immer wieder, ich muss lächeln.
Ich will die Füllfeder beiseitelegen und schnell nach unten, damit ich sie wegreiten sehen kann. Mein kleiner Junge macht gleich seinen ersten großen Ausflug in die Stadt.

Charlotte hob den Saum ihres Kleides an, eilte die Treppe hinunter und trat auf die Veranda. Warmes Sonnenlicht glühte auf dem frischgrünen Gras. Der süße, schwere Duft des Rhododendrons erfüllte die Luft. Ein Gänsepaar, so weiß wie die Wolken am Himmel, watschelte, nach Essbarem pickend, über den Rasen. Ein perfekter Tag. Der richtige Tag für einen Neubeginn.

„Mama, guck mal."

Sie hielt eine Hand vor die Sonne, lächelte angesichts Benjamins kindlicher Ausgelassenheit und war über alle Maßen entzückt, ihn so zu sehen. Vielleicht fiel diese beunruhigende Schwermut, die ihn den ganzen Winter über geplagt hatte, nun endlich von ihm ab. Auf dem Rücken von Penny, der stichelhaarigen Fuchsstute, sah ihr kleiner Junge ganz mutig und glücklich aus.

„Reite immer schön vorsichtig und hör auf deinen Papa."

„Mach ich." Ben nickte eifrig. „Ich bring dir auch ein Geschenk mit. Papa hat gesagt, das darf ich."

Dieses Zeichen der Zuneigung überraschte Charlotte. Sie ließ den Blick zu ihrem Ehemann hinüberwandern. Edgar, der zugenommen hatte, während der Rest von ihnen dünner geworden war, dirigierte den Hengst nahe an das Verandageländer heran.

Charlotte stützte die Hände auf, sie fühlte sich noch immer unwohl in seiner Gegenwart. Die in der einsamen Bläue ihres Zimmers verbrachte Einkerkerung belästigte sie nach wie vor wie eine unliebsame Schmeißfliege, die bei jeder kleinsten Gelegenheit Blut saugen wollte. Charlotte versuchte unablässig, sie wegzuscheuchen, doch ein zerstörtes Vertrauen war nicht so schnell wieder aufgebaut. Vielleicht ging es ihrem Ehemann genauso.

Edgar sah vom Rücken des großen Tieres auf Charlotte herab und sie erwiderte seinen Blick mit äußerlicher Ruhe.

„Patience und Josie haben mich gebeten, neue Schnittware für sie zu kaufen", sagte er. „Willst du auch was?"

Diese einfache, wenn auch schroff hervorgebrachte Frage freute Charlotte und ließ jene lästige Schmeißfliege für einen Moment lang die Flügel stillhalten. Wie viele Kleinstädte hier im Süden hatte auch Honey Ridge nicht unbedingt viel zu bieten, allerdings trafen jetzt, da der Krieg vorbei war und die Züge etwas anderes als Soldaten und Waffen transportierten, nach und nach wieder neue Waren ein. Edgar bot fast nie ein Geschenk an. Heute war ganz ohne Frage ein guter Tag.

„Benjamin ist aus seiner Sonntagskleidung herausgewachsen. Und ich für meinen Teil würde mich auch über neue Schnittware freuen, wenn du so gütig wärst."

Kaum hatte sie ausgeredet, da rannte eine der Gänse mit lautem Geschnatter und wild schlagenden Flügeln auf die Pferde zu.

Penny tänzelte erschrocken zur Seite. Benjamin schrie auf. „Papa!"

Edgar fuhr im Sattel herum. „Halt dich gut fest, Junge."

Der erzürnte Ganter betrachtete die Pferde aus einem unerfindlichen Grund als Bedrohung und stürmte weiterhin aus voller Kehle schnatternd auf sie zu. Davon ließ sich wiederum die andere Gans anstecken, die sich jetzt ebenso flügelschlagend und lautstark in Bewegung setzte.

Die aufgescheuchte Stute tänzelte noch heftiger und warf die Schultern hoch, sodass Benjamin nach vorne geschleudert wurde. Er schrie.

„Ben!" Charlotte rannte zur Verandatreppe.

Edgar riss den Hengst herum und lehnte sich zu seinem Sohn hinüber, um die Stute am Zügel zu packen.

Die Gänse schrien jetzt noch markerschütternder, und als wären sie der Hölle selbst entstiegen, flatterten sie wutentbrannt zwischen den Beinen des Hengstes umher. Beide Pferde bäumten sich auf.

Hob, der arthrotische alte Sklave, kam herbeigerannt und mischte sich in das Gedränge. Angsterfüllte Stimmen wurden lauter. Ein Pferd wieherte und trat aus.

Als Charlotte die Treppe erreicht hatte, blieb ihr Kleid an irgendwas hängen und sie stürzte hart auf den Boden. Der Aufprall presste ihr die Luft aus den Lungen. Sie kämpfte sich auf die Knie. „Ben!"

Pferde und Menschen bildeten ein solches Durcheinander, dass sie überhaupt nicht mehr ausmachen konnte, was gerade passierte. Es war ein einziges Gemenge und Gewieher und Geschnatter und Geschrei, bis schließlich der Hengst davongaloppierte, reiterlos.

Edgar lag am Boden, sein Kopf unnatürlich abgewinkelt.

Ein ohrenbetäubender Schrei zerschmetterte die vormalige Idylle des Nachmittags in tausend Scherben.

Charlottes Beine zitterten so sehr, dass sie nicht aufstehen konnte. Atemlos kroch sie zu ihrem Ehemann hinüber. „Edgar, geht es dir gut?"

Doch sie wusste, das Gegenteil war der Fall. Nach all dem Tumult blieb Edgar reglos liegen und sein oft zornrotes Gesicht war jetzt ganz blass. Seine Lippen bewegten sich mühsam. Die Lider flatterten schwach.

„Hob, hol Hilfe. Schnell!“

„Ben“, brachte Edgar hervor. In seinem Mundwinkel sammelte sich Speichel. Sein Atem kam schwach und stoßweise. „Ist Ben … in Sicherheit?“

„Ich bin hier, Papa.“ Das Gesicht des Jungen war weiß wie gebleichter Musselin, als er neben seinem Vater auf die Knie fiel. Er legte seine kleine Hand auf Edgars Wange und streichelte sie.

Charlotte zerriss es das Herz.

„Deinem Jungen geht es gut.“ Sie nahm sich die Freiheit heraus, ihre Hand an Edgars andere Wange zu legen. „Du hast ihn in Sicherheit gebracht.“

Lizzy kam schreiend aus dem Haus und über den Rasen herbeigestürmt. Auch sie fiel neben Edgar auf die Knie. „Wo ist Tandy? Sag es mir, Edgar. Wo ist er?“

Edgar riss die Augen auf. Seine Lippen bewegten sich, erst nur lautlos, doch dann: „Er ist … Robert …“

Lizzy beugte ihr Ohr direkt über seinen Mund und wartete verzweifelt darauf, dass er weitersprach, doch den Sterbenden durchlief ein Zittern. Ein langgezogenes Seufzen entwich seinen Lippen und die hellgrauen Augen wurden glasig.

„Nein, jetzt nicht sterben. Wehe, du stirbst“, sagte Lizzy und Charlotte schauderte vor dem Klang ihrer Stimme. „Wo ist mein Junge?“ Sie packte Edgar am Kragen. „Sag es mir! Wer ist dieser Robert? Wer ist das?“

Doch Edgar hatte schon losgelassen. Er antwortete nicht mehr.

„Edgar.“ Charlotte beugte sich über ihn und presste ihr Ohr an seine Brust. Ihr Mund war staubtrocken.

„Papa. Papa!“, durchbrach Benjamins herzzerreißende Stimme die Grabesstille und er klopfte seinem Vater mit beiden Händen auf die Wangen. „Wach auf, Papa. Wir wollen doch reiten gehen. Wach auf. Papa.“

Charlotte zog ihren Sohn an sich und hielt ihn fest. Hin und her, hin und her wiegte sie ihn auf dem zertrampelten Gras.

„Er wollte es mir sagen“, flüsterte Lizzy. „Gott hilf mir, er hat es wirklich noch sagen wollen.“

Alle ehemaligen Sklaven und auch die Yankees, die er so gehasst hatte, bildeten einen Kreis um die leblose Gestalt des Hausherrn.

„Er ist von uns gegangen, Miss Charlotte“, sagte Hob und schloss Edgars Augen für immer.

Sie nickte, wusste es ja schon.

Sie hörte das Schluchzen ihrer Schwägerinnen, fühlte das Bibbern ihres Sohnes und ihr eigenes aufrichtiges, tiefes Bedauern. Im Tode hatte Edgar Portland sich zu einem besseren Menschen entwickelt, als er im Leben je gewesen war.

9. Mai 1865

Mein liebster Will,
seit einer Woche bin ich Witwe. Das Paket Schnittware, das mir Edgar so freundlich zum Geburtstag hatte schenken wollen, wurde in schwarzem Tuch geliefert. Seit dem Unglück sind die Farm und alle ihre Bewohner von einer unbestimmbaren Trübsal befallen. Benjamin, der deinen Tod und den Verkauf von Tandy gerade erst zu überwinden begonnen hatte, zieht sich jetzt wieder zu seinen Murmeln und in seine geheimen Verstecke zurück. Niemand weiß, wer dieser ominöse Robert sein könnte, den Edgar uns mit letzter Kraft genannt hat. Ach, wenn wir es nur wüssten. Wenn Tandy wieder bei uns wäre, dann könnten wir wohl alle wieder fröhlicher sein.
Wäre es Josies Entscheidung gewesen, so hätten wir den Hengst vom Fleck weg erschossen, und sie war stinkwütend, als ich ihn stattdessen verkaufte. Ich mag für ihren

Geschmack zu praktisch eingestellt sein, aber ich habe hier Menschen zu ernähren und eine Farm zu betreiben, ohne Ehemann, ohne Sklaven, ohne genug Geld.
Wann immer mich das Leben an eine Gabelung führt, frage ich mich: „Was würde Will sagen? Was würde er mir raten?" Du warst in deinem Handeln immer weise und umsichtig. Dein Andenken ebenso wie Edgars ganz zuletzt noch ans Licht getretene Tapferkeit helfen mir weitermachen.
Edgar wäre wohl zufrieden gewesen angesichts seiner gut besuchten Beerdigung, zahlreiche Leute aus Honey Ridge waren zugegen und auch viele Farmer aus der Umgebung, die bei uns ihren Mais und ihren Weizen mahlen lassen. Und es hätte ihn sicher überrascht, dass auch die verbliebenen Yankees ihm ihre Ehre erwiesen, indem sie neben seiner Totenbahre im Salon Wache standen und das Grab ausheben halfen. Ihre Freundlichkeit mir gegenüber kennt hingegen gar keinen Vergleich mehr. Ohne sie wäre ich eh schon lange verloren, und als ich nun letztens über den Wirtschaftsbüchern brütete, die mir Edgar bisher vorenthalten hat, kam dieses demolierte Trio, dem mittlerweile meine größte Bewunderung gilt, zu mir ins Arbeitszimmer und unterbreitete den Vorschlag, dass sie hierbleiben würden, bis Benjamin volljährig wäre und seinen rechtmäßigen Platz als Besitzer der Peach Orchard Farm einnehmen könnte. Da brach selbst ich, die ich nun wirklich nicht zu öffentlichen Gefühlsbekundungen neige, vor Erleichterung in Tränen aus. Brinks und Johnny sind gelernte Farmer und Logan kennt sich gut mit Zahlen aus. Edgar würde das Schaudern bekommen, wie sehr ich den Yankee-Soldaten vertraue, die du bei mir zurückgelassen hast.
Der sanftmütige, treue Hob will so lange bei uns bleiben, bis der Herr ihn zu sich ruft, und dafür bin ich sehr dank-

bar, denn sein runzliges schwarzes Gesicht habe ich schon lange von ganzem Herzen lieb gewonnen. Den anderen drei ehemaligen Sklaven habe ich Essen und Unterkunft sowie einen kleinen Anteil am Gewinn angeboten, falls es einen Gewinn geben wird. Nach diesem Krieg und erst recht nach Edgars Tod stecken wir alle in Geldnöten. Und ich weiß kaum etwas über lukrative Landwirtschaft oder wie man profitbringend eine Mühle betreibt.

Heute Morgen habe ich meine Trauerkleidung angelegt und bin durch die Felder und über die Brücke bis zur Mühle gelaufen. Mr. Logan hat Pony und Einachser ausgeschlagen und mich stattdessen auf seinen selbstgeschnitzten Krücken begleitet. Die schwere Entzündung, an die er sein Bein verloren hat, ist endlich abgeheilt, und wenn er auch, dünn wie er ist, jeden Moment durchzubrechen scheint, so wage ich dennoch zu behaupten, dass jetzt auch sein Geist jeden Tag etwas mehr verheilt. Dadurch, dass er mir Buchhaltung beibringt, hat er wieder eine Aufgabe im Leben und das ist ein Segen für uns beide. Ich habe viel zu lernen, aber lernen werde ich und ich werde es an meinen Sohn weitergeben.

Des Abends wie jetzt bin ich völlig erschöpft, und sicher werden schon bald die Gerüchte sprießen über die verrückte Witwe Portland, die unbedingt an der Seite ihrer Arbeiter schuften und die Kornsäcke eigenhändig zum Mahlstein schleppen will. Wie soll ich denn lernen, wenn ich nicht selber mit anpacke?

Ich werde alles dafür tun, dass die Peach Orchard Farm und vor allem auch unsere Mühle weiter fortbestehen wird, denn die Farmer und die Einwohner von Honey Ridge brauchen sie zum Überleben. Möge Gott uns gnädig sein und mögen wir nicht müde werden in unserer Beharrlichkeit, denn dann überleben wir alle.

41. KAPITEL

Peach Orchard Inn
Heute

„Ich glaube das einfach nicht. Das ist doch verrückt." Julia presste sich beide Handflächen gegen die Schläfen, ihr Kopf schien explodieren zu wollen. „Ich muss Alex abholen."

„Julia, beruhige dich, und sag mir, was passiert ist."

„Eli wurde verhaftet. Die Polizei hat Drogen in seinem Auto gefunden."

„Oh mein Gott." Connie schlug sich die Hand vor den Mund.

„Das ist nicht wahr. Das kann nicht wahr sein."

„Aber David hat doch gesagt, dass er wegen Drogenhandel im Gefängnis war."

Julia wirbelte zu ihrer Mutter herum. „Alex saß mit im Auto! Das würde er nie tun. Das könnte er nicht."

Erschrocken über Julias heftige Reaktion, wich Connie einen Schritt zurück. Nach einem, nach zwei Herzschlägen meldete sich ihr Mutterinstinkt. „Was auch immer es damit auf sich hat, wir müssen uns um das arme Kind kümmern."

„Rufst du bitte Valery an und hältst mit ihr hier die Stellung, damit ich loskann?" Zum Polizeirevier. Zur Haftzelle. Julia hielt es kaum aus, diese Worte auch nur zu denken.

„Ja. Jetzt geh. Hol Alex. Der Rest klärt sich dann von selbst."

Julia konnte deutlich sehen, dass ihre Mutter ihre Schwierigkeiten damit hatte, an Elis Unschuld zu glauben. Die hatte sie auch. Doch der Mann, den sie kannte, würde nie im Leben seinen Sohn in Gefahr bringen.

Völlig aufgewühlt versuchte sie das Unbegreifliche zu verstehen, während sie zum Polizeirevier fuhr, einem niedrigen, modernen Gebäude am nördlichen Stadtrand von Honey Ridge.

Alex' kleine Beine baumelten von dem viel zu großen Bürostuhl, Trey Riley war bei ihm. Als der Junge Julia erblickte, stürzte er sich in ihre Arme. Er zitterte.

„Der Polizist hat meinen Daddy weggenommen", klagte er unter Tränen. „Ich will meinen Daddy."

„Ich weiß, Baby, ich weiß. Hab keine Angst. Wir bringen das wieder in Ordnung." Über den Kopf des Kindes hinweg richtete sie sich an den Beamten. „Was ist da los, Trey?"

Trey stützte die Unterarme auf die zerkratzte braune Schreibtischplatte, sein Blick war düster. „Mir gefällt das ebenso wenig, Julia. Eli ist ein Freund."

„Er hat das nicht getan."

„Das will ich auch nicht glauben, aber die Beweise waren in seinem Auto. Genug, um ihn auf geplanten Drogenhandel zu verklagen." Er wischte sich schwerfällig über den Nacken. „Bei seiner Vorgeschichte sieht das nicht gut aus."

Etwas in Treys Tonfall ließ sie aufhorchen. „Du hast davon gewusst, oder? Von seiner Vorstrafe?"

Der Polizist zog eine Schulter hoch. „Ich werde dafür bezahlt, dass ich misstrauisch bin. Nachdem ich ihn zum ersten Mal getroffen hatte, hab ich seinen Namen durch die Datenbank gejagt. Da war er gerade erst ein paar Monate wieder raus, hatte sich seitdem nichts zuschulden kommen lassen. Ich wollte dem Typ 'ne Chance geben."

„Hast du dich deswegen mit ihm angefreundet? Damit du ein Auge auf ihn haben kannst?"

„Zu Anfang, ja." Trey stieß frustriert die Luft aus. „Ich kann den Mann gut leiden, Julia. Ich will gerne daran glauben, dass er unschuldig ist, aber eindeutige Beweise lassen sich nicht so einfach leugnen."

„In der Zeit, die du mit Eli verbracht hast, ist dir da je etwas Verdächtiges aufgefallen?“

„Nichts.“ Trey fuhr sich mit Daumen und Zeigefinger über den Nasenrücken. „Es wurde auch Bargeld gefunden.“

Julia hätte gelacht, wenn die Behauptung nicht so traurig wäre. „Eli hat kein Geld.“

„Doch, hat er. Viertausend Dollar.“

Julia ließ sich auf einen Stuhl fallen. „Es muss eine Erklärung dafür geben. Er hatte doch Alex dabei. Selbst wenn er tatsächlich wieder rückfällig geworden wäre, er hätte nie seinen Sohn da mit reingezogen.“

„So sind die Menschen nun mal.“

„Nicht Eli. Und nicht gerade jetzt, da er sein Leben wieder auf die Reihe bekommt. Alles läuft gut, er hat wieder Kontakt zu seiner Familie ...“ Die schreckliche Erkenntnis ließ ihr die Haare zu Berge stehen. Seine Familie. Diese Geschichte könnte alles, was Eli erreicht hatte, mit einem Schlag wieder zunichtemachen. Das Konzept für die Trauerbegleitung und damit den Job, den er sich so dringend wünschte. Im Grunde könnte er sein ganzes Leben wieder ruiniert haben. Julia biss die Zähne zusammen. „Ich will mit ihm sprechen.“

Eli saß auf einer dieser elendig vertrauten Knastpritschen und stützte den Kopf in die Hände. Hoffnungslosigkeit bestand aus einem Betonfußboden, kalten grauen Wänden und einer Kloschüssel.

Draußen vor dem Gitter hallte die Gefängnismusik – Schritte und Stimmen, Flüche und metallisches Klirren – von den Wänden wider. Und in Elis Kopf hallten die Worte seines Vaters wider: *Du bekommst eine Chance. Verspiel sie nicht.*

Er war ein Verlierer, ein unfähiger Vater. Elis Eingeweide verkrampften sich bei der Erinnerung an die hässliche Szene: Von Polizisten umringt, hatte er auf dem Seitenstreifen gekniet und versucht, seinen Sohn zu beruhigen, und der hatte sich an ihn geklammert und verzweifelt geschluchzt: „Daddy! Daddy!"

Elis Kehle war wie zugeschnürt gewesen, er hatte nur eines erwidern können: „Ich liebe dich, Alex. Ich liebe dich, mein Sohn." Doch wegen der Handschellen hatte er seinen verängstigten Jungen noch nicht einmal in den Arm nehmen können.

Verlierer scheitern immer im großen Stil, sie müssen gar nichts dazu beitragen.

„Donovan." Ein Beamter trat ans Gitter. „Besuch."

Es schien Eli nicht die Mühe wert, sich Hoffnungen zu machen. Alex' Schluchzen klang ihm immer noch in den Ohren, während er dem Mann in einen kahlen Raum folgte, in dessen Enge Julia auf und ab lief. Bevor sie ihn bemerkte, konnte er sie einen Moment lang betrachten. Ihr blonder Pferdeschwanz war aufgelöst, das Halstuch zerknittert, doch sie war wunderschön. Zu gut und zu schön für ihn. Er wollte nicht, dass sie ihn so sah.

„Nimm Alex und geh nach Hause. Er hat Angst und ist verwirrt."

„Geht mir genauso." Sie fuhr zu ihm herum. „Wir müssen uns jetzt erst mal unterhalten. Setz dich. Bitte."

Der Polizeibeamte stellte sich diskret an die Wand, behielt Eli, der sich jetzt aus purer Höflichkeit an den nackten Tisch setzte, jedoch weiterhin scharf im Auge. Je eher Julia wieder ging, desto besser. Eli wusste genau, wie das hier drin funktionierte, sie jedoch nicht und das sollte auch so bleiben.

„Kümmer dich um meinen Sohn. Alles andere ist mir egal." Seine Miene und sein Tonfall waren hart. Julia sollte auf keinen Fall mitbekommen, wie gut ihm ihr Anblick dennoch tat. „Ich will dich hier nicht haben, Julia. Geh."

Fürs Knast-Orange musste man Dinge über sich ergehen lassen, von denen ein guter Mensch wie sie keine Ahnung hatte. Man hatte ihn in Handschellen gelegt, verhört und einer Leibesvisitation unterzogen, diese Demütigung hatte er gehofft, nie wieder erleben zu müssen. Doch die größte Demütigung war, dass er jetzt so vor ihr sitzen musste.

Eli sah die tiefe Besorgnis in ihren schönen blauen Augen und hasste sich dafür, sie dort mit hineingezogen zu haben. Er wollte sie berühren, sie in die Arme nehmen, doch stattdessen blieb er streng auf Distanz. Er war so zuversichtlich gewesen, hatte tatsächlich geglaubt, endlich die Kehrtwende geschafft zu haben und bald jemand sein zu können, der einer unglaublichen Frau wie ihr etwas zu bieten hatte. Doch irgendein kosmischer Witz hatte anders entschieden.

Beschämt ließ er den Kopf hängen.

„Bist du schuldig?"

Mit einem Ruck sah er wieder hoch. Die Frage tat weh, doch sie war berechtigt. „Nein."

„Wie sind die Drogen dann in dein Auto gekommen?"

„Ich weiß es nicht." Er klammerte sich frustriert an die Tischkante. „Diese Frage stelle ich mir selbst immer wieder."

„Könnten sie schon drin gewesen sein, als du das Auto gekauft hast?"

„Schon möglich, aber wer würde das glauben?"

„Sie werden es rausfinden. Das müssen sie einfach."

Er betete um Alex' willen, dass sie recht hatte. Er war keine große Nummer, doch sein Sohn brauchte ihn.

„Ich bin ein verurteilter Drogenhändler, ein Knacki auf Bewährung. Niemand wird an meine Unschuld glauben."

„Ich glaube daran."

Eli schloss die Augen und spürte, wie diese drei kostbaren Worte ihn einhüllten wie ein warmer Mantel im Winter. Doch die Umstände blieben die gleichen. Dies hier war seine Welt, nicht ihre. „Du gehörst nicht hierher."

„Du auch nicht."

Er seufzte. Sie war so was von stur. „Kümmer dich um Alex, ja? Er hat so viel durchgemacht und jetzt das noch."

„Ich weiß." Sie legte ihre Hand auf seine und die pure Schönheit dieser Berührung ließ ihn erschauern. „Kann ich irgendwas für dich tun? Ich könnte mit David reden."

Dieser Juristen-Ex würde vermutlich erst recht dafür sorgen, dass man ihn für alle Zeiten wegsperrte.

Eli zog die Hand weg.

„Geh nach Hause, Julia." Das Holz scharrte laut auf dem Beton, als er jetzt energisch den Stuhl zurückschob und aufstand. „Geh jetzt und komm nicht wieder."

Frustriert über Elis Einstellung, kehrte Julia zu Trey Rileys Büro zurück und überlegte, was sie bloß Alex erzählen sollte. Alex wollte seinen Daddy. Dass Daddy aber nicht mit nach Hause kommen konnte, würde er nicht verstehen. Und eine andauernde Abwesenheit des Vaters könnte die seelischen Wunden des Jungen erneut aufreißen.

Eli war unschuldig. Das hatte sie hinter seiner ruppigen Fassade deutlich erkennen können. Sie wusste, er wollte sie beschützen, und liebte ihn für den Versuch. Er war auch krank vor Sorge um Alex. Genau wie sie. Es musste einfach einen Weg geben, die Wahrheit ans Licht zu bringen und Eli zu rehabilitieren.

Als sie auf den Flur zum Büro einbog, kamen ihr Alex und eine fremde Frau im grünen Kleid entgegen.

„Miss Julia!" Alex rannte von der Frau weg auf Julia zu. Sie drückte ihn an sich und wurde im gleichen Moment misstrauisch, was diese Fremde anging.

„Wo ist Officer Riley? Was machen Sie mit Alex?"

Auf dem Gesicht ihres Gegenübers erschien ein professionelles Lächeln. „Ich komme vom Jugendamt. Man hat mich geschickt, um ihn abzuholen."

„Das ist nicht nötig. Er wohnt bei mir."

Die Brünette blickte stirnrunzelnd auf ein Blatt Papier in ihrer Hand. „Sind Sie eine Verwandte?"

„Nein, aber …"

„Tut mir leid, dann bleibt mir keine Wahl." Zum Beweis hielt sie Julia das Papier unter die Nase. „Gegen Alex' Vater besteht der Verdacht auf Kindesgefährdung, und da Sie mit diesem Jungen nicht verwandt sind, wird er jetzt erst mal der Obhut des Staates anvertraut."

Die Sozialarbeiterin nahm Alex an der Hand und dirigierte ihn nach draußen in die pralle Sonne, wo sie auf einen silberfarbenen Nissan zusteuerte. Julia folgte den beiden auf dem Fuß und beschoss die Frau mit Fragen, flehte. Als Alex auf den Rücksitz verfrachtet wurde, liefen ihm die Tränen übers Gesicht. Der Anblick fuhr Julia wie eine Rasierklinge durchs Herz.

„Miss Julia! Ich will meinen Daddy. Ich will meinen Daddy!"

Das passierte doch alles gerade nicht wirklich.

Julia streckte die Hand ins Auto, um ihn zu trösten.

„Es tut mir leid, Ma'am. Wir müssen jetzt los."

„Aber …"

„Es tut mir wirklich leid."

Die Sozialarbeiterin drückte ihr eine Visitenkarte in die Hand, dann stieg sie ein und fuhr mit Alex davon. Julias Welt, die sie während der letzten sechs Jahre in mühsamer Kleinarbeit wieder in ein Ganzes gefügt hatte, zerbarst auf dem Asphalt um sie herum in abertausend Splitter.

Eli war verhaftet. Alex fort.

Sie hatte sie verloren. Sie hatte erneut ihre Lieben verloren.

Julias Körper erschlaffte, ihr wurde schlecht. Verzweiflung und Hilflosigkeit übermannten sie, diese beiden altbekannten Widersacher hatten sie schon einmal zu Boden gerungen.

Julia hätte wissen müssen, dass sie wiederkommen würden, und dieses Mal würden sie sich endgültig ihren Verstand krallen.

Obwohl die Sonne noch hoch am Himmel stand, hatte sich Julia hinter den Vorhängen ihres Schlafzimmers verschanzt und versuchte, sich in den Schlaf zu flüchten. Sie scherte sich weder um die Pension noch um die Gäste, noch darum, dass Valery und ihre Mutter den Laden ohne sie schmeißen mussten. Ihr pochte der Schädel, sie fühlte sich so ausgetrocknet und leer wie der abgeworfene Heuschreckenpanzer, den Alex letztens an einer der Magnolien gefunden und sorgsam in einem ausgewaschenen Marmeladenglas aufbewahrt hatte.

Alex. Mikey. In ihren Gedanken verschmolzen sie miteinander. Zwei liebe kleine Jungen, die sie liebte und denen sie nicht hatte helfen können, als es am nötigsten gewesen war.

Hatte Mikey so nach ihr geschrien – „Mama, Mama!" – wie Alex nach seinem Daddy? Die schreckliche Wahrheit, dass er das ganz sicher getan hatte, kreiste wie ein Geier in ihrem Kopf, der nur darauf lauerte, ihren Verstand zu zerhacken.

Um sie herum auf dem Bett lag all das verstreut, was ihr noch von ihrem Sohn geblieben war. Dinge. Eine Babydecke, ein Baseballhandschuh, Fotos, selbstgemalte Bilder von fröhlichen gelben Sonnen, die auf Strichmännchen schienen.

Wie lange hatte er nach ihr geweint? Wie lange hatte er auf sie gewartet, bevor er es aufgab? Wartete er noch immer?

Ihre Finger strichen blind über jedes der Andenken, sie berührte sie, erinnerte sich und auf einmal hatte sie das Bündel mit Charlottes Briefen in der Hand. Sie konnte sich nicht mehr erinnern, warum sie es von der Kommode genommen und der Sammlung tröstender Andenken hinzugefügt hatte.

Wie hatte denn Charlotte inmitten all des Schmerzes ihre Stärke und ihre Liebe bewahrt?

Julia setzte sich auf, wobei ihr Herz und ihr Kopf einhellig pochten, und knipste die Nachttischlampe an.

Sie entfaltete eine der brüchigen Seiten nach der anderen und begann zu lesen.

3. Juli 1865

Freudentränen benetzen meine Wangen. Stell dir meine Überraschung vor, als dein Geschenk den ganzen Weg aus Ohio hierhergefunden hatte! Zuerst wollte mir mein verräterisches Herz schier aus der Brust springen und ließ mich für einen kurzen, herrlichen Augenblick daran glauben, dass du doch noch lebendig auf dieser Erde wandelst. Doch dann las ich den Brief, der dem Säckchen mit den blau schillernden Murmeln beilag, das für Benjamin gedacht war und – ach, wie traurig – für Tandy. Tandy wird nie mehr erfahren, wie lieb du an ihn gedacht hast. Er wird nie mit diesen fröhlich glitzernden blauen Murmeln spielen können, doch Benjamin ist außer sich vor Freude. Endlich hat ihn etwas aus seinem Leid und seiner Einsamkeit herausholen können. Er spricht von nichts anderem mehr als diesem Geschenk, das uns durch deine Eltern erreicht hat. Ich wünsche mir so sehr, du wärst hier und ich könnte mich gebührend bedanken für deine liebevolle Aufmerksamkeit.

Selbst während deiner letzten Tage auf dieser Erde, in Krieg und Verzweiflung, hast du an uns gedacht. Wie mich das berührt, wie mich das bewegt, wie mich das tröstet.

Ach, wenn du bloß Benjamins Begeisterung sehen könntest.

„Captain Will hat die geschickt“, hat er beim Abendessen stolz verkündet.

Patience lehnte sich gütig wie immer herüber und stupste sie bewundernd an. „Die sind sehr schön, Ben. Captain Will war ein wundervoller Mensch."

Josie blieb stocksteif sitzen und sagte kein Wort, doch jetzt, da Edgar von uns gegangen ist, weigere ich mich, deinen Wert noch länger zu verleugnen.

„Ja", sagte ich also. „Captain Will war ein guter Mensch, wir haben ihm alle sehr viel bedeutet."

„Ich will ihn wiedersehen", sagte Ben. „Ich wünschte, er und Papa …"

Sein liebes Gesicht zuckte, und ich wusste sofort, dass er mit den Tränen kämpfte. Ich drückte seine Hand. „Willst du mir später dabei helfen, einen Dankesbrief an die Familie von Captain Will zu schreiben? Sicher tröstet es sie, wenn sie erfahren, wie sehr du dich über die Murmeln freust."

Da war Benjamin wieder einigermaßen gefasst, allerdings hat er sich das ganze Essen hindurch an den Murmeln festgehalten. Mein Kind hat sich in diesem Jahr sehr verändert, doch das ging auch uns Erwachsenen nicht anders.

Fürwahr, die Murmeln sind ein Trost. In ruhigen Minuten, die selten gesät sind, finde ich mich oft im Salon wieder, wo ich Ben mit ihnen spielen sehe, und dann frage ich mich, ob deine Hände wohl einst diese kleinen Gestirne berührt haben. An so etwas sollte ich nicht denken, ich weiß, erst recht nicht jetzt, da mein Ehemann seit kaum drei Monaten tot ist. Aber du weißt so gut wie ich, dass Edgar mich nie geliebt hat. Es tut weh, sich das einzugestehen. Ich habe mich immer gefragt, warum er mich eigentlich geheiratet hat, bis Josie letztens mit ihrer hässlichen Version der Wahrheit herausgeplatzt ist. Kein geeignetes Mädchen in Honey Ridge wollte einen Krüp-

pel zum Mann nehmen. Mich hielt Edgar für ansehnlich genug, dass er mich heiratete, um anschließend mit seiner schönen Frau vor den Leuten in der Stadt protzen zu können. Wie traurig, dass ich das nie gewusst habe und dass ich nie wirklich hineingepasst habe in diese Gesellschaft, die er so dringend hatte beeindrucken wollen. Ich wage zu bezweifeln, dass auch nur ein Mädchen in Honey Ridge je eifersüchtig war auf Edgars britische Braut. Deine Mutter hat eine wunderschöne Handschrift, und sie war sogar noch so großzügig, dass sie eine Seite aus einem Brief, den du an sie geschickt hattest, für mich beigelegt hat. Wenn sich mein Herz so sehr nach dir verzehrt, dass ich es nicht mehr auszuhalten glaube, lese ich die Worte deiner lieben Mutter und denke an sie. So viel weiß ich: Ein Kind zu verlieren, ist das Allerschrecklichste, was einer Frau widerfahren kann, und doch hat deine Mutter, während ihre Seele in tiefster Dunkelheit lag, dem Sohn einer anderen Frau Trost gespendet …

Julia hörte auf zu lesen, legte den Brief beiseite und trat ans Fenster. Sie zog die Vorhänge auf und starrte nach draußen, wo sich Charlottes Welt vor ihr auszubreiten schien, während die jahrhundertealten Worte durch ihren Kopf wirbelten.

„Das Allerschrecklichste, was einer Frau widerfahren kann", murmelte sie. Charlotte und Wills Mutter hatten beide Verlust und Leid erfahren. Charlotte hatte ihre Babys betrauert, war dabei jedoch nicht verbittert geworden. Sie hatte sich nicht hinter Vorhängen und Verzweiflung verschanzt. Sie hatte ihr Herz an dieses glanzvolle Anwesen gehängt, fest entschlossen, dass es weiterhin zum Wohle anderer gedeihen möge, und sie hatte fortwährend an das Gute geglaubt.

Julia nahm den Brief wieder zur Hand und las noch einmal die letzten Zeilen.

„Während ihre Seele in tiefster Dunkelheit lag“, flüsterte sie, „hat Wills Mutter dem Sohn einer anderen Frau Trost gespendet.“

Charlotte hatte das Gleiche getan, hatte den verwundeten Soldaten, den Sklaven und sogar dem Ehemann, der sie ausnutzte und misshandelte, ihre Freundlichkeit entgegengebracht. Den Kindern anderer Frauen, jedem.

Die Tränen schossen Julia in die Augen, als ihr die Botschaft endlich klar wurde.

Alex und Eli, die Söhne anderer Frauen, sie brauchten sie jetzt.

42. KAPITEL

„Ich kann das alles nicht noch einmal durchmachen.“

Julia hörte das Leid aus Gloria Donovans Stimme heraus und fragte sich, ob eine Fahrt nach Knoxville nicht doch besser gewesen wäre als ein Anruf. Von Angesicht zu Angesicht hätte sie vielleicht eine bessere Chance, Gloria von ihrer Gewissheit zu überzeugen. Aber Telefonieren ging schneller und Glorias Sohn und Enkelsohn brauchten jetzt sofort ihre Hilfe.

„Eli hat das nicht getan, Mrs. Donovan.“ Julias Stimme bebte, während sie unruhig auf dem restaurierten Holzboden ihres Zimmers, der sie erneut an Charlotte Portland erinnerte, auf und ab lief.

„Er hat jedes Mal seine Unschuld beteuert, egal, ob es stimmte oder nicht.“ Elis Mutter schien mit den Tränen zu kämpfen. „Diesmal hatte ich so große Hoffnung in ihn gesetzt. Ich war überzeugt, dass er jetzt wahrhaftig ein anderer wäre. Dieser Mann, mit dem ich Zeit verbracht und telefoniert und sogar für die Stiftung gearbeitet habe, war genau so, wie ich mir meinen Sohn immer erträumt hatte. Und jetzt das. Schon wieder. Es ist einfach zu viel für mich. Ich werde es nicht ertragen, ihn noch einmal zu verlieren.“

„Dann lassen Sie nicht zu, dass das passiert. Glauben Sie an den Mann, den Sie heute kennen, nicht an den Eli von früher. Er hat seine Schuld bezahlt und sich seinen Neuanfang hart erarbeitet. Jetzt ist er krank vor Sorge um Alex. Glauben Sie wirklich, er würde ein Verbrechen begehen, während sein Sohn mit im Auto sitzt?“

„Um Himmels willen!“ Glorias erschrecktes Luftholen bekundete Entsetzen und Ungläubigkeit. „Alex war bei ihm?“

„Ja, und so etwas würde Eli nie tun. Das muss Ihnen doch einleuchten. Sie haben die beiden zusammen gesehen. Eli würde Alex gegen ein Rudel Löwen verteidigen, wenn es sein müsste."

„Stimmt schon, er vergöttert den Jungen."

„Ebenso wenig würde Eli die Chance verspielen, wieder ein Teil Ihrer Familie sein zu dürfen. Er liebt Sie und bereut zutiefst, wie viel Leid er Ihnen zugefügt hat." Julia musste sie einfach überzeugen. Alex' Zukunft hing davon ab, ebenso wie Elis. „Er war dermaßen begeistert von der Möglichkeit, dass der Stiftungsrat seinen Vorschlag annehmen und ihm die Leitung für das Projekt übertragen würde. Da war auf einmal so viel Gutes in seinem Leben. Er hat geglaubt, er könnte etwas verändern."

„Das habe ich auch gedacht."

Julia umklammerte das Handy wie eine Rettungsleine. Elis Leben hing an diesem Telefonat. Und das von Alex.

„Die Anklage ergibt keinen Sinn. Das müssen Sie doch sehen."

„Ich weiß nicht …"

„Er hat sich geschämt, Gloria, und sich gedemütigt gefühlt. Hat sich geschämt, wieder verhaftet zu sein. Hat sich geschämt, dass ich ihn so gesehen habe. Er wollte nicht, dass Sie davon erfahren. Selbst mich hat er weggeschickt. Er hat mich nur um eine Sache gebeten, nämlich dass ich mich um Alex kümmere."

„Gott sei Dank ist er bei Ihnen."

Julia sackte in sich zusammen, als sie wieder an jenen herzzerreißenden Augenblick denken musste. „Ist er nicht."

„Was? Wo ist er denn?"

„Genau deswegen rufe ich ja an. Eine Sozialarbeiterin hat ihn auf dem Polizeirevier abgeholt. Und obwohl ich ihr immer wieder gesagt habe, dass er bei mir wohnt, hat sie ihn nicht mit mir gehen lassen. Stattdessen ist er jetzt bei irgendwelchen völlig fremden Leuten vom Jugendamt. Und solange Eli nicht entlastet wird, bleibt er auch dort." Julia entfuhr ein Schluchzen. „Er ist bestimmt gerade völlig verängstigt und unglücklich, und Gott weiß, wie sehr ihn das Ganze in seiner Entwicklung zurückwerfen wird. Ich mache mir große Sorgen, ob er das emotional überhaupt noch verkraften kann. Er hat schon seine Mutter verloren, dann seine Tante und jetzt verliert er auch noch seinen Daddy."

„Ich verstehe das nicht. Warum kann er nicht zu Ihnen? Es wäre doch viel sinnvoller, ihn in einer vertrauten Umgebung zu lassen."

„Ich bin keine Verwandte." Obwohl sie ihn vom Fleck weg adoptieren würde, wenn das ginge. „Das ist der Hauptgrund, warum ich anrufe. Sie sind ..."

„Seine Großmutter", sagte Gloria leise, nachdenklich. „Lieber kleiner Alex. Er muss ja schreckliche Angst haben, so ganz allein."

„Muss er nicht. Bitte. Ich habe die Telefonnummer von dieser Sozialarbeiterin. Rufen Sie sie an. Kommen Sie her und holen Sie Alex. Geben Sie ihm seine Familie zurück."

Darauf folgte eine lange Pause, während der Julia sich fragte, ob sie es übertrieben und Gloria womöglich aufgelegt hatte. Doch endlich erklang ihre Stimme am anderen Ende der Leitung. „Geben Sie mir die Nummer. Und Julia?"

„Ja?"

„Ich kenne ein paar sehr gute Anwälte."

Helle Erleichterung durchstrahlte jede einzelne Faser von Julias Körper, bis sie sich so durchscheinend vorkam wie die alten Briefe auf ihrem Bett.

„Also werden Sie Eli helfen?" *Gott sei Dank, Gott sei Dank!*

„Sie können ziemlich überzeugend sein."

„Das werden Sie nicht bereuen."

„Ich hoffe sehr, dass Sie recht haben."

Am nächsten Tag wurde Eli dem Haftrichter vorgeführt. Neben ihm saß zwar ein wohlgekleideter Anwalt aus Knoxville, doch seine Eltern waren nirgends zu sehen. Nicht, dass er damit gerechnet hätte. Er hatte sie schon wieder enttäuscht, wenn auch diesmal ohne sein Zutun. Und er war immer noch völlig baff, dass sie einen Anwalt für ihn engagiert hatten. Für ihn war klar gewesen, dass von ihnen keinerlei Hilfe zu erwarten war. Wenn es nach ihm gegangen wäre, hätten sie tatsächlich gar nicht erst davon erfahren, doch das war leider unvermeidlich gewesen.

Sie hatten ihn wieder in die Donovan-Familie aufgenommen, hatten ihm den Job seiner Träume angeboten und ihm eine Zukunft eröffnet, in der er seine Selbstachtung hätte wiedererlangen und Alex ein gutes Leben hätte bieten können. Und wieder einmal hatte er ihnen mitten ins Gesicht getreten.

Wenn seine Eltern ihn bis jetzt noch nicht gehasst hatten, sollten sie langsam damit anfangen. Doch Alex war ihnen wichtig.

Julia hatte ihm gestern Abend noch einen Besuch abgestattet, um mitzuteilen, dass Alex jetzt bei seinen Großeltern war. Eli hätte vor Dankbarkeit weinen können. Er hatte sich nie mit den rechtlichen Umständen einer Elternschaft auseinandergesetzt, ihm war nicht klar gewesen, dass ihn eine Anklage wegen einer schweren Straftat seines Rechts berauben würde, den Verbleib seines Sohnes selbst zu bestimmen.

Die Sorge um Alex fraß sich wie Säure durch seine Eingeweide.

Diesmal hatte er es wirklich ausgiebig verbockt. Vor sieben Jahren war er noch der Überzeugung gewesen, dass nur er unter seinen Schandtaten zu leiden hatte. Mittlerweile wusste er es besser. Seine Familie hatte leiden müssen. Mindy hatte leiden müssen. Und jetzt musste sein Sohn leiden. Es riss ihn in

Stücke. Der Kleine fragte sich bestimmt schon längst, warum sein Daddy denn nicht kam und ihn holte.

Eli schwitzte, er hatte Angst. Verstohlen blickte er sich im Gerichtssaal um und sein Blick fiel auf den schlaksigen Mann in blauer Uniform. Trey Riley war hier. Der gute Freund war gestern Nacht noch einige Stunden in seiner Zelle gewesen und hatte alle Details des Falls mit ihm durchgesprochen. Er wollte ihm helfen, doch eine Erklärung für das Koks konnte auch er nicht liefern.

Das mit dem Geld war schnell gelöst und noch schneller bewiesen: Seine Mutter hatte ihm ganz einfach einen Lohnvorschuss von der Stiftung ausgezahlt. Der Schnee blieb ein Rätsel.

Trey hatte zwar die Vorbesitzer von Elis Wagen ausfindig gemacht, doch niemand glaubte ernsthaft daran, dass die heiße Ware schon seit dem Kauf da gewesen war.

Außerdem war laut Trey im Vorfeld ein anonymer Tipp aufgetaucht, wonach Eli versucht hatte, etwas von dem Koks an einen Freund zu verkaufen. Wenn schon nicht er, so hatte doch jemand anders ganz genau gewusst, dass die Drogen dort waren.

Als Trey ihn nach Feinden gefragt hatte, war Eli ein freudloses Lachen herausgerutscht. Man landete nicht im Gefängnis, ohne sich dabei eine Menge Feinde zu machen. Selbst hier in Honey Ridge war er ja schon mit dem ein oder anderen aneinandergeraten – mit Valerys Freund zum Beispiel oder mit Julias sauber poliertem Juristen-Ex. Ihm war also durchaus der eine oder andere Verdacht gekommen, den er Trey hatte nennen können. Doch ein Verdacht war kein Beweis.

Er hatte sogar eine Liste mit all den Orten aufgestellt, an denen er sein Auto kürzer oder länger geparkt hatte. Doch die Vorstellung, dass ihm jemand direkt vor dem Baumarkt oder dem Lebensmittelladen heimlich Drogen unter den Kotflügel schob, kam selbst ihm lächerlich vor.

Abgesehen vom Gescharre von Füßen und Papierrascheln herrschte respektvolle Stille im Gerichtssaal, während der Beschuldigte auf seinen Richter wartete. Als es schließlich so weit war, hieß dieser Eli aufstehen. Sein Anwalt, Jenkins, befolgte diese Anweisung als Erster und knöpfte sein Jackett zu. Eli wünschte sich in den Anzug, den er vor ein paar Wochen gekauft hatte, stattdessen steckte er in demütigendem Straftäter-Orange.

Als nun auch er aufstand, ließ er seinen Blick noch einmal rasch durch den Gerichtssaal schweifen und plötzlich fing sein Herz an zu schlingern und zu stottern und sein Atem setzte kurz aus.

Von der hintersten Bankreihe leuchteten ihm die zitronengelben Kleider und weißen Strohtaschen der Sweat-Zwillinge entgegen, die das Geschehen mit viktorianisch strenger Haltung verfolgten. Und direkt neben ihnen saß, in einem hellblauen Kleid, das er noch nie an ihr gesehen hatte, Julia.

Er hatte ihr gesagt, sie sollte nicht herkommen. Er wollte ihren guten Namen nicht in den Dreck ziehen, wollte sie nicht besudeln mit seinen schmutzigen Händen. Warum war sie nicht weggeblieben?

Schweiß rann ihm den Rücken hinunter.

Der Richter erhob die Stimme, las die Beschuldigungen gegen ihn vor. Eli hörte nur Unverständliches. Seine Ohren dröhnten, und sein Herz schlug ihm so heftig gegen die Rippen, dass es seinen Brustkorb zu sprengen drohte. Er starrte auf die glänzende Tischplatte und den ordentlichen Stapel Papiere, den sein Anwalt vor sich liegen hatte. Wieder ins Gefängnis zu müssen, wäre hart. Seinen Sohn zu verlieren, wäre sein Ende.

„Haben Sie verstanden, was Ihnen zur Last gelegt wird, Mr. Donovan?“

„Ja, Euer Ehren.“

„Worauf plädieren Sie?"

Eli nahm sein letztes bisschen Würde zusammen, sah dem Richter direkt in die Augen, und während er sich wünschte, dass es reichen würde, und doch wusste, dass dem nicht so war, sagte er die Wahrheit: „Nicht schuldig."

„Mutter hätte dich nicht anrufen sollen, David."

Julia kniete vor dem Rosenbeet neben dem Haus, zupfte Unkraut und hörte sich an, was sie laut ihrem Exmann in Bezug auf Eli Donovan tun respektive nicht tun sollte.

„Es geht überall in der Stadt rum, Julia. Ich wusste schon, bevor sie mich angerufen hat, dass du Donovans Kaution bezahlt und ihn hierhergebracht hast. Die Leute reden."

„Ich habe die Kaution nicht bezahlt. Allerdings wüsste ich nicht, wen das was angeht." Die Sweat-Zwillinge hatten das schon vor ihr erledigt, und während sich niemand in Honey Ridge noch über irgendetwas wunderte, was diese Ladys taten, so war Eli doch tief berührt gewesen. Nichts als ein kleines Zeichen der Dankbarkeit, so hatten die Zwillinge erklärt, für das eine Mal, als er ihnen die verstopfte Regenrinne freigeräumt hatte. Nebenbei glaubten sie nicht eine Sekunde daran, dass der Doppelgänger von Colonel Champ mit so etwas Geschmacklosem wie Rauschgift zu tun haben könnte.

David glaubte hingegen an das Schlimmste.

„Deine Mutter macht sich eben Sorgen. Genau wie ich. Was denkst du dir dabei, dass du diesen Exknacki schon wieder auf deinem Anwesen herumlaufen lässt?" Er schob eine Hand in die Hosentasche und streckte den durch zahlreiche Stunden im Countryclub flach gebliebenen Bauch vor. „Du solltest dieses Stück Abschaum besser heute als morgen loswerden, er wird dir noch wehtun."

„Mir wehtun, ja? Da spricht der Richtige." Julia setzte sich auf ihre Füße und rieb sich mit einer sauberen Stelle ihres Gartenhandschuhs über die juckende Wange. Von dieser Unterhaltung juckte es sie überall. Egal, wie gut er sich auch in Rechtsdingen auszukennen glaubte, David hatte ganz schön Nerven, schon wieder hier aufzukreuzen. „Solltest du nicht im Büro sitzen? Oder schön zu Hause bei deiner schwangeren Geliebten? Oh, entschuldige, ich wollte sagen: Ehefrau."

„Da spricht die Verbitterung aus dir. Ist nicht gerade stilvoll."

Er blinzelte, als Julia auflachte. „Ist Ehebruch auch nicht."

David hob abwehrend die Hände. „Ich will nur helfen."

„Nein, willst du nicht. Du willst mir die lange Nase zeigen. Wenn du helfen wolltest, hättest du dich Eli als Anwalt angeboten. Oder du würdest mit Trey zusammen herausfinden, wer die Drogen in Elis Auto versteckt hat."

„Sei doch nicht dumm, Julia. Dieser Mensch ist ein verurteilter Straftäter. Einmal Verbrecher, immer Verbrecher. Er ist so schuldig, wie man nur sein kann."

„Das sehe ich anders."

„Also schön, träum weiter, aber wenn er dir erst das Geschäft ruiniert und das Herz gebrochen hat, dann sieh zu, wo du bleibst."

Der gut aussehende, clevere und vor Wut schäumende Exmann rauschte zu seinem Mercedes, scheuchte mit knallender Autotür die Vögel auf und fuhr mit aufheulendem Motor davon, während Julia blieb, wo sie war, und ihren Ärger am Unkraut ausließ.

Valery erschien auf der vorderen Veranda und kam mit klackernden weißen Sandalen die Stufen herunter. Ein sommerlicher Blümchenrock umwehte ihre glatten, gebräunten Beine und mit ihren auf und ab hüpfenden dunklen Locken sah sie aus wie eine menschgewordene Limonadenwerbung.

„Was wollte David denn hier?", fragte sie.

„Dreimal darfst du raten."

„Dich wegen Eli bequatschen?"

„Bingo."

Beim Klang seines Namens hob der im Schatten des Hauses liegende Hund den Kopf von den Pfoten und wedelte mit dem Schwanz.

Valery grinste und tätschelte ihm den Kopf. „Dich meint sie nicht, Bingo. Schlaf weiter."

„Mein neunmalkluger, betrügerischer Ex ist der Meinung, ich solle Eli vor die Tür setzen, er sei schlecht fürs Geschäft."

„Er hat recht", ließ sich da eine Männerstimme vernehmen.

Beide Frauen wandten den Kopf und jemand trat aus den Schatten neben der Veranda.

„Eli." Julia stand auf und zog die Handschuhe aus. „Belauschst du uns etwa?"

„Tut mir leid. Ich habe nach dir gesucht. Wir müssen diese Situation irgendwie klären."

Energisch klopfte Julia sich die trockene Erde von der Hose. „Solange nicht das Gegenteil bewiesen wurde, bist du unschuldig. Das ist Gesetz."

„Du bist so ein Sturkopf."

„Ich trete keinen Mann, der am Boden liegt." Doch ihre hehren Worte waren hauptsächlich Show. Sie hatte eine Heidenangst davor, unrecht zu haben, verletzt zu werden. Womöglich war sie ja tatsächlich die Idiotin vom Dienst. Doch manchmal musste man eben alles auf eine Karte setzen.

Eli trat angespannt von einem Fuß auf den anderen. Es war offensichtlich, dass er etwas auf dem Herzen hatte.

„Ich habe mit meiner Mutter gesprochen."

„Gut." Eine Strähne hatte sich aus Julias Pferdeschwanz gelöst. Sie schob sie hinters Ohr. „Heuert sie einen Privatdetektiv an, damit der herausfindet, was da passiert ist?"

„Habe ich nicht gefragt." Die Sorgenfalten hatten sich in den letzten zwei Tagen seit der Verhaftung noch tiefer in seine

Stirn gegraben. „Dad will, dass ich von der Bildfläche verschwinde. Sie überlegen jetzt, das Sorgerecht für Alex zu übernehmen."

„Oh nein, Eli." Julia schnappte erschrocken nach Luft. „Sie müssen dir noch eine Chance geben."

„Das haben Sie doch schon tausendmal getan. Dieser Tropfen bringt das Fass jetzt endgültig zum Überlaufen." Er fuhr sich mir der Hand übers Gesicht. „Vielleicht ist Alex besser dran bei ihnen. Er wird ein gutes Leben haben. Mit allem, was er braucht."

Julias Herz riss in Stücke. „Das hat er bei dir doch auch."

„Nicht wenn ich wieder ins Gefängnis wandere." Er starrte auf seine Handflächen, auf diese kräftigen, von harter Arbeit gezeichneten Hände, für die Julia ihn mittlerweile bewunderte. „Ich liebe meinen Sohn, Julia. Ich will ihn nicht verlieren, aber wenn es das Beste für ihn ist, dass ich ihn gehen lasse, dann …"

„Hör auf damit!", fuhr Valery mit einer Heftigkeit dazwischen, die Julia überraschte und Eli einen Schritt nach hinten treten ließ. „Alex hat genug Trennungen in seinem Leben miterlebt. Er gehört zu dir. Die vom Gericht werden das auch erkennen und dich wieder auf Bewährung freilassen oder so was. Sie werden dich nicht von deinem Sohn trennen. Das können sie einfach nicht tun."

„Wenn ich Ersttäter wäre, ginge das vielleicht. Aber das bin ich nicht."

Valery wurde so blass wie die Magnolienblüten.

„Das ist doch alles Mist", sagte sie und stampfte wie ein trotziges Kind zurück ins Haus.

Den ganzen restlichen Tag verbrachten die Bewohner vom Peach Orchard Inn in gereizter und sorgenvoller Stimmung. Julia war nicht verwundert, als Eli direkt nach dem Abendessen im Kutschenhaus verschwand und Valery ihr rotes Auto in die Stadt lenkte. Sie selbst blieb allein mit ihren Gedanken zurück und tat das Einzige, was sie beruhigen konnte. Sie kochte.

Die Lage schien hoffnungslos. Es gab immer noch keine Erklärung für die Drogen in Elis Auto und nur wenige wollten überhaupt noch an seine Unschuld glauben. Jetzt, da ihr auch noch Alex für immer zu entgleiten drohte, verwandelte sich ihre Beklommenheit in helle Panik.

Sie machte den Auflauf für das morgige Frühstücksbuffet fertig und telefonierte dann mit Trey Riley, um sich nach dem neuesten Stand der Ermittlungen zu erkundigen. Doch er war ebenso weit von Antworten entfernt wie sie.

Danach riefen die Sweat-Zwillinge an. Oder besser gesagt: Vida Jean rief an, und Willa Dean mischte sich immer wieder aus dem Hintergrund ein, sodass Julia ihre liebe Not hatte, beide zu verstehen, besonders da auch Binky, der Papagei, alle zwei Minuten seinen Senf dazugab. Sie hatten sich, so wurde zweistimmig verkündet, bei Richter Hansen für Eli eingesetzt. Die Mama des Richters sei eine Rothberger und demnach eine Großcousine der Zwillinge.

Das aufgeregte Hin und Her ihrer Erzählung heiterte Julia zumindest ein bisschen auf, ein ganz kleines bisschen.

Als die beiden aufgelegt hatten, las sie noch einmal Charlotte Portlands Briefe, besuchte Mikeys Webseite, starrte hinaus zu dem erleuchteten Fenster des Kutschenhauses und widerstand der Versuchung, zu Eli hinüberzugehen.

Das Haus war einsam ohne Alex. Sie selbst war einsam ohne ihn.

Dieses Eingeständnis ließ sie aufmerken. Hatte sie es also tatsächlich so weit kommen lassen, dass sie das Kind eines anderen liebte?

Eli macht sich die größten Sorgen um Alex und wollte morgen nach Knoxville fahren. Julia hoffte sehr, dass die Donovans ihn dann auch zu ihm ließen. Das wäre ebenso wichtig für den Sohn wie für den Vater.

Um elf kroch sie unter die Bettdecke, konnte jedoch nicht einschlafen. Sie wälzte sich ruhelos herum, klopfte das Kissen auf und versuchte vergeblich, sich von den beruhigenden Geräuschen des Hauses einlullen zu lassen. Die roten Leuchtziffern ihres Weckers zeigten Mitternacht.

Die tadelnde Stimme in ihrem Kopf bombardierte sie mit Fragen. Wenn Eli nun doch schuldig war? Wenn sie sich in ihrem fragilen Geisteszustand von seinem schönen Gesicht und seinem anziehenden Wesen hatte täuschen lassen? Sie wollte sich nicht in die Riege der einsamen Exfrauen einfügen, wollte nicht blauäugig dem Erstbesten verfallen sein, der ihr ein bisschen Aufmerksamkeit geschenkt hatte. Doch wenn David nun recht hatte und genau das passiert war?

Fühlte sich Elis Mutter genauso? Wollte auch Gloria Eli vertrauen und konnte dennoch die Zweifel nicht unterdrücken?

Plötzlich hörte Julia ein Geräusch im Flur, sah Licht und schob die Bettdecke zurück. Sie öffnete die Tür einen Spalt breit und flüsterte: „Valery?"

„Ja, ich bin's."

Julia trat zu ihr. „Ich konnte nicht schlafen."

„Verständlich."

Julia konnte nicht erkennen, ob Valery getrunken hatte, und sie schämte sich, als ihr klar wurde, dass sie genau wegen dieser Unterstellung die Tür geöffnet hatte.

„Können wir reden?"

Julia machte die Tür weiter auf. Sie knipste das Deckenlicht an und musterte ihre jüngere Schwester. Die blickte rastlos und wild im Zimmer umher.

„Stimmt etwas nicht? Du klingst irgendwie sonderbar."

„Ich bin nicht betrunken, falls du das meinst." Valerys Lippen zitterten. Sie ging hastig zum Sessel hinüber, blieb dann jedoch davor stehen.

„Es tut mir leid", sagte Julia. „Ich konnte es gerade nicht erkennen und du wirkst aufgewühlt. Habt ihr eure allwöchentliche Trennung, Jed und du? Liegt es daran?"

„Eli kommt nicht ins Gefängnis, oder? Ich meine, seine Eltern werden das doch verhindern können, so viel Geld und Einfluss, wie die haben. Die kriegen das doch wieder hin und dann bekommt er auch Alex zurück, richtig?"

„Sie glauben, dass er schuldig ist. Sein Vater jedenfalls."

„Aber er hat doch überhaupt nichts getan!" Tränen schoben sich vor Valerys irren Blick. „Er ist unschuldig, Julia. Das ist alles so ein Riesenhaufen Dreck, und ich weiß nicht, was ich tun soll."

„Es gibt aber doch gar nichts, was du tun könntest."

„Das stimmt nicht. Wenn ich …" Sie drehte Julia abrupt den Rücken zu und schlug die Hände vors Gesicht. Ihre Schultern bebten.

Julia durchlief ein Schauer, sie bekam eine Gänsehaut. „Wovon redest du? Was willst du denn machen?"

„Nichts, nichts. Ich hab nur …" Jetzt ließ Valery sich doch in den Sessel fallen. „Das ist einfach falsch. Ich hasse es. Eli ist doch einer von den Guten und unser lieber kleiner Alex, ich …" Zappelig sprang sie wieder auf und ging, die Hände ringend, zur Tür. „Ich muss ins Bett. Gute Nacht, Julia."

Am nächsten Morgen stand Julia um halb sechs auf, rieb sich unausgeruht den Schlaf aus den Augen und spürte, wie ihr die Sorge mit dem Gewicht eines Schwerlasttransporters den Brustkorb eindrückte. Sie setzte Kaffee auf, und während die ersten Sonnenstrahlen den Himmel rosa und gold färbten, nahm sie für ihren ruhigen Moment auf der Veranda Platz, wo sie darauf wartete, dass Eli sich wie immer zu ihr gesellte.

Doch er kam nicht und seine Abwesenheit sprach Bände. Er zog sich zurück. Ließ sie allein. Bereitete den baldigen Abschied vor.

Anscheinend machte er sich mehr Sorgen um sie als um sich selbst.

Um sieben wollte sie Valery wecken, damit sie ihr beim Frühstück half. Ihre Schwester war nicht da.

Julia ärgerte sich und ihr fiel die sonderbare Unterhaltung von gestern Nacht wieder ein. Sie schrieb Valery eine SMS, keine Antwort. Also servierte sie den Gästen allein das Frühstück und sah zu, dass sie auch alles andere der täglichen Arbeit erledigt bekam. Heute war sie einfach nicht in der Lage, sich mit Valerys Problemen auseinanderzusetzen.

Durch die Hintertür erhaschte sie einen Blick auf Eli, der draußen vor dem Kutschenhaus mit irgendeiner Arbeit beschäftigt war. Das Frühstück hatte er ausfallen lassen.

Das Telefon klingelte. Sie trocknete sich die vom Abspülen nassen Hände ab und ging dran. Es war für Eli. Sein Anwalt.

Mit einem Kloß im Hals, weil sie noch mehr schlechte Nachrichten fürchtete, eilte Julia über den taufeuchten Rasen zu ihm.

„Du kannst mein Handy nehmen“, sagte sie und hielt ihm das Telefon und die Nummer hin.

„Ich erwarte gar keinen Anruf von ihm.“ Eli blickte stirnrunzelnd auf den Zettel mit der Telefonnummer. „Hat er gesagt, worum es geht?“

„Nein.“

Er holte tief Luft. Offensichtlich war er nervös. Julia auch. „Lass mich das kurz allein machen, ja? Wenn es schlechte Neuigkeiten sind, dann …“

„Ich verstehe schon.“ Sie wollte ihn so gern in die Arme nehmen, ihn festhalten, ihm versichern, dass alles gut werden würde. Seit dieser Wahnsinn losgegangen war, hatte er sie nicht mehr berührt, und sie konnte nicht sagen, ob das an ihm lag oder an ihr.

Sie ging ein paar Schritte von ihm weg zu dem kleinen Beet, in dem violett blühende Verbenen das Vogelbad einrahmten. Die prächtigen Blumen hatten ihre Mom und Valery gepflanzt, doch das Vogelbad war Julias Idee gewesen. Eines Tages würde sie hier einen richtig schönen Garten anlegen.

Hinter sich vernahm sie Elis tiefe Stimme, konnte jedoch nicht verstehen, worüber er sprach.

Sie pflückte eine der Pflanzen ab und hielt sich den angenehm nach Zitrone duftenden Stängel unter die Nase.

Das Stimmengemurmel verklang. Gerade als sie sich umdrehte, sackte Eli an der Wand des Kutschenhauses in sich zusammen.

„Eli!" Sie zerdrückte die Blume in der Faust und rannte zu ihm, das Blut pochte in ihren Schläfen, ihre Knie zitterten. „Was ist? Was ist los?"

Er saß auf dem schattigen Rasen, seine Arme hingen schlapp herunter, das Handy lag auf seinem Schoß. „Ich soll sofort wieder aufs Polizeirevier."

Julias Magen zog sich zusammen. „Nein. Warum?"

Das warme Olivbraun seines Gesichts hatte sich in ein fahles Beige verwandelt. „Sie lassen die Anschuldigung fallen. Jed Fletcher wurde verhaftet. Er hat das Kokain in meinem Auto versteckt. Hier. Vor der Pension. Spätnachts."

Die Blume fiel zu Boden.

„Valery wusste es", hauchte Julia.

„Ja", sagte er. „Sie hat ihren Freund an die Polizei ausgeliefert. Mir zuliebe."

43. KAPITEL

Den Rest des Tages wandelte Eli wie durch dichten Nebel, er telefonierte, erledigte Papierkram und fuhr schließlich den langen Weg nach Knoxville, wo er die erste Nacht seit mehr als sieben Jahren wieder in seinem alten Kinderzimmer verbrachte. Er staunte, dass sein Vater ihm diese Freiheit zugestand. Natürlich verdankte er das seiner Mutter und Alex. Der gestrenge CEO hatte sich mittlerweile in seine neue Rolle als Grandpa gefügt und er war schon immer Wachs in den Händen seiner Frau gewesen.

Als Eli ihm gegenübergetreten war, hatte er hauptsächlich erneute Warnungen über sich ergehen lassen müssen, das Vertrauen seines Vaters war noch lange nicht zurückgewonnen. Doch bei seiner Mutter lagen die Dinge anders. Sie glaubte ihm, wollte ihn bei sich haben und schmiedete bereits große Pläne. Wenn Gloria Donovan sich in *Magnolien aus Stahl*-Manier in eine Sache verbiss, dann tat der Rest der Welt inklusive seinem Dad sehr gut daran, ihr aus dem Weg zu gehen.

Eli schossen die Tränen in die Augen und er ließ es zu. Er liebte seine Mutter, verfluchte sich für das ihr zugefügte Leid und schwor sich hoch und heilig, dass er sie nie wieder zum Weinen bringen würde.

Alex war schon eingeschlafen und hatte seine Ärmchen noch immer um Elis Hals geschlungen, als würde sein Daddy sonst wieder verschwinden. Eli wachte stundenlang neben ihm, erfüllt von Liebe und Dankbarkeit und unwillig einzuschlafen. Womöglich würde er morgen in seiner Zelle aufwachen und feststellen, dass all dieses Glück nur ein Traum gewesen war.

Die folgenden Wochen verbrachte er mit Alex in Knoxville, wo er den Startschuss für die mobile Trauerbegleitung vorbereitete und die familiären Vernetzungen enger spann. Er nahm

Alex überall hin mit, wollte ihn nicht aus den Augen lassen. Jeder gemeinsame Augenblick war kostbar.

Weil er so lange das schwarze Schaf gewesen war, setzte Eli nur langsam und vorsichtig einen Fuß vor den anderen, besonders was die Beziehung zu seinem Vater anging. Wenn die Zeit tatsächlich alle Wunden heilte, dann würde sein Dad ihn eines Tages wieder lieben können. Die verwunderten Freunde und Geschäftskontakte von James und Gloria Donovan behielten ihre Meinung über die Rückkehr des verlorenen Sohnes weise für sich. Durch unschöne Situationen konnte Eli sich immer irgendwie hindurchwinden – ein Klacks im Vergleich zu dem, was er aus dem Gefängnis kannte.

Dass er von den Anschuldigungen freigesprochen war und nun seine Familie wiederhatte, ließ ihn mit einer unglaublichen Dankbarkeit durchs Leben schreiten.

Als ihn die Annehmlichkeiten seines früheren Lebens umfingen, fühlte er sich wie ein männliches Aschenputtel. Dank seiner Mutter hatte er ein neues, zuverlässiges Auto, ein Bankkonto und eine anspruchsvolle Arbeit, die ihn vollauf begeisterte.

Er wollte sich würdig erweisen, was es auch kostete.

Jeder Morgen war voller Verheißung, und wenn Eli auch manchmal noch in alte Gewohnheiten verfiel, so fügte er sich doch immer besser in sein neues Leben ein. Julia freute sich für ihn. Das versicherte sie ihm immer wieder ganz enthusiastisch während ihrer täglichen Telefonate, jedoch fragte sie nie, wann er zurückkommen würde, und ebenso wenig sprach sie davon, dass sie ihn vermisste.

Aus Selbstbestrafung zwang er sich dazu, darüber glücklich zu sein. Er hatte ihre Welt schon genug ins Chaos gestürzt. Trotz seiner Entlastung war er noch immer ein Exknacki. Honey Ridge war eine Kleinstadt. Seine Abwesenheit schützte sie und den Ruf ihrer Pension.

Dass er sich aus ihrem Leben heraushielt, mochte ja redlich und edel sein, vor allem aber war es verflucht schwer.

Als die dritte Woche in Knoxville fast herum war, fragte Alex, wann sie denn eigentlich nach Hause gehen würden. Nach Hause, nach Honey Ridge, ins Peach Orchard Inn.

Da wurde Eli klar, dass er das Unvermeidliche hinausgezögert hatte, aus Angst, nicht loslassen zu können, wenn es hart auf hart kam.

Andererseits konnten Alex und er die gute Opal natürlich nicht einfach so zurücklassen. Außerdem hatte er Freunde in Honey Ridge, denen er etwas schuldig war. Er musste zurück, seine Habseligkeiten abholen und das Ganze irgendwie abschließen.

Daher fuhr er an diesem stickig heißen Nachmittag mit seinem nagelneuen silbergrauen SUV unter den Kronen der Magnolienbäume hindurch. Plötzlich war ihm, als sähe er eine traurige Karawane aus Pferden und Verwundeten vor sich auf der Straße, ganz wie Charlotte es in einem ihrer Briefe beschrieben hatte, und diese Vorstellung war derart real, dass es eine Erinnerung hätte sein können.

Hinter der nächsten Kurve kam das Peach Orchard Inn in Sicht. Das majestätische Gebäude hatte sich einen Gürtel aus roten und gelben Astern angelegt und schien ihn mit seinen weit offenen Veranden willkommen zu heißen. Die Geschichte des Ortes brach über Eli herein, heftiger als je zuvor. Dieses kriegsgebeutelte Haus hatte so viel Leid und Elend, Tod und Verlust erleben müssen und bot doch noch immer eine sichere Zuflucht unter der Sonne Tennessees.

Eli parkte neben zwei anderen Autos, die anscheinend den Gästen gehörten, während Alex hinter ihm schon nach draußen kletterte und stürmisch von Bingo begrüßt wurde. „Bingo!“ In einhelliger Ekstase hüpften Junge und Hund umeinander her.

Auch Julia kam auf sie zu. Sie lächelte, ihr Haar glänzte golden im Sonnenlicht und ihre Augen strahlten über einer kornblumenfarbenen Bluse noch blauer als je zuvor.

Eli drängte es mit jeder Faser seines Wesens zu ihr hin, doch eilig sperrte er dieses Gefühl hinter Schloss und Riegel. Alex musste sich dagegen kein bisschen zurückhalten, er warf sich in Julias Arme. Die drückte seinen Sohn an sich, wiegte ihn hin und her und sprach mit sanfter Stimme, wie sie sich freute, ihn wiederzusehen, und dass er doch sicher eine herrliche Zeit gehabt hatte im Haus seiner Großmutter.

Als sie sich schließlich wieder aufrichtete und zu Eli blickte, stürmte Alex mit Bingo zum Kutschenhaus, um das Frisbee zu holen. Ein Junge und sein treu ergebener Hund.

„Valery hat sich über die Pralinen und die Rosen sehr gefreut", sagte Julia.

Eli zuckte unglücklich mit den Schultern. Er schuldete Valery weit mehr, als er ihr je würde vergelten können. Jed hatte mit seinen Machenschaften vor ihr geprahlt, und sie hatte den Mut aufgebracht, sich gegen ihn zu stellen. „Das war doch das Mindeste."

„Komm ins Haus, hier ist es ja viel zu heiß. Der Eistee ist gerade fertig."

Er schüttelte den Kopf. Er musste jetzt sofort sein Zeug holen und dann schnell wieder weg, bevor er noch etwas Dummes tat. „Wir wollen nur eben packen und nachher bei Opal vorbei, danach geht's wieder zurück."

„Nach Knoxville?"

„Ist doch das Beste so." Er verzehrte sich nach einem Wort von ihr, das ihn vom Gehen abhielt. Dabei wusste er ganz sicher: Es war tatsächlich das Beste, für sie.

Julias strahlendes Lächeln gab ihm recht. Sie war froh über sein Fortgehen. Er hatte sich richtig entschieden.

Aber warum fühlte es sich dann so an, als hätte er gerade einen Eimer voll Blei hinuntergeschluckt?

„Bist du … Wirst du …?“ Sie lachte, doch das Geräusch klang hohl. „Wirst du … für immer nach Knoxville ziehen?“

„Sieht ganz so aus.“ Gleich fiel er tot um.

„Das ist … toll“, sagte sie. „Du verdienst diesen Neustart. Ich freue mich für dich.“

„Wird schon schiefgehen.“ Ohne sie erst recht, doch es war das Beste so.

Er trat auf dem knirschenden Kies von einem Fuß auf den anderen, während die Strahlen der Spätsommersonne wie gebündelt auf seine Arme und sein Gesicht trafen.

„Also, ich werd dann mal …“, er winkte zum Kutschenhaus hinüber, „… mein Zeug holen.“

Ein Gast erschien in der Hintertür und Julia ließ Eli stehen. Während er den elegant schwingenden schlanken Armen und dem auf und ab hüpfenden Pferdeschwanz hinterhersah, spürte er mit voller Wucht, wie sehr er sich Julia Presley in seinem Leben wünschte. Im Leben seines Sohnes wünschte. Doch seine Anwesenheit würde sie nur belasten, besonders jetzt, da die ganze Stadt, *ihre* Stadt, von seiner Vergangenheit wusste.

Seine Arbeit würde ihn immer mal wieder auch nach Honey Ridge führen. Dann konnte er ja auf ein Glas Tee bei ihr vorbeischauen.

Und so tun, als wünschte er sich nicht viel mehr als das.

Er ging am leergepflückten Obstgarten vorbei, die Bäume müssten jetzt langsam zurückgeschnitten werden. Jemand anders würde sich darum kümmern. Und um das Kutschenhaus und um die bergeweise dort eingelagerten Sachen. Die spannende Schatzsucherei würde Eli fehlen. Alles hier würde ihm fehlen. Doch er wollte die Stelle in Knoxville, wollte die Situation für trauernde Kinder wie ihn selbst früher und wie Alex jetzt verbessern und eines Tages wieder seines Vaters Sohn sein.

Die Freiheit, eine Wahl zu haben, war Segen und Fluch zugleich. Besonders wenn auch das Herz da noch ein Wörtchen mitreden wollte.

„Dad, guck mal!" Alex' liebe Stimme schallte zu ihm herüber. Eli blieb stehen und sah den Flug eines Frisbees und den emsigen Lauf kurzer Beinchen, während sein Sohn hinter Bingo herjagte. Alex' glucksendes Lachen, so erfrischend wie ein Bad im Magnolia Creek, erhob sich in der Schwüle des Nachmittags.

Alex liebte es auf dem Land. Vielleicht, so dachte Eli, würde er eines Tages, wenn er auf sicheren Füßen stand, außerhalb Knoxvilles ein Grundstück kaufen, ein kleines Fleckchen Erde mit einem Obstgarten und ein paar Magnolienbäumen. Vielleicht auch einen Hund. Am besten einen Australian Shepherd, der Frisbees apportieren und antike Murmeln ausgraben konnte.

Verwirrt und traurig, doch fest entschlossen ging Eli ins Kutschenhaus. Seine Unterkunft war noch genau so, wie er sie verlassen hatte. Das Bett gemacht, ein Handtuch auf der Stange zum Trocknen aufgehängt, eine Jeans von Alex über der Stuhllehne. Elis Notizblock lag noch immer auf der Kommode, zusammen mit ein paar unfertigen Entwürfen und Texten für seinen Konzeptvorschlag sowie einem Stapel alter Papiere, die er im ersten Stock gefunden hatte.

Julia würde sie sicher gern durchsehen, vielleicht fanden sich noch weitere Informationen über Charlotte und die anderen, denen sie in den Briefen begegnet waren. Diese Frau war faszinierend – noch jemand, den Eli vermissen würde.

Schweren Herzens holte er seine schäbige Reisetasche aus dem Abstellraum. Als er das Kämmerchen wieder zumachte, rollte ihm eine tönerne Murmel entgegen. Er bückte sich danach, sie fühlte sich warm an in seiner Hand und er lächelte. Auch daran würde er sich mit Sehnsucht erinnern, an die geheimnisvollen Murmeln und ihre fesselnde Geschichte.

„Bis nach Knoxville werdet ihr mich wohl nicht verfolgen, hm?“

Nachdenklich steckte er die kleine Tonkugel in die Tasche und packte seine spärlichen Habseligkeiten.

Da er die Sachen von Alex nicht mehr unterbekam, stapfte er ein letztes Mal die Treppe nach oben, um einen Karton zu holen.

Seine Gedanken wanderten zurück zu jenem ersten Besuch hier oben: der Spinnenvorfall, Julias Anziehungskraft und vor allem diese verzweifelte Hoffnung, bleiben zu dürfen. Darum konnte er sie nun nicht mehr bitten. Er liebte sie zu sehr.

Er fand einen passenden Karton, leerte ihn aus und wollte schon wieder hinuntergehen, als sein Blick noch einmal auf die messingbeschlagene Truhe aus Leder und Holz fiel. Er klappte den schweren Deckel hoch, wobei ihm ein muffiger Geruch entgegenschlug, schob seine Hand unter den doppelten Boden und zog sie enttäuscht wieder heraus. Julia bewahrte die Briefe jetzt bei sich im Zimmer auf. Sie hatten beide gehofft, noch mehr zu finden, die Geschichte des Hauses besser zu verstehen und das damit verwobene Geheimnis um die Murmeln zu lüften, von denen Alex noch immer behauptete, ein gewisser Ben hätte sie ihm gegeben.

Eli hatte den ramponierten Überseekoffer schon fast wieder zugemacht, da sah er doch noch etwas an der Kante hervorlugen. Vorsichtig pulte er an dem morschen Holz und beförderte ein einzelnes vergilbtes und eingerissenes Blatt Papier ans Licht.

1865, Oktober

Mein Geliebter,
während der Sommer in den Herbst übergeht, denke ich an dich und erinnere mich an den Tag, da du auf die

Peach Orchard Farm geritten kamst. Damals schon fing ich an, mich in dich zu verlieben, ich wusste es nur noch nicht. Dein Edelmut berührte mich und umspann mein Herz.

In deinem letzten Brief, den ich mittlerweile auswendig kenne und der mit meinem liebsten blauen Haarband umwickelt in meinem Schreibtisch sicher verwahrt liegt, hast du über deine Verzweiflung angesichts der Schrecken des Krieges geschrieben. Meine Antwort darauf wurde nie auf den Weg gebracht. Sie war Teil des Briefes, den Edgar entdeckt und vor meinen Augen zerknüllt hat, während er mich auf so unaussprechliche Art und Weise beschimpfte. Indes ich Edgar vergeben habe und darum bete, dass auch er mir vor seinem Tod hat vergeben können, betrauere ich sehr, dass du vergeblich auf eine Antwort gewartet hast. Dass du mit solch gepeinigtem Geist in Gottes Ewigkeit eintreten musstest. Um meinem eigenen Geist etwas Ruhe zu verschaffen, will ich mir meine Worte der Liebe und der Ermutigung wieder ins Gedächtnis rufen und, obgleich du sie nie mehr wirst lesen können, erneut für dich niederschreiben.

Ich habe oft darüber nachgedacht, unter welchen Umständen unsere Pfade sich kreuzten. Als du in mein Leben tratest, war ich, ohne mir dessen bewusst zu sein, tödlich verwundet. Ich hatte meine Babys verloren, ich hatte einen Ehemann, der mich nicht liebte, der mir untreu war, ich sehnte mich nach meiner weit entfernten Heimat in England, die ich nie wiedersehen würde, und das alles stach immer wieder mit scharfer Klinge auf mich ein, bis du kamst. Bis deine Freundlichkeit und dein Verständnis, bis deine Liebe zu mir kamen und mich heilten.

So habe ich gelernt, liebster Will, auch wenn nichts als Krieg und Trauer und Verlust herrschen mögen – gib der

Liebe eine Chance und die Liebe wird triumphieren, immer.

Heute Nacht, da das Haus um mich herum schläft, schreibe ich erneut die Worte meines Gebets für dich nieder: Auch wenn der Krieg das Böse ist und du nicht mehr an einen Sieg des Guten glauben kannst, ich verspreche dir, es wird siegen. Entscheide dich für die Liebe, Will, wie du es immer getan hast. Auch wenn alles andere dich verlässt, sie wird dir immer beistehen. Ob es um das Wohl deiner Männer geht, um Gnade gegenüber dem Feind oder um schweren Aufruhr der Gefühle, entscheide dich immer, mein liebster Captain, entscheide dich immer für die Liebe.

Ich jedenfalls habe mich entschieden, ich will die Last der Vergangenheit von mir werfen und auf dem Pfad der Verheißung voranschreiten. Ich habe mich entschieden, ich liebe dich, ich liebe meinen Sohn, ich liebe dieses Land, meine Heimat, und ich gedenke meinem Ehemann, in Liebe. Fürwahr, ich bin gesegnet mit der Liebe und mit dem Reichtum des Lebens.

Auf immer,
Charlotte

Mit Charlottes Brief in der Hand blieb Eli noch einige Minuten reglos stehen und dachte nach. In dem schwachen Sonnenlicht, das durch die schmutzigen Fenster drang, schienen die Staubkörner in Charlottes geschwungener Handschrift auf und ab zu wirbeln.

„Julia", murmelte er mit erstickter Stimme.

Plötzlich sah er die Parallele, die ihm die ganze Zeit, da er sich ganz auf Alex und Ben und die geheimnisvollen Murmeln fixiert hatte, entgangen war.

Genau wie Charlotte war auch Julia allem Verlust, aller Trauer und allem Verrat zum Trotz tapfer vorangeschritten und hatte mithilfe ihrer Kraft und ihrer Liebe das Leben ihrer Mitmenschen bereichert.

„Eli! Wo bist du?“, rief Julia von unten.

Er lehnte sich über die Treppe. „Hier oben. Bin sofort bei dir.“

Sorgsam barg er das brüchige Papier in seiner Hand und lief eilig die Stufen hinunter zu ihr, die sie in der vollgestellten, dreckigen, unfertigen Nische gegenüber seinem Zimmer, seinem ehemaligen Zimmer, auf ihn wartete, während sie der Duft von frischgebackenen Schokoladenkeksen umwehte.

Julia lachte verlegen. „Was soll ich sagen, ich füttere meine Mitmenschen eben gerne.“

„Du nährst sie“, sagte er und hielt den Brief hoch. „Genau wie Charlotte es getan hat.“

„Du hast noch einen gefunden?“ Sie stellte die Kekse beiseite und kam auf ihn zu.

Er reichte ihr das Blatt Papier. „Sie war unglaublich, egal, wie hart die Umstände für sie auch sein mochten. Sie ist wie du, du wirst sehen. Lies.“

Julia nahm den Brief und begann zu lesen. An einer Stelle blickte sie auf und Tränen glitzerten in ihren Augen. „Das hier könnte ich dir geschrieben haben. Hör zu:

Ich habe oft darüber nachgedacht, unter welchen Umständen unsere Pfade sich kreuzten. Als du in mein Leben tratest, war ich, ohne mir dessen bewusst zu sein, tödlich verwundet. Ich hatte meine Babys verloren, ich hatte einen Ehemann, der mich nicht liebte, der mir untreu war, ich sehnte mich nach meiner weit entfernten Heimat in England, die ich nie wiedersehen würde, und das alles stach immer wieder mit scharfer Klinge auf mich ein, bis du kamst. Bis deine Freundlichkeit und dein Verständnis, bis deine Liebe zu mir kamen und mich heilten."

Und plötzlich, als wäre ihm ein Licht, heller als die Sonne, aufgegangen, verstand Eli. Die Parallelen waren offensichtlich. Sie beide waren in so vieler Hinsicht genau wie Charlotte, die schwere Verletzung erlitten und sich nach etwas gesehnt hatte, das außerhalb ihrer Reichweite war. Julia hatte ihren Sohn und ihren Ehemann verloren. Er hatte seine Freiheit und seine Familie verloren und sich genau wie Charlotte nach seinem Zuhause gesehnt.

Dann, durch eine sonderbare Laune des Schicksals, hatte ihn sein Weg zu Julia ins Peach Orchard Inn geführt und die Liebe hatte ihn verändert. Ihre Liebe.

„Entscheide dich für die Liebe", zitierte Julia flüsternd aus Charlottes Brief und fixierte Eli mit ihren sommerblauen Augen. „Ich wünsche dir alles Gute auf der Welt. Und ich bin so stolz auf dich, auf das, was du in deinem neuen Job erreichen kannst. Aber ich will dich nicht verlieren. Eigentlich wollte ich dir das nicht sagen, aber nachdem ich diesen Brief gelesen habe, wird mir klar, dass die Liebe zu wichtig ist, um sie zu verschweigen. Ich liebe dich, Eli Donovan. Und genau wie Charlotte ihren Will noch immer liebte, als er fort war, so werde auch ich dich immer lieben."

Eli war sprachlos. Passierte das gerade wirklich? „Dieser … dieser Will war aber auch nie im Gefängnis."

„Ach Eli", brachte sie seufzend hervor und legte den Brief aus der Hand. „Glaubst du denn, das hätte auch nur den kleinsten Hauch von Bedeutung für mich?"

„Ich will nicht, dass meine Vergangenheit dir schadet."

„Und ich will deiner Zukunft nicht im Weg stehen."

Der Ansturm der Gefühle zwang ihn fast in die Knie. „Machst du dich über mich lustig? Dich in meinem Leben zu haben, würde meine Zukunft unsagbar verbessern."

„Ach so?" Julia schaute so perplex drein, als hätte sie auf einmal einen Hauptgewinn vor sich stehen.

„Kein Wunder, dass ich verrückt nach dir bin.“ Er streckte die Hände nach ihr aus, strich ihr durchs Haar, beugte sich zu ihrem wunderschönen Gesicht hinunter. „Ich dachte, dass es das Beste für dich wäre, wenn du mich endlich los bist.“

Und Julia selbst hatte also die ganze Zeit über geglaubt, sie stünde ihm im Weg. Verrückt. Einfach verrückt.

„Das Beste, was mir seit Jahren passiert ist, bist du“, sagte sie. „Dich und Alex hierzuhaben, hat mich überhaupt erst wieder ins Leben zurückgeholt.“

„Ich empfinde das Gleiche für dich, Julia. Ich liebe dich.“ Er hatte mehr Angst als Glaube gehabt. Doch sie hatte für ihn mitgeglaubt. „Wenn du also wirklich der Meinung bist, dass …“

Mit einem Finger auf seinen Lippen brachte sie ihn zum Schweigen. „Ich entscheide mich für die Liebe, Eli. Entscheide dich mit mir.“

Eli starrte sie gerührt an, ihm wurde ganz schwach angesichts der Schönheit ihrer Liebe und er fand keine Worte mehr. Also tat er das Einzige, was ihm blieb: Er küsste sie.

Und für den Rest seines Lebens hatte Liebe einen Geruch. Sie duftete nach frischgebackenen Schokoladenkeksen.

44. KAPITEL

Peach Orchard Farm
1866

An einem sonnigen Junitag, da die Äste der Pfirsichbäume sich unter reicher Frucht bogen und der Mais hoch und reif auf den Feldern stand, wischte Charlotte sich mit dem Handrücken über die Stirn und drückte ihr schmerzendes Rückgrat durch. Ihre Haube schützte sie nur wenig vor der Sonne, und ihre britische Blässe verwandelte sich in ein kräftiges Rosa, während sie immer mehr goldgelbe Kolben von den Stängeln pflückte. In den Reihen neben ihr arbeiteten Benjamin und Lizzy mit Johnny, dessen Finger das sahen, was seine Augen nicht wahrnehmen konnten. Er war mittlerweile ein tüchtiger Farmarbeiter und ein guter Freund geworden. Charlotte hoffte dennoch für ihn, dass er eines Tages den Mut aufbrachte, um nach Ohio zurückzukehren, wenngleich dort auch niemand mehr auf ihn warten mochte.

„Da kommt jemand, Miss Charlotte", sagte Johnny, der den Kopf zur Seite geneigt hatte.

Sie horchte und vernahm nichts. „Woher weißt du das bloß immer?"

Er lächelte sein schiefes, geheimnisvolles Lächeln. „Ich spüre die Erschütterung und kann den Hufschlag hören." Er streckte den Finger aus. „Es kommt von da, aus Richtung Honey Ridge."

Ein Besucher. Im vergangenen Jahr hatte Charlottes Leben einen immer stetigeren Rhythmus angenommen und die Besucher waren immer zahlreicher geworden. Die Kunde von ihrer Großzügigkeit und von ihren aufopferungsvollen Bemühungen, die Farm und die Mühle am Laufen zu halten, hatte in der Zwischenzeit die Runde gemacht und so war sie nicht länger die verdächtige Inseltante früherer Tage. Hunger veränderte den Blickwinkel eines Menschen.

Honey Ridge und ganz Tennessee hatten sich verändert – lagen in Trümmern und Elend und Niederlage am Boden –, und doch war die Bevölkerung fest entschlossen, die Hoffnung nicht aufzugeben.

Letzten Samstag war die ganze Familie beim Richtfest der Scheune mit anschließendem Tanz auf Thaddeus Adcocks Farm gewesen. Charlotte hatte Pfirsichkuchen und feines Gebäck aus frisch gemahlenem Weizen von der Mühle mitgebracht, doch sie hatte nicht getanzt. Zwar war die Trauerzeit wegen Edgar vorbei, doch Tanzen war etwas für verfügbare Herzen, Charlottes Herz jedoch war vergeben, lag zusammen mit Will Gadsen begraben. Patience und Josie waren mit fliegenden bunten Bändern und lachend erröteten Gesichtern wie zwei fröhliche Brummkreisel durch die Scheune gewirbelt. Josie wartete noch immer vergeblich auf Tommy und machte sich nach und nach mit dem Gedanken vertraut, dass er, wie so viele andere, vielleicht nicht mehr zurückkommen würde.

„Wer ist das, Mama?“ Benjamin, der jetzt fast elf und noch größer und kräftiger geworden war, stellte sich neben sie. Als Herr des Hauses war ihm klar, dass er eines Tages, und zwar früher, als seine Mutter es sich wünschte, für den Schutz der Bewohner verantwortlich sein würde. Die drei Yankees lehrten ihn das Mannsein und Charlotte lehrte ihn das Handwerk eines Farmer und Müllers.

„Die Kutsche erkenne ich nicht.“ Schweiß rann ihr den Rücken hinunter und die Maisgrannen kitzelten sie in der Nase. Mit von harter Arbeit rau und schwielig gewordenen Händen kratzte sie das Jucken weg. Sie war nicht länger das englische Röslein, das immer hübsch drinnen blieb. Eine Farm kam nicht zu einem ins Haus.

Das Knarren der Kutschenräder wurde lauter, während das mit klappernden Hufen vorantrabende Gespann die geschlossene Kabine unter den Magnolien hinter sich herzog.

Charlotte ließ den mit Maiskolben gefüllten Jutesack liegen, und ihr Kleid strich leise raschelnd gegen die Halme, als sie aus dem Feld heraustrat. Josie stand schon auf der Veranda und schirmte die Augen vor der Sonne ab, während sie, wie schon so oft auf ihren Tommy hoffend, der fremden Kutsche mit herzzerreißender Sehnsucht entgegenblickte. Obwohl sie ihre strikten Ansichten nicht abgelegt hatte, war sie doch in dem Jahr seit Edgars Tod etwas sanftmütiger geworden. Der stete Abrieb des Leidens hatte ihre schärfsten Ecken und Kanten weicher gemacht.

Hob kam ums Haus herumgehumpelt und stellte sich Charlotte an die Seite, wie er es immer getan hatte. Der gute, treue und immer beschützende Hob stand mit der Gartenhacke bereit. Die anderen Männer waren bei der Mühle, doch Charlotte hatte keine Angst vor fremden Besuchern. Solange sie nicht in Gefahr geriet, Benjamin zu verlieren, fürchtete sie gar nichts mehr auf dieser Welt.

Die Pferde wurden langsamer und der Kutscher brachte sein Gefährt vor der Veranda zum Stehen, etwas Staub wirbelte auf. Das Mitgefühl schnürte Charlotte die Kehle zu, als ihre Schwägerin erwartungsvoll ins Innere der Kabine spähte. Ein großer Mann saß dort drinnen im Halbdunkel, doch mehr konnte sie aus der Entfernung nicht erkennen.

Plötzlich umklammerte Josie das weißgetünchte Geländer und schrie auf: „Charlotte!"

Ihr Gesicht wurde bleich wie Baumwolle.

Hoffend und betend, dass Tommy zurückgekehrt war, eilte Charlotte zur Kutsche und kam gerade davor an, als die Tür aufsprang und jemand ins Freie trat.

Charlotte gefror die Luft in den Lungen. Sie wusste nicht

mehr, wie man atmete, wusste nicht mehr, wie man sprach. Sie trat einen Schritt zurück. Hatte sie einen Sonnenstich?

„Charlotte?“ Diese Stimme, diese freundliche, geliebte Stimme.

„Will? Bist du es wirklich?“ Sie streckte zögernd eine Hand nach ihm aus und wartete ängstlich ab, ob er sich gleich wieder in Luft auflöste, ob er nichts weiter war als ein Trugbild.

„Ich bin es wirklich.“ Und kaum hatte er das gesprochen, lag sie in seinen Armen, drückte sich ganz fest an seine Brust und umklammerte seinen besorgniserregend mageren Rücken mit beiden Händen. Es war ihr egal, dass Josie ihr zusah und dass die anderen vom Feld herbeigerannt kamen.

„Will. Will.“ Die Tränen liefen ihr übers Gesicht, alle Zurückhaltung war dahin. Ihr Captain lebte. Er lebte! „Ich dachte, du wärst …“

„Ich weiß.“ Er legte seine Handflächen an ihre Wangen, wischte ihre Tränen fort und ließ den Blick so hungrig über ihr Gesicht wandern, als könnte auch er es noch kaum glauben, dass er sie leibhaftig wiedersah.

„Aber wie? Ich verstehe das nicht.“ Und es kümmerte sie auch nicht. Er war hier, ganz und am Leben. Sie berührte sein Gesicht und strich über sein Haar, bemerkte die dunklen Schatten unter seinen Augen und die eingefallenen Wangen. „Du warst krank.“

„Verwundet, dann krank, allerdings hatte ich mehr Glück als viele andere in Andersonville. Ich habe überlebt.“

Im Kriegsgefangenenlager. Charlotte kannte die Geschichten. Hungersnot, Seuchen und Grausamkeiten schlimmer als der Tod. Ihr Verstand mochte kaum akzeptieren, dass Will, ihr Will, all das hatte erleiden müssen.

„Nach Lees Kapitulation wurde ich zurück nach Ohio geschickt, ich habe keinerlei Erinnerung an diese Reise.“

„Und dann bist du den ganzen Weg wieder hierher nach Tennessee gekommen."

„Mutter hat mir deinen letzten Brief gezeigt." Er hielt ihren Blick fest. „Ich musste herkommen. Ich habe mein Herz hiergelassen."

Charlotte legte eine Hand auf ihre Brust. „Und meins hast du mitgenommen."

Er bedeckte ihre Finger mit seinen. „Dann bin ich also willkommen?"

Sie lachte verschämt angesichts der überschwänglichen Begrüßung, doch sie bereute nichts. „Gab es daran je einen Zweifel? Komm rein, iss etwas und erzähl mir alles."

„Moment noch. Ich habe da etwas für dich." Er wandte sich zur Kutsche, griff in eine Tasche und holte ein Bündel Papier heraus.

Charlotte erkannte sofort, was das war. „Meine Briefe."

„Ja. Diese Briefe und die Erinnerungen an dich und unsere gemeinsame Zeit gaben mir die Kraft weiterzumachen, wenn die Tage unerträglich finster und qualvoll waren. Als Mutter mir den Brief gezeigt hat, in dem du ihr von Edgars Tod geschrieben hast und von der Arbeit, die du hier auf dich nimmst, da wusste ich, dass ich herkommen musste. Dass ich ein Recht dazu hatte, dich wiederzusehen."

Charlotte dachte an die vielen anderen Briefe, die sie ihm noch geschrieben hatte, doch dafür würde später noch Zeit sein. Heute wollte sie erst mal ausgiebig in seiner Gegenwart schwelgen, sein wunderschönes, kriegsmüdes Gesicht betrachten und ihn so frei und offenherzig lieben, wie es vorher nie möglich gewesen war.

„Wirst du bei mir bleiben?" Krieg und Verlust ließen eine Frau deutliche Worte sprechen.

Falls ihr Captain schockiert war, ließ er es sich nicht anmerken. „Willst du mich denn bei dir haben?"

Die Monate und Jahre der Trennung versickerten in der staubigen Hitze. Zwei Herzen, die durch widrige Umstände und weite Entfernung voneinander getrennt waren, kamen endlich wieder zusammen.

Mit einem Lächeln, das selbst die Sonne überstrahlte, nahm Charlotte ihren Captain an der Hand und antwortete schlicht und einfach: „Ich will."

EPILOG

„So wollen wir vergessen jetzt die Kümmernis
Und finden eher Kraft in dem, was bleibt und ist."
William Wordsworth

Voll väterlichem Stolz schlenderte Eli mit seinem Sohn durch die klinisch reinen Flure vom „Honey Ridge Zentrum für Pflege und Rehabilitation". Alex lief mit einem bunten Strauß Astern in der einen und einem Wachsmalbild in der anderen Hand neben ihm her und grüßte die vorbeikommenden Krankenschwestern mit schüchtern-charmantem Hallo. Elis einst todtrauriger Junge befand sich eindeutig auf dem Wege der Besserung.

„Hi, Alex. Mr. Donovan", rief die grauhaarige Schwester und winkte. „Schön, Sie zu sehen. Opal freut sich schon."

In den letzten sieben Monaten hatten Eli und Alex sich jeden Sonntagnachmittag in ihren besten Zwirn geworfen, um Opal Kimble in der Dauerpflegeeinrichtung zu besuchen. Sie waren nicht länger die einzigen Besucher, denn auch die Kirche und Julias Familie nahmen sich ihrer an.

„Wie geht es ihr?"

„In etwa so wie letzte Woche. Sie zetert manchmal ganz schön, weil sie keine Fortschritte sieht, aber dann beißt sie die Zähne zusammen und versucht es weiter."

Das war Opal, widerborstig und mürrisch, außer es ging um ihren großartigen Urgroßneffen, dann wurde sie weich wie Butter.

„Ein Kollege hat sie schon in den Rollstuhl gesetzt", fuhr die Schwester fort. „Sie wollte gerne mal raus in die Sonne."

„Gute Idee von ihr."

Vor dem Zimmer angekommen, klopfte Alex zaghaft und drückte dann langsam die Tür auf.

Als Opal ihren Neffen erblickte, breitete sich ein schiefes Lächeln auf ihrem runzligen, verhärmten Gesicht aus. „Da ist ja mein Kleiner."

Ihre Worte kamen weiterhin nur mühsam und undeutlich heraus und sie konnte noch immer die rechte Seite nicht bewegen, geschweige denn gehen. Obwohl die Ärzte Eli keine große Hoffnung auf Besserung machten, hatte er dafür gesorgt, dass sie die bestmögliche Behandlung und Pflege erhielt. Es war das Mindeste, was er tun konnte, nachdem sie sich so gut um Mindy und Alex gekümmert hatte.

Mit gezücktem Strauß stürmte Alex zum Rollstuhl. „Ich hab dir Blumen mitgebracht."

Während der ersten Wochen von Opals Behandlung hatten die körperlichen Veränderungen seiner Tante Alex davon abgehalten, sich lange in ihrer Nähe aufzuhalten. Doch mittlerweile hatten seine natürliche Liebenswürdigkeit und sein Mitgefühl die Oberhand gewonnen, sodass von der anfänglichen Scheu nichts mehr zu spüren war.

„Hübsch." Mit ihrer gesunden Hand nahm Opal die Blumen entgegen und schnupperte genüsslich. „Mmm. Riecht nach frischer Natur."

„Und hier, ein Bild für dich." Alex faltete das Blatt Papier auseinander und hielt es ihr vor die Nase.

Opal lachte und bog den Kopf vor dem viel zu nah herangehaltenen Bild zurück. „Was ist das denn Schönes?"

Mit feierlicher Miene erklärte Alex ihr die Einzelheiten des Kunstwerks. „Siehst du das Haus? Das gehört Grandma. Und das sind mein Grandpa und mein Daddy und Miss Julia. Sie wird uns heiraten, ich weiß nur noch nicht, wann. Stimmt's, Daddy?"

Opal blickte zu Eli hoch. Er wusste, sie war glücklich darüber, dass Alex jetzt wieder zu einer Familie gehörte. Und Julia galt Opals vollstes Vertrauen, spätestens nachdem sie ihr bei einem gemeinsamen Besuch von ihrem Wunsch erzählt hatte, Alex' Erinnerungen an Mindy lebendig zu halten.

„Wir haben noch kein festes Datum." Wegen der Stiftung und weiterer Projekte steckte er zurzeit bis über beide Ohren in Arbeit, und Julia hatte Verständnis dafür, dass er das alles noch vor der Hochzeit in geregelte Bahnen bringen wollte. Doch er war genauso versessen wie Alex darauf, dass die Feier möglichst bald stattfand.

„Und siehst du, hier oben in den Wolken?" Alex lenkte Opals Aufmerksamkeit freundlich, aber bestimmt wieder auf das Bild. „Das ist meine Mama. Sie guckt uns vom Himmel aus zu. Das hat mir Miss Julia erzählt. Mama lächelt jetzt die ganze Zeit, weil wir wieder fröhlich sind. Und sie ist auch überhaupt nicht mehr krank."

„Da hat Julia recht. Die Gute." Opal klopfte Alex auf die Schulter. „Du hast ja … 'nen neuen Anzug. Schick."

„Der ist wie Daddys." Alex trat einen Schritt zurück und präsentierte stolz seinen grauen Zweiteiler mit der weinroten Krawatte. „Er hat einen für seinen neuen Job gebraucht."

„Davon hat er mir erzählt."

Eli hatte sie wissen lassen wollen, wie gut er sich entgegen ihrer beider Erwartung gemacht hatte, denn, ganz ehrlich, ihre Anerkennung war ihm wichtig.

„Und ich hab auch einen gebraucht, weil Miss Julia jetzt immer mit uns zur Kirche geht. Weil wir ja jetzt so viel zum Dankesagen haben."

„Klingt ganz nach … deiner Mama. Das freut sie sicher." Mit ihrem knochigen Zeigefinger deutete sie in Elis Richtung. „Mich freut das auch."

„Pass auf, Opal", schäkerte er. „Nachher bilde ich mir noch ein, du könntest mich leiden."

Da schniefte sie erst mal nur, doch in ihren Augen blitzte der Schalk auf. „Man nimmt, was man kriegen kann." Sie klopfte auf ihren Rollstuhl. „Mach dich mal nützlich. Fahr mich 'ne Runde."

„Jawohl, Ma'am." Eli nahm den Strauß und das Bild und platzierte beides auf dem Beistelltisch. „Immer noch dabei, was unser Date nächstes Wochenende angeht?"

Noch ein Schniefen, aber der Schalk war nicht verschwunden. „Willste 'nen Rückzieher machen?"

Ohne sein breites Grinsen vor ihr zu verbergen und mit Alex' tatkräftiger Unterstützung rollte Eli sie in die Frühlingssonne und dachte daran, wie viel er dieser unerschrockenen Kämpferin zu verdanken hatte, die ihn mit ihrem alles verändernden Anruf nach Honey Ridge gebracht und ihn dazu gezwungen hatte, Vater zu werden.

Die Einweihung von Michaels Garten war eine bescheidene kleine Feier, die den folgenden Samstag unter einem grauen, regenverheißenden Wolkenhimmel stattfand. Julias Familie war gekommen, außerdem ein paar Freunde und Nachbarn, darunter die Sweat-Zwillinge und die Rileys. Weil auch Mindys Andenken gefeiert werden sollte, hatte Eli alles Nötige arrangiert, damit Opal samt Krankenschwester dabei sein konnte. Aus Mitgefühl heraus und weil Julia und Eli zu glücklich mit ihrem Leben waren, um nachtragend zu sein, hatten sie auch David eingeladen, der dann wiederum Cindy und die zwei Jungs mitgebracht hatte.

Die vier miteinander zu sehen, tat nicht mehr weh.

Die Idee für einen Meditationsgarten war von Eli gekommen, nachdem er ihr an Weihnachten einen Verlobungsring überreicht hatte und sie in Tränen der Freude und des Schmerzes ausgebrochen war. Freude auf die Zukunft und Schmerz angesichts der unabgeschlossenen Vergangenheit mit Mikey. Würde ihr Sohn jemals noch Eli kennenlernen, den Mann, den Julia aus ganzem Herzen und mit ganzer Seele liebte? Würde er jemals noch seinen sanftmütigen, nachdenklichen Stiefbruder kennenlernen, der mit Bingo jetzt ein Herz und eine Seele war, genau wie er damals?

„Ich verstehe dich“, hatte Eli gesagt und sie aus seinen grünen Augen so aufrichtig und liebevoll angesehen, dass ihr der Atem weggeblieben war. „Meine Familie und ich haben die Jessica-Stiftung zum Erinnern und Verarbeiten. Du brauchst etwas Ähnliches.“

„Alex auch“, hatte sie erwidert und die Verbindung so klar vor Augen gesehen wie jene mit Charlotte und mit Ben.

Also hatte Eli in seiner üblichen anpackenden Art damit angefangen, hinterm Haus einen Garten anzulegen. Einen Rückzugsort zu Ehren eines Sohnes, den er nicht kannte, und gleichzeitig eine Gedenkstätte für Mindy. Alex' Unterstützung bei dieser Arbeit hatte Eli und ihn noch enger zusammengeschweißt. Jetzt waren sie ganz und gar Vater und Sohn.

Julia war schleierhaft, wie Eli bei all der Organisation für die mobile Trauerbegleitung, die ihn immer wieder nach Knoxville und Umgebung geführt hatte, noch die Zeit geblieben war, den Garten fast im Alleingang und nur mit minimaler Unterstützung durch einen Landschaftsgärtner fertigzustellen. Diese Arbeit war ihm eben, so hatte er dargelegt, eine wichtige Herzensangelegenheit gewesen.

Um den Schalenbrunnen und die Statue des Erzengels Michael im Zentrum gruppierten sich Bänke und Blumenbeete. Am Grund der Brunnenschale, Mindys Brunnen, hatten sie als Ehrerbietung ein schönes großes M mit Alex' Murmeln arrangiert.

Die Einweihung hatte so ganz und gar nichts Formelles an sich. Alle geladenen und auch jene Gäste, die zu ihrem Glück sowieso gerade im Peach Orchard Inn logierten, schlemmten Julias Pfirsichtee und Kaffee und frisch gebackene Kekse, während sie auf der jetzt wunderschönen Fläche hinterm Haus herumschlenderten und sich in gedämpftem Tonfall darüber unterhielten, wie perfekt das alles war, vor allem die Verlobung zweier so großartiger Menschen wie Julia und Eli. Als dann doch noch der absehbare Sprühregen einsetzte, der den Duft des blühenden Obstgartens noch intensiver werden ließ, zerstreuten sich nach und nach alle außer den Pensionsgästen wieder in die vier Winde.

Valery räumte irgendwo drinnen schon auf, während Connie sich noch gepflegt mit den Donovans im Salon unterhielt. Wie jedem anderen zahnlückigen Siebenjährigen an seiner Stelle war Alex das alles schon längst zu langweilig geworden und er hatte sich mit Bingo Richtung Kutschenhaus aus dem Staub gemacht.

„Ein perfekter Tag", sagte Julia und scherte sich einen Pfifferling darum, ob es regnete oder nicht. Sie drückte Elis Hand in ihrer und winkte ihrem letzten Gast hinterher, während sie zum wiederholten Male versicherte, dass sie auf jeden Fall bei der Riley'schen Grillparty nächsten Samstag dabei sein würde. Es fühlte sich gut und richtig an, wieder ein Teil dieser Welt zu sein oder zumindest ein Teil von Honey Ridge.

Hand in Hand und ganz und gar zufrieden schlenderten Eli und sie um die alte Vorkriegsvilla herum, vorbei an der großzügigen Veranda, auf der sie so viele Vertraulichkeiten und noch mehr Küsse ausgetauscht hatten, und über den kiesbedeckten Weg bis zur hinteren Rasenfläche.

Wo früher alles kahl und unansehnlich gewesen war, erstreckte sich jetzt die großzügige Gartenanlage als Oase zwischen dem Hauptgebäude und dem weiterhin unfertigen Kutschenhaus. Nicht, dass Julia die Restaurierung noch besonders wichtig wäre. Eli und Alex wohnten da und das war herrlich. Als Mitglied der Donovan-Familie könnte Eli im Luxus leben, doch er hatte sich für dieses Zuhause entschieden. Er hatte sich für sie entschieden – und für die Liebe.

„Habe ich dir heute eigentlich schon Danke gesagt?“, fragte sie.

„Mindestens tausendmal.“ Zärtlich legte er ihr den Arm um die Hüfte. „Freut mich, dass du es magst.“

Sie liebte es. Liebte ihn. Liebte ihr ganzes Leben mit einer Inbrunst, die sie niemals für möglich gehalten hatte.

Julia ließ die linke Hand über die kühle weiße Kalksteinoberfläche der Michaelstatue gleiten, wobei der Diamant am Ringfinger ihr verheißungsvoll zublinzelte. Bald schon würden Eli und sie heiraten.

„Eines Tages wird Michael nach Hause kommen“, sagte sie.

„Die Liebe hofft alles“, zitierte Eli die im Sockel der Statue eingravierten Worte. „Wir werden hier sein und auf ihn warten.“

Da lächelte sie, durch Tränen hindurch, die nie ganz trocknen würden. Sie würde ihren Sohn nie vergessen, nie die Hoffnung aufgeben, dass er eines Tages gefunden würde, aber während sie auf diese glückliche Wiedervereinigung wartete, würde sie nach Charlottes Vorbild handeln und jeden Tag mit offenen Armen empfangen, dankbar für den Reichtum ihres Lebens, dankbar für die Liebe.

Irgendwo im Sprühregen hörte Julia einen kleinen Jungen lachen. Sie hatte diesen Klang schon viele Male gehört. Ein Lachen, so tröstend wie die Murmeln, so tröstend wie ihr fester Glaube daran, dass Mikey eines Tages zurückkommen würde.

Vielleicht war es nur der Wind in den Pfirsichbäumen oder das glucksende Rauschen des Magnolia Creek. Sie war sich nicht sicher und es war ihr auch eigentlich egal. Hirngespinst hin oder her. Sie beschloss ganz einfach daran zu glauben, dass ein Kind aus ferner Vergangenheit, dem der beste Freund, der Vater und der liebe Soldat verloren gegangen waren, irgendwie durch die Zeit hindurch die Hand ausgestreckt hatte, um einen anderen verlustgeplagten Jungen – oder vielleicht sogar alle drei, Eli, Alex und Mikey – zu trösten. Das sollte gefälligst möglich sein, fand Julia, egal, wie unmöglich es auch sein mochte.

Der Regen wurde stärker.

„Bereit?“, fragte Eli. Noch immer hatte er den Arm um sie geschlungen und sein geliebtes Gesicht war ihrem ganz nah.

Mit einem letzten Blick auf die Schönheiten, die Eli Donovan für sie erschaffen hatte, nickte Julia. Dann wandten sie und ihr wahrer Geliebter sich wieder dem Haus zu. Vor ihnen tropfte der Regen vom Dach und hinter ihnen flüsterten die Blätter der Pfirsichbäume von vergangenen Zeiten und uralten Erinnerungen.

Und das wundersame, sie alle schützende alte Haus schien zu lächeln.

NACHWORT

Das Flüstern der Magnolien wurde inspiriert durch Berichte über entführte und nicht wieder aufgefundene Kinder, insbesondere durch die Geschichte von Morgan Nick, deren Familie nicht weit von meinem Sohn wohnt und die noch immer voller Liebe und Hoffnung auf Morgans Rückkehr wartet. Dem US-amerikanischen Zentrum für entführte und misshandelte Kinder (National Center for Missing and Exploited Children, NCMEC) zufolge werden in den USA jährlich rund 115 Kinder von Unbekannten entführt. Ich habe mir die Frage gestellt: Wie ergeht es den Familien dieser Kinder? In meine Recherche bezog ich Artikel über landesweit beachtete Fälle ebenso mit ein wie Bücher und Webseiten zum Thema sowie die unschätzbar wertvollen Materialien des NCMECs und der Morgan Nick Foundation. Jede dieser Quellen lieferte mir wichtige Einsichten und Informationen und trug somit entscheidend zur Authentizität des Romans bei.

Das Dougy Center in Portland, Oregon, ist die älteste Einrichtung ihrer Art, sie bietet kostenlose Selbsthilfe und Trauerbegleitung für Kinder und ihre Familien an. Durch bereitgestelltes Videomaterial und Online-Quellen dieser und ähnlicher Einrichtungen sowie durch weiterführende Informationen von Mitarbeiterinnen und Mitarbeitern habe ich ausführliches Hintergrundwissen für die Gestaltung meiner trauernden Romancharaktere sammeln können.

In Tennessee fanden mehr Bürgerkriegsschlachten statt als in jedem anderen US-Bundesstaat außer Virginia. Besonders Mittel- und Süd-Tennessee haben viel von diesem Krieg mitbekommen, daher galt mein Augenmerk vor allem dieser Region mit ihren Bergen und Tälern, gewundenen Straßen und dichten Wäldern. Pfirsichplantagen spielten zu meiner Überraschung bei mindestens zwei der wichtigsten Gefechte in

Tenessee, der Schlacht von Shiloh und der Schlacht von Nashville, eine Rolle. Da sich das Kampfgeschehen zu einem großen Teil jenseits der großen Städte abspielte, wurden viele Privathäuser als provisorische Lazarette sowohl von der Konföderation als auch von der Unionsarmee besetzt. Parallel zu meiner Lektüre zahlreicher geschichtswissenschaftlicher Werke und Zeitzeugenberichte wurde mir außerdem das Privileg zuteil, einige dieser Vorkriegshäuser selbst besuchen zu dürfen und ihre jeweilige Rolle während des Krieges zu erforschen. So auch die Carnton Plantation in Franklin, Tennessee, welche mir, leicht abgewandelt und weniger herrschaftlich, als Vorbild für die Peach Orchard Farm diente. Des Weiteren danke ich den Besitzern der Winston Place Plantation am Fuße des Lookout Mountain, die mir uneingeschränkten Zutritt zu ihrer Vorkriegsvilla, heute eine Frühstückspension, gewährten und mir auf alle meine Fragen so freundlich und bereitwillig Antwort gaben.

In den 1840er-Jahren gründete sich in Ohio eine Firma zur Herstellung handgemachter Murmeln, deren Besitzer nun dank literarischer Freiheit als Eltern von Captain Will Gadsen in meinem Roman auftauchen durften. Für ihr kenntnisreiches Werk über antike Murmeln danke ich Marilyn Barret, der Autorin des Buches *Aggies, Immies, Shooters, and Swirls.*